LAS OTRAS NIÑAS

LAS OTRAS NIÑAS

Santiago Díaz

es una colección de
RESERVOIR BOOKS

Papel certificado por el Forest Stewardship Council®

Primera edición: enero de 2022

© 2022, Santiago Díaz Cortés
Esta edición se ha publicado gracias al acuerdo con
Hanska Literary&Film Agency, Barcelona, España.
© 2022, Penguin Random House Grupo Editorial, S. A. U.
Travessera de Gràcia, 47-49. 08021 Barcelona

Printed in Spain – Impreso en España

ISBN: 978-84-18052-65-1
Depósito legal: B-15.256-2021

Compuesto en M. I. Maquetación, S. L.

Impreso en Liberdúplex,
Sant Llorenç d'Hortons (Barcelona)

R K 5 2 6 5 1

A mi madre

NOTA DEL AUTOR

Aunque muchos de los nombres y lugares que aparecen en esta novela son reales, todo cuanto se narra —salvo los hechos de público conocimiento ocurridos entre noviembre de 1992 y enero de 1993 y juzgados de mayo a julio de 1997, SAP V 2157/1997, de 5 de septiembre de 1997— es producto de la imaginación del autor. En el caso de haber atribuido pensamientos o sentimientos a personas envueltas en el proceso que aún siguen vivas, estos constan en sus informes psicológicos, policiales o ellas mismas los han declarado en entrevistas o en el propio juicio.

La historia no es más que una sucesión de monstruos o de víctimas. O de testigos.

CHUCK PALAHNIUK, *Rant*

I

1

Un embarazo pone patas arriba la vida de cualquier mujer. Y más si no ha sido buscado. Y más si no se tiene pareja estable. Y más aún si, como la inspectora de homicidios Indira Ramos, se padece un trastorno obsesivo-compulsivo que la obliga —entre otras muchas cosas— a mantenerse alejada de bacterias, de virus y de cualquier mínimo desorden que pueda haber a su alrededor, ya sea real o imaginado. Y un bebé, como poco, augura todo eso.

Indira sigue mirando en estado de shock la prueba de embarazo que acaba de hacerse. La deja sobre el lavabo temblorosa y vuelve a leer las instrucciones con detenimiento, no fuera a ser que a los fabricantes les encanten las bromas pesadas y «positivo» en realidad quiera decir que no, que te puedes quedar tranquila, porque en cualquier momento te baja la regla. Pero no hay lugar a dudas y lo que dice es exactamente lo que quiere decir.

Como le suele suceder cada vez que algo la perturba en extremo, la crisis empieza por un repentino sofoco que parece tener su origen en la nuca y que provoca que enormes goterones de sudor le vayan cayendo por la espalda. Enseguida pasa a tener palpitaciones, sensación de ahogo, una fuerte opresión en el pecho, temblores de la cabeza a los pies y un mareo que, si no lo remedia, desembocará en desmayo. Indira se sienta en el váter e intenta hacer los ejercicios de contención que le enseñó su psicólogo para evitar perder el conocimiento y desnucarse contra el lavabo.

Después de quince minutos, logra que su estado deje de ser crítico, aunque la hiperventilación le ha provocado una especie de borrachera. Se levanta con esfuerzo y se echa agua fría en la cara. Tal es su desazón que, aunque mira disgustada el rastro que dejan las gotas en el espejo, ni hace amago de limpiarlas. En cualquier otro momento de su vida, eso sería impensable. Su mirada pasa del espejo a la prueba de embarazo, que continúa indicando un clarísimo positivo.

–Joder..., pues sí que tengo puntería.

Hasta que se acostó con el subinspector Iván Moreno, llevaba cinco años sin tener contacto con ningún hombre. Y la palabra «contacto» no tiene solo una connotación sexual, sino que engloba cualquier tipo de roce sin unos guantes de látex de por medio. Hace un par de años, un político de visita en su comisaría la cogió desprevenida y la saludó con dos besos cuando se cruzó con ella por el pasillo. Indira se separó de él como si quemase y estuvo a punto de presentarse en urgencias para que le hicieran un examen en busca de infecciones. Mientras se alejaba oyó a su comisario disculparse con una de las frases con las que más la han descrito a lo largo de sus treinta y seis años de vida: «No se lo tenga en cuenta. Es una mujer... peculiar».

Sin embargo, hace algo más de un mes, le salvó la vida a uno de los miembros de su equipo y la relación entre ellos se transformó como por arte de magia. Con el subinspector Moreno nunca tuvo buen *feeling*, quizá porque reunía todo lo que Indira odiaba en los hombres, o tal vez porque ella denunció a su mejor amigo –también policía– por colocar una prueba falsa en la escena de un crimen y él juró que le haría la vida imposible como venganza. Pero el roce hace el cariño y, después de evitar que un capo de la droga le volara los sesos durante el registro de su mansión, el subinspector se sintió en deuda y empezó a mirarla con otros ojos. La inspectora Ramos, por su parte, poco a poco lograba salir del pozo en el que se hallaba inmersa desde hacía un lustro –cuando cayó a una fosa séptica persiguiendo a un sospechoso y las manías y aprensiones que traía de serie se multiplicaron por mil– y, el mismo día en que su psicólogo le dijo que podía empezar a relacionarse con otras personas, Moreno llamó a su puerta. Primero derribaron barreras charlando del caso que tenían entre manos, después cenaron juntos, más tarde empezaron a conocerse y finalmente pasó lo que tenía que pasar. Y el fruto de aquella noche crece ahora en su vientre.

Indira siempre ha sido una mujer analítica, tanto en su trabajo como en la vida, así que no se le ocurre otra cosa que coger un bolígrafo para plasmar en un papel los pros y los contras de ser madre. Se sujeta la muñeca derecha con la mano izquierda para contener el temblor, dibuja una línea vertical y escribe:

PROS	CONTRAS
Una razón por la que vivir.	Todo lo demás.

Después de media hora mirando el papel, no ha logrado tomar una decisión. Aunque pudiera adaptarse a un cambio de vida tan radical (cosa que duda), no cree que fuera justo para una criatura tener una madre como ella, alguien que no la dejaría crecer tranquila y feliz rodeada de juguetes, de desorden y de mucha suciedad. Se pone su abrigo y sale a la calle.

–No, ni hablar. –El psicólogo que lleva años tratándola le impide el paso a su despacho–. Vete de mi consulta, Indira.

–Es que es muy urgente, Adolfo.

–Me da igual. Yo ahora estoy ocupado, así que márchate a casa y...

–Estoy embarazada –le interrumpe.

El psicólogo la mira descolocado. Otra vez, su paciente más singular le ha dejado sin palabras. La secretaria observa la escena en silencio, empezando a acostumbrarse a la relación que su jefe tiene con esa policía.

—Espera un momento.

El psicólogo entra en su consulta y un par de minutos más tarde sale acompañado de una señora con cara de pocos amigos.

—Te lo compensaré, Nieves. Para empezar, la siguiente sesión te saldrá gratis.

—Solo faltaba —responde ella malhumorada—. Si me has echado cuando no llevaba ni quince minutos contándote cómo he pasado la semana.

—¿Las dos siguientes sesiones te parece mejor?

La señora acepta el trato y se marcha encantada de la vida.

—¿Tú estás segura, Indira? —pregunta el psicólogo, ya en el interior del despacho.

—Me he hecho un test de embarazo y casi explota de lo preñadísima que estoy, Adolfo. Y todo por tu culpa.

—¿Por qué?

—Porque me llevaste al garito ese de mala muerte a comer perritos calientes y me emborrachaste. Y, claro, no me quedó otra que ir a casa del subinspector Moreno.

—¿Tú no has oído hablar de los condones?

—Es probable que me den alergia.

—Ya no sirve de nada discutir por lo que ha pasado. Ahora lo que importa es lo que vas a hacer. —Adolfo la mira—. ¿Quieres... tenerlo?

—No lo sé... ¿crees que debo?

El psicólogo se deja caer en la butaca destinada a los pacientes, sobrepasado.

—Eso depende de ti, Indira —responde tras unos segundos de duda—. Lo suyo es que hagas un cuadro con los pros y los contras y...

—Ya lo he hecho y no he sacado nada en claro. Lo que necesito saber es si, en caso de querer tenerlo, podría adaptarme a ser madre.

—Tú sabes que se lo hará todo encima durante un montón de meses, que se acatarrará, vomitará y algún día traerá piojos del colegio, ¿verdad?

—Ay, Dios... —Indira se pone mala solo de pensarlo.

—La parte buena es que los mocos y demás fluidos de un hijo son bastante soportables, te lo digo por experiencia. Aunque, en tu caso, no sé si incluso te causaría aún más rechazo.

—¿Y si resulta que me cura?

—Cosas más raras se han visto..., pero eso es como cuando una pareja en crisis tiene un hijo para ver si la relación se arregla. Casi nunca funciona. Y, hablando de parejas, ¿vas a decírselo al padre?

—Depende de lo que decida hacer. Desde que nos acostamos, Iván y yo hemos estado algo distanciados, pero no puedo negar que me gusta..., aunque una cosa es empezar una relación y otra meterme de lleno a formar una familia.

El psicólogo vuelve a insistir en que la decisión es suya. Una hora después, Indira se marcha sin saber qué hacer. Lo deja todo en manos de lo que ocurra la próxima vez que se encuentre cara a cara con el subinspector Iván Moreno.

2

Palomeras Bajas, en Puente de Vallecas, es uno de esos barrios en los que nadie suele ver nada. Y si por casualidad lo ven, no se lo cuentan a la policía.

La furgoneta aminora la marcha al doblar la esquina de la calle de Candilejas, que discurre paralela al parque. Un grupo de chavales fuma porros alrededor de un banco, discutiendo sobre el último videojuego que acaba de salir al mercado. Aunque cuesta mucho dinero y solo uno de ellos trabaja, todos lo tienen ya en su poder.

—A mí lo que me toca los cojones es que se me pire el wifi cada dos por tres y me joda la partida *online* —dice uno de ellos.

—Si lo pagases en lugar de mangarle la señal al vecino, no tendrías tantos problemas —responde otro.

—Ya está el puto listo con sus soluciones capitalistas...

La furgoneta se detiene a unos cincuenta metros de ellos. Después de unos segundos en los que alguien parece trajinar en su interior, las puertas traseras se abren y de dentro cae una bolsa de basura, de las grandes.

—¡A tirar basura a vuestro puto barrio! —grita el más alto de los chavales.

—Calla, gilipollas —le increpa el que tiene el porro—. ¿No ves que no es basura?

La furgoneta se aleja del lugar a toda velocidad. En cuanto la pierden de vista, los chavales se acercan a ver qué han podido dejar allí cuando todavía ni ha anochecido. Al rasgar una esquina de la bolsa, asoma un brazo lleno de marcas de jeringuilla.

—¡Joder! —exclama el alto dando un salto hacia atrás.

—Es un puto yonqui —dice otro señalando los pinchazos—. Tiene el brazo como un colador.

Uno de los policías uniformados que han acudido al aviso retiene al otro lado de la calle a los chavales que han encontrado el cadáver.

—¿Seguro que no habéis visto quién ha dejado ahí la bolsa? Ha tenido que ser un poco antes de que la encontraseis.

—Que no, coño. Nosotros íbamos a clase y hemos visto el fiambre.

—A clase a las siete de la tarde, ¿no? —el policía los mira con incredulidad.

Los chicos se encogen de hombros. El agente sabe que no le van a contar mucho más y saca su libreta.

—A ver, dadme vuestros datos.

Junto a la bolsa con el cadáver hay tres policías más de uniforme esperando a que lleguen los de Homicidios y el equipo del forense. Uno de ellos mira la cara del muerto, tratando de hacer memoria. Está hinchada grotescamente a causa de una paliza, pero aun así le resulta familiar.

—¿A vosotros no os suena?

—Le habremos detenido un par de veces —responde su compañero—. Esto tiene pinta de ajuste de cuentas.

—A este tío le conozco yo, joder.

El policía le registra los bolsillos.

—¿Qué haces? —pregunta su compañero—. ¿No ves que vas a contaminar la escena del crimen?

—Aquí no lo han matado, lo han tirado desde un coche. Además, llevo guantes.

Sigue registrándole y encuentra su cartera. Le han quitado el dinero y las tarjetas, pero han dejado un carné caducado de socio del Atlético de Madrid. Al leer el nombre, ata cabos.

—Me cago en la hostia. Este tío es Daniel Rubio.

—¿Quién?

—Daniel Rubio. El agente de la UDYCO al que denunció esa inspectora hija de puta por poner pruebas falsas en un narcopiso de Lavapiés.

Sus dos compañeros miran la cara del muerto, sin tenerlas todas consigo.

—No parece poli.

—Es él —responde convencido—. Me acuerdo de que en la comisaría no se hablaba de otra cosa. Más de uno quería ir a por la chivata esa. Inspectora Indira Ramos, creo que se llamaba.

3

Sobre la mesa de la sala de reuniones hay varias bandejas de sándwiches tapadas, bolsas de patatas fritas todavía cerradas, frascos de encurtidos y bebidas de todo tipo. Los subinspectores Iván Moreno y María Ortega, después de preparar el engorroso informe que cierra el caso que les ha tenido ocupados durante el último mes, ven la tele junto con otros compañeros de la comisaría. Las noticias hablan sobre un agresivo virus que está causando bastantes muertes en China y que se teme dé el salto al resto del mundo.

—No me jodas, la que nos pueden liar los chinos —dice un suboficial.

—No pasará nada, no seamos alarmistas. Lo más probable es que el virus se quede en Asia.

—Esperemos, porque si no estamos jodidos. Eso pasa porque los chinos se comen todo lo que pillan —comenta un agente de uniforme—. Tendríais que ver lo que desayunan en los almacenes de Cobo Calleja.

—No, gracias —responde otro agente.

Cuando ve entrar a la inspectora Ramos, Moreno se apresura a apagar la tele. El resto de los policías disimulan, como si les hubiesen cogido en falta.

—Por poco no llegas, jefa —dice la subinspectora María Ortega—. Jimeno y Lucía deben de estar al caer del hospital.

23

Indira pasea la mirada entre los presentes, percibiendo su incomodidad.

—¿Qué pasa?

—Nada, ¿qué va a pasar? —responde Ortega evasiva.

—Eso dímelo tú, María. ¿Qué teníais puesto en la tele?

Todos cruzan sus miradas, comprendiendo que no les queda otra que confesar.

—Parece que no has visto las noticias... —dice Moreno.

—He estado muy ocupada, ¿por qué?

—Porque están hablando de un virus chino que puede llegar a Europa.

A Indira se le encoge el corazón. Ya oyó algo en la farmacia cuando fue a comprar el test de embarazo, pero se le había olvidado por completo.

—Tendríamos que confinarnos cada uno en nuestra casa a la de ya —dice.

—No saques las cosas de quicio, jefa —responde la subinspectora Ortega—. En la tele están diciendo que no hay nada de lo que preocuparse. Si llegase a Europa, sería como un simple catarro.

Indira va a decirles que no hay que fiarse de esas cosas, que los virus descontrolados podrían causar una pandemia mundial de proporciones incalculables y que deberían tomárselo muy en serio, pero no puede hacerlo porque aparece la agente Lucía Navarro acompañando al oficial Óscar Jimeno. Este llega renqueante tras haber pasado unos días en coma después de que un sicario de la 'Ndrangheta le clavase un punzón en el pecho.

—¡Ya estamos aquí! —anuncia la agente Navarro.

Todos se arremolinan en torno a su compañero, contentos por tenerle de vuelta.

—Bienvenido, Óscar —dice la subinspectora Ortega y le da dos besos con cuidado—. Ya pensábamos que no te volveríamos a ver.

—A mí no es tan fácil quitarme de en medio...

—¿Cómo se te ocurre enfrentarte al mafioso ese sin esperar a los refuerzos, alma de cántaro? —pregunta el subinspector Moreno.

—Mejor no contestes a esa pregunta, porque solo de pensarlo me dan ganas de tenerte un año haciendo papeleo, Jimeno —responde Indira—. Bienvenido al mundo de los vivos.

La inspectora le tiende la mano y el oficial se la estrecha, agradecido.

—Ya se puede empezar con los sándwiches, ¿no? —pregunta un agente destapando la bandeja de aperitivos.

Los policías rodean la mesa de reuniones y dan buena cuenta de la merienda a la vez que le preguntan al oficial Jimeno, entre otras muchas cosas, cómo se siente tras haber matado a un hombre, si un agujero en el pecho duele tanto como parece o si durante los días que ha estado más muerto que vivo ha visto la luz de la que siempre hablan los que han pasado tanto tiempo en coma.

Mientras Jimeno disfruta siendo el centro de atención, el subinspector Moreno aprovecha para acercarse a la inspectora Ramos, que se ha quedado en un discreto segundo plano.

—¿No vas a comer nada?

—No, gracias. No tengo hambre.

—Te noto distinta —dice él observándola.

—¿En qué?

—No lo sé. Estás más... humana.

Indira se ríe.

—Lo que quieres decir es que normalmente parezco una extraterrestre, ¿no?

—Un poquito.

—Iván...

Él la mira a los ojos y constata que, en efecto, está ante una persona muy distinta a la que hace poco le devolvió el favor que le debía al evitar que un asesino le disparase a quemarropa.

—¿Te gustaría cenar en mi casa?

—No tienes por qué invitarme, Indira. Estamos en paz.

—Esto no tiene nada que ver con que me salvases la vida. Me apetece estar contigo, nada más. ¿A eso de las nueve y media?

—Hecho.

4

Antes de decidirse por unos simples vaqueros y una blusa de Zara, Indira se ha probado un vestido largo demasiado elegante para una cena en casa, otro de lino más adecuado para ponerse durante el día y el traje de chaqueta que suele llevar para las cenas de trabajo y que le hace parecer aún más fría de lo que en realidad es. Y todo ello está tirado sobre la cama, en un alarde de normalidad muy raro en ella. Cuando se dispone a recogerlo, llaman al telefonillo.

—¿Ya?

Indira corre descalza por el pasillo y enciende la cámara del interfono. Durante un par de segundos, observa al subinspector Moreno en la pantalla y sonríe. Será cosa suya, pero hoy lo encuentra más atractivo que nunca.

—Hola, Iván. Sube y ve abriendo el vino. Enseguida salgo. Estás en tu casa.

Pulsa el botón que abre el portal, deja la puerta del piso entreabierta y, tras comprobar que la mesa está perfecta, regresa a su habitación. Escucha a Iván entrar en casa mientras ella se calza, dobla la ropa que no va a usar y la vuelve a guardar en el armario. Cuando sale, le ve parado en mitad del salón, de espaldas. Se fija en que la botella y el abridor que ha dejado sobre la mesa están sin tocar.

—Perdona por hacerte esperar. ¿Aún no has abierto el vino?

Cuando el subinspector se vuelve e Indira ve su expresión, comprende que algo va muy mal.

—¿Qué pasa? —pregunta con cautela.

—Ha muerto.

—¿De quién hablas?

—De Dani —responde él lleno de resentimiento—. Un policía cojonudo al que tú destrozaste la vida por tu estúpida integridad. Y ahora está muerto.

—Yo..., lo siento mucho, Iván —dice Indira.

—Más lo siento yo. Pero sobre todo siento haberme olvidado de lo hija de puta que fuiste y de que gracias a eso mi mejor amigo ha terminado en una bolsa de basura. Esto no te lo perdonaré en la vida.

El subinspector Moreno se dirige hacia la puerta.

—Espera —Indira trata de detenerle—. Vamos a hablar.

—Yo no tengo nada de que hablar contigo —responde con odio—. No quiero volver a verte en la puta vida.

Moreno se marcha dando un portazo. Indira se sienta, desolada, sintiendo que, por segunda vez en los últimos cinco años, ha caído en un pozo del que le costará mucho tiempo salir.

—Sígame, por favor. El doctor enseguida la atenderá.

Indira sigue a la enfermera a lo largo de los pasillos de la clínica hasta un despacho luminoso y decorado con gusto. Un oasis en uno de los lugares más tristes en los que ha estado nunca. Diez minutos después, entra el doctor Carmona, un hombre de mediana edad que parece haber llegado en ese preciso momento de bucear en el Caribe.

—Inspectora Ramos, qué sorpresa más agradable.

—Cuando detuve al asesino de su hermano —dice ella sin entretenerse en saludarle—, me dijo que si algún día necesitaba algo de usted, solo tenía que pedírselo, ¿lo recuerda?

—Por supuesto. ¿En qué puedo ayudarla?

—Quiero abortar. Sin preguntas.

—Según la ley, debo informarle sobre los derechos, prestaciones y ayudas públicas de apoyo a la maternidad y, transcurridos tres días de reflexión...

—Si acudo a usted es porque no quiero seguir esos protocolos ni tengo nada que reflexionar —le interrumpe Indira.

—Eso no es tan sencillo, inspectora.

—A mí me parece que sí. ¿Va a ayudarme o tengo que ir a otro sitio?

El médico se lo piensa unos segundos y se rinde.

—¿Está usted segura de que quiere interrumpir su embarazo?

—Del todo. ¿Cómo lo hacemos?

—Debo hacerle unas pruebas para asegurarme de que no hay contraindicaciones y, en caso de estar todo correcto, le administraría una dosis de Mifepristona, un fármaco que bloquea la producción de progesterona. Cuarenta y ocho horas después tendría que regresar para tomar una dosis de Misoprostol, que provocaría la expulsión definitiva de la gestación.

—Adelante.

El médico le hace las pruebas correspondientes y, al cabo de un par de horas, le tiende la primera de las pastillas y un vaso de agua.

—Ahora está todo en sus manos, inspectora. La dejaré sola.

Cuando el doctor Carmona sale del despacho, la inspectora Ramos mira la pastilla. Le hubiera encantado poder formar una familia con el hombre del que se había enamorado después de tanto tiempo sola, pero una vez más todo se ha ido a la mierda. Busca a la desesperada una mínima razón para no hacerlo, pero por desgracia no la encuentra.

TRES AÑOS DESPUÉS
(DICIEMBRE DE 2022)

5

Jorge Sierra sabe que el día ha amanecido lluvioso cuando, nada más despertar, siente el punzante dolor en la pierna. La cicatriz que le parte en dos el muslo es el recordatorio de que su vida no siempre ha sido la que tiene ahora, que hubo un tiempo, cuando ni siquiera se llamaba de la misma manera, en el que no habría apostado un euro por que llegaría a cumplir los cincuenta y cinco años.

Y, sin embargo, aquí sigue.

La puerta de la habitación se abre de golpe y entra Claudia vestida con su uniforme del equipo de baloncesto. Aunque el inicio de la pubertad se le nota en la manera de hablar y de pensar, físicamente ya es una mujer.

—¡Despierta, papá! ¡Vamos a llegar tarde!

—¿A qué hora es el partido?

—A las once, pero yo tengo que estar una hora antes para calentar, y juego en la otra punta de Madrid.

—Lo mejor es que salgas ahora corriendo. Así, cuando llegues, ya no necesitarás calentar.

Claudia mira contrariada a su padre. Cuando a él se le eleva una comisura, ella comprende que está bromeando y respira, aliviada.

—¡No tiene gracia!

—Yo creo que sí...

Jorge sonríe divertido y coge a su hija en volandas. Atraído por el alboroto, Toni entra corriendo y se lanza sobre su padre y su hermana mayor. Al contrario de lo que le pasa a ella, sus ocho años parecen seis.

—Mira que eres bruto, Toni —dice Jorge quitándose de encima a su hijo menor.

—¿Hoy vamos a ir a ver al Real Madrid, papá?

—Ya te dije ayer que esta semana juegan fuera, en Valencia.

—¿Tú has estado alguna vez en Valencia?

La pregunta, cuya respuesta para cualquier otra persona sería un simple sí o no, para Jorge supone mucho más. Tanto que, durante unos segundos, su mirada se pierde en algún lugar de su memoria.

—El padre de una niña de mi clase vive en Valencia —interviene Claudia al ver que su padre no responde— y ella va en el AVE muchos fines de semana. Dice que se tarda poquísimo, menos de dos horas.

—¿Podemos ir, papá?

—No.

—Venga, porfa —el niño ruega—. Está cerquísima.

—He dicho que no, coño.

La brusquedad con la que contesta hace que Claudia y Toni comprendan que se acabaron las bromas. Jorge se levanta de la cama y va a subir la persiana. Hasta que sus músculos entren en calor, la cicatriz del muslo le provoca una ligera cojera. Dentro de unos minutos será casi imperceptible.

—Hace una mierda de día, Claudia —dice Jorge mirando por la ventana, ya con gesto sombrío—. Seguro que el partido se suspende.

—Jugamos en una pista cubierta.

—O sea que vas a obligarme a llevarte sí o sí, ¿no?

La niña no se atreve a responder y baja la mirada. Jorge se da cuenta de lo arisco que ha sido y va a sentarse junto a sus hijos.

—No me hagáis caso —dice tratando de contener su mal humor—. Papá tiene algunos problemas en el trabajo.

—¿Otra vez te han dejado colgado los proveedores? —pregunta Toni.

—Otra vez. Y, por si fuera poco, los muy capullos me han subido el precio del cemento.

El niño mira hipnotizado las feas marcas que tiene su padre en ambos brazos. Estas revelan que antes ahí había varios tatuajes que, por alguna razón, Jorge quiso ocultar. Tal debía de ser su urgencia que se arrancó los trozos de piel él mismo, dejando unas cicatrices que, treinta años después, parecen tan recientes como a la semana de hacérselas.

—¿Por qué te borraste los tatuajes, papá? —pregunta Toni señalando las cicatrices de uno de sus antebrazos.

—A mamá no le gustarían —responde Claudia.

—¿Tú sabes lo que eran? —El niño mira a su hermana con curiosidad.

—Nada que a ti te importe —Jorge zanja el interrogatorio—. Venga, dejadme solo para que me pueda vestir.

—Date prisa, papá —ruega Claudia.

Él asiente y sus hijos salen de la habitación. Antes de entrar en el baño, se detiene frente a un espejo y observa su reflejo en silencio. Ha perdido bastante pelo y ha ganado kilos, pero sigue siendo un hombre atractivo. Acaricia con la yema de los dedos la cicatriz de uno de sus brazos y recuerda que lo que había debajo de esos horribles pliegues de piel no era sino la representación de la muerte.

6

Los últimos tres años no han sido fáciles para Iván Moreno. Desde que asesinaron a su mejor amigo y mentor, arrastra un sentimiento de culpa del que jamás logrará desprenderse. Se enamoró de su entonces jefa, la inspectora Indira Ramos, y se olvidó de que le había prometido a Dani que se vengaría de ella por denunciarle y joderle la vida. Se encontraba, literalmente, entre la espada y la pared, en medio de una guerra en la que no podía decantarse por ningún bando. Cuando al fin quiso reaccionar e intentó ayudar a su amigo a salir adelante, ya era demasiado tarde; unos camellos le habían reconocido cuando fue a un narcopiso a comprar droga y poco después apareció dentro de una bolsa de basura.

Encerró a los culpables y juró que, por respeto a la memoria de su amigo, no volvería a tener nada con Indira, pero eso hace que se sienta aún más vacío. Ella, por su parte, se lo puso fácil y, al día siguiente de enterarse de la muerte de Dani, se largó con la intención de no volver. Moreno sabe que la subinspectora María Ortega sigue teniendo algún contacto con ella, pero prefiere no preguntar. Un año después de aquello, él decidió presentarse al examen de inspector y, desde hace dos, está al frente del equipo que antes encabezaba la (muy a su pesar) recordada Indira Ramos.

La subinspectora Ortega entra en la sala de reuniones seguida por el oficial Óscar Jimeno y por la agente Lucía Navarro.

Cuando Jimeno estuvo a punto de morir a manos de un mafioso italiano, Navarro no se separó de su cama durante los días que pasó en coma. Él confundió cariño con amor y a ella, después de dejarse llevar por el aprecio que le tenía, le costó un mundo hacerle ver que no pegaban ni con cola y que solo había sido una noche de sexo que no se volvería a repetir. Por suerte para ambos, el despecho del oficial no lo arruinó todo y siguen siendo buenos amigos.

—Pues no lo entiendo, ¿qué quieres que te diga? —entra diciéndole Jimeno a Navarro—. Si tú vas a un bar y consigues todos los tíos que quieras, ¿para qué te metes en una página de contactos?

—Porque prefiero conocer un poquito a los tíos antes de que intenten llevarme a la cama, Óscar. Y, en un bar, es lo único que buscan.

—Y en internet, no te jode. La única diferencia es que en el bar los ves en persona y no en una foto que se hicieron hace diez años.

—Tú liga como te dé la gana y a mí déjame tranquila, ¿vale?

—Tú misma, pero la red está llena de peligros.

—Mira que eres carca, Jimeno —interviene la subinspectora Ortega—. No tienes ni treinta años y me parece estar escuchando a mi abuelo.

—Cuando terminéis con el consultorio sentimental de la señorita Pepis —el inspector Moreno zanja la discusión—, os sentáis y empezamos a trabajar.

Todos obedecen, intuyendo que no está de humor.

—¿Tenemos ya los resultados de la autopsia del tío del aparcamiento? —pregunta la subinspectora Ortega.

—Al final ha resultado ser la explicación más sencilla: un infarto.

—Con la mala hostia que tiene la mujer, yo apostaba a que se lo había cargado ella —dice el oficial Jimeno.

—Le daría por culo hasta que le explotó el corazón, pero no podemos llevarla a la cárcel por eso. Ocúpate tú de cerrar el caso, Navarro.

—Sí, jefe —Lucía se resigna.

—¿Alguna pista sobre lo del anciano de López de Hoyos? —la subinspectora Ortega pasa al siguiente caso.

—Ha sido su nieto —responde Moreno.

—¿Ha confesado? —Jimeno se sorprende.

—No hace falta. El vecino ha vuelto de viaje y ha declarado que vio al chaval y a dos amigos entrando en el portal aquella misma tarde. Los muy cabrones debieron de ir a sacarle pasta al viejo, él se negó y se lo cargaron. En diez minutos de interrogatorio lo soltará todo. Por lo visto se ha echado a llorar en cuanto han ido a por él en el instituto.

—La peña mata con una facilidad de la leche —dice la agente Navarro.

—Eso es culpa de la deshumanización de la sociedad por los videojuegos y las pelis violentas —apunta el oficial Jimeno.

—De verdad que eres el tío más viejuno que he conocido en mi vida, Jimeno —La subinspectora Ortega lo mira alucinada.

—Oye, no lo digo solo yo —protesta él—. Sin ir más lejos, Indira opinaba igual. Por cierto, no sé si sabéis que hoy es su cumpleaños.

—Y el más metepatas. —Navarro se suma a la apreciación de su compañera.

—¿Por? —pregunta sin comprender—. Lo digo porque me ha saltado esta mañana la alarma del móvil.

La agente Navarro le da una patada por debajo de la mesa. El oficial Jimeno lo capta y mira a su jefe, al que se le suele torcer el gesto cada vez que alguien nombra a la inspectora Ramos. Y, para su desgracia, eso sucede muy a menudo.

—Perdona, jefe. Pero es que, si es su cumple, pues es su cumple.

—¿A mí qué cojones me cuentas, Jimeno? —responde Moreno—. Hoy a las doce, reunión de casos abiertos. Quiero todos los informes del último año actualizados sobre mi mesa.

El inspector se levanta y sale de la sala de reuniones. Tanto la subinspectora Ortega como la agente Navarro asesinan a su compañero con la mirada.

—A veces es para darte de hostias, de verdad —Navarro resopla.

—A ver si ahora no se va a poder abrir la boca —responde Jimeno y mira a la subinspectora Ortega—. ¿Por qué no la llamas y la felicitamos?

La subinspectora Ortega saca su móvil y marca, pero salta el buzón de voz.

—Nada, está apagado.

—Olvídate —dice la agente Navarro—. Yo le mandé un mensaje hace un par de meses y ni siquiera lo ha leído.

7

Indira está sentada en un banco frente a la Casa de la Cultura del municipio extremeño de Villafranca de los Barros, en cuyo interior se encuentra la biblioteca municipal Cascales Muñoz. La construcción, que hasta 1979 albergaba la fábrica de harinas San Antonio, es un enorme edificio de piedra y ladrillo en el que destaca una chimenea de veinte metros de altura, junto a la que hay otras cuatro menores. Ella se resiste a entrar porque, aunque no ha sido diagnosticada, teme ser algo celiaca y podría haber restos de harina flotando en el ambiente. Si no fuera porque justo hoy cumple treinta y nueve años, parecería una anciana sin nada mejor que hacer que sentarse y ver pasar la vida ante sus ojos. Pero lo cierto es que, desde que pidió una baja en la policía para tratar sus problemas psicológicos y acto seguido una excedencia, puede considerarse jubilada.

Mira su reloj y resopla, cansada tras llevar más de media hora esperando. Cuando ya empezaba a impacientarse, la abuela Carmen sale del interior del edificio con Alba cogida de la mano. La niña, que hace un par de meses cumplió dos años, sujeta un libro con fuerza.

—Estaba a punto de entrar a buscaros, mamá.

—Lo siento, Indira. Es que tu hija nos ha salido pesadita y no se decidía por ningún libro.

—¿Cuál has cogido, cariño? —pregunta a su hija agachándose frente a ella.

—Peppa Pig.

La niña le hace una seña a su abuela que pretendía ser disimulada y esta suspira y saca otro libro del bolso.

—Ya sabemos que a ti no te gusta celebrar los cumpleaños, hija, pero Alba se ha empeñado en cogerte un libro de pistolas.

—¡Felicidades, mamá!

Indira sonríe a Alba, que habla con fluidez desde los dieciocho meses. Es una niña inteligentísima, lo que con toda seguridad le dará problemas en el futuro, pero de la que ahora se siente muy orgullosa. No entiende cómo se le pudo pasar por la cabeza deshacerse de ella, y se estremece al pensar que estuvo a punto de tomarse aquella pastilla.

Nada más salir de aquel sombrío lugar fue a interrumpir una nueva sesión de su psicólogo para decirle que había decidido marcharse al pueblo de su madre y tener allí a su hija, pero para eso necesitaba que redactase un informe con el que pedir la baja en la policía.

—¿No vas a decírselo al padre?

—Moreno me odia con toda su alma y no creo que le apetezca mucho ser padre.

—Tiene derecho a saberlo.

—En algún momento se lo diré, pero ahora quiero estar tranquila.

El psicólogo elaboró el informe que pedía e Indira se fue con él en la mano a hablar con el comisario. Nadie se sorprendió de que sus manías y obsesiones llegasen a incapacitarla, y más cuando empezaban a correr rumores que apuntaban a que el famoso virus chino pronto llegaría a Europa, aunque a su equipo le descolocó que tomase esa decisión justo cuando mejor parecía encontrarse.

Hizo las maletas y puso rumbo al pueblo. Allí pasó el confinamiento mientras su tripa crecía día a día y vio a su padre contagiarse y morir al poco tiempo. Fue un palo enorme para ella y para su madre, más aún cuando no les permitieron despedirse de él, pero ambas volvieron a sonreír el día en que Alba nació.

Indira soportó sorprendentemente bien el embarazo y el nuevo ambiente en el que vivía, sobre todo porque ya no era la única que extremaba las precauciones higiénicas. Pero en cuanto nació su hija pasó unos días convencida de que no lo conseguiría. No le causaba repulsa alguna, sino que le aterrorizaba pensar que no lograría protegerla de los peligros que había en el exterior, visibles o microscópicos.

—Eso es amor, hija —le dijo su madre—. Yo también pasé meses obsesionada con protegerte..., y quizá por eso saliste así. Tienes que dejar que Alba viva y crezca con normalidad, ¿de acuerdo?

Aunque Indira seguía teniendo extravagancias por las que todos en el pueblo la miraban como a un bicho raro, aguantó con estoicismo que a Alba le encantase revolcarse por el suelo, abrazarse a todo el que veía por la calle y comerse los curruscos de pan o las galletas que las vecinas del pueblo le ofrecían. La única vez que perdió los nervios y sufrió uno de sus ataques de pánico fue cuando la vio compartir a lametones un polo de naranja con un perro callejero.

En cuanto a Moreno, ha estado un montón de veces a punto de llamarle para contarle que tiene una hija, pero nunca ha encontrado el momento. La única persona de su vida anterior que conoce su secreto es la subinspectora María Ortega. Con los demás miembros de su equipo —excepto con el padre de la criatura— ha hablado de vez en cuando, pero ni se le ha pasado por la cabeza decirles cuál fue la verdadera razón para desaparecer de la noche a la mañana.

—¿Te gusta el libro, mamá?

—Me encanta. Enséñame las manitas, anda.

La niña le entrega el libro de Peppa Pig a su abuela y le muestra las manos a su madre, que saca del bolso gel hidroalcohólico y le echa unas gotas en sus diminutas palmas. Alba se las frota con energía, con la práctica que da tener una madre como la suya. Su abuela cabecea disgustada.

—Se va a desollar las manos.

—Yo me las desinfecto varias veces todos los días y están muy bien.

—Pero si las tienes que parecen las de un estibador del puerto.

—No empecemos, mamá, por favor.

—¿Qué es un estibador, yaya? —pregunta Alba.

—Los que cargan y descargan los barcos.

—Qué guay. Yo de mayor quiero ser eso.

—Sí, hombre —Indira se espantó—. ¿Tú sabes la cantidad de porquería que traen los barcos, Alba? Algunos dicen que por ahí entró el coronavirus de China, no te digo más.

—Ni caso, Albita —le dice Carmen a su nieta, pasando de su hija—. Tú de mayor podrás ser lo que te dé la real gana. Fíjate en tu madre. Todos queríamos que fuese maestra y se hizo policía.

Aquellos tiempos quedan tan lejanos que Indira ya no se acuerda de por qué quiso presentarse a las pruebas para inspectora. Tal vez solo fue para marcharse del pueblo e ingresar en la Academia de Ávila, o puede que para poder reprender a los demás cuando no cumplían las normas, o simplemente porque sentía que era su vocación. El caso es que, ahora que Alba ha dejado de ser un bebé y que ya no necesita su protección las veinticuatro horas del día, se da cuenta de que echa muchísimo de menos su trabajo.

8

—Habéis hecho una mierda de partido, Claudia. Así no sé cómo pretendéis ganar a nadie. —Jorge Sierra clava la mirada en su hija y esta mantiene la suya fija en el limpiaparabrisas, que pugna por retirar la lluvia del cristal.

—Las otras tenían una chica de dos metros, papá. —Toni, en el asiento trasero del coche, deja la consola por un instante para salir en defensa de su hermana mayor.

—No medía ni uno setenta, Toni. Además, eso no es excusa. Han tirado el partido antes de empezar. Y no sé por qué os empeñáis en jugárosla de tres si no metéis ni una.

—En los entrenamientos las metemos.

—Ya ves tú de lo que sirve.

A pesar de las discusiones que eso le ha ocasionado con su mujer, Jorge cree necesario ser severo con sus hijos; él mejor que nadie sabe lo dura que es la vida, que hay que estar preparado para lo malo que venga porque, tarde o temprano, todo se puede torcer. Cuando tenía la edad de Toni, ya llevaba tiempo sobreviviendo en la calle; robaba en tiendas, en campos de fruta, atracaba a señoras que volvían de la compra o desvalijaba coches, lo que hiciera falta para conseguir dinero. A los diez años ya lideraba una banda juvenil, a los quince pasaba más tiempo en reformatorios que en su casa y, a partir de los dieciocho, empezó a entrar y a salir de la cárcel por diferentes delitos, casi siempre relacionados con el tráfico de drogas y con unos terribles arrebatos de ira que ahora ya casi tiene controlados y que solo conocen algunos empleados de su empresa de reformas. Pero no fue hasta los veintiséis cuando su nombre abrió los telediarios de todo el mundo.

El sonido del teléfono le devuelve a un presente mucho más plácido para él. En la pantalla del coche se puede leer: «Llamando VALERIA». Jorge pulsa un botón verde que hay en el volante.

—Valeria.

—Hola, mi amor. ¿Terminó ya el partido? —pregunta ella con un marcado acento argentino.

—Estamos en el coche, volviendo a casa.

—¿Y cómo le fue a la nena? ¿Ganaste, Claudia?

—No, mamá. Hemos perdido —responde la chica avergonzada.

—De veinte —apunta su padre.

—Bueno, ya ganarán la próxima vez... Jorge, acabo de llegar a casa y no tuve tiempo de traer pan. ¿Podés pararte a comprar?

—Está lloviendo a cántaros, Valeria.

—La gasolinera te queda de camino. Trae dos barras y algo para el postre.

—¿Podemos comprar helado de chocolate, mamá? —pregunta Toni volviendo a desviar por un momento la atención de su consola.

—Claro que sí, hijo. Ahora los veo.

Valeria corta la llamada. Jorge gruñe y se desvía para entrar en la gasolinera. La zona techada está reservada para los surtidores y tiene que aparcar bajo el torrente de lluvia.

—Joder, me voy a poner perdido.

—¿Quieres que vaya yo? —pregunta Claudia.

—Tengo que pagar con tarjeta —responde él negando con la cabeza—. Ahora vuelvo.

Sale del coche y corre hacia la tienda de la gasolinera. El dependiente, un hombre de unos cuarenta años con cara de aburrimiento, le censura con la mirada cuando se sacude la chaqueta y le pone el suelo perdido.

—¿Tiene gasolina?

—No, solo quiero dos barras de pan y esto —responde Jorge abriendo una nevera que hay junto al mostrador y sacando una tarrina de helado de chocolate.

—Siete con treinta. ¿Bolsa?

—Sí, por favor.

Jorge paga con la tarjeta de crédito y vuelve corriendo al coche. Como temía, al entrar en él ya está calado.

Apenas unos segundos después de que Jorge Sierra y sus hijos se marcharan de la gasolinera, un BMW X5 robado con tres ocupantes se detiene con un frenazo frente a la puerta de la tienda. De él se bajan dos chavales de poco más de veinte años con mascarillas, gorras y pistolas.

—¡La pasta, rápido! —grita uno de ellos apuntando al dependiente.

—La gente paga con tarjeta, tío —responde él levantando las manos—. Yo que vosotros me iba a atracar un mercado o algo así.

—¡¿Te crees muy gracioso?!

El segundo chaval rodea el mostrador y golpea con la culata de su pistola al dependiente, que enseguida empieza a sangrar por la ceja.

—¡Abre la puta caja!

—Ya va, tranquilo.

El dependiente abre la caja y el chico entra en cólera al ver que solo hay monedas y billetes de poco valor.

—¡¿Qué mierda es esta?! ¡¿Dónde cojones está el dinero?!

—Esto es todo. Ya te he dicho que la gente ya no paga en efectivo ni el pan.

El atracador deja la pistola sobre el mostrador para buscar algo de valor que compense el riesgo que están corriendo, y el dependiente comete el mayor error de toda su vida. En cuanto pone la mano sobre el arma, el otro chico aprieta el gatillo. Un pequeño agujero aparece en su mejilla y acto seguido se desploma.

—¡Vámonos, joder!

Los dos atracadores cogen el poco dinero de la caja, algunos productos que encuentran de camino a la puerta y salen tan rápido como entraron.

9

Los agentes de la Policía Científica han acordonado el perímetro de la gasolinera intentando mantener intacta la escena del crimen, pero la fuerte lluvia hace que todo el que entra en la tienda la contamine sin remedio, tanto que alguien ha decidido poner un montón de cartones en el suelo para evitar que se formen más charcos. El inspector Moreno entra acompañado del oficial Jimeno y de la agente Navarro. Esta mira a su alrededor, fastidiada.

—Menuda chapuza. La inspectora Ramos ve esto y le da un parraque.

Moreno la mira de reojo, sin poder ocultar cuánto le molesta que la nombren cada cinco minutos. Uno de los agentes de la científica se acerca a ellos.

—Inspector Moreno, ¿se va a hacer usted cargo del caso?

—Nos acaban de dar el aviso —responde—. ¿Dónde está el cadáver?

—Detrás del mostrador. Procuren no pisar fuera de los cartones, por favor. Mire cómo han puesto esto de agua.

—¿Quién lo ha encontrado? —pregunta el oficial Jimeno.

—Una señora que ha venido a echar gasolina. La están atendiendo los del SUMMA.

—Encárgate tú de hablar con ella, Lucía —le dice a Navarro y después vuelve al agente de la científica—. ¿Alguien ha revisado las grabaciones de las cámaras de seguridad?

—Sí. Estamos buscando huellas donde creemos que pudieron haber tocado.

—Descárgate las imágenes y las vemos —le dice a Jimeno.

El oficial sigue al agente a un cuartito que hay junto a los baños. El inspector Moreno se asoma detrás del mostrador, donde el forense examina el cuerpo sin vida del dependiente. El cadáver está boca arriba y se aprecia el agujero de bala en la cara, pero llama la atención que apenas haya sangre, nada más que un minúsculo reguero que le baja por la mejilla y se pierde entre la ropa.

—Primero le golpearon y después le dispararon. Murió en el acto —dice el forense.

—¿Se sabe ya con qué arma?

—La bala ha quedado alojada en la base del cráneo, por lo que hasta que no le hagamos la autopsia y podamos extraerla no lo sabremos. Aunque lo más normal es que sea una nueve milímetros.

Moreno examina la tienda con detenimiento. Varios agentes de la científica tratan de recuperar pruebas del paso de los atracadores por el lugar. Se acerca a uno de ellos, el que espolvorea el reactivo sobre el cristal de la nevera de los helados con una brocha de fibra de vidrio.

—¿Cómo vais con las huellas?

—Haberlas, haylas —responde este—. Lo malo es que un montón de ellas serán de clientes.

—Sácalas todas y después vamos descartando.

—Voy a tardar un huevo de tiempo...

—Me da igual. ¿Alguien sabe ya cuánto se han llevado?

—Seguramente muy poco —responde otro de los agentes—. Ahora que todo el mundo paga con tarjeta, no suelen tener más de doscientos euros en efectivo.

—Joder...

El inspector Moreno se asoma a la puerta y ve a la agente Navarro junto a una ambulancia, consolando a una señora que parece muy afectada. Tras cruzar unas palabras con los médicos del SUMMA y con un par de policías uniformados, la deja a su cuidado y vuelve con su jefe.

—Dice que no vio nada. Echó gasolina y, cuando entró a pagar, encontró a la víctima. Está muy alterada.

—Que dé gracias a que no llegase un poco antes, porque esos hijos de puta se la habrían cargado también a ella.

El oficial Jimeno se acerca a sus compañeros con la tablet en la mano.

—Ya me he descargado las imágenes.

—¿Se ve algo?

—Se ve todo.

La pantalla se divide en cuatro: en una parte aparece la tienda, en otra la caja, en la tercera los surtidores y la última muestra un plano general de la gasolinera. En la imagen de la caja se ve llegar a un hombre de alrededor de cincuenta años que compra dos barras de pan y una tarrina de helado de chocolate.

—Este es el último cliente —señala Jimeno mientras el hombre paga—. En cuanto se marcha...

A los pocos segundos de salir el hombre, de subirse corriendo en un coche negro de alta gama para protegerse de la lluvia y de incorporarse al tráfico, entran los atracadores. La violencia se desata enseguida. Uno de ellos, tras golpear con la culata de su pistola al dependiente, deja el arma sobre el mostrador. Cuando este se dispone a cogerla, el otro le dispara a quemarropa.

—¿Para qué cojones ha hecho eso? —pregunta Moreno—. Tenía que haber dejado que se llevaran lo que quisieran.

—Supongo que vio su oportunidad y quiso aprovecharla —responde la agente Navarro.

—Y por eso está muerto. De haberse quedado quietecito, ahora mismo le estarían poniendo un par de puntos en la ceja y para casa. —Se fija en los atracadores mientras abandonan la gasolinera—. Con las gorras y las putas mascarillas no se les reconoce.

—Fíjate en sus manos. Los muy gilipollas no llevan guantes.

El inspector Moreno vuelve a dirigirse al agente de la científica que aplica el reactivo con la brocha, ahora sobre el mostrador.

—Daos prisa con eso, por favor.

—En cuanto tengamos los resultados se los mandamos, tranquilo, pero hay un montón de huellas superpuestas y tardaremos un par de días en limpiarlas para poder meterlas en el SAID —responde el policía.

10

La guardería a la que va Alba está a las afueras del pueblo, en una casa baja con globos de colores pintados en la fachada y unos columpios y toboganes colocados en el patio. Indira dudó mucho antes de decidirse a dejar a su hija en aquel lugar —veía peligros mortales en cada rincón—, pero, como suele repetirle su madre, tiene que permitir que se relacione con naturalidad con otros niños. Si por ella fuera, esperaría sentada enfrente de la guardería hasta la hora de la comida para llevarla de vuelta a casa, como Forrest Gump esperaba a su hijo a diario en la parada del autobús, pero intenta obligarse a hacer cosas para sentirse más o menos normal.

Se pasa por el mercado a comprar unos encargos que le ha hecho su madre, va a recoger unas prendas de ropa a la mercería y entra en el Ayuntamiento a reclamar por undécima vez la devolución del IBI de la casa de sus padres, ya que este año les han pasado el recibo por duplicado. Está segura de que el funcionario que la atiende todas las semanas no le resuelve el problema adrede. Cada vez que va por allí, él le cuenta que lleva dos años separado y que, puesto que sabe que ella también está sola, tal vez podrían quedar a tomar algo algún día. Por más que ella le repite que no está interesada, ese hombre es inasequible al desaliento. Hay días en los que está tentada de denunciarle por acoso, pero le parece buena gente y a ella en el fondo le divierte sentirse deseada. Por desgracia para él, no se parece en nada a Iván Moreno.

Cuando vuelve a casa, se encuentra a la subinspectora María Ortega sentada con su madre a la mesa de la cocina.

—María, ¿qué haces aquí? —pregunta Indira sorprendida.

—Si cogieras el teléfono de vez en cuando, no necesitaría hacerme cuatrocientos kilómetros para felicitarte por tu cumpleaños...

—¿Eres feliz aquí? —pregunta María, una vez que la madre de Indira se ha marchado para que puedan hablar con intimidad.

—Tengo a mi lado a las dos personas que más quiero en el mundo.

—Esa es la típica respuesta evasiva que a ti te ponía de mala leche cada vez que te la daba un sospechoso.

—Me parece que es un buen lugar para criar a mi hija, al menos hasta que cumpla quince años y quiera largarse.

—Como tú...

—Como yo —confirma—. ¿Cómo están las cosas por la comisaría?

—Igual que siempre. Jimeno y Lucía a la gresca y Moreno cada día más amargado.

—¿Y eso?

—No ha levantado cabeza desde que mataron a su amigo y tú te largaste. —La subinspectora Ortega mira hacia la nevera, en cuya puerta hay varios dibujos infantiles y una foto de Alba jugando en la nieve—. ¿Se parece a él?

—Suele tocarme las narices bastante, si es lo que preguntas.

—Se va a volver loco cuando lo sepa.

—Estará encantado de que le presente a una hija educada y criadita y que no le pida nada a cambio.

—Puede que sí, puede que no.

Indira sabe que no es tan sencillo como ella dice y que Moreno le puede salir por cualquier lado. No quiere ni pensar que se empeñe en ejercer de padre y que pretenda llevarse a Alba cada dos fines de semana. Intenta convencerse de que, una vez que se le pase el cabreo inicial por no haberle contado que tiene una hija, querrá seguir con su vida y las dejará tranquilas. Pero teme, más aún que a los microbios y a las bacterias, que se interponga entre ella y la niña solo para hacerle daño. Siente que el momento de conocer su reacción está cada vez más cerca y eso le pone los pelos de punta, así que cambia de tema.

—¿Tenéis muchos casos abiertos?

—Los suficientes para que te incorpores y nos ayudes a cerrarlos. La crisis de después de la pandemia ha desquiciado a la gente y estamos sobrepasados.

Indira y la subinspectora Ortega van dando un paseo para recoger a Alba de la guardería. De camino hacia allí, se cruzan con un par de señoras que miran a la inspectora con animadversión y cuchichean algo antes de perderse por una de las callejuelas del pueblo.

—¿Y esas? —pregunta la subinspectora Ortega.

—Están enfadadas porque el año pasado dije que la caldereta de cordero que preparan para las fiestas municipales incumple todas las medidas de salubridad.

—Veo que tu especialidad sigue siendo hacer amigos.

—No hemos aprendido nada después del coronavirus, María. Yo pensaba que la gente se empezaría a tomar en serio la higiene, pero aquí ya comparten hasta los cubiertos como si nada.

—Es el carácter mediterráneo.

—Esto es Extremadura. Estamos a más de quinientos kilómetros del Mediterráneo.

La subinspectora Ortega se esfuerza por contener la risa cuando a su amiga se le desencaja la mandíbula al ver a la pequeña Alba salir de la guardería cubierta de pintura verde de la cabeza a los pies.

—¿Se puede saber qué te ha pasado, Alba?

—Me he manchado un poquito —responde la niña y mira a la subinspectora con curiosidad—. ¿Tú quién eres?

—Es mi amiga María.

—¿También eres policía?

—También, Alba. Trabajé en Madrid mucho tiempo con tu madre. —María se agacha frente a ella—. ¿Me das un beso?

La niña asiente sonriente y le da un beso. A Indira le hubiera encantado que ambas se desinfectasen antes de tocarse, pero no puede sino sonreír.

—Ya que María ha venido desde tan lejos —dice—, tendremos que ir a buscar a la yaya para celebrar las cuatro juntas mi cumpleaños.

La niña aplaude, emocionada.

—¿Podemos comer perrunillas, mamá?

—¿Qué es eso? —pregunta la subinspectora Ortega.

—Unas tortas hipercalóricas —responde Indira—. Notas cómo engordas según te las comes.

Las tres mujeres y Alba meriendan en la cafetería principal del pueblo. Cuando terminan, van dando un paseo hasta la iglesia de Nuestra Señora del Valle. Por petición de la niña, abuela y nieta van a comprar castañas para asarlas después de cenar.

—Mis padres no hacen más que recordarme que yo no me arranqué a hablar hasta los tres años y tu hija, recién cumplidos los dos, habla por los codos —dice María—. Tendrás que llevarla a un lugar donde desarrolle todo ese potencial, ¿no?

—Aquí estamos bien.

—Vamos, Indira. Sabes tan bien como yo que tu sitio no está en este pueblo, sino atrapando asesinos en Madrid. ¿Cuándo se te acaba la excedencia?

—En una semana. Si no pido un nuevo destino, dejaré de ser poli.

—¿Y qué vas a hacer?

Indira lleva días sin poder pegar ojo, dándole vueltas a esa misma pregunta. Por una parte le encantaría reanudar su antigua vida y hacer lo que mejor se le da en este mundo, pero ahora también tiene que pensar en Alba y en su madre. Si a Carmen le quitase ahora a la niña, se llevaría el disgusto de su vida. Por otra parte, ella tampoco podría volver a sus jornadas maratonianas en la comisaría y compaginarlo con su labor como madre. No hay conciliación posible si persigues asesinos. Se le ha ocurrido pedir a Carmen que las acompañe a Madrid, aunque no tiene claro si ella aceptaría. Y, de hacerlo, está lo de Moreno. En cuanto volviese a verlo, tendría que confesarle su secreto, y ese es su mayor temor.

Pero lo cierto es que lleva ya muchos días pensando en recuperar su antigua vida. Y el tiempo para hacerlo se le agota.

11

Como le dijo el encargado de dactiloscopia al inspector Moreno, en el laboratorio de la Policía Científica trabajan durante varios días con las muestras encontradas en la tienda de la gasolinera. La misma superficie que tocó uno de los atracadores la tocaron nueve personas diferentes, cuyas huellas latentes han quedado superpuestas y es muy complicado depurarlas. Una vez que consideran que las primeras son lo bastante nítidas, las escanean y las meten en el sistema para que busque coincidencias en las distintas bases de datos policiales.

—En cuanto estén los resultados me los pasas, Jiménez —dice el subinspector de la científica asomándose al laboratorio—. Los de homicidios llevan tocando los huevos todo el día.

—Yo hago lo que puedo, jefe.

Aunque intenta acelerar el proceso, lo más seguro es que todavía tarde bastante tiempo en hacer una identificación positiva. Casi nunca, y menos con huellas en las que ha habido que trabajar tanto, se consigue una coincidencia completa.

Según las va limpiando, Jiménez las introduce una por una en el fichero SAID, el Sistema Automático de Identificación Dactilar, y, como sospechaba, de las tres primeras no encuentra coincidencias, así que asume que serán de clientes sin antecedentes policiales. La cuarta sí da un resultado al sesenta por ciento, pero duda mucho de que el tal Federico Hernández sea uno de los atracadores, puesto que, según la ficha, se trata de un anciano detenido por agredir a un policía durante el confinamiento por COVID-19 de hace casi tres años. Con la quinta huella que introduce tampoco tiene suerte, pero con la siguiente obtiene el premio que esperaba: pertenece a Lucas Negro, un chico de veintidós años con múltiples antecedentes por agresión, tráfico de drogas y atraco a mano armada. Con toda certeza, se trata de uno de los atracadores.

—Tengo a uno de ellos, jefe —dice por teléfono—. OK. Te lo mando al correo.

Envía el resultado a su jefe y continúa analizando las tres huellas que le faltan. La séptima tampoco arroja ninguna coincidencia, pero, en cuanto mete la octava, siente que el suelo tiembla bajo sus pies.

—No puede ser... —dice para sí, con la voz temblorosa.

Revisa de nuevo la muestra para comprobar que no ha habido ninguna contaminación, la vuelve a escanear y la introduce en el sistema, esta vez buscando la comparación con alguien en particular. El ordenador solo tarda unos instantes en dar su veredicto: coincidencia superior al noventa por ciento.

Lo primero que piensa es que el programa se ha estropeado, con esos viejos trastos con los que tienen que trabajar no sería raro. Decide que, antes de decir nada a sus compañeros y de que estos se rían de él, debe hacer la comparativa a la vieja usanza, tal y como le enseñaron en la academia. Busca minuciosamente los puntos característicos y revisa las crestas una por una, deteniéndose en cada bifurcación, en cada curvatura e incluso en cada minúscula cicatriz. Al cabo de tres horas, solo le queda certificar que la coincidencia es de un noventa y ocho por ciento. El agente Jiménez está tan nervioso que tarda unos segundos en acertar con la flecha del ratón en el icono de la impresora. Recoge las copias y sale del laboratorio, sin conseguir centrarse en lo que le dice una compañera que va a su encuentro con unos papeles en la mano.

—¿Qué mierda te pasa, Jiménez?

Él no responde, atraviesa el pasillo sin hablar con nadie, entra en el ascensor y pulsa el botón de la cuarta planta. Mientras sube piensa que debió ir por las escaleras, porque el trayecto se le está haciendo eterno. Cuando se abren las puertas del ascensor, camina a toda velocidad hacia el despacho del comisario jefe. Ve a través del cristal que está reunido con varios altos mandos y con algunos inspectores, entre ellos Moreno. No hace caso de una secretaria que le dice que no puede entrar y abre la puerta. Todos en el interior lo miran sorprendidos. Jiménez intenta decir algo, pero solo consigue balbucir unas cuantas palabras inconexas.

—¿Qué coño haces, Jiménez? —le pregunta Moreno—. No te estará dando un ictus o algo así, ¿verdad?

—¿Puedo beber un poco de agua, señor? —atina a preguntar al comisario.

Este le da permiso con un gesto y el agente Jiménez se sirve un vaso de agua derramando la mitad, como si padeciese un párkinson avanzado. Una vez que consigue bebérselo, coge aire y mira a los presentes, que lo observan con curiosidad.

—¿Nos explicas por qué has interrumpido así una reunión?

—Lo siento mucho, señor, pero es que estaba buscando coincidencias con las huellas de la gasolinera y ha pasado algo.

—¿De qué gasolinera hablas? —pregunta el comisario empezando a perder la paciencia.

—Hace un par de días un dependiente murió en un atraco a una gasolinera cerca de Alcobendas —contesta el inspector Moreno—. Jiménez es uno de los especialistas de la científica destinados al caso.

—La mayoría de las huellas no han arrojado coincidencias —continúa Jiménez—, hasta que he encontrado la de un chico con múltiples antecedentes que ya he hecho llegar a mi superior inmediato. Después ha habido otra sin identificar hasta que...

El agente se calla, tragando saliva. Su estado hace que todos los presentes se contagien de su nerviosismo.

—Hasta que... ¿qué?

—Hasta que la octava huella que he introducido en el SAID me ha dado una coincidencia de más del noventa por ciento. He decidido asegurarme haciendo el análisis manual y la coincidencia ha sido cercana al cien por cien.

—¿A quién has encontrado, hijo? —pregunta el comisario.

—Al peor asesino de la historia reciente de España, alguien que hace treinta años cometió un crimen terrible y a quien todos dábamos por muerto. Pero resulta que está vivo, y está en Madrid. —Vuelve a coger aire, armándose de valor para decir en voz alta su nombre—. Hemos encontrado a Antonio Anglés, señor.

II

12

A pesar de todo lo que se ha escrito sobre aquel fatídico viernes 13 de noviembre de 1992, no se trató de algo premeditado. El hambre de sexo y de violencia siempre estaba presente, nunca se podía saciar, pero Antonio Anglés se habría conformado con desahogarse con alguna de las drogadictas que le complacerían por una dosis de heroína o incluso con ir a un prostíbulo que conocía a las afueras de Valencia, donde había chicas que se dejarían hacer todo lo que él quisiera por unos cuantos miles de pesetas. El problema era que quizá no le permitiesen entrar; la última vez que fue se imaginó que a quien tenía a sus pies era a Nuria –una chica a la que vejó, violó y estuvo a punto de matar después de tenerla encadenada durante varios días por haberle robado droga– y se le fue demasiado la mano. Por aquello, Anglés estaba cumpliendo ocho años de condena en la Modelo de Valencia, hasta que en uno de los permisos decidió no volver para terminar lo que empezó. Pero todavía no había conseguido dar con ella y su frustración y su rabia estaban a punto de hacerlo saltar todo por los aires.

–No te rayes, Antonio –le dijo Ricart intentando evitar uno de sus habituales ataques de ira–. Pasa de ella.

Miguel Ricart, el Rubio, era un yonqui sin mucha suerte en la vida al que uno de los hermanos de Antonio encontró durmiendo en un banco del parque después de que su madre hubiese muerto y de que su padre, a quien él siempre definió como un borracho y un maltratador, le echase a patadas de casa. Le invitó a acompañarle y, desde entonces, era considerado un miembro más de la familia Anglés. De Antonio, lo único que quería era conseguir una papelina que pudiese evadirle por un rato de su mísera vida. A cambio, estaba dispuesto a todo.

—Una polla voy a pasar después de lo que esa zorra contó en el juicio. Y no me llames Antonio, joder. Como se te escape por ahí con alguien delante y me devuelvan al trullo, te corto los huevos. De ahora en adelante Rubén, ¿estamos?

Miguel asintió y siguió viendo la tele. A aquellas horas de la tarde, aparte de Antonio, en casa de los Anglés estaban sus hermanos Enrique y Mauri trasteando en la cocina, su hermana Kelly, como siempre encerrada bajo llave en su habitación, y un par de drogadictos durmiendo en algún rincón después de haberse metido el chute que allí mismo les habían vendido. Neusa, la madre del clan, apuraba sus últimos minutos de descanso tras pasar la noche sacrificando pollos en el matadero, a punto de levantarse para otra agotadora sesión. El olor a sangre y a miseria, por unos o por otros, era algo habitual en aquella casa.

Miguel vio cómo su amigo cogía otro Rohypnol y se temió lo peor al ver que se lo tragaba con un sorbo de cerveza. A diferencia de todos los que estaban a su alrededor, Antonio no se drogaba, no fumaba y casi nunca bebía. Su única adicción eran los tranquilizantes y, dependiendo de cómo se los tomara, buscaba un efecto o el contrario; si lo hacía con agua, era para relajarse, pero si lo acompañaba de alcohol, era porque sus demonios estaban rondándole una vez más.

—Ahora en un rato salimos tú y yo, Rubio.

—¿Adónde?

—A dar una vuelta por ahí.

Miguel Ricart asintió, sumiso. Aunque a él le apetecía quedarse fumando hachís y algún chino en la plaza de Catarroja, a Antonio no se le discutían las órdenes.

A pocos kilómetros de allí, en Alcàsser, un pequeño municipio cuyo nombre quedaría desde aquella noche grabado a fuego en la memoria de todos los españoles, Miriam, Toñi y Desirée, tres adolescentes de entre catorce y quince años, salían de los recreativos del pueblo tras haber echado unas partidas al recién estrenado Mortal Kombat.

—¿Entonces vamos a Coolor? —preguntó Toñi.

—Una de dos, tía —contestó Miriam—; o vamos a casa de Esther o a la disco.

—Nos da tiempo a las dos cosas.

—Si no tenemos las cuatrocientas pelas para comprar la entrada. O yo, por lo menos, no las tengo —dijo Desirée—. ¿Por qué te empeñas en ir?

—¿Por qué va a ser? —respondió Miriam sonriente—. ¿Qué te juegas a que nos encontramos a José en el aparcamiento?

—Hombre, no —dijo Toñi sin poder ocultar su sonrisa—. A ver si no por qué me he pintado como una puerta.

Las tres rieron y llegaron al portal de su amiga Esther, que estaba en casa con gripe. Subieron y estuvieron charlando, viendo la tele, jugando a las cartas y presenciaron una agria discusión entre la chica y su madre, que no le dio permiso para salir por más que ella jurase que ya se encontraba bien. A eso de las ocho, Toñi volvió a insistir en ir a la discoteca. Aunque ya se había hecho tarde y a las diez tenían que estar de vuelta en casa, ni Miriam ni Desirée pensaban dejar a su amiga colgada, y la primera llamó por teléfono a su casa para ver si su padre las podía acercar a Picassent. Pero aquel día el hombre tampoco se encontraba bien y su madre le dijo que lo dejasen tranquilo, algo que a ambos les lleva torturando desde entonces.

—Igual nos da tiempo a coger el bus —dijo Desirée.

—Con lo que tarda, según lleguemos tendremos que volvernos. Lo mejor es que hagamos dedo.

Nada más salir de casa de Esther, tuvieron el último golpe de suerte de sus cortas vidas: y una pareja las recogió y las dejó en una gasolinera a escaso kilómetro y medio de la discoteca Coolor. Atravesaron el pueblo riendo y burlándose del nerviosismo de Toñi, pero a esta se le congeló la sonrisa cuando vio al chico que le gustaba pasar en dirección contraria con su vespino.

—Mierda... —dijo Toñi decepcionada tras saludarlo con la mano—. Os dije que teníamos que haber venido antes.

—Seguro que mañana vuelve y lo ves, tranqui.

—¿Qué hacemos? ¿Nos piramos a casa? —preguntó Toñi desinflada.

—Ya que nos hemos arreglado, que nos vean los del insti de Picassent, ¿no? —dijo Miriam.

Toñi y Desirée estuvieron de acuerdo con su amiga y las tres continuaron su marcha hacia la discoteca, muy animadas, a pesar de saber que en menos de una hora tendrían que desandar el camino.

—Mira a esas, Rubio.

Antonio Anglés, sentado en el asiento del copiloto del Opel Corsa blanco, señaló al otro lado de la carretera. Miguel Ricart miró hacia allí y vio a las tres chicas caminando por la cuneta. A lo lejos, a poco más de quinientos metros, ya se veían las luces de la discoteca, donde se apuraban los últimos minutos de la sesión de tarde. El Rubio sabía lo que su amigo pretendía, ya le había contado muchas veces sus más oscuras fantasías, y ni siquiera a él le parecían bien, aun habiendo demostrado demasiadas veces no tener ninguna clase de escrúpulos.

—Son unas crías, tío.

—Mejor. Así se resisten menos —dijo Antonio Anglés—. Páralas.

13

Las dos unidades del Grupo Especial de Operaciones, el equipo al completo del inspector Moreno y seis agentes de apoyo aguardan dentro de dos furgones a varias calles de distancia del chalé donde vive Antonio Anglés con su mujer y sus dos hijos. Observan el exterior a través de una cámara oculta que lleva un policía que se hace pasar por un repartidor de Amazon. Gracias a la grabación de la gasolinera donde encontraron sus huellas –en la que se veía la matrícula del coche que conducía–, han podido averiguar que el asesino utiliza la documentación de un ciudadano mexicano llamado Jorge Sierra González desde hace algo más de quince años y que llegó de Argentina hace seis para montar una empresa de reformas.

–¿Por qué no se quedaría viviendo allí? –pregunta la subinspectora María Ortega después de regresar de ver a Indira y encontrarse con la noticia más sorprendente de toda su carrera como policía.

–Cualquiera sabe –contesta Moreno–. Lo mismo les cogió el corralito de lleno y tuvieron que salir por patas.

–El corralito fue en diciembre de 2001 –dice el oficial Óscar Jimeno negando con la cabeza– y se supone que él volvió a España en 2016.

–Ya llega –dice la agente Lucía Navarro.

Todos observan la pantalla conteniendo la respiración. El agente disfrazado de repartidor entra en una calle con chalés a ambos lados. En la calzada, un grupo de niños le dan patadas a un balón mientras otros se apiñan alrededor de una niña que juega muy concentrada con una consola.

—No me hace gracia que haya tantos niños —dice el inspector Moreno—. En menos de nada se podría formar un pifostio de narices.

—Sus hijos también están en la calle. No creo que quiera ponerlos en peligro —responde la agente Navarro.

—¿Tú no te has leído su expediente, Navarro? Ese hijo de puta es capaz de degollarlos con tal de escapar.

Todos vuelven a mirar la pantalla, donde el falso repartidor sube unas escaleras y llama a una puerta. Abre Valeria Godoy, de unos cuarenta y cinco años, guapa y con mucha clase.

—¿Sí?

—¿Silvia López?

—Te equivocaste, flaco —responde la mujer con acento argentino—. Aquí no vive ninguna Silvia.

—¿Este no es el número tres de la calle Olmo? —El repartidor mira la etiqueta del pequeño paquete aparentando desconcierto.

—Es el tres, pero de la calle Olivo. Esperá. —La mujer se gira hacia el interior—. ¡Jorge, ¿podés salir un momento?!

A los pocos segundos sale el marido. Mira al repartidor con desconfianza, la misma con la que suele mirar a todo el que se le acerca y no ha visto antes. El policía encubierto intenta contener la excitación que le produce saber que está frente al hombre más buscado desde dos años antes de que él naciera. Ahora que lo ve de cerca, puede encontrarle el parecido con las decenas de fotos de Antonio Anglés que lleva examinando desde ayer, aunque esté mucho más gordo y más viejo.

—¿Qué pasa? —pregunta Anglés.

—Se equivocó de calle —responde la mujer—. ¿Vos sabés dónde queda Olmo?

—Es la calle de atrás.

Los policías que aguardaban la confirmación visual de la presencia de Antonio Anglés dentro de la casa se han puesto en marcha nada más aparecer él en la pantalla. Mientras corren hacia allí y cubren todas las posibles vías de escape, le están pidiendo al repartidor a través de un pinganillo que intente entretenerlo hasta que ellos lleguen.

—Según mi GPS, estoy en la calle correcta.

—Entonces tu GPS está jodido.

—¿Y no será que esta calle antes se llamaba Olmo y la han cambiado hace poco? La verdad es que llevo sin actualizarlo un montón de tiempo.

Cuando la mirada de Antonio Anglés se encuentra con la del repartidor, el asesino comprende qué está pasando. Mira por encima de su hombro y ve a media docena de geos corriendo hacia allí y a otros tantos agentes de paisano retirando a los niños de la calle. Siempre fue consciente de que esto podría ocurrir en algún momento y sabe muy bien lo que tiene que hacer. Sin entretenerse en protestar o en mostrar su sorpresa, se da la vuelta para huir por la parte trasera, pero cuatro geos más revientan el cristal del jardín y entran en el salón.

—¡Policía, las manos en la cabeza!

La mujer de Anglés grita asustada al ver a esos hombres armados en mitad del salón, sin tener ni idea de qué buscan allí. Antonio analiza sus opciones, pero enseguida se da cuenta de que se ha quedado sin ninguna. El inspector Moreno llega por su espalda y le da una fuerte patada en las corvas, lo que hace que sus piernas flojeen y que caiga de rodillas al suelo.

—¡Como muevas un solo músculo te vuelo la cabeza, Antonio!

Dos geos terminan de tumbarle en el suelo y le esposan.

—¡Esto es un error! —grita Valeria—. ¡Mi marido se llama Jorge Sierra y no ha hecho nada!

La subinspectora Ortega y la agente Navarro contienen a la mujer mientras Moreno procede a la detención del fugitivo. Lo que más sorprende a Valeria es que, mientras le leen los derechos y le llaman Antonio, él no proteste ni diga que se están equivocando de hombre. En cuanto lo levantan ya esposado del suelo y pasa por su lado, lo mira desconcertada.

—¿Qué está pasando, Jorge?

—Avisa al abogado —responde él con frialdad.

14

El inspector Moreno observa a Antonio Anglés con curiosidad. El detenido permanece esposado en el pasillo de los calabozos a la espera de que le tomen las huellas y la primera declaración. Lo que más inquieta al policía es que no muestre ningún signo de nerviosismo. Quiere pensar que, después de toda una vida huyendo, por fin puede descansar.

—De creer que seguías vivo —dice sin perder detalle de sus reacciones—, jamás hubiera apostado por encontrarte en España. ¿Es una especie de burla hacia las familias de tus víctimas o algo así?

Antonio se limita a sonreír y continúa a lo suyo, como si esto no fuese con él. Sigue habiendo algo en su forma de actuar que pone al policía los pelos de punta. Cuando terminan con la rutina de ingreso, le acompaña hasta los calabozos y sube a hablar con el comisario. Este le invita a entrar en su despacho con un gesto mientras termina de hablar por teléfono. Por la satisfacción que muestra y cómo se lo cuenta a su interlocutor, parece que haya sido él personalmente quien encontró las huellas y después detuvo al asesino.

—¿Ya está encerrado? —pregunta nada más colgar el teléfono.

—Sí —responde Moreno—. Le he puesto vigilancia las veinticuatro horas.

—Cojonudo. Hay que llevar esto con la máxima discreción posible. Mañana daré una rueda de prensa antes de que se filtre y nos jodan la sorpresa. ¿Cómo es?

—No ha abierto la boca en todo el viaje, pero a mí me da muy mal rollo. El tío parece estar por encima del bien y del mal.

—Lleva treinta años fugado, así que es normal que se sienta invencible.

—Lo que sí me ha parecido es educado, y eso no cuadra con lo que llevo escuchando toda la vida de él. Siempre lo han pintado como un monstruo y resulta que viste bien y se hace la manicura.

—No os habréis equivocado de hombre, ¿verdad? —pregunta el comisario asustado.

—Tan gilipollas no somos, jefe.

—Entonces será que ha madurado. Ya tiene más de cincuenta años. —El comisario mira al inspector con condescendencia y decide cambiar de tema. Por su expresión, se trata de algo bastante incómodo para él—. Ahora debo comentarte una cosa, Moreno. Algo que no va a hacerte mucha gracia.

—¿De qué se trata?

—Pues... el caso es que... será mejor que lo veas con tus propios ojos. —Descuelga el teléfono y pulsa un botón—. Que pase.

El comisario vuelve a colgar ante la intrigada mirada del inspector Moreno. A los pocos segundos, la puerta se abre y entra la inspectora Indira Ramos. De primeras, Iván no consigue reaccionar, sorprendido por verla después de casi tres años. A él le han salido unas cuantas canas en la barba, pero en ella apenas se nota el paso del tiempo. Cuando se da cuenta de que está frente a la mujer que más ha querido y odiado en su vida, se esfuerza para crispar el gesto.

—Hola, Iván —Indira lo saluda con cordialidad.

—¿Ya se te han acabado las vacaciones?

—En efecto —interviene el comisario—. Por suerte para nosotros, la inspectora Ramos ya ha terminado su excedencia y se incorpora hoy. Sé que entre vosotros hubo ciertas diferencias en el pasado, pero confío en que seáis profesionales y os comportéis como adultos.

—Enhorabuena por tu detención de esta mañana —dice Indira, intentando mostrarse amable—. Antonio Anglés, nada menos.

El inspector Moreno ignora su felicitación y se vuelve hacia el comisario.

—No querrá meterla en mi equipo, ¿verdad?

—Técnicamente es mi equipo —matiza Indira sin dejarse avasallar—. Si mal no recuerdo, yo los seleccioné a todos, incluido a ti.

—¡Te largaste sin decirle nada a nadie, joder! —Moreno se revuelve contra ella.

—¿Qué queríais que hiciese si me insultaste y me acusaste de ser la culpable de la muerte de tu amigo?

—Era la puta verdad.

—Lo siento mucho, pero yo no tengo la culpa de que tu amigo fuese adicto, y menos de que fuese a comprar droga en un lugar donde había hecho una redada hacía menos de un año. ¿En qué cabeza cabe?

En solo unos pocos segundos, el inspector Moreno ha recordado por qué la odiaba tanto. Aprieta los dientes, trabado de rabia. El comisario lo percibe y se adelanta, intentando poner paz.

—Tranquilidad, por favor. El equipo no es de ninguno de los dos. Sois mis mejores policías y necesito que trabajéis mano a mano. Aparte de lo de Anglés, hay varios casos más abiertos que necesito que cerréis.

—Como te cruces en mi camino —le dice Moreno a la inspectora Ramos—, te juro que te hago la vida imposible.

—O sea, que estamos igual que antes de marcharme —responde ella conservando la calma.

—No, estamos mucho peor. Lo de la fosa séptica en la que te caíste no va a ser nada comparado con el pozo de mierda en el que te voy a meter yo.

Indira lo mira dolida y el inspector Moreno se marcha del despacho sin despedirse. Al volverse hacia el comisario, este fuerza una sonrisa.

—Bienvenida, Ramos. Te hemos echado de menos.

—Ya lo veo, ya.

15

—¿Vais a Coolor? —preguntó Anglés a las niñas bajando la ventanilla del Opel Corsa blanco.

—Sí...

El coche era de tres puertas, así que Antonio se bajó y empujó el respaldo de su asiento contra el salpicadero, invitándolas a pasar detrás.

—Subid.

Las chicas se miraron dubitativas. La discoteca ya quedaba cerca, pero todavía les faltaba un trecho y estaban cansadas de andar. Anglés percibió sus dudas y trató de tranquilizarlas esbozando esa sonrisa seductora que tan bien le funcionaba tanto con hombres como con mujeres.

—Ya entiendo. Vuestros padres os han dicho que no subáis al coche de unos desconocidos, así que nos presentaremos. Él es mi colega el Rubio y yo soy Rubén.

—Tú no te llamas Rubén —dijo Miriam—. Tú eres uno de los hermanos Anglés.

—¿Nos conoces?

—Todo el mundo os conoce —contestó la chica—. Sois los chorizos oficiales de Catarroja.

Sus amigas contuvieron la risa. Mientras sonreía, Antonio decidió que a esa bocazas, la más guapa de las tres, sería a la que más daño haría. Si no era esa noche, sería otra, pero ya se la tenía jurada.

—No deberías hacer caso de las habladurías, niña. Pero si sabes mi apellido, ya no soy un desconocido. ¿Subís o no?

Miguel Ricart empezaba a impacientarse por llevar allí detenido tanto tiempo y se inclinó para asomarse por la puerta del copiloto.

—Subid de una vez, que yo no puedo estar más rato parado en la carretera.

Miriam, Toñi y Desirée volvieron a cruzar sus miradas, vacilantes. La mayor parte de las decisiones que uno toma no tienen trascendencia; algunas son acertadas y otras algo menos, pero las hay de un tercer tipo que pueden cambiarte la vida. Y, por desgracia para las tres niñas, lo que decidieron aquella noche pertenecía a estas últimas.

—Venga —les dijo finalmente Toñi a sus amigas—. Cuando lleguemos a la disco ya se habrá pirado todo el mundo.

Desirée fue la primera en subir y se acomodó detrás de Miguel Ricart. Después entró Miriam y, por último, Toñi. Antonio Anglés devolvió el asiento a su posición, se sentó y cerró la puerta. Después miró a su compinche con una sonrisa siniestra que incluso a él le puso los pelos de punta.

—Dale, Rubio. Esta va a ser la mejor noche de nuestra vida.

Miguel Ricart arrancó y Antonio Anglés se volvió para hablar con las chicas. Miriam se incomodó al notar cómo las miraba. Fue la primera en sentir que no debían estar ahí, que si a ese tío se le ocurría hacerles algo, no tendrían por dónde escapar.

—¿Habéis quedado con vuestros novios? —preguntó Anglés.

—Sí —se apresuró a contestar Miriam—. Llevan un buen rato esperándonos. Ya deben de estar preocupados por nosotras.

—¿Ah, sí? —Desiré la miró, divertida—. Y yo sin enterarme.

—Buen intento —dijo Antonio sonriente, sin apartar la mirada de Miriam.

La chica apretó a la vez los muslos de sus dos amigas con tanta fuerza que ellas no necesitaron más para comprender lo que quería decirles. Toñi vio los ojos de Ricart a través del retrovisor y este los bajó, cobarde, confirmándole que estaban en un verdadero apuro y que él no iba a hacer nada por ayudarlas.

—¿Queréis una rayita? —preguntó Anglés.

—No, gracias. —Desirée también se percató de lo que pasaba—. Podéis dejarnos por aquí. No queremos que nuestros novios nos vean llegar con vosotros y se mosqueen.

—De repente te has acordado de que tienes novio, ¿no, bonita? Enseguida te llevamos con él, pero antes de ir a la disco tenemos que pasarnos por un sitio. Písale un poco, Rubio —dijo mirando a Ricart.

Este obedeció una vez más y pasó de largo el aparcamiento de la discoteca Coolor, a esa hora llena de chicos y chicas que salían del local para seguir bebiendo, riendo y ligando al aire libre. Miriam, Toñi y Desirée protestaron, exigiendo a gritos que las dejasen irse, pero Antonio la emprendió a golpes con ellas.

—¡Callaos la puta boca, joder! ¡No quiero oír ni un grito más!

—Dejad que nos vayamos —rogó Toñi—. Tenemos que estar en casa a las diez.

—Id haciéndoos a la idea de que esta noche llegaréis un poquito tarde.

—No, por favor. —Las lágrimas de Desirée se mezclaban con la sangre que le brotaba de la nariz a causa de un golpe—. ¡Dejadnos salir!

Anglés volvió a golpearlas con saña y, al ver que seguían llorando y protestando, sacó su pistola y les apuntó con ella, apoyando el cañón en el respaldo de su asiento.

—A la próxima que diga una puta palabra le meto una bala en la cabeza, ¿está claro?

Las niñas, a pesar del profundo terror que sentían, procuraron no hacer ningún ruido, comprendiendo que ese salvaje no estaba bromeando. Las tres se agarraban las manos sobre las piernas de Miriam, pensando que, si se mantenían juntas, nada malo les iba a pasar. Miguel Ricart, que durante todo el trayecto había permanecido callado, por fin se atrevió a hablar.

—¿Adónde vamos?

—A La Romana. Allí estaremos tranquilos.

Ricart condujo en silencio durante los más de veinte kilómetros que faltaban para llegar a la localidad de Tous. Una vez allí, se desvió por un camino de tierra que ascendía hacia la montaña y se detuvo cuando el coche ya no pudo subir más debido al mal estado en el que se encontraba el camino.

—¿Qué coño haces? Tira un poco más.

—El coche no puede con tanto peso. Tendremos que seguir andando.

Antonio Anglés maldijo en voz baja y salió del coche.

—Todas fuera.

Ellas obedecieron y, al sentir el intenso frío de la montaña, se apretujaron unas contra otras.

—¿Adónde nos lleváis?

—A buscar setas, no te jode —respondió Anglés—. Vosotras seguid al Rubio. Y calladitas, no me pongáis de mala hostia.

Miguel Ricart echó a andar por el camino alumbrándose con una linterna que sacó del maletero y las niñas le siguieron. Antonio Anglés cerró la comitiva apuntándolas con la pistola. A pesar de que tardaron más de veinte minutos en llegar hasta la caseta abandonada a la que solía ir cada vez que necesitaba quitarse unos días de la circulación, no se le pasó por la cabeza que lo que quería hacer con esas crías era una locura. Llevaba mucho tiempo deseándolo y había llegado el momento de cumplir sus fantasías.

La caseta de La Romana era una construcción de piedra de dos plantas abandonada en mitad del monte, llena de escombros y de desperdicios, el lugar perfecto para cometer la mayor aberración de la historia reciente de España sin que nadie pudiese escuchar los gritos y las súplicas. Miriam, Toñi y Desirée se estremecieron al ver el lugar donde pretendían meterlas y se detuvieron, con más miedo a ese caserón —quizá intuyendo lo que allí dentro les sucedería— que a la pistola de Antonio Anglés.

—No nos obliguéis a entrar ahí, por favor —suplicó Miriam—. Esa casa está en muy mal estado y es peligroso.

Miguel Ricart, cansado tras la caminata y con ganas de quitarse las piedrecitas de las zapatillas, comprendió que sería más fácil calmarlas que hacerlas pasar a la fuerza.

—Tranquilas —dijo con voz pausada—, nosotros venimos bastante y está mejor de lo que parece por fuera. Arriba tenemos bebida y unos sillones en los que podemos descansar antes de llevaros a casa.

—Si entramos, ¿dejaréis que nos marchemos? —preguntó Desirée.

—Claro que sí —respondió Ricart—. Solo tomaremos algo, nos fumaremos unos canutos y nos volvemos. Os lo juro.

Las niñas se aferraron a su promesa y cedieron. La caseta aún tenía peor pinta por dentro que por fuera y el Rubio notó sus titubeos.

—El piso de abajo está hecho una mierda, la verdad, pero arriba está de puta madre.

Miguel Ricart subió por una angosta escalera de piedra y las tres niñas le siguieron. En esta ocasión fue Toñi, al sentir el aliento de Anglés en su nuca, la primera en darse cuenta de que cada vez se hacía más difícil huir. Al llegar al piso superior descubrieron que estaba en tan mal estado como la planta baja; aparte de suciedad, había dos colchones putrefactos y un sólido pilar de madera que iba desde el suelo hasta el techo. A un lado, un rollo de cuerda parecía estar esperándolos.

16

La reincorporación de Indira es celebrada por casi todos sus compañeros, algo que a ella le sorprende más que nada en el mundo. La inspectora Ramos, que siempre había sido el hazmerreír y el blanco de todas las críticas, es recibida como el hijo pródigo que vuelve al hogar.

—¿Entonces ya estás curada, jefa? —pregunta el oficial Jimeno después de darle dos besos y no percibir lo mal que se lo hace pasar.

—Nunca he estado enferma, Jimeno.

—Vamos que no. Antes eras más rara que un perro verde. No había Dios que aguantase esa manía tuya de tenerlo todo impoluto, por no hablar de lo de lavarte las manos tropecientas veces al día o de cambiarte de ropa a la mínima. Eras insufrible. ¡Ah! Y lo de no poder desayunar delante de ti por miedo a que se fuera a caer una miguita era para matarte.

Todos lo miran en silencio, con cara de circunstancias.

—¿Qué? —pregunta él desconcertado.

—¿Cuánto cociente intelectual dices que tienes, Óscar? —pregunta la agente Lucía Navarro.

—El suficiente, ¿por qué?

—Porque no lo parece, melón.

El oficial Jimeno se pone rojo como un tomate.

—¿No jodas que sigues igual, jefa?

—Déjalo, Jimeno. —La subinspectora María Ortega se vuelve hacia Indira—. ¿Te has encontrado ya con Moreno?

—En el despacho del comisario.

—¿Y cómo se lo ha tomado?

Antes de que Indira pueda responder, entra el inspector Moreno. Lleva una bolsa de plástico con un gran bulto en su interior y se sienta a la cabecera de la mesa, marcando las distancias.

—A trabajar todo el mundo. Ahora que la inspectora Ramos nos ha honrado con su presencia, vamos a repartirnos los casos que tenemos abiertos.

—¿Vas a desmantelar el equipo, jefe? —pregunta Navarro asustada.

—Aquí nadie va a desmantelar nada, pero como hay dos inspectores al mando no vamos a ir todos en comandita.

—Demasiados gallos en este gallinero, me parece a mí —masculla la subinspectora Ortega.

—¿Decías, Ortega?

—Nada.

—Bien. Pues sentaos de una vez y empecemos a repasar los casos.

Todos se sientan y el inspector Moreno pone la bolsa de plástico sobre la mesa, de la que saca dos botas cubiertas de barro. Sus compañeros lo miran alucinados. Solo Indira comprende qué intenta.

—¿Se puede saber qué haces? —pregunta la agente Navarro.

—Comportarse como un crío, eso hace —responde la inspectora Ramos.

—¿Te molesta que limpie mis botas de campo? —pregunta él, provocador.

—Estarás conmigo en que una sala de reuniones no es el lugar más adecuado.

—¿A alguien más le importa?

Aunque todos quieren decir que sí, ninguno se atreve a abrir la boca. El inspector Moreno sonríe.

—Ya ves que la única rarita aquí sigues siendo tú, Indira. —Mira a la subinspectora Ortega—. Adelante, María.

Mientras la subinspectora comenta que dos de los tres atracadores de la gasolinera ya han pasado a disposición judicial y el conductor está identificado y en busca y captura, el inspector Moreno quita con parsimonia los pegotes de barro de sus botas, que van a parar al suelo y sobre la mesa. Indira pensaba que, después de parir una niña y haber tenido que cambiar pañales, limpiar mocos y hasta vómitos, ya estaba curada de espanto. Pero como le dijo su psicólogo cuando se enteró de que estaba embarazada, a un hijo se le aguanta todo. Ahora, mirando a su alrededor, se da cuenta de que vivía en una burbuja y de que no podrá soportar estar rodeada de tanto desorden y suciedad. No solo es el barro que se acumula sobre la mesa, sino también la cafetera, que nadie parece haber limpiado en varias semanas, los paquetes de galletas abiertos y a medio comer, la papelera llena de toda clase de desperdicios, las persianas descuadradas y llenas de polvo, y la pizarra con restos de letras en diferentes colores de casos anteriores. «¿Tan difícil será pasar un paño húmedo cuando se cambia de caso, joder?», se pregunta.

Y después están los miembros de su equipo. Aparte del ahora inspector Moreno, al que prefiere no mirar, se fija en que el oficial Jimeno está mal afeitado, en que la subinspectora Ortega va mal conjuntada y en las uñas de la agente Navarro, que parece haberlas metido en un sacapuntas eléctrico.

—¿Indira? —pregunta la subinspectora María Ortega después de hacerle una pregunta de la que la policía ni se ha enterado.

—Sí, esto... —titubea, volviendo a la tierra—, ¿nos dejáis solos un momento, por favor?

—¿A quién? —pregunta el oficial Jimeno.

Tanto la agente Navarro como la subinspectora Ortega lo han captado a la primera y se llevan a su compañero casi en volandas. Una vez que se quedan solos, Indira e Iván se miran con menos odio que tristeza.

—Siento muchísimo lo de tu amigo —dice Indira.

—Llegas un poco tarde, ¿no crees? Unos tres años.

—Te fuiste de mi casa dando un portazo después de decir que no querías volver a saber de mí, Iván.

—Y era verdad. Aquí hemos estado de puta madre todo este tiempo. No sé por qué coño has tenido que volver.

—Porque soy policía, porque me gusta mi trabajo y porque...

Indira se calla. Ha pensado un millón de veces en cómo decirle que tienen una hija en común, aunque ahora que ha llegado el momento no encuentra el valor necesario. Sabía que el hecho de habérselo ocultado durante tres años supondrá otro conflicto y no le importaba demasiado, pero hasta que no le ha tenido delante no se ha dado cuenta de que lo que necesita es acercarse a él, no alejarse. Creía que después de todo este tiempo sus sentimientos por Iván habrían desaparecido por completo, pero al igual que su TOC, solo estaban dormidos. Y lo peor es que intuye que él siente lo mismo, por mucho que se esfuerce en demostrarle desprecio.

—Porque ¿qué? —pregunta Iván al ver que su silencio se prolonga más de la cuenta.

—Porque me parece absurdo que estemos así por una...

Indira consigue detenerse antes de decirlo. A Iván le basta lo que ha escuchado para endurecer todavía más el gesto.

—Por una gilipollez, ¿no? ¿La muerte de Dani te parece una gilipollez?

—Yo no he dicho eso.

—Lo piensas, Indira. Para ti solo era un drogadicto y un poli corrupto, pero era mucho más, te lo aseguro. Fue él quien me sacó de las calles y quien me dio una oportunidad, y tú le jodiste la vida.

—Se la jodió él colocando una prueba falsa en la escena de un crimen.

—¡Estaba frustrado por no poder meter a un asesino en la cárcel! ¿Sabes lo que hizo ese tío el año pasado? Degolló a una señora para robarle el monedero. Si no llega a ser por ti, habría estado cumpliendo condena. Ahora dime cuál de los dos es una puta mierda de policía, ¿tú o él?

El inspector Moreno sale de la sala de reuniones dando un portazo. Indira se queda hecha polvo, y más cuando se sienta frente al ordenador y comprueba que es cierto, que el hombre al que pretendía incriminar el amigo de Moreno no dejó de delinquir desde entonces, hasta que hace dieciocho meses le quitó la vida a una mujer de ochenta años. No se arrepiente de haber hecho lo correcto, pero en ocasiones como esta es muy complicado mantenerse firme en sus convicciones.

17

—Si no me equivoco, el crimen del que se me acusa prescribió hace diez años.

Antonio Anglés sigue conservando la calma en la sala de interrogatorios, a pesar de que todos los ojos están puestos sobre él. Además de un par de agentes en el interior y de los cuatro policías (entre ellos el comisario) que observan desde detrás del cristal, está bien resguardado por Alejandro Rivero, su abogado, un hombre muy bien parecido de alrededor de cuarenta años que oculta como puede el desprecio que siente por su cliente después de conocer su verdadera identidad. Aunque el triple crimen de Alcàsser ocurrió cuando él tenía diez años, es algo que siempre se ha mantenido vivo en la memoria colectiva. Escuchar su apellido le provoca escalofríos, pero su obligación es defenderlo lo mejor que pueda.

Hace cuatro o cinco años, antes de la pandemia, Anglés se presentó en su bufete como un ciudadano mexicano llamado Jorge Sierra. Solicitaba los servicios de un abogado laboralista, ya que necesitaba despedir a algunos trabajadores de su empresa de reformas y buscaba asesoramiento. Alejandro es penalista y en nada le podía ayudar, pero desde el primer momento notó que mostraba interés por él; siempre que iba a la oficina pasaba a saludarle por su despacho, un par de veces le invitó a un palco en el Santiago Bernabéu, otras tantas le envió entradas para el teatro, botellas de vino caro por Navidad e incluso pasó unos días de vacaciones con él y su familia. El abogado nunca supo qué había detrás de tantas atenciones, hasta ahora. Ese hombre solo quería tenerlo a mano si al fin sucedía lo que acababa de pasar.

—En efecto —dice Alejandro—, el crimen por el que mi cliente ha sido detenido sucedió en 1992, así que, según el código penal, habría prescrito en el año 2012. O, como poco en 2017, ya que fue juzgado en 1997. De una u otra manera, llegan tarde.

—Lamento comunicarles que eso no es así —dice uno de los policías—. El caso se ha reabierto varias veces desde entonces y esa prescripción ha quedado en suspenso. La última vez, de hecho, fue tras el hallazgo de varias falanges de una de las víctimas en el año 2019.

—Habrán podido reabrir la causa policial, agente, pero la jurídica está prescrita. Como bien sabe, el artículo 131.1 del código penal establece veinte años para la prescripción de un delito cuya pena señalada sea de quince o más años. Y el de mi cliente lo ha superado con creces.

—Esa es su opinión, abogado.

—Es la ley. El juez solo podrá decretar su inmediata puesta en libertad.

—Se olvida de la falsedad documental. Le recuerdo que su cliente lleva al menos quince años paseándose por ahí con una documentación falsa a nombre de Jorge Sierra.

—Acúsenle entonces y déjenle en libertad con cargos.

En el exterior de la sala de interrogatorios, el comisario y el resto de policías asisten al intercambio entre el abogado y el interrogador como si estuvieran en un partido de tenis. El inspector Moreno llega a tiempo de escuchar parte de la conversación.

—¿Cómo va esto?

—Mal —responde el comisario con gesto serio—. Ese abogado cabrón alega que el crimen del que se acusa Anglés prescribió hace años.

—¿No será verdad?

—No tengo ni puta idea, Moreno. Mañana lo trasladaremos a los juzgados de Plaza de Castilla a ver qué dice el juez. Pero como dejemos libre a este malnacido, la que se va a montar en la calle va a ser fina.

Los policías vuelven a prestar atención a lo que sucede en el interior de la sala de interrogatorios, donde el abogado se ha cansado de discutir:

—No tiene sentido que sigamos dándole vueltas a algo que no vamos a decidir ni usted ni yo. Cuando mañana lleven a mi cliente ante el juez, nos dirá cuál de los dos tiene razón.

El más veterano de los interrogadores, alguien que en 1992 ya era policía y, por tanto, vivió aquellos hechos con la misma repulsa e indignación que el resto de los españoles, se salta el protocolo, indignado.

—¿Va a poder dormir sabiendo que defiende a este hijo de puta?

Alejandro lo mira ocultando la vergüenza que siente. Nunca es fácil defender a un criminal, y menos a alguien como Antonio Anglés, pero todo el mundo tiene derecho a la mejor defensa posible, incluido él.

—Yo solo hago mi trabajo.

—Se pone del lado de un maldito asesino.

—Yo no he matado a nadie.

Todos se vuelven hacia Antonio Anglés, que no pierde la calma ni eleva el tono de voz en ningún momento.

—No hay ninguna prueba contra mí —continúa muy seguro de sí mismo—. Solo está la declaración de Miguel Ricart, un drogadicto cobarde al que seguramente apaleó la policía para que me culpara de ese horrible crimen, pero bien podría haber acusado a su prima o al Papa.

Al abogado y a los policías que hay tanto dentro como fuera de la sala de interrogatorios se les eriza el vello al escucharle hablar con esa falta de escrúpulos y de culpa. Por un momento sienten que están frente al mismísimo diablo.

18

Ya había amanecido hacía varias horas cuando Antonio Anglés y Miguel Ricart se marcharon del barranco de La Romana. Durante el trayecto de vuelta a Catarroja, apenas cruzaron un par de palabras; Ricart, intentando olvidarse de la salvajada que habían hecho, conducía pensando en su exnovia y en la hija que tenía con ella. Decidió reconquistarla con la promesa de que por fin había sentado la cabeza. Anglés, por su parte, se limitaba a quitarse la tierra de las uñas y a arrancarse a mordiscos los pellejos de los callos provocados por la pala que utilizó para cavar la fosa. Las voces de las tres niñas suplicando por sus vidas justo antes de ser ejecutadas resonaban en la cabeza de Ricart, que encendió la radio del coche, tratando de acallarlas.

«Y, en noticias locales —dijo una locutora después de unos minutos hablando de política—, las familias de tres niñas de catorce y quince años de la localidad de Alcàsser han denunciado su desaparición. Fueron vistas por última vez anoche, mientras se dirigían haciendo autoestop a una discoteca de Picassent. Si alguien tiene alguna información del paradero de Miriam García, Antonia Gómez y Desirée Hernández, le rogamos que se ponga en contacto con las autoridades».

Anglés apagó la radio y miró a su compinche, cuya templanza empezaba a hacer aguas.

—Nos van a pillar —dijo Ricart asustado.

—Y una mierda nos van a pillar —respondió Anglés.

—Ya lo están diciendo hasta en la radio, joder.

—¡Pues claro que lo están diciendo en la radio, gilipollas! ¿Pensabas que no se iba a enterar nadie?

—¿Qué vamos a hacer?

—No vamos a hacer una puta mierda. Vamos a seguir con nuestra vida como si nada porque a esas niñas nunca las van a encontrar.

—¿Y si alguien nos pregunta dónde hemos estado?

—Decimos que hemos pasado la noche con dos putas callejeras de Valencia y arreglado. Dos negras, para que no las puedan localizar. Las cogimos en la carretera de Silla y nos las follamos en el coche, ¿estamos?

Ricart lamentaba en voz baja haberse dejado arrastrar por Anglés y este le agarró violentamente la cara y la volvió hacia él, haciendo que perdiese el control del coche y que estuviese a punto de salirse de la carretera.

—Te he preguntado si te ha quedado claro lo que hay que decir, Rubio.

—Sí... pero ¿cómo sabes que no las van a encontrar, Antonio?

—Porque por La Romana no va ni Dios, y menos aún en esta época, que hace un frío de cojones. Y, como vuelvas a llamarme Antonio, te juro por mis muertos que te entierro con ellas.

Ricart tragó saliva, convencido de que cumpliría su amenaza. Conocía desde hacía años a Anglés y sabía que no tenía escrúpulos, pero hasta aquella noche no le había visto la verdadera cara al monstruo, que continuaba limpiándose las uñas con tranquilidad.

—Tira para Alcàsser —dijo Anglés tras unos minutos de silencio.

—¿Por qué?

—Porque me parece que hoy allí va a haber un ambiente de la hostia. Dale, venga, así compruebas que no tienen ni puta idea de lo que les ha pasado y se te quita la cara de susto.

Cuando llegaron a la plaza de Alcàsser, se encontraron a mucha más gente de la que se imaginaban, y más aún para ser un sábado por la mañana. Buena parte del pueblo estaba allí reunido comentando la extraña desaparición de Miriam, de Toñi y de Desirée. Empezaba a haber teorías de todos los tipos, pero Esther aseguraba que habían estado en su casa la tarde anterior y sus planes se limitaban a acercarse a la discoteca Coolor y volver a casa a su hora, como habían hecho decenas de tardes.

Mauricio Anglés, el hermano pequeño de Antonio, trapicheaba con drogas entre los distintos grupos de chavales. Este se acercó a él y lo apartó de allí agarrándolo del cogote.

—Como eso que estás vendiendo sea mi hachís, te corto los huevos.

—Una polla tu hachís. —Mauricio se revolvió—. Este es mío, que se lo pillé ayer a un moro de Beniparrell.

Miguel Ricart miraba nervioso a su alrededor, donde varios guardias civiles y los familiares de las niñas organizaban las patrullas para salir a buscarlas.

—¿Qué ha pasado aquí? —le preguntó a Mauricio.

—¿No os habéis enterado? Ayer desaparecieron tres niñas del pueblo. Algunos dicen que las han secuestrado para violarlas.

—¿Quién dice eso? —volvió a preguntar Ricart.

—No sé, eso he oído —respondió el chico encogiéndose de hombros.

—Gilipolleces —zanjó Anglés—. Lo más seguro es que hayan acabado hasta el coño de esta mierda de pueblo y se hayan largado por ahí.

Mauricio fue a hablar con un chico que le llamó con un gesto y Antonio Anglés miró a Miguel Ricart, que no parecía que fuese a aguantar demasiada presión.

—Cálmate, Rubio —le dijo en voz baja.

—¿Cómo quieres que me calme, joder? Mira la que hay aquí liada.

—Es por la novedad, pero estos en dos días se cansan de buscarlas, ya verás. Tú lo que tienes que hacer es cerrar el pico.

19

Después de tres años deshabitada, la casa de Indira ha acumulado suficiente polvo para que la inspectora Ramos vuelva a sus viejas costumbres y la friegue de arriba abajo en bragas y sujetador. Le horrorizaba la idea de alquilarla y que viviera allí un desconocido que la pudiese contaminar sin remedio, así que se limitó a cerrarla a cal y canto y cruzar los dedos para que no se le metieran okupas.

Su madre y su hija se quedan de piedra al entrar con unas bolsas de una tienda de ropa infantil y encontrarla de esa guisa.

—¿Se puede saber qué haces, Indira?

—Limpiar, ¿qué voy a hacer?

—¿Y tiene que ser desnuda?

—No estoy desnuda, sino en ropa interior. Esto huele a cerrado, y ya sabes lo que significa eso.

—¿Hay bacterias? —pregunta la niña asustada.

—Bacterias hay en todas partes, Alba —responde la abuela—. Tú no hagas caso de las chaladuras de tu madre y lleva la ropa a tu cuarto. Enseguida voy yo a ayudarte a guardarla en el armario.

—Lávate antes las manos con agua y jabón, hija.

Indira la besa y observa con repelús cómo Alba arrastra las bolsas por el suelo del pasillo. Al girarse, se encuentra con la inquisitiva mirada de su madre.

—¿Qué pasa?

—¿Otra vez has vuelto a las andadas, hija? Creía que eso de los microbios ya lo habías dejado atrás.

—No es tan sencillo como tú te piensas, mamá —responde Indira—. Además, tampoco es tan grave querer vivir en un lugar limpio.

—Asustas a Alba, ¿no te das cuenta?

—Eso es una tontería.

—No, no lo es, hija. A ella la asustas y a mí me incomodas si entro en casa y te encuentro haciendo cosas de loca.

—Pues si tan incómoda estás, ahí tienes la puerta.

Carmen encaja, muy dolida. Indira se arrepiente.

—Perdona, mamá. No quería decir eso. Te estoy muy agradecida por haberlo dejado todo en el pueblo para venir aquí conmigo, pero entiende que no ayuda demasiado a la convivencia que me llames loca.

—Intentaré no volver a hacerlo, no te preocupes. Voy a ayudar a Alba a guardar la ropa que le he comprado.

—¿No convendría lavarla antes?

La abuela Carmen se muerde la lengua y se pierde hacia el interior de la casa sin decir una palabra. Indira es consciente de que le espera una convivencia muy difícil, pero si no fuera por su madre, no habría podido reincorporarse al trabajo e intentar recuperar su vida. Y necesita hacerlo o se volverá loca de verdad.

—Te encuentro estupenda, Indira —dice el psicólogo, contento de tenerla de vuelta—. No daba ni un duro por que pudieses criar tú sola a una hija.

—No la he criado yo sola, Adolfo. De no ser por mi madre, yo ya me hubiese tirado por la ventana.

—A mí me pasaba lo mismo con mis hijos cuando eran pequeños, tranquila. Cuando cumplen veinticinco años se les aguanta mejor... ¿Qué tal la vuelta al trabajo?

—Solo llevo un día y ya estoy que me subo por las paredes. —Indira se recuesta en la silla—. No sé si podré soportarlo.

—No es fácil recuperar las rutinas después de tres años. ¿Sigues teniendo los mismos compañeros?

—Sí..., aunque el subinspector Moreno ha ascendido a inspector y ahora tiene carta blanca para tocarme las narices a todas horas.

—¿Cómo se lo ha tomado?

La cara de culpa de Indira hace comprender a Adolfo que todavía no ha tenido el valor de contarle que es padre. El psicólogo la mira con reprobación.

—No puedes retrasarlo más, Indira. Tanto él como Alba se merecen saber la verdad. ¿La niña nunca te ha preguntado por su padre?

—Su primera pregunta elaborada fue por él, a los catorce meses.

—Pues ya sabes lo que toca. ¿Quieres que ensayemos a ver si así te resulta más sencillo?

—Ya lo tengo más que ensayado, Adolfo, y de sencillo no tiene nada. Todas sus posibles reacciones son horrorosas.

—Tal vez te sorprenda.

Indira lo mira con incredulidad y le habla del miedo que le da que Iván decida ejercer de padre con Alba. Debido a su carácter y al desorden de su vida, que conoce por la subinspectora Ortega, no sería lo lógico, pero en cuanto adivine que con eso la destrozaría, no lo dudará. Después de hacerle prometer que le contará la verdad la próxima vez que le vea, el psicólogo le pregunta por la evolución de su trastorno obsesivo-compulsivo. Aunque ella pensaba que había logrado volver a la etapa previa a su accidente en la fosa séptica, donde podía considerarse una mujer maniática pero capaz de mantener el control, se ha dado de bruces con la realidad al recuperar su antigua vida.

—Creo que estoy incluso peor, Adolfo.

—Será mejor que empecemos por trabajar tu rutina de contención...

20

La agente Lucía Navarro, aparte de ser buena policía, es una mujer inteligente, agradable y guapa a la que nunca le han faltado candidatos para ir a cenar o a tomar una copa. En su vida solo ha tenido un par de relaciones serias, que duraron dos años cada una y que terminaron cuando a ellos empezó a molestarles que fuese tan libre a la hora de salir con sus amigas o de marcharse unos días sola de viaje; paradójicamente, lo que en un principio ambos dijeron que era lo que más les había gustado de ella. En cuanto al sexo, desde que a los dieciséis años lo descubrió con un compañero de clase, siempre lo ha vivido con naturalidad. Tiene sus fetiches y sus fantasías, como todo el mundo, pero nunca se había planteado llevarlas a cabo…, hasta que Héctor Ríos se cruzó en su vida.

Durante la pandemia, la falta de vida social empezaba a hacer mella en Lucía y decidió darse de alta en una conocida red de contactos. Al principio se sintió apabullada por la cantidad de propuestas que le llegaban, la inmensa mayoría de carácter sexual, pero poco a poco aprendió a manejarlo y tuvo cinco o seis citas en algo más de un mes. Para su sorpresa, casi todas fueron placenteras, aunque nunca llegó a sentirse satisfecha del todo. En diciembre de 2021, cuando la mayoría de la gente ya estaba vacunada contra la pesadilla que se había originado en un mercado de China dos años antes, lo conoció. Al principio no le llamó la atención, pero le bastó con intercambiar unos cuantos mensajes con él para darse cuenta de que era un hombre culto, educado y bastante atractivo, aunque de las fotos que se muestran en esas páginas, como solía decir el oficial Jimeno, nunca te puedes fiar. Héctor Ríos era un arquitecto veinte años mayor que ella y, como Lucía siempre había tenido curiosidad por estar con un hombre maduro, le dio una oportunidad.

Lo primero que le sorprendió de él fue que, al contrario que el resto de sus citas —que si por ellos fuera la esperarían en la cama—, Héctor quiso invitarla a cenar para charlar y conocerse. Eligió Salvaje, un restaurante de moda en la calle Velázquez de Madrid que mezcla la cocina japonesa con la mediterránea. Para alivio de Lucía, en esa ocasión las fotos no le hacían justicia. Hablaron sobre cine, arte, viajes y sus respectivas profesiones. Lo único que no le gustó fue que, cuando ya estaban tomando la copa, le dijese que estaba casado y que tenía una hija de nueve años.

—Entonces no sé qué narices haces en una página de contactos, Héctor —dijo Lucía disimulando su decepción.

—No es tan sencillo, Lucía. Sigo queriendo a Elena, pero hace ya seis años que dejamos de ser un matrimonio.

—¿Y eso por qué? —La sinceridad con la que parecía hablar Héctor despertó su curiosidad.

—Sufrió un accidente esquiando. Resbaló con una placa de hielo y se golpeó la cabeza con una piedra.

—Lo siento.

—Yo también. Los médicos que la atendieron me recomendaron ingresarla en una clínica especializada en daños neuronales, pero yo decidí que donde debía estar era en casa con nuestra hija. Aunque no puede llevar una vida normal, el contacto con nosotros le hace mucho bien.

La deriva que había tomado la conversación hizo que, aquella noche, desapareciera el buen rollo que había habido entre ellos y que cada uno se marchase a su casa. Al día siguiente,

Lucía hizo algunas averiguaciones para confirmar, punto por punto, la historia que Héctor le había contado. Según le comentaron, el arquitecto y su mujer eran la pareja perfecta hasta que aquel accidente en Baqueira Beret lo había tirado todo por la borda. Lucía decidió que se mantendría al margen de aquella relación, pero lo cierto es que se moría de ganas de volver a verlo. A la tercera vez que él insistió, ella cedió.

En la segunda cita hubo aún más *feeling* entre ellos y, después de cenar y de tomar la correspondiente copa, terminaron en un *loft* que Héctor tenía en el paseo de la Habana, siempre preparado para alojar a sus socios y clientes cuando iban de visita a la capital. Entre el vino de la cena y lo a gusto que se sentía, ya en aquella primera noche Lucía consiguió desinhibirse como nunca antes lo había hecho.

—Un trío con dos mujeres, no me digas más —dijo divertida cuando empezaron a charlar después de haber hecho el amor.

—Llevo casi treinta y cinco años en el mercado. Ya he probado casi todo en la cama.

—¿No me digas? ¿También te has acostado con tíos?

—Para responder a esa pregunta necesitamos unas tres o cuatro citas más.

Lucía se rio y, sin saber muy bien por qué, se subió a horcajadas sobre él y le inmovilizó las manos, apretándole las muñecas con todas sus fuerzas.

—¿Te gusta dominar?

—No lo sé... —respondió ella—. ¿A ti te gusta que te dominen?

—¿Por qué no?

Lucía cogió su corbata y le ató las manos al cabecero de la cama. Al apretarla y sentir que lo sometía, se excitó más que nunca y tuvo uno de los orgasmos más intensos que recordaba. Acordaron mantener su relación en secreto y, en los siguientes tres meses, cogieron como costumbre verse dos veces por semana. Cenaban, tomaban algo y siempre terminaban en el mismo lugar. Fuera de la cama, Héctor era un hombre dominante, pero en cuanto atravesaban la puerta del *loft*, le dejaba ese papel a Lucía. Ella, por su parte, sencillamente disfrutaba de su sexualidad y de lo que ese hombre le hacía sentir. De la corbata pasaron a las esposas, a la lencería de cuero y a toda clase de juguetes. El problema era que los juegos cada vez iban a más.

21

Antonio Anglés y Miguel Ricart eran conscientes de que la desaparición de las adolescentes iba a causar cierto revuelo, pero jamás imaginaron que fuese a tener tanta repercusión mediática. En apenas unas horas, las calles se inundaron de carteles con las caras de Miriam, de Toñi y de Desirée, y llegaron periodistas desde todos los puntos de España interesándose por el paradero de las que bautizaron como «las tres niñas de Alcàsser». Ni mucho menos, como le había dicho Anglés a Ricart la mañana siguiente de su desaparición, aquello se olvidaría en dos días. Cuando los asesinos salían de comprar en un supermercado, uno de los periodistas se acercó a ellos para conocer su teoría sobre la suerte que habían corrido las niñas.

—Para mí que se han largado a Madrid o a Barcelona —dijo Anglés con mucha sangre fría—. Aquí hay poco que hacer.

—Se empiezan a oír rumores sobre que se las pueden haber llevado a la fuerza. ¿Qué opináis de eso?

—No opinamos una puta mierda —Ricart no lograba mantenerse tan tranquilo como su compinche—. A tomar por culo con las preguntitas, hombre ya.

Antonio le pidió que conservase la calma o terminarían descubriéndolos, pero eso era imposible cuando el caso aparecía constantemente en la tele e incluso hacían programas en directo desde Alcàsser y los pueblos vecinos. Tanto se hablaba de las tres niñas desaparecidas que hasta Antonio Anglés perdía a menudo los nervios. Una tarde le dio una paliza a su hermano Enrique por decir que estaba seguro de que se las habían cargado y que estarían enterradas en el monte.

—Como te vuelva a escuchar decir eso, te mato —dijo furioso mientras su hermano le miraba dolorido desde el suelo.

—¿Por qué, Antonio? Si también lo dicen en la tele.

—Me suda los cojones lo que digan en la tele. Tú cierra la puta boca y no vuelvas a hablar de ese asunto, ¿estamos?

Era difícil controlar que nadie a su alrededor hablase sobre las niñas de Alcàsser cuando era el tema más comentado en los medios, y aún se hacía más popular según iban pasando los días y el misterio de su paradero seguía sin desvelarse. Lo que más temía era que el Rubio se fuese de la lengua, y no iba muy desencaminado, porque a este cada vez le pesaba más el secreto. Procuró alejarse de Antonio por temor a que quisiese cerrarle la boca para siempre y sintió alivio cuando, a principios de diciembre de 1992, unos policías lo identificaron en un control rutinario y lo detuvieron al estar en busca y captura por un delito anterior. Apenas pasó unos días en la cárcel, pero para él fueron como unas vacaciones, a pesar de que en la Modelo de Valencia las dichosas niñas también fuesen el principal tema de conversación.

Al volver a recuperar la libertad, encontró a Antonio mucho más calmado. Seguían haciendo programas y había todo tipo de teorías y especulaciones, pero ambos estaban seguros de que jamás descubrirían lo que de verdad había pasado y volvieron a su rutina de hurtos, atracos y trapicheos con drogas.

Setenta y cinco días después de los asesinatos, la mañana del 27 de enero de 1993, dos apicultores que tenían colmenas en la zona conocida como el barranco de La Romana acudieron a comprobar si las bajas temperaturas de aquellas fechas habían causado algún problema. Al subir por el camino que llevaba desde las casetas abandonadas hasta el lugar donde estaban los panales, se extrañaron al ver tierra removida y arbustos colocados sobre un pequeño socavón. Al retirar las ramas para ver qué había pasado allí, descubrieron con espanto que medio brazo humano sobresalía de la tierra. Habrían sido unos huesos difícilmente reconocibles de no ser porque aún conservaban un reloj.

Corrieron a dar parte al cuartelillo y, un par de horas después, regresaron acompañados de la Guardia Civil y del juez que se iba a encargar del levantamiento del que pensaban que era el cadáver de un chico desaparecido en la zona unos días atrás. Pero el horror se apoderó de todos cuando, debajo de ese primer cuerpo, había otro y, aún a más profundidad, uno más. Los restos estaban en un avanzado estado de descomposición, pero no tuvieron duda de que se trataba de las tres niñas de Alcàsser. Alguno de los presentes debió de hablar más de la cuenta, porque la noticia del hallazgo corrió como la pólvora y enseguida aparecieron por allí algunos de los reporteros que hacían guardia en la zona.

En una primera inspección ocular, los guardias civiles encontraron diversas prendas de ropa, algunos objetos que presuntamente habían utilizado los asesinos y, enredados en unos matorrales cercanos a la fosa, amarillentos por el paso del tiempo, varios trozos de un volante médico a nombre de Enrique Anglés.

Antonio Anglés sintió un mazazo cuando oyó decir a alguien en la calle que habían encontrado los cuerpos de las tres niñas cerca de la presa de Tous. Volvió a toda prisa a casa y comprobó que era cierto cuando vio a su madre, a sus hermanos Enrique y Kelly, y al novio de la chica alrededor de la radio.

—¿Qué te había dicho? —Enrique sonrió a su hermano, como si se tratase de un juego—. Estaban enterradas en La Romana.

Antonio sabía que eso podía ocurrir y tenía pensado un plan de fuga. Unos días antes, había obligado a su madre a pedir un crédito al banco para disponer de dinero en efectivo en caso de tener que largarse de repente, como ahora estaba claro que sucedería. Intentó tranquilizarse y pasó la tarde mirando por la ventana por si había movimientos raros. Y, a eso de las ocho, vio llegar a la Guardia Civil.

—Me cago en la puta...

Se guardó el dinero en la chaqueta y corrió hacia la salida, pero al asomarse al descansillo vio que ya estaban subiendo y volvió al interior del piso. Cogió una madera y atrancó la puerta con ella.

—¿Qué pasa, hijo? —preguntó su madre.

—Los picoletos vienen a buscarme por no haber vuelto a la cárcel después del permiso. Que nadie abra la puerta hasta que yo no me haya marchado, ¿habéis oído?

—¿Por dónde vas a salir?

Antonio corrió a su habitación y sacó del armario varias sábanas que tenía atadas desde hacía días. Fue a la habitación de Kelly, anudó un extremo a la cama y el otro lo tiró por la ventana.

—Te vas a matar, Antonio —le dijo su hermana—. Estamos en un cuarto piso.

—Solo necesito llegar al tejado de la casa de al lado. En cuanto salte, desatas las sábanas, las guardas como si aquí no hubiera pasado nada y decís que no me habéis visto desde hace meses.

En ese momento, la Guardia Civil aporreó la puerta de la casa de los Anglés. Enrique, que sufría un notable retraso agravado por el consumo de drogas, pero que a veces era más listo de lo que parecía, discutió con los agentes a través de la puerta, exigiendo que le mostrasen una orden de registro para dejar que entrasen.

Antonio se descolgó por la fachada con la cuerda de sábanas, se balanceó y se lanzó a la terraza del edificio contiguo, un salto de más de cinco metros que bien pudo romperle los dos tobillos, pero que solo era un ejemplo de la enorme destreza que demostraría durante las siguientes semanas.

Cuando al fin los guardias civiles consiguieron entrar en el domicilio, se dieron cuenta de que Enrique no podía haber cometido aquella atrocidad contra las tres niñas y de que a quien debían detener era a su hermano Antonio, en busca y captura por saltarse un permiso carcelario tras haber sido condenado por el secuestro, tortura e intento de asesinato de una drogadicta. Unas horas después, cuando ya se habían llevado a Kelly y a Enrique a la comisaría para interrogarlos, sonó el teléfono. El mensaje que se escuchó en el contestador de la habitación de Kelly fue lo que puso a Miguel Ricart −conocido como el Rubio en los círculos policiales y entre los propios delincuentes− en el punto de mira de los investigadores:

«Kelly... soy yo, Rubén. Cuando vengas le dices al... al Rubio que vaya a donde está el plato y la maneta de la moto. Y que traiga los dos sacos de dormir y los Kellogs y la leche que está encima de la nevera. ¿Sabes? Y eso, cuanto antes posible..., ¿vale? Adiós, hasta luego».

22

Indira tiembla como si hubiera despertado en mitad de un estercolero mientras observa al inspector Moreno hablar por teléfono dentro de su despacho. Está decidida a sincerarse con él en cuanto cuelgue, pero, llegado el momento, toda su seguridad se desvanece.

—Vamos, Indira —dice para sí, infundiéndose ánimos—. Has hecho cosas muchísimo más difíciles en la vida.

Coge aire, ignora a los policías que se extrañan al verla hablar sola y enfila hacia el despacho. Va tan nerviosa que hasta se olvida de llamar a la puerta.

—¿Por qué entras en mi despacho sin llamar? —El inspector Moreno ya está dispuesto para la guerra.

—Tenemos que hablar, Iván.

—Ahora estoy ocupado. Dentro de un rato trasladan a Anglés a los juzgados y tengo que organizar su escolta.

—Es muy importante, créeme. Se trata de... lo nuestro.

—No hay nada nuestro.

—Lo hay —dice Indira descompuesta—. Vamos que si lo hay...

El nerviosismo y la ambigüedad de la inspectora Ramos despiertan la curiosidad de su compañero. La mira extrañado y se olvida por un momento de la profunda animadversión que siente por ella.

—¿Qué pasa, Indira?

—¿Recuerdas la noche en que me presenté en tu casa un poquito achispadilla y terminamos en la cama?

—Claro que la recuerdo, ¿por qué?

—Porque...

Justo cuando iba a decirle que aquella noche había tenido consecuencias, se abre la puerta del despacho y entra el comisario.

—Menos mal que os encuentro a los dos juntos. Os hago responsables de trasladar a Antonio Anglés a los juzgados y de vigilarle mientras permanezca bajo nuestra custodia. Me da igual que no durmáis, que no comáis o que no caguéis. Os quiero con él las veinticuatro horas del día, ¿estamos?

—Este es mi caso, comisario —protesta Moreno.

—No te equivoques, muchacho —responde el comisario—. Este es mi caso, y no voy a arriesgarme a que haya algún percance y quedar como el hombre que volvió a dejar escapar al fugitivo más célebre desde el Lute.

—Si solo es una cuestión de seguridad, lo mejor es que se encarguen de trasladarle los geos, comisario —dice la inspectora Ramos.

—Llevaréis vehículos de apoyo, está claro, pero quiero que mis dos mejores policías vayan en el mismo coche que Anglés. Como la caguéis, os corto los huevos. A ti también, aunque no los tengas —añade amenazante mirando a Ramos—. Y preparaos porque va a haber follón. Voy a hablar ahora mismo con los medios.

El comisario sale apresurado a repasar una vez más el discurso con el que pasará a la posteridad. A Moreno le repatea el hígado tener que trabajar con Ramos y no se molesta en disimularlo.

—Si me jodes este caso...

—Lo sé... —Indira se adelanta, cansada de sus amenazas—. Me haces la vida imposible, ¿no?

—Exacto. ¿Qué ibas a decirme?

Visto lo visto, Indira considera que lo mejor es soltarle su secreto de sopetón y que sea lo que Dios quiera. Mucho peor tampoco pueden quedar las cosas. Cuando coge aire para decirle que es padre desde hace más de dos años, ve algo a través del cristal que la hace palidecer.

—No puedo creerlo.

Indira sale del despacho y se dirige a un hombre trajeado que firma unos documentos apoyándose en la pared.

—Alejandro... —dice Indira mientras se acerca a él conteniendo la respiración.

—Indira... —Él se gira y la mira con emoción contenida—. Qué alegría verte. ¿Cómo estás?

—Muy bien, ¿y tú? Te veo genial.

Él la conoce mejor que nadie y sabe que no puede lanzarse a abrazarla, aunque sea lo que más desea en este mundo. Indira consigue vencer todos sus miedos y es ella quien se refugia en sus brazos. Disfruta de una cercanía que conoce muy bien, de un hombre que, después de ocho años, sigue oliendo igual. El inspector Moreno llega hasta ellos. Carraspea molesto por lo que ve y por que su compañera le haya dejado con la palabra en la boca. La inspectora y el hombre se separan.

—¿Conoces a este tío? —pregunta Moreno con un punto de celos.

—Sí, perdona... —responde Indira rehaciéndose y procediendo a presentar a los dos hombres, que se miden con la mirada—. Alejandro Rivero, te presento al inspector Iván Moreno. Alejandro y yo tuvimos... algo —aclara.

—Yo jamás definiría lo nuestro como «algo», Indira —dice Alejandro.

—Está bien —concede ella—. Estuvimos a punto de casarnos. Ya teníamos incluso la fecha, pero yo tuve aquel accidente en las alcantarillas y...

Alejandro e Indira se miran con tristeza. Ambos saben que si la cosa no se hubiera torcido en el último momento, a estas alturas seguirían juntos. El inspector Moreno siente cómo la rabia se apodera de él.

—No sabes quién es, Indira —dice al fin.

—Ya te he dicho que sí, Iván. Nos conocemos desde hace...

—Es el abogado de Anglés, joder —la corta—. El cabrón que está intentando que le suelten.

Indira mira a Alejandro, esperando que contradiga a su compañero, pero él mantiene el tipo.

—Si me disculpáis, tengo que terminar el papeleo de la declaración de mi cliente en los juzgados de Plaza de Castilla. Me alegro de haberte visto, Indira.

23

Antonio Anglés disfruta del paseo como si no lo estuviesen llevando ante el juez para responder por uno de los crímenes más abominables que se recuerdan. Lo único que le perturba es que las cuatro motos que rodean el coche y los dos furgones policiales que abren y cierran la comitiva le impiden apreciar las vistas como le gustaría. Mientras Iván conduce encabronado por tener que cargar con Indira —y más aún tras descubrir que el abogado del detenido es su ex—, ella disecciona al asesino observándolo a través del espejo retrovisor. Cuando estudiaba en la Academia de Policía de Ávila, hizo un trabajo sobre él. Aunque seguía siendo el criminal más buscado, todos daban por hecho que había muerto al poco de iniciar su huida. Algunos incluso estaban convencidos de que jamás había salido de Valencia, de que había sido ejecutado por orden de instancias superiores que nadie sabía concretar.

Pero allí está.

Lo que más le llama la atención es que va impoluto: lleva las uñas bien cortadas, el pelo pulcramente arreglado, la ropa limpia y sin rozaduras, y la barba, a pesar de no haber tenido ocasión de afeitarse desde el día anterior, crece de manera regular y ordenada. No tiene nada que ver con el Antonio Anglés que retratan en los informes, alguien sucio, basto y primitivo acostumbrado a vivir entre desperdicios y jeringuillas.

—Eres la inspectora Ramos, ¿verdad? —pregunta Anglés cuando sus miradas coinciden en el reflejo del espejo.

—¿Me conoces?

—No trates con el detenido, inspectora —interviene Moreno.

Indira no piensa desaprovechar su oportunidad y, haciendo caso omiso de las protestas de su compañero, se vuelve para hablar con el criminal cara a cara. Este sonríe, divertido por la irritación que consigue provocar esa mujer en el inspector Moreno.

—He escuchado muchas cosas sobre ti —responde Anglés sin evitar su mirada—, aunque creía que te habías retirado.

—No creas todo lo que escuchas, Antonio. Yo he leído mucho sobre lo que tú hiciste.

—No te creas todo lo que lees, Indira.

El inspector Moreno no aguanta más y se incorpora a la conversación.

—Este maldito hijo de puta asegura ahora que él no mató a las niñas.

—Nunca dije que lo hubiera hecho.

—Si fueses inocente, no habrías desaparecido durante treinta años.

—Estaba condenado antes incluso de que fueran a detenerme, inspector. Era un delincuente común adicto a los tranquilizantes que tenía todas las papeletas para convertirse en cabeza de turco.

Bajo la atenta mirada de Anglés, Indira se abre la camisa y desconecta el micrófono que tiene pegado al pecho. Enseguida hace lo propio con el micrófono de su compañero.

—¿Se puede saber qué cojones haces, Indira?

—Estamos solos, Antonio —Indira se dirige al detenido—. Nadie nos escucha y no tendremos pruebas de lo que nos digas en este coche. Todo quedará entre nosotros tres. ¿De verdad puedes resistirte a contar lo que hiciste y cómo has conseguido burlarte de la policía durante treinta años? ¿De qué sirve tu proeza si no puedes hablar de ella?

—Es tentador, pero no gano nada.

—Tampoco tienes mucho que perder. Según tengo entendido, tu abogado alegará que el crimen del que se te acusa ha prescrito.

—En efecto, así es.

—Entonces ¿por qué no hablar de ello?

Las palabras de Indira surten efecto y Anglés tiene que contenerse para no decirles que sí, que mató a esas niñas y que volvería a matarlas una y otra vez, porque en las casi once mil noches que han pasado desde entonces no ha podido olvidar lo poderoso que se sintió. El inspector Moreno se da cuenta de que su compañera está consiguiendo su propósito y deja que actúe, cautivado por lo excelente que sigue demostrando ser como policía.

—¿Las encontraste por casualidad, como dice el sumario, o ya las habías visto en alguna parte? ¿Puede que Ricart y tú ya las hubieseis llevado antes a la discoteca aquella... cómo se llamaba?

—Coolor... —responde Moreno.

—Eso es, Coolor. ¿Habíais estado con ellas allí antes?

—Yo tenía veintiséis años. Aquella discoteca era para niñatos.

—Entonces solo las cogisteis, las torturasteis y las matasteis, ¿no?

A Antonio Anglés le queman las palabras en la garganta. La inspectora Ramos sigue apretando.

—Vamos, Antonio. Pronto te harán ofertas millonarias para contarlo en algún documental. ¿Por qué no nos concedes ese pequeño privilegio?

—¿Qué quieres saber exactamente?

—Que me digas qué se siente al matar.

«Excitación» y «poder» son las palabras que el asesino está a punto de decir en voz alta, aunque se conforma con pensarlas. Es probable que algún día hable de ello después de una oferta con muchos ceros, pero confesar ante una policía de la que sabe que no se detiene ante nada es jugar con fuego.

—Pregúntale a tu compañero, Indira. Si no recuerdo mal, hace tres años le reventó la cabeza a un hombre que estaba a punto de matarte.

El detenido pierde interés por la conversación y vuelve a mirar por la ventanilla. No dice nada más hasta que llegan a los juzgados y le ponen delante del juez, pero la breve conversación le ha servido a la inspectora Ramos para saber que están frente a un verdadero depredador.

24

Si la desaparición de Miriam, Toñi y Desirée había causado mucha expectación, el hallazgo de sus cadáveres y las informaciones que se filtraron en los siguientes días sobre las torturas que les habían infligido fue aún más desmedido. Con cada nuevo detalle que se daba, por pequeño e intrascendente que fuera, se hacían horas de televisión, y el foco de atención pasó de encontrar a las niñas a buscar a Antonio Anglés, el principal sospechoso de sus muertes. Miguel Ricart, incapaz de soportar la presión, tardó pocas horas en confesar, pero se escudó en que su compinche le había obligado y que él fue un mero espectador de las atrocidades a las que sometió a las niñas en la caseta de La Romana.

Anglés, por su parte, aprovechó las horas de ventaja que tenía sobre los investigadores para desaparecer. Nada más saltar por la ventana del piso de Catarroja, cogió un taxi que le llevó hasta el cercano municipio de Alborache, donde pasó la noche en un corral de ganado. Al día siguiente estuvo allí escondido, esperando a que llegase su compinche, como le había dejado dicho en el mensaje del contestador, pero se dio cuenta de que estaba solo y de que necesitaba alejarse mucho más si quería burlar a la Guardia Civil. Un camionero despistado lo vio en la carretera y, sin darse cuenta hasta muchos días después de que había colaborado en la huida del hombre más buscado de España, lo acercó hasta Valencia, donde Antonio entró en una peluquería para teñirse el pelo y, ya de paso, para intentar conseguir Rohypnol y poder quitarse el mono que desde hacía horas no le dejaba pensar con claridad. Una vez que consiguió los tranquilizantes, se dirigió a una estación de tren abandonada en Vilamarxant, donde pasó unas cuantas noches con una familia que la había convertido en su hogar. Acordó con el patriarca la compra de un coche para continuar con su huida, aunque este, al darse cuenta de que podría meterse en un problema muy serio, decidió denunciarlo a las autoridades. Pero como ocurriría tantas y tantas veces durante aquellos días, la Guardia Civil llegó tarde, después de que el fugitivo ya hubiera abandonado el lugar.

Anglés, cada vez con menos apoyos, decidió que lo mejor era esconderse hasta que se calmasen un poco las cosas, y para ello eligió un chalé desocupado en el municipio de Benaguasil, donde permaneció casi una semana, hasta que un vecino le sorprendió robando naranjas y se dio cuenta de que era el famoso asesino de las niñas de Alcàsser. Antonio abandonó el lugar a toda prisa y, al borde de la desesperación, secuestró a punta de cuchillo a un agricultor, al que obligó a llevarle en su furgoneta hasta Cuenca, donde robó un vehículo con la intención de llegar a Madrid. Pero, cuando iba a incorporarse a la autopista, descubrió un control policial y recorrió algunos kilómetros por carreteras secundarias, donde finalmente abandonó el coche. Ya convencido de que su huida estaba a punto de acabar, después de pasar días malviviendo en lugares abandonados, tuvo otro golpe de suerte y consiguió esconderse en el portaequipajes de un autobús de jubilados que regresaba a casa después de pasar unos días de vacaciones en Benidorm.

—¿Qué hace usted ahí? —preguntó sorprendido un anciano cuando fue a recoger su maleta del portaequipajes.

—¿Dónde estamos? —preguntó a su vez Anglés, bajándose del autobús después de haber conseguido dormir algunas horas.

—En Alcalá de Henares.

Anglés maldijo al saber que todavía le quedaban más de treinta kilómetros para llegar a la plaza de Tirso de Molina, donde vivía el Nano, un antiguo compinche. Aunque no se fiaba un pelo de él, tenía escondido el cuchillo con el que, varios años atrás, el Nano había apuñalado hasta dejar tetrapléjico a un guarda jurado durante el atraco a un banco. Antonio le pidió que le diera el arma, que él se desharía de ella, pero al ir a tirarla se dio cuenta de que quizá algún día necesitaría tener a su amigo cogido por los huevos. Y ese momento había llegado. Paró un taxi, consciente de cuánto arriesgaba, aunque el taxista estaba más preocupado de que el Real Madrid no terminaba de convencer fuera de casa que de los asesinos de niñas.

—¿Qué haces aquí, tío? —preguntó el Nano sobrecogido en cuanto abrió la puerta y le vio allí—. Te está buscando toda España. Lárgate.

—Necesito que me escondas durante unos días.

—No quiero saber nada de lo que has hecho —dijo intentando cerrarle la puerta en las narices.

—Sabes que te conviene, Nano. —Antonio sujetó la puerta con el pie—. Te juro que, como me detengan, lo primero que hago es decir dónde está el cuchillo. Y te recuerdo que, aparte de la sangre de aquel tío, está plagadito de tus huellas.

El Nano ocultó a Antonio en el trastero de la vivienda, un cuartucho sucio y oscuro lleno de cajas que habían ido dejando olvidadas los anteriores inquilinos. Durante más de dos semanas, solo salió de aquel lugar para ducharse y usar el baño cuando la novia del Nano se marchaba a trabajar como cortadora en una sastrería de la calle Mantuano. Pero una mañana ella no se sentía bien y decidió volver a casa antes de lo previsto. Se llevó un susto de muerte al encontrarse con Antonio en el pasillo, mientras el Nano fumaba un cigarro en la terraza.

—¿Quién coño eres tú?

—Soy Rubén. Un amigo del Nano.

—¿Dónde está él?

El Nano se dio cuenta de lo que estaba pasando y entró corriendo.

—Tranquila, Ana. Es un colega mío al que he invitado a ducharse. A él... se le ha jodido el calentador —improvisó.

—¿Y no se te ocurre avisarme, joder? Casi me muero del susto al encontrármelo en casa.

—Perdona. No pensaba que fueras a llegar a esta hora. ¿Te pasa algo?

—Nada, estoy un poco revuelta —respondió Ana y volvió a mirar a Antonio—. ¿De dónde lo has sacado?

—Somos compañeros de curro —volvió a improvisar y se dirigió a Antonio—. Te presento a mi novia, Ana. Él es...

—Rubén, ya se lo he dicho —se adelantó Anglés al percibir sus dudas.

—¿Es compañero de curro y ni sabes cómo se llama, Nano?

Antonio y el Nano cruzaron sus miradas, cogidos en falta, y a Ana le dio tiempo a pensar. Desde hacía más de veinte días, cuando habían encontrado los cadáveres de las tres niñas de Alcàsser, en la tele solo hablaban del presunto asesino. No lo reconoció por los ojos claros, el pelo teñido o sus facciones delicadas, sino por un llamativo quiste sebáceo que tenía encima de la nuez y, sobre todo, por el tatuaje de una mujer china con un paraguas que lucía en el antebrazo izquierdo. En los programas hablaban continuamente sobre su capacidad de mimetizarse, pero lo que jamás conseguiría ocultar, ya fuese vestido de hombre o de mujer, eran cosas como esas. Antonio supo que lo había reconocido y tensó los músculos.

—¿Pasa algo?

—Nada, no pasa una puta mierda —se adelantó el Nano, y después se dirigió a su novia—. Ve a hacer café, venga.

113

Si la chica hubiese hecho caso, tal vez el Nano la hubiera podido convencer de que a ambos les convenía callarse la boca y seguir con su vida, pero en lugar de ir a hacer café a la cocina quiso salir de casa. Antonio sacó su pistola y le golpeó en la cabeza con la culata. Ana cayó al suelo, aturdida, y él se dispuso a ejecutarla como tres meses antes había ejecutado a Toñi, a Miriam y a Desirée, pero el Nano lo impidió.

—¡No, tío, no la mates! ¡Te juro que no dirá nada!

—¿Cómo sé que no va a denunciarme?

—Porque entonces seré yo quien la mate. Confía en mí, por favor. Lárgate y jamás diremos que te hemos visto.

25

Indira e Iván aguardan en silencio en el despacho del juez, el mismo que hace tres años la echó a ella a patadas por tratar de recolocarle los diplomas y los cuadros de la pared. Al igual que ocurrió la última vez, el desorden reinante en aquel lugar hipnotiza a la inspectora Ramos, que es incapaz de apartar la mirada del maremágnum de fotografías, periódicos viejos, expedientes y papeles desprendidos de algún informe que quedará incompleto para siempre.

—Y después nos quejamos de que los delincuentes queden libres por falta de pruebas... —dice para sí.

Moreno ya la conoce y sabe qué se le está pasando por la cabeza. En cualquier otro momento aprovecharía para chincharla, pero siente una extraña desazón desde que hablaron en la comisaría y fueron interrumpidos, primero por el comisario y más tarde por el exnovio de la inspectora. Tiene la certeza de que lo que iba a decirle era importante.

—Claro que recuerdo aquella noche, Indira.

—¿Qué? —ella le mira desconcertada.

—Antes, en mi despacho, me preguntaste por la noche en la que tú y yo nos acostamos. ¿Por qué querías saber si me acordaba?

—No creo que sea ni el momento ni el lugar de tratar ese tema, Iván. —Indira se revuelve incómoda en su silla.

—La declaración de Antonio Anglés puede durar cinco minutos o cinco horas. Si vamos a tener que aguantarnos de ahora en adelante, creo que es el mejor momento para aclarar las cosas.

A Indira se le desboca el corazón. Desea con todas sus fuerzas que se abra la puerta y que entre el juez para posponer un poco más esa incómoda conversación, pero no ocurre nada y su silencio intriga todavía más a su compañero.

—Creía que tú eras de las que dicen las cosas a la cara sin pensar en las consecuencias, Indira.

—Está bien... —se rinde.

El inspector Moreno se da cuenta de lo serio que es el asunto cuando, dejando a un lado cualquier escrúpulo, su compañera llena un vaso de agua usado que hay junto al ordenador del juez y se lo bebe de un trago, temblorosa.

—¿Tan grave es?

—Me quedé embarazada.

—¡¿Qué?! —Iván la mira aturdido—. ¿Abortaste sin consultarme?

—El caso es que... no aborté. Se llama Alba, tiene dos años y dos meses, y es una niña muy lista y muy feliz. No te pido nada, tranquilo. No quiero que colabores ni en su educación, ni en su manutención, ni en nada.

Moreno tarda unos largos segundos en asimilar la noticia.

—¿Cómo puedes ser tan hija de puta, Indira? —pregunta más decepcionado que cabreado—. ¿No se te ha ocurrido hasta hoy que quizá querría saber que soy padre?

—Alba solo te complicaría la vida, Iván. ¿Para qué querías saberlo?

—¡Porque tenía derecho, joder!

—Lo siento, de verdad. —Indira sabe que tiene razón al reprochárselo—. Cuando lo supe pasó lo de tu amigo, después vino la pandemia y... hasta hoy no me había atrevido. Tienes razón en enfadarte, pero si lo piensas fríamente, te he hecho un favor. No te culparé si sigues con tu vida como si no hubiera pasado nada.

Iván no sabe cómo reaccionar, y tampoco tiene ocasión de hacerlo, porque, ahora sí, se abre la puerta y entra el juez. Contrae el gesto cuando ve allí a la policía.

—Inspectora Ramos... Pensaba que usted y yo teníamos un acuerdo que consistía en que no le metía un puro por desacato si no volvía a verla en mi vida.

—No es una visita de cortesía, señoría —responde ella con suavidad—. He estado los últimos tres años evitando venir, pero custodiar a Antonio Anglés es una orden directa de mi comisario.

—No se haga la lista conmigo, inspectora. Sé muy bien que ha estado de excedencia, y por aquí nos habíamos quedado muy tranquilos sin sufrirla.

El juez se quita la toga, la cuelga en el perchero y se sienta tras su escritorio después de suspirar con preocupación.

—¿Dónde se encuentra el detenido, señoría? —El inspector Moreno vuelve en sí tras el bombazo que le ha soltado su compañera.

—He ordenado su traslado a prisión.

—Entendemos entonces que ha rechazado la prescripción del delito que pedía su abogado, ¿verdad? —pregunta la inspectora Ramos.

—No es tan sencillo. Aunque es cierto que ese caso ha permanecido abierto debido a diferentes motivos, como la declaración del capitán del barco en el que parece que huyó o la aparición de un diente o de las falanges de una de las niñas en la fosa donde fueron enterradas, lo cierto es que ya han pasado treinta años de aquello y es complicado pedirle a Anglés responsabilidad penal.

—Debido a que las últimas diligencias policiales se efectuaron en 2009, la jueza de instrucción de Alzira fijó la prescripción del crimen en el año 2029, señoría —dice el inspector Moreno.

—Eso es un brindis al aire, inspector —contesta el juez—. Si no soy yo, será el Tribunal Supremo, el Constitucional o el Tribunal Europeo, pero en algún momento alguien la dará la razón al abogado de Anglés.

—¿Significa eso que tenemos que soltarlo?

—Yo, de momento, lo he encerrado por falsedad documental y por riesgo de fuga, pero no creo que pueda prolongar demasiado su detención o me acusarían de prevaricación. Es la jueza de Alzira la que tiene que pedir un exhorto si pretende tumbar la prescripción, aunque desde ya les digo que lo va a tener muy complicado.

—Tenemos que hacer algo más, señoría —dice el inspector Moreno—. Ese hijo de puta secuestró, torturó, violó y ejecutó a tres niñas de quince años. ¡Hay que juzgarlo por ello, joder!

—Si por mí fuera, lo metía en la cárcel y tiraba la llave, inspector, pero tengo que ceñirme a lo que dicta la ley. Y, en cuanto al juicio, el problema es que no existen más pruebas contra él que una declaración de Miguel Ricart de la que después se ha retractado en infinidad de ocasiones. Y, sin una acusación sustentada en pruebas, no se puede condenar a nadie.

—¿Sabe lo que supondría dejar a Antonio Anglés en la calle, señoría? —pregunta Indira.

—Un quebradero de cabeza. Soy consciente de que tendré que soportar toda clase de insultos y de descalificaciones, pero si no me dan algún motivo por el que encerrarle, lo más seguro es que en unos días sea puesto en libertad.

26

Antonio Anglés no se fiaba ni un pelo de la novia del Nano y, después de lo de las niñas, no solo no tenía problemas en volver a matar, sino que empezaba a desearlo. Seguía apuntando a la chica mientras su amigo le rogaba que lo dejase en sus manos, que nunca nadie se enteraría de que había estado allí. Mientras decidía en qué orden los mataría a ambos, Ana aprovechó un despiste del asesino para escabullirse hacia la habitación y encerrarse en ella.

—¡Joder! ¡Abre la puta puerta! —gritó Antonio, aporreándola.

En el interior se escuchaban sollozos y muebles arrastrándose para bloquear la puerta, sonidos del profundo terror que puede sentir alguien al haber reconocido en su propia casa a uno de los peores asesinos de su tiempo. Antonio Anglés apuntó a su amigo.

—Dile que salga ahora mismo, Nano.

—Tranquilo, Antonio —dijo levantando las manos—. Baja eso.

—O la sacas o te dejo en el sitio, te lo juro por mis muertos. Supongo que ya sabes de lo que soy capaz.

—La conozco y no va a salir. ¿Por qué no lo hablamos tranquilamente?

—Me parece que ya no hay nada de lo que hablar. —Antonio seguía apuntándole, dispuesto a disparar.

—Claro que sí, tío. Hasta ahora nadie sabe que estás en Madrid. Ayer, en la tele, dijeron que creían que intentabas pasar a

Francia y que te buscaban en Barcelona. Márchate en la dirección contraria, hacia Portugal, y no te pillarán. Pero si nos disparas, sabrán que estás aquí y ampliarán la búsqueda. Y eso sin contar con que las putas paredes son de papel y todo el barrio escucharía los disparos. ¿Quieres tener que volver a saltar por la ventana?

Antonio Anglés dudó.

—¿Y si tu zorra dice algo?

—A mí es a quien más le conviene que se calle, joder. No solo está lo del cuchillo, sino que si se enteran de que te he tenido aquí dos semanas, me crucifican. De verdad, deja que yo me ocupe de ella. Ahora está muy nerviosa, pero en algún momento se tranquilizará y saldrá de ahí. La haré entrar en razón, te lo juro.

Antonio comprendió que no le quedaba otra que fiarse de su amigo.

—Como me pillen, sea culpa tuya o no, lo primero que hago es decir dónde está el cuchillo. Reza todo lo que sepas para que consiga escapar.

Antonio Anglés salió a la calle y caminó sin rumbo, sintiendo que todo el mundo le miraba. Al pasar por delante de un quiosco, vio su foto en los periódicos y comprendió que no podía exponerse tanto o su huida habría terminado. Un hombre salió de un portal y entró en su coche, aparcado en la acera de enfrente. En cuanto lo arrancó, Anglés se subió en el asiento trasero y lo encañonó.

—¿Qué pasa? —preguntó el hombre asustado.

—Arranca. Y sin hacer gilipolleces o te mato.

—Tranquilo, tío. Te llevo adonde quieras.

Anglés lo obligó a pasar media hora dando vueltas hasta que decidió dejar que se marchara y se llevó su coche. Su intención era quedarse unas semanas más escondido en Madrid y después ir hacia el norte y tratar de cruzar la frontera con Francia, pero sabiendo que la Guardia Civil esperaba eso de él, optó por ir a

Portugal, como su amigo le había sugerido. El problema era que las cosas se habían precipitado y no tenía ni idea de cómo llegar hasta allí cuando toda España le estaba buscando. De momento, debía deshacerse del coche. Por cómo le miraba, intuía que el propietario, igual que la novia del Nano, también le había descubierto y ya debía de estar de camino a alguna comisaría o incluso a alguna cadena de televisión. Lo abandonó en el primer aparcamiento que vio y fue caminando a la estación de Atocha. Era un inmenso riesgo meterse en un lugar tan concurrido y tan bien vigilado, pero tenía que salir de inmediato de la capital. Se cruzó con viajeros, con guardas jurados y hasta con una pareja de agentes de la Policía Nacional, pero nadie reparó en él.

—A Talavera de la Reina, por favor.

Antonio nunca había oído hablar de aquel lugar, pero vio en un mapa que se encontraba en el camino a Portugal y, cuando escuchó a una señora decirle a su marido que el tren hacia allí salía en quince minutos, lo tomó como una señal. Aguardó en el andén agarrando su billete como si fuera a salir volando y dos horas después ya estaba a casi ciento cincuenta kilómetros de Madrid. Necesitaba comer algo caliente, pero no quería arriesgarse a entrar en un restaurante y que lo reconocieran. Se tuvo que conformar con comprar un bocadillo y una botella de agua en un bar de mala muerte y echó a andar hacia el campo. Llevaba muchos años preparándose para sobrevivir en las condiciones más adversas —«como Rambo», solía decirle al Rubio— y no le costó encontrar un refugio en el que pasar la noche.

Al despertar a la mañana siguiente, vio que estaba cerca de una gasolinera y se encaminó hacia allí. En la parte trasera había aparcados varios camiones, cuyos propietarios desayunaban en el interior. Uno de ellos era de una empresa de productos cárnicos de Badajoz que parecía volver a la fábrica después de vaciar su carga. En los casi trescientos kilómetros que viajó oculto en los bajos del camión estuvo varias veces a punto de perder el equilibrio y morir aplastado por las ruedas, pero consiguió bajarse cuando paró en un semáforo a la entrada de la ciudad. Atravesó Badajoz como un turista más, atreviéndose incluso a comprar otro bocadillo en un bar de la plaza Alta y se sentó a admirar los mosaicos mientras se lo comía.

Solo estaba a unos kilómetros de Portugal y quiso acercarse a la frontera para comprobar si era difícil cruzarla. Al llegar vio que no había ni un puesto de vigilancia y aprovechó su oportunidad. Se encontró con un agricultor al que saludó con un gesto de cabeza y que más tarde declararía haber visto al asesino, pero en un principio la policía no le hizo mucho caso. Cuando Anglés estaba llegando al municipio portugués de Elvas, vio a un hombre cambiando la rueda de su coche. Chapurreaba algo de portugués; su madre, Neusa, era brasileña, él había nacido en São Paulo, adonde fue varias veces después de emigrar a España a visitar a la familia que todavía le quedaba allí. Se acercó al hombre con precaución, aunque pronto se dio cuenta de que en aquel país todavía no habían oído hablar del asesino de las niñas de Alcàsser.

—Disculpe, ¿va usted a Lisboa? —preguntó en un correcto portugués.

—A Sintra —respondió el hombre—, pero puedo acercarte. Me coge de camino.

27

La detención de Antonio Anglés cae en España como una bomba atómica, y es aún peor cuando la gente se entera de que será puesto en libertad en las próximas semanas debido a la prescripción del delito por el que encabeza la lista de los más buscados desde hace treinta años. Una vez más, los españoles se dividen en dos bandos enfrentados e irreconciliables: los hay que opinan que, guste o no, hay que respetar la ley y soltarlo, y otros que abogan por cambiar el código penal, ignorarlo o directamente aplicarle la pena de muerte en la plaza mayor de cualquier ciudad. Los debates en las distintas televisiones y los enfrentamientos en el Congreso de los Diputados se trasladan a calles, bares y lugares de trabajo. Por muchos años que transcurran desde el crimen, el asesinato de las tres niñas de Alcàsser sigue siendo una herida abierta y es habitual que de las palabras se pase a las manos. En un bar de Lugo, dos hombres están a punto de matarse a cuchilladas porque a uno de ellos se le ocurrió decir que las niñas iban buscando guerra.

A los familiares de Antonio Anglés su aparición también les pone la vida patas arriba. Todos sus hermanos —algunos de ellos propietarios de florecientes negocios —se cambiaron el apellido hace años, para intentar huir del rechazo que provocaba cada vez que alguien lo pronunciaba. Lo mismo tuvieron que hacer otras personas que, aunque no tenían que ver con el fugitivo, se apellidaban igual. Nada más escuchar esas seis letras en un ambulatorio, en un comercio o en una clase, la gente se volvía con temor y curiosidad. Aunque todo el que conocía el caso pensaba que, de seguir vivo, el asesino mantendría contacto con su familia, lo cierto es que su aparición les ha sorprendido tanto como al resto del mundo. Los periodistas los persiguen para tratar de arrancarles una declaración, pero ellos aseguran que les da igual la suerte que corra, que Antonio se esfumó de sus vidas para siempre la noche en que saltó por la ventana de la casa familiar de Catarroja.

Los otros grandes afectados son los familiares de las tres niñas. Todos soñaban con el momento en que detuvieran a Anglés y le hicieran pagar por su execrable crimen, pero ahora que ha ocurrido preferirían no tener que revivir todo aquello. Aunque nadie se acostumbra al dolor de perder a sus hijas, hermanas, amigas o sobrinas, era algo con lo que habían aprendido a vivir. Y saber que su asesino podría quedar libre hace que más de uno se plantee presentarse con una escopeta de caza en la puerta de los juzgados y añadir un nuevo capítulo al caso Alcàsser.

En cuanto a Miguel Ricart, fue condenado en un mediático juicio celebrado en 1997 a ciento setenta años de cárcel por secuestro, tortura, violación y asesinato, pero obtuvo la libertad en 2013 debido a la derogación de la denominada doctrina Parot, con la que se pretendía que se aplicaran los beneficios penitenciarios sobre cada una de las penas impuestas al recluso y no sobre el máximo de treinta años de permanencia en prisión, con el fin de evitar que criminales como él pudieran quedar en libertad apenas veinte años después de cometer sus delitos. Cuando abandonó la prisión de Herrera de la Mancha, continuó asegurando que él solo era un chivo expiatorio y que nada había tenido que ver con el crimen, pero era tanto el odio que generaba a su paso que decidió desaparecer cruzando la frontera con Francia, hasta que en enero de 2021 fue identificado por la Policía Nacional en un piso okupa de Carabanchel cuando iba a comprar droga. Su aspecto desaliñado y la mala vida que parecía llevar tiraron por tierra las teorías que aseguraban que le pagaban con regularidad grandes cantidades de dinero para que mantuviese la boca cerrada y no señalase a los verdaderos responsables del crimen, al parecer gente muy poderosa.

La mujer de Antonio Anglés y sus hijos, por su parte, se ven sobrepasados por las informaciones que les llegan sobre quién es en realidad el que tenían por un honrado marido y padre dedicado a su familia y a su pequeña empresa de reformas. Desde el primer día se encuentran apostadas en la puerta de la urbanización cadenas de televisión y agencias que informan de cada movimiento que hacen; pero desde que se llevaron al que ellos conocían como Jorge Sierra, Valeria decidió que ni ella ni sus hijos volverían a pisar la calle más que para ir a coger un avión que los devolviese a Buenos Aires, de donde nunca debieron salir.

Lo que a Valeria más le duele es que haya algunos periodistas que aseguran que ella sabía cual era la identidad de su marido y que le ha estado ayudando a huir de la justicia desde que lo conoció, hace quince años.

—¡Eso es mentira! —dice desesperada a Alejandro Rivero, el abogado de su marido, mientras pasea de un lado a otro del salón—. ¿Vos creés que si yo supiera que hizo esa salvajada con esas pobres niñas habría tenido dos hijos con él?

—Tienes que intentar tranquilizarte, Valeria.

—¡¿Cómo voy a tranquilizarme si me están acusando de ser su cómplice, Alejandro?! ¡Hay gente que hasta pide que se me juzgue!

—Eso no va a suceder porque no tienen nada contra ti. Tú eres una víctima más. Siéntate y hablemos con calma, por favor.

—Yo solo quiero saber cuándo podré volver a Argentina.

—Mientras no se decida si el crimen del que se le acusa ha prescrito o no, tendréis que quedaros en España.

—Pero ¿lo van a soltar?

—No es fácil responder a esa pregunta, Valeria.

—¡¿Quién sino su abogado va a responderme?!

—Tienes que entender que este no es un crimen normal, Valeria. —Alejandro intenta mantener la calma—. Hay mucha presión social y a los jueces les va a costar tomar la decisión de soltarlo, pero yo intentaré lo que sea para lograrlo.

—¡No entendés una mierda, abogado! ¡Lo que quiero es que se pudra en la cárcel y que no vuelva a ver a mis hijos, ¿me oís?!

Alejandro ve en las palabras de Valeria una posibilidad de escapar de algo que no le ha dejado dormir en las dos últimas noches. Para muchos abogados sería el caso de su vida, pero él no quiere tener nada que ver con Antonio Anglés, y mucho menos ser recordado como quien consiguió que lo pusieran en la calle. Si no fuera porque se ve comprometido con el bufete al que representa, ya habría renunciado a defenderlo.

—Si no estás conforme con mis servicios, lo mejor es que me despidas y que busques otro abogado que...

—No quiero otro abogado —Valeria le corta pasando de la ira a la frustración—. Lo que quiero es que esto pase cuanto antes y seguir con mi vida. ¿Qué podemos hacer con esos periodistas que me están calumniando?

—Yo creo que lo mejor es que preparemos un comunicado y que amenacemos con interponer demandas a quien, de ahora en adelante, te acuse.

—Mi nombre ya está pisoteado, pero escribí ese texto de una vez.

Valeria se marcha al piso superior, donde sus hijos están en un cuarto aislados por completo del exterior. Alejandro saca su portátil, dispuesto a redactar el comunicado que tendrá que leer delante de la prensa y por el que seguramente sea todavía más odiado.

28

El inspector Moreno aguarda dentro de su coche. Había dejado de fumar hacía cinco años, pero esta mañana, sin saber muy bien por qué, ha entrado en un estanco y ha comprado un paquete de tabaco y un mechero. La primera calada le supo a rayos y le provocó un mareo que estuvo a punto de hacerle vomitar. Ahora que lleva medio paquete fumado, ya se siente como si nunca lo hubiera dejado.

Cuando ve a Indira salir de su portal acompañada de su madre y de su hija, le da un vuelco el corazón. Se olvida de respirar mientras se despiden y abuela y nieta se marchan calle arriba. Moreno sale del coche y las sigue hasta el mercado de San Antón sin apenas acercarse a ellas, con la misma precaución que si estuviera siguiendo a un sospechoso de asesinato. Las vigila mientras van de puesto en puesto y se toman dos enormes tostadas con aceite y tomate; la niña acompañada de chocolate caliente y la abuela de café con leche. Cuando terminan de desayunar, Carmen y Alba van a un parque en el que la niña se junta con una docena más de críos que se encaraman a una especie de barco pirata con la habilidad de chimpancés. No sabe si solo es la típica preocupación de un padre primerizo, pero tiene el alma en vilo pensando que se va a caer desde el mástil y que se va a descalabrar. Cuando las dos chicas filipinas que compartían banco con la madre de Indira se levantan y se marchan, el inspector Moreno se arma de valor y va a sentarse junto a ella. Se dan los buenos días con amabilidad y ambos observan en silencio a los niños durante cinco minutos. Iván necesitaba saciar su curiosidad y ya lo ha hecho, así que decide aceptar la oferta que le hizo Indira de seguir con su vida. Cuando se va a levantar del banco, la señora habla:

—Parece que son de goma, ¿verdad?

—¿Qué?

—Los niños —aclara ella—. Digo que ya se pueden caer desde lo más alto que rebotan. ¿Cuál es el suyo?

—Pues... aquel de allí. —Moreno señala a un niño negro que hace un castillo de arena junto a la proa del barco pirata.

—Todo lo que sea ayudar a darle un futuro a esas pobres criaturas me parece muy requetebién. Mi nieta es aquella de allí. ¡Alba, ven un momento!

—No, tranquila. La veo bien desde aquí.

Pero la niña, obediente como ella sola, ya se ha bajado del barco pirata y se dirige hacia ellos con paso firme. Aunque lo intenta, el inspector Moreno no logra apartar la mirada de Alba, buscando algún parecido con él. Si no fuera porque sabe que Indira no pudo tener relaciones con nadie más y que nunca le mentiría en algo así, diría que se ha equivocado de padre.

—Mira, Albita —le dice la abuela a la nieta cuando ella ya se ha plantado frente al banco—. Este señor es el padre de aquel niño que juega con la arena.

Alba mira al niño y después observa al inspector Moreno, desconcertada. Ahí hay algo que no le cuadra.

—Es adoptado, supongo —le aclara su abuela.

—¿Eso qué es?

—Que como no tenía papás, este señor y su mujer se lo han quedado.

—Yo tampoco tengo papá.

—¿Y eso? —pregunta Moreno con un hilillo de voz.

—Mi hija quiso tener a Alba sola —responde la abuela Carmen—. Y, con tantas rupturas como hay, casi es lo mejor. Si no conoce a su padre, no le va a echar de menos después del divorcio.

—Eso es un poco egoísta, ¿no le parece? —Moreno se revuelve.

—¿Cómo dice?

—Y si resulta que el padre quería ocuparse de su hija, ¿qué? Me parece muy rastrero privarle de ese derecho solo porque es un hombre. Porque no sé si se ha parado a pensarlo, pero nosotros somos los que ponemos la semillita. Vale que las mujeres lo llevan dentro nueve meses y que se crea un vínculo de la hostia, pero sin los hombres no habría hijos. Que ahora parece que sin nosotros el mundo seguiría igual y tampoco es así. Y eso sin contar con lo que piensa la niña. —Mira a Alba—. ¿A ti te hubiera gustado tener papá, Alba?

—Creo que sí.

—¿Lo ve?

La abuela Carmen mira al inspector Moreno muy incómoda, sin comprender a qué ha venido todo eso.

—Será mejor que nos marchemos ya a casa, Alba. Tengo que hacer la comida. —Coge a la niña de la mano y se despide con educación del policía—. Buenos días.

Iván la despide con un gesto comprometido y abuela y nieta se marchan. El inspector Moreno no deja de mirar a la niña, esperando que se dé la vuelta, como si a quien hubiese despedido fuese a una primera cita y necesitara que le confirmase que ella siente lo mismo que él. Cuando ha recorrido unos metros, Alba se gira y lo saluda con la mano que tiene libre y una enorme sonrisa.

En ese momento, Iván comprende que ha caído en sus redes para siempre y que no quiere seguir perdiéndose cómo crece su hija, por mucho que a Indira le pese.

29

Paseando por las calles de Lisboa, Antonio Anglés se sintió libre por primera vez en el mes y medio que llevaba fugado. A pesar de que siempre se cruzaba con españoles, no se sintió observado. Quizá era porque ninguno de aquellos turistas se podía imaginar que el famoso asesino de las tres niñas de Alcàsser estuviese tan lejos de donde lo buscaban. También ayudaba el hecho de que, después de tantos días malcomiendo y casi sin ocasión de asearse, su aspecto no tenía mucho que ver con la imagen que ponían de él a todas horas en las televisiones españolas.

Recorrió las calles de la Alfama, el barrio más antiguo de Lisboa, un sinfín de estrechas callejuelas plagadas de bares y de restaurantes que suben desde el mar hasta el castillo de San Jorge. Antiguamente era hogar de pescadores y trabajadores del puerto, aunque por aquel entonces ya se había convertido en uno de los barrios más populares entre la juventud lisboeta. Seguía sin sentirse cómodo rodeado de gente, pero necesitaba comer o terminaría desfalleciendo. Eligió uno de los restaurantes menos visitados por los turistas y tomó un caldo verde que le supo a gloria, de segundo un bacalao con patatas que estuvo a punto de hacerle saltar las lágrimas y, de postre, los famosos pastéis de Belém. Mientras tomaba café, intentó planear cuáles serían sus siguientes pasos. Aunque desde el principio había pensado en emigrar a Brasil, sabía que era el primer lugar en el que lo buscarían, y por eso lo había descartado, pero tenía claro que debía marcharse lo más lejos posible de España si quería tener una oportunidad de escapar y quedar impune de sus crímenes. Lo ideal sería ir a Estados Unidos, a Canadá o incluso a México, y la única manera sería en barco.

Llegó al puerto de Lisboa con el estómago lleno y pasó varias horas observando cómo los grandes cruceros entraban y salían en diferentes direcciones. Gracias al crédito que había pedido su madre, tenía suficiente dinero para comprar un pasaje en primera clase, pero sabía que aquello sería como meterse en la boca del lobo. Durmió varias noches entre los contenedores del muelle, dispuesto a subirse de polizón en el primer carguero que partiera hacia América, pero enseguida descubrió que no era tan sencillo. Debía planificarlo bien si pretendía ocultarse las al menos dos semanas que duraría el viaje, y eso empezaba por aprovisionarse de comida —aunque esperaba poder conseguirla sin ser visto durante la travesía— y, sobre todo, de tranquilizantes.

Antonio llevaba toda la vida rodeado de drogadictos, por lo que no le era difícil identificarlos, así que localizó a uno de ellos y seguirlo hasta donde compraba su dosis diaria. Cuando se sintió seguro, se acercó al camello, que tenía aspecto de estar tan enganchado como cualquiera de sus clientes.

—Perdona, ¿tú sabes dónde conseguir tranquilizantes? —preguntó chapurreando portugués.

—¿Qué clase de tranquilizantes?

—Rohypnol.

—De eso no tengo.

—Estoy dispuesto a pagar bien —dijo Anglés enseñándole varios miles de pesetas.

El camello miró los billetes desconfiado.

—¿Eres español?

—Italiano.

—Puedo conseguirlos, pero tardaré unos días. ¿Dónde te alojas?

—No tengo un sitio fijo. ¿Tú no conoces alguno discreto y en el que no hagan muchas preguntas?

Joaquim Carvalho —como se presentó después el camello— volvió a mirarlo y comprendió que aquel hombre que decía ser italiano podía hacerle ganar mucho dinero. Lo llevó a su apartamento y, a cambio de un alquiler, le dio cobijo y le vendió a precio de oro todos los reinoles que encontró. Casi todos los días, mientras Joaquim se dedicaba a sus trapicheos, Antonio iba a vigilar el puerto. Gracias al descuido de un operario, consiguió robar una carpeta de documentos de la oficina del muelle y, cuando descubrió que salían habitualmente cargueros en dirección a Canadá, tuvo claro que ese sería su destino. Solo debía estudiar cómo colarse en el barco mientras cargaban los enormes contenedores. Después de diez días de vigilancia, decidió que subiría en uno que tenía previsto partir el 20 de marzo de 1993. Hasta entonces aún faltaban tres días, y quiso buscar algo de diversión. Se lo había ganado.

El barrio de Intendente, en la actualidad uno de los barrios de moda de Lisboa, era por aquellos años hogar de traficantes y prostitutas, el lugar en el que mejor podía desenvolverse alguien como Antonio Anglés. Se pasó la tarde observando a las chicas que ofrecían sus servicios cerca de una pensión por horas, pero a pesar de que ninguna pasaba de los veinticinco años, todas le parecían demasiado mayores.

—¿Puedo ayudarte, amigo?

Un hombre negro de más de uno noventa de estatura, con varias cicatrices en la cara que decían mucho sobre lo dura que había sido la vida con él, le miraba fumando un cigarro desde un portal cercano.

—No creo que tengas lo que busco —respondió Anglés.
—Prueba.

Antonio dudó sobre si abrirse con ese desconocido, pero llevaba muchos días sin poder dar rienda suelta a sus deseos y ya no aguantaba más. Y eso sin contar con que la posibilidad de que le cogieran en cualquier momento siempre estaba presente. Y, si eso sucediera, en el futuro solo disfrutaría con sus recuerdos. Estuvo a punto de pedir una niña de catorce o quince años, pero le pareció muy arriesgado; esas eran las típicas cosas por las que un proxeneta avisaba a sus contactos en la policía. Tendría que esperar a mejor ocasión.

—Son demasiado mayores.

—¿Te gustan mucho más jóvenes? —preguntó el proxeneta sin indicios de haberse escandalizado.

—Sí, de dieciocho recién cumplidos y, si es blanca y no está resabiada, mejor.

—Eso cuesta dinero.

—El dinero no es problema.

El proxeneta le condujo al interior de la pensión y le hizo esperar en una habitación recubierta de baldosas, con una cama de matrimonio en el centro y un lavabo y un váter en una esquina, sin una mísera pared que diera algo de intimidad. A pesar de lo sórdido de la decoración, era un lugar limpio. Como siempre acostumbraba a hacer, se asomó a la ventana en busca de una vía de escape por si las cosas se ponían feas y vio que podría saltar a la calle sin problemas y perderse entre los hombres que deambulaban de un lado a otro en busca de carne fresca.

A los diez minutos, y a pesar de que no tenía ninguna confianza en que el proxeneta fuese a cumplir con su palabra, entró una chica joven, con la piel blanca y cara de miedo. Tendría unos dieciocho años, pero su aspecto era de niña recién salida del colegio; llevaba incluso una falda plisada de cuadros, puesta con toda la intención de parecerlo. Su mirada huidiza y cómo observaba con espanto cada rincón de la habitación hizo que Antonio sospechara que era la primera vez que pisaba aquel lugar.

—¿Cómo te llamas?

—Izabel —respondió ella con timidez—. ¿Quieres que me desnude?

Le dijo que sí y se sentó en la cama a mirar cómo lo hacía. Izabel se quitó la ropa sin ninguna gracia ni deseo de agradar, pero aun así su cuerpo joven y atlético excitó al asesino. La obligó a hacerle una felación que, profunda y violenta, provocó arcadas en la chica, y, a continuación, la violó analmente. Cuanto más gritaba y protestaba ella, más disfrutaba Anglés. Una hora más tarde, después de dejarla marchar llorosa y magullada, mientras él se aseaba, entró el proxeneta para exigirle más dinero por el estado en el que había quedado la joven. Antonio no puso ninguna objeción y pagó lo que le pedía. Había merecido la pena.

Aquella misma noche, en su pequeño apartamento, Joaquim Carvalho encendía el televisor después de haberse metido un chute de heroína. En las noticias hablaban sobre un horrible crimen que había sacudido a la sociedad española, el de tres adolescentes a las que habían torturado, violado y ejecutado en un pueblo de Valencia. El camello no prestó demasiada atención a lo que decían, hasta que en la pantalla aparecieron las fotos de los dos presuntos asesinos. Aunque tenía el pelo distinto y estaba más delgado, reconoció sin lugar a dudas al que estaba en busca y captura.

30

Indira está sentada a una mesa del bar donde, según dice su psicólogo, se comen los mejores perritos calientes de Madrid. Estar allí le produce una sensación agridulce: parece claro que en ese local no llevan la limpieza por bandera, pero después de visitarlo por primera vez fue directa a casa del entonces subinspector Moreno y se acostó con él, gracias a lo cual nueve meses más tarde dio a luz a su hija Alba. Procura no tocar nada mientras espera a su cita, arrepintiéndose de no haber quedado en un parque.

El abogado Alejandro Rivero entra en el bar y observa fascinado la insólita decoración, que consiste en una mezcla de estilos irlandés, estadounidense, chino y español. Indira se levanta para recibirle.

—Gracias por venir, Alejandro.

—Indira... me ha sorprendido tu llamada. Dadas las circunstancias, no sé si debo hablar contigo fuera de los juzgados.

—Como quieras. —Indira sonríe inocente—. Aunque tendrás que comer en algún momento. Y aquí sirven unos perritos de escándalo.

Alejandro cede y se sienta frente a ella, que le pide al camarero dos perritos especiales y dos dobles de cerveza.

—¿Cómo te ha ido la vida? —pregunta Indira una vez que el camarero va a por el pedido—. ¿Llegaste a casarte?

—No. Después de lo nuestro estuve unos años dando tumbos hasta que me centré en el trabajo. Y ya sabes cuál es el premio.

—Antonio Anglés, casi nada.

—Muchos abogados matarían por defenderlo, pero a mí me revuelve las tripas. Si pudiera, dejaría el caso sin pensarlo.

—¿Qué te lo impide?

—Mi contrato con el bufete. Ser socio me otorga muchos privilegios, pero también tengo unas cuantas obligaciones... —El abogado intenta llevar de nuevo la conversación al terreno personal—. ¿Y tú? Supongo que tampoco te casarías.

—No..., aunque te sorprenderá saber que tengo una hija de algo más de dos años.

—Vaya, eso no me lo esperaba —reconoce Alejandro—. ¿Y el padre?

—Es una larga historia.

—Yo no tengo prisa.

Indira le cuenta su relación con el inspector Moreno, le habla de lo que los unió y lo que los separó, y le describe cómo han transcurrido estos últimos tres años en el pueblo de sus padres. Alejandro le dice que la encuentra muy recuperada de lo suyo y se ríe con ganas cuando les traen las cervezas y los perritos y ella saca unos cubiertos de plástico del bolso y se envuelve las manos con tantas servilletas que el camarero tiene que acercarse para llamarle la atención. Con la segunda cerveza, Indira nota que se le dispara la libido igual que la noche en que se quedó embarazada, pero para su sorpresa y agobio ha dejado de pensar en Moreno y empieza a recordar lo bien que se lo pasaba en la cama con Alejandro.

—Entonces ¿ya no tienes nada con ese poli?

—No... No lo sé... Creía que todo estaba acabado, pero cuando lo he visto algo se me ha removido por dentro..., aunque he de confesar que me ha pasado lo mismo contigo.

Indira se da cuenta de lo que acaba de decir y se tapa la boca avergonzada.

—Perdón. No tenía que haber dicho eso.

—Tranquila. —Alejandro sonríe—. Sé que el alcohol hace que se te suelte la lengua. Y me encanta.

Se ríen recordando anécdotas de cuando estaban juntos y recuperan la confianza como si no hubieran pasado ocho años. Indira se muere de ganas de decirle que se vayan a un hotel, pero se esfuerza por poner una barrera entre ellos, aunque no cree que pueda aguantar mucho tiempo en pie.

—Es como ponerle puertas al campo... —dice para sí mientras hace pis en un equilibrio circense, sin tocar nada y tirando de la cadena con el pie.

Al volver a la mesa, ve que Alejandro ha pedido dos cervezas más.

—Voy a terminar como una cuba.

—Es sin alcohol.

—Serás mentiroso...

Tras las risas y los brindis, se produce un silencio entre ellos. Antes de decidir si dar un paso adelante o retirarse y evitar la tentación, Indira saca el tema que les ha vuelto a juntar.

—¿Qué crees que va a pasar con Anglés?

—No hay pruebas suficientes para fundamentar una acusación contra él y, según el código penal, su delito ha prescrito, así que lo más probable es que en dos o tres semanas se decrete su puesta en libertad.

—Algo estamos haciendo mal cuando vamos a poner en la calle a un hijo de puta de ese calibre.

—Es la ley.

—Eso lo dices como abogado, Alejandro, pero te conozco y sé que como ciudadano te hierve la sangre tanto como a la gente que se está manifestando en este momento frente a los juzgados de Plaza de Castilla para que no vuelva a pisar la calle.

—Y más cuando he pasado horas hablando con él.

—¿Qué significa eso? —Indira se pone en alerta.

—Lo conozco desde hace tiempo, Indira; he cenado con él y con su mujer, hemos ido juntos al fútbol con su hijo, que para más inri se llama Antonio, y hasta pasé unos días con ellos en Ibiza el año pasado, y su frialdad me pone los pelos de punta. Entre tú y yo, no dejo de pensar en que hace unos años vimos juntos un reportaje sobre Alcàsser y recuerdo muy bien que...

—¿Qué?

—Que sonreía. El tío lo estaba disfrutando. Me llamó la atención que se lo estuviese pasando tan bien cuando hablaban de unas niñas torturadas y ejecutadas. Ese cabrón es un psicópata de manual.

A Indira se le eriza el vello. Cada vez que tiene una intuición le sucede lo mismo, y esta vez es de las fuertes.

—Joder...

—¿Qué pasa? —pregunta el abogado.

—Perdóname, pero tengo que irme —dice mientras saca unos billetes y los deja sobre la mesa—. Te vuelvo a llamar y te lo compenso, ¿vale?

Indira se marcha a toda prisa, pero siguiendo uno de esos impulsos que suelen complicarle la vida a la gente —y más aún cuando se ha bebido—, se detiene en la puerta, vuelve hasta donde su ex todavía mira desconcertado los billetes sobre la mesa y le besa en los labios.

—Me ha encantado volver a verte, Alejandro.

31

La agente Lucía Navarro y el arquitecto Héctor Ríos hace tiempo que dejaron el pudor a un lado para dar rienda suelta a sus fantasías. Sus sesiones de sexo han ido cada vez a más, hasta lograr una compenetración que ninguno de los dos conocía. Han probado todo lo que se les ha ocurrido, y hasta han llegado a hacer varios tríos, primero con una prostituta y después con un chico con el que ella había quedado un par de veces a través de las redes sociales. En ambas ocasiones lo pasaron bien, pero lo que más les seguía excitando eran los juegos de dominación y sumisión.

—Me ducho yo primero y voy poniendo un par de copas, ¿vale? —dice Héctor nada más entrar en el *loft*.

A Lucía le parece bien y, mientras él entra en el baño, ella va preparándolo todo para la sesión de esta tarde. Ya tiene claro lo que busca y cómo conseguirlo. Lo que más le gusta es que con Héctor no tiene que disimular, a él puede proponerle todo lo que se le ocurra. Solo un par de propuestas han caído en saco roto, pero porque sonaban bastante mejor dentro de su cabeza que una vez dichas en voz alta. Cuando el arquitecto sale del baño con una toalla alrededor de la cintura, ve que sobre la cama hay un par de juguetes y varias esposas.

—No toques nada —dice ella.

—Descuida. Aunque miedo me das...

Lucía se ríe, le besa y entra en el baño. Cuando vuelve a la habitación, al cabo de media hora, va vestida con un conjunto de lencería negro que corta la respiración, medias con ligueros y unos zapatos de tacón de aguja.

—Yo ya estoy lista.

No se entretienen en charlar ni en tomar las copas que ha preparado Héctor. Estas han quedado sobre la mesilla y les van dando pequeños sorbos durante la intensa sesión, que esta noche incluye sexo oral forzado, algunos azotes, muchas palabras y el plato fuerte:

—Dame las manos.

Héctor obedece y Lucía le esposa por las muñecas al cabecero de la cama. Cuando lo tiene a su merced, se quita la poca ropa que le quedaba puesta y se sube sobre él. Está tan excitada que no necesita ni tocar el miembro de su amante para que se pierda en su interior. Sube y baja lentamente, hasta que desliza la mano por debajo de la almohada y saca su pistola. No es la primera vez que juegan con ella, aunque la dejan para las ocasiones especiales. Se la pasa por el vientre, por el pecho y por el cuello. El cañón pugna por entrar en la boca de Héctor.

—Ábrela.

Él abre la boca y Lucía le introduce el cañón, haciéndolo chocar con sus dientes. Él protesta, lo que hace que ella se sienta aún más poderosa y aumente el ritmo de sus embestidas.

—Me voy a correr —dice él con dificultad.

—Ni se te ocurra. Espera un momento.

Cuando, después de unos segundos, Lucía va a llegar al orgasmo, aprieta el gatillo. Las veces que han utilizado su arma, ella se ocupa de descargarla y de comprobar que no haya quedado ninguna bala en la recámara, pero en esta ocasión algo falla y, en lugar de un simple clic, se escucha una detonación. Lucía se queda horrorizada al ver que la almohada se tiñe de sangre.

—¡Héctor!

Le sacude, como si quisiera confirmar que solo es una broma de muy mal gusto, pero al moverle la cabeza los sesos del arquitecto se desparraman por las sábanas. Se baja de un salto y observa paralizada a su amante, que yace muerto sobre la cama. Después mira su pistola, sin comprender qué ha podido pasar, y siente que toda su vida acaba de irse a la mierda.

32

A Joaquim Carvalho se le pasó de golpe el colocón al ver en la tele la fotografía del que tenía por un ciudadano italiano. Prestó atención a lo que decían y se horrorizó al escuchar los detalles de lo que había hecho con aquellas tres niñas. Él podía ser muchas cosas, pero no daría cobijo a un asesino pederasta ni por todo el oro del mundo. Descolgó el teléfono y marcó.

—¿Policía? Mi nombre es Joaquim Carvalho. Quiero denunciar al hombre del que hablan en la tele, el que asesinó a esas chicas en España. Sí, claro que sé dónde está: alojado en mi casa. Vengan pronto, por favor. Está a punto de llegar.

Dio la dirección en la que se encontraba y, nada más colgar, Antonio Anglés entró por la puerta. Le bastó con ver lo que estaban poniendo en la tele y la cara de terror con que le miraba su compañero de piso para comprender que le había descubierto. Joaquim todavía tenía la mano sobre el teléfono.

—¿Qué has hecho, Joaquim?

—La policía está a punto de llegar. Será mejor que te marches.

Anglés sacó su pistola y le apuntó con ella.

—No me dispares, por favor. ¿Qué querías que hiciera? —Joaquim levantó las manos, lloroso—. No se le hace eso a unas niñas, joder.

Antonio ignoró sus súplicas y apretó el gatillo, pero al igual que ocurrió cuando fue a ejecutar a las adolescentes en el paraje de La Romana se le encasquilló el arma. Tiró de la corredera y la bala sin percutir salió despedida. Volvió a intentarlo, pero el arma había quedado dañada.

—Has tenido suerte, hijo de puta —dijo Antonio—. Dame tu pasaporte, ¡vamos!

Joaquim sacó la sucia documentación de un cajón y se la tendió, tembloroso.

—Toma, llévate lo que quieras.

Antonio Anglés miró un cuchillo que había sobre la mesa. Él no era de los que solía dejar cabos sueltos, pero a pesar de que Joaquim Carvalho no dejaba de ser un drogadicto como los que él tanto despreciaba, como sus propios hermanos o como Miguel Ricart, pelear cuerpo a cuerpo con él era asumir demasiados riesgos y decidió perdonarle la vida. Le quitó el pasaporte de las manos, cogió sus pocas pertenencias, las pastillas que había almacenado y salió sin mirar atrás.

De camino al centro de Lisboa se cruzó con varios coches de la policía con las sirenas encendidas, pero no se giró para comprobar que iban a casa de Joaquim Carvalho, no tenía ninguna duda de que era así. Apretó los dientes con rabia al constatar que el plan que llevaba preparando tanto tiempo se había ido por el sumidero. Era muy arriesgado esconderse los dos días que faltaban para que saliera el barco en el que pensaba huir —sabía que en unas horas la policía española se habría unido a la portuguesa en su búsqueda y uno de los lugares más vigilados sería el puerto—, así que tenía que marcharse esa misma noche, sea como fuere.

Se deshizo de la pistola y se encaminó al muelle de carga, donde vio que las grúas estaban subiendo enormes contenedores a un barco bautizado como City of Plymouth. No tenía ni idea de adónde se dirigía y tampoco podía entretenerse en averiguarlo. Compró agua y todas las provisiones que pudo en una tienda del puerto y, cuando los trabajadores hicieron un descanso para fumar un cigarro, logró colarse sin ser visto a través de la bodega.

143

Recorrió interminables pasillos con compartimentos a ambos lados hasta que encontró el lugar donde iba a ocultarse durante la travesía: un pequeño cuartucho lleno de trastos viejos en el que no parecían entrar a menudo. El barco zarpó aquel mismo amanecer y Antonio Anglés pasó allí oculto los siguientes cinco días, aguantando a partir del tercero el hambre, el frío y la sed. En la madrugada del 23 de marzo, cuando ya llevaba muchas horas sin echarse algo a la boca, decidió salir de su escondite y entró a buscar comida en el almacén de proa. Al ir a llenarse los bolsillos, un marinero le sorprendió.

—¿Qué estás haciendo aquí? —preguntó en inglés y enseguida gritó hacia el exterior—. ¡Eh, venid!

Antes de que Antonio pudiese reaccionar, dos marineros más acudieron a la llamada de su compañero.

—¿Quién cojones es este tío?

—Un polizón. Debió de colarse en el puerto de Lisboa. Hay que avisar al capitán.

Antonio solo chapurreaba algunas palabras en inglés y no entendía lo que le estaban diciendo, pero tampoco le hacía falta para saber que tenía un problema. Le llevaron a la cabina de mando y fueron a despertar al capitán, que llegó cinco minutos después. Le preguntó quién era y adónde se dirigía. Antonio le mostró su pasaporte y le dijo que era portugués y que quería ir a México para visitar a su familia.

—¿México? —preguntó el capitán negando con la cabeza—. Entonces te has equivocado de barco, hijo. Nosotros vamos hacia Dublín, Irlanda.

Ordenó a sus hombres que lo encerrasen en un camarote con agua y comida hasta que lo entregasen a las autoridades irlandesas y se desentendió. Pero, al despertar, recibió una sorprendente e irritante noticia: el polizón había conseguido escapar del camarote en plena noche y había robado un bote salvavidas. Por un momento se le pasó por la cabeza abandonarlo a su suerte, aunque al final optó por dar aviso a las autoridades francesas, que enviaron un avión y localizaron al fugitivo en mitad del mar. El capitán dio la vuelta, lo subió a bordo y lo llevó al mismo camarote.

—Si quieres volver a escapar, tendrás que hacerlo a nado —le dijo antes de encerrarlo de nuevo—. Y te aseguro que estas aguas están congeladas y no durarías vivo ni cinco minutos. Tú verás.

Cerró la puerta y la atrancó con una madera. Antonio Anglés estuvo las siguientes horas pensando en lo que debía hacer: tenía claro que, si se dejaba capturar, lo enviarían a España y lo encerrarían hasta que algún preso con ganas de notoriedad quisiera ser recordado como el asesino del monstruo de Alcàsser; y eso no tardaría mucho tiempo en suceder. Si, por el contrario, intentase volver a escapar del camarote —cosa que no le costaría demasiado por muchas maderas que hubiesen puesto en la puerta—, el capitán tenía razón al decir que no duraría mucho en esas aguas heladas.

Pero tendría una oportunidad.

Si ese tenía que ser el final de su huida, él prefería acabar congelado en el mar que acuchillado en el patio de una cárcel. Cuando, a lo lejos, vio unas luces a través del pequeño ojo de buey, supo que estaban acercándose a su destino y que, si quería intentar algo, debía ser en ese momento. Aún estaba muy lejos de tierra y era probable que muriese ahogado, pero cuanto más cerca estuviera más movimiento habría en cubierta y más se reducirían sus posibilidades de escapar. Abrió el pestillo con la hebilla de su cinturón y empujó la puerta hasta que las maderas cedieron y cayeron formando un gran estruendo. Temió que alguien lo hubiera escuchado, pero la suerte de nuevo se alió con él y el ruido coincidió con el golpe de una gran ola contra el casco del barco. Una vez fuera del camarote, volvió a colocar las maderas atrancando la puerta para retrasar la voz de alarma todo lo posible, se puso un chaleco salvavidas que encontró junto a los botes y comprobó decepcionado que les habían puesto cadenas para que no pudiera volver a robar uno. Cogió un cabo que había dentro de uno de ellos y se descolgó los siete metros que le separaban del agua.

Cuando estaba a punto de dejarse caer, sintió cómo el frío se le metía en los huesos, a pesar de que aún no se había mojado. Por un instante pensó en regresar a la cubierta y ponerse en manos de la justicia, pero, aunque pudiese sobrevivir a sus compañeros de condena, él había pasado temporadas en la cárcel y sabía que no aguantaría los veinte o veinticinco años que permanecería encerrado.

Antonio Anglés respiró profundamente y se tiró al agua.

33

–¿Qué diablos haces, Ramos? –pregunta el comisario estupefacto al entrar acompañado del inspector Moreno en su despacho y encontrarse a Indira arrodillada sobre la moqueta, limpiando una mancha de café con gel hidroalcohólico.

–Hace poco descubrí que el gel que yo utilizo es buenísimo para las manchas, jefe –responde ella apurada–. Esto ya casi está. En cuanto se seque, quedará como nueva.

–Haz el favor de levantarte.

Indira frota la moqueta durante un par de segundos más y, al levantarse más rápido de la cuenta, sufre un traspiés y está a punto de caerse al suelo. El inspector Moreno la habría dejado desplomarse de buena gana, pero la sujeta instintivamente.

–Muchas gracias –dice Indira arrastrando las palabras.

–¿Vas pedo, Indira? –pregunta Moreno alucinado.

–He tenido una comida y me he tomado un par de cervezas, pero pedo no voy –responde con dignidad–. Tenemos que hablar de Anglés.

–Hablaremos cuando duermas la mona, Ramos –dice el comisario mirándola con dureza–. No quiero escuchar que mis agentes beben estando de servicio.

–Es que es muy urgente, jefe.

–Hemos tardado treinta años en encontrarlo, así que no creo que pase nada por esperar un día más.

—Además —añade Moreno—, ya escuchaste al juez: la ley dice que quizá haya que dejarlo en libertad. Nosotros no podemos hacer nada.

—En eso te equivocas, Iván. Yo sé cómo hacer que encierren a Antonio Anglés de por vida.

El comisario y el inspector Moreno la miran intrigados. Por muchas locuras que haga o por más que haya bebido, la inspectora Ramos no es de las que lanzan esos órdagos si no tienen unas buenas cartas en la mano.

—Habla —dice el comisario.

—He estado reunida extraoficialmente con su abogado —Indira dedica una rápida mirada a Moreno para confirmar con satisfacción cuánto le molesta— y me ha hablado sobre la relación que ha mantenido con él durante estos últimos años. Sin saber quién era su cliente, por supuesto.

—¿Qué te ha contado?

—No puedo traicionar su confianza, pero lo que tengo claro es que es un psicópata que nunca ha mostrado arrepentimiento por lo que les hizo a esas niñas.

—No hace falta ser muy listo para adivinar eso, Indira —dice el inspector Moreno—. ¿Adónde quieres ir a parar?

—A que ese tío ha vuelto a matar, Iván. Es imposible que hiciera aquello en 1992 y que se haya estado comportando como un honrado ciudadano hasta hoy. Estoy segura de que tiene unos cuantos cadáveres en el armario.

El inspector Moreno siente la misma excitación con la que habla la inspectora Ramos. Aunque le gustaría tirar por tierra su teoría, no le queda otra que asentir.

—Podría ser, sí...

—¿De qué leches estáis hablando? —pregunta el comisario, perdido.

—De que Antonio Anglés no se conformó con matar a esas niñas en Alcàsser —responde Moreno—. Este tipo de asesinos sueñan día y noche con volver a experimentar lo que sienten al quitar una vida. Y más si consiguió salir impune la primera vez.

—No sé si entiendo lo que queréis decir, la verdad.

—Siempre tenemos una víctima y nos dedicamos a buscar a su asesino, ¿verdad? —explica Indira—. Pues en esta ocasión va a ser justo al revés.

El comisario empieza a comprender.

—Tenemos al asesino y...

—... y debemos encontrar a las víctimas que haya ido dejando por el camino —la policía completa la frase—. Solo necesitamos seguir sus pasos desde que salió de España en 1993 y descubrir un crimen que todavía no haya prescrito para poder juzgarlo y condenarlo.

34

Antonio Anglés sintió el agua helada como si fueran cuchillos clavándosele en la piel y recordó que, antes de ejecutar a las niñas, jugó a pinchar a una de ellas varias veces en la espalda e imaginó que debió de sufrir el mismo dolor que ahora padecía él. Por primera vez desde entonces, tuvo algo parecido al remordimiento.

Nadó desesperado hacia las luces, que, por extraño que pudiera parecer, cada vez veía más lejos. Enseguida el intenso frío dejó paso al más profundo de los miedos. Él nunca fue creyente, pero estando tan cerca de la muerte no pudo evitar pensar que estaba equivocado y que sí había alguien al otro lado para juzgarle por sus actos. Y en ese caso, estaría condenado sin apelación. Cuando las olas lo empujaron hacia atrás y se vio sobre la estela que había dejado el City of Plymouth minutos antes, supo que no lo conseguiría. Aún pasó quince minutos más luchando por sobrevivir, deshaciéndose de todo el peso que le lastraba —incluidas pastillas, botas y dinero—, pero se le agotaron las fuerzas y cerró los ojos. Su último pensamiento fue para su madre. Ella siempre decía que la culpa de todo la tenía su sangre, que no mezclaba bien con la de su marido, y por eso todos sus hijos habían salido así. Seguramente tuviera razón.

Antonio abrió los ojos y se encontró frente a un intenso cielo azul. Sonrió al ver que no le habían enviado al infierno. Después de todo, quizá tuviera una oportunidad de explicarse, de demostrar que él no era tan malo como todos creían, que el entorno en el que había crecido le había condicionado y que esas malditas pastillas a las que estaba enganchado eran las que le obligaban a actuar así. Pero de pronto una ola le golpeó en la cara y volvió a sentir el intenso frío.

—No estoy muerto, joder... —dijo para sí.

Se incorporó magullado y comprendió que la corriente lo había arrastrado hasta las rocas. A lo lejos, pudo ver que el puerto de Dublín había sido tomado por coches patrulla. Le empezaron a castañetear los dientes y se levantó con esfuerzo. Se quitó el chaleco salvavidas y se frotó brazos y piernas, intentado entrar en calor. Analizó la situación y entendió que debía olvidarse de ir a América de polizón en otro barco, al menos desde aquel puerto. Si quería seguir escapando, tendría que dirigirse hacia el interior de aquella enorme isla.

35

La agente Lucía Navarro sigue paralizada junto a la cama en la que yace el cadáver de su amante, el arquitecto Héctor Ríos. Continúa sin comprender cómo ha podido ser tan estúpida de dejar cargada su arma reglamentaria. Estaba convencida de que, al igual que las anteriores veces que habían jugado con ella, la había revisado con atención. Pero la sangre que ha traspasado la almohada, las sábanas y el colchón, y que ya está formando un charco bajo la cama, indica que al menos una bala seguía dentro.

Lleva un largo rato desnuda, fría e indecisa. La inspectora Ramos le tiene sincero aprecio, pero Lucía la conoce de sobra para saber que, si llegase a enterarse de lo que ha pasado, por muy accidental que hubiese sido, jamás haría la vista gorda. Siempre ha admirado su honestidad, aunque ahora va en su contra. Lo mismo sucede con el resto de los miembros de su equipo: tratarían de ayudarla por todos los medios, de eso está segura, pero no la encubrirían. Además, es consciente de que no puede ponerlos en esa tesitura. Solo tiene dos opciones: avisar a sus compañeros y esperar que el juez sea indulgente o tratar de que quede como otro de tantos casos sin resolver. Lucía sabría bien cómo hacerlo, el problema es que no cree que psicológicamente sea tan fuerte para soportar la inmensa presión que tendría durante las siguientes semanas. Pero se trata de eso o de pasar una buena temporada en la cárcel. Todos sus esfuerzos y sus años de duro trabajo se irían por el desagüe para terminar en el peor sitio para una policía.

Cuando toma la decisión, no se entretiene en lamentos ni en titubeos, ya habrá tiempo para eso cuando esté a salvo en su casa. Lo primero es recuperar la bala. Tiene que darle la vuelta al cuerpo y hurgar entre sesos y una sangre cada vez más densa, ya camino de la coagulación, que hace que tenga que contener una sucesión de arcadas. No es sencillo dar con el fragmento de plomo, pero lo encuentra después de cinco minutos realizando el peor trabajo del mundo.

Por suerte para ella, nadie parece haber escuchado el disparo y puede limpiar sin que la molesten. Baja a Héctor al suelo y retira las sábanas, en las que, aparte de trozos de cráneo, con toda probabilidad habrá restos de su ADN. Busca unos guantes de fregar y un gorro de ducha con el que cubrirse el pelo y, después de lavar el cadáver con cuidado y de volver a subirlo a la cama, procede a fregar cada centímetro de la casa, incluso los sitios en los que no recuerda haber pisado ninguna de las veces que ha estado en ese apartamento. Dos horas y media más tarde, se puede dedicar al baño.

Desatornilla el desagüe para retirar cualquier pelo suyo que haya podido quedar atascado y vacía en su interior cuantos productos químicos encuentra, incluidos un frasco de colonia y otro de *aftershave*. Cuando termina de limpiarlo, le da un último repaso a la casa y, además de la porquería que ha recogido, guarda en varias bolsas de basura la ropa de Héctor, las sábanas empapadas en sangre, los trapos, los guantes y las toallas que ha utilizado.

Su intención era quemar las pruebas y hacerlas desaparecer para siempre, pero para ello debía ir a buscar su coche a casa y llevarlas a las afueras. Y pasearse por Madrid cargada con restos orgánicos siempre supone un problema. Al salir a la calle ve llegar la solución en forma de camión de la basura. Mete las bolsas dentro de los contenedores y no se mueve de allí hasta que comprueba que están de camino a alguna de las plantas incineradoras que hay en los alrededores de la capital. Pronto solo le importarán a los vecinos que viven cerca de esos vertederos y que todas las mañanas se despiertan con olor a basura quemada. Tira el teléfono de Héctor al suelo y lo pisotea hasta que no queda un trozo mayor que una moneda de cincuenta céntimos. Después se ocupa de localizar las cámaras de seguridad que hay por la zona y descubre con alivio que la única que pudo haberle grabado es la que se encuentra en el portal. Fuerza la puerta del cubículo del portero y extrae la tarjeta de memoria micro SD de la unidad de almacenamiento.

Cuando por fin entra en casa ya son las dos de la mañana. Cierra la puerta a su espalda y se derrumba. Llora sentada en el suelo de la entrada por haberse convertido en lo que lleva años persiguiendo y por no haber tenido el valor de asumir sus errores; pero sobre todo llora porque, aunque ni mucho menos lo pretendía, le ha quitado la vida a un buen hombre.

36

Alba ha encontrado en el vinilo que cubre las paredes de casa de su madre una gigantesca pizarra en la que dibujar. Cuando Indira llega y ve un campo de flores en la pared del salón, sufre una apnea respiratoria de cinco segundos. Pero lo que más le desestabiliza es descubrir un enorme televisor colocado sobre el aparador.

—Una niña necesita una tele para entretenerse, Indira —le dice la abuela Carmen cuando va a preguntarle—. Y también he contratado unos cuantos canales para que Albita pueda ver dibujos animados.

—Hay que tener mucho cuidado con los dibujos, mamá.

—Pues mira, hay uno que es una esponja. Ese a ti te encantaría.

Indira decide no entrar al trapo y se sienta junto a su hija, que termina de dibujar una masa roja con cuatro patas. Jamás pensó que lograría contenerse ante semejante sacrilegio, pero el amor de una madre lo consigue todo.

—¿No preferirías usar un cuaderno para tus dibujos, Alba?

—Aquí mola más. La yaya me ha dado permiso.

—La yaya, claro.

—Se borra fácil, mami. Mira.

Alba pasa su minúsculo dedito por algo parecido a una flor y esta queda partida por la mitad. Enseguida vuelve a su dibujo, muy concentrada. Indira lo mira con curiosidad.

—¿Qué es eso, cariño?

—Un perro. ¿Podemos tener uno?

—Ni lo sueñes, Alba —responde espantada—. Un perro es un foco de infecciones. Se hacen caca y pis por todas partes.

—Porfi... —ruega Alba.

—He dicho que no. Y menos en un piso en Madrid.

—Si tuviera papá, seguro que me dejaba —responde la niña, rabiosa.

No es la primera vez que Alba menciona a su padre, pero ahora que él ya sabe que existe, Indira tal vez deba tener una conversación con ella. Intenta encontrar la manera de abordar el tema, pero no se le ocurre cómo y decide que esperará a que Iván mueva ficha. Puede que acepte su propuesta y que se desentienda por completo de su hija.

—Es hora de cenar y de irse a la cama, Alba.

—¿Qué hay?

—La yaya está haciendo crema de verduras. ¿No notas que tiene la casa atufada?

—Pues abre la ventana.

Indira sonríe ante la simplicidad con la que ve el mundo su hija y, tras dejarla terminar de dibujar su perro rojo (al que le ha añadido cuernos), la lleva a lavarse las manos y cenan juntas abuela, hija y nieta. Después, a pesar de que aún arrastra una buena resaca desde la comida con su ex y de que desea meterse en la cama cuanto antes, le lee un cuento titulado *¿A qué sabe la luna?*, en el que un grupo de animales deciden subirse unos encima de otros para llegar a la luna y comérsela. El relato, que pretendía conseguir que Alba se quedase dormida, no hace sino despertar en ella un sinfín de preguntas para las que Indira no tiene respuesta, como para qué quieren los animales comerse la luna con la cantidad de comida que hay en la tierra, si el cielo no se quedará muy negro sin luna o si los animales de abajo aguantarán tanto peso. Después de diez minutos de explicaciones que generan aún más preguntas en Alba, Indira se harta y la obliga a dormir.

La abuela Carmen sigue molesta con ella por haberle dicho que volviese al pueblo si no está conforme con su modo de hacer las cosas, así que Indira aprovecha para marcharse a descansar. El problema es que, nada más cerrar los ojos, empieza a darle vueltas a lo que sucederá con Iván y Alba y al estúpido beso que le ha dado a Alejandro en el bar de los perritos calientes, y se desvela. Intenta reanudar la lectura de la novela que tiene a medias, pero no logra concentrarse y pasa cinco páginas sin enterarse de qué narices va aquello. Se levanta para beber un poco de zumo en la cocina y va a sentarse en el sofá. El mando a distancia de la descomunal tele nueva está al alcance de su mano, pero ella se resiste a cogerlo. Al rato sucumbe a la tentación y aprieta el botón rojo. La tele emite un leve chasquido y un programa de teletienda en el que venden un humidificador que califican como mágico ilumina la estancia. Se mueve con torpeza por los diferentes canales hasta que sintoniza una telenovela turca. Se queda encandilada viendo cómo un hombre recio y barbudo con unos insólitos ojos azules conquista a una chica preciosa a la vieja usanza, a base de golpes en el pecho. Cuando la sintonía del final le hace despertar de la hipnosis, continúa su periplo por los canales: varias series, alguna película, deportes, *realities*..., hasta que da con el canal de noticias 24 Horas.

Están hablando de la detención de Antonio Anglés y de las posibilidades de que sea puesto en libertad por la prescripción del asesinato de las tres niñas de Alcàsser. Un juez jubilado al que entrevistan en su despacho comenta que, aunque cueste aceptarlo, el código penal es muy claro a ese respecto y no queda más remedio. También conectan con el exterior de los juzgados de Plaza de Castilla, donde han acampado decenas de personas para exigir que el asesino se pudra en la cárcel. Entre los manifestantes no solo están algunos familiares de Miriam, de Toñi y de Desirée, sino los padres y hermanos de otras chicas tristemente célebres por haber sido asesinadas, casi siempre por criminales reincidentes.

Cuando termina el vídeo que muestra la profunda indignación de la gente, la presentadora del informativo vuelve a tomar la palabra:

«Aunque Antonio Anglés nunca fue eliminado de la lista de los más buscados, la Guardia Civil estaba convencida de que había muerto ahogado en las frías aguas de Irlanda tras saltar desde la cubierta del barco en el que se había colado como polizón en marzo de 1993. Pero, en vista de que no ha sido así, todo el mundo se hace la misma pregunta: "¿Dónde ha estado Anglés estos últimos treinta años?"».

37

Oculto entre las rocas, Antonio Anglés veía agentes entrando y saliendo apresurados del City of Plymouth. El puerto de Dublín estaba iluminado por las inconfundibles luces policiales y, aunque desde donde se encontraba no podía distinguirlo, se imaginaba sus gestos de desconcierto por no hallarlo en el camarote donde el capitán había mandado que lo encerraran la noche anterior. Varias lanchas policiales zarparon en busca del cadáver del fugitivo, convencidos de que no podía haber sobrevivido en aquellas aguas heladas. Anglés sabía que alguien, en algún momento no muy lejano, se plantearía que lo había conseguido y empezarían a batir la costa, y cuando eso sucediera, él ya tenía que estar muy lejos. Lo primero era buscar ropa seca y algo que ponerse en los pies, cuyos dedos estaban agarrotados a causa del frío. Caminó cojeando, sintiendo que cada piedra que pisaba le rompía la piel, hasta que llegó a un conjunto de casas de pescadores. En el patio trasero de una de ellas, colgados en una cuerda por alguien demasiado optimista al pensar que no llovería en aquel lugar un húmedo día de finales de marzo, había unos pantalones vaqueros, una vieja camisa de cuadros, un jersey de lana y unos calcetines llenos de remiendos que llevarían varios lustros abrigando los pies de su dueño. No tuvo que buscar mucho más para encontrar junto a la entrada de la casa unas botas que, aunque no eran de su número, cumplirían muy bien su función.

Una vez que logró entrar en calor, pensó en dirigirse al interior de la isla, lo más lejos posible del lugar donde le estaban buscando. Mientras caminaba por sitios poco transitados, veía aviones despegando y aterrizando, y soñó con estar dentro de alguno de ellos; en unas pocas horas, habría conseguido despistar a sus perseguidores para siempre. Aunque sabía que era casi imposible colarse en uno, se encaminó al aeropuerto, que adivinaba muy cerca de allí y que habían construido sobre el antiguo aeródromo de Collinstown, en el condado de Fingal. Cuando llegó a las inmediaciones, era noche cerrada, pero vio que decenas de obreros trabajaban en la ampliación del Muelle A, lo que convertiría al aeropuerto de Dublín en uno de los más modernos de Europa por aquel entonces. Consiguió robar comida de la caseta que habían instalado a modo de comedor y rodeó el aeropuerto hasta llegar a una zona de carga. A lo lejos, detrás de una valla protegida con concertina de seguridad, contemplaba cómo grandes grúas cargaban los aviones de mercancía, y entonces decidió que ese sería su objetivo. No sabía cómo ni cuándo lo haría, pero vio con claridad que saldría de aquella isla volando.

Buscó refugio cerca de allí y se fijó en una casa que, en vista del abandono de la vegetación que la rodeaba, sus propietarios solo la habitaban en verano. Rompió un cristal de la cocina para entrar y en la despensa encontró latas de alubias, de maíz, paquetes de arroz, pan duro y leche en polvo. Aquella noche se dio un festín y confió en que su buena fortuna le llevaría a conseguir algo con lo que aliviar el mono que empezaba a tener, pero en lugar de drogas encontró un bote de aspirinas, media caja de antibióticos y un frasco de jarabe para la tos caducado desde hacía meses. Se tomó un par de aspirinas y se tumbó, por primera vez en muchas semanas, en una cama mullida. Tal era el cansancio y el sueño atrasado que acumulaba que no abrió los ojos hasta que el reloj de la pared indicó que eran las doce de la mañana. Cuando se asomó a la ventana, vio que había bastante movimiento en esa calle, incluidos varios policías que, sin duda, preguntaban a los vecinos por él. No podía arriesgarse a salir y que le vieran, así que aprovechó para volver a llenarse el estómago y para hacer algo que llevaba pensando desde su fugaz paso por Madrid, tras comprobar que las fotos de sus brazos copaban todas las portadas de los periódicos.

Calentó el afilado cuchillo en la lumbre hasta que su hoja pasó del negro a un naranja resplandeciente. Después le dio el último trago a la botella de coñac que había abierto y forró con un trapo de cocina una vieja cuchara de madera que encontró en un cajón.

—Vamos allá...

Mordió la cuchara con fuerza y procedió a arrancarse de cuajo los tatuajes que podrían servir para identificarle en el futuro. Durante el proceso perdió el conocimiento varias veces, pero al cabo de dos horas los pliegues quemados de su piel impedían ver los dibujos. Se tomó los antibióticos, se vendó las heridas con unas sábanas que previamente había convertido en tiras y se metió en la cama. La fiebre por las quemaduras se juntó con la que le producía llevar tantas horas sin tomar sus pastillas y sufrió terribles pesadillas en las que las tres niñas de Alcàsser se levantaban de sus tumbas para vengarse de él. Setenta y dos horas después, cuando los medicamentos le habían ganado la batalla a la infección, un ruido en el piso inferior lo despertó. Antonio Anglés se calzó y se vistió con la ropa que había encontrado en uno de los armarios, empuñó el cuchillo que había utilizado para mutilarse y bajó sigiloso por las escaleras. El ruido procedía de la despensa, donde encontró a un anciano que intentaba abrir una lata de verduras con una pequeña navaja. Por su aspecto, tenía claro que se trataba de un mendigo que, al ver la ventana rota, había entrado por el mismo lugar que él.

—¿Quién coño eres? —preguntó Anglés, apuntándole con el cuchillo.

El anciano balbució algunas palabras en gaélico que sonaron a disculpa y trató de marcharse por donde había venido; pero Antonio le cortó el paso.

—Tú no vas a ningún lado. ¡Siéntate!

A pesar de no tener ni idea de en qué idioma le hablaba, el lenguaje de alguien que enarbola un cuchillo es universal y el anciano se sentó. El asesino le miraba intentando decidir qué hacer con él, y se dio cuenta de que, desde que no tomaba reinoles, pensaba con mucha más claridad. Por lo famélico y derrotado que estaba, dedujo que matándolo le haría un favor, pero por alguna razón cogió la lata de verduras, la abrió y se la tendió. El mendigo se la comió como si fuese un manjar y mostró su sonrisa mellada cuando su improvisado anfitrión le sirvió un vaso de vino. Anglés le vació los bolsillos, pero no encontró nada útil y decidió que era hora de volver al aeropuerto en busca de un pasaje que lo llevase lejos de allí antes de que alguien le reconociese como al español que llevaban días buscando.

Observó desde detrás de la valla cómo cargaban diferentes aviones y comprobó que sería sencillo colarse en uno de ellos, pero sintió un escalofrío al pensar que, al no llevar ningún distintivo en el que pusiese adónde se dirigían, muchos tendrían España como destino. Si llegase a subirse por error en uno de aquellos, sería un paso atrás en su huida, casi seguro que el final. De pronto, vio cómo salía de un hangar un avión algo más pequeño que los demás. Al tener el espacio de carga más reducido, se incrementaba el riesgo de ser descubierto, pero el vuelo sería más corto y se reducirían las posibilidades de que se dirigiera al país en el que todo el mundo sabía quién era Antonio Anglés y lo que había hecho. No le resultó difícil encontrar un lugar por donde saltar la valla y se escondió detrás de unos neumáticos viejos, esperando su oportunidad.

Mientras uno de los pilotos hacía las comprobaciones necesarias para el viaje, el otro afianzaba la carga que metía en la bodega un pequeño toro mecánico. Algo no debió de gustarle, porque se enzarzó en una discusión con el operario. Enseguida se unió su compañero y los tres se dirigieron a las oficinas, dejando el avión al cuidado de dos mecánicos que bastante tenían con llenar el depósito de combustible y confirmar el correcto funcionamiento de los instrumentos de vuelo. Anglés se acercó ocultándose entre las sombras y consiguió entrar en el aparato sin ser visto. Se acomodó en el hueco que había detrás de un palé de cajas de whisky y aún tuvo que esperar media hora a que los pilotos y los operarios resolvieran el problema que había surgido. Por un momento pensó que descargarían los palés y darían con él, pero a los cuarenta minutos el avión se puso en marcha, aceleró por la pista de despegue y alzó el vuelo sin que, al igual que había ocurrido cuando el City of Plymouth zarpó días antes desde el puerto de Lisboa, el polizón que iba en su interior supiera cuál sería su destino.

38

Indira ha llegado antes que nadie a la comisaría para poner un poco de orden en la sala de reuniones. Dejarla como estaba antes de que ella se fuese le costaría muchas horas frotando y varios litros de desinfectante, y eso no haría sino resucitar viejas burlas y rencillas. Con los años ha ido aprendiendo a adaptarse al entorno, pero sigue sin soportar vivir rodeada de porquería. Cuando termina de adecentar el lugar, tira la mascarilla (algo positivo de la pandemia es que, desde entonces, a nadie le llama la atención que la utilice cuando no se fía de lo que pueda haber en el ambiente) y va a lavarse concienzudamente las manos al baño; una cosa es tener mayor capacidad para integrarse y otra llevar las manos llenas de bacterias.

Al regresar, se encuentra al inspector Moreno preparándose un café.

—Buenos días —saluda la inspectora.

Iván se limita a mirarla con expresión neutra. Indira interpreta un ligerísimo movimiento de sus labios como la respuesta al saludo.

—¿Has hablado con el comisario?

—¿Hablar de qué? —pregunta Moreno a su vez.

—Esta mañana me ha dicho que tú y yo nos vamos a encargar en exclusiva de buscar a las otras niñas que Anglés haya podido matar después de lo de Alcàsser. Tendremos que reabrir casos antiguos hasta que demos con algo.

—Solo es una teoría, Indira. Y, cuanto más lo pienso, más absurdo me parece todo. Lo más seguro es que nos pasemos meses dando tumbos por medio mundo sin encontrar nada.

—Si crees eso, renuncia y yo me encargo con Ortega o con Navarro.

—¡Una mierda! —el inspector Moreno se revuelve—. Este es mi caso, ¿te enteras? Yo encontré a Anglés y yo lo detuve, así que, si alguien sobra aquí, eres tú.

—Fue Jiménez —replica Indira, muy tranquila.

—¿Qué?

—Según el informe, fue el agente Jiménez, de Dactiloscopia, quien encontró las huellas de Antonio Anglés en la gasolinera. Lo justo es reconocérselo, porque la verdad es que tú no tuviste nada que ver. Solo pasabas por allí.

Desde que se reencontró con Indira, Iván Moreno ha experimentado una montaña rusa de sentimientos hacia ella: primero de sorpresa al verla en el despacho del comisario, después de rabia por entender que solo venía a joderle la vida y, finalmente, pasó de la admiración por su intuición como policía a la indignación al enterarse de que tiene una hija con ella y de que no se lo había dicho.

—Quiero tener relación con Alba —suelta de sopetón.

Al igual que Indira, Iván también ha pasado la noche en vela pensando en qué será de su vida de ahora en adelante. No ha podido quitarse a esa niña de la cabeza desde que coincidió con ella y con su abuela en el parque. Tenía intención de tratar el tema con serenidad y madurez, pero las continuas salidas de tiesto de su compañera hacen que se lo diga de la peor forma posible, de la manera que él sabía que más daño le haría. Y no se equivoca al percibir el profundo terror que hay en sus ojos.

—¿Qué entiendes tú por relación? —atina a preguntar Indira, sin poder disimular el temblor de su voz.

—De momento, quiero pasar tiempo con Alba; que sepa que tiene un padre, colaborar en su educación y en su manutención..., y después, ya se verá.

—Si lo que quieres es conocerla, no tengo ningún problema en...

—Ya la conozco —interrumpe Moreno—. Ayer estuve charlando con tu madre y con ella en el parque que hay cerca de tu casa. Las dos me cayeron mucho mejor que tú, por cierto.

Indira intenta aplicar los ejercicios de contención de su TOC al acceso de ira que le brota, pero es inútil. Su sangre entra en ebullición.

—¡¿Cómo te has atrevido a acercarte a ellas sin mi permiso?!

—Yo no tengo que pedirte permiso para nada, ¿te enteras?

—¡¿A ti se te ha ido la olla?!

—¡A la que se le ha ido la olla es a ti, joder! ¡¿Quién coño te crees que eres para ocultarme durante más de dos años que tengo una hija, eh?! Y desde ya te digo que, como se te ocurra ponerme problemas, iré a los tribunales.

—¿Me estás amenazando?

—Veo que lo has captado.

A Indira le entran ganas de agarrarlo por el cuello, pero sabe que tiene todas las de perder e intenta serenarse.

—Tú no estás preparado para ser padre, Iván.

—Si tú has conseguido ser madre, no puede ser muy difícil.

Indira ve cómo su peor pesadilla se ha hecho realidad y la fortaleza que intenta mostrar y que le sirve como coraza ante los comentarios que siempre suscita desaparece en apenas un segundo. Aunque sus palabras suenan a amenaza, es miedo lo que siente.

—Sé que no he hecho las cosas bien, Iván, pero no dejaré que te interpongas entre nosotras. Te juro que me gastaré todo lo que tengo en los mejores abogados para impedir que me la quites.

—Yo no pretendo quitarte a nadie, Indira. Solo mantener una relación con mi hija. Tanto ella como yo tenemos derecho.

Cuando Indira ve que la subinspectora María Ortega, el oficial Óscar Jimeno y la agente Lucía Navarro se dirigen hacia la sala de reuniones, intenta calmarse. Pero la desazón que siente en ese momento es imposible de ocultar.

—¿Se puede? —pregunta Ortega con cautela al percatarse de que hay problemas.

—Adelante —responde Moreno aparentando normalidad—. Pasad y sentaos, por favor. Tenemos noticias para vosotros.

—¿Podemos servirnos antes un café? —pregunta Jimeno—. Hoy Navarro me ha tenido quince minutos esperando en la calle y no me ha dado tiempo ni de desayunar.

Indira se fija en ella y se da cuenta de que tiene muy mal aspecto. Por sus ojeras, parece que tampoco ha dormido demasiado.

—¿Te encuentras bien, Lucía?

—Sí... Me sentó mal la cena y me he pasado la noche en el baño. Pero ya estoy mejor.

—Me alegro, porque en las próximas semanas Moreno y yo necesitamos que los tres estéis al cien por cien.

—¿Cuándo no lo estamos, jefa? —pregunta Jimeno, ofendido.

—No me tires de la lengua, Jimeno —responde Moreno—. El caso es que el comisario quiere que la inspectora Ramos y yo nos ocupemos de investigar la vida de Anglés, y vosotros tres tendréis que encargaros de los casos nuevos.

—¿No van a poner a alguien al mando del equipo? —pregunta la subinspectora Ortega, sorprendida.

—Yo he pensado en ti, María —responde Indira—. El comisario ha ofrecido traer al inspector Lorenzo, pero le he dicho que no hacía falta. Además, nosotros dos estaremos informados y pendientes de todo. Tendréis un poco de trabajo extra, pero creo que merece la pena. Por lo pronto, he pedido un plus para los tres. ¿Os parece bien?

—Nos parece cojonudo, jefa —responde Ortega, feliz tras consultar con la mirada a sus compañeros—. Podéis confiar en nosotros.

Un agente de uniforme se asoma a la sala de reuniones con un papel en la mano.

—Han mandado un aviso.

—Gracias. —Moreno coge el papel y lo lee—. Aquí tenéis vuestro primer caso: han encontrado un fiambre en un *loft* del paseo de la Habana. Los de la científica ya están allí.

La subinspectora Ortega y el oficial Jimeno no suelen alegrarse de que hayan asesinado a nadie, pero esta vez es distinto. Sienten la responsabilidad de hacerse cargo por primera vez de un caso en solitario, aunque no pueden negar que les encanta. La agente Navarro, en cambio, pasa uno de los tragos más difíciles de su vida. Aparte de un cargo de conciencia que apenas le deja respirar, está aterrorizada al pensar que, si se le pasó algo por alto, esta misma noche dormirá en el calabozo.

39

El cadáver del arquitecto Héctor Ríos está desnudo sobre el colchón, cerúleo, como si en su interior no quedase ni una sola gota de sangre. A su alrededor, varios miembros de la Policía Científica intentan encontrar algo que les lleve al asesino, pero por sus gestos de frustración parece que no está siendo una tarea fácil. El forense se acerca a la subinspectora Ortega, al oficial Jimeno y a la agente Navarro, a la que le invade un miedo incontrolable nada más poner un pie en el apartamento.

—¿Se va a encargar el inspector Moreno? —pregunta el forense.

—Yo estoy al mando —responde Ortega con una mezcla de orgullo y timidez y dirige su mirada al muerto—. Supongo que no ha sido un infarto.

—Me temo que no. Le dispararon en el interior de la boca y le volaron literalmente los sesos. Una ejecución en toda regla.

—¿Signos de tortura?

—A primera vista, no. Aunque sí tiene marcas en las muñecas de haber permanecido maniatado. No hay rastro de esposas o de cuerdas.

—¿Y por qué está desnudo? —pregunta Jimeno—. Si no es para torturarle, no entiendo por qué su asesino se ha preocupado de quitarle la ropa.

—Lo mismo ya estaba así cuando le sorprendieron —deduce la subinspectora Ortega—. ¿Y su ropa?

—No aparece por ninguna parte, como tampoco su documentación o su teléfono móvil —responde el forense—. En este caso hay cosas muy extrañas. A la inspectora Ramos le encantaría.

—¿Y eso por qué? —pregunta la agente Navarro con un hilo de voz.

—Porque no hay ni una mota de polvo en todo el piso. Quienquiera que fuese el que lo asesinase, se preocupó de no dejar ni una maldita huella. Han limpiado hasta las baldosas y las tuberías del baño.

—Siempre se olvida algo —dice Jimeno.

—Esperemos que así sea, pero yo no lo tengo tan claro. Le vaciaron el cráneo para encontrar la bala. No debió de ser agradable removerle la masa encefálica todavía caliente y distinguir el plomo de los trozos de hueso.

A la agente Navarro se le revuelve el estómago y tiene que buscar una bolsa de pruebas vacía para retirarse unos metros y vomitar en su interior. El forense la mira condescendiente.

—Es que hoy está pachucha —la justifica Jimeno.

—Perdón. —La agente se reincorpora al grupo.

—¿Por qué no te vas a casa, Lucía? —pregunta la subinspectora Ortega.

—Estoy bien. Creo que ya he echado todo lo que tenía dentro.

—Es absurdo que lo estés pasando así de...

—De verdad que estoy bien, María —interrumpe la agente con firmeza—. Lo que quiero es encontrar a quien le ha hecho esto a ese pobre hombre.

—Bueno, lo de pobre hombre lo dices tú —apunta Jimeno—. Lo mismo era un hijo de puta con tratos con la mafia y por eso le han dejado frito.

—Lo mismo, sí... —dice Navarro y se dirige al forense—. Entonces ¿no han encontrado nada?

—Como os decía —continúa el forense—, han limpiado la casa a fondo y se han llevado hasta la fregona. Mucho me temo que al culpable lo tendréis que buscar en otra parte. Si tuviera que apostar, diría que su asesino tenía una relación personal con él, puede que incluso se apreciaran mutuamente.

—¿Eso cómo se sabe? —pregunta la subinspectora Ortega.

—Aunque tenía la cara descubierta, y lo primero que haría alguien conocido sería tapársela, el cuerpo ha sido lavado y, después de retirar las sábanas, ha sido colocado sobre la cama con mucha delicadeza. Es increíble, pero incluso parece que le volvieron a meter el cerebro en el cráneo después de encontrar la bala, tal vez para que no tuviese tan mal aspecto cuando lo viese la señora de la limpieza.

—La gente está muy zumbada —dice el oficial Jimeno cabeceando.

—Hablamos de asesinos, Jimeno —responde la subinspectora—. Comprueba si hay alguna cámara cerca, anda. Y tú, Lucía, habla con los vecinos por si alguien hubiera visto o escuchado algo. Yo me ocupo de la mujer de la limpieza.

Cada uno va a realizar su labor y vuelven a reunirse en el mismo lugar a los veinte minutos. Ortega informa a sus compañeros de que la señora de la limpieza llegó a las nueve de la mañana, como todos los lunes, miércoles y viernes, y se encontró el cadáver. Ha identificado al muerto como un arquitecto llamado Héctor Ríos. Navarro, por su parte, dice que, según los vecinos, en esa casa había mucho trasiego de gente y que algunas veces montaban más escándalo de lo normal, pero nada fuera de lo común en hombres y mujeres de negocios pasando una noche alejados de sus familias y de sus responsabilidades. Por suerte para ella, ningún vecino podría reconocer a los visitantes, a los que han descrito como «gente de dinero». Y, por último, Jimeno también llega con las manos vacías: el asesino tuvo en cuenta que había una cámara en el portal y se llevó la tarjeta de memoria. Lo único interesante que ha averiguado es que el arquitecto estaba casado y tenía una hija de nueve años.

—Entonces tendremos que ir a hablar con su mujer.

40

La inspectora Ramos y el inspector Moreno van en el coche en silencio. Desde que salieron de la comisaría no han cruzado ni una sola palabra, pero los dos mantienen la misma conversación dentro de su cabeza, ensayando para que no se les pase nada a la hora de negociar.

—Está bien —dice Indira al fin—. Tienes derecho a tratar con Alba y yo no te lo impediré, pero olvídate de llevártela un fin de semana entero.

—No tenía intención de hacerlo..., al menos al principio.

—Hasta que cumpla cinco años y ella esté de acuerdo.

—En lo de que esté de acuerdo, me parece bien, no voy a forzarla a hacer nada que no quiera. Pero si los dos estamos a gusto y surge, no pienso esperar tres años.

—Una niña tan pequeña requiere de unos cuidados que tú no serías capaz de darle, Iván.

—¿Tú qué coño sabes de lo que yo soy o no capaz?

—Te conozco desde hace años, ¿recuerdas?

—Y yo a ti, Indira. No quiero ni imaginarme las locuras que le habrás metido a esa pobre niña en la cabeza. Menos mal que tu madre parece estar bastante más equilibrada que tú.

Indira le mira, dispuesta a partirse la cara con él, aun sabiendo que saldrá malparada. Iván se da cuenta de que se ha pasado y la frena, arrepentido.

—Perdóname. Si queremos que esto salga bien, deberíamos dejar a un lado nuestras rencillas personales, ¿te parece?

—El sábado. —Indira cede—. Podrás pasar un rato con Alba, pero mi madre, o yo, o las dos, estaremos presentes en todo momento.

—No se me ocurre un plan mejor —responde él sarcástico.

La calle de la casa donde la familia de Antonio Anglés permanece encerrada a cal y canto sigue tomada por los periodistas, a pesar de que Alejandro Rivero, en calidad de abogado tanto del asesino como de su mujer, ha enviado un comunicado en el que se solicita que dejen de acosarlos y en el que se amenaza con emprender acciones legales contra quien insinúe que Valeria Godoy conocía la verdadera identidad de su marido y que ha colaborado con él en su prolongada huida. En cuanto el coche de los policías aparca frente al chalé, una nube de reporteros lo rodea. De entre todas las preguntas hechas a trompicones en unos pocos segundos, una destaca sobre las demás:

—¿Sospechan que la mujer de Antonio Anglés le ha ayudado todos estos años?

—No vamos a hacer declaraciones.

Mientras esperan a que les abran la puerta, Indira e Iván se preguntan lo mismo: ¿es posible llevar quince años junto a una persona sin sospechar que ocultaba algo tan terrible de su pasado? El inspector Moreno frunce el ceño cuando quien abre la puerta es el abogado de Anglés.

—Adelante, por favor —dice Alejandro con amabilidad—. Valeria os está esperando.

Indira no se atreve ni a mirarle a la cara después de su último encuentro y los dos policías le siguen hasta el salón, donde Valeria espera fumando y mirando por la ventana. Toda la clase y la elegancia que Moreno vio en ella el día que fue a detener a su marido se ha evaporado, aunque no es de extrañar si de verdad ha estado tanto tiempo sin saber que dormía con un monstruo.

—La concha de su madre... —dice con rabia mirando por la ventana—. ¿Por qué no se marchan a su puta casa, eh?

—Valeria... —dice Alejandro acercándose a ella—. Están aquí los policías de los que te he hablado.

Valeria se vuelve para mostrar dos profundas ojeras que evidencian que no ha podido conciliar el sueño desde hace días. Se enciende otro cigarro con la colilla del anterior y, sin molestarse en saludar, va a sentarse al sofá.

—Yo no sabía quién era, ya me cansé de repetirlo.

—La creemos —responde Indira.

—¿Me creen? —Valeria la mira sorprendida.

—Sabemos quién es usted, Valeria. Sabemos quiénes eran sus padres, en qué colegio estudió y hasta quién fue su primer novio. Por eso, y por lo mal que vemos que lo está pasando, no tenemos ninguna duda de que usted no sabía que su marido estaba en busca y captura por asesinato.

—Entonces ¿puedo regresar con mis hijos a Buenos Aires? —pregunta esperanzada.

—Ojalá fuese tan sencillo —interviene el inspector Moreno—, pero hasta que el juez no dé su autorización, no puede moverse de aquí.

—Ese maldito juez va a soltarlo —dice aterrorizada—. Y yo no quiero que nos encuentre acá cuando eso pase.

—Con un poco de suerte y con su ayuda, eso no pasará.

—Díganme qué puedo hacer para que ese hijo de puta no vuelva a pisar la calle.

—Como ya le habrá informado su abogado —la inspectora mira a Alejandro fugazmente—, cabe la posibilidad de que el delito del que se le acusa haya prescrito hace años, pero estamos seguros de que hay más.

—¿De qué estás hablando, Indira? —pregunta el abogado.

—Tú has pasado muchas horas junto a él, Alejandro. ¿No crees que ha podido volver a matar después de lo de Alcàsser?

—No tengo ni idea...

—Nosotros estamos convencidos. Y, si conseguimos seguir sus pasos desde que saltó de aquel barco en la costa de Irlanda, tal vez podamos encontrar un crimen que todavía no haya prescrito. Pero para ello necesitamos la ayuda de quien mejor le conoce: su mujer en los últimos quince años.

—No entiendo bien qué necesitan de mí.

—Que nos cuente todo lo que sabe de su marido —responde Moreno—. En especial, que nos hable de los lugares en los que ha estado antes de que usted le conociera.

Valeria busca con la mirada la aprobación del abogado.

—Solo depende de ti, Valeria —dice Alejandro—. Mi obligación como abogado de tu marido se limita a lograr que el juez declare prescrito el asesinato de las tres niñas de Alcàsser, pero si ha cometido más delitos no me gustaría que saliera impune.

La mujer de Anglés duda durante unos segundos, pero asiente y se enciende otro cigarrillo.

—Les diré lo que sé, aunque no es demasiado. Jorge... o Antonio, como quiera que se llame, nunca ha sido demasiado comunicativo.

—Centrémonos en Irlanda —dice la inspectora Ramos—, en cuyas aguas se le vio con vida por última vez. ¿En alguna ocasión le contó que había estado allí o en cualquier otro lugar de Europa?

—En Noruega —responde recordando—. Una vez me contó que había pasado un tiempo ahí.

41

Antonio Anglés no se imaginaba el frío que puede hacer en la bodega de un avión de carga a diez mil metros de altura. Por un momento pensó que moriría congelado y se arrepintió de no haber cogido un abrigo más grueso de la casa que había ocupado durante los últimos días, pero aunque en Dublín la primavera es mucho más cruda que en Valencia, en tierra la temperatura era agradable. Se cubrió con todo lo que encontró y trató de pensar en cómo salir sin ser visto una vez que llegase a su destino, aunque poco podía planificar, pues no sabía en qué ciudad aterrizaría. Un par de horas después de haber despegado, sintió cómo el aparato iniciaba el descenso. Cuanto más bajaba, menos le castañeteaban los dientes, pero se preocupó por la brevedad del trayecto. Solo faltaba que ni siquiera hubiera salido de Irlanda.

Las ruedas rebotaron en el asfalto y a Anglés le crujieron los huesos tras pasar tanto tiempo inmóvil y con el frío metido en el cuerpo. El avión se deslizó por la pista de aterrizaje hasta entrar en un hangar. Cuando se apagaron los motores, escuchó máquinas trabajando y conversaciones en el exterior, aunque no supo distinguir en qué idioma hablaban. La puerta de carga se abrió y entró un toro mecánico igual que el del aeropuerto de Dublín; pero el operario que lo conducía era la persona más rubia que él había visto en su vida. Cogía los palés y los introducía en un camión aparcado a unos metros. Pensó que ir con la mercancía era la mejor manera de salir de allí y abandonó su escondite con sigilo. Tras unos angustiosos minutos en los que estuvieron a punto de dar con él, consiguió meterse en la caja del camión. Todavía tuvo que esperar varias horas más a que se pusieran en marcha. Escuchó al conductor hablar con varios guardias y pasar algunos controles hasta que, al fin, salieron a la carretera. Solo entonces se atrevió a levantar la lona para ver qué había fuera y descubrió cientos de árboles gigantescos rodeándolo. Cuando, al cabo de muchos kilómetros, el camión inició una subida y la velocidad se redujo, saltó al exterior.

Anduvo durante horas por aquel extenso bosque buscando algo que echarse a la boca, temiendo cruzarse con algún oso tan hambriento como él. Cuando el agotamiento empezaba a vencerle, llegó a un merendero en el que una familia compuesta por el padre, la madre y tres hijos —dos niñas y un niño, todos tan rubios como el hombre que había visto en el aeropuerto— almorzaban sobre una mesa de piedra. Esperó agazapado entre los árboles a que terminasen y, cuando se marcharon en la caravana en la que llegaron, se precipitó a la papelera donde habían tirado los restos y pudo aplacar su hambre con lo que recuperó de un estofado de cordero con repollo, un trozo de queso de cabra mordisqueado y medio pan de patata en cuyo interior quedaba un pedazo de salchicha cubierta de hormigas. Cuando terminó de comer, se acercó a un cartel en el que se podía leer: LANGSUA NASJONALPARK.

—¿Dónde cojones estoy?

Antonio siguió caminando por el bosque sin perder de vista la carretera por la que se había marchado la familia minutos antes, hasta que vio a lo lejos las luces de un pequeño pueblo. Intentó acercarse sin exponerse demasiado y saltó desde un montículo a un camino de tierra, sin advertir que una furgoneta se dirigía a toda velocidad hacia él. El golpe lo lanzó a varios metros de distancia. Lo último que vio antes de perder el conocimiento fue un profundo corte en su muslo derecho.

Anglés abrió los ojos y descubrió que estaba tumbado en la cama de una habitación de madera. En una de las paredes, junto a una ventana tras la que se veía un bosque inmenso, colgaba la cabeza de un reno disecada, y, justo debajo de ella, había expuesto un rifle. «¿Qué tipo de cárcel es esta que dejan un arma al alcance de los presos?», se preguntó aturdido. Intentó levantarse, pero nada más apoyar la pierna en el suelo sintió un dolor insoportable. Se llevó las manos al muslo y comprobó que alguien no solo le había vendado la pierna, sino también las heridas que él mismo se había producido en los brazos para borrar sus tatuajes. Alertado por los gritos de dolor, un hombre de alrededor de ochenta años, calvo y con una frondosa barba blanca, entró en la habitación. Se le notaba la edad en las arrugas de la piel y en sus profundos ojos grises, pero aún se conservaba en buena forma.

—¡¿Quién eres, viejo?! —preguntó Anglés.

El hombre intentó tranquilizarlo en el mismo idioma que el asesino ya había escuchado hablar a los operarios del aeropuerto y a la familia del merendero. El anciano comprendió que no le entendía y probó algo nuevo:

—¿Italiensk?, ¿portugisisk?, ¿spansk?

Antonio Anglés reaccionó al escuchar eso último y asintió levemente. El hombre cerró los ojos por unos segundos, rebuscando en lo más profundo de su memoria.

—Yo... amigo —dijo señalando las vendas, haciéndole ver que era cosa suya.

—¿Estoy en un hospital?

—No hospital. Haakon... —se palmeó el pecho para después hacer el gesto de conducir con un volante imaginario—, golpea.

—El hijo puta del viejo me ha atropellado —masculló Antonio para sí, recordando el accidente—. ¿Dónde estoy? ¿En qué ciudad?

—Jevnaker, Norge... Norega...

—¿Noruega? ¿Esto es Noruega?

—Norega, ja...

El viejo le pidió con un gesto que esperase y salió de la habitación. El asesino temió que volviese acompañado por la policía, pero a los pocos minutos regresó con una bandeja en la que había un plato humeante de sopa de verduras, carne en salsa salteada con patatas y champiñones, varias tortas de pan y una botella de vino.

Anglés comió con apetito y se relamió al probar la carne. Tenía un sabor distinto a cualquier cosa que hubiera probado antes.

—¿Qué es? —preguntó mostrándole un trozo de carne pinchada en el tenedor.

—*Finnbiff*—respondió el anciano y señaló la cabeza de reno que había colgada en la pared—. *Reinsdyr*.

La sonrisa franca del viejo mientras señalaba el exterior por la ventana diciéndole que allí había muchos renos hizo comprender a Antonio Anglés que había ido a parar al mejor lugar posible.

Su suerte seguía intacta.

42

—La hostia, qué casoplón —dice impresionado el oficial Jimeno a la agente Navarro y a la subinspectora Ortega—. Si llego a saber esto, en lugar de poli me hago arquitecto.

—No sé por qué, pero yo creo que nunca viviría en una casa construida por ti, Jimeno —responde la subinspectora.

El portón de metal se abre con un zumbido y los tres policías se dirigen hacia la entrada de la vivienda por un camino de piedras en cuyos laterales hay todo tipo de plantas y de árboles sobre un manto de césped uniforme. Al fondo, imponente, se alza la casa que cualquiera imaginaría que se puede construir un arquitecto con mucho dinero; de formas rectangulares, blanca y con más cristal que cemento. En la entrada principal, bajo el dintel de una puerta que debe de pesar más de doscientos kilos, aguarda un hombre de unos cuarenta y cinco años. La agente Navarro se estremece al pensar por un momento que se trata del mismo Héctor Ríos.

—Me llamo Agustín, soy el hermano de Héctor —dice tendiéndoles la mano—. Adelante, por favor.

El interior está decorado con buen gusto y mucho dinero. El hermano del fallecido va a despedir a alguien con pinta de abogado que se marcha apresurado, sin molestarse en saludar a los policías. En el jardín trasero, junto a una piscina con forma de L, una niña de nueve años juega a pintarle las uñas a su madre mientras ambas son atendidas por una sirvienta uniformada.

—Le acompañamos en el sentimiento —le dice la inspectora Ortega a Agustín, respetuosa.

—Gracias. ¿Se sabe ya quién lo ha hecho?

—De momento, no sabemos nada. Necesitamos que nos hable de su hermano, si tenía enemigos o si sabe de alguien que quisiera hacerle daño.

—Héctor se llevaba bien con todo el mundo —responde negando con la cabeza—. Aunque en el mundo de la construcción la gente no suele andarse con chiquitas, no creo que llegasen a tanto por alguna desavenencia.

La subinspectora Ortega mira hacia el jardín, donde la niña ha empezado a peinar a su madre. Esta se deja hacer, inexpresiva.

—Necesitamos hablar con la esposa de Héctor.

—Mi cuñada no puede ayudarles.

—Eso lo decidiremos nosotros. Llévenos con ella, por favor.

—Como quieran...

Agustín les muestra el camino hacia una puerta lateral y los tres policías vuelven a salir al jardín. La agente Navarro lo observa todo sin abrir la boca, sintiéndose culpable por haber provocado aquello, pero sobre todo por estar a punto de conocer a la mujer a la que ha dejado viuda y a la niña que ha quedado huérfana por su irresponsabilidad.

—Estrella, cariño —dice Agustín a su sobrina—. Ve a jugar a tu cuarto, anda.

—Todavía no he terminado de peinar a mamá, tío Agus.

—Ya terminarás después.

La niña cede y, tras mirar con inquina a los policías, se marcha hacia el interior de la casa acompañada por la sirvienta. Agustín se agacha frente a la mujer, que no ha reaccionado ni ante la presencia de esos extraños ni ante la marcha de su hija.

—Elena... estos policías quieren hablar contigo un momento.

La mujer parece regresar de un lugar muy lejano dentro de su cabeza y mira a los policías. Al hacerlo, deja al descubierto una enorme cicatriz que discurre por el nacimiento de su pelo. La vida detrás de sus ojos es apenas perceptible.

—¿Qué desean? —pregunta esbozando una extraña sonrisa.

—Necesitamos hablar con usted de su marido, señora —dice la subinspectora Ortega, percatándose de inmediato de que se han equivocado.

—¿Héctor? Se pasa el día trabajando. Es arquitecto, ¿saben?

Agustín mira a los policías con cara de circunstancias. Por primera vez desde que ha entrado en esa casa, la agente Navarro toma las riendas de la situación.

—Lamentamos molestarla, señora. Que pase un buen día. —Se gira hacia sus compañeros—. ¿Nos marchamos ya?

43

El día del accidente de Elena, el arquitecto Héctor Ríos estaba visitando las obras de una urbanización que él mismo había proyectado en Villanueva del Pardillo, una localidad de la zona noroeste de Madrid. Tenía la intención de resolver cuanto antes un pequeño problema que había surgido en el alcantarillado para reunirse con su esposa y con su hija en la estación de esquí de Baqueira Beret, en el Pirineo catalán. En cuanto recibió la llamada, lo dejó todo a medias e hizo los casi seiscientos kilómetros que le separaban del hospital del Valle de Arán en poco más de cuatro horas. Cuando llegó, a media tarde, la niñera de su hija Estrella salió a recibirle.

—¿Qué ha pasado, Angie?

—Solo sé que la señora se cayó esquiando y que la están operando, señor —respondió esta con los ojos humedecidos—. Lleva tres horas en el quirófano.

—¿Y Estrella?

—La he dejado en la guardería del hotel.

—Vuelve con ella. Ya me ocupo yo.

La niñera se marchó y Héctor pasó las siguientes dos horas esperando a que saliera un médico a informarle. Cuando lo hizo, le dio una de las peores noticias que podría recibir:

—La vida de su esposa no corre peligro, pero por desgracia se ha golpeado la cabeza con una piedra y ha sufrido daños neurológicos.

—¿Se ha quedado paralítica, es eso?

—No. Pronto recuperará la movilidad, aunque ya no será la misma mujer que usted conoció.

—¿Qué quiere decir, doctor? Hábleme claro, por favor.

—Aún es pronto para saber hasta qué punto podrá recuperarse de la lesión cerebral traumática que ha sufrido, pero hágase a la idea de que sus capacidades cognitivas quedarán mermadas.

—¿Mucho?

—En el mejor de los casos, serán similares a las de una niña de cinco años.

A Héctor se le cayó el alma a los pies y, después de cuatro días en los que no salió del hospital más que para ducharse en el hotel y pasar algunos minutos con su hija, pudo pedir el traslado de Elena a Madrid. Los médicos le recomendaron que la ingresase en una clínica especializada en ese tipo de lesiones, pero al saber que la probabilidad de mejoría sería casi nula decidió que donde tenía que estar era en casa con él y con Estrella. Mientras se lo pudiera permitir, pagaría cuidados y atención médica las veinticuatro horas. Durante el primer año, vivió con la esperanza de que los médicos se hubiesen equivocado y de que Elena volviera a ser la de siempre, pero por mucho cariño que le daban, los avances eran mínimos. Aunque empezó a construir frases algo más elaboradas, eran más propias de una niña que de una mujer adulta, como ya le había anunciado el médico que la operó.

Héctor se volcó en cuidar de Elena y todavía tardaría un año en aceptar salir a cenar con una diseñadora de interiores con la que trabajaba en algunos proyectos, y otro más en tener sexo con una mujer que, animado por su hermano y su cuñada, conoció a través de una página de contactos. A él siempre le había gustado el sexo convencional —no tenía fantasías más extravagantes que hacer un trío con dos mujeres, lo que solía compartir con su esposa cuando tenían intimidad, aunque solo lo hicieron realidad en una ocasión–, pero aquella primera vez sintió la necesidad de ser castigado de alguna manera. Quizá fuera porque, desde el accidente de Elena, se culpaba por haberse quedado trabajando en lugar de ir a esquiar con ella y evitar que resbalara en aquella placa de hielo.

44

La inspectora Ramos va a servirse un vaso de agua a la cocina mientras el inspector Moreno continúa hablando con Valeria en el salón. Por fortuna para ella, la mujer de Antonio Anglés lo tiene todo reluciente. Saca un vaso del armario que hay sobre la pila y lo enjuaga bien antes de llenarlo de agua. Mientras bebe, no puede evitar pensar que tal vez ese vaso también lo haya utilizado el asesino, algo que le pone los pelos de punta.

—¿De verdad crees que lo vas a atrapar con un crimen posterior al de 1992, Indira? —pregunta el abogado Alejandro Rivero desde la puerta.

—Necesitamos algo de suerte, eso está claro —responde ella volviéndose—, pero estoy convencida de que no se detuvo en aquello.

—Aunque así fuera, hay cientos de miles de crímenes sin resolver en el mundo a lo largo de los últimos treinta años.

—No tantos con las mismas características que los de Alcàsser.

—A lo mejor no es muy profesional esto que voy a decirte, pero si puedo hacer algo para ayudarte a atrapar a ese cabrón, solo tienes que pedírmelo.

Indira asiente dedicándole una tímida sonrisa. Alejandro lo toma como un permiso para abordar asuntos más personales.

—Lo del otro día...

—Iba borracha —le corta avergonzada—. Perdóname.

—No me importa que me besaras, Indira. Al contrario. Me hizo recordar los viejos tiempos, cuando nos escapábamos a Cádiz y no salíamos de la habitación del hotel. ¿Te acuerdas?

—¿Cómo no me iba a acordar? —responde Indira nostálgica—. Ahora que ha pasado el tiempo y ya no hay resentimiento, quiero disculparme por haber desaparecido así de tu vida.

—Tendrías que haberme pedido ayuda.

—Nadie podía ayudarme, Alejandro. Después de caer dentro de aquella fosa séptica me tiré cinco años sin poder soportar el contacto con nadie. No te merecías tener junto a ti a una persona como yo.

—Eso debía decidirlo yo, ¿no crees?

Indira baja la mirada, sin saber qué responder. Alejandro se acerca a ella y, posando los dedos bajo su barbilla, le levanta la cabeza con suavidad.

—¿Ahora es distinto, Indira?

—¿Qué quieres decir?

—Que, ahora que estás mejor, quizá tú y yo podríamos...

—Alejandro —le interrumpe Indira mirando hacia la entrada de la cocina.

El abogado sigue su mirada y se encuentra en el umbral de la puerta a la hija mayor de Antonio Anglés. Al igual que a su madre, se le nota el sufrimiento de los últimos días en la expresión. Lleva zapatillas de deporte, vaqueros, una blusa y un jersey oscuro, sobre el que destaca una fina cadena de oro con un crucifijo en tonos verdosos que cuelga de su cuello. Parece estar preparada para marcharse lo más lejos posible sin mirar atrás e intentar huir de la pesadilla que le ha tocado vivir.

—¿Qué haces aquí, Claudia? —pregunta el abogado—. Deberías volver con tu hermano al piso de arriba.

—¿Es usted policía? —pregunta a su vez la niña sin apartar la mirada de Indira, obviando la recomendación del abogado.

—Sí... —responde ella.

—¿Es verdad que mi padre ha hecho todo lo que dicen en la tele?

—No es bueno que veas la tele en estos momentos, Claudia. Hay demasiadas informaciones, y no todas son veraces.

—Respóndame, por favor —insiste Claudia con determinación—. ¿Es verdad que mi padre en realidad se llama Antonio Anglés y que torturó y mató a tres chicas hace mucho tiempo?

Indira duda sobre lo que responder, pero decide que esa niña, cuya vida ya ha quedado marcada para siempre, tiene derecho a saber la verdad.

—Me temo que sí.

Claudia asimila. Tenía la esperanza de que todo fuese una invención de los medios, pero la confirmación de la policía hace que se le caiga el mundo encima. Mira hacia el salón, de donde proviene la monótona voz de su madre hablando con el inspector Moreno, reviviendo momentos felices junto al hombre del que hasta hace pocos días seguía enamorada.

—¿A mi madre también la van a meter en la cárcel?

—Claro que no, Claudia —responde Alejandro—. La policía no tiene nada contra ella. Igual que tú y tu hermano, tu madre no sabía quién era tu padre ni lo que había hecho hasta que vinieron a detenerlo.

—Quiero que me lo diga ella.

—Alejandro tiene razón, Claudia —dice Indira tranquilizándola—. A tu madre, a tu hermano y a ti no os separaremos, te lo prometo.

—Entonces ¿por qué la interrogan?

—Necesitamos que nos hable de los países que visitó tu padre antes de casarse con ella. Quizá alguna vez le haya hablado de sus viajes. ¿A ti y a tu hermano os contó dónde había vivido antes de ir a Argentina?

—Creo que no...

45

Antonio Anglés pasó dos semanas sin salir de aquella habitación, recuperándose de la herida de la pierna. Aunque el señor Haakon Lund chapurreaba algunas palabras en español, el asesino de las niñas de Alcàsser –que se había presentado como Carlos– decidió que el inglés sería el idioma en el que intentarían entenderse. Hablarlo le facilitaría mucho la huida y enseguida descubrió que se le daban bien los idiomas, porque lo cierto es que, a los pocos días de convivir, ya casi podían mantener una conversación fluida. El anciano le explicó que había enviudado hacía cinco años y que, desde entonces, sacaba él solo adelante la granja, en la que criaba cerdos de la raza Norwegian Landrace y renos para vender la carne que tanto le había gustado. Se sentía culpable por haberle atropellado y, en caso de que lo buscase, le ofreció trabajo. Antonio aceptó a cambio de alojamiento, comida y pocas preguntas. A Haakon le pareció bien, sin pararse a pensar que no escapaba de deudas o de algún problema con las drogas. Anglés, por su parte, estaba encantado de haber encontrado el mejor escondite posible hasta que pasase el temporal: ¿quién iba a buscarle en una granja de renos en mitad de Noruega?

Cuatro años después de llegar a la granja, Antonio Anglés se había convertido en un hombre nuevo. Una vez desintoxicado de los calmantes que tanto le oscurecían el alma, empezó a disfrutar de una tranquilidad que nunca antes había conocido. A Haakon le alegró la vida hallar en él al hijo que no había tenido, y Antonio encontró un sustituto de su padre, al que siempre despreció por borracho y que había muerto de cirrosis unos años antes de que él saliese de España. El anciano le enseñó cómo llevar un negocio, cómo tratar a los animales para que dieran la mejor carne de la comarca y le inculcó la afición por la lectura; cualquiera de aquellos meses, cuando ya tenía un buen nivel de inglés, leía más libros de los que había abierto hasta los veintiséis años. Después, por las noches, tras comer un buen filete de reno, ambos charlaban frente al fuego. Durante aquella época, Antonio también aprendió a pensar antes de actuar. Lo que el bueno del señor Lund no sabía era que le estaba dando cerillas y un bidón de gasolina a un pirómano.

—Mañana tienes que ir tú a llevar el pedido a Tingelstad, Carlos.

—¿Y eso por qué?

—Porque yo ya no tengo reflejos para conducir tantos kilómetros por la nieve. Solo debes llevar la carne al restaurante de Hela Moen y volver. La está esperando.

Arriesgarse a salir de la granja no era algo que le hiciese gracia. No es que siempre estuviese allí encerrado, pero sus salidas se limitaban a acompañar a Haakon a hacer algún recado y, a veces, las menos, a comer en un pequeño restaurante del pueblo, en el que servían el mejor salmón de Noruega. El viejo se percató de sus dudas.

—¿Qué pasa?

—Ya sabes que no tengo documentación. Me la robaron.

—Eso tendremos que arreglarlo algún día. ¿Por qué no vamos a la embajada española en Oslo y pides una nueva? Yo pagaré lo que cueste.

—No puedo hacer eso.

—¿Por qué no?

Haakon estaba incumpliendo uno de los puntos del acuerdo que tenían, pero él consideró normal que, después de tanto tiempo, necesitase una explicación que aplacase su curiosidad.

—Las cicatrices de mis brazos... —comenzó diciendo tras una pausa— eran tatuajes de una banda a la que pertenecía en España. Yo era el conductor durante el atraco a un banco. Esperaba en el exterior con el coche en marcha cuando vi llegar a la policía. Entré en pánico y...

—Y te marchaste. —Haakon completó la frase.

—Me marché. —Anglés lo confirmó—. Mis tres compañeros fueron detenidos y me culparon de haberlos abandonado. Si supiesen que estoy aquí, vendrían a matarme. Y seguramente también a ti.

—Ni siquiera te llamas Carlos, ¿verdad?

—No, pero no me preguntes mi verdadero nombre, porque no te lo diré.

Haakon asintió con gesto serio.

—Si quieres que me largue...

—No quiero que vayas a ningún sitio, muchacho —le interrumpió el anciano—. Lo que estoy pensando es en cómo ayudarte.

—Ya haces bastante por mí. Y no te preocupes por lo de mañana. Si nunca me han pedido la documentación, no creo que lo hagan ahora.

—Te acompañaré por si acaso. Aunque habiendo tantos inmigrantes causando problemas, no se meterán contigo.

En todo el tiempo que llevaba en aquel país, solo había visto en una ocasión a la policía noruega, cuando varios de los renos del señor Lund escaparon del cercado y provocaron un accidente en la carretera. Por fortuna para él, el jefe de policía era amigo del anciano e hizo la vista gorda al descubrir que tenía a un trabajador ilegal en la granja. Pero no sería tan sencillo evitar las preguntas si con quien se encontraban era con la policía de Tingelstad.

Antonio condujo en tensión los veinticinco kilómetros que separaban Jevnaker del restaurante de Hela Moen, aunque entre la poca densidad de población de aquella zona y la tormenta de nieve que había caído la última semana apenas se cruzaron con nadie. Hicieron la entrega y la dueña del restaurante —una guapa mujer de cuarenta años que se había separado hacía poco— se empeñó en invitarlos a comer por el favor que le habían hecho llevándole la mercancía a pesar del estado de las carreteras. No pudieron negarse y ocuparon una discreta mesa al fondo del salón.

Anglés pensaba que la violencia y crueldad que habían regido toda su vida eran producto de los malditos calmantes a los que estuvo enganchado, pero en aquel preciso momento se dio cuenta de que era algo que llevaba en la sangre, algo de lo que jamás lograría desprenderse.

—Si necesitan cualquier cosa —dijo la señora Moen—, mi hija Annick los atenderá.

El asesino miró hacia la barra y vio a una delicada niña de catorce años sirviendo un café a un cliente. Su pelo rubio, su piel blanca y su cara de inocencia provocaron una inmediata fascinación en él.

El monstruo, que llevaba cuatro años dormido, despertó más hambriento que nunca.

46

Volver a empuñar la pistola que acabó con la vida de Héctor Ríos hace que la agente Lucía Navarro se descomponga, pero en cualquier momento podría haber una inspección y tendría muchos problemas si alguien descubriera que falta un cartucho en su cargador. Se coloca los cascos, apunta a la diana que cuelga a unos treinta metros de distancia y dispara doce veces. Por lo general, Lucía tiene una puntería envidiable, pero esta vez finge estar desacertada para evitar dar demasiadas explicaciones de por qué no hay trece agujeros en la diana.

—¿Has disparado con los ojos cerrados, Navarro? —pregunta el oficial encargado de la galería cuando la diana se aproxima a la zona de tiro deslizándose por un raíl y comprueba que solo dos impactos han dado en el centro.

—Hoy no le daría ni a un elefante —responde resignada.

—Mira a ver si queda una bala en el cargador. Cuento doce orificios.

—He disparado los trece cartuchos —dice mientras saca el cargador vacío y comprueba que no ha quedado ninguna bala en la recámara—, lo que pasa es que el primero se me ha ido demasiado alto.

—Joder, será mejor que lo dejes por hoy. Eres capaz de dispararte en el pie.

La agente Navarro asiente y se marcha al vestuario. Allí, saca el cartucho que se había escondido entre la ropa y lo mete en su cargador reglamentario, que de nuevo vuelve a tener los trece correspondientes.

La subinspectora Ortega y el oficial Jimeno, sentados frente al ordenador de la sala de reuniones, esperan a que llegue la agente Navarro. Lucía no tarda en atravesar las dependencias policiales y en dirigirse hacia allí, tan taciturna como suele mostrarse los últimos días.

—¿Dónde te habías metido, Lucía?

—Hacía tiempo que no bajaba a la galería de tiro y debían de estar a punto de darme un toque, ¿por? ¿Ha pasado algo?

—Hemos hablado con la secretaria de Héctor Ríos y nos ha dicho que llevaba meses viéndose con alguien —responde la subinspectora.

—¿Ha dicho con quién? —La policía aguanta la respiración, con el corazón en un puño.

—Eso es lo que intentamos averiguar —responde Jimeno—. Por lo visto, el tío se metía en una de esas páginas de contactos que te gustan a ti. Tú no lo conocerías, ¿verdad?

—¿A qué viene esa gilipollez, Jimeno? —pregunta a la defensiva.

—No le hagas caso —la subinspectora Ortega sale al quite—. Héctor Ríos podría ser su padre, Jimeno. Supongo que Lucía quedará con tíos de su edad.

—Exacto.

—Explícanos cómo funcionan estas cosas, anda.

—No hay demasiado que explicar. Cada persona tiene un perfil y va buscando lo que le interesa. Cuando encuentra a alguien que le gusta, le manda un mensaje y, si se ponen de acuerdo, quedan en un bar.

—Entonces ¿las conversaciones que tuvo Héctor Ríos van a estar en su perfil?

A la agente Navarro se le eriza el vello, dándose cuenta de que por ahí puede llegar su final. Tarda tanto en reaccionar que Ortega y Jimeno la miran, extrañados.

—¿Lucía?

—Sí... —Lucía vuelve en sí—. Aunque no creo que conserve ninguna conversación. La mayoría de la gente las suele borrar. Yo lo hago.

—Puede que él no —dice Jimeno—. Deberíamos pedir una orden para entrar en su perfil personal.

—No creo que eso nos lleve a ninguna parte, Óscar —Navarro insiste, tratando de ocultar su nerviosismo—. Además, los jueces son reacios a dar órdenes que vulneren la intimidad de los usuarios de las redes sociales.

—Al menos hay que intentarlo —decide la subinspectora Ortega—. Iré a hablar con el comisario a ver si le convenzo para que llame al juez.

La subinspectora Ortega sale de la sala de reuniones, decidida. La agente Navarro recuerda que, un par de días antes del accidente que acabó con la vida de Héctor Ríos, habló con él a través de esa misma aplicación, y duda mucho de que borrase la charla que ambos mantuvieron. Al contrario de lo que acaba de decir, casi nadie las borra. Ella misma tiene guardadas en su perfil todas las conversaciones que ha mantenido desde que empezó a chatear, y a estas alturas ya son unas cuantas. Cuando mira a Jimeno, le descubre observándola inquisitivo.

—¿Qué pasa? —pregunta Lucía.

—No sé, dímelo tú. Te encuentro muy rara desde hace un par de días, Lucía. ¿Puedo ayudarte en algo?

—Lo dudo mucho.

—Yo soy muy bueno escuchando, en serio. Es por el tío ese con el que quedabas últimamente, ¿no?

—¿De qué hablas?

—Te ha hecho la trece catorce y, después de echarte unos cuantos polvos, ha desaparecido del mapa, ¿a que sí?

—Pues no.

—Venga, tía, que somos amigos desde hace tiempo —insiste el oficial—. Este también te ha salido rana, ¿no?

—Prefiero que no te metas en mi vida, Óscar.

La agente Navarro se marcha, dejando a Jimeno con la palabra en la boca. Como él mismo acaba de decir, la conoce desde hace años y nunca la había encontrado tan ausente y evasiva. Solo espera que sea cuestión de días y que solucione pronto lo que tanto parece preocuparle.

47

Desde que entró en prisión, Antonio Anglés permanece aislado; si le permitieran salir al patio o incorporarse a las rutinas carcelarias, no duraría vivo ni un día. Muchos de los reclusos asumirían con gusto una ampliación de su condena si pudiesen mancharse las manos con la sangre del asesino. Lo que nadie allí dentro se explica es cómo pudo su compinche, Miguel Ricart, salir entero después de pasar entre rejas más de veinte años. Anglés solo disfruta de la compañía de un preso de confianza que han puesto para vigilarlo y evitar que se quite la vida. El Cholo es un albaceteño de sesenta años que lleva desde los dieciocho entrando y saliendo de la cárcel. No es que sea un delincuente incorregible, es que ha elegido pasar su vida allí dentro, donde no le falta un plato de comida y nadie le mira por encima del hombro. Quisiera no hacerlo, pero está dispuesto a matar a cualquier otro preso si amenazaran con volver a echarlo de su paraíso. Aparte de velar por su seguridad, el Cholo tiene como misión chivarse de todo lo que le pueda sonsacar a Anglés. Y desde anoche tiene un cometido concreto.

—Entonces ¿viviste en Irlanda?

Anglés levanta la mirada del cuaderno donde redacta el comunicado que piensa leer ante los medios el día que le suelten —y en el que asegura ser inocente del secuestro y asesinato de las niñas de Alcàsser— para mirar a su compañero de celda.

—Es lo que dicen en la tele —el Cholo justifica su curiosidad—. Según cuentan, la última vez que te vieron ibas en un barco camino de Irlanda. ¿Cómo es aquello?

—Lluvioso.

—Ya me imagino. Yo hace treinta años, en un permiso que me dieron, me fui a Galicia para probar el marisco. No me pareció gran cosa, demasiado salado, pero me llamó la atención que allí lloviese a todas horas.

Antonio Anglés sigue a lo suyo, pero el Cholo no se da por vencido; sabe que, cuanta más información obtenga, más privilegios va a conseguir.

—¿Y con el idioma cómo te apañaste? ¿O es que enseguida te fuiste a Argentina? Porque allí se habla en cristiano, ¿no?

—¿Por qué cojones me haces esas preguntas? —El interrogatorio del Cholo ha conseguido que se ponga en alerta.

—Por nada. —Intenta parecer inocente—. Simple curiosidad.

—No me gusta la gente curiosa.

—De algo tendremos que hablar, tío. Si no, aquí nos podemos morir del asco.

—Prefiero morirme de asco antes que hablar contigo —responde Anglés con dureza—. Como sigas preguntándome lo que hice o dejé de hacer, te juro por mis muertos que te abro en canal, ¿te ha quedado claro?

El Cholo asiente, acobardado. En la cárcel se conoce el verdadero carácter de las personas, allí no se puede disimular, y él sabe que Antonio Anglés es de los peligrosos. Uno de los guardias golpea la puerta con su porra.

—Anglés, tienes visita.

—¿De quién?

—¿Te crees que soy tu puta secretaria? Saca las manos.

Él saca las manos por la abertura de la puerta y el guardia le esposa sin ninguna delicadeza. Cada vez que el asesino sale de su celda, se forma un enorme revuelo en la galería. Insultos, gritos y amenazas se suceden durante todo el recorrido hasta la sala de visitas, pero él ni se inmuta, ya tiene asumidos todos los adjetivos que escucha. Lo único que le pone nervioso es pensar que ha ido a verle alguien su pasado, un familiar suyo o incluso de alguna de las niñas para intentar conseguir una confesión y poder descansar después de treinta años en vela. Pero con quien se encuentra esperándole es con los dos policías que le llevaron a los juzgados. Mientras el guardia le quita las esposas, se puede fijar en que ella, a la que le sobran unos pocos kilos, tiene unas facciones mucho más bonitas de lo que percibió al conocerla. Él, aunque es aproximadamente de la misma edad que su compañera, parece diez años más joven por su ropa desenfadada, su corte de pelo moderno y su barba de tres días.

—Indira, Iván..., qué alegría veros por aquí —Anglés los saluda con confianza.

—¿Cómo estás, Antonio? —pregunta Indira con desprecio camuflado de amabilidad.

—Peor que en los últimos treinta años, para serte sincero. Ya me había olvidado de lo que era estar encerrado.

—Será mejor que te acostumbres —responde el inspector Moreno sin perder el tono cordial de la conversación—. Estamos trabajando día y noche para que no vuelvas a pisar la calle en tu puta vida.

Aunque Anglés esboza una sonrisa de superioridad, hay algo en la forma de hablar de los policías que no le gusta un pelo. Se sienta a la mesa de metal y junta las yemas de los dedos, como si asistiera a una simple reunión de negocios.

—¿Y bien? ¿Vais a contarme ese trabajo tan interesante que estáis haciendo?

—Sabemos que volviste a matar después de lo de Alcàsser, Antonio —dice Indira sin rodeos—. Solo es cuestión de tiempo que descubramos a quién.

—Eres una mujer sorprendente, Indira. Creía que esto de las investigaciones policiales funcionaba justo al revés.

—Tu caso es especial.

—Siento deciros que no hay caso que valga. Ni maté a esas tres niñas entonces ni he matado a nadie después.

—Entonces no te importará contarnos dónde has estado viviendo todo este tiempo para que podamos comprobarlo, ¿verdad? —Iván intenta sonsacarle.

—Aquí y allá. No es seguro quedarse en un sitio cuando te busca medio mundo por un crimen que no has cometido.

—Sabemos que saltaste del City of Plymouth cerca de la costa de Irlanda y que estuviste allí escondido un tiempo —dice la inspectora Ramos imperturbable. —Lo que nos gustaría saber es cómo llegaste a Noruega.

Antonio Anglés siente que se le eriza el vello. «¿Cómo coño han podido averiguar que estuve allí?», se pregunta intentando conservar la sonrisa. Por mucho que se esfuerza, no recuerda habérselo contado nunca a nadie, aunque ahora le viene a la memoria que una noche, mientras conquistaba a Valeria cenando en un restaurante del barrio porteño de San Telmo, bebió más vino de la cuenta y quiso alardear de haber viajado por medio mundo. La tardanza en su respuesta hace comprender a los policías que le han cogido con el pie cambiado.

—Puedes ahorrarte las mentiras, Antonio —dice Iván devolviéndole la sonrisa—, ya estamos investigando tu paso por allí.

—Valeria, supongo.

—Exacto —responde Indira—. Por desgracia para ti, tiene incluso más ganas que nosotros de que te pudras aquí dentro y está colaborando con nosotros. Solo es cuestión de tiempo que recuerde otros lugares por los que pasaste.

—Aunque conociera las direcciones exactas de los sitios en los que viví, no encontraríais nada por lo que condenarme.

—Entonces ¿qué te impide decírnoslo?

—No quiero quitarle la gracia a este pequeño juego, Indira. Os auguro muchas noches estudiando viejos casos abiertos y muchas mañanas de decepción por no haber encontrado nada que me relacione con ellos.

—Ya veremos. Y, hablando de decepciones, tu hija Claudia te ha cogido un asco tremendo cuando ha sabido todo lo que les hiciste a Miriam, a Toñi y a Desirée.

A Antonio le muda el semblante.

—A mi hija mantenedla al margen de esto.

—Eso es imposible cuando la has dejado marcada de por vida, Antonio —señala Indira, consciente de cuánto daño le ha hecho.

—Largaos —dice Anglés irritado.

—Pronto volveremos para ponerte un poquito más nervioso, hijo de la gran puta —contesta el inspector Moreno.

Los policías se levantan y salen de la sala de visitas. Antonio intenta conservar la calma mientras el guardia le pone las esposas para devolverlo a su celda, pero en su interior siente un terrible desasosiego. Hasta este preciso momento, estaba convencido de que saldría impune de los asesinatos cometidos en 1992, pero con lo que no contaba era con que esos policías no pensaban detenerse allí. Y él sabe que hay mucho más por descubrir.

48

Antonio Anglés se esforzó como nunca para apartar aquellos pensamientos, pero la imagen de la joven Annick no se le iba de la cabeza. Consiguió mantener el control doce días con sus respectivas noches, hasta que se dio por vencido. Lo que tenía claro era que esa vez iba a hacerlo bien, sin dejar ninguna pista que pudiera llevar a la policía hasta él, y para ello necesitaba vigilar a la niña y descubrir en qué momento era más vulnerable. El problema era que, desde que le contó el motivo por el que supuestamente había tenido que escapar de España, Haakon le acompañaba siempre que tenía que salir de la granja.

—Puedo ir solo, Haakon. Tú quédate cuidando de los animales —le dijo la mañana del lunes 12 de mayo de 1997, el mismo día en que, a unos tres mil kilómetros de distancia, en la Sección Segunda de la Audiencia Provincial de Valencia, comenzaba el juicio contra Miguel Ricart, el único procesado por el triple crimen de Alcàsser—. Yo estaré de vuelta en un par de horas.

—De acuerdo, pero llévate el teléfono.

Anglés guardó en la guantera de la furgoneta aquel aparatoso teléfono móvil Motorola que Haakon había comprado por si surgía alguna emergencia y fue a por productos para curar las heridas del ganado a la farmacia de Lunner. En cuanto salió de allí, puso rumbo a Tingelstad. Tuvo que esperar quince minutos aparcado frente al restaurante de Hela Moen para volver a ver su hija adolescente. La chica salió por la puerta trasera y se escondió entre los árboles para fumar un cigarro, algo que al asesino no le hizo ninguna gracia; el acto de fumar la hacía parecer bastante más mayor. Durante las siguientes semanas estuvo espiándola siempre que pudo y su sed de sangre y de sexo fueron en aumento. Conocía sus rutinas a la perfección y sabía que el mejor momento para cogerla desprevenida era cuando llevaba la basura a los contenedores que había al otro lado de la calle. Solo tenía que aparcar la furgoneta en la calle de detrás, acercarse a ella y llevársela a golpes.

El día elegido, Antonio casi no podía contener su excitación. Le dijo a Haakon que necesitaba ir a comprar unos zapatos y algo de ropa y fue a comprobar que no hubiera nadie merodeando cerca de la casa abandonada donde pensaba llevar a la niña. Después aparcó en el lugar elegido y se preparó para el ataque..., pero para su sorpresa aquel día quien tiró la basura fue Hela, la madre de Annick. Se sobresaltó al verle allí agazapado, pero él reaccionó con rapidez esbozando una inocente sonrisa.

—Hola, Hela... ¿Me recuerdas? —preguntó en inglés.

—Eres el ayudante de Haakon Lund, ¿verdad? —respondió Hela en el mismo idioma.

—Exacto. Me envía él por si necesitas hacer un pedido.

Hela le miró de arriba abajo unos segundos, dudando de sus intenciones. Al fin, le devolvió la sonrisa.

—¿Por qué no entras y compruebo lo que tengo?

Antonio la acompañó al interior del restaurante y allí se enteró de que la joven Annick se había quedado en casa con fiebre. A esa hora no había ningún cliente en el local, así que Hela se sentó con él a tomar una copa de Aquavit y una tapa de salchichón de reno, el producto más valorado de la granja de Haakon, que desde hacía ya un par de años Anglés preparaba con maestría.

—¿Me vas a decir de una vez para qué has venido? —preguntó Hela mirándole a los ojos después de darle un trago a su licor de patatas y hierbas.

—Ya te lo he dicho. Haakon quiere que te pregunte...

—Haakon me llamó por teléfono la semana pasada y ya le dije que no necesitaba nada —le interrumpió la mujer—, así que será mejor que dejes de mentir.

Anglés se sintió perdido. Si a Hela se le ocurriese llamar a la policía, sus días de paz habrían terminado. Pero la forma en que le miraba no era la de una mujer que sabe que está frente a un monstruo, y mucho menos que ese monstruo tenía como objetivo raptar y violar a su propia hija. Había un brillo en sus ojos que él enseguida supo interpretar.

—En realidad, he venido por ti —dijo al fin.

—¿No me digas? —preguntó ella con el típico tono de alguien que ya creía conocer la respuesta.

—Así es —respondió asintiendo con fingida timidez—. Desde que te conocí hace unas semanas llevo pensando en invitarte a cenar, pero no me atrevía porque no sabía si tienes pareja o...

—No tengo pareja —volvió a interrumpirle Hela—, y me encantaría salir a cenar contigo, pero la única noche que tengo libre de esta semana es la del martes.

—Para mí el martes es perfecto. No conozco muchos sitios por aquí adonde ir. ¿Tienes alguna preferencia?

—Tú ven a buscarme a eso de las cinco, que de todo lo demás ya me encargo yo, ¿de acuerdo?

Él asintió. Si fuese una persona normal, haría lo imposible por conocer a Hela, una mujer atractiva e inteligente que le abría las puertas a una posible relación adulta. Pero, por desgracia, Antonio Anglés seguía siendo el mismo que saltó por la ventana de su piso en Catarroja cuatro años antes. Sus planes se habían torcido y lo más sensato hubiera sido olvidarse de Annick para siempre y centrarse en buscar otra víctima, pero sabía que sería inútil, que tenía que ser ella; llevaba demasiadas noches fantaseando con llevarse a esa niña y no descansaría hasta hacerlo realidad. Hela Moen solo era la llave para llegar hasta su hija.

49

Cuando Alba y la abuela Carmen llegan a la cocina, se encuentran a Indira sentada a la mesa, sobre la que hay un plato con una docena de churros bañados en azúcar, otro con tres enormes porras y una jarra de chocolate humeante.

—¿Y esto?

—Es el primer sábado que pasamos las tres juntas en Madrid, mamá —responde Indira disimulando su nerviosismo—. ¿Qué menos que celebrarlo desayunando chocolate con churros y una porra para cada una?

—¿Le quieres dar a Albita fritanga? —la abuela se sorprende.

—Por una vez no pasa nada. Además, he ido a una churrería de confianza. ¿Te apetece probar los churros, Alba?

—No lo sé —responde la niña, extrañada por no tener que desayunar su tazón de cereales con leche y su macedonia de frutas—. ¿Son como las perrunillas?

—Todavía mejores, ya lo verás.

Mientras desayunan, la abuela Carmen mira a su hija de manera inquisitiva, sin fiarse un pelo de sus intenciones ocultas, pero convencida del todo de que las tiene.

—Bueno, ¿qué? ¿Nos vas a decir qué pasa? —pregunta cuando han terminado de desayunar, las tres se han lavado los dientes e Indira ya ha recogido y desinfectado la cocina entera.

—Será mejor que nos sentemos.

—¿Tienes bacterias? —pregunta la niña, preocupada al ver que su madre tiembla de la cabeza a los pies.

—No, cariño. Es solo que tengo que contaros algo y no sé cómo os lo vais a tomar. —Indira coge aire, dispuesta a revelar su gran secreto, ya sin escapatoria—. Verás, Alba. Es que mamá te ha contado una mentira muy gorda, a ti y a la yaya, pero ahora ha llegado el momento de deciros la verdad.

—¿Qué mentira, Indira? —pregunta la abuela, temiéndose lo peor.

—Que no es verdad que decidiera quedarme embarazada yo sola, mamá —suelta de sopetón—. Alba tiene un padre, y ahora quiere conocerla. De hecho, hemos quedado con él dentro de media hora en el parque de abajo.

El inspector Moreno se siente ridículo cargando con un oso rosa de más de un metro de altura y otro tanto de diámetro. Las miradas de recochineo de las madres que pasan por su lado le identifican como un padre primerizo. Un par de hombres, solidarios, le sonríen mostrándole su apoyo.

—¿Qué narices haces con ese bicho, Iván?

Iván esperaba que llegasen de frente, pero Indira, Alba y la abuela Carmen han entrado por otra puerta y le sorprenden por la espalda. Él apenas se atreve a mirar a la niña y a la abuela, avergonzado.

—Le he traído un pequeño detalle a Alba.

—Pequeño, lo que se dice pequeño, no es.

—Un momento, hija —interviene la abuela Carmen con el ceño fruncido, protegiendo a su nieta con su cuerpo—. ¿Tú estás segura de que este es el padre de Alba?

—Claro que sí, mamá.

—Pues he de decirte que es un picaflor, porque también tiene un hijo negro. Le vimos aquí mismo con él el otro día.

—Eso fue un pequeño malentendido, señora —dice abochornado—. Lo cierto es que yo no tengo hijos. Sin contar a Alba, claro.

Iván por fin se atreve a mirar a la niña, que le observa con curiosidad.

—¿Tú eres mi papá?

—Sí, Alba —responde Indira—. Se llama Iván y es policía, como yo.

—Te he traído un oso... Espero que te guste.

La niña duda unos segundos, pero al fin esboza una gran sonrisa.

—Me encanta.

Alba abraza al oso e Iván respira aliviado, pero vuelve a tensarse cuando descubre que la abuela Carmen le mira con cara de pocos amigos.

—Siento lo del otro día, señora —se disculpa con sinceridad—. Quería ver a Alba y le conté una mentirijilla.

—Se ve que estáis hechos el uno para el otro —responde la abuela.

—No le regañes, que el pobre no tiene la culpa de nada, mamá —dice Indira, indulgente, para después dirigirse a Alba—. ¿Quieres que Iván te empuje en el columpio, Alba?

—Vale.

La niña corre hacia el columpio y su padre la sigue titubeante. Indira y la abuela Carmen, con el enorme oso entre ambas, se sientan en un banco a observarlos. Se nota a la legua que el inspector Moreno no ha tenido demasiado trato con niños, pero se esfuerza por hacerlo bien y Alba no se lo pone difícil.

—¿Es de fiar? —pregunta la abuela sin quitarle ojo a Iván.

—Es un buen hombre, de eso puedes estar segura.

—Entonces ¿por qué no me habías hablado de él?

—Es difícil de explicar. ¿Te acuerdas de aquel policía al que denuncié por poner pruebas falsas en la escena de un crimen?

—¿Cómo no me voy a acordar con el disgusto que nos diste a tu padre y a mí convirtiéndote en una chivata? ¿No me digas que es este tarambana?

—No, era su mejor amigo. Y por eso Iván y yo hemos tenido siempre una relación complicada, pero Alba no podría tener mejor padre que él... creo —añade insegura.

Indira y su madre vuelven a centrarse en Iván y en Alba, que en unos pocos minutos han empezado a afianzar su relación: ella le muestra una herida que se hizo en la rodilla y él una cicatriz que tiene en el costado producto de una cuchillada; ella le enseña una picadura de mosquito que tiene en el hombro y él las marcas que le dejó un gato en el brazo al entrar en la casa de un asesino; ella exhibe un diente mellado por un balonazo en el patio del colegio y él dice que eso sí que tuvo que dolerle.

–Casi no lloré..., papá.

Indira sonríe aliviada al ver lo bien que se llevan, pero también preocupada al comprender que no va a poder controlar el cariño que van a tenerse.

50

—Esto es una locura, Héctor —le dijo su abogado tres años después del accidente de esquí de su esposa—. No puedes seguir gastándote veinte mil euros mensuales solo en el cuidado de Elena o terminarás dilapidando toda tu fortuna.

—No pienso desatenderla, Fermín —respondió el arquitecto con firmeza.

—Nadie habla de eso, pero si sigues a este ritmo, en tres o cuatro años no te quedará nada que dejarle a vuestra hija.

Héctor Ríos había conseguido reanudar una vida social más o menos aceptable y tenía varios contratos para proyectar un par de urbanizaciones en diferentes puntos de España, pero los gastos en médicos, terapias y cuidados que su esposa necesitaba se habían disparado. Si seguía gastando tanto dinero, pronto empezaría a tener serios problemas de liquidez, y más aún después del fracaso de varias de sus inversiones. Desde que terminó la carrera y había empezado a trabajar, jamás pasó por estrecheces económicas, y solo entonces supo lo que era sufrir insomnio por no poder cuadrar bien las cuentas a final de mes. Decidió reducir gastos en casa, en ocio, en ropa y en lo que se le ocurriera, pero aun así necesitaba mucho más. La única solución para acabar con aquella desazón que no lograba quitarse de la cabeza era ganar con rapidez el dinero que le permitiese vivir tranquilo sabiendo que su mujer y su hija siempre estarían bien cuidadas y atendidas.

—¿Estás seguro de que quieres meterte en esto, Héctor?

Julio Pascual, director financiero de una empresa farmacéutica al que el arquitecto había construido un chalé hacía algunos años y con el que, desde entonces, mantenía una estrecha amistad, le miraba con seriedad desde detrás del escritorio de su lujoso despacho. Julio llevaba tiempo hablándole de un medicamento que iban a comercializar muy pronto y que, según decía, supondría una revolución en el tratamiento contra el alzhéimer. Aunque Héctor se fiaba al cien por cien de su amigo, quiso hacer sus averiguaciones por si había algo que se le escapase, pero tanto los médicos con los que habló como lo que pudo leer en revistas especializadas auguraban un futuro esplendoroso a la farmacéutica gracias al esperado lanzamiento.

—Llevas años hablándome de ese medicamento, Julio —respondió el arquitecto tranquilo—. ¿Ya no crees que multiplicará por veinte el valor de las acciones de la farmacéutica?

—Y por más.

—Entonces ¿cuál es el problema?

—Que ahora mismo hay demasiada gente queriendo invertir y estamos controlando bien quién queremos que lo haga.

—Para eso eres tú el jefe y yo un amigo de confianza, ¿no?

Julio sonrió a su amigo, empezando a ceder. Lo cierto era que tenía tal seguridad en el proyecto que había animado a sus hermanos y al resto de familiares cercanos para que creasen una sociedad y metiesen allí sus ahorros.

—Para que la dirección acepte un nuevo inversor a estas alturas tendrías que aportar una suma bastante elevada —dijo al fin.

—Estoy dispuesto a darte todo lo que tengo.

—Antes de seguir hablando, necesito que me cuentes por qué has decidido hacer esto, Héctor.

—Porque si en los próximos dos años no gano lo suficiente, tendré que ingresar a Elena en una clínica, y la única que me gusta tampoco podría pagarla toda la vida. Mi intención es que nunca tenga que salir de su casa. He calculado que, para costear un nuevo tratamiento del que me han hablado maravillas y los cuidados médicos durante las veinticuatro horas, necesito algo más de dos millones de euros.

—Para conseguir eso, tendrías que invertir al menos tres.

Héctor asintió, convencido de lo que había decidido hacer. El problema era que él ni de lejos podía disponer de aquella cantidad. Entre acciones, ahorros y la venta de varias propiedades conseguiría reunir más o menos la mitad, lo que le reportaría un beneficio insuficiente para lo que él necesitaba.

—¿En qué situación está ahora mismo el asunto?

—Hace unos meses superamos con éxito la fase III de ensayos clínicos y ya estamos en la fase de aprobación y registro. La Agencia Española de Medicamentos y Productos Sanitarios, adscrita al Ministerio de Sanidad, está a punto de aprobar su comercialización.

—¿Y eso cuándo se supone que será?

—Calculamos que dentro de entre tres y seis meses. Hemos seguido todas las fases escrupulosamente y no hay motivo para que se retrase más. En cuanto nos den el visto bueno, entra la producción y la distribución, y ahí será cuando empecemos a tener beneficios. Según nuestros estudios, eso se producirá dentro de doce meses.

Aunque Héctor quería hacerlo, no pudo evitar dudar unos instantes. Invertir en un mercado que no conocía no era algo que le hiciese demasiada gracia, pero él mejor que nadie sabía que aquellos pelotazos urbanísticos con los que algunos amasaron enormes fortunas ya quedaron atrás.

—Piénsatelo durante unos días y me cuentas, Héctor —le dijo Julio al percibir su vacilación.

—No tengo nada que pensar —respondió—. ¿Cuándo necesitarías que hiciese la inversión?

—En veinte días, un mes a lo sumo.

—Ve preparándolo todo.

51

A la agente Lucía Navarro no le gusta tener que buscar ayuda para solucionar este asunto, pero necesita que alguien jaquee en un tiempo récord el perfil social de Héctor Ríos y Marco es el mejor en lo suyo. Aunque todavía no ha cumplido diecinueve años, el chaval tiene tanta experiencia en el trato con la policía —su primera detención fue a los doce años por secuestrar la página web de una fábrica de chucherías y pedir como rescate cincuenta kilos de gominolas— que no se corta en liarse un porro mientras habla con la agente, sentado en el respaldo de un banco del parque. Su gorra ladeada, sus pantalones caídos y su camiseta de los Dallas Mavericks tres tallas más grande le hacen parecer un pandillero cualquiera, pero Lucía sabe que hay pocos que se le parezcan.

—A ver si me he enterado bien —dice el chico mirándola con superioridad—. ¿Quieres que me meta en una página y que borre la ficha de un pavo?

—Sí.

—¿Y por qué cojones me iba a arriesgar yo con algo así? ¿Tú sabes lo que me pagan por hacer esas cosas de manera legal?

—Pídeme lo que quieras.

Marco la mira de arriba abajo, con deseo. Lucía adivina sus intenciones y se adelanta a lo que pueda decir.

—Menos eso. Como se te ocurra decirlo, te rompo los huevos.

—Entonces no tienes nada que me interese.

Marco se levanta y se va a marchar, pero Lucía le sujeta del brazo con firmeza cuando pasa por su lado. Aunque no se siente orgullosa, piensa utilizar todo lo que tenga a mano para lograr que el chico cambie de opinión:

—¿Qué crees que dirían los hermanos del Chino si supieran que fuiste tú quien nos chivó dónde estaba escondido y por eso murió tiroteado, Marco?

Al chaval le cambia la cara y se zafa de su agarre para mirar a la policía con un profundo odio mezclado con un miedo aún más intenso.

—Eres una hija de la grandísima puta... —escupe conteniendo la voz, consciente de que, si alguien escuchase esa historia, su vida no valdría una mierda—. Tenía un acuerdo con vosotros.

—Lo sé, y no me gusta tener que romperlo, pero si no me ayudas, hago una llamada ahora mismo. No tardarán en venir a por ti ni cinco minutos.

Marco duda, entre la espada y la pared.

—Yo de ti no me lo pensaba mucho, Marco. Solo tienes que hacer lo que haces todos los días y nadie sabrá que eres un mierda que colabora con la poli y delata a sus amigos cada vez que se mete en problemas.

La habitación de Marco es como la de cualquier chico de su edad, pero sin una madre que le dé la murga para que la limpie, al menos, una vez por semana. Fue por eso por lo que se marchó de casa de sus padres nada más cumplir dieciocho años y alquiló un trastero de treinta metros cuadrados con un cuarto de baño construido de manera ilegal y una buena conexión wifi. Era todo cuanto necesitaba. Marco, todavía cagándose en voz baja en los muertos de la agente Navarro, se sienta frente a un teclado cubierto por una capa de ceniza. La policía mira una silla de *gamer* llena de ropa sucia.

—¿No pretenderás que te la limpie? —pregunta el chico.

—¿Qué menos?

—Si quieres sentarte, te la limpias tú… A ver, ¿en qué página está ese perfil?

—Citahoy.es

—Menuda mierda de nombre. Eso estará lleno de pajilleros. —Escribe en el buscador y entra en una página. Se sorprende al ver que se trata de una web elegante—. Coño, ¿quién lo iba a decir? ¿Aquí se conectan tías buenas?

—Necesito que entres en el perfil de Héctor Ríos González.

El perfil del arquitecto recibe con una foto muy favorecedora, pero auténtica y de no hace más de un par de años. Junto a ella, una breve descripción en la que no parece haber mentiras.

—Según esto, este tío lleva sin conectarse desde hace cuatro días —dice Marco.

—Quiero que entres en su ficha privada, que borres unos datos y que ahí siga apareciendo que lleva cuatro días sin conectarse.

—¿Tú sabes lo jodido que es conseguir todo eso, tía?

—Nada que tú no sepas hacer, estoy segura. Piensa en cuánto te conviene estar a buenas conmigo, Marco.

Él masculla un «zorra», se enciende la chusta de un porro que encuentra en un cenicero repleto de colillas y se centra en el trabajo. En apenas diez minutos trasteando con programas informáticos, consigue abrir el perfil personal de Héctor Ríos.

—Ya está… —dice orgulloso.

—No has dejado ningún rastro, ¿verdad?

—Rastro siempre queda, pero habría que saber lo que se busca para encontrarlo. A ver, que no tengo todo el puto día. ¿Qué datos quieres que borre?

—Métete en el historial de sus conversaciones privadas.

Marco lo hace y se sorprende al ver que la mayoría de ellas son con la propia Lucía Navarro.

—Quiero que lo borres todo de un año hasta hoy.

El chico sigue mirándola, sin reaccionar, intentando comprender por qué esa policía se está arriesgando tanto.

—¿No me has oído? Elimina cualquier rastro de esas conversaciones y no te pediré nada más. Eso sí, como le hables a alguien de esto, te juro por mi vida que la llamada que me permitirán hacer desde el calabozo no será a mi abogado.

52

Antonio Anglés vertió en la sopa de pescado casi medio frasco del potente calmante que solían dar a los renos machos en la época de celo para evitar que se matasen entre ellos y atacasen a las personas. Aunque esperaba que no acabase con la vida de Haakon, tampoco le importaba demasiado: ahora que había despertado del letargo en el que estaba sumido desde hacía cuatro años, sabía que tarde o temprano tendría que abandonar la apacible vida que había encontrado junto a él.

—¿Le has echado algo a la sopa? —preguntó Haakon tras probarla.

—¿A qué te refieres? —preguntó a su vez Anglés.

—Sabe diferente.

—Quizá me haya pasado con las especias. Yo la probaré después.

El anciano se encogió de hombros y se llevó una nueva cucharada a la boca. Antonio no sabía cuánto tardaría en hacer efecto la droga, ni siquiera si funcionaría, pero cuando todavía no había terminado de cenar, el viejo se desplomó sobre el plato. Lo arrastró hasta su habitación y lo tumbó sobre la cama sin molestarse en quitarle las botas. Se duchó, se puso su mejor ropa y condujo nervioso hasta Tingelstad.

Hela estaba preciosa, el sueño de cualquier hombre. Se subió en la furgoneta con una sonrisa en los labios, le besó en la mejilla y le dijo que condujese en dirección a Jaren. Una vez que llegaron al lago, le hizo desviarse por un camino de tierra.

—¿Adónde vamos? —preguntó Anglés intrigado.

—Ahora lo verás.

Tras conducir durante unos minutos bordeando la orilla del lago, llegaron a un conjunto de casas diseminadas en un frondoso y cuidado jardín.

—Aparca ahí mismo.

Anglés aparcó frente a una de las edificaciones. Antes de que pudiera preguntar qué era aquel lugar, un hombre de unos sesenta años vestido a la manera tradicional noruega salió a recibirlos.

—¡Hela! ¡Cuánto me alegro de verte!

—Yo también a ti, Ulmer —respondió Hela correspondiendo al cariñoso abrazo que le dio el hombre—. Quiero presentarte a mi amigo Carlos.

—Encantado, Carlos —dijo estrechándole la mano y hablándole en inglés, como le había presentado su amiga—. Será mejor que pasemos dentro. Aquí hace demasiado frío.

La pareja siguió a Ulmer hacia la casa, mientras él les explicaba que eran afortunados y que tenían todas las instalaciones para ellos solos. En cuanto entraron, Anglés percibió un inconfundible olor a aceites aromatizados. Bajaron por unas escaleras talladas en la piedra y, al atravesar una puerta de cristal, apareció frente a ellos una enorme piscina natural de forma irregular y agua cristalina. De diferentes agujeros que había en la roca caían cascadas que producían un intenso ruido, aunque extrañamente relajante.

—Disfrutad. Os espero dentro de una hora con la mesa puesta.

Ulmer se marchó y Antonio miró a Hela, confuso.

—¿Qué pretendes que hagamos aquí?

—¿Nunca has estado en un *spa*?

—No.

—Te encantará, ya lo verás. El agua se calienta de manera natural al pasar por unos conductos subterráneos y está a la temperatura corporal. En cuanto entres en la piscina, creerás que estás flotando en el espacio.

—Pero yo no he traído bañador.

—Estamos solos, ya has oído a Ulmer —dijo Hela guiñándole un ojo con complicidad—. ¿Quién necesita bañador?

Con total naturalidad, Hela se quedó desnuda frente a Anglés. Él la miraba vacilante, sintiendo cómo crecía su excitación. La madre de Annick tenía un cuerpo armonioso, con los pechos pequeños y firmes, el vientre liso y las piernas torneadas. No parecía ser la madre de una adolescente. Cuando se lanzó de cabeza al agua, pudo distinguir el tatuaje de un sol en una de sus nalgas.

—¿A qué esperas, Carlos? El agua está buenísima.

Antonio al fin se decidió y también se desnudó. Dejó su ropa junto a la de su cita y saltó al agua haciendo una bomba. Tal y como le había dicho Hela, la sensación de estar allí dentro era sorprendente. Ella se rio al ver cómo disfrutaba y se acercó para besarle. Después miró las cicatrices de sus brazos y las acarició con la yema de los dedos, sin hacer ninguna pregunta. Antonio intentó tener sexo allí mismo, pero Hela lo detuvo.

—Tranquilo. La noche es muy larga. Ahora vayamos a cenar y después habrá tiempo para todo lo demás.

Cuando llegaron al restaurante —situado en otra de las edificaciones—, la mesa ya estaba puesta. Mientras cenaban y charlaban sobre toda clase de temas, Antonio se sintió un hombre normal por primera vez en su vida. Por un momento, hasta se olvidó del verdadero interés que tenía en esa mujer.

—¿Quieres que vayamos a tomar algo a mi casa? —preguntó ella después de probar un trozo del pastel de chocolate que había pedido Antonio de postre.

—¿A tu hija le parecerá bien?

—Annick ya está avisada y no saldrá de su habitación.

Hela no se entretuvo en invitarle a beber; nada más entrar por la puerta, le llevó de la mano a su habitación y volvió a desnudarse frente a él. En esa ocasión, no frenó los avances de Antonio e hicieron el amor deprisa, como dos amantes que llevasen mucho tiempo deseándose, de una manera que a ella incluso le pareció demasiado tradicional. A las dos de la mañana, Anglés decidió que era hora de marcharse.

—¿Por qué no te quedas hasta mañana? —preguntó Hela acariciándole el pecho.

—Tengo que dar de comer a los animales a primera hora. Será mejor que me ponga en marcha.

—Calentaré café para que no te duermas de camino.

Hela le besó, se puso un camisón y fue a la cocina. Antonio terminó de vestirse y, al salir al pasillo, se detuvo delante de la habitación de Annick, en cuya puerta había clavada una señal de prohibido el paso. Pegó la oreja y no escuchó nada en el interior, así que decidió abrir con cuidado. La niña estaba dormida. Su madre, pensando en que esa noche tendría visita, había puesto demasiado alta la calefacción y a Annick le sobraba el edredón. La pierna, delgada y pálida, y la visión de las bragas de algodón blancas hicieron que Anglés la deseara aún con más desesperación. Entró con sigilo y quitó el pestillo de la ventana.

—No tenías que haberte molestado —le dijo Anglés a Hela cuando por fin llegó a la cocina.

—No es molestia, Carlos —respondió ella tendiéndole una taza de café—. No me lo perdonaría si te durmieses de regreso a Jevnaker.

Antonio se tomó el café y Hela le hizo prometer que se volverían a ver. No se separó de la puerta hasta que la furgoneta salió a la carretera.

A la mañana siguiente, a Hela le extrañó no encontrar a su hija desayunando cuando salió de la ducha. Por lo general, a esa hora, Annick ya estaba esperándola para que la llevase a clase.

—¡Annick! —gritó hacia el interior—. ¡Date prisa o llegarás tarde!

Pero no obtuvo respuesta y se preocupó, pensando que podría estar enferma. Fue a su habitación y encontró la cama vacía, con las sábanas revueltas.

—¡¿Annick, dónde estás?!

La buscó en los dos baños y en todas las habitaciones de la casa, incluida la leñera, donde sabía que de vez en cuando salía para fumar a escondidas. Al no encontrar rastro de su hija, volvió a su habitación, y su corazón se paró cuando vio cómo la cortina se movía ligeramente. Al descorrerla, descubrió que la ventana estaba abierta.

53

Indira encuentra el local igual que la última vez que estuvo allí, hace ya ocho años. El piano sigue en el mismo rincón, alumbrado por una lámpara de latón que le da un aire clandestino, y juraría que el pianista y la canción que toca también son los mismos de entonces.

—¿Indira?

Eva Rivero ha salido de la barra para comprobar que la presencia de su excuñada en su bar no es un espejismo. La hermana de Alejandro tiene cinco o seis años menos que ella y un estudiado aspecto desaliñado. Por su sonrisa, parece contenta de volver a ver a la policía.

—¿Cómo estás, Eva? —Indira le devuelve la sonrisa.

—Como siempre, ya lo ves. ¿Y tú? Qué alegría me da verte, de verdad.

—A mí también.

Eva no se atreve a un acercamiento físico, así que es Indira quien recorre los dos pasos que las separan para darle un rápido abrazo, sin recrearse demasiado. Son las pequeñas concesiones que sabe que tiene que hacer para vivir en sociedad.

—¿Nos sentamos? —propone Eva.

—No quiero entretenerte.

—Tranquila. Hasta dentro de un rato esto no se empezará a animar.

Las dos se sientan a una mesa y, mientras toman una copa, se ponen al día de los últimos años. Indira se disculpa por haber desaparecido de manera tan repentina, pero, aunque supo que la había llamado varias veces, asegura que no tenía fuerzas para hablar con nadie. Eva alucina cuando se entera de que Indira tiene una hija que ha dejado al cuidado de su madre tras un sábado muy intenso y Eva, por su parte, le habla de sus dos niños, uno de cinco y el otro de tres años, que están en casa con Iñaki, su novio de toda la vida.

—Me alegra saber que seguís juntos.

—Antes de que naciera el mayor estuvimos a punto de dejarlo, pero al final nos arreglamos y, si no nos matamos durante el confinamiento, lo más seguro es que sigamos juntos hasta que nos hagamos viejos.

—Es una suerte.

—Yo creía que mi hermano y tú también terminaríais volviendo. ¿Os habéis vuelto a ver?

—La verdad es que sí. El otro día dejamos algo a medias y he pensado que seguiría viniendo por aquí los sábados.

—Ahora solo aparece de vez en cuando, pero espera... Le mando un mensaje y está aquí en quince minutos.

Las dos se sonríen con complicidad y, en efecto, quince minutos después de que Eva le mande un mensaje en el que le dice que esta noche le conviene pasarse por el pub, Alejandro entra por la puerta. Sabía que su hermana le animaba a venir para encontrarse con alguna chica, pero no se imaginaba ni por asomo que se tratase de Indira. Una grata sorpresa, sin duda.

—¿Qué haces aquí, Indira? —pregunta sorprendido.

—Me apetecía invitarte a una copa. Siempre y cuando no hablemos de trabajo.

—Me parece bien.

El abogado se sienta en la silla que antes ocupaba su hermana y toman un par de copas hasta llegar al punto en que lo dejaron en el bar de los perritos calientes, justo antes de que Indira tuviese ese arrebato y le besase.

—No te imagino de madre —dice Alejandro divertido.

—Nunca he tenido el mismo instinto que tú, pero soy una madre cojonuda. Aunque reconozco que, para ciertas cosas, necesito ayuda. Por ejemplo, mañana tengo pensado llevar a Alba al zoo y, solo de pensar en lo que puedo encontrarme allí, me pongo enferma. Menos mal que está mi madre para controlar la situación.

—Doña Carmen siempre ha tenido mucho carácter. ¿Qué tal están ella y tu padre?

—Mi madre ha rejuvenecido desde que mi hija llegó a nuestras vidas. Mi padre murió durante la pandemia.

—Lo siento.

—Lo sé... Ya me ha dicho Eva que tus padres están bien, aunque conociendo a tu madre estará nerviosa por que todavía no les hayas dado un nieto.

—Estoy esperando a mi mujer ideal... —Alejandro la mira con intención y el efecto del alcohol hace que Indira no le aparte la mirada.

—¿Buscas algún tipo de mujer en concreto?

—Sigo buscando lo mismo que hace once años, cuando te interrogué durante aquel juicio y tú me abordaste a la salida de los juzgados para llamarme picapleitos con encefalograma plano.

Indira se ríe, pero su gesto enseguida se torna serio, consciente de que ha llegado la hora de mantener la conversación que ambos tienen pendiente desde que se reencontraron hace unos días.

—Estoy muy a gusto contigo, Alejandro, y creo que tú también conmigo. Pero antes de seguir adelante quiero que sepas que no sé cuánto voy a poder darte.

—Yo no te he pedido nada.

—Pero si esta noche terminase en tu casa, quizá mañana lo hagas. Y para mí ahora lo único importante es mi hija. No tengo otra prioridad y no voy a comprometer su felicidad o su equilibrio metiendo a un hombre en su vida. Y menos después de haberle presentado hoy a su padre.

—Creo que te estás embalando un poco, Indira.

—Intento evitar que haya malentendidos. Lo último que querría es volver a hacerte daño.

—Soy lo bastante mayorcito para saber lo que me conviene y lo que no. ¿Qué te parece si continuamos esta conversación en mi casa?

—Me parece perfecto.

Si algo le ha gustado siempre a Indira de Alejandro es que es un hombre limpio y ordenado, y los años y la soledad no han cambiado eso. A pesar de que se percibe desde que se atraviesa la puerta que la suya es la casa de un soltero —debido sobre todo a una decoración basada en impulsos y en recuerdos de viajes—, Indira agradece poder centrarse en él y no en lo que pueda haber a su alrededor. Sonríe con nostalgia al reconocer una lámina de un típico autobús londinense circulando por Piccadilly Circus.

—¿Recuerdas el viaje que hicimos a Londres? —pregunta Alejandro al darse cuenta de lo que mira.

—Me duché con calcetines toda la semana y la humedad me provocó unos hongos que estuve tratándome durante seis meses.

—A veces tantos escrúpulos son contraproducentes. ¿Qué quieres beber?

—Ya he bebido suficiente por hoy.

Los dos saben lo que hacen allí, así que no esperan más para acercarse y besarse. Es exactamente el mismo beso que se dieron la noche anterior a que Indira decidiera perseguir a un asesino por las alcantarillas y sus planes de vida se fueran a la mierda. A Alejandro le sigue haciendo mucha gracia que, aunque la excitación convierta la situación en apremiante, ella siempre encuentra tiempo para doblar su ropa y colocarla como es debido. Cuando está igualando los volantes de su blusa para dejarla sobre una silla del comedor, siente la mirada divertida de Alejandro.

—¿Qué?

—Que te echaba de menos, Indira.

54

—¿Cómo que no hay nada? —pregunta la subinspectora Ortega, contrariada.

—Al menos nada reciente —responde el oficial Jimeno frente al ordenador, después de que el juez les haya autorizado a entrar en el perfil del arquitecto—. El historial de Héctor Ríos indica que, aunque la última vez que se conectó fue hace cinco días, no ha chateado con nadie desde hace más de un año.

—Eso es imposible, joder. Según su secretaria, quedaba a menudo con una mujer a la que había conocido a través de esta página.

—Entonces es lógico que no haya hablado con nadie más —interviene la agente Navarro—. Lo normal cuando conoces a alguien que te interesa en internet es intercambiar los teléfonos, y así ya no tienes por qué contactar a través de la página. Se enamoraría y se quitó de la circulación.

—El problema es que ya hemos revisado su lista de llamadas del último mes y no hay ningún número que no tengamos controlado...

Cuando Héctor le dijo a Lucía que solo quería mantener contacto con ella a través de una aplicación de mensajería muy poco conocida, se sintió como una vulgar amante a la que pretendía ocultar y no le sentó nada bien, aunque por suerte jamás se lo comentó. Gracias a eso, por ahí jamás la podrán descubrir.

—Hay que encontrarla como sea —responde Ortega—. ¿Con quién dices que chateó por última vez, Jimeno?

—Con una tal Patricia1974 —responde consultando la pantalla—. En su perfil hay una dirección de correo...

—Yo no digo que fuese mala gente, ni muchísimo menos, pero un poco rarito sí que era, la verdad.

—¿Rarito en qué sentido?

Patricia Ibarra, la mujer que hay detrás del *nick* Patricia1974, es una diseñadora de moda de cuarenta y cinco años que no puede ocultar la incomodidad que le produce que la policía la llamase por teléfono y haya ido a interrogarla a su estudio. Ortega, Navarro y Jimeno aguardan una respuesta mientras Patricia va a cerrar la puerta de su despacho.

—Yo solo me vi tres veces con él. Las dos primeras quedamos a cenar y a tomar una copa y me pareció un hombre agradabilísimo y muy interesante.

—¿Y qué pasó la tercera? —pregunta el oficial Jimeno con curiosidad.

—Después de cenar, fuimos a un *loft* que tenía cerca de la Castellana y terminamos en la cama. Al principio la cosa iba muy bien, pero empezó a pedirme... cosas raras.

—¿Podría especificar un poquito más? —pregunta la subinspectora Ortega con la misma curiosidad que su compañero.

—Quería que... que le sometiese —responde apurada—. A mí a estas alturas me parece todo bien, y no les digo yo que no fuese hasta divertido, pero tuve la sensación de que ese hombre estaba sufriendo.

—Si quería que usted le sometiese, lo normal es que sufriera, ¿no? —dice la agente Navarro sin variar su gesto.

—Sí, pero yo vi que no lo estaba pasando bien y decidí marcharme. Me encantaría contarles algo que les sirviera de ayuda, pero no volví a saber nada más de Héctor hasta hoy.

Los tres policías salen a la calle frustrados por no haber encontrado a la mujer con la que al parecer se veía la víctima. La subinspectora Ortega recibe un mensaje en su móvil y lo lee. Al notar su cara de extrañeza, la agente Navarro se alerta.

—¿Pasa algo, María?

—Es un mensaje del forense. Quiere que me pase por el laboratorio para contarme algo de la autopsia de Héctor Ríos. Vosotros volved a la comisaría.

—¿No prefieres que te acompañemos? —pregunta su compañera, tensa.

—No, mejor id avanzando con los informes que después nos tiramos días con el papeleo.

A la agente Navarro no le gusta que su jefa actual la mantenga al margen de nada que tenga que ver con el caso, pero debe controlarse y acatar las órdenes si no quiere levantar sospechas.

La subinspectora María Ortega entra en el laboratorio del forense, intrigada por el mensaje que ha recibido minutos antes. No está cómoda en aquel lugar, no solo porque suele ser la última parada de la gente que ha dejado este mundo de manera traumática, sino porque ese techo plagado de tubos de neón que emiten una luz blanca tan resplandeciente la perturba, hace que se sienta desnuda, observada más allá de lo físico. No le ayuda a tranquilizarse que el forense rellene un informe sentado a una mesa tras la que hay enormes vitrinas llenas de frascos que bien podrían formar parte del atrezo de cualquier película de terror.

—Doctor —dice María a modo de saludo.

—Adelante, subinspectora Ortega. La estaba esperando.

—¿Qué era lo que quería enseñarme? —pregunta ella directa, pensando en largarse de allí cuanto antes.

El forense abre una de las vitrinas y busca algo en su interior. No lo encuentra y revisa todos los armarios y cajones que se va encontrando a su paso, maldiciendo en voz baja y preguntándose dónde diablos lo habrá metido. Después de unos minutos exasperantes para la subinspectora, da con lo que buscaba.

—Aquí está...

Le muestra un tubito transparente en el que hay un minúsculo fragmento de metal.

—¿Qué es eso?

—Recordarás que el asesino de Héctor Ríos extrajo el proyectil que se había alojado en su cráneo, ¿verdad?

—Así es.

—Pues resulta que se dejó un pequeño fragmento incrustado en el hueso. Ha estado a punto de pasárseme por alto, pero por suerte tengo una vista de lince.

—¿Y qué tiene de especial ese fragmento de bala?

—Por sí solo, no me diría mucho, pero este caso tiene unas características muy especiales. Desde el primer momento me llamó la atención que hubiesen dejado el escenario del crimen tan impoluto. Quien mató a ese hombre sabía muy bien qué hacer para no dejar pistas.

—Un sicario.

—En absoluto. Un sicario no se hubiera tomado tantas molestias. Yo me olía que era otro tipo de asesino, alguien muy preparado. El caso es que, analizando el fragmento de bala al microscopio, han encajado todas las piezas.

—Vaya al grano, por favor.

—Se trata de un calibre nueve milímetros Parabellum en el que he encontrado unas estrías helicoidales muy características. Ha sido un milagro que estuvieran, pero el caso es que están.

—Perdóneme, pero yo de balística sé lo que aprendí en la Academia de Ávila, o sea, bien poquito. ¿Características de qué?

—Yo apostaría por que lo mataron con una Heckler and Koch USP Compact.

La subinspectora Ortega tarda unos segundos en comprender qué está queriendo decirle el forense. Cuando al fin lo hace, abre los ojos impresionada.

55

Haakon se despertó con un terrible dolor de cabeza, sin recordar qué había pasado ni por qué estaba tumbado sobre su cama con las botas puestas y la misma ropa del día anterior. Hacía mucho tiempo que no se levantaba en ese estado, desde los días en que celebraba su aniversario de bodas con su esposa en un pequeño hotel que habían descubierto en el centro de Bergen. Se incorporó con esfuerzo y fue hasta la ventana agarrándose a los muebles. En el exterior, vio a quien él conocía como Carlos arreglando el cercado de los cerdos. Era la misma estampa que llevaba presenciando a diario los últimos cuatro años, pero esta vez, no sabía por qué, había algo distinto en su forma de mirarle.

—Al fin has despertado, Haakon —dijo Anglés sonriente cuando entró en casa y vio a su amigo tomando café en la cocina.

—¿Qué pasó anoche? —preguntó el anciano desconcertado.

—Que bebiste más Aquavit de la cuenta y caíste redondo. Tuve que llevarte en brazos hasta tu habitación.

—Yo no recuerdo haber bebido.

—Es lo malo que tiene ese licor que tanto os gusta aquí, que te hace perder hasta la memoria. Te terminaste la botella entera.

Señaló una botella vacía de licor que había junto a la pila y a Haakon no le quedó otra que creer en lo que decía, aunque algo no le terminaba de cuadrar. Siguió con mal cuerpo durante todo el día y se metió sin cenar en la cama apenas cayó la noche. A la mañana siguiente, vio en televisión la noticia de la desaparición de Annick Bjerke Moen.

—Pobre Hela —dijo el anciano horrorizado.

Anglés, a su lado, se limitó a asentir sin apartar la mirada de la televisión, en la que emitían imágenes del exterior de la casa donde había desaparecido la niña, de la habitación y de la ventana por donde al parecer se la habían llevado. Durante los siguientes días, nadie hablaba de otra cosa, y había teorías para todos los gustos: algunos estaban convencidos de que se trataba de una fuga voluntaria, otros de que era un secuestro para pedir un rescate a la familia millonaria del padre de la chica y algunos más temían que un depredador pudiese estar viviendo en la comunidad.

—¿Tú qué crees que le ha pasado a esa niña, Carlos?

El viejo no supo por qué le había hecho esa pregunta tan directa, pero, tras muchos días dándole vueltas a aquella extraña noche en la que había perdido el conocimiento, sintió que debía hacérsela. Aguardó su respuesta, estudiando sus reacciones. Anglés le devolvió una mirada fría.

—¿Cómo quieres que lo sepa, Haakon? Habrá conocido a un chico y los dos se han largado a ver mundo.

Según iban pasando las semanas, el misterio por la desaparición de Annick se agrandaba de la misma manera que la desconfianza entre Haakon y Antonio Anglés. Un día, al volver de visitar a su cuñado en Reinsvoll, el anciano decidió pasarse a ver a Hela para mostrarle su apoyo, pero al llegar al restaurante se quedó de piedra al encontrarla en el exterior abrazada a su ayudante. Se marchó sin desvelar su presencia, pero cada vez más convencido de que pasaba algo extraño. Aquella noche tuvo que contenerse para no preguntarle a Antonio por lo que había visto, pero no quería descubrir sus cartas. A la mañana siguiente, fue a hablar con Hela en persona.

—Aparecerá, ya lo verás —le dijo cariñoso—. Esto solo es una chiquillada y muy pronto volverá.

—Annick no es de esa clase de niñas, Haakon. —La desesperación había hecho mella en su cara y parecía tener diez años más que hacía unas semanas—. Además, tenía todos sus ahorros escondidos en su habitación y allí seguían al día siguiente de desaparecer. ¿Quién se marcha voluntariamente y no se lleva su dinero? Y eso sin contar con que tampoco cogió su documentación.

—No tiene mucho sentido, no.

—Lo único que quiero es que me la devuelvan pronto, por favor.

Hela se derrumbó y Haakon intentó consolarla con palabras vacías para una madre que había perdido a su única hija. Cuando logró serenarse, se sentaron a una mesa y el viejo abordó el verdadero asunto que le había llevado hasta allí.

—Tengo entendido que Carlos te está apoyando mucho?

—Pobre —respondió Hela bajando la mirada—. Lo nuestro podía haber llegado lejos, pero después de lo que está pasando no creo que quiera volver a verme.

—¿Cuándo empezasteis a veros?

—La misma noche que se llevaron a Annick. Estuvimos cenando en el *spa* de Jaren y después fuimos a mi casa. Creía que estabas enterado.

Haakon dudó sobre si hablarle de sus sospechas, pero decidió que, antes de acusar a un inocente, debía encontrar pruebas y se limitó a forzar una triste sonrisa.

—Sí, claro que sí. A mi edad me falla la memoria.

A algunos kilómetros de allí, un pastor alemán desenterraba un pie humano en un bosque de la localidad de Vassenden. En cuanto el dueño del perro vio el cadáver al que pertenecía, comprendió que se trataba de la niña a la que llevaban tanto tiempo buscando. Por el estado en el que se encontraba el cuerpo y las heridas que se apreciaban a simple vista, Annick pasó sus últimos minutos de vida en manos de un desalmado.

56

—Esta vez usarías un condón, espero... —El psicólogo mira a Indira alucinado por lo que acaba de contarle.

—Por supuesto. Antes de ir al pub de mi excuñada me pasé por la farmacia para comprar preservativos hipoalergénicos.

—O sea, que ya tenías planeado lo que iba a pasar.

—Tenía una ligera idea, no voy a mentirte... —Indira se agobia—. Lo malo es que ahora no tengo claro que no haya sido una cagada monumental.

—¿Por qué?

—Porque desde que salí de casa de Alejandro el sábado a las tres de la mañana no he podido quitarme de la cabeza a Iván.

—¿No decías que ya no querías nada con él?

—Eso decía, sí... —responde con la boca chica.

—Vamos que te gustan dos hombres a la vez y no sabes por cuál decidirte, ¿no?

—Más o menos. No es que tenga que tomar una decisión a vida o muerte, pero odio jugar con los sentimientos de nadie. ¿No hay alguna manera de saber en cuál de los dos debería centrarme?

—Esto no es algo matemático, Indira. Por desgracia para ti, ambos tendrán sus cosas buenas y sus cosas malas. Debes analizarlo y decidir por ti. A ver, descríbeme tu relación con cada uno de ellos.

—Con Alejandro tengo una confianza que jamás he tenido con nadie. Puedo ser yo misma sin avergonzarme y estar con él es como volver a casa; todo va como la seda. Con Iván, en cambio, discuto cada dos minutos y siempre tengo ganas de perderle de vista, pero...

—¿Pero?

—Pero me pone cachonda perdida, Adolfo —responde sin sutilezas—. Además, es el padre de Alba, y verle con ella el sábado ha hecho que me tire todo el fin de semana fantaseando con que todavía tenemos una oportunidad de formar una familia.

—¿Cómo se lo han tomado?

—De maravilla. Alba no deja de hablar de su papá, e Iván me ha sorprendido por lo cariñoso que ha sido con ella. Aunque la verdad, si yo tuviera que elegir a un padre ideal para mi hija, creo que Alejandro cumple más requisitos. O puede que no —corrige dubitativa—. Como pareja para mí ya sería otra cosa. Aunque tampoco está claro, porque tengo la sensación de que Iván es más de aquí te pillo, aquí te mato. Y con Alejandro es todo más sereno, más maduro. De hecho, el sábado me corrí dos veces, y cuando me quedé embarazada de Alba una, y de aquella manera. Pero reconozco que fue más excitante. De hecho, cuando tengo alguna fantasía, pienso en Iván. Claro que todavía no había visto a Alejandro. Igual la siguiente vez pienso en él..., o en los dos... Lo cierto es que en cuanto al sexo, tampoco sé con cuál me compenetro mejor.

—Tienes un lío de narices, Indira —dice el psicólogo, preocupado.

—Ya... En este momento sería más sencillo para mí chupar una barandilla que decidirme por alguno de los dos.

Indira lleva una hora observando trabajar al inspector Moreno a través del cristal de la sala de reuniones, el lugar que ha ocupado como despacho hasta que le habiliten uno. Sabe que es absurdo, pero no puede sacudirse de encima la sensación de haberle sido infiel. Intenta aclararse desde que salió de la consulta del psicólogo: con Alejandro pasó los mejores años de su vida, pero Iván le ha dado lo que le hace querer vivirla.

Una joven agente llega hasta Moreno con unos papeles en la mano y este, tras estudiarlos, sonríe para sí y va directo a la sala de reuniones.

—Hemos recibido una llamada de la OCN de Madrid con una posible coincidencia en Noruega —dice Moreno excitado.

—¿Cuál? —Indira intenta centrarse.

—Annick Bjerke Moen. —Le tiende los papeles—. Tenía catorce años cuando fue asesinada en un pueblo a unos ciento cincuenta kilómetros al norte de Oslo. Las torturas a las que fue sometida recuerdan a las de las niñas de Alcàsser. Algunas son idénticas. No creo que haya demasiados hijos de puta por el mundo con esas aficiones.

—Te sorprenderías... ¿Cuándo fue esto?

—A principios de verano de 1997, cuatro años después de que Anglés fuese visto por última vez a bordo de aquel barco.

La inspectora Ramos niega con la cabeza, contrariada. El inspector Moreno se da cuenta de que no está muy convencida y recupera los papeles.

—Ya sé que está cogido por los pelos, pero no puede ser una coincidencia, Indira. Fíjate —dice señalando uno de los datos del informe—. Ese cabrón la violó analmente con diferentes objetos e intentó matarla a pedradas antes de estrangularla. Lo mismo que hizo en el barranco de La Romana.

—Yo no digo que no pueda haber sido obra de Anglés, Iván, pero no nos sirve.

—¿Por qué no?

—Porque aunque pudiésemos demostrar su culpabilidad, algo que supondría meses de investigación, de los que no disponemos, estaríamos en las mismas. No tengo claro cómo serán las leyes en Noruega, pero lo normal es que un delito cometido en 1997 allí también haya prescrito hace años.

—Joder... —El inspector Moreno se desinfla al darse cuenta de que su compañera tiene razón.

—Tenemos que volver a hablar con Valeria Godoy para que nos diga dónde pudo haber ido al salir de Noruega —dice Indira.

—Ya me dijo que no tenía ni idea.

—Hay que apretarla más. Después de quince años con él, estoy segura de que tiene que haber nombrado otro lugar. Quizá le hablase de algún monumento que visitase o de alguna celebración a la que hubiese asistido. Necesitamos saber dónde estuvo Anglés a partir del año 2002.

—Volveré a visitarla... ¿vienes?

—No puedo. Tengo que quedarme arreglando el papeleo de mi reincorporación.

Iván asiente y se dispone a salir, pero antes:

—Iván... —El policía se gira—. Alba no deja de preguntarme cuándo va a volver a verte. Si tú no quieres seguir con...

—Claro que quiero —la interrumpe él—. Yo tampoco puedo dejar de pensar en ella. Pero esto es nuevo para mí y no sé con qué frecuencia debería verla.

—Si te apetece, esta tarde tengo pensado llevarla al parque, a eso de las seis.

—Allí estaré.

Indira le sonríe e Iván sale. A solas, Indira, traga saliva, todavía más agobiada de lo que estaba, consciente de que tanta cercanía con el padre de su hija solo puede traerle problemas.

57

Héctor Ríos había pedido a su abogado que reuniera el millón y medio de euros del que podía disponer gracias a la venta de un par de paquetes de acciones, de diferentes propiedades y de varias participaciones en diversos negocios, pero para conseguir el resto del dinero debía solicitar un crédito personal. Y, como ya imaginaba, eso tenía sus complicaciones.

—Comprenda que darle un millón y medio sin un aval es inviable, señor Ríos —le dijo el director de la sucursal.

—Llevo treinta años como cliente de este banco y jamás he dejado un descubierto ni un mísero recibo sin pagar —protestó el arquitecto.

—Lo sé, y créame que lo tenemos en cuenta, pero para darle tanto dinero necesitamos una seguridad, y más en los tiempos que corren. —Cogió unos documentos y los estudió—. Según consta en el registro, aún conserva en propiedad un *loft* en el paseo de la Habana valorado en quinientos mil euros y una vivienda en San Sebastián de los Reyes tasada en casi un millón. Si pusiera eso como aval, no habría ningún inconveniente.

—El *loft* es propiedad del despacho, por lo que no puedo disponer de él. Y la mitad de la vivienda pertenece a mi mujer.

—Solo necesitaría que le firme un poder notarial universal a su nombre...

Aquella misma noche, Héctor pasó una hora sentado en silencio en la habitación de Elena. Observaba a su mujer, que, ajena a lo que sucedía a su alrededor, se entretenía mirando un viejo álbum de fotos. Según los médicos, era muy difícil que recordase en qué momento o en qué circunstancias se habían tomado aquellas instantáneas, pero por su expresión de placidez parecían hacerla feliz. Aunque le costaba meterla en aquello, se convenció de que lo hacía por su bien; si él conseguía doblar su inversión, ni ella ni su hija Estrella tendrían ninguna necesidad económica nunca más. Se acercó a Elena y le quitó el álbum de las manos con suavidad.

—Tengo que hablar contigo, Elena.

Ella intentó recuperar las fotografías, pero Héctor las dejó sobre la mesilla.

—Enseguida te las devuelvo, tranquila. Ahora necesito que me hagas caso. Es muy importante que te centres en lo que voy a decirte.

Elena le miró y sonrió, como si de verdad tuviese la capacidad de decidir sobre lo que le iba a pedir su marido. Héctor puso unos documentos frente a ella y le tendió un bolígrafo.

—¿Recuerdas cómo hacías tu firma?

—Sí.

—Necesito que firmes estos papeles. Me estás dando permiso para que ponga como aval en un negocio tu parte de la casa. ¿Entiendes lo que digo?

Elena cogió el bolígrafo sin responder y, muy concentrada, procedió a estampar su firma donde le señalaba su marido. Al ver aquellos trazos infantiles, se arrepintió de no haberlo hecho él mismo, pero saber que no la engañaba era algo que le tranquilizaba.

—¿Lo he hecho bien?

—Lo has hecho genial, cariño.

A la mañana siguiente fue a llevar los documentos al banco y, una semana después, formalizaba la inversión en la farmacéutica en la que trabajaba su amigo Julio Pascual. Si todo iba como esperaba, más o menos en un año habría ganado el suficiente dinero para que su esposa y su hija estuviesen siempre bien atendidas.

En cuanto a su vida privada, Héctor siguió quedando con mujeres que conocía a través de internet, pero ninguna de ellas lograba llenarle por completo. No le bastaba con alguien a quien le gustasen las mismas prácticas que a él —eso era fácil de conseguir si sabía en qué páginas buscar—, sino que necesitaba una comprensión y una complicidad muy difíciles de encontrar, y más aún a través de la pantalla de un ordenador. Empezaba a resignarse a no dar con nadie adecuado, hasta que una noche vio el perfil de una joven llamada Lucía Navarro. Aunque le sacaba casi treinta años y no tenía demasiadas esperanzas puestas en que ella le hiciese caso, tras algo de insistencia accedió a cenar con él. Aquella primera cita le sirvió para confirmar que esa chica era especial, y, aunque todo se fue al traste cuando decidió ser sincero y hablarle de Elena y de Estrella, consiguió volver a verla y empezó a pensar que se había enamorado por segunda vez en su vida.

58

Cuando Haakon volvió a la granja, muy disgustado por la noticia que había escuchado en la radio sobre el hallazgo del cadáver de Annick, encontró una nota de Antonio Anglés encima de la mesa del comedor: «He salido a hacer unos recados. Volveré por la noche». El anciano decidió aprovechar su oportunidad y fue directo al cuarto de invitados. En el tiempo que llevaba viviendo con Antonio, jamás se le había ocurrido entrar allí sin permiso, pero necesitaba encontrar las pruebas que confirmasen sus sospechas.

La habitación de Anglés era la misma en la que le había alojado después de atropellarlo hacía ya cuatro años, incluso conservaba en la pared la cabeza disecada de reno. Aparte de la cama, había una cómoda, una estantería llena de los libros que había leído en todo ese tiempo, un armario de madera y una mesa sobre la que tenía un pequeño televisor y un equipo de música. Haakon no sabía lo que buscaba, pero estaba seguro de que allí estaba la confirmación de sus temores. Abrió con cuidado los cajones de la cómoda y no vio más que cintas de música, los cuadernos en los que Antonio apuntaba los pedidos que servían, algunas fotos que se había hecho junto a Haakon trabajando en la granja, objetos cotidianos que cualquier persona acumula sin sentido y ropa interior. Nada que llamase la atención. Después revisó de manera concienzuda la estantería y, salvo algunos ma-pas de diferentes países con anotaciones al margen en español, no encontró nada fuera de lo común. Dentro del armario había ropa, edredones para lo más crudo del invierno y calzado. El anciano se sentó frustrado en la cama y escuchó crepitar algo de plástico. Levantó el colchón y encontró una bolsa llena de periódicos españoles. Eran de ese mismo año y, por la etiqueta que tenían pegada, habían sido enviados a un apartado de correos; el primero estaba fechado en mayo de 1997 y el último solo unos días antes. Haakon no entendía lo que ponía, pero en las portadas de todos ellos se repetía una misma palabra: «Alcàsser».

Observando las fotografías que acompañaban a los reportajes entendió que se trataba de un juicio. En una de ellas se veía a un chico entrando esposado en un juzgado, escoltado por dos guardias civiles. En el pie de la foto, entre otras palabras que no entendía, se leía el nombre que aparecía en los titulares de las noticias: Miguel Ricart. Otro nombre que pudo diferenciar era el de Antonio Anglés, pero no fue hasta que vio su ficha policial —junto a la del chico que estaba siendo juzgado y las fotos de tres niñas— cuando lo comprendió todo. Por mucho tiempo que hubiera pasado, aunque se hubiese cambiado el color de pelo y arrancado los tatuajes de los brazos, identificó al hombre que salía en el periódico como a Carlos, el chico al que tenía por su propio hijo.

—¿Qué estás haciendo, Haakon?

El anciano levantó la vista y vio a Antonio Anglés mirándole desde la puerta con una expresión poco amistosa.

—¿Qué significa esto, Carlos? —preguntó el viejo mostrándole los periódicos—. ¿O debería llamarte Antonio?

Antonio sonrió. Después de tanto tiempo escondiéndose como una rata, por fin podía dejar de disimular. Y eso era algo que le aliviaba.

—Veo que has descubierto mi pequeño secreto.

—¿Qué ocurrió con estas niñas? —preguntó mostrándole las fotos de Miriam, de Toñi y de Desirée.

—No creo que haya que ser muy listo para adivinarlo, Haakon...

—Las mataste, ¿verdad? Igual que has matado a Annick.

—Annick se ha fugado con su novio, ¿no lo recuerdas?

—Acaban de decir en la radio que han encontrado su cuerpo en Vassenden.

Desde que asesinó a la hija de Hela y la enterró junto a la carretera, Antonio tenía claro que el cadáver aparecería, pero esperaba que pasasen unos meses y que no tuviese que volver a huir de forma precipitada. Sin embargo, había sido previsor y, al día siguiente del crimen, acudió a los bajos fondos de Oslo para contactar con un falsificador al que le encargó documentación a nombre de un ciudadano portugués llamado João Mendes. Y la fortuna volvía a aliarse con él, ya que aquella misma tarde había ido a recogerla.

—Vaya —contestó Anglés—. La próxima vez tendré que enterrarlas mejor.

—Hijo de puta. Lo hiciste la noche que me drogaste, ¿verdad?

—No me apetecía que me hicieras preguntas, Haakon. A veces te pones muy pesado.

—Llamaré a la policía.

Cuando el anciano fue a alcanzar la puerta, Antonio le hundió en el estómago el cuchillo con el que sacrificaba a los cerdos y que llevaba escondido a la espalda. Era la primera vez en su vida que mataba a alguien que no fuera una niña indefensa. No era lo mismo, pero también lo disfrutó.

—Siento que nuestra historia vaya a terminar así, Haakon. Aunque no lo creas, te estoy muy agradecido por darme cobijo y por todo lo que me has enseñado durante estos años. De no ser por ti, no lo habría conseguido.

—Te cogerán.

—Puede que sí, pero no será gracias a ti.

Antonio rajó el vientre de Haakon de lado a lado, saboreando cada centímetro que el cuchillo se abría paso en la carne, hasta que las tripas del viejo cayeron a sus pies. Le costaba sentir aprecio por alguien, pero Haakon se lo había ganado y pensó en enterrarlo, aunque se dio cuenta de que tardaría demasiado y optó por desmembrarlo y dárselo de comer a los cerdos. Cogió el dinero que sabía que guardaba en su habitación, así como el Rolex de oro que le había regalado su esposa al celebrar las bodas de plata, y eliminó todo lo que podía delatar su presencia en aquel lugar, incluidas sus huellas. Con los bolsillos llenos y con su nueva identidad, robó el coche de Haakon y lo dejó abandonado a las afueras de Oslo.

Al igual que había hecho años antes en Lisboa, nada más llegar a la ciudad se dirigió al puerto. Volvía a ver entrar y salir decenas de barcos, tanto de pasajeros como de mercancías, pero ahora su situación había cambiado. Sabía lo que tenía que hacer y disponía de los medios para llevarlo a cabo. Estaba a punto de empezar una nueva vida, la tercera con apenas treinta y un años.

59

–No me lo puedo creer...

Indira abre la boca, alucinada, cuando ve llegar a Iván al parque infantil llevando un cachorrito sujeto con una correa. Es un perro mestizo atigrado de unos dos meses con una oreja tiesa y la otra caída, una cresta de un blanco nuclear y la boca torcida. Un cuadro. La policía va a su encuentro con paso firme antes de que Alba, que juega distraída encaramada al barco pirata, se percate de su llegada.

–¿Qué es esto, Iván?

–Un perro.

–No sé qué se te habrá pasado por la cabeza, pero ni a Alba, ni a mi madre, ni mucho menos a mí, nos gustan los perros.

–A mí Alba me contó el otro día que su sueño era tener un perrito.

–¡Es una niña, joder! Hoy quiere un perrito, mañana un leoncito y dentro de dos días una jirafa. Ya puedes llevártelo porque no pienso meterlo en mi casa.

–No es para tu casa, sino para la mía. Hacía tiempo que estaba pensando en adoptar y, mira, ha llegado el momento de pasarme por la perrera.

–¿Encima lo has sacado de una perrera? A saber cuántas enfermedades tendrá.

–Con lo lista que eres para algunas cosas, no me explico cómo puedes ser tan ignorante para otras, Indira. Los perros que dan en adopción están lavados, vacunados y desparasitados.

—Me da igual. Llévatelo antes de que Alba lo vea y...

—¡Papá!

Alba corre hacia su padre y se queda pasmada al ver el perro.

—¿De quién es este perrito?

—Tuyo y mío, de los dos. Se quedará en mi casa y podrás visitarlo siempre que quieras, ¿te parece bien?

—¡Sí! —responde feliz—. ¿Cómo se llama?

—Todavía no le he puesto nombre. ¿Qué te parece si le llamamos... Gremlin?

—Vale... ¿Puedo acariciarlo?

—Eso tendrás que preguntárselo a tu madre.

La niña mira a su madre, suplicante. Indira asesina a Iván con la mirada y, sabiendo que negárselo supondría un conflicto con su hija que no se resolvería hasta que Alba cumpliese quince años, cede de mala gana.

—Está bien, pero ni se te ocurra llevarte despúes las manos a la boca, Alba. Este chucho es una bacteria andante.

—¿Por qué no lo llevas a pasear, Alba?

Iván le tiende la correa y la niña corre con el perrito hacia unos árboles, más feliz de lo que jamás había estado en su vida. Aunque intenta mostrar todo su enfado con Iván, a Indira le enternece ver a su hija jugar con el cachorrito y presentárselo al resto de niños que se acercan a conocerlo.

—Si pretendes comprar su cariño dándole caprichos, lo llevas crudo. Te utilizará como a una tarjeta de crédito, y esa no es forma de educarla.

—Responsabilizarse de un perro es la mejor manera de educar a una niña, Indira. Es meterle valores en vena.

—Ahora resulta que eres la Supernanny. Hay que joderse.

El amago de discusión lo interrumpe la llegada de la subinspectora María Ortega. Por el gesto que trae, no parece ser portadora de buenas noticias.

—Menos mal que os encuentro...

—¿Qué haces aquí, María? —Indira se sorprende al verla allí.

—He ido a tu casa a buscarte y tu madre me ha dicho que estabais aquí.

—¿Ha pasado algo? —pregunta Moreno con cautela.

—Me temo que sí. Acaba de llamarme el forense para decirme que había encontrado algo en el cadáver de Héctor Ríos, el arquitecto que apareció ejecutado en un *loft* del paseo de la Habana.

—¿El qué?

—Una esquirla de metal alojada en la base del cráneo. Su asesino se preocupó de revolverle los sesos para recuperar la bala, pero se dejó un fragmento. Y resulta que, según el tipo de estrías que han quedado, cree que lo mataron con una Heckler and Koch USP Compact.

—¿La pistola de un policía? —pregunta la inspectora Ramos comprendiendo la gravedad del asunto.

—Eso parece. Ya sé que estáis muy liados con lo de Anglés, pero no sabía qué hacer con esta información.

—Has hecho bien en decírnoslo, María —responde el inspector Moreno—. ¿Lo has comentado con alguien?

—Todavía no.

—De momento debe quedar entre nosotros tres. Hay que llevar esta investigación con muchísima discreción hasta que sepamos de quién se trata y de si en verdad es un poli.

Indira mira a Iván con censura. Él se da cuenta.

—¿Pasa algo?

—Ya sabes lo que pienso de los policías que cometen delitos, Iván. Sea quien sea, no pienso mirar para otro lado.

—Nadie te ha pedido tal cosa, Indira. Y ya, ya sé que tú eso del compañerismo te lo pasas por el forro.

El regreso de Alba con el perrito interrumpe la tensión.

—¡Tía María! —dice la niña a modo de saludo, muy sonriente—. ¿Has visto mi perrito? Se llama Gemlin...

—Qué gracioso es, Alba. ¿No me vas a dar un beso?

La subinspectora Ortega se agacha para recibir el beso y para acariciar al cachorro. Arriba, Indira e Iván se miden con la mirada.

—No me has comentado nada de tu visita a Valeria —dice Indira intentando suavizar la situación.

—Canadá.

—¿Canadá?

—Recuerda que —responde asintiendo—, en cierta ocasión, Anglés le contó que había estado en las cataratas del Niágara...

60

–¿Negocios o placer?

Antonio Anglés miró de arriba abajo a la chica que había salido a fumar a la proa del Odyssey, un barco que nada tenía que ver con el City of Plymouth que le había llevado en 1993 desde Lisboa hasta Dublín. Este era un crucero con capacidad para trescientos pasajeros y ciento sesenta metros de eslora, más o menos los mismos que tripulantes. Nadie le puso problemas cuando compró en efectivo un pasaje a nombre de João Mendes; en aquel tiempo, cuando aún no se utilizaban los pasaportes biométricos, no era fácil distinguir uno auténtico de otro bien falsificado. En cuanto a la chica, Anglés ya se había fijado en ella la noche anterior, durante la tradicional cena de gala con el capitán. De unos veinticinco años, era alta, guapa y rubia, como la mayoría de nórdicas que había conocido. Lo que le descolocó es que también fuese simpática.

–Ambas cosas –respondió al fin–. ¿Y tú? ¿Para qué vas a Quebec?

–En realidad, no voy a Quebec, sino a Toronto, pero el barco no llega hasta allí.

–Los aviones sí.

–Me da miedo volar. ¿Tú por qué viajas en barco?

–Por lo mismo que tú.

La chica le sonrió y Antonio volvió a sentirse una persona normal. Le contó que viajaba a Canadá porque quería exportar carne de reno desde Noruega. Y ella, que aseguró llamarse Assa, dijo que acababa de terminar la carrera de Derecho y pensaba pasar un año en América perfeccionando su inglés. Aquella misma noche cenaron juntos en el restaurante asiático, jugaron a la ruleta en el casino de a bordo y bailaron en la discoteca hasta las cinco de la madrugada, cuando fueron al camarote de Anglés. No salieron de allí hasta las doce de la mañana del día siguiente.

Durante los diez días que duró el trayecto, Antonio y Assa no se separaron ni un solo minuto. Estaban tan a gusto juntos que él se enamoró perdidamente, tanto que, cuando el barco estaba atracando en el puerto de Quebec, le propuso que vivieran juntos en Toronto. Assa le acarició la cara con ternura.

—Eso no puede ser, João.

—¿Por qué no?

—Porque en Toronto viviré con mi novio.

Antonio Anglés sintió un dolor como nunca antes había experimentado. Ella le despidió con un beso en la mejilla, le dijo que se lo había pasado genial y se marchó a buscar las maletas para reunirse con su novio, que había ido a recogerla. Cuando los vio besarse y abrazarse como si él no existiera, se sintió utilizado y su dolor dio paso a la ira. Aunque seguir escapando de su pasado era su principal objetivo, su prioridad pasó a ser vengarse de la manera más cruel posible de quien tanto daño le había hecho.

IV

61

Aurelio Parra al principio confundía los días de la semana y algunos nombres y se olvidaba de dónde había dejado las gafas, el reloj o el mando a distancia del televisor. Pero teniendo en cuenta que se había jubilado hacía casi una década, nadie le dio demasiada importancia. Todos pensaban que eran solo los despistes del abuelo. La primera vez que su familia se dio cuenta de que algo no marchaba bien fue cuando a Aurelio se le olvidó que era el cumpleaños de su nieto; peor aún, cuando, durante unos minutos, se olvidó hasta de que tenía un nieto. El diagnóstico fue alzhéimer, demoledor para toda la familia, pero en especial para él, un hombre que físicamente estaba hecho un toro y mentalmente —salvo por aquellos lapsus cada vez eran más frecuentes— estaba bastante centrado. Visitó a los mejores especialistas y, con la medicación que le recetaron, logró ralentizar algo el avance de la enfermedad, pero lo cierto es que las rachas malas empezaban a superar a las buenas.

—Algo tiene que haber, Jesús —le dijo a un amigo suyo médico con el que quedaba a jugar al dominó varias tardes por semana—. Ya ni siquiera me entero de la partida, joder. ¿Te crees que no me doy cuenta de cómo os miráis cuando tardo en decidir qué jugada hacer?

—A nosotros no nos importa, Aurelio.

—Pero a mí sí. Me dijiste que ibas a preguntar por algún tratamiento nuevo. ¿Lo has hecho?

—Claro que lo he hecho... Y, aunque todo lo que hay es muy prometedor, está en fase clínica II.

—¿Eso qué significa?

—Que están empezando a probar los medicamentos en humanos, pero todavía quedan varias fases hasta que puedan comercializarlo. Y eso podría tardar años.

—Quiero que lo prueben conmigo.

—¿Te has vuelto loco?

—Loco estaría si no intentase algo antes de que no sepa ni limpiarme el culo solo. ¿Me vas a ayudar o no?

Por medio de un compañero del hospital en el que había trabajado toda su vida, el amigo de Aurelio le puso en contacto con la farmacéutica que llevaba a cabo los ensayos clínicos de un medicamento contra el alzhéimer que estaba llamado a cambiar el desarrollo de la enfermedad. Después de pasar las pruebas, lo seleccionaron como voluntario para la fase clínica III, que empezaría unas semanas después. En cuanto se tomó la primera pastilla, Aurelio notó los efectos. Le advirtieron de que al principio sentiría una mejoría muy rápida para después estabilizarse e iniciar una evolución mucho más lenta, pero cada semana los avances en él eran evidentes, tanto que al terminar la fase III había recuperado casi por completo la memoria, y, cuando se empezó a comercializar el medicamento, no había rastro de la enfermedad que tres años antes había empezado a envolverle en tinieblas.

—¿Te vas a apuntar a jugar al golf a estas alturas, papá? —le preguntó divertida su hija cuando vio que curioseaba en la sección de deportes de unos grandes almacenes.

—¿Por qué no? Estoy harto de perder las tardes en el bar de Paco. Y esto del golf por lo visto se puede jugar mientras te tengas en pie.

Aurelio empezó a dar clases y se le daba mejor de lo esperado, pero una tarde, cuando aprendía a sacar la bola del búnker, notó algo extraño. Sus temores se confirmaron al ver la cara de susto de su profesor.

—¿Qué le pasa, Aurelio?

El viejo intentó responder, pero los espasmos musculares eran tan fuertes que le trasladaron con urgencia al mismo hospital donde todo empezó. Los análisis revelaron que tenía disparados los niveles de serotonina en sangre, y que sufría un síndrome serotoninérgico causado sin lugar a dudas por las pastillas que tomaba contra una enfermedad que ya todos pensaban que había dejado de ser degenerativa, pero que acabó con su vida en solo un par de horas. Aurelio Parra fue el primero de las decenas de ancianos que morirían por culpa de un medicamento que, aunque les devolvió la esperanza y la ilusión, había terminado matándolos.

62

El comisario habla por teléfono en su despacho en presencia del inspector Moreno, que lee el *Marca* en su teléfono sentado frente al escritorio. Indira llega corriendo por el pasillo y entra, muy apurada.

—Siento llegar tarde.

El comisario la amonesta con un gesto y se aleja para seguir hablando. Moreno retira su chaqueta de una silla para que la pueda ocupar su compañera. Esta se sienta, no sin antes demostrarle con una mirada toda su animadversión.

—¿Por qué me miras así? —pregunta Moreno.

—¿Tú sabes cuántas veces en mi vida he llegado yo tarde a una reunión de trabajo, Iván? Una. Hoy. Y todo por tu culpa.

—¿Y eso por qué?

—Porque Alba me ha montado un pollo en la puerta del colegio por tu puñetera idea del perrito de las narices. Han tenido que parar hasta el tráfico. Si no nos han multado es porque he sacado la placa.

Moreno ahoga una risa, lo que indigna aún más a Indira.

—¿Te parece gracioso?

—Mucho, la verdad. Sobre todo saber que has mandado a la mierda esa honestidad y esa rectitud tan enfermiza de la que haces gala para evitar una multa valiéndote de tu condición de policía.

En treinta segundos, Iván ha conseguido que Indira ya tenga ganas de mandarle a hacer puñetas.

—Llevas dos días como padre y ya haces lo mismo que muchos separados, que se creen que educar a una niña es darle caprichos.

—Se te está yendo la pelota, como siempre. Ya te dije ayer que lo del perro no es para comprarla, sino porque me apetecía a mí. De todas maneras, ¿a ti qué te importa que yo tenga o no un perro?

—Me importa, porque Alba ahora solo habla de ese chucho. Esta mañana me ha dicho que soy una mala madre por no dejar que lo lleves a casa y se ha escapado corriendo por mitad de la carretera. No la han atropellado de milagro.

—Hablaré con ella —dice comprendiendo la gravedad de la situación.

—Muy amable por tu parte. Pero, por favor, cuando vayas, no lo hagas subido en un poni, ¿vale?

El comisario finaliza su conversación y va a sentarse frente a los dos policías. Mira a la inspectora Ramos con curiosidad.

—Hace unos días te presentaste en mi despacho borracha como una cuba, hoy vienes tarde... Estás irreconocible, inspectora. ¿Va todo bien?

—De maravilla, comisario. He tenido una pequeña desavenencia con mi hija que ya está solucionada —responde y aborda el asunto por el que se les ha citado—. ¿Le ha puesto al tanto el inspector Moreno sobre el fragmento de bala encontrado en el cráneo de Héctor Ríos?

—¿Estamos seguros de que fue disparada por un policía? —pregunta a su vez el comisario tras asentir.

—No al cien por cien, pero el hecho de que fuese disparada por un arma utilizada habitualmente por la Policía Nacional, sumado al estado en que los de la científica encontraron el apartamento de la víctima, apunta en esa dirección.

—A estas alturas, todo el mundo sabe eliminar sus huellas de la escena de un crimen.

—No con ese grado de profesionalidad, jefe —interviene Moreno—. Según el informe, había limpiado a conciencia justo en los lugares donde sabía que buscaríamos. Siguió el protocolo al pie de la letra.

—Lo único que nos faltaba es tener un asesino en el cuerpo —dice el comisario—. Supongo que no hay ninguna pista sobre quién puede ser, ¿verdad?

—De momento, no hay nada —responde Indira—. La subinspectora Ortega, el oficial Jimeno y la agente Navarro están a cargo de la investigación.

—¿Están preparados para algo así?

—Yo llevo varios años sin trabajar con ellos, pero antes de irme ya eran los mejores policías que pude encontrar. El inspector Moreno podrá informarle mejor.

—Yo pongo la mano en el fuego por cada uno de los tres —dice Moreno—. Y juntos forman un equipo cojonudo.

—Está bien, dejemos que demuestren si son tan válidos como decís —resuelve el comisario—. Pero quiero que los dos estéis encima de la investigación, ¿de acuerdo?

Ambos asienten.

—¿Y en cuanto a Anglés?

—Creemos que de Noruega fue directo a Canadá —responde el inspector Moreno—. Su mujer recuerda haberle escuchado hablar sobre una visita que hizo a las cataratas del Niágara.

—Pues ya sabéis lo que tenéis que hacer. Poneos en contacto con la Interpol y a ver si tienen allí algún caso abierto parecido al de Alcàsser.

—Será como buscar una aguja en un pajar —dice la inspectora.

—Esto fue idea tuya, Indira —contesta el comisario—. ¿Ya no piensas que podamos atrapar a ese hijo de puta por un crimen posterior al de 1992?

—Claro que sí. El problema es que reabrir casos tan antiguos supondrá meses de gestiones y comprobaciones, y apenas tenemos unos pocos días antes de que el juez tenga que poner a Anglés en la calle.

—Si se te ocurre alguna idea mejor, soy todo oídos.

Ella niega con la cabeza, resignada.

—Entonces no perdáis el tiempo. Mantenedme informado.

El comisario coge su teléfono y hace otra llamada, dando por terminada la reunión. Los dos policías salen dispuestos a ponerse manos a la obra, aunque no saben ni por dónde empezar. Lo único que tienen claro es que en los próximos días tendrán que pasar muchas horas juntos. Y eso es muy peligroso.

63

Antonio Anglés vigiló durante varias semanas a Assa y a su novio, un ingeniero canadiense llamado Logan al que odiaba por arrebatarle a la única mujer por la que había sentido algo, incluidas su madre y su hermana Kelly. En el mismo momento en que confirmó que su historia solo había durado el trayecto desde Oslo hasta Quebec, ese amor se había transformado en desprecio y en ansias de venganza. El inglés aprendido durante los cuatro años que vivió junto a Haakon le permitió desenvolverse con soltura y lograr pasar desapercibido en Toronto, una ciudad que históricamente acoge a personas de todas las partes del mundo, un buen lugar en el que perderse. Tenía planeado entrar una noche en la casa de la pareja y quitarle la vida a Logan frente a Assa para después ocuparse de ella como se merecía, pero vivían en un edificio de apartamentos en el que era muy difícil entrar sin ser visto, y eso sin contar con que las paredes eran demasiado finas para silenciar los gritos y las súplicas que Antonio esperaba escuchar.

Se sentó de espaldas a la pareja en un restaurante del mercado Kensington y, aparte de odiarlos aún más por lo enamorados que demostraban estar, les escuchó decir que al día siguiente visitarían las cataratas del Niágara. Alquiló un coche y los siguió los ciento treinta kilómetros que separaban la ciudad del famoso monumento natural, deseando poder despeñarlos desde lo alto de la cascada. Una vez allí, se dio cuenta de que sería imposible acercarse a ellos con tantos turistas como había a su alrededor y se planteó regresar a Toronto y esperar una mejor ocasión, pero algo le hizo seguirlos hasta un pequeño hotel en el que iban a alojarse el fin de semana. Se quedó esperando dentro del coche y le hervía la sangre al imaginar cómo hacían el amor detrás de aquellas cortinas de hotel de carretera. Pasada la medianoche, su paciencia tuvo recompensa y vio a Logan salir de la habitación para comprar algo de comer en una máquina que había en el lateral del edificio. Se bajó del coche y se acercó a él por la espalda. Cuando estaba a punto de atacarle, el canadiense se dio la vuelta.

—Perdona, ¿tienes cambio? —preguntó Anglés mostrándole un billete de diez dólares canadienses.

—Deja que mire...

Logan volvió a darle la espalda, buscando la luz de una solitaria farola para mirar dentro de un pequeño monedero de cuero, y Anglés no dejó escapar la oportunidad. Le agarró con la mano izquierda por la frente y tiró de él hacia atrás mientras le clavaba una navaja en la nuca, descabellándolo como había hecho con cientos de cerdos y renos en la granja de Jevnaker. La reacción del chico fue la misma que la de los animales y, tras una sacudida que le recorrió el cuerpo, cayó al suelo con las extremidades rígidas, con los dedos agarrotados y con los dientes apretados, pero todavía vivo. El asesino se agachó junto a él, sin que sus pulsaciones se hubiesen alterado ni lo más mínimo.

—Te estarás preguntando por qué, supongo. Pero lo único que quiero que sepas antes de morir es que tu novia será la siguiente.

Anglés lo degolló con frialdad y se marchó sin mirar atrás, escuchando cómo a Logan se le escapaba la vida entre estertores. Estuvo a punto de visitar a Assa en ese mismo momento, pero debía quitarse de en medio antes de que alguien descubriese el cadáver y aquello se llenase de policías. De regreso a Toronto, pensó en cómo le gustaría que fuese su encuentro con ella, sin poder quitarse la sonrisa de la boca.

Unos días después, Assa decidió regresar a Noruega. No tenía sentido pasar el peor trago de su vida sola, en una ciudad que, aunque acogedora cuando llegó, se había vuelto gris tras la muerte de Logan. Al salir de las oficinas de una naviera después de comprar un billete que pronto la devolvería a su casa, se encontró con él.

—Assa —dijo Antonio Anglés fingiendo sorpresa—. Qué alegría volver a verte.

—Hola, João. —La chica se esforzó por devolverle la sonrisa—. ¿Qué haces aquí?

—Me hablaste tan bien de Toronto que he decidido venir a conocerlo. Llegué anoche de Ottawa.

—Es precioso, te va a encantar.

—Lo que he visto me ha gustado mucho, sí. ¿Y a ti cómo te va la vida?

La tristeza que la consumía a todas horas desde hacía quince días volvió a aflorar y sus ojos se llenaron de lágrimas.

—¿Va todo bien, Assa?

—Es mi novio, Logan. Ha muerto.

—¿Cómo que ha muerto? —Anglés fingió horrorizarse—. ¿Qué estás diciendo?

—Lo mataron hace quince días... Fuimos a pasar el fin de semana fuera y alguien le atacó en el hotel.

—Joder... ¿Han cogido al asesino?

—Ni siquiera eso me sirve de consuelo, João. La policía cree que fue una banda que estaba cometiendo atracos por la zona, pero lo más probable es que ya estén en la otra punta del país, o incluso en Estados Unidos.

Anglés se tuvo que contener para no celebrar la noticia delante de aquella chica. Le encantaba ver el desconcierto en los ojos de los que se preguntaban el porqué de un crimen, cuando la única respuesta era que habían tenido la mala suerte de cruzarse en su camino. Se moría de ganas de decirle que todo había sido culpa suya por haberle utilizado en el barco que les llevó a ambos hasta allí y que planeaba enviarla muy pronto con su novio. Pero en cambio le apretó el hombro con delicadeza, mostrando algo llamado «empatía» que sabía que existía, pero que él jamás había experimentado.

–Lo siento, Assa, lo siento muchísimo.

Antonio le ofreció consuelo y la chica cayó en sus redes. Muchos la habían abrazado en las dos últimas semanas y llegó a odiar aquellas muestras de compasión, pero, por algún motivo, con él se dejó hacer. Antonio sonrió para sí, volviendo a sentirla tan cerca como la noche en que se conocieron.

64

Desde que la subinspectora María Ortega descubrió que detrás de la muerte del arquitecto Héctor Ríos podría haber un policía, y por consejo de sus jefes, evita tratar el caso con el oficial Óscar Jimeno y con la agente Lucía Navarro, algo que a ellos les mosquea sobremanera, sobre todo a la chica. Cuanto más teoriza él sobre lo que está pasando, más nerviosa se pone ella.

—¿Te quieres callar de una vez, Óscar? —Lucía termina explotando—. No haces más que decir gilipolleces.

—Menos humos, guapa. Para empezar, porque gilipolleces las dirás tú y, para seguir, porque no sé si ya se te ha olvidado, pero soy tu superior y me debes un respeto.

—¿Me vas a salir ahora con esas?

—Tú te lo buscas, Lucía, que no sé qué coño te pasa, pero estás a la que salta todo el día.

Lucía sabe que su compañero tiene razón y que debería controlarse si no desea levantar sospechas; pero si ya la situación la sobrepasa, la ausencia de noticias de la subinspectora Ortega desde que fue a hablar con el forense consigue desquiciarla. Cuando María llega a su mesa, ambos la miran esperando a que les ponga al día. Lucía, además, contiene la respiración temiendo que ya la hayan descubierto. Pero la falta de acción le hace llegar a la conclusión de que o bien la subinspectora es una actriz consumada o bien todavía no tienen nada contra ella.

—Han encontrado un cadáver flotando en la piscina de una urbanización y nos ha tocado a nosotros, chicos.

—¿Ahora también nos encargamos de los ahogados, jefa? —pregunta Jimeno mordaz.

—Por las contusiones que tiene en la cabeza, parece tratarse de un homicidio. Necesito que visitéis la escena vosotros y que después me presentéis el informe. Indira y Moreno siguen con lo de Anglés y yo ahora tengo reunión con el comisario.

Navarro y Jimeno se miran, sin esforzarse en ocultar su decepción.

—¿Pasa algo? —pregunta la subinspectora al darse cuenta.

—Pasa que estás la hostia de cómoda codeándote con la élite —vuelve a responder Jimeno con franqueza—. Se ve que trabajar con nosotros ya no te parece tan estimulante como hace un par de días.

—¿A qué viene eso, Jimeno?

—Lo siento, jefa —dice la agente Navarro—, pero por una vez Jimeno tiene razón. ¿Por qué nos has apartado del caso de Héctor Ríos?

—Yo no os he apartado de nada.

—Yo diría que sí, cuando nos mandas a una piscina pudiendo hacerse cargo de eso cualquier otro equipo.

—Y más cuando lo del arquitecto sigue abierto —añade Jimeno—. ¿O es que ya tienes al culpable y quieres colgarte tú solita la medalla?

La subinspectora Ortega comprende que no va a poder seguir ocultándoles los avances en la investigación. Además, son su equipo, las personas en las que más confía en este mundo y las más preparadas para encontrar al asesino. Sería injusto mantenerlas al margen. Sus dudas hacen que la agente Navarro se vuelva a poner en tensión.

—¿Qué pasa, María?

Ella comprueba que nadie los escucha y mira a sus compañeros con gravedad.

—Lo que os voy a decir no puede salir de aquí, ¿de acuerdo?

—Claro —responden ellos intrigados.

—¿Recordáis que el forense dijo que el asesino se había preocupado de recuperar la bala? —Ambos asienten—. Pues resulta que se dejó una esquirla, y todo indica que fue disparada por la pistola de un policía.

—¡No me jodas! —exclama Jimeno impresionado.

—De ahí tanto secretismo —confiesa la subinspectora—. Me han pedido que no lo comente con nadie hasta que se hagan las comprobaciones pertinentes.

—¿Qué tipo de comprobaciones? —pregunta Navarro con un hilo de voz.

—Se están revisando los cargadores de todos los policías que usan una Heckler and Koch USP Compact por si faltase algún cartucho. Por cierto, ya que estamos, necesito ver los vuestros.

—¿Se piensan que hemos sido nosotros? —Jimeno la mira perplejo.

—Pues claro que no, Jimeno, pero cuanto antes hagamos el trámite antes podréis reincorporaros a la investigación. Yo misma he tenido que enseñar mi cargador esta mañana.

—Ni de coña vamos a encontrar así al asesino, jefa. ¿Tú sabes la cantidad de pistolas que hay solo en Madrid? —pregunta Jimeno.

—De ese modelo en concreto, no tantas. ¿Me enseñas la tuya o no?

—La tengo en mi taquilla, pero me parece fatal que ahora nos tratéis a todos como a delincuentes.

—Ve a buscarla, por favor.

Jimeno se marcha, muy digno.

—¿Lucía?

—Por mí no hay problema.

La agente Navarro saca su pistola, quita el cargador y se lo muestra a Ortega. Gracias al cartucho que sustrajo en la galería de tiro, vuelve a alojar las trece balas en su interior. La subinspectora Ortega no tenía ninguna duda de que sería así, pero se queda mucho más tranquila habiéndolo comprobado y pudiendo volver a comentar el caso con una de sus mejores amigas.

—Gracias. No veas el lío que hay montado en los despachos.

—Ya me imagino.

Lucía aguanta como puede. Sigue logrando esquivar las sospechas, pero nota que el círculo cada vez se cierra más sobre ella.

65

La inspectora Ramos repasa por enésima vez el sumario del caso Alcàsser sin saber bien qué busca. Nota cómo se le revuelve el estómago al releer los detalles del crimen, por más que ya se los conozca de memoria. El inspector Moreno, por su parte, ha ido a la sede de la Interpol en Madrid para intentar arrojar algo de luz sobre el paso de Anglés por Canadá a finales del siglo pasado, aunque se ha encargado de dejar claro que le parece una pérdida de tiempo.

Llaman a la puerta de la sala de reuniones y, al levantar la mirada, Indira se encuentra con la irresistible sonrisa del abogado Alejandro Rivero. Desde que se acostaron, ella ha estado intentando no coincidir con él, pero no porque se arrepienta, sino porque no tiene respuestas para las preguntas que está segura de que le hará. Comprende que no tiene escapatoria y le invita a pasar con un gesto.

—¿Evitándome? —pregunta Alejandro nada más entrar.

—¿Por qué dices eso?

—Porque te conozco y sé cómo funciona tu cerebro, Indira. Pero para tu tranquilidad te diré que no tengo ninguna prisa en hablar sobre lo que pasó el otro día. Tómate tu tiempo.

—Gracias. —Ella sonríe, aliviada—. Entonces ¿qué te trae por aquí?

—Papeleo relacionado con la detención de mi cliente. —Se fija en el expediente que hay sobre la mesa—. Es horrible, ¿verdad?

270

—Lo peor que he leído en todos los años que llevo como policía. No quiero ni imaginar por lo que pasaron esas pobres niñas en manos de esos desalmados.

—No pienses en ello, no merece la pena.

—Lo sé, pero si quiero atraparlo, tengo que conocerlo mejor que nadie, mejor aún que su propia familia. De hecho, he pensado en ir a hablar con ellos.

—Hazlo si quieres, pero me temo que no servirá de nada. Tanto sus hermanos como su madre se han desvinculado de él. Sus abogados han mandado un comunicado diciendo que para ellos Antonio Anglés murió en 1993, que no han mantenido contacto con él desde entonces y que no harán ningún tipo de declaración.

—Si tan limpios están, querrán ayudarnos.

—Nadie ha hablado de que estén limpios, Indira. De hecho, varios de sus hermanos han seguido cumpliendo condenas a lo largo de los años y por eso detestan hablar con la policía. Pero yo sí que creo que a ellos les ha sorprendido tanto como a nosotros que Antonio siguiese vivo.

Si tuviera más tiempo, Indira intentaría presionarlos de alguna manera; quizá su madre la ayudaría, pues es una mujer que, por lo que sabe, no comparte la forma de vida de alguno de sus hijos. Pero tiempo es lo que le falta, y desplazarse a Valencia y tratar de arrancarles alguna información útil cuando tienen detrás a una nube de periodistas es una tarea que se le antoja complicada.

—Por lo que veo, no habéis encontrado nada —comenta el abogado al percibir su pesimismo.

—Nada. Reabrir casos antiguos con similitudes con el de Alcàsser en teoría era una buena idea, pero en la práctica es un desastre. Podemos tirarnos años revisando informes, y eso sin contar con la burocracia que supone trabajar conjuntamente con otros países.

—¿Y por qué os vais a otros países?

—Porque Anglés ha pasado la mayor parte de su vida fuera de España.

—Pero, hasta donde yo sé, los últimos seis años ha estado aquí. Os resultaría mucho más sencillo empezar a buscar desde su detención hacia atrás, ¿no crees?

Indira se siente estúpida al darse cuenta de que Alejandro tiene razón. No comprende cómo a ella no se le había ocurrido.

—Soy gilipollas...

—No, Indira, tú eres de todo menos gilipollas. Lo que pasa es que los árboles no te han dejado ver el bosque.

—Qué profundo, ¿no?

—Cuando me dejaste devoré libros de autoayuda.

Indira le sonríe, recordando que por ese tipo de cosas estuvo tan enamorada de él.

—Ahora que ya sabes por dónde tirar, te dejo tranquila.

—Gracias por facilitarme la vida, Alejandro.

Él se despide con una sonrisa y sale de la sala de reuniones. Indira tarda unos segundos en asimilar lo que le hace sentir ese hombre y descuelga el teléfono.

—¿Dónde estás, Iván?

—Dándome de hostias con los de la Interpol —responde malhumorado—. He pasado ya por cuatro departamentos y nadie sabe cómo ayudarme. Y la verdad es que, dicho en voz alta, lo que hacemos suena bastante ridículo.

—Lo sé. Por eso quiero que vuelvas a la comisaría.

—¿Y la investigación?

—Vamos a intentar otra cosa. Te espero aquí.

Indira cuelga y enciende el ordenador con energías renovadas. Tampoco será fácil encontrar en España casos que encajen con el *modus operandi* de Antonio Anglés, y eso sin contar con la posibilidad de que no haya matado desde que volvió hace seis años, pero, si lo hubiera hecho, tendrían una oportunidad.

66

Aunque apenas se veían en otro lugar que no fuese su restaurante preferido y el *loft* del paseo de la Habana, el arquitecto Héctor Ríos y la agente Lucía Navarro empezaban a estar muy compenetrados y sus sesiones de sexo, en las que exploraban sus propios límites, eran cada vez más atrevidas y placenteras.

—Vamos, fóllame —le dijo Lucía clavándole las uñas en la espalda—, fóllame fuerte. ¿Qué te pasa hoy, Héctor?

—Nada...

Lucía notó que algo le distraía y siguió su mirada. Aquella noche ella había acudido a su cita desde la comisaría y llevaba encima su pistola, cuya culata asomaba por debajo de la ropa que quedó desordenada sobre el sofá.

—¿Estás mirando la pistola? Si te pone nervioso que la haya traído...

—Cógela.

—¿Para qué?

—Cógela —insistió.

Lucía siempre había sido alguien muy responsable, tanto que el oficial Jimeno, cuando pretendía molestarla, solía llamarla «Indirita». Pero aquella vez la excitación que le produjo el peligro le hizo levantarse de la cama, coger la pistola, quitarle el cargador, comprobar que no quedase una bala en la recámara y aproximarse con ella a Héctor, al que le fascinó verla desnuda y armada.

—Apúntame.

Lucía titubeó, pero no pudo resistirse y levantó despacio el arma. Héctor ya no tuvo que darle más indicaciones de lo que quería que hiciera, porque ambos estaban deseando lo mismo.

—De rodillas.

Y él se arrodilló. Lucía le agarró del pelo con la mano que tenía libre y llevó la cara de Héctor hacia su sexo mientras le clavaba el cañón de la pistola en la sien. En el mismo momento en que ella llegó al orgasmo, apretó el gatillo, lo que hizo que el placer se multiplicase por diez. En cuanto a ambos se les pasó la excitación, sintieron vergüenza, pero ninguno de los dos pudo negar que les había encantado la experiencia.

—¿No te quedas un rato? —preguntó Héctor todavía remoloneando en la cama.

—No... —respondió ella, mientras se vestía después de darse una ducha—. Mañana tengo un curso de Análisis Forense y necesito llegar descansada.

—¿Nos vemos el jueves? —preguntó él con cierta inseguridad, temiendo que en esa ocasión hubiesen llegado demasiado lejos y ella no quisiera repetir.

—El jueves no puedo —contestó, y enseguida añadió—. Pero me han hablado de un restaurante nuevo al que me encantaría ir. ¿Podrás escaparte el viernes?

—Claro.

Lucía se despidió de él con un beso y, durante los siguientes meses, la pistola pasó a formar parte de los juguetes que usaban con regularidad. Cuando pensaba utilizarla, ella se ocupaba de descargarla y de esconderla debajo de la almohada. Aunque nunca volvió a ser como aquella primera vez, la sensación de estar transgrediendo las normas seguía siendo excitante.

En cuanto a su economía, Héctor ya empezaba a ver los beneficios de su inversión, pero los pagos que le exigía el banco le tenían ahogado y aceptó más encargos de los habituales, por lo que solía quedarse en el despacho hasta tarde. Una noche, al salir de una reunión con un constructor, vio que tenía siete llamadas perdidas de su amigo Julio Pascual, el director financiero de la farmacéutica.

–Héctor, ¿dónde te habías metido? –preguntó Julio al descolgar.

–Tenía el móvil en silencio. ¿Qué pasa?

–Ha habido un problema.

–¿Qué clase de problema?

–Es el medicamento contra el alzhéimer. Resulta que causa un aumento descontrolado de la serotonina en los tratamientos de larga duración.

–¿Eso es grave?

–En cuarenta y ocho horas han muerto dieciséis ancianos.

–¿De qué mierda estás hablando, Julio?

–De que el Ministerio de Sanidad ha mandado retirarlo del mercado y ha abierto una investigación que va a acabar con la empresa. Lo siento, Héctor, pero lo hemos perdido todo.

67

Assa no tenía ninguna intención de reanudar su historia con Antonio Anglés donde la habían dejado justo antes de atracar en Quebec, y eso era algo que a él le repateaba y le hacía desear con más ganas el desenlace que llevaba tantos días planeando. Si pudiera, prolongaría ese disfrute un poco más, como los juegos preliminares antes del sexo, pero el barco que debía llevar a la chica de regreso a Oslo zarpaba al día siguiente y no pensaba dejarla subir a bordo.

—¿Por qué no cambias el billete para dentro de unos días, Assa? —insistió una vez más, aun a riesgo de resultar pesado—. Podríamos ir juntos a conocer Nueva York.

—Te lo agradezco, João, pero quiero volver a casa cuanto antes.

—No estás en condiciones de encerrarte dos semanas en un camarote, piénsalo.

—No insistas, por favor.

Él solo pretendía alargarle la vida unos días, y hasta se había planteado la posibilidad de perdonársela, pero, si deseaba morir, también estaba dispuesto a complacerla. Lo cierto era que ansiaba mancharse las manos con su sangre y tenía curiosidad por comprobar si era diferente a la de las demás mujeres que habían sangrado frente a él.

—Como quieras —dijo encogiéndose de hombros con resignación—, pero al menos dejarás que te invite a cenar.

—Aún tengo que hacer las maletas.

—Vamos, Assa. Tal vez sea la última vez que nos veamos. Deja que me despida de ti como es debido.

A Assa no le quedó otra que aceptar, era lo justo después de que él hubiese estado a su lado los últimos días. Antonio acordó recogerla por la tarde, sin decirle, por más que ella insistiera en saberlo, adónde pensaba llevarla.

—¿En serio? ¿No me vas a decir adónde vamos? —preguntó Assa desconfiada cuando Antonio salió por el desvío de la autopista que conducía a Ballantrae.

—Ya estamos cerca. Aguanta un poco más.

Tras otros treinta kilómetros por una carretera de doble sentido, Assa vio con asombro cómo regresaba a su pueblo natal. La conocida como Little Norway era una comunidad fundada en los años veinte del siglo pasado por inmigrantes noruegos que habían cruzado el charco en busca de fortuna. Allí había cervecerías que ofrecían Aquavit, vino de miel o cerveza de frutas; restaurantes en los que no faltaba guiso de reno, pan de patata o arenques en escabeche, y tiendas en las que se vendían los mismos productos típicos que en cualquier barrio de Oslo. A Assa se le saltaron las lágrimas al volver a sentirse en casa sin necesidad de hacer una travesía que sabía que sería demasiado larga y demasiado triste.

—¿Cómo has encontrado este lugar, João?

—Me habló de él alguien que conocí en un bar. ¿Te gusta?

—¡Me encanta!

Assa le abrazó y le besó en los labios, olvidándose por un momento de las terribles circunstancias que la llevaban a estar allí con ese chico y no junto a su novio. A Antonio le sorprendió volver a sentirla tan cerca. ¿Y si todavía había un futuro para ellos?

Después de recorrer el pueblo hablando con unos y con otros y de probar un *finnbiff* que, aunque recalentado, les supo a gloria, fue Assa la que le propuso alojarse en el pequeño hotel del pueblo; pero puso como condición que la llevase al día siguiente de regreso a Toronto a tiempo para coger su barco.

Cuando entraron en la habitación, Assa no perdió el tiempo y volvió a besarle, esta vez —empujada por la ingesta de alcohol— con bastante más pasión y un objetivo claro. No había olvidado a Logan, ni mucho menos, pero necesitaba dejar de pensar en él por unos minutos si no quería volverse loca. Le arrancó la ropa, le empujó sobre la cama y se quitó los pantalones y las bragas ante la mirada excitada de Anglés. Se subió a horcajadas sobre él y se lo folló con más desesperación que deseo. Por un momento, el asesino volvió a sentir que estaba enamorado de aquella chica, pero cuando Assa estaba a punto de correrse se le escapó el nombre de Logan.

—¿Cómo me has llamado?

—Olvídalo.

Antonio Anglés se sintió traicionado y le invadió la misma ira que cuando la vio abrazada a su novio en el puerto de Quebec. Le llevó las manos al cuello y apretó con todas sus fuerzas. Assa comprendió que no se trataba de un juego e intentó liberarse, pero era tal la rabia con la que él la apresaba y la llamaba «zorra desagradecida» que de inmediato se escuchó el crujido de sus vértebras. Anglés siguió estrangulándola hasta que su cuerpo quedó inerte sobre la cama.

Acercó el coche a la parte trasera del hotel y, cuando a las cinco de la mañana los demás inquilinos habían dado por finalizada la juerga, descolgó el cadáver por la ventana de la habitación y lo metió en el maletero de su coche de alquiler.

Una joven pareja detuvo su *pickup* en la cuneta de una carretera cercana a Glenville para orinar después de pasar la tarde bebiendo cerveza en un festival de música. Mientras ella buscaba un lugar en el que desahogarse al abrigo de la mirada de los demás conductores, encontró el cuerpo de la joven noruega oculto bajo unos matorrales. En aquel momento, Antonio Anglés ya llevaba una semana alojado en un hostal de Washington Square, en Nueva York.

68

El camino desde la galería hasta la sala de visitas no es cómodo para Antonio Anglés. Los funcionarios tienen orden de no hacerle coincidir con ningún otro preso que no sea su compañero de celda, pero siempre hay alguien yendo a algún lugar o fregando los pasillos que le insulta e incluso le escupe. Pero mientras no pasen de ahí, a los guardias hasta les parece bien. Por lo demás, van vigilantes; saben que cualquier mínimo descuido supondría un atentado contra él, y ya están advertidos de las consecuencias para todos y cada uno de los que estuvieran de guardia en ese momento.

—Si por mí fuera, te dejaba a solas con los violadores —le dice uno de los guardias en voz baja mientras le conduce a empujones por el pasillo—. Me encantaría ver cómo te revientan el culo.

—¿Sabe tu mujer que te pone mirarle el culo a los presos?

La pregunta y la actitud de Anglés, que esboza una sonrisa burlona, hacen que el funcionario pierda los papeles y le golpee con fuerza en los riñones.

—Raúl, joder —le reprende su compañero, con algo más de autocontrol.

—Deberíamos pasar de las órdenes y hacerle salir al patio cuando estén los del módulo 3, a ver si se pone tan chulo.

—Y después le explicas tú a mi mujer por qué me han suspendido de empleo y sueldo, ¿vale?

—Solo sería un pequeño inconveniente por ver a este puto psicópata llorando como lloraron las pobres niñas.

La mirada de Anglés hace que el guardia se ponga aún más agresivo.

—Te juro que, tarde o temprano, te voy a hacer tragar esos dientes.

—No tardes mucho. Según mi abogado, muy pronto me soltarán. A ver si tienes huevos para buscarme y tocarme en la calle.

Cuando va a volver a golpearle, su compañero se interpone.

—Ya está bien, Raúl, cojones. Haz el favor de abrir la puerta y estarte quietecito.

El funcionario obedece a regañadientes y abre la puerta de la sala de visitas. A Antonio Anglés se le borra la sonrisa cuando ve que quien le está esperando es Valeria. En la cara de su mujer se puede distinguir, aparte de unas pronunciadas ojeras y unas arrugas que no estaban ahí hace unos días, decepción, desconcierto y miedo. Antonio, aunque no suele importarle lo que los demás opinen de él, no se siente cómodo al verla en esas circunstancias.

—¿Qué haces aquí, Valeria? —pregunta sentándose frente a ella.

—Necesitaba mirarte a los ojos para ver si sos el monstruo del que habla todo el mundo, Jorge.

—He hecho cosas en mi vida de las que no estoy orgulloso, pero yo no maté a esas niñas.

—No te hacía un cobarde incapaz de afrontar sus actos, la verdad. Decímelo y libérate de una vez.

—No te imaginas cuánto aborrezco que saques esa puta vena de psicóloga argentina, Valeria —dice él con desprecio.

—Decímelo y voy a hacer que tus hijos te escriban una vez al año.

Una vez más, la mención a sus hijos hace que Antonio apriete los dientes con rabia, consciente de todo lo que ha perdido. La libertad y el anonimato eran importantes para él, pero pensar que podría no volver a ver nunca más a Toni y a Claudia le deja tocado.

—Mis hijos me estarán esperando cuando salga de la cárcel —responde amenazante—, porque si no es así, os buscaré hasta que os encuentre, y no quieres saber lo que te haré cuando eso pase.

—Presenté una demanda de divorcio y pedí una orden de alejamiento. No podrás volver a acercarte a nosotros. —Valeria intenta aparentar una seguridad que ni mucho menos siente.

—Llevo treinta años encabezando la lista de los más buscados por la Interpol, Valeria. ¿De verdad crees que una puta orden de alejamiento me va a detener?

—¿Por qué lo hiciste, Jorge?

—Deja de llamarme Jorge, estoy hasta los cojones de no poder decir quién soy. Que si Rubén, que si Carlos, que si João, que si Jorge... Mi nombre es Antonio, Antonio Anglés Martins. Y aunque ninguno lo podáis entender, estoy muy orgulloso de llamarme así.

—¿Por qué lo hiciste? —insiste Valeria.

Antonio mira a su alrededor para comprobar que los guardias están lo bastante lejos como para poder escucharle. Después examina la ropa de su mujer en busca de algún micrófono oculto, pero lo apretada que va haría imposible esconderlo. Al fin la mira a los ojos y sonríe.

—En el caso de que lo hubiera hecho, cosa que no es verdad, buscaba un poquito de diversión.

—¿Te parece divertido torturar y matar a tres niñas inocentes?

—Te sorprendería saber la cantidad de personas que disfrutan con esas cosas, Valeria. A algunos solo les gusta mirar, en cambio otros..., otros solo disfrutan oliendo el miedo, sintiendo cómo la sangre se escurre entre sus dedos y presenciando en primera fila cómo los ojos se apagan para convertirse en dos simples canicas.

—Estás enfermo —atina a decir la mujer con un exagerado temblor en la voz.

—Puede. Pero eso ni siquiera es lo mejor. Lo más excitante es ver lo que provocas en los demás, el miedo que generas y la frustración de la policía al ver que nunca van a poder atraparte.

—A vos te atraparon.

—No, ni mucho menos. —Sonríe—. Reconozco que ha sido un contratiempo que me hayan encontrado, pero no tienen nada contra mí. Lo único es la declaración de ese mierda de Miguel Ricart, pero es humo. Los jueces saben que tienen que soltarme. Las leyes son las leyes.

—La inspectora Ramos no te dejará escapar.

—Ni siquiera la inspectora Ramos podría montar un caso cuando no existe. ¿Y quieres saber lo más gracioso de todo, Valeria?

Antonio Anglés se aproxima a su mujer, disfrutando del terror que provoca después de haberse quitado la careta. Baja la voz para hacer una confesión arriesgada, pero que no puede guardar dentro por más tiempo.

—Que esa lunática tiene razón. Esas niñas fueron las primeras de muchas más.

Valeria se levanta, asqueada.

—No volverás a saber de mí ni de tus hijos, hijo de puta.

—Ya veremos, Valeria. Ya veremos.

Valeria se marcha corriendo, aterrorizada, pidiendo a gritos que la dejan salir de aquel lugar.

69

Indira e Iván llevan horas revisando informes delante del ordenador. Aunque al principio al inspector Moreno le pareció razonable centrarse en los años de Anglés en España y estaba tan extrañado como su compañera de que a ninguno de los dos se le hubiese ocurrido antes, ahora también empieza a pensar que no es tan buena idea. Y más aún al enterarse de que ha sido cosa de Alejandro Rivero.

—Lo que deberíamos hacer es llevarnos a ese hijo de puta de Anglés a una habitación sin cámaras. Iba a confesar hasta los chicles que robó de niño.

—Muy bonito, sí señor. Vamos a ser igual de salvajes que él.

—Algunos se lo merecen, Indira.

—Esto tenemos que resolverlo de manera legal, Iván. Parece mentira que se lo tenga que decir a un policía.

—Pensamos de diferente manera.

—En esto solo puede haber una forma de pensar, y es mantenerse dentro de la ley. ¿Ya no recuerdas lo que pasó cuando tu amigo Daniel decidió saltársela a la torera?

—Claro que lo recuerdo. Tú le denunciaste y, gracias a eso, un asesino quedó libre y poco después mató a una señora para robarle el monedero.

Cuando Indira va a revolverse para defender por enésima vez su modo de proceder, Iván la frena.

—Dejémoslo estar, ¿vale? Lo último que quiero es discutir de nuevo contigo.

—A mí tampoco me apetece, sinceramente. —La inspectora acepta la tregua y vuelve al ordenador—. Tenemos que seguir buscando.

Tras una hora más buceando entre casos sin resolver, Indira encuentra algo.

—Aquí... —dice señalando la pantalla—. Lorena Méndez, de diecinueve años, fue asesinada en Córdoba en abril de 2016, justo dos meses después de que Anglés volviese a España. Nunca se detuvo al culpable.

—Demasiado mayor para él, ¿no?

—Puede ser, pero fíjate en sus lesiones. Sufrió torturas antes de que la ejecutaran dándole golpes en la cabeza con una piedra, igual a como Anglés intentó acabar con las tres niñas de Alcàsser antes de dispararlas.

El inspector Moreno lee el expediente estremecido.

—Joder... Tenemos que hablar con el inspector que llevó el caso.

Indira asiente y sale del despacho. Consulta con uno de los agentes que hay en recepción y este le proporciona un número de teléfono. Tras un par de minutos de conversación, regresa con el inspector Moreno.

—El tío no parece estar muy por la labor. No le hace gracia que unos polis de Madrid metan las narices en sus asuntos. Creo que lo más operativo es que vayamos a verle.

—¿Ahora?

—A Córdoba en AVE tardamos poco más de hora y media. Si salimos ya, estaremos de vuelta para la cena.

—Vale... Lo que pasa es que no sé a quién dejar a Gremlin.

—No me jodas, Iván.

—Lo siento mucho, pero todavía es un cachorro y no se puede quedar solo todo el día. ¿Por qué no se lo llevamos a Alba?

—Ni lo sueñes.

—Después te quejas de que te tiene por una sargento, Indira, pero es que no le das ninguna alegría. ¿Tú sabes lo feliz que sería cuidándolo toda la tarde?

Indira le detesta porque se sabe incapaz de negarle esa enorme satisfacción a su hija, pero le odia más aún cuando, al llevarle el cachorro, la niña se abraza a su padre para decirle que es la persona a la que más quiere en el mundo. La inspectora nunca había sentido unos celos tan intensos y profundos, y se jura que, si algún día Iván llegase a hacerle daño a Alba, se olvidaría de la rectitud que ha guiado toda su vida para matarle con sus propias manos.

—Yo no puedo dedicarme a eso ahora, inspectores —dice contrariado el inspector de Córdoba al verlos aparecer—. Me temo que van a tener que volver a Madrid y, en unos días, les mandaré lo que reclamen por escrito y por los cauces legales.

—No —responde Indira muy tranquila—, lo que me temo es que va a sentar usted su culo en esa silla y nos va a proporcionar toda la información que necesitamos.

—¿Y si no? —pregunta el policía envalentonado.

—Si no, le diremos a nuestros superiores, a los suyos y a la prensa que ha entorpecido una investigación sobre Antonio Anglés y que por su culpa hemos tenido que dejarle en libertad.

—No sabe hasta dónde pueden llegar los programas de la tele contra gente como usted, amigo —Moreno apoya a su compañera—. Buscarán culpables, y no le van a querer atender ni en el chino de la esquina.

El inspector apunta en su mente a esos dos listillos como enemigos de los que vengarse en algún momento, aunque ahora no puede hacer otra cosa que aguantarse.

—¿De verdad creen que a Lorena Méndez la mató Anglés?

—Es una posibilidad. ¿Qué puede contarnos sobre lo que pasó?

—No hay mucho más que lo que pone en el expediente: alguien se llevó a la chica cuando volvía a casa de una fiesta y apareció casi un mes después en un descampado de las afueras de Córdoba violada y torturada.

—¿Nunca tuvieron sospechosos?

—Estuvimos investigando a su novio, a un par de compañeros de clase y a varios mendigos que había por la zona, pero todos tenían coartadas bastante aceptables. Para mí que el asesino fue alguien de paso.

—¿Tampoco encontraron el objeto con el que la mataron? —pregunta el inspector Moreno.

—¿Se refiere al cuchillo?

—Según el informe, a Lorena le machacaron la cabeza con una piedra u otro objeto contundente —apunta la inspectora Ramos.

—Así es..., pero antes el asesino intentó degollarla. Lo que pasa es que se le rompió la hoja del cuchillo y terminó el trabajo con lo que encontró a mano. El arma estaba junto al cadáver, pero no tenía huellas y se trataba de un cuchillo normal y corriente, sin ninguna característica especial.

—Enséñenos el informe completo del forense, por favor.

El policía se arma de paciencia y lleva a Indira y a Iván al sótano de la comisaría mientras les explica que están en cuadro y que llevan mucho retraso en el proceso de informatización. Hay allí tanto desorden que Indira tiene que hacer uno de sus ejercicios de contención. La caja de pruebas, que, aparte de estar cubierta por una capa de moho, ha sido utilizada varias veces y tiene un batiburrillo de números y nombres superpuestos, tampoco la ayuda a serenarse.

—Aquí está todo lo que tenemos sobre el caso.

Al ver que su compañera no está en condiciones, Moreno saca el informe del forense y lo revisa con detenimiento. Le bastan unos segundos para encontrar lo que busca y volverse hacia Indira, decepcionado.

—Hemos hecho el viaje en balde.

—¿Por qué? —pregunta Indira intentando centrarse.

—Fíjate en la orientación del corte del cuello.

Indira lee lo que le señala su compañero y comprende que está en lo cierto. El inspector cordobés los mira intrigado, sin entender a qué se refieren.

—¿Qué dice ahí?

—Que el asesino de Lorena le hizo un corte en el cuello desde atrás de derecha a izquierda, lo que significa que era zurdo. Y Antonio Anglés es diestro.

—Volvamos a casa —dice Indira vencida y se dirige al inspector—. ¿Podría acercarnos a la estación del AVE?

—Claro, pero allí se van a aburrir esperando, porque hasta mañana no pasan más trenes hacia Madrid.

—Pero si solo son las ocho y media —Indira se asusta.

—Pues eso, y el último ha pasado hace un minuto. Cerca de la estación tienen un hotelito barato y limpio, dentro de lo que cabe.

70

Antonio Anglés le cogió el gusto a pasear sin rumbo por las calles de Manhattan, descubriendo lugares que creía haber visto mil veces en películas. Como sucede con muchas personas cuando visitan Nueva York, se enamoró a primera vista de aquella ciudad, tanto que incluso se planteó quedarse a vivir allí hasta que la muerte, o la policía, le encontrase. El problema era que sus calles estaban llenas de españoles y vivía con la continua sensación de que alguien terminaría reconociéndole.

Ya habían pasado cinco años desde el asesinato de las tres niñas de Alcàsser, pero el caso seguía más de actualidad que nunca gracias al juicio en el que se había condenado a Miguel Ricart a ciento setenta años de prisión y al hecho de que varios de sus hermanos y su madre aparecían con regularidad en distintos programas de televisión. Anglés se había cambiado el pelo, se había dejado perilla y bigote, había engordado, se había quitado el quiste sebáceo que tenía sobre la nuez y siempre iba de manga larga para evitar mostrar las cicatrices de sus brazos, pero seguía siendo él. Unos días antes había visto su fotografía en las portadas de varios periódicos de un quiosco de la avenida Lexington y se sorprendió de que ninguna de las personas que pasaban junto a él lo hubiese reconocido. Aquello le sirvió para darse cuenta de que tenía que buscar un lugar más discreto. Además, ya se había gastado casi todo el dinero que le había robado a Haakon.

—¿Has trabajado alguna vez con caballos?

—No, pero sé tratar a los animales. Pasé un tiempo ocupándome de una granja de renos en Europa.

El ganadero de Panhandle, en Texas, el pueblo más aislado que había localizado en el mapa, miró a Anglés de arriba abajo, tan sorprendido de que alguien no supiera nada de caballos como de que lo supiera de renos.

—¿Renos? ¿Como los que tiran del trineo de Santa Claus?

—Sí... —titubeó—. Creo que son los mismos.

El hombre continuó observándole en silencio unos segundos más y estalló en carcajadas. Demostró su aceptación palmeándole con fuerza la espalda.

—Supongo que la única diferencia es que mis caballos no tienen cuernos ni vuelan por el cielo, muchacho. El trabajo será duro, te lo advierto.

—Eso para mí no es ningún problema.

—Ya lo veremos. Te alojarás en la habitación que hay sobre los establos.

La esposa del hombre que le había dado el trabajo —una réplica exacta de su marido, pero en mujer— le condujo a una habitación con baño, cama, televisor y una mesa de madera con su silla. Lo único que le disgustó es que apestaba a caballo.

—Si piensas traer a alguna chica, antes tendrás que presentármela —dijo la mujer con sequedad—. No quiero que en mi casa entren furcias.

—Tranquila —respondió Anglés—. Lo he pasado muy mal con mi última novia y ahora no me apetece tratar con mujeres.

Ella asintió, complacida por su respuesta, y Antonio Anglés pasó los siguientes tres años en aquella granja en compañía de sus patrones y de los hijos de estos, dos gemelos que, al poco de llegar él, se marcharon a estudiar a la Universidad de Oklahoma. Durante aquella temporada aprendió todo lo que se podía saber sobre la cría de caballos y pensó que había encontrado su lugar en el mundo, pero cierto día tanto aislamiento empezó a pesarle demasiado y decidió marcharse a la costa.

Al llegar a San Francisco, Anglés se sorprendió por la libertad que se respiraba en aquella ciudad. Era algo que no tenía nada que ver con los ambientes conservadores por los que se había movido durante los últimos tiempos. La gran epidemia de sida que había arrasado la comunidad gay en los años ochenta y noventa ya había quedado atrás y todo volvía a ser como antes. Desde joven, Antonio tenía ciertas tendencias bisexuales que solo se manifestaban cuando iba colocado de reinoles, pero llevaba años sin tomar una pastilla y se sorprendió al entrar en un bar del barrio de Castro y sentirse atraído por un hombre que bebía en la barra. Tras cruzar un par de miradas, este se presentó como el dueño de una librería, le invitó a un par de cervezas y más tarde a su casa. Antonio se sintió cómodo y exploró su parte homosexual. Lo que no se esperaba es que el hombre, al terminar, le diese tres billetes de veinte dólares.

Pasó una etapa tranquila en la que mantuvo relaciones esporádicas tanto con hombres como con mujeres, sintiendo que ya había conseguido escapar de su pasado, pero una noche de octubre del año 2003 un tipo se sentó frente a él a la mesa que solía ocupar en un restaurante cerca del barrio chino.

—¿Qué pasa, tete? —preguntó en español con un acento valenciano que a Anglés enseguida le hizo comprender que tenía un serio problema—. ¿No te acuerdas de mí?

A Antonio le bastó con mirarle a los ojos para reconocerle como al Cuco, compañero de una de las múltiples bandas juveniles a las que había pertenecido. Pensó en decirle en inglés que no le entendía, pero el Cuco se adelantó.

—Te juro que como me sueltes que no me conoces —dijo amenazante— llamo ahora mismo a la pasma y les digo quién eres.

—Te veo hecho una mierda, Cuco —se rindió.

—Me he comido muchos años de talego. Tú, en cambio, estás cojonudo, muy cambiado. Pero, por mucho que te escondas detrás de esa barbita de mierda y de ese pelo de pijo, tus ojos de tarado cabrón siguen siendo los mismos.

—¿Qué haces en San Francisco?

—Estoy de luna de miel, cágate —respondió soltando una risotada—. La Chelo y yo llevamos un par de días aquí. ¿Te acuerdas de ella? Es la hermana del Gus.

—¿Le has dicho que me has reconocido? —preguntó Anglés, sin confirmarle que sí la recordaba y que, de hecho, estuvo liado con ella durante una temporada.

—Qué va. Esto es algo entre tú y yo. Ella se ha quedado en el *spa* del hotel. Todo el mundo te tiene por muerto y enterrado y, por mí, que siga siendo así. ¿Cómo has conseguido sobrevivir todo este tiempo?

—Alejándome de hijos de puta como tú. ¿Qué quieres?

—Pasado mañana tiramos para Las Vegas y necesito pasta para jugármela a la ruleta. Dame quince mil dólares y no vuelves a verme.

Antonio Anglés dudó. Si cedía, tendría que volver a empezar de cero, ya que era todo lo que había logrado ahorrar en los últimos años trabajando honradamente. El Cuco leyó sus pensamientos y volvió a adelantarse a su respuesta.

—Sé que es una pasta gansa, pero así es la vida. Además, me lo debes.

—Yo no te debo una puta mierda, Cuco.

—Claro que sí. ¿Qué te crees que nos hicieron a los que te conocíamos después de que te cargases a las niñas? Yo en el talego las pasé putas por tu culpa, así que págame y déjate de gilipolleces o aquí se acaba tu huida. Y te aseguro que en España no aguantas vivo ni una semana, que conozco a unos cuantos que te tienen unas ganas de la hostia.

—¿Dónde y a qué hora? —preguntó al fin sin escapatoria.

—Mañana por la mañana, a las doce, en el parque tocho que hay cerca del puente, junto al lago.

71

Como era de esperar, la comprobación del arma del oficial Óscar Jimeno también lo ha descartado como sospechoso, así que tanto él como la agente Navarro han podido reincorporarse a la investigación sobre el asesinato de Héctor Ríos.

En este momento se centran en las últimas horas de la víctima. El día de su muerte, aparte de varias reuniones y de almorzar con unos clientes en el despacho, no hizo nada llamativo hasta la noche. Cuando el juez da su autorización para que revisen los últimos movimientos de su tarjeta de crédito, descubren que había ido a cenar a Salvaje, el mismo restaurante al que llevó a Lucía en su primera cita.

—Quizá allí puedan identificar a la misteriosa mujer que Ríos conoció en la página de contactos —dice Jimeno.

—Ojalá, porque ya no nos quedan demasiadas cosas más de las que tirar —responde la subinspectora Ortega—. Vamos.

—Chicos...

Jimeno y Ortega miran a la agente Navarro. Para su sorpresa y preocupación, su compañera vuelve a tener un aspecto terrible. Su repentina palidez hace que destaquen los ojos vidriosos y unas pronunciadas ojeras.

—Deberías ir al médico, Lucía —dice la subinspectora María Ortega—. Llevas ya demasiados días con mala cara.

—Eso le he dicho yo, pero ni puto caso —responde Jimeno.

—Iré hoy mismo, tranquilos. Si no os importa, tendréis que ir solos al restaurante ese.

—Lo primero es tu salud —dice María cariñosa—. Cuéntanos después, ¿vale?

—Vale...

Los dos policías salen en dirección a la calle Velázquez y Lucía se deja caer en la silla, sin necesidad de fingir que está descompuesta.

—Solía venir los jueves, sí... —dice uno de los camareros.

—¿Siempre con la misma mujer? —pregunta la subinspectora Ortega.

—Pues eso no sé si puedo decírselo —responde el camarero después de echarle una mirada a su jefe, un hombre alto y bien parecido, con una frondosa barba, nariz cargada de personalidad, el pelo largo y cuidadosamente despeinado y un traje de varios miles de euros—. Nosotros también tenemos secreto profesional, ¿sabe?

—Déjate de gilipolleces y responde a los policías, Adrián... —dice el jefe, paciente.

—Sí, señora. —El camarero se vuelve hacia la subinspectora—: Las veces que yo le he atendido, siempre venía con la misma mujer.

—¿Podría describirla, por favor?

—Joven, de unos treinta años, morena y con media melena. Muy guapa.

—O sea, como la mayoría de las mujeres que hay ahora mismo aquí —dice la subinspectora Ortega defraudada—. ¿No tenía ninguna característica especial por la que podamos reconocerla?

—No, que yo recuerde. Era una mujer con mucha clase. Eso sí, fuerte.

—¿Qué quiere decir con fuerte? —pregunta Jimeno.

—Que no era una chica que se limitase a mantenerse en forma yendo al gimnasio de vez en cuando y comiendo ensaladitas, sino que se veía que estaba en forma de por sí. No sé si me explico.

—No mucho, la verdad. —La subinspectora se gira hacia Jimeno—. ¿Tú entiendes qué quiere decir?

—Ni idea...

—Que la chica tenía poderío, nada más —aclara el camarero—. Ahora, si me disculpan, debo volver al trabajo.

La subinspectora le da permiso con un gesto y el camarero va a atender una mesa en la que dos chicas y dos chicos, todos con pinta de modelos recién salidos de una revista, le llaman agitando una botella vacía de champán.

—Sentimos no haber podido ayudarles más —dice el jefe—. Si hubieran venido antes, tendríamos las imágenes de la cámara de seguridad, pero se borran después de unos días.

—Hasta hoy no hemos sabido que Héctor Ríos estuvo cenando aquí la noche de su muerte —responde la subinspectora—. Pero muchas gracias por todo.

—No hay de qué. Si quieren tomar algo, están invitados, agentes —dice el jefe antes de marcharse a recibir a unos clientes.

—Deberíamos aprovechar y quedarnos a comer —comenta Jimeno mirando pasar a una camarera con una bandeja de sushi—. Con lo que yo gano, no puedo permitirme más que ir al *burger* de vez en cuando... ¿Qué me dices?

—Yo no tengo tanto morro como tú, Jimeno —responde la subinspectora descartándolo para volver a centrarse en el caso—. ¿Crees que cuando el camarero dice que la acompañante de Héctor Ríos estaba en forma se refiere a que podría ser policía?

—Eso reduciría muchísimo la lista de sospechosos. No creo que haya demasiadas polis con esas características que utilicen una Heckler and Koch USP Compact a la que le falta un cartucho...

72

Antonio llegó al lago Stowe, en el Golden Gate Park, a las diez en punto de la mañana. Se pasó las dos horas que faltaban para su cita con el Cuco paseando por los alrededores, buscando una posible huida en el caso de que las cosas se pusiesen feas. Vio llegar a su antiguo amigo quince minutos antes de la hora marcada y le observó sin descubrirse. Aún esperó hasta las doce y cuarto para acercarse a él, cuando se aseguró de que había ido solo y el Cuco ya empezaba a impacientarse.

—¿Dónde cojones te habías metido? —le espetó nada más verle llegar—. Estaba a punto de ir directo a la pasma.

—Me ha costado reunir la pasta.

—Dámela.

—Antes tienes que convencerme de que no le has contado nada a la Chelo.

—No le he contado una mierda.

—¿Dónde está?

—En el centro. Le he dicho que yo iba a ver un partido de béisbol y ella se ha ido de compras.

—¿Seguro que no has hablado con nadie de mí?

—Ya te he dicho que no, joder. ¿Me vas a dar el dinero o no?

—¿Tú te crees que yo me voy a dejar chantajear por un pringado como tú, Cuco?

Anglés sacó del bolsillo de su chaqueta un bisturí y, con un rápido movimiento, le seccionó la arteria carótida. Un chorro de sangre salió disparado a varios metros de distancia. El Cuco todavía no tenía claro qué había pasado cuando Antonio ya se escabullía entre los árboles. Mientras se alejaba, escuchaba los gritos de espanto de los turistas al descubrir que ese hombre que aullaba insultos en español estaba herido de muerte. Aquella mañana temprano, antes de acudir a la cita, Anglés había limpiado de huellas el apartamento en el que vivía y había comprado un billete de tren para dejar atrás cuanto antes un estado en el que, en aquel momento, seguía vigente la pena de muerte.

Bajó por la costa hasta Los Ángeles, donde se ocultó unas semanas entre la comunidad hispana; después llegó a San Diego y desde allí cruzó a Tijuana, la ruta inversa a la que hacen todos los que quieren entrar en la que algunos ilusos todavía consideran «la tierra de las oportunidades».

Estuvo varios años en México, ganándose la vida como podía y cambiando cada poco de escondite. El uso de internet ya estaba normalizado y pudo investigar lo que se decía de él en España. Lo que más le sorprendió era que había decenas de teorías distintas sobre lo que había pasado en la caseta de La Romana y que casi nadie se conformaba con la versión oficial, que se acercaba bastante a la realidad. También se enteró de que alguien le había reconocido huyendo del parque de San Francisco donde había cometido el asesinato y de que João Mendes tenía una orden de busca y captura emitida por la policía. El nombre que había utilizado desde que salió de Noruega ya estaba quemado.

Hasta alguien como Antonio Anglés se sentía inseguro entrando en Tepito, denominado por los propios mexicanos como el «barrio bravo», uno de los más peligrosos de Latinoamérica y el lugar donde literalmente se rinde culto a la muerte. Se dice que es el sitio donde los indígenas libraron la última batalla contra Hernán

Cortés, y desde entonces no han dejado de luchar. Si a cualquier turista se le ocurriese pasearse solo por sus calles, saldría desplumado por alguno de los más de quince grupos criminales que operan en la zona, o no saldría. Pero los delincuentes se reconocen entre ellos y a Anglés no le molestaron hasta que llegó al corazón del barrio.

—¿Qué andas *wachando* por aquí, güey?

Anglés se volvió y se encontró con cuatro chicos de no más de veinte años plagados de tatuajes que no se molestaban en esconder las armas que llevaban; pistolas en la cintura y fusiles de asalto colgados del hombro.

—¿Estás sordo, pinche cabrón? —insistió el más joven apuntándole.

—Vengo a hacer negocios.

—¿Qué negocios?

—Necesito documentación nueva, de buena calidad. Me han dicho que aquí es fácil conseguirla.

—Eso cuesta lana...

—El dinero no es problema. Puedo pagar muy bien si el material merece la pena.

—¿Llevas los billetes encima?

—Por supuesto que no... —Antonio sonrió, haciéndoles entender que no estaban hablando con un estúpido—. Cuando vea la calidad del trabajo, llegaremos a un acuerdo y haremos el intercambio en un lugar neutral, lejos de aquí.

—¿No serás chota, cabrón?

Los cuatro chicos le rodearon y dos de ellos le empujaron contra la pared para registrarle en busca de micrófonos o de algo que les indicase que era policía; pero lo que encontraron fueron unas terribles cicatrices sobre unos tatuajes que demostraban que tenía la misma procedencia que ellos.

—Eso tuvo que doler, güey... —dijo uno de ellos, impresionado.

—¿Tenéis algo para mí o no?

Los cuatro delincuentes condujeron a Anglés a través de varias callejuelas, hasta que llegaron a una casa pintada de rojo. Dos de ellos se quedaron fuera vigilándole y los otros dos entraron a hablar con un hombre de unos cincuenta años que, por el respeto que le mostraron cuando abrió la puerta, debía de ser uno de los que mandaban allí. Al cabo de unos minutos, salió para hablar con el extranjero. Le observó con la misma mirada de tarado con que el Cuco le había descrito a él.

—Así que buscas credenciales...

—Sí. Necesito un pasaporte en regla con el que poder viajar sin problemas.

—Tengo algo mejor si puedes pagarlo.

Dos días después, Anglés se citó con ellos en un café del barrio de Polanco y compró la documentación auténtica de un hombre que llevaba varios meses enterrado en el desierto y sin familia que pudiese preguntar por él. El pack constaba de pasaporte, cédula de identidad (ambos originales modificados con su propia fotografía), certificado de nacimiento y hasta de penales. Le costó casi todo el dinero que había ahorrado, pero tenía en sus manos la identidad que conservaría hasta que fue detenido en Madrid casi veinte años más tarde.

73

El hotelito barato y limpio cercano a la estación del AVE al que se refería el policía cordobés es en realidad el hostal Paqui, un hospedaje de mala muerte que vive a base de alquilar habitaciones por horas a parejas infieles y prostitutas que llevan allí a sus clientes. Indira está en shock mientras el encargado, un anciano arrugado, mal afeitado y peor vestido, los conduce a sus habitaciones del segundo piso con unas maravillosas vistas a las vías del tren.

—En la misma habitación en la que se va a alojar uno de ustedes —cuenta el viejo como una historia mil veces repetida—, durmió una noche David Carradine.

—Unos huevos —dice el inspector Moreno sin creérselo.

—¿Quién es ese? —pregunta Indira con una vocecilla.

—Kung Fu, joder. Bill, de *Kill Bill* —responde Iván y enseguida vuelve al viejo, muy interesado—: ¿Y qué hacía David Carradine aquí?

—Estaba rodando un wéstern en Alicante en el año 2003, conoció a una maquilladora cordobesa y siguió su rastro hasta aquí. Es que las cordobesas son cosa fina, mejorando lo presente —añade mirando a Indira.

—Me cuesta creer que se alojase aquí, en lugar de en un cinco estrellas —dice Moreno empezando a pensar que, por absurda, la historia podría ser cierta.

—Yo de sus gustos o economías no tengo ni puta idea, pero ahí tienen la fotografía que lo demuestra.

Entremedias de las dos habitaciones, colgada en un viejo marco, en efecto, hay una fotografía de David Carradine abrazado al viejo (con veinte años menos) en la que se puede leer una dedicatoria escrita con rotulador rojo: «For my friends from the Paqui hostel, David Carradine».

—La hostia —dice Moreno, deslumbrado, y se dirige acto seguido a Indira—: Pues, si no te importa, me quedo yo en la habitación de Kung Fu.

—Haz lo que te dé la gana, Iván. —Mira al viejo—. ¿Se puede cenar algo?

—Hay carne en salsa de ayer, pero, como la nevera funciona a ratos, tengo que mirarla bien antes de servirla. Si no, en la esquina está el bar de Lucas.

Iván entra en la 202 imbuido por el espíritu de Kung Fu. Es la típica habitación de hostal, con paredes amarillentas de gotelé, suelo de baldosas iguales a las de la terraza y colcha de flores a juego con las cortinas. Acaricia una mesa de madera maciza pensando en que quizá se apoyó en ella uno de sus actores favoritos, cuando llaman a la puerta. Abre e Indira le tiende el teléfono con gesto serio.

—Mi madre.

Moreno coge el teléfono con cara de circunstancias.

—Buenas noches, doña Carmen. ¿Cómo se está portando Gremlin?

—Como un cachorro mondo y lirondo. Ya se ha hecho pis tres veces, pero no quiero que se haga lo otro. ¿Va mucho de vientre?

—Es que todavía no sabe aguantarse bien, así que lo mejor es que lo dejen encerrado en algún sitio que no manche demasiado. Como la casa de su hija está forrada de vinilo de arriba abajo, después se podrá limpiar bien.

Indira le mira desencajada e Iván decide que, para compensarla de todos esos disgustos, va a invitarla a cenar a El rincón de

Carmen, un restaurante situado en el barrio de la Judería, en el casco antiguo de Córdoba. Aunque Indira intenta resistirse diciendo que lo único que quiere es meterse en la cama para coger el AVE de las seis de la mañana, la insistencia de Moreno hace que ceda.

De pronto, sin esperárselo, ni siquiera imaginárselo, Indira e Iván tienen una divertida cena en un patio cordobés en la que vuelven a sentirse tan cerca como aquella noche, ya lejana, en la que engendraron a Alba. Consiguen olvidarse por un rato de los monstruos que los rodean —diestros o zurdos, tanto da— y se ríen recordando viejas anécdotas y soñando con lo que será su hija en el futuro. A las doce de la noche, cuando el alcohol empieza a desinhibir demasiado, Indira decide que es hora de regresar al hotel e intentar descansar para mañana seguir sumergiéndose en expedientes llenos de muerte y de sufrimiento. Pasan por un chino a comprar un par de cepillos de dientes y se detienen frente a la foto enmarcada y dedicada del actor estadounidense.

—A las cinco y media en punto llamo a tu puerta —dice Indira.

—Desde aquí a la estación hay como tres minutos, y el tren no pasa hasta las seis y cinco —protesta Iván.

—A mí no me gusta llegar con la hora pegada al culo. Si no estás listo, te espero en el andén. Buenas noches.

Iván le da las buenas noches y se encierra en su habitación. Se tumba en calzoncillos sobre la colcha de flores y enciende el televisor. Por un momento piensa que, en vista de lo gastado que está el mando a distancia, tal vez sea el mismo que utilizó David Carradine veinte años atrás. Cuando está a punto de quedarse dormido, escucha un grito desgarrador al otro lado de la pared.

—¡Indira!

Saca su pistola de la funda, recorre a toda velocidad los cuatro metros que le separan de la habitación de su compañera y abre la puerta. Al entrar, se encuentra a Indira con el pelo mojado, tapada con una minúscula toalla y encaramada a un mueble de madera igual que el de su habitación.

—¿Qué pasa?

—¡Una cucaracha! Se ha metido debajo de la cama.

—¿Tú te has vuelto gilipollas, Indira? No sabes el susto que me has dado, joder.

—Lo siento, Iván, pero yo no puedo dormir aquí —responde ella desvalida—. Te juro que no puedo.

Indira se viene abajo e Iván se ablanda.

—Vale, tranquila. No pasa nada. Bájate de ahí, anda.

Cuando la inspectora baja del mueble, se le cae la toalla y, después de tres años, vuelve a estar desnuda frente a él, que solo lleva unos bóxer cuya tela se tensa de inmediato. Se miran a los ojos y no pueden hacer otra cosa que besarse. Pero Indira se separa.

—¿Qué? —pregunta Iván.

—La cucaracha...

Iván resopla, armándose de paciencia, y se mete con un trozo de papel higiénico debajo de la cama. Si llega a tardar más de veinte segundos en cazarla, todo se habría enfriado, pero después de tirarla al váter y de lavarse las manos, pueden volver al punto donde lo habían dejado.

Indira se olvida de que lo más probable es que allí haya más bichos y de que creía haberse vuelto a enamorar de Alejandro y cae abrazada a Iván sobre una cama que seguramente no soportaría un examen con luz ultravioleta.

74

—Algo se podrá hacer... —dijo Héctor Ríos desesperado, con la cabeza oculta entre las manos.

—Ya lo hemos intentado todo, pero el Ministerio de Sanidad ha retirado el producto del mercado y no creemos que vaya a revocar su decisión —respondió abatido el financiero Julio Pascual.

—Pero ¿qué es lo que ha pasado?

—Algunos medicamentos, a la larga, producen reacciones inesperadas en el organismo que no habían sido observadas durante los ensayos clínicos. Y el nuestro hace que la serotonina se dispare y provoque esos ataques.

—¿Y cómo cojones no lo habían visto antes, Julio?

—Ya te he dicho que algunos efectos secundarios aparecen con el tiempo, Héctor. Además, piensa que se trata de pacientes con un montón de patologías previas cuyos síntomas pueden pasar desapercibidos. Lo siento.

—¿Lo sientes? He metido todo lo que tenía. Incluso he hipotecado mi casa. ¡La casa en la que viven mi mujer y mi hija!

—¡Yo no me he ido de rositas, joder! —respondió Julio molesto—. Aparte de perder una fortuna, he hecho que mis hermanas, mis cuñados y hasta mis padres se arruinen. Nadie se lo esperaba. Aunque era un buen negocio, todas las inversiones tienen sus riesgos. Son cosas que pasan.

Héctor Ríos intentó tranquilizarse y pensar.

—¿No vamos a poder recuperar nada?

—No hasta dentro de algún tiempo. Todo el capital de la empresa está bloqueado para hacer frente a las indemnizaciones a las víctimas. Ahora toca apretar los dientes e intentar rehacerse.

—Tengo que devolver el préstamo al banco o me embargarán, Julio.

—Habla con ellos. Lo último que quieren los bancos es seguir acumulando inmuebles. Puede que accedan a concederte una prórroga.

El arquitecto fue a pedir una prórroga al banco, pero, al igual que todo son sonrisas cuando vas a domiciliar tu nómina o a pedir una hipoteca que deberás devolver al cabo de los años habiendo pagado unos intereses que pocos se atreven a calcular, cuando vas a pedir un favor del que no van a sacar nada lo que te sueles encontrar son perros de presa sin ninguna empatía por unos clientes a los que antes les habían regalado un televisor de cincuenta pulgadas, una batería de cocina de acero inoxidable o un viaje a EuroDisney.

—Lo lamento, señor Ríos, pero ya no podemos esperar más. Si en la próxima semana no se pone al día con los pagos, procederemos a ejecutar el embargo.

Durante aquellos días, Héctor envejeció y empezó a aparentar la edad que tenía. La agente Lucía Navarro se lo notó y se preocupó, pero el arquitecto, temiendo que dejase de ser divertido compartir con él un par de noches por semana, no quiso contarle lo que había pasado. Todo lo achacó al estrés por exceso de trabajo, algo que aseguró estar dispuesto a solucionar de inmediato.

Al llegar a casa fue a darle un beso a su hija, Estrella, que se limitó a entreabrir los ojos y musitar medio dormida un «papá» acompañado de una sonrisa, y después se dirigió a la habitación de Elena. La enfermera leía una novela junto a la cama de su esposa, que dormía ajena a la ruina que tenían encima.

—¿Cómo está todo, Inés?

—Muy tranquilo, señor. La señora ha cenado de maravilla y se ha quedado dormida.

Se acercó a besarla igual que había hecho segundos antes con su hija y, tras desearle buenas noches a la enfermera, bajó a tomar una copa a su despacho. Abrió la caja fuerte, donde, aparte de algo de dinero en efectivo, guardaba varios relojes de mucho valor, las joyas de su esposa y algunos alfileres de corbata. Calculó que conseguiría vender todo aquello por unos cien mil euros, una pequeña fortuna, pero insuficiente para pagar los recibos que debía al banco.

Debajo de las joyas había una carpeta. Aunque Héctor siempre tuvo en cuenta que estaba allí, se resistía a recurrir a eso, era una medida desesperada en la que nunca se atrevió a pensar. Pero llegados a ese punto sabía que no podía hacer otra cosa. Apuró la copa de un trago y cogió los documentos que podrían evitar que su mujer y su hija se quedasen en la calle.

75

—¿Nombre?

—Jorge Sierra González.

—¿A qué venís a Buenos Aires?

El policía miraba alternativamente el pasaporte y al mexicano que tenía frente a él. Antonio Anglés se había arriesgado demasiado cogiendo un avión desde Quito, pero llevaba meses moviéndose por varios países con la documentación que había comprado en México D. F. y nunca tuvo problemas.

—Negocios. Vengo a comprar mate para exportarlo a Europa.

—Hasta el mate quieren afanarnos —masculló el policía devolviéndole el pasaporte con desdén.

Anglés no tenía ni la más remota idea de si eso del mate sería un buen negocio, pero había conocido a un argentino en Panamá que no hablaba de otra cosa que de llevarlo a Europa.

—En cuanto allá lo conozcan —solía decir—, se convierte en su bebida favorita. No tomarán otra cosa.

Aparte del mate, también le había hablado de que las porteñas eran las mujeres más guapas del mundo. Aquello, junto con las descripciones que le hizo de las playas argentinas y de lo hospitalarios que eran con los recién llegados, había hecho que Anglés se decidiera a conocer aquel paraíso.

Lo que más le llamó la atención de la capital argentina es que en ella parecía cambiar de país apenas cruzaba una calle; tan pronto encontraba una mansión en la que podía vivir la familia real de cualquier país europeo como, a solo unos metros, casas de chapa pintadas de llamativos colores, enormes rascacielos de acero y cristal, iglesias de todos los estilos imaginables, calles llenas de vida que le trasladaban a la Gran Vía madrileña o al paseo de Gracia barcelonés o avenidas con incontables carriles. Y todo ello estaba salpicado de plazas, parques y librerías, muchas librerías. Otra de las cosas que le encantó de aquella ciudad era que había un lugar donde comer asado y una heladería casi en cada esquina.

Durante los siguientes meses se dedicó a conocer el país, sin meterse en líos y buscando un plato de comida donde se lo dejasen ganar. Pasó un tiempo trabajando en un restaurante de Santa Rosa y otro capturando caballos cimarrones en la Patagonia; pero desde que se marchó no hizo sino extrañar Buenos Aires. Sería porque, como decía Jorge Luis Borges: «Buenos Aires es hondo, y nunca, en la desilusión o en el penar, me abandoné a sus calles sin recibir inesperado consuelo».

Allí seguía cruzándose con españoles, pero pasaban los años —por aquel entonces ya habían transcurrido catorce desde el crimen de Alcàsser— y ya nadie que saliese de España tenía en la cabeza que podría encontrarse con el hombre que seguía en la lista de los más buscados por la Interpol. Según leía en los periódicos digitales, solo los más conspiranoicos continuaban pensando que no se había convertido en comida para los peces en la bahía de Dublín. Y esa era la mejor noticia para él.

En cuanto al monstruo que llevaba dentro, no había vuelto a despertar desde hacía tiempo y tenía la esperanza de que ya no volviera a hacerlo nunca más, pero una tarde de abril de 2006 se dirigía a entregar un pedido de alcohol de la bodega donde había encontrado trabajo cuando un guardia de tráfico le hizo detenerse en el paso de peatones que había frente a un colegio. Un grupo de chicos y chicas de unos catorce años vestidos con ropa de deporte cruzaron en dirección a un parque cercano y Antonio Anglés sintió un pellizco en el estómago. Pero, lo curioso del caso es que no eran las chicas que reían desinhibidas las que le habían llamado la atención, sino uno de sus compañeros. Era rubio y tenía el pelo rizado, muy parecido a Carlos Robledo Puch, un singular asesino en serie, apodado el Ángel de la Muerte por su aspecto cándido e inofensivo, que había actuado en la capital argentina a principios de los años setenta del siglo pasado, pero que seguía apareciendo en la prensa porque unos días antes le habían vuelto a denegar la libertad condicional después de casi treinta y cinco años en prisión. En cuanto al joven estudiante, Antonio no había escuchado la llamada de la muerte tan fuerte como con cualquiera de las niñas que, para su desgracia, se habían cruzado con él; pero pensar en someter a ese chico le produjo una mezcla de excitación y de miedo por el riesgo que suponía enfrentarse a alguien que, con toda seguridad, le plantaría cara. Continuó conduciendo aturdido, esforzándose por quitarse aquella absurda idea de la cabeza.

Al entrar en el barrio de La Recoleta, uno de los más exclusivos de Buenos Aires, buscó el albarán de entrega donde estaba apuntada la dirección en la que aquella noche se celebraría una fiesta y perdió de vista la calzada. Cuando volvió a levantar la mirada, ya estaba encima de un flamante Mazda MX-5 negro de tercera generación. Pisó a fondo el pedal del freno, pero por más que quiso esquivarlo le destrozó el lateral. Antonio se bajó del camión de reparto y encontró a la propietaria del deportivo, una mujer de unos treinta años vestida con ropa de tenis, observando iracunda los desperfectos.

—¡Pelotudo! —gritó la mujer dirigiéndose hacia él—. ¡Mirá cómo me dejaste el auto!

Anglés se quedó sin palabras al darse cuenta de que lo que sintió por Assa en el barco que le llevó a Quebec hacía unos años no era nada comparado con lo que acababa de sentir por aquella mujer que le increpaba enfurecida.

—¡¿Te quedaste mudo?! ¡¿Dónde tenés los anteojos, boludo?!

—Lo siento... —balbució Anglés—. Me he despistado.

—¡Me hiciste mierda el auto! ¡¿Vos sabés cuánta guita le costó a mi viejo?! ¡Ni en diez años lo juntás vos!

—Lo que importa es que tú te encuentres bien. ¿Estás herida?

La mujer le miró desconcertada. Cualquier otro repartidor, intentando evadir su responsabilidad en el accidente, la hubiese acusado de haberse cruzado o cambiado de carril sin mirar, pero aquel parecía sinceramente preocupado por ella.

—Sí, estoy bien —respondió bajando el tono—. ¿Cómo no me viste?

—Estaba buscando una dirección. ¿Te parece que hagamos un parte para que el seguro arregle los desperfectos?

—¿Tenés seguro? —preguntó ella sorprendida—. Vos no sos de acá, ¿no?

—Soy mexicano. Me llamo Jorge Sierra. ¿Y tú?

—Valeria Godoy...

76

Cuando las puertas se van a cerrar y el tren está a punto de salir de la estación de Córdoba, Iván entra apresurado en el vagón. Localiza a su compañera y va hacia ella a grandes zancadas. Al verle llegar, Indira disimula mirando por la ventanilla, como si en el andén estuviera pasando la cosa más interesante del mundo.

—¿Por qué coño no me has avisado, Indira? —pregunta cabreado.

—Lo he hecho. He llamado a la puerta de tu habitación, pero no has contestado.

—Y una mierda.

—¿Por qué iba a mentir?

—Porque tú vas siempre de madura y de responsable y en realidad eres una niñata que no se atreve a asumir que anoche nos acostamos.

Varios pasajeros levantan las miradas de sus móviles para no perder detalle de la discusión.

—Fue un simple desliz. —Indira intenta conservar la dignidad.

—Tres, si mal no recuerdo —matiza Iván.

—Enhorabuena. Ya puedes ir corriendo a contarles a tus amigotes que eres un fenómeno en la cama. Pero no te olvides de decir también que el primero fue un visto y no visto.

Iván encaja el comentario, que arranca varias sonrisas a su alrededor, mascula un «amargada» y va a sentarse en el otro extremo del vagón. Indira no disfruta tratándole así, pero necesita poner distancia con él y pensar si lo que sucedió anoche fue solo producto del alcohol y la oportunidad o hay algo más. Llevaba tres años sin mantener relaciones sexuales –desde nueve meses antes de que naciese Alba–, y ahora se ha acostado con dos hombres distintos en la misma semana. No le parece mal, ni mucho menos; ella admira y respeta a las mujeres que, igual que han hecho la mayoría de los hombres toda la vida, se toman el sexo como un simple divertimento, pero para ella significa muchísimo más, sobre todo porque siente algo tanto por Alejandro como por Iván. En el caso del abogado quizá sea un sentimiento más profundo y controlado; en el de su compañero, es mucho más visceral. Si por ella fuera, se encerraría ahora mismo con él en el baño, aunque le produzca arcadas pensar en su estado después de haber visto entrar y salir a medio vagón. Porque, aunque le haya intentado transmitir la idea contraria, pasó una de las mejores noches de su vida y no sabe si logrará vivir sin volver a experimentar algo igual.

Las casi dos horas que dura el viaje se le hacen eternas. Lo único que quiere es llegar a casa, abrazar a su hija y seguir con su vida como si lo del hotel donde durmió Kung Fu nunca hubiera sucedido. Entra en el taxi y, cuando va a cerrar la puerta, el inspector Moreno se cuela en él.

–¿Se puede saber qué haces?

–Compartir viaje contigo –responde el policía–. Yo he pagado el hotel y hasta el mes que viene no me lo devuelven, así que el taxi te toca a ti.

–Yo voy a mi casa.

–Y yo. Tengo que recoger a Gremlin.

Indira decide ignorarle y le da la dirección al taxista. En todo el trayecto no cruzan una palabra y, cuando llegan a casa, aparte de tener que soportar el olor a perro y las miradas suspicaces de la abuela Carmen por verlos llegar juntos, tiene que tragarse una nueva sesión de besos y alabanzas de Alba calificándole como el mejor padre del mundo.

—Llévate al chucho, por favor, que tengo que ponerme a limpiar la casa —le dice Indira a Iván.

—El angelito apenas ha manchado, Indira —responde su madre.

—Aun así, mamá. ¿Te importa llevar tú hoy a Alba al colegio?

—¿Qué me va a importar, hija? Si para eso estoy yo aquí: para hacerte de sirvienta y de niñera y para aguantar tu mal humor.

—Si necesita usted cobijo, en mi casa tengo una habitación libre, doña Carmen.

La intención de Iván era rebajar un poquito la tensión, pero por la mirada que le dedica Indira el tiro le ha salido por la culata. En cuanto se queda sola, limpia cada centímetro de la casa en bragas y sujetador, como es habitual en ella. Un par de horas después, ha conseguido eliminar todo rastro del paso de Gremlin por allí y se mete en la ducha para quitarse de encima las bacterias que pudiera tener adheridas a su piel. Cuando sale del baño, se encuentra a su madre sentada a la mesa del salón, observándola en silencio mientras se toma una infusión.

—No te habrás vuelto a quedar preñada, ¿verdad?

—No te hagas líos, mamá. Iván y yo hemos dormido en Córdoba por trabajo.

—No se engaña a una madre así de fácil, hija. Anoche tuviste jarana, y el otro día también. Se te nota en el brillo de la piel y en la sonrisa de boba que intentas ocultar debajo de la mala leche.

—Deberías hacerte inspectora...

—El olfato de poli lo has heredado de mí, ¿qué te crees? Y la cara de pasmada que se te ha quedado no hace sino confirmarme que he dado en el clavo. ¿A que sí?

—Es mucho más complicado de lo que te puedas imaginar...

Indira se sienta agobiada junto a ella. Al ver que lo está pasando mal, Carmen deja a un lado las ironías y la coge de la mano.

—Cuéntame qué te pasa, Indira.

—Que es verdad que anoche tuve algo con Iván —confiesa—, pero el otro día fue con Alejandro.

—Pues haces muy requetebién, hija. Tú disfruta que todavía eres joven y llevas muchos años a dos velas. Lo importante es que usaras condón, que tú eres muy dada a tropezar dos veces con la misma piedra.

—Usé protección, tranquila. El problema es que..., no sé qué siento por ellos.

—Acabáramos. Si hay sentimientos de por medio, la cosa cambia.

—Si por mí fuera, me alejaba de los dos. Pero tengo miedo de que sea mi última oportunidad de formar una familia normal.

—¿Qué piensan ellos?

—Creo que están igual que yo.

—Entonces tienes que decidirte rápido. No está bien jugar con los sentimientos de la gente.

—Ya.

—Yo no quiero meterme donde no me llaman, Indira, pero también está Alba. Ya no puedes pensar solo por ti.

—Sería muy feliz teniendo a su padre con ella, ¿verdad?

—Seguro..., aunque también sufriría mucho si os viera tirándoos los trastos a la cabeza a las primeras de cambio. Y, en cuanto a Alejandro, tú sabes mejor que nadie el cariño que le he tenido siempre y lo que me dolió que rompieseis, pero es tu decisión. Lo único que puedo decirte es que te dejes llevar por el corazón, que la cabeza siempre la has usado de más y mírate cómo estás.

Indira sonríe a su madre, agradecida, aunque lo cierto es que su consejo hace que dude todavía más.

77

Valeria acostumbraba a salir con chicos de su misma clase social por comodidad y cercanía, pero sobre todo por afinidad. Así que cuando contó a sus amigas que había quedado a cenar con un repartidor de licores que le había destrozado el deportivo con su camión, ellas no daban crédito. Intentaron convencerla de que se olvidase de ese mexicano y de que le diese otra oportunidad a Juan Pablo, con quien había estado saliendo los últimos tres años y al que sorprendió en la cama con otra. Pero ella se negó en redondo; se había jurado que encontraría a un buen hombre con el que compartir su vida y algo le decía que aquel chico tan atento podía hacerla muy feliz. Quince años después, Valeria lo hubiera dado todo por seguir saliendo con su ex, por muy infiel que fuese, y no haber unido su vida a la de un hombre con –hasta aquel momento– ocho víctimas a sus espaldas.

San Telmo es el barrio más pequeño de Buenos Aires, pero a la vez uno de los más populares de la capital. Hasta finales del siglo XIX, allí vivían las familias porteñas más acomodadas, pero la epidemia de fiebre amarilla que asoló la ciudad hizo que se marchasen en busca de lugares menos concurridos. Dejaron atrás sus grandes mansiones y sus elegantes edificios de piedra para que fuesen habitados por los nuevos vecinos del barrio, que los convirtieron en viviendas comunitarias y empezaron a construir a su alrededor bloques de apartamentos. Lo sorprendente del caso es que esa mezcla de estilos y calidades es lo que le da al lugar un encanto tan especial.

—Si preferís que vayamos a otro sitio, decímelo, Jorge.

Valeria notó que él no se sentía cómodo en un lugar tan abarrotado como la plaza Dorrego, donde, aparte de multitud de bares y de restaurantes llenos hasta la bandera, había artesanos callejeros, malabaristas y una pareja bailando tango rodeada de turistas, muchos de ellos españoles, que lo fotografiaban todo con sus teléfonos móviles. Antonio temía que alguno de aquellos improvisados fotógrafos le reconociese y le inmortalizase. O incluso que revisando de vuelta en casa las fotos de su viaje a Argentina, a alguien le sonase aquella cara que tantas veces había salido en los medios de comunicación. De una u otra manera, aquello acabaría de un plumazo con su huida y con la vida tan apacible que había conseguido llevar.

—No, está bien —respondió forzando una sonrisa—. Es que tenía muchas ganas de charlar contigo y conocerte, y me parece que aquí, con tanta gente, tendremos que hablar a gritos.

—Tenemos toda la vida para hablar —contestó la chica devolviéndole la sonrisa.

La conexión entre ellos fue enorme desde el primer minuto. Ella le contó que trabajaba para su padre en una lucrativa empresa de reformas, y él le dijo que había llegado a Argentina con la intención de exportar mate a Europa, pero que le había gustado tanto el país que no veía el momento de regresar. Evitó mencionar en qué otros países había estado, pero sí le dijo que el lugar que más le había impresionado eran las cataratas del Niágara. Después de aquella primera noche vinieron muchas más en las que su relación se fue afianzando, hasta que Valeria quiso presentarle a sus padres.

El día elegido fue un domingo de julio de 2006. El padre de Valeria quería preparar un asado en la barbacoa de la terraza del piso de La Recoleta, pero las bajas temperaturas habituales en aquella época le obligaron a descartar la idea. Cuando Antonio llegó con un par de botellas de vino de Rioja que había cogido del almacén donde trabajaba, toda la familia de Valeria estaba reunida en torno al televisor. Daban la noticia del hallazgo del cadáver mutilado de un joven estudiante de pelo rubio y rizado con aspecto angelical. Lo más macabro de la noticia es que al cuerpo le faltaba una mano.

—¿Qué hijo de puta es capaz de hacer algo así? —preguntó el padre mientras veía el cadáver del muchacho.

—Papá, por favor —le dijo Valeria avergonzada—. Tenemos visita.

El padre miró a Anglés de arriba abajo, apagó el televisor y se levantó para saludarle.

—Perdoná, muchacho —le dijo estrechándole la mano—. Es que recién encontraron a un pibe de La Recoleta cosido a puñaladas. En México estarán acostumbrados a estas cosas, ¿no?

—Sí, señor. Por desgracia hay demasiados cárteles en el país.

—No tenés acento mexicano —dijo sorprendido.

—Mis padres son españoles y he pasado casi toda mi vida allí con mis abuelos. Casi se me puede considerar más español.

—¿Qué te pasó en el cuello, Jorge? —preguntó Valeria asustada al descubrirle cuatro arañazos paralelos en el cuello, provocados sin duda por la misma mano que ya había hecho desaparecer.

—No es nada, Valeria. Me lo hicieron esta mañana jugando al fútbol.

—En mis tiempos, al que llevaba las uñas largas en la cancha se las cortábamos y se las hacíamos comer —respondió el padre.

—En tus tiempos, querido —intervino la madre de Valeria mientras llegaba del interior—, eran todos unos cromañones.

Todos se rieron. La señora sonrió al invitado con amabilidad.

—Bienvenido a nuestra casa, Jorge. Tenés que ser muy especial para que nuestra hija se decida a traerte a almorzar con nosotros.

—Mamá... —Valeria volvió a avergonzarse—. Bastante es que mi papá diga una palabrota a cada segundo.

—Nadie dice más palabrotas que los mexicanos y los gallegos, Valeria —se defendió el padre—. No se quitan el coño de la boca. En conversaciones, se entiende.

Antonio se rio mientras Valeria y su madre daban al padre por imposible. Durante aquella comida, Anglés contó que era del D. F. y que apenas le quedaba familia, ni en México ni en España, por lo que no tenía intención de volver, y menos después de haber conocido a Valeria. Los padres de la chica le contaron su viaje a España en el año 1983, cuando pudieron ver jugar a Diego Armando Maradona con la camiseta del Barcelona, muy poquito antes de que Andoni Goikoetxea le destrozase el tobillo con aquella entrada. Recordarla hizo que Valeria tuviese que volver a reñir a su padre por la cantidad de exabruptos que salieron de su boca. El asesino encajó tan bien en aquella familia que, durante el postre, el padre de Valeria le ofreció trabajo en su empresa de reformas, a pesar de que él aseguraba no tener ni idea de construcción. Dos meses después, su futuro suegro le llamó a su despacho.

—¿Cerraste el acuerdo con esos yanquis, Jorge?

—Sí, señor. He tenido que hacerles una rebaja en la mano de obra, pero aun así es un buen negocio.

—Bien hecho, hijo —respondió el viejo, satisfecho, para enseguida abordar el asunto por el que le había llamado—. ¿Cómo andás con Valeria?

—Muy bien, ¿por qué?

—Porque su madre y yo ya nos estamos haciendo viejos y nos gustaría ver cómo forma una familia.

—Valeria siempre me ha dicho que no tiene ninguna intención de casarse.

—Esa boludez solo la dice porque no había encontrado al hombre adecuado. Si te decidís a pedírselo, tenés todo nuestro apoyo.

78

El inspector Moreno vuelve a repasar los casos abiertos con similitudes con el de Alcàsser, pero en casi todos ellos hay algún detalle que descarta la autoría de Antonio Anglés y empieza a creer que el asesino terminará escapándose, aunque haya surgido un importante movimiento que aglutina gente de todos los estratos sociales dispuesta a luchar hasta el final para que no vuelva a poner un pie en la calle. Los jueces y políticos más sensatos saben que se limitan a hacer ruido y que aumentan la crispación, lo que solo servirá para que Anglés no logre vivir nunca más tranquilo en España. «Menos da una piedra −opinan muchos−, al menos estará alejado de nuestras hijas».

El malestar del policía aumenta cuando levanta la mirada y ve llegar al abogado Alejandro Rivero.

−Inspector Moreno −dice a modo de saludo−. ¿Sabes si la inspectora Ramos está por aquí?

−No la he visto en toda la mañana. Igual se ha quedado en casa descansando.

−¿Está enferma?

−Enferma yo no diría. Es que ayer estuvimos juntos en Córdoba y se nos hizo tarde −añade con muchísima intención.

Se arrepiente nada más decirlo, consciente de que es una niñería que no le va a traer nada bueno si llega a oídos de su compañera, pero por el efecto que produce la insinuación en el ánimo del abogado siente que ha merecido la pena correr el riesgo. Alejandro tendría con qué contraatacar, pero se resiste a embarcarse en una guerra tan estúpida e infantil.

—¿Algún avance en la investigación?

—Como comprenderás, al abogado de Anglés no pienso decirle en qué estamos metidos.

—Lo sé muy bien. Te recuerdo que fui yo quien sugirió a Indira que deberíais olvidaros de buscar en el extranjero para centraros en España.

—Qué listo eres —responde sarcástico.

—Ya ves... —Intenta contenerse, pero es superior a sus fuerzas y lo suelta—: De hecho, no sé si se lo comenté cuando estuvimos tomando una copa la otra noche.

Ambos se miden con la mirada. El abogado también se arrepiente casi de inmediato de haber entrado al trapo, pero le encanta ver cómo al policía le ha cambiado la cara. Tienen claro que en eso solo puede quedar uno y los dos están dispuestos a luchar a muerte.

—Deberías quitarte de en medio —dice Moreno—. Supongo que sabes que tenemos una hija en común.

—Claro que lo sé, como también sé que no os soportáis el uno al otro.

—¿Eso te lo ha dicho ella?

—No hace falta. Basta con escucharla hablar de ti para saberlo.

—Así que, cuando queda contigo, es para hablar de mí, ¿no? Anoche, en cambio, a ti ni te nombró.

La mirada de suficiencia del inspector Moreno irrita al abogado. Nunca le ha gustado usar la violencia, pero por un momento le invaden unas inmensas ganas de darle una hostia. El policía lo percibe y le anima, provocador.

—Vamos. No tienes huevos.

En ese momento se abre la puerta de la sala de reuniones.

—¿Qué pasa aquí?

Ambos miran a Indira, que los observa con seriedad. Por el lenguaje corporal de los dos hombres tiene claro qué sucede, pero le cuesta creer que estén a punto de liarse a tortas en plena comisaría.

—He preguntado que si pasa algo.

—¿Te liaste el otro día con él, Indira?

La pregunta tan directa de Moreno hace que Indira se gire hacia su ex y le mire con censura, alucinada por que se lo haya contado. Alejandro traga saliva, abochornado.

—Yo solo he dicho que nos tomamos una copa. Y ha sido porque él ha insinuado que anoche tuvisteis algo en Córdoba.

Iván se encoge de hombros.

—Yo le he informado de que anoche se nos hizo tarde, pero investigando.

—¿Quién coño se cree eso? —pregunta Alejandro.

—Que tú tengas la mente calenturienta no es mi problema, abogado. Igual es de juntarte con violadores y pederastas.

Alejandro está a punto de perder los papeles y lanzarse contra él. Indira se percata y se interpone entre los dos.

—¡¿Queréis dejar de comportaros como críos, joder?!

—¿Sabes cuál es la diferencia entre tú y yo? —insiste el policía ignorando a Indira—. Que yo me dedico a coger asesinos para que después vengas tú a ponerlos en la calle con tus putas alegaciones de mierda.

—Se llama justicia, ¿te suena?

—Sois patéticos. Los dos.

Ambos se vuelven hacia Indira. Van a justificarse, pero por la cara de decepción con que los mira saben que no serviría para nada.

—Estaba pasándolo fatal porque de no tener a nadie creía haber encontrado a dos hombres que merecían la pena y no sabía qué hacer —continúa—, pero resulta que sois dos simples maca-rras. Y sí, para que os enteréis bien, me he follado a los dos. Y tampoco ha sido nada del otro mundo.

Indira se marcha. Iván y Alejandro se miran, temiendo que, en realidad, esa batalla la acaban de perder los dos.

79

A pesar de las protestas de los padres de Valeria, que querían una ceremonia por todo lo alto en la basílica de Nuestra Señora del Pilar, en el mismo barrio de La Recoleta donde ellos residían, la boda entre Antonio Anglés y Valeria se celebró por lo civil en el Ayuntamiento de Buenos Aires. Antonio temía que una unión religiosa pudiera levantar la liebre sobre su verdadera identidad y decidió ser cauto. Y a Valeria, atea como era, no le importó que la casase un concejal.

Lo que el señor Godoy no consintió fue que no se celebrase un banquete como Dios manda y, aunque consiguieron contenerle, cincuenta invitados selectos acudieron al restaurante elegido preguntándose quién era ese chico que había logrado meter la cabeza en una empresa valorada por aquel entonces en varios millones de dólares. Antonio pasó toda la noche nervioso, temiendo que haberse convertido en el centro de atención fuese una imprudencia que terminaría acabando con él; pero lo cierto es que ni su propia madre podría reconocerle después de tanto tiempo, vestido con un elegante traje de lino, moviéndose con tanta seguridad entre invitados de clase alta e incluso conversando en perfecto inglés con alguno de ellos.

Los recién casados pasaron quince días en un bungaló en Bora Bora, donde hicieron el amor varias veces al día, hicieron excursiones y hasta consiguieron hacer amigos, y donde Antonio Anglés volvió a creer que era una persona normal. Una vez de vuelta en Buenos Aires, su responsabilidad en la empresa fue aumentando cada día hasta que, tres años después, entrado el año 2009, coincidiendo con el primer embarazo de Valeria, sustituyó a su suegro en la dirección. A la madre de su mujer apenas le dio tiempo de conocer a su primera nieta, ya que le detectaron un cáncer que acabó con ella en un par de meses. Su marido, destrozado por la pérdida, solo encontró consuelo en compañía de su nieta, Claudia, y, cuatro años después, de su nieto, Toni. Pero poco a poco se fue abandonando hasta que una mañana ya no quiso despertar.

Durante todos aquellos años, el monstruo volvió a estar dormido y Anglés lo atribuyó a que por fin había encontrado su lugar en el mundo; estaba casado con una buena mujer, mantenía con ella un sexo sano y abundante, y era feliz viendo crecer a sus hijos. Algunas veces observaba dormir a Claudia, temiendo que cualquier día pudiera mirarla como a las demás niñas que habían pasado por su vida, pero para su alivio eso nunca sucedió. Los problemas empezaron cuando, a la inflación descontrolada argentina, hubo que sumarle un par de malas inversiones que Antonio había hecho.

—¿Qué querés decir con que ha ido mal, Jorge? —preguntó Valeria asustada.

—No creo que haya que ser muy lista para entenderlo, Valeria. El dinero que había invertido en la rehabilitación de ese edificio se ha ido a la mierda.

—¿De cuánta plata hablás?

—Un millón de dólares.

Valeria palideció. Desde que había muerto su padre las cosas habían ido de mal en peor, pero eso suponía la puntilla para su economía.

—¿Qué vamos a hacer ahora, Jorge?

—Yo creo que lo mejor es que vendamos lo que queda, antes de que su valor siga cayendo, y que nos marchemos del país. Tal vez a Panamá, a Guatemala...

—¡Yo no pienso criar a mis hijos en Panamá o en Guatemala, Jorge!

—Entonces ¿dónde sugieres que vayamos, Valeria? ¡Como no nos larguemos de aquí, en un par de años no nos quedará nada!

—Vayamos a España.

—No.

—Vos sos medio gallego, amor. Allí saldremos adelante.

Antonio dudó. Hacía un par de años que el crimen por el que estaba en busca y captura había prescrito y podía presentarse en cualquier comisaría sin temor; pero, aunque fuese libre, su vida, si daban con él, sería un infierno. Sin embargo, tampoco podía negar que soñaba con regresar después de tanto tiempo huyendo por medio mundo. Pasó varios meses meditando qué hacer, buscando algún lugar alternativo en el que empezar una nueva vida —la cuarta o quinta para él—, pero seguía llegando a la conclusión de que el mejor lugar para criar a sus hijos era España. Se trataba de una locura, pero decidió complacer a su mujer, convencido de que, con otro nombre y otra educación, nadie le reconocería.

Valeria y él vendieron lo poco que quedaba de la empresa y el chalé de sus suegros en el barrio de La Recoleta y, el 2 de febrero de 2016, cuando su hija Claudia iba a cumplir siete años y su hijo Toni tres, aterrizaron en el aeropuerto Adolfo Suárez Madrid-Barajas procedentes de Buenos Aires.

80

Desde que visitaron el restaurante en el que Héctor Ríos cenó la noche de su asesinato, el oficial Jimeno y la subinspectora Ortega se han centrado en buscar mujeres policía de entre veinticinco y treinta y cinco años que usen la misma pistola con la que se cometió el crimen, pero siguen siendo demasiadas y, hasta el momento, todas las que han comprobado conservan los trece cartuchos en su cargador.

—Y, además, la mayoría están buenas, tiene narices —dice Jimeno mirando las fichas en la pantalla del ordenador—. Yo no entiendo cómo todavía no he encontrado novia en el cuerpo.

—Porque hablas de nosotras como si fuésemos trozos de carne —responde Ortega combativa—, por eso mismo.

—Oye, yo soy de todo menos machista.

—Entonces empieza por dejar de clasificar a las mujeres por si están buenas o no, Jimeno.

Este decide no entrar en terrenos pantanosos y calla, pero lo cierto es que no comprende por qué nunca llama la atención de ninguna de sus compañeras; vale que no es guapo como pueda serlo el inspector Moreno, pero tampoco es grotesco y, aparte de ser un chico limpio, educado e inteligente, es una pieza fundamental en uno de los mejores equipos policiales de toda España. La única que le hizo caso fue la más atractiva de todas, pero su relación con la agente Navarro se limitó a una simple noche.

Él intentó prorrogarla, pensando que, con el tiempo, conseguiría que se enamorase de él, pero Lucía decidió ser sincera:

—Te quiero muchísimo, Óscar, pero no de la misma manera que tú a mí. Lo de la otra noche fue solo sexo y no me arrepiento, pero jamás se volverá a repetir. Espero que, cuando superes el despecho, podamos seguir siendo igual de amigos que antes.

Y lo superó, no le quedó otra.

La subinspectora Ortega resopla frustrada y se levanta de la silla.

—Me voy a comer abajo, ¿vienes?

—No, gracias. A mí el sitio ese de las ensaladas me parece lo más triste del mundo.

—Llevo el móvil por si pasa algo, ¿vale?

Jimeno asiente y sigue repasando fichas. Justo cuando llega a la de su compañera Lucía Navarro, esta llega con un papel en la mano.

—¿Qué haces mirando mi ficha? —pregunta tensa.

—Nada, perder el tiempo... ¿Fuiste al médico?

—Sí.

—¿Y?

—Me ha dicho que tengo estrés y que debería cogerme unos días de vacaciones. De hecho, es lo que acabo de hacer —dice mostrándole el papel—. Me voy esta misma noche a pasar unos días a una casa rural.

—¿No decías que te estabas guardando las vacaciones para irte un mes entero a hacer yoga a Tailandia? —se sorprende.

—He cambiado de planes.

—Así que te largas y nos dejas a María y a mí con todo el marrón, ¿no? Los jefes han confiado en nosotros y nos lo jugamos todo con este caso, Lucía.

—Necesito estar tranquila, Óscar. Tú mismo llevas días diciéndome que tengo muy mala cara, ¿o no?

—Pareces una muerta.

—Pues eso... ¿Qué os han dicho en el restaurante?

—No demasiado. Héctor Ríos solía ir todos los jueves a cenar con una chica, pero no nos han dado ninguna pista por la que poder reconocerla.

—Encontraréis algo, ya lo verás.

—Me jode tener que admitirlo, pero me da que nuestro primer caso se va a quedar sin resolver.

Escuchar eso a Lucía le alivia, aunque sigue pensando que lo mejor es quitarse de en medio hasta que de verdad lo archiven como no resuelto.

—Entonces ¿te vas a una casa rural?

—Sí, a la de Sepúlveda, en la que estuvimos todos juntos después del confinamiento.

—¿Y qué vas a hacer allí sola?

—Pues no lo sé, Óscar. Tomar el aire, pasear, descansar, leer un par de buenas novelas... —responde mientras recoge sus cosas—. Como dijo María esta mañana, lo primero es mi salud. Y ahora necesito cuidarla porque si no, voy a petar.

—¿No me vas a contar qué te pasa, Lucía?

—Que estoy atravesando una mala racha, nada más. Pero no es grave, de verdad.

—Como quieras. Pásalo bien.

—Descuida.

Lucía se va a marchar, pero se detiene a su lado y, sin saber por qué lo hace, le besa en la mejilla con cariño. Inicia la salida sin ver cómo el oficial Jimeno no le quita ojo, pero sintiendo su mirada clavada en la nuca hasta que sale por la puerta. El oficial la conoce mejor que nadie y le da rabia que no confíe en él y le cuente qué la atormenta tanto, pero sospecha que es algo mucho más serio de lo que ella quiere mostrar. Suspira resignado y vuelve a su ordenador.

81

Indira analiza con detenimiento cada hoja de lechuga de su ensalada César antes de llevársela a la boca ante la atenta mirada de la subinspectora María Ortega, que siente una enorme incomodidad al descubrir que la dueña del restaurante y el cocinero observan a la inspectora con inquina desde detrás de la barra.

—Sabes que eso que haces les sienta fatal, ¿verdad? —dice María.

—¿El qué? —pregunta Indira desconcertada.

—Revisar tan descaradamente cada plato que te sirven, Indira. Les estás llamando guarros a la cara.

—En el noventa por ciento de los restaurantes no lavan bien las verduras, por lo que, aparte de fertilizantes, abonos y pesticidas, no es raro encontrarse bichos vivos.

—Y, en tu caso, algún escupitajo. No me extrañaría que fuese lo primero que hace el cocinero al recibir tu comanda. Y lo tendrías bien merecido.

A Indira se le quita de golpe el apetito y retira el plato con asco. Tuerce el gesto cuando ve que entra Moreno y va a sentarse a otra mesa con varios compañeros. Lo que más le fastidia es que no parece demasiado afectado por el encontronazo que tuvieron hace unas horas.

—¿Problemas? —pregunta Ortega, perspicaz.

—Prefiero no hablar de ese gañán, María. —Indira observa cómo su amiga juguetea con el pan y llena la mesa de migas—. ¿Te importaría dejar el pan tranquilito, por favor?

—Mira que tocas las narices, ¿eh?

—Lo siento. ¿Hay alguna novedad sobre el asesinato de Héctor Ríos?

—No mucho —la subinspectora resopla frustrada—. Pensamos que la chica con la que salía es la misma policía que le mató, pero no es más que una teoría poco consistente. Ya se ha dado orden al resto de comisarías de Madrid para que los responsables hagan las comprobaciones pertinentes, pero todavía no han localizado ningún cargador al que le falte un cartucho.

—Yo de ti me olvidaría de eso, María. Si el asesino ha sido tan cuidadoso como para limpiar de huellas la escena del crimen y llevarse la tarjeta de la cámara de seguridad, no creo que vaya a cometer un error tan estúpido. Lo más seguro es que ya haya repuesto la bala.

—¿Algún consejo? Porque ya empezamos a estar un poco desesperados.

—Mantened los ojos bien abiertos, nada más. Recuerda que el crimen perfecto no existe, así que en algún lado tiene que haber una pista. Hay que estar atenta y no dar nada por hecho.

La subinspectora Ortega asiente.

—¿Y vosotros? ¿Habéis encontrado algo?

—Estamos igual: empezando a desesperarnos.

—¿Sigues pensando que la mujer de Antonio Anglés no tenía ni idea de que estaba casada con un asesino?

—Sí..., aunque alguna vez tuvo que ver, intuir o imaginarse algo extraño, María. Creo que la clave de todo está ahí. Por muy frío que sea, no me creo que actuase igual una noche normal que otra que se había cargado a alguien.

—En ese caso, deberíais volver a hablar con ella.

—Eso mismo pienso hacer. Si Moreno te pregunta, dile que no tienes ni idea de adónde he ido, ¿vale?

Indira se levanta y sale del restaurante. María, acostumbrada a los arrebatos de su jefa, se limita a coger la ensalada que ha dejado casi sin tocar.

—Ya le dije todo cuanto sé, inspectora —dice Valeria. En el ambiente se percibe la preocupación y el miedo de esta mezclados con un denso olor a tabaco.

—Lo que necesito que me cuente ahora no es lo que sabe, Valeria, sino en lo que ha pensado en estos últimos días —responde Indira—. En algún momento tuvo que tener una intuición que ahora cobre sentido, una sospecha, algo.

—En estos últimos días solo pienso en cómo mis hijos y yo vamos a salir de este quilombo.

—Será más sencillo si su marido jamás abandona la cárcel, pero para eso necesito que se concentre. ¿Nunca llegó a casa con una actitud distante o más excitado o agresivo de lo habitual?

—Mi marido nunca fue cariñoso, pero tampoco me trató mal.

—¿Apareció alguna vez con la ropa rota o manchada de sangre?

—No, que recuerde.

—¿Alguna vez desapareció sin que usted supiera dónde se había metido?

—No.

—¿Nunca dejó de saber de él durante al menos cinco o seis horas?

—No..., salvo cuando llevaba a nuestro hijo al fútbol y no tenía noticias de ellos en todo el día, o cuando...

—¿Cuándo...?

—Cuando le salía alguna obra fuera de Madrid. En ese caso podía pasar tres o cuatro días fuera de casa y solo teníamos contacto cuando llegaba a su hotel.

—¿Cuántas veces sucedió eso?

—No lo sé. Tres o cuatro al año.

—Necesito conocer los sitios exactos en los que estuvo trabajando desde que llegó hace seis años. En algún lugar habrá una relación de las obras que le hacían desplazarse a distintos puntos de España.

—Eso tendrá que pedirlo en la empresa. Yo no sé de esas cosas.

—En los papeles de la empresa no aparece nada relacionado con esos viajes, Valeria. Tiene que haberlo organizado él. ¿No tiene una caja fuerte que no haya declarado o algún otro lugar donde pueda haber guardado esos papeles?

—No, que sepa.

—Piense, Valeria. Si no le atrapamos ahora, podríamos tardar otros treinta años en conseguirlo. Tiene que echarme una mano, por el bien de todos, para que pueda protegerla a usted y a sus hijos.

Valeria no duda de parte de quién está, pero no tiene ni idea de cómo averiguar lo que la inspectora Ramos le pide. De pronto, se le ocurre algo y apaga su cigarrillo sobre las colillas de los anteriores, con determinación.

—Quizá en la aplicación en la que reservaba nuestras vacaciones.

—¿Tiene la clave?

—Si no la ha cambiado, son las iniciales de nuestros hijos seguidas por sus años de nacimiento.

Valeria abre el portátil que hay sobre la mesa y escribe. Aunque Indira no se siente cómoda haciendo eso sin una orden judicial, sabe que las opciones de atrapar a Antonio Anglés disminuyen a medida que pasa el tiempo.

82

Poner de acuerdo dentro de la cárcel a asesinos, pederastas, ladrones, traficantes, estafadores, proxenetas, mafiosos y a algún que otro guardia es más complicado que lograr que se entiendan el Gobierno y la oposición. Solo es posible si existe un objetivo común, y en este caso es alguien por el que todos allí dentro sienten un odio y un rechazo inconmensurables:

—Ese malnacido de Anglés no puede salir vivo de aquí —dice un hombre plagado de tatuajes con el que nadie, ya esté dentro o fuera de la ley, querría cruzarse.

—El problema es que los guardias le hacen de niñeras las veinticuatro horas —responde un chico joven con unas enormes gafas que tiene pinta de estar allí por haber sisado unas monedas del bolso de su abuela.

—¿Y su compañero de celda? —pregunta un chico con una cresta y múltiples perforaciones en las orejas—. ¿Ese no podría encargarse?

—Es viejo y débil y, si falla, no habrá otra oportunidad —asegura un hombre de más de dos metros y ciento veinte kilos con acento de algún país del Este.

—Hay que esperar a que Raúl esté de vigía —dice un colombiano al que el humo de su cigarro se le escapa por la cicatriz que le atraviesa la cara—. Mis hombres se ocuparán de hablar con él.

—¿Quién lo va a hacer? —pregunta un hombre tímido que fuma de forma compulsiva.

Todos se miran, pero a pesar de las ganas de ver muerto al monstruo que parece manchar la buena reputación de los presos de esa cárcel, ninguno se ofrece como voluntario. Seguramente todos disfrutarían hundiendo una y otra vez en el cuello de Antonio Anglés un pincho fabricado con alambres arrancados de la valla, pero piensan en las consecuencias; por muy atroz que haya sido el delito que han cometido los allí presentes, la máxima pena que cumplirán será de veinte años, pero un asesinato a sangre fría transformaría sus condenas en la temida prisión permanente revisable. Al fin, el matón del Este da un paso al frente.

—Nosotros nos encargamos, pero lo haremos a nuestra manera.

—No... A Antonio Anglés tiene que matarle un español.

Todos se giran sorprendidos hacia el fumador compulsivo, un hombre incapaz de mirar a nadie a los ojos desde que salió en los periódicos por violar a su propio sobrino de doce años. No se queja de su destino, él sabe que lo merece, pero lo cierto es que nunca había quebrantado la ley, ni siquiera se había planteado hacerlo. Aquella noche llegó pasado de coca y sucedió, sin más. Solo tiene la esperanza de limpiar algo su nombre cuando se sepa que él es el asesino del monstruo. Tal vez así se le recuerde por eso y no por lo que hizo a un niño inocente.

—Ese Anglés no es un güevón —protesta el colombiano—. No podemos dejarlo en manos de un violapelados.

—Yo lo haré —insiste con firmeza—. Si me dejáis a solas con él, os juro que no fallaré.

—Por la cuenta que te trae —zanja el de los tatuajes.

Antonio Anglés lleva días sospechando que algo se cuece en prisión, y no hay que ser muy listo para intuir que de una u otra manera esto le atañe. De momento, ha solicitado que se lleven a su compañero de celda porque no se fía de sus intenciones. Aunque en principio la dirección de la cárcel se negó porque el detenido estaba sometido al protocolo antisuicidios, tuvieron que ceder.

—Si quiero estar solo es precisamente para no aparecer ahorcado en mi celda —argumentó cargado de razón.

Sale al patio una hora todos los días, cuando el resto de presos están en sus respectivas actividades. Es la única manera de proteger su integridad física, pero la soledad empieza a pasarle factura. Con los únicos que ahora tiene contacto es con los funcionarios, y ellos no suelen darle conversación. Aún le pesa la visita de Valeria. Por una parte, se ha sentido liberado al poder confesarse después de toda una vida escondiéndose, pero ante ella sintió una vergüenza que no conocía de antes. Ver a un monstruo reflejado en sus ojos le dolió.

Da vueltas alrededor del patio y tira un par de veces a una canasta un balón despeluchado que ha quedado abandonado, pero lo suyo no son los deportes y deja que se aleje botando. Al pasar junto al huerto donde los del taller de jardinería plantan las verduras que solo ellos tendrán derecho a probar, el más anciano de los presos, un hombre que entró en prisión pasados los setenta por disparar al conductor borracho que mató a su nieta, se queda mirándole desde el otro lado de la valla.

—¿Qué miras, viejo? —pregunta Anglés provocador.

—Tienes cara de muerto —contesta el anciano.

—¿Qué?

El hombre le sonríe y sigue aplicando una capa de mantillo bajo las tomateras para mantener la humedad y evitar que las plantas sean atacadas por alguna plaga. Anglés mira precavido a su alrededor para comprobar que no le acecha ningún peligro, pero el patio sigue siendo solo para él y los guardias que a pesar de las miradas de desprecio que le dedican, siguen ahí vigilantes.

Lo que Antonio no sabe es que, junto a la puerta del gimnasio, oculto detrás del contenedor donde se guardan las pesas y el resto de material deportivo, está el fumador compulsivo. Varios presos y algún guardia se han organizado para dejarle ahí. A él no le importa no volver a salir a la calle; no soportaría hacerlo y tener que mirar a sus hermanos y a sus padres a la cara. Prefiere morir allí dentro. Aprieta con fuerza el pincho en su mano hasta detener su circulación sanguínea. El alambre trenzado tiene un mango hecho con esparadrapo robado de la enfermería cuyas últimas capas han puesto de cara para que el agarre sea mejor. En cuanto pase por su lado, se lo hundirá en el cuello todas las veces que pueda antes de que los guardias caigan sobre él. Para asegurarse el éxito, necesita que sean al menos tres, aunque, si acertara en la yugular de primeras, con una sería suficiente. La ahora víctima está a diez metros y el fumador se prepara para atacar. Cuando está a cinco, se abre la puerta de la galería y se asoma uno de los guardias.

—Anglés, tienes que entrar.

—Solo llevo diez minutos en el patio —protesta.

—Me suda la polla lo que lleves. Tienes una llamada del juzgado.

Anglés masculla algún insulto y vuelve sobre sus pasos. El fumador tarda unos segundos en reaccionar, los suficientes para que el guardia le vea salir de su escondite y logre dar la voz de alarma:

—¡Cuidado!

Antonio siente un agudo dolor, pero se ha girado a tiempo para que sea en el hombro y no en el cuello. Cuando el fumador va a hacer su segundo intento, el guardia le hace un placaje y ambos ruedan por el suelo. Mientras Antonio Anglés corre despavorido tapándose la herida con la mano, el fumador llora en el suelo.

—¡Se merecía morir, joder! ¡Se merecía morir!

Ninguno de los guardias que han llegado hasta él y le inmovilizan se atreve a quitarle la razón.

83

Durante el primer mes tras su regreso a España, Anglés apenas salió del chalé que habían alquilado en una zona residencial de la capital. Se arrepentía a todas horas de haber cedido para ir a meterse en la boca del lobo, pero en cuanto empezó a relacionarse con sus vecinos se dio cuenta de que nadie le reconocería ni aun teniendo delante una foto del Antonio Anglés de 1992. Lo único que les extrañaba era que fuese mexicano, pero el leve deje argentino que había adquirido durante la década que vivió en Buenos Aires alejaba todas las suspicacias.

Al final, aunque tanto la empresa como la casa de La Recoleta habían sido malvendidas deprisa y corriendo, habían podido llegar a España con suficiente dinero para mantener el nivel de vida que llevaban hasta entonces, pero los fondos se iban agotando a marchas forzadas. Antonio decidió montar otra empresa igual que la que había dirigido en los últimos años, y, a pesar de que los comienzos fueron difíciles debido a la forma tan diferente de hacer las cosas que había en ambos países, le surgieron encargos que harían que la economía familiar reflotara. En el año 2018, la empresa de reformas cerró con un beneficio neto de un cuarto de millón de euros. Fue en aquel momento cuando pudo empezar a prepararse por si algún día las cosas se torcían. Entre otras acciones, investigó varios bufetes hasta que dio con uno en el que trabajaba el abogado que quería que llevase su caso si su historia salía a la luz. Se llamaba Alejandro Rivero y entablaron cierta amistad sin que el abogado supiese que las atenciones de su cliente tenían un objetivo oculto. Cuando ya tuvo atado eso, quiso comprobar cómo estaba la vida que había abandonado hacía veintisiete años.

A Neusa Martins, la madre de los Anglés, se le notaba el sufrimiento en cada poro. De los diez hijos que parió, cada uno de los ocho que llegaron a la edad adulta le dio suficientes disgustos para acabar con cualquier madre normal, pero ella siguió adelante con los dientes apretados, dejándose la piel en innumerables trabajos que le permitieran poner un plato de comida sobre la mesa que rara vez le agradecía a nadie. El que más dolor le había causado era, sin duda, Antonio, pero no solo por lo que les había hecho a aquellas pobres niñas, sino por cómo se había comportado con sus hermanos y con ella hasta el día en que desapareció. En parte, lo sucedido aquella lejana noche de invierno le mejoró la vida, porque dejó de ser maltratada por el más violento de sus hijos.

El coche de alta gama desentonaba en Albal, un pequeño municipio de la Comunidad Valenciana que limita con Catarroja, Beniparrell, Silla, Valencia y Alcàsser, lugares en los que el apellido Anglés seguía provocando rechazo y temor a partes iguales, tanto que todos los hermanos del asesino decidieron eliminarlo. Desde entonces, en sus carnés de identidad solo aparecía Martins. Antonio había averiguado que, tras la muerte, años atrás, de su hermano Ricardo a causa de una neumonía, solo Enrique y Roberto seguían viviendo con su madre. Algunos hermanos más, dirigidos por Mauricio, tenían varios negocios que les permitían vivir con comodidad, entre otros un restaurante, una empresa constructora y varias gasolineras. Pero a la que mejor parecía haberle ido era a Kelly. Después de huir de su apellido por medio mundo como si ella hubiera sido la ejecutora de las tres niñas, regresó a España para dejar a todos con la boca abierta al presentarse, en el año 2012, a las pruebas de un conocido *talent show* televisivo. Risto Mejide, uno de los jueces de aquel programa, ignorando que estaba frente a la hermana del mismísimo Antonio Anglés, sentenció que su actuación le había hecho pasar vergüenza ajena. Viendo que su futuro no estaba encaminado hacia el mundo del espectáculo, Kelly se dedicó a hacer inversiones inmobiliarias que le permitieron amasar una considerable fortuna.

Después de media hora aparcado a varias decenas de metros de la casa de tres plantas en la que vivía la matriarca del clan, Antonio empezó a ponerse nervioso; no le gustaba estar en un lugar en el que aún le seguían quedando cuentas pendientes, ni tampoco cerca de quien podía reconocerle y dar la voz de alarma, por mucho que hubiese cambiado en las tres últimas décadas. Cuando ya decidió marcharse y dejar atrás aquella vida que nada tenía que ver con la que llevaba junto a su esposa y sus dos hijos, la vio salir de casa. Neusa había envejecido mal, como no podía ser de otra manera, pero Antonio no sintió ninguna lástima. Había pensado plantarse frente a ella y decirle que estaba vivo, y que aunque ella manifestó en diferentes entrevistas que deseaba que no fuera así, él sabía que mentía. Neusa pasó junto a su coche hablando sola, mascullando que estaba harta de todo y que cualquier día se largaba de vuelta a Brasil, y Antonio puso la mano en la manija de la puerta. Cuando la iba a abrir para descubrirse, se arrepintió. La verdad es que no tenía nada que decirle a esa desconocida, y menos a los ingratos de sus hermanos, que le habían despreciado públicamente después de todo lo que hizo por ellos. Volvió a llevar la mano al volante y arrancó el coche para marcharse de allí para siempre.

De regreso a Madrid, Antonio salió de la autopista para comer algo en Motilla del Palancar, un municipio de alrededor de seis mil habitantes en la provincia de Cuenca. Cuando la antigua

Nacional III atravesaba el pueblo, era parada obligada de los madrileños que iban a la playa y de los jóvenes que hacían la ruta del bacalao los fines de semana. Pero desde que construyeron la A-3 se convirtió en otro pueblo fantasma. Nada más coger el desvío, vio a dos chicas de unos quince años haciendo autoestop y sintió aquella punzada en el estómago.

—¿Adónde vais? —preguntó bajando la ventanilla.

—Al pueblo. ¿Nos llevas?

—Subid.

Una era tímida y la otra descarada, intentando aparentar muchos más años de los que en realidad tenía. Aquella, que mascaba chicle desenvuelta, no le interesó ni lo más mínimo a Anglés, pero era la que respondía a sus preguntas.

—¿Soléis hacer dedo?

—A veces.

—No quiero parecer un abuelo, pero deberíais tener cuidado. Os podría coger alguien con malas intenciones.

—Estaría dabuti, porque los chicos del pueblo son unos setas.

La chica tímida se rio del comentario de su amiga en el asiento de atrás y Antonio Anglés se encaprichó al instante de ella. Se sorprendió imaginando cómo le magrearía los diminutos pechos, que se le marcaban debajo de una camiseta sobre la que había una cadena de oro con un crucifijo.

—¿No habéis oído hablar de las niñas de Alcàsser? —preguntó sin saber muy bien por qué lo hacía.

—Pues no, ¿quiénes son?

—Tres niñas de vuestra edad que hacían autoestop y a las que mataron.

Las dos niñas le miraron asustadas. Antonio sonrió.

—Por suerte para vosotras, yo no pienso haceros nada. ¿Dónde os dejo?

—Aquí mismo, gracias.

Anglés detuvo el coche en la entrada del pueblo y observó a través del retrovisor cómo las niñas atravesaban la calle y entraban

en el jardín de una casa vieja que había sido reformada recientemente. A pesar de que no había comido nada desde que salió de
Madrid aquella mañana y estaba muerto de hambre, dejó atrás el
pueblo, huyendo de unos deseos que sabía que serían muy difíciles de extirpar.

84

—Este caso es de los dos, Indira. —El inspector Moreno va muy mosqueado al encuentro de la inspectora Ramos cuando la ve entrar en comisaría—. Y tienes que mantenerme informado de todo lo que hagas.

—¿Quién te ha dicho que estaba haciendo algo referente al caso? —pregunta Indira sin detenerse a hablar con él—. Puede que estuviera en la peluquería.

—No te hagas la lista conmigo; aparte de que sé que te cortas tú el pelo porque te dan grima las peluquerías, un periodista me ha informado de que has ido a ver a Valeria —responde Iván, siguiéndola—. ¿Para qué?

—Si eres capaz de dejar a un lado los problemas personales que podamos tener tú y yo, te lo cuento.

—Yo no tengo ningún problema contigo, si acaso serás tú.

Indira se muere de ganas de echarle en cara que le contase a Alejandro lo que pasó en Córdoba, pero se contiene y, al entrar en la sala de reuniones, le tiende unos papeles que saca del bolso.

—¿Qué es esto?

—Una relación de los hoteles en los que Antonio Anglés ha estado alojado en estos últimos seis años. El único momento en que Valeria le perdía de vista era cuando iba a visitar alguna de sus obras y estoy segura de que aprovechaba esos viajes para cometer sus crímenes.

343

—Ya hemos repasado todos los casos abiertos y no hemos encontrado nada, Indira.

—Pues tenemos que ampliar los parámetros de búsqueda y centrarnos en un radio de veinte o treinta kilómetros partiendo de esos hoteles.

—¿A qué te refieres con ampliar los parámetros de búsqueda?

—A que no podemos buscar solo asesinatos de chicas adolescentes, Iván. Miremos con lupa todos los crímenes que haya sin resolver. Me da igual que sea un camello, una señora mayor o un chico de veinticinco años.

—Hasta donde sabemos, ese hijoputa tiene preferencia por las niñas.

—Yo en algún lado he leído que también tenía tendencias homosexuales. De hecho, los investigadores del caso Alcàsser averiguaron que solía acudir a unos recreativos de Valencia donde chicos jóvenes ofrecían servicios sexuales a maduritos, incluso estaban convencidos de que entre él y Miguel Ricart había algo más que una amistad.

—¿Crees que esto servirá para algo? —pregunta Iván.

—No tengo ni idea, pero yo lo quiero intentar. ¿Compruebas tú la mitad y yo la otra mitad?

El inspector Moreno acepta. En realidad, solo hay algo que le guste tanto como pasar un rato de ocio junto a Indira Ramos: trabajar mano a mano en el mismo caso, discutiendo cada detalle con alguien con un talento excepcional. La inspectora le sonríe, haciendo ver que se alegra de que vuelvan a investigar juntos, como si escuchara lo que piensa de ella porque opina justo lo mismo de él. Se sientan a sus ordenadores y repasan cada caso sin resolver que haya ocurrido cerca de los lugares en los que se alojó Anglés, pero ninguno susceptible de analizar coincide en el tiempo en el que el asesino estuvo cerca del lugar en cuestión. Indira se sorprende observando a su compañero, que revisa de forma concienzuda cada expediente. Piensa que, si estuviera siempre así de calladito, querría pasar su vida junto a él. El problema es que normalmente habla de más. Ya están a punto de rendirse cuando Iván se revuelve en su asiento.

–Un momento...

–¿Qué pasa?

–A ver si te encaja esto: Marta García, quince años, desaparecida en septiembre de 2018 y encontrada en un pozo unos meses después. Había sido violada anal y vaginalmente después de ser torturada.

–¿Anglés estaba cerca en esa época? –pregunta Indira contenida.

–Eso es lo mejor de todo: estaba construyendo un chalé a menos de veinte kilómetros de distancia del lugar de la desaparición.

–¿Cómo no lo habíamos visto antes? –pregunta la inspectora Ramos con el vello de punta.

–Porque hay un pequeño inconveniente.

–¿Cuál?

–Que no es un caso sin resolver, Indira. Se detuvo a un hombre de cincuenta años, se le juzgó y se le condenó a treinta años de cárcel.

–Puede que se haya condenado a un inocente. No sería la primera vez.

–No..., aunque ese tal Dámaso Flores de inocente tiene poco. Ya había cumplido varias condenas por violación y se encontraron en su poder pertenencias y ropa que la niña llevaba el día de su desaparición.

Indira no sabe qué decir. Si ese hombre fue condenado, es que las pruebas en su contra eran sólidas, pero algo le dice que la proximidad de Antonio Anglés y las lesiones de esa niña no pueden ser una simple coincidencia.

85

Aquella tarde, antes de encontrarse con la agente Lucía Navarro, Héctor Ríos pidió a la enfermera que le dejase a solas con su esposa. Giró la cara de Elena con delicadeza para que esta apartase por un momento la mirada del televisor, donde emitían un concurso de preguntas y respuestas que ella veía como si lo pudiese entender.

—Escúchame un momento, Elena.

Ella le escudriñó sin reconocerle, aunque enseguida algo estableció conexión dentro de su cerebro y sonrió.

—Héctor...

—Sí, amor mío. Solo he venido para decirte cuánto te quiero.

—Yo también a ti.

—Lamento mucho no haberte podido cuidar un poquito mejor, Elena, pero quiero que sepas que siempre te he tenido en mis pensamientos.

Elena se dejó besar en la mejilla y volvió a centrarse en el televisor. Héctor fue a la habitación de su hija. Esta acababa de terminar un trabajo de ciencias para el cole y procedió a explicárselo con todo lujo de detalles. Su padre la escuchó pacientemente, le dijo que la quería más que a nadie en el mundo y le hizo prometer que siempre cuidaría de su madre.

—Pues claro, papá —dijo la niña abrazándole, sin darse cuenta de que a él le resbalaba una lágrima por la mejilla.

—Me ducho yo primero y voy poniendo un par de copas, ¿vale? —dijo Héctor nada más entrar en el *loft*.

A Lucía le pareció bien y, mientras él entraba en el baño, ella fue preparándolo todo para la sesión de aquella tarde. Cuando el arquitecto regresó con una toalla alrededor de la cintura, vio que sobre la cama había un par de juguetes y varias esposas.

—No toques nada —dijo ella.

—Descuida. Aunque miedo me das...

Lucía se rio, le besó y entró en el baño. En cuanto se quedó solo, a Héctor se le borró la sonrisa y fue hacia la cama. Levantó la almohada y encontró la pistola de su amante. Como siempre que iban a jugar con ella, estaba descargada. Dudó, pero volvió a resonar en su cabeza la cláusula del seguro de vida por valor de tres millones de euros a favor de su mujer y de su hija que había contratado hacía dos años y que, de llevar a cabo su plan, las salvaría del embargo y de la ruina:

Las consecuencias de siniestros causados voluntariamente por el propio asegurado (incluyendo el suicidio durante los tres primeros años) quedan excluidas durante toda la vigencia del contrato de seguro.

Abrió el cajón de la mesilla y encontró el cargador. Sacó una bala y la metió en la recámara. No le gustaba implicar a Lucía en aquello; desde que la conoció, se había portado de maravilla con él, pero necesitaba que su muerte pareciese un asesinato y que jamás fuese resuelto, y sabía que Lucía era la única que podría lograrlo. Lo pasaría muy mal durante un tiempo, pero, siendo joven y fuerte, terminaría superándolo. Solo esperaba que fuese pronto.

A la media hora, Lucía volvió a la habitación vestida con un conjunto de lencería negro, medias con ligueros y unos zapatos de tacón de aguja.

—Yo ya estoy lista.

Como era habitual, no se entretuvieron en charlar ni en tomar las copas que había preparado Héctor. Después de algunos juegos, la policía cogió las esposas.

—Dame las manos.

Héctor obedeció y Lucía le esposó por las muñecas al cabecero de la cama. Se quitó la ropa y se subió a horcajadas sobre él. Deslizó la mano por debajo de la almohada y sacó su pistola. Se la pasó por la cintura, por el pecho y por el cuello. El cañón pugnó por entrar en su boca.

—Ábrela.

Héctor abrió la boca y Lucía le introdujo el cañón, haciéndolo chocar con sus dientes. Él protestó y sonrió con tristeza: la imagen con la que iba a despedirse de este mundo no podía ser mejor.

—Me voy a correr —dijo él con dificultad.

—Ni se te ocurra. Espera un momento

Cuando, después de unas cuantas embestidas, Lucía iba a llegar al orgasmo, apretó el gatillo.

86

La subinspectora Ortega y el oficial Jimeno han agotado las líneas de investigación en el asesinato de Héctor Ríos. Ya se han revisado todas las armas de las policías que trabajan en Madrid y no han encontrado ningún cargador incompleto. Lo único que han podido averiguar es que el arquitecto había perdido casi todo su dinero en una inversión fallida, pero el seguro de vida que tenía contratado ha dejado a su mujer y a su hija con las espaldas bien cubiertas.

–Joder –dice la subinspectora contrariada mientras repasa los informes del caso–. Para una vez que nos dejan al cargo de una investigación, no somos capaces de resolverla.

–Esto no lo hubiera resuelto ni Hércules Poirot, María –responde Jimeno.

–Y encima Lucía se larga de vacaciones en el peor momento...

La agente Lucía Navarro lleva dos días encerrada en la casa rural de Sepúlveda. Aunque, como le dijo a Jimeno, pensaba pasear, tomar el aire y leer, no es capaz de hacer otra cosa que no sea mirar hacia la puerta esperando ver entrar a una unidad de los geos para detenerla por asesinato. Pero pasan las horas y no sucede nada, salvo que su culpa se agranda por momentos; tantas horas a solas y sin nada que hacer solo sirven para devanarse los sesos, y cada cosa que se le ocurre es peor que la anterior.

Cuando se decide a salir, camina sin rumbo fijo hasta que llega a la ermita de San Frutos, una construcción románica del siglo XII situada en uno de los meandros que forman las hoces del río Duratón. Al mirar a su alrededor, ve uno de los paisajes más bonitos que recuerda: las ruinas de la capilla se encuentran al borde de un profundo acantilado sobre el serpenteante río, en cuyas paredes —algunas de más de cien metros de altura— anida una numerosa colonia de buitres leonados. «Qué sencillo sería acabar con todo», piensa Lucía. Baja hasta el pequeño cementerio que hay junto a la ermita y se asoma al vacío. Una piedra se desliza por la pendiente y tarda casi cinco segundos en chocar contra las rocas de la orilla y partirse en dos. Cinco segundos y se habría acabado todo el sufrimiento, la culpa y la vergüenza.

Por fin, cuando ya no esperaban recibir ninguna buena noticia, la subinspectora Ortega y el oficial Jimeno tienen un golpe de suerte: la secretaria de Héctor Ríos, revisando las carpetas de su ordenador, ha encontrado una que quizá les pueda ayudar en la identificación de la misteriosa mujer con la que quedaba desde hacía meses.

—Esto me da un poco de apuro —dice la secretaria cuando los recibe—. Me parece que estamos invadiendo la intimidad del señor Ríos.

—Al señor Ríos ya no creo que le importe —replica la subinspectora—, pero estoy segura de que él querría que atrapásemos a su asesino, ¿no le parece?

—Sí, supongo que sí.

—Pues enséñenos lo que ha encontrado, por favor.

—Está bien... Tenía que cerrar todos los asuntos que había dejado pendientes y he encontrado una carpeta con algunas fotos... comprometedoras.

—¿Dónde está?

—Aquí...

La carpeta en cuestión se titula simplemente «L». Cuando la subinspectora va a abrirla, Jimeno la detiene.

—¿No deberíamos pedir una orden? A ver si, al hacerlo por las bravas, nos cargamos las pruebas.

—Estamos más cerca que nunca de resolver este caso, Jimeno. Además, contamos con el permiso de la secretaria personal de Héctor Ríos. —Se vuelve hacia ella—. ¿No es así, señora?

—Sí, claro...

—Entonces no hay nada más que hablar.

La subinspectora Ortega abre la carpeta y encuentra en su interior cuatro archivos jpg. Cliquea sobre el primero de ellos y se abre la imagen de una mujer de espaldas, desnuda, pero no se le ve la cara y es imposible reconocerla. En la segunda de ellas está de frente, aunque se tapa la cara con una almohada de la misma cama del *loft* del paseo de la Habana donde fue asesinado el señor Ríos. La mujer de las imágenes tiene un cuerpo perfecto, fuerte, tal y como lo había descrito el camarero del restaurante Salvaje.

—Espero que en las otras dos se vea algo más —dice Jimeno.

—Veamos.

En la tercera fotografía se ve a la misma mujer vestida con un conjunto de cuero, con una fusta, unas esposas en una mano y una máscara que le cubre toda la cara. Al abrir el último de los cuatro archivos, se ve a la mujer de frente y desnuda, con sus genitales expuestos sin pudor y con la cabeza cortada.

—Mierda... —dice la subinspectora contrariada—. Con esto no vamos a poder identificarla en la vida.

El oficial Jimeno calla al mirar la última de las fotografías. Cuando las envíen al laboratorio y analicen cada píxel en busca de alguna pista, descubrirán que en la ingle hay un pequeño tatuaje de una media luna. Tampoco será determinante, puesto que habrá millones de mujeres con uno parecido, aunque a él le ha dado un vuelco el corazón. Su compañera lo percibe.

—¿Pasa algo, Jimeno?

—Nada —se apresura a responder—. Solo que, como has dicho, con este material no vamos a poder identificar a nadie.

87

El centro penitenciario de Cuenca es una cárcel pequeña en la que el trato entre presos y funcionarios es mucho más cercano que el que se da en las macroprisiones. Antes de encontrarse con Dámaso Flores, el hombre condenado por la violación y asesinato de la joven Marta García, los inspectores Ramos y Moreno solicitan hablar con la psicóloga de la prisión.

—Si el juez dijo que era culpable es porque lo sería —sentencia la psicóloga, una mujer de mediana edad que, debido a la naturaleza de sus pacientes, procura estar alerta en todo momento.

—Lo que dijo el juez ya lo sabemos. Lo que nos interesa ahora es conocer su opinión personal —dice Indira.

—¿De manera extraoficial?

—Por supuesto.

—Lo único que puedo decirles es que Dámaso no es un buen hombre. Es un machista, maltratador, manipulador y violador confeso de varias jóvenes, aunque es cierto que él sigue manteniendo su inocencia en el crimen de Marta García.

—¿Cree que dice la verdad? —pregunta Iván.

—No tengo ni la más remota idea, inspector. Yo solo sé que no me gustaría encontrarme con ese hombre en la calle. Aquí está controlado, pero estando en libertad yo le veo capaz de cualquier cosa.

La actitud de Dámaso Flores es la de alguien que, como ha dicho la psicóloga, está justo en el lugar que le corresponde. Nada más entrar en la sala de visitas, mira rijoso a Indira. A ella le causa rechazo físico presenciar cómo el violador se pasa la lengua por unos labios cubiertos de llagas y de saliva seca.

—Qué asco, joder —dice en voz baja, apartando la mirada.

—Tranquila —responde su compañero—. No dejaré que te bese.

A pesar de las circunstancias, Indira sonríe y se pregunta cómo pueden existir en el mismo mundo dos hombres tan diferentes como Iván y el recluso, que ya ha llegado hasta los policías y se sienta con descaro, sin esperar a ser invitado.

—Estaba echándome la siesta —dice sin dejar de mirar a la inspectora—. ¿A santo de qué coño me interrumpen?

—Soy el inspector Moreno y ella la inspectora Ramos —dice Iván mientras ambos le enseñan sus placas—. Tenemos que hablar con usted sobre su implicación en el asesinato de Marta García.

—Mi implicación es una mierda, porque yo no la maté.

—Por eso estamos aquí, señor Flores —Indira se suma a la conversación—, porque queremos que nos cuente lo que sabe.

—Ya se lo conté al juez, y mire para lo que sirvió.

—Se lo vamos a decir muy clarito: nosotros no estamos convencidos de su culpabilidad en ese caso, así que, si quiere que le ayudemos, responda a nuestras preguntas.

A Dámaso le repatea que una mujer le hable así, pero no es tan estúpido como para no ver la posibilidad de salir de aquel lugar antes de lo previsto y asiente.

—Bien. Entonces ¿usted no mató a Marta García?

—No.

—¿La conocía?

—La había visto varias veces por el pueblo.

—¿Alguna vez había pensado en hacerle algo?

El violador duda.

—Responda a la puta pregunta —Moreno le presiona— o nos largamos ahora mismo y dejamos que se pudra aquí dentro.

—Sí... La veía pasar casi todos los días por mi calle y alguna vez pensé que no me importaría hacerle un favor. En los últimos tiempos la niñita se había desarrollado bastante bien.

—¿Y qué le hizo contenerse?

—Que vivíamos en el mismo pueblo y que no tardarían ni una hora en ir a por mí. Hay miles de chicas como ella en otros muchos lugares —añade sonriendo y mostrando unos dientes sombreados de marrón nicotina.

Indira contiene la repulsa que le produce.

—Hablemos de la desaparición de Marta. ¿Aquel día la vio?

—No... —responde dubitativo.

—¿No?

—No lo tengo claro. Yo estaba en casa comiendo cuando escuché a alguien hablar en la calle. Me pareció que era su voz, pero al asomarme a la ventana solo vi un coche que se alejaba. Creo que ella iba dentro.

—¿Cómo sabe eso?

—Porque en el suelo estaba su mochila con sus libros y un jersey dentro. Salí a cogerla y eso fue lo que me metió en este lío.

—¿Por qué?

—En la tele no hacían más que hablar sobre esa niña y, cuando la zorra de mi hermana encontró sus cosas en mi habitación, llamó a la Guardia Civil. Esos cabrones siempre me han tenido ganas y no me dejaron ni explicarme.

—¿Qué te parece? —pregunta Indira a Iván en cuanto salen del centro penitenciario y vuelven a entrar en el coche.

—Lo que ha contado tiene cierto sentido, pero de un tío como ese no podemos fiarnos una mierda.

—Opino lo mismo que tú.

—¿Entonces?

—¿El pueblo de la niña queda muy lejos de aquí?

—A poco más de cincuenta kilómetros —responde el inspector Moreno tras consultarlo en su teléfono—. Ya que estamos, deberíamos acercarnos.

88

Se sea o no creyente, nadie puede negar que hay cosas que están escritas, y el destino de la niña que Antonio Anglés había conocido en Motilla del Palancar era una de ellas. Pasaron varios meses sin que se acordase de ella, pero una terrible casualidad hizo que le encargasen construir una vivienda en Villanueva de la Jara y una mañana se encontró a algo menos de veinte kilómetros del lugar donde la había recogido haciendo autoestop junto a su amiga. Los dos primeros días evitó acercarse al pueblo, pero su deseo de volver a verla era tan fuerte que al tercero ya estaba vigilando la casa en la que había visto entrar a las dos chicas. Sin embargo, quien salió fue la más descarada. Antonio la siguió hasta el Instituto de Educación Secundaria Jorge Manrique y se marchó en busca de un buen lugar al que llevar a su presa, pues ya no concebía un fracaso. Regresó a la hora de comer y al fin la localizó. Las niñas a esas edades pueden cambiar muchísimo en un par de meses, y ese había sido el caso. Ya no había en ella rastro de la inocencia que tanto atrajo a Anglés, y lo que antes eran unos incipientes pechos infantiles se habían convertido en los de una adolescente bastante desarrollada. El asesino se sintió decepcionado, pero no tanto como para decidir cambiar de objetivo.

La niña se marchó calle abajo acompañada por otras tres chicas, entre ellas la amiga que él ya conocía. Al llegar a un cruce, dos tomaron una dirección, la otra la contraria y la presa de Anglés continuó en línea recta. Cuando la vio desviarse por una calle solitaria en la que había varios descampados junto a algunas casas viejas, se aproximó y detuvo el coche a su lado.

—Hola —Antonio esbozó una amable sonrisa mientras bajaba la ventanilla del copiloto—. ¿Sabes dónde se coge el desvío hacia Valencia?

—Tienes que volver a salir a la carretera y, en la rotonda, tiras a la derecha.

—Perdona, pero no te oigo. ¿Te importa acercarte un poquito?

La niña dudó, pero ese hombre le resultaba familiar y se acercó.

—Decía que tienes que volver a la carretera principal y...

En cuanto la tuvo a tiro, Anglés le clavó una jeringuilla en el cuello. Ya había usado ese método en Buenos Aires, cuando secuestró para violar y matar a aquel chico rubio. Y tampoco ahora le falló. Al instante, a la niña se le nubló la mirada y le flojearon las piernas. Antonio evitó que se desplomase agarrándola por las solapas de la chaqueta vaquera que vestía y la introdujo en el coche por la ventanilla. Cayó sobre el asiento y se le cerraron los ojos, sin que pudiera emitir sonido alguno más alto que un leve quejido. Anglés subió la ventanilla y salió a la carretera. La única muestra que reflejaba lo que allí había pasado era la mochila llena de pines que quedó abandonada en el suelo y de la que asomaban varios cuadernos, un libro de física y química y un jersey de color negro.

Al volver en sí, la niña sintió ese frío húmedo que producen las piedras desnudas de cualquier sótano. Tardó unos segundos en ubicarse y recordar lo que había pasado. Al ir a levantarse para huir, se dio cuenta de que estaba atada a una vieja silla de metal. Quiso gritar pidiendo ayuda, pero de entre las sombras salió Antonio Anglés poniéndose unos guantes de látex.

—No te esfuerces en gritar, Marta —se adelantó—. Aquí nadie te puede escuchar.

—¿Cómo sabes mi nombre?

Anglés le mostró una pulsera de cuero que le había arrancado de la muñeca y en la que se leía su nombre.

—¿Qué vas a hacerme?

—Supongo que aún eres demasiado pequeña para imaginarlo, ¿no?

—No me hagas daño, por favor —rogó aterrorizada, temiéndose lo peor.

—Tú no te acordarás, pero el día en que nos conocimos te hablé de unas niñas que habían muerto en un pueblo de Valencia.

—Tú eres... el que nos cogió en la carretera.

—El mismo. Y lamento decirte que a aquellas niñas de las que vosotras nunca habíais oído hablar las maté yo.

A algunos asesinos y violadores lo que más les excita es escuchar las súplicas de sus víctimas mientras las someten, pero a él tanto grito le impedía concentrarse y disfrutar de su obra. La golpeó tan fuerte mientras le chillaba que se callase que la niña perdió el conocimiento. Cuando volvió a despertar, estaba desnuda sobre una manta y tenía al monstruo encima. La había penetrado mientras estaba inconsciente y Marta no sintió el dolor agudo de la primera vez al romperse su himen, pero sí otros, más intensos, en muchas partes de su cuerpo: aparte de las heridas producidas por sus puños y por las cuerdas de las ataduras, sufrió la amputación de un pezón, un desgarro anal de más de diez centímetros y varias decenas de cuchilladas en la espalda y en las piernas. Nada que Anglés no hubiese hecho antes.

Cuando quedó satisfecho, limpió el cadáver de forma concienzuda, lo despojó de pulseras, collares y cadenas, lo envolvió en un trozo de tela que nunca tocó con sus manos desnudas y lo llevó en el maletero de su coche hasta un pozo sellado que había encontrado en la cercana localidad de Gabaldón. Cinco meses después, un agricultor se percató de que el agua con la que regaba sus cosechas estaba contaminada y dio aviso al Ayuntamiento, que procedió a examinar los pozos en busca de algún animal muerto. Lo que encontraron fue a la niña motillana a la que con tanta insistencia habían tratado de encontrar durante los últimos tiempos. Debido a la humedad, el cadáver se había saponificado parcialmente y se podían apreciar sus lesiones con claridad. A pesar de eso, no había en él ningún rastro que pudiese conducir a la policía hasta el culpable.

89

Entrar en la casa de una víctima siempre es un momento difícil, pero si, además, se trata de una niña de quince años, resulta insoportable. Al dolor hay que sumar el resentimiento que suele tener la familia, que en ocasiones considera que la policía no la protegió lo suficiente. Da igual que les intenten explicar que los asesinos cada vez saben hacer mejor su trabajo y que las series, las películas y las novelas en las que se explica al detalle la labor policial no ayudan a los investigadores.

—Sentimos muchísimo su pérdida —le dice Indira a una madre que no ha logrado apaciguar el dolor ni la ausencia que siente desde el mismo día en que encontraron a su niña en aquel pozo—. Solo necesitamos hablar con ustedes unos minutos.

—Mi mujer y yo estamos intentado superar aquello, agentes. —El padre se une a la conversación saliendo de la cocina con una lata de cerveza en la mano, a la defensiva—. El de nuestra hija es un caso cerrado y así queremos que siga.

La inspectora Ramos y el inspector Moreno cruzan sus miradas. No suelen descubrir a las primeras de cambio sus cartas, pero tampoco se sienten cómodos ocultándole información a unos padres que han sufrido tanto. Es Moreno quien decide sincerarse.

—No tenemos más que una sospecha, pero si hemos venido hasta aquí es porque aún quedan algunos cabos suelos.

—¿Qué cojones de cabos sueltos? —el padre se revuelve con los ojos encendidos—. Ese malnacido de Dámaso violó y mató a Marta y ya se está pudriendo en la cárcel por ello.

—Es cierto que las pruebas apuntan en su contra, pero nos han surgido algunas dudas.

—¿De qué está hablando?

—Por la forma en que murió su hija y por las lesiones que tenía —responde Indira—, creemos que el culpable pudo ser Antonio Anglés.

Los padres de la niña se estremecen. Están enterados por la autopsia de cuánto sufrió Marta antes de morir, pero saber que estuvo en manos de ese depravado se les hace insoportable. La madre se lleva las manos a la cara, llorando e invocando a un Dios que no ha tenido piedad con ellos. El padre se sienta a su lado y le pasa el brazo por los hombros.

—Dígannos qué podemos hacer.

—Supongo que no recuerdan haberse cruzado con él en alguna ocasión, ¿verdad? —pregunta el inspector Moreno mostrándoles la foto policial de Anglés en la actualidad.

—Yo llevo viéndole en las noticias desde que le cogieron y no me resulta familiar —responde el padre negando con la cabeza.

—A mí tampoco. —La madre analiza la foto, como si no la hubiera visto ya mil veces en televisión.

—¿Su hija no les comentó que había conocido a alguien de fuera del pueblo?

—¿Tienen ustedes hijas, agentes?

La pregunta de la madre deja descolocados a los policías. Ambos responden afirmativamente con un movimiento de cabeza y la madre continúa:

—Entonces sabrán que a los quince años una niña no suele hablar de sus cosas con sus padres, por mucha confianza que se les dé.

—La que más la conocía era su amiga Vanesa —añade el padre, que está de acuerdo con su esposa—. Lo mejor es que le pregunten a ella.

—Ahora que lo pienso, creo que este tío nos llevó en su coche —dice la amiga de Marta mirando la foto de Anglés.

—¿Os llevó? —pregunta la inspectora, sorprendida.

—Ha pasado mucho tiempo, pero juraría que unos meses antes de lo de Marta nos recogió junto a la autopista y nos acercó al pueblo. Nos dio un poco de mal rollo.

—¿Por qué?

—Porque empezó a decirnos que no deberíamos hacer autoestop, que a unas niñas de no sé dónde las habían matado por eso. Creo que eran las niñas esas de Valencia de las que ahora se habla tanto.

Aunque los dos policías creen en lo que les cuenta la chica, no serviría para atrapar a Anglés, y menos después de haberle enseñado una foto del sospechoso; cualquier abogado que se precie alegaría que estaban guiando su declaración.

—¿Qué recuerdas del día de su desaparición?

—De ese día poco, porque tuvimos clase y solo nos vimos en el recreo. Nos hicimos una foto, ¿quieren verla?

—Por favor.

Vanesa saca su móvil y busca en la galería evitando que los policías vean lo que tiene guardado; tratándose de una chica de diecinueve años, podría haber cualquier cosa. Tras unos segundos de búsqueda, encuentra la imagen en cuestión. En ella se ve a las dos amigas abrazándose mientras se hacen un selfi. Es una foto normal de dos chicas haciendo el tonto.

—¿Puedo? —pregunta Indira quitándole el móvil sin esperar que le dé permiso.

Primero amplía sus ojos y, salvo porque son muchísimo más claros que los de sus padres, no encuentra nada llamativo en ellos; después amplía su pelo, y tampoco le dice nada; por último amplía su pecho y ve que, a través de la abertura de la camisa, asoma algo que no se distingue con claridad.

—¿Qué tiene debajo de la camisa?

—El crucifijo que siempre llevaba puesto —responde Vanesa asomándose a la pantalla—. Démelo, seguro que se ve mejor en otra foto.

La chica recupera el móvil y busca en la galería. Enseguida encuentra otra fotografía de Marta, y esta vez tiene el crucifijo fuera del jersey.

—Dios mío... —dice la inspectora Ramos al verlo.

—¿Qué pasa? —pregunta Moreno.

—Este crucifijo... es el mismo que llevaba la hija de Anglés.

—¿Estás segura de eso, Indira?

—Se lo vi puesto el día que fuimos a interrogar a su madre.

—Ya es nuestro.

La felicidad que sienten al saber que por fin han encontrado la prueba que condena al monstruo se convierte en rabia y decepción cuando llaman a la comisaría y les dan la peor noticia que podrían recibir:

—Antonio Anglés ha sido liberado hace una hora —dice el inspector Moreno con cara de circunstancias y el teléfono en la mano.

V

90

De alguien que ha causado tanto daño en su vida se espera cierta tolerancia al dolor, pero Antonio Anglés patalea, llora y pide a gritos anestesia mientras le hacen la cura de la herida del hombro. Aunque ha tenido suerte y el fumador compulsivo no le ha seccionado ningún tendón, el pincho ha entrado con tanta fuerza que ha atravesado el músculo, ha arañado el húmero y ha salido por la axila. Le desinfectan y curan la herida, se la vendan y le devuelven a su celda. Allí le está esperando el director de la cárcel, un hombre de sesenta años con aspecto de buena persona, pero que sabe muy bien con qué tipo de hombres trata a diario. Revisa con detenimiento el comunicado que Anglés ha redactado con la intención de leer ante la prensa en cuanto tenga oportunidad.

—Menuda sarta de mentiras... —dice agitando el papel y volviendo a dejarlo sobre la mesa—. ¿De verdad piensas que alguien se va a creer que tú no has matado a una mosca y que solo escapaste por miedo?

—Me da igual lo que se crean o no, es la verdad. Yo me fui de España porque sabía que me iban a cargar el muerto.

—Los muertos —corrige el director—. Tres niñas de quince años que no tenían culpa de nada. Yo tengo una nieta de esa edad, ¿sabes?

Anglés evita responder. No es que le importe lo que pueda pensar ese hombre de él, pero el director de una cárcel tiene a

367

mano todas las herramientas necesarias para hacerle todavía más difícil su estancia allí. Lo que no sabe es que ya se acabó:

—Recoge tus cosas.

—¿Por qué?

—Justo antes de que te atacasen en el patio llamaron del juzgado para decretar tu puesta en libertad. Al final te has salido con la tuya.

A la misma hora en que la inspectora Indira Ramos y el inspector Iván Moreno salen de visitar a Dámaso Flores en el centro penitenciario de Cuenca y se dirigen a casa de Marta García para hablar con sus padres y con su amiga Vanesa, Antonio Anglés formaliza el papeleo para recuperar su libertad. Debido a la congregación de medios de comunicación y de manifestantes en el exterior de la cárcel para protestar contra el excarcelamiento del criminal, las autoridades han decidido trasladarle de incógnito en un furgón policial hasta la misma comisaría donde le llevaron al detenerle para evitar un más que seguro atentado contra él. Allí le está esperando Alejandro Rivero, que habla con la subinspectora Ortega, el único miembro del equipo de Indira Ramos que se encuentra en ese momento. Al ver llegar a su cliente con una sonrisa de suficiencia, el abogado se acerca a él disimulando su animadversión.

—Buen trabajo, Alejandro —dice Anglés satisfecho—. Sabía que había elegido al mejor abogado posible.

—Desde este mismo momento, dejo de ser tu abogado. No me alegro de haber conseguido la libertad para ti. Has hecho que aborrezca mi profesión.

—Tampoco será para tanto —Antonio le quita importancia y busca con la mirada—. ¿No está la inspectora Ramos? Me encantaría despedirme de ella.

—Te vas a quedar con las ganas, porque ha tenido que desplazarse a Cuenca.

Antonio Anglés palidece. No puede ser casualidad que haya ido justo allí, tan cerca del lugar donde cometió su último crimen, hace ya tanto tiempo que, cuando le detuvieron, la idea de repetirlo empezaba a hacerse fuerte en su cabeza.

—Espérate aquí que ahora te dan la documentación y podrás largarte —continúa el abogado.

—¿Mi mujer está avisada?

—Por supuesto que sí..., pero ni te vendrá a buscar ni la vas a encontrar en casa —añade como un pequeño triunfo—, porque se ha largado muy lejos de ti.

Alejandro se marcha y Antonio Anglés se ve por primera vez sin vigilancia. Aunque debe esperar a que le den los papeles que certifican su exoneración de cualquier responsabilidad en el crimen cometido en noviembre de 1992, tiene la certeza de que pronto podrán acusarle de otro del que no escapará tan fácilmente. Sería una temeridad arriesgarse a seguir allí cuando la inspectora Ramos y el inspector Moreno regresen de su visita a Cuenca, así que su huida comienza de cero una vez más. Lo bueno es que ahora no será todo tan improvisado: llevaba años preparándose para este momento.

Sale a la calle con una gorra de la policía que encuentra sobre una mesa, con sus gafas de sol y con una mascarilla que, desde la pandemia, ha pasado a formar parte de la indumentaria habitual de mucha gente. Para un taxi y le pide que le lleve a la calle de Honrubia, en el barrio de Vallecas. Durante el trayecto mantiene la cabeza gacha y, a pesar de que el taxista lleva todo el día escuchando hablar en la radio de la liberación de Antonio Anglés, no se imagina que está en el asiento trasero. Cuando llega a su destino, entra en un garaje que tiene alquilado y baja a la segunda planta. En la plaza 244 hay una moto de gran cilindrada tapada con una lona. La retira y comprueba que, dentro del casco que está guardado bajo el asiento, hay una mochila que contiene una gran suma de dinero en euros y en dólares, un estuche de cuero lleno de diamantes que podrá canjear en cualquier parte del mundo, documentación falsa, una pistola y un teléfono móvil.

Cuando la inspectora Ramos descubre que Anglés se llevó el crucifijo de Marta García para regalárselo a su hija Claudia y el inspector Iván Moreno llama a la comisaría para informar de que por fin tienen una prueba que relaciona al asesino con un crimen que todavía no ha prescrito, él ya va en su moto camino de Fuenlabrada.

91

Indira e Iván entran en la comisaría desencajados. La congoja de pensar que han vuelto a perder a Anglés justo cuando habían descubierto cómo atraparle se mezcla con la indignación por no haber sido avisados de su inmediata puesta en libertad. Se dirigen a la subinspectora María Ortega y al abogado Alejandro Rivero, que hablan junto a la mesa de la policía también con el ánimo por los suelos.

—¿Cómo coño has permitido que le suelten? —pregunta Indira a su ex a bocajarro.

—Yo no tenía nada que permitir, Indira. Si tienes alguna queja, háblalo con el juez, porque yo me he enterado muy poco antes que vosotros.

—Puede que haya sido el juez, sí —Moreno se enfrenta a Alejandro—, pero porque tú le habrás mandado uno de esos putos alegatos de picapleitos solicitándolo.

—Eso no es demasiado justo, Moreno —la subinspectora Ortega sale en defensa del abogado—. Aquí cada uno hace su trabajo lo mejor que puede.

Las buenas intenciones de la subinspectora no sirven de nada cuando la hostilidad entre los dos hombres trasciende lo laboral. La que mejor lo sabe es Indira e intenta tranquilizarse.

—¿Qué ha pasado, Alejandro?

—Todavía no lo tengo claro, pero se rumorea que el juzgado de Alzira no ha remitido el exhorto a tiempo y el juez ha querido evitarse una denuncia por prevaricación.

—Joder... ¿Es verdad que lo han traído aquí?

—Había tal alboroto en la prisión —Ortega lo confirma asintiendo— que decidieron que se hiciese aquí el papeleo.

—Encima le protegemos, somos gilipollas. —Moreno cabecea para sí—. Deberían haberle dejado en la puerta de la cárcel y que se las arreglase él solito.

—Por una vez, estamos de acuerdo —dice Alejandro.

—¿Dijo algo antes de marcharse? —pregunta Indira.

—Nada —responde la subinspectora Ortega—. Robó una gorra de la mesa del agente Sáenz y se marchó sin recoger los documentos que declaraban prescritos sus posibles delitos.

—¿Por qué se largó tan deprisa, si ya no tenía nada que temer? —se extraña la inspectora Ramos.

—De eso quizá tenga yo la culpa —responde Alejandro apurado—. Me preguntó por ti y le dije que habías ido a Cuenca. No tenía ni idea de lo que estabais haciendo allí, pero supongo que él sí.

—Eres un poco bocazas, abogado —dice Iván incisivo.

—Déjalo estar, Iván —Indira templa—. Lo que tenemos que hacer es detener a Anglés y confiar en que, esta vez sí, se pudra en la cárcel.

—El problema es que, conociéndole, llevará años preparando esta fuga, Indira —dice el abogado—. Si fue tan previsor como para buscar un abogado años antes de que le detuvieran, no creo que improvisase en todo lo demás.

—No. —Moreno está de acuerdo—. A estas alturas ese hijo de puta ya puede estar hasta fuera de España.

—Solo lleva un par de horas en paradero desconocido, Moreno —señala la subinspectora Ortega—. En cuanto vosotros llamasteis contándonos lo del crucifijo, tramitamos la orden de detención y al poco rato llamó un taxista para decir que había recogido a un hombre en la puerta de la comisaría y que lo había llevado a

Vallecas. Por la hora y la descripción, se trataría de Anglés. Hemos mandado allí a una patrulla, pero de momento no han encontrado nada.

—Sigue cerca, estoy segura —afirma Indira convencida—. ¿Su mujer y sus hijos están a salvo?

—Valeria denunció que Anglés la había amenazado durante una visita a la cárcel y los han llevado a un lugar seguro.

Indira frunce el ceño como hace siempre que trama algo. Sus compañeros saben que puede haber tenido una buena idea, pero también que, sea lo que fuere lo que se le haya ocurrido, supondrá problemas.

—¿Dónde están? Necesito hablar con Valeria de inmediato.

—Eso tendrás que preguntárselo a tu comisario, porque a mí todavía no me han informado de manera oficial —dice Alejandro.

Indira sube a ver al comisario. Aunque él sabe lo injusto que es, culpa a la inspectora de los palos que se está llevando por no haber logrado encontrar a tiempo la manera de encerrar a Antonio Anglés para siempre. Indira se defiende diciendo que ella y Moreno han hecho todo lo posible y que sospecha que todavía sigue en Madrid.

—Debemos encontrarle antes de que vuelva a desaparecer, comisario.

—No estamos cruzados de brazos, Indira. Ya hacemos controles en las principales vías de salida de Madrid y están avisados en las fronteras. Y eso sin contar con los helicópteros que están peinando las carreteras, que ya verás a quién van a pedir responsabilidades cuando haya que pagar todo ese despliegue.

—Todo eso está muy bien, pero no es suficiente. Necesito ver a Valeria Godoy cuanto antes.

—Esa mujer y sus hijos ya han sufrido bastante. Dejémosla en paz hasta que vuelvan a Argentina.

—Ella me dio la pista de lo de la niña de Motilla del Palancar y puede que también sepa dónde se oculta su marido. Estamos perdiendo un tiempo muy valioso.

Como a casi la mayoría de los policías que tratan con ella, tampoco al comisario le ha caído nunca bien Indira, a pesar de que lo había olvidado en sus tres años de ausencia. Pero sabe que no ha perdido el instinto y necesita ponerse en sus manos; si Antonio Anglés volviese a desaparecer, su cabeza sería la primera en rodar.

92

El polígono industrial Cobo Calleja surgió en la década de 1970 entre las localidades de Fuenlabrada y Pinto. Aunque al principio albergó todo tipo de empresas nacionales, a partir de la inauguración de la plaza de Oriente, en el año 2011, se convirtió en el mayor centro de importación y distribución de productos chinos en España. Se calcula que hay alrededor de cuatrocientos negocios regentados por ciudadanos chinos, que dan trabajo a más de diez mil ciudadanos del gigante asiático, aunque solo una tercera parte de ellos están legalmente contratados. Muchos viven hacinados en habitaciones excavadas debajo de los almacenes, y se dice que algunos llevan años sin ver la luz del sol.

En un lugar en el que la policía ni tiene efectivos suficientes ni tiempo para dedicarse a desalojar viviendas ilegales, Antonio Anglés decidió construir su escondite. Compró a nombre de una sociedad un pequeño almacén alejado de la zona más concurrida, llevó en una furgoneta el material que necesitaba y contrató a una cuadrilla de chinos para que construyeran un apartamento en el que ocultarse alrededor de seis meses sin necesidad de salir para nada. A ninguno de aquellos trabajadores le extrañó el encargo de aquel español; pensaron que sería para alojar a más compatriotas a los que esclavizar. Lo que sí les llamó la atención fueron los lujos que reclamaba, que consistían en un baño completo, una cocina equipada con todo tipo de electrodomésticos, una habitación, un salón y un pequeño gimnasio.

Antonio abrió la puerta de un garaje anexo a la vivienda, metió la moto y la orientó hacia la salida por si tuviera que volver a dejarlo todo atrás de manera precipitada. Se duchó, se puso ropa cómoda y se sirvió un vaso de whisky. Hacía pocos años que había aprendido lo que era disfrutar de una copa, nada que ver con el alcohol que se metían por litros sus hermanos o Miguel Ricart. Siempre deseó plantarse frente a ellos y catar un buen vino como le habían enseñado a hacer en una bodega del condado de Napa, en California, uno de los lugares que había visitado durante su estancia en San Francisco. Se caerían de culo al ver que él, a diferencia de todos ellos, había conseguido dejar de ser un cateto y un fracasado.

Enciende el televisor y comprueba que, como ya sospechaba, la inspectora Ramos y el inspector Moreno han logrado relacionarle con el asesinato de Marta García, aunque los periodistas no tienen claro de qué manera, ni a él tampoco se le ocurre cómo; creía no haber dejado ninguna pista. Ya sabía que su vida sería muy difícil al salir de prisión, pero esto lo ha complicado todo. Llevaba mucho tiempo concienciándose de que algo así podría pasar, aunque ahora que ha llegado el momento siente un vacío enorme.

«Según nuestras informaciones, la esposa de Antonio Anglés, Valeria Godoy —comenta una de las reporteras que hacen guardia frente a los juzgados de Plaza de Castilla, atestados de gente protestando por lo que consideran un error judicial que se veía venir y que se podía haber evitado—, es la que ha puesto a los investigadores tras la pista de la niña motillana asesinada en 2018. Fue ella quien dijo a la policía que su marido había estado trabajando en las mismas fechas en una obra a muy pocos kilómetros de donde Marta García desapareció al volver del colegio. Recordemos que por aquel crimen fue condenado Dámaso Flores, pero se han encontrado pruebas que apuntan al asesino de las niñas de Alcàsser como presunto culpable. Antonio Anglés ya está de nuevo en busca y captura».

Antonio estampa furioso el vaso de whisky contra la pared e insulta a su esposa, indignado por que le haya traicionado de esa manera. De pronto la ve en la imagen saliendo de casa junto a sus hijos y varios agentes, mientras el presentador, ya en el plató, comenta que la mujer y los dos niños entrarán en un programa de protección de testigos hasta que se localice al fugitivo, al que buscan incansablemente en todas las carreteras, fronteras, bodegas de barcos o cajas de camiones que salen de España. Para la Policía y la Guardia Civil, la primera fuga del asesino fue una espina que piensan quitarse, cueste lo que cueste. Antonio Anglés mira a sus hijos con el corazón encogido, temiendo que no podrá volver a verlos nunca más.

93

Indira e Iván aguardan en el salón del pequeño apartamento al que han llevado a Valeria y a sus hijos. Enseguida aparece la mujer de Anglés con un vestido que ya le queda varias tallas grande.

—Podían haber sido un poco más delicados con lo de mi hija —dice a modo de reproche—. ¿Tienen idea del estado en el que quedó después de saber que llevaba el crucifijo de una niña muerta?

—Lo sentimos mucho —responde Indira comprensiva—. Tuvimos que mandar a alguien a buscarlo mientras llegábamos de Cuenca para que se lo llevase al juez y revalidase la orden de busca y captura contra su marido.

—Ese malnacido no es mi marido, inspectora. Yo me casé con un hombre bueno llamado Jorge Sierra.

—Eso era un disfraz tras el que se ocultaba un asesino en serie despiadado, Valeria. Lamento ser tan directa, pero esa es la única verdad.

La mujer se sienta junto a ellos, saca un cigarrillo y trata de encenderlo, pero su mano tiembla tanto que el inspector Moreno se hace con el mechero y le da lumbre.

—Gracias —dice exhalando el humo de la primera calada como si de verdad el chute de nicotina sirviese para arreglar algo su situación—. ¿Es seguro entonces que también mató a esa niña?

—Los padres de Marta García deberán reconocer el crucifijo, pero no tenemos ninguna duda —responde Moreno.

–¡Qué hijo de puta! –Valeria no puede contener las lágrimas–. ¿Cómo voy a vivir con eso sobre la conciencia? ¿Cómo carajo van a vivir mis hijos?

–La única manera es que nos ayude a atraparlo –dice Indira.

–Ya les he dicho todo cuanto sé.

–Necesitamos que nos diga si conoce algún lugar en el que pudiera estar escondido en estos momentos.

–¿Qué sé yo? Quizá hasta ya se haya marchado de España.

–No. Sigue aquí. Creemos que ni siquiera ha salido de Madrid.

–¿Nunca le habló de adquirir alguna propiedad? –pregunta Moreno–. Dedicándose a las reformas, no sería raro que hubiese comprado alguna casa antigua para rehabilitarla él mismo.

–Hace un par de años quiso invertir en un chalé en una urbanización allá por Cádiz, pero necesitaba mucha obra y lo descartó.

–Eso no nos sirve. Tiene que ser más cerca. En Segovia o en Toledo como muy lejos.

–No me suena.

–Debe esforzarse un poco más, Valeria –Indira la presiona–. Seguro que hay algo de lo que le hablase. ¿Nunca le mencionó algún lugar en el que quisiera jubilarse llegado el momento?

–No...

–Aunque no le parezca importante. Díganos lo que sea.

–¡No me dijo nada, joder! –Valeria explota–. ¿Vos te creés que si supiera algo no se lo diría, cuando llevo semanas sin dormir porque temo por mi vida y por la de mis hijos?

Valeria se derrumba y llora angustiada.

94

En cuanto ha escuchado que alguien llamaba a la puerta de la casa rural, la agente Lucía Navarro ha tenido claro que todo se había acabado. La única manera de evitar enfrentarse a lo que hizo era lanzándose al vacío en las Hoces del Duratón, pero ha ido con esa intención tres mañanas seguidas y en ninguna ha reunido el suficiente valor. Frente a ella se encuentra el oficial Jimeno con la expresión ambigua que lleva ensayando desde que cogió el autobús en la avenida de América con destino a Sepúlveda.

—¿Puedo pasar?

Lucía se limita a franquearle el paso en silencio. Lleva tanto tiempo esperando este momento que no quiere entretenerse ni un segundo en hablar de cómo están las cosas por la comisaría o de si Indira e Iván han conseguido atrapar a Antonio Anglés. A Óscar también le ha costado varios días decidirse a ir a verla, pero ya no podía retrasarlo más.

—¿Qué estás haciendo aquí, Óscar? —pregunta con una mínima esperanza de que se trate de una visita amistosa.

—Supongo que ya lo sabes, ¿no?

—¿Debería?

—No juegues conmigo, por favor. Ya he entendido por qué tienes tan mala cara desde el día siguiente del asesinato de Héctor Ríos, por qué te pusiste así cuando supiste que íbamos al restaurante y por qué te has escondido aquí.

Lucía suspira, vencida.

—¿Cómo lo has averiguado?

—Porque te conozco lo suficiente para saber que te pasó algo que te ha jodido la vida. Después solo he necesitado unir las piezas del puzle.

—Esto es lo malo de trabajar con amigos —dice ella esbozando una sonrisa triste—, que es muy jodido tener secretos.

—¿Por qué le mataste? —pregunta directo.

—Fue un accidente.

—No me jodas, Lucía. ¿Qué clase de accidente es que le vueles a alguien la cabeza y que después le vuelvas a meter los sesos en el cráneo?

—Tienes razón. No fue un accidente, sino una imbecilidad y una irresponsabilidad por mi parte, pero te juro que yo no tenía intención de hacerle daño.

—¿De qué estás hablando?

—A Héctor y a mí nos gustaba llevar a cabo algunas prácticas extremas, entre ellas jugar con mi pistola. Pero solo era eso, una diversión sin riesgo. Lo malo es que aquella noche algo salió mal.

—¿No se te ocurrió comprobar que la pistola estuviese descargada?

—¡Claro que lo comprobé, siempre lo hacía! Y aquella noche también. Recuerdo haber guardado el cargador en la mesilla y haber comprobado que no quedase ninguna bala en la recámara.

—Alguien tuvo que ponerla ahí, Lucía.

—De tanto darle vueltas a lo que pudo pasar, te juro que estoy empezando a volverme loca, Óscar.

A Lucía se le llenan los ojos de lágrimas. Ha llorado mucho en los últimos días por esa razón, pero nunca delante de alguien. Jimeno tenía claro que haría que confesara, aunque no esperaba que le saliese con esta historia, y mucho menos que iba a estar seguro de que dice la verdad. De pronto, siente un escalofrío.

—Mierda...

—¿Qué pasa? —pregunta Lucía mirándole.

—Héctor Ríos estaba arruinado, ¿lo sabías?

—Eso no es verdad. Tú mismo viste la casa en la que vivía.

—La casa era del banco, Lucía. Hace un año invirtió todos sus ahorros en una farmacéutica. Por lo que hemos sabido, incluso puso el chalé como aval. El problema es que la farmacéutica se hundió y él lo perdió todo.

—No entiendo adónde quieres ir a parar, Óscar.

—A que lo mismo no fue un asesinato ni un accidente, sino un simple suicidio. Lo que pasa es que, si se tiraba a las vías del tren, su mujer y su hija no cobrarían el seguro de vida, dinero suficiente para levantar el embargo de la casa y quedarse con una pasta gansa en la cuenta corriente.

—No... —Lucía se niega a creerlo por muy lógico que suene—. Héctor me quería. Jamás me hubiera hecho eso.

—Estaba desesperado. Lo único que quería era que su mujer y su hija no se quedaran en la calle, y para eso te utilizó a ti.

Lucía debería sentirse aliviada al saber que Héctor no murió por un error suyo, pero la pena de pensar que el hombre del que se había enamorado había sido capaz de obligarla a pasar por eso le produce un enorme abatimiento. El oficial Jimeno, en cambio, sonríe esperanzado.

—¿Sabes lo que significa esto, Lucía? Que nadie podrá acusarte más que de un homicidio involuntario.

—Suficiente para acabar con mi carrera y llevarme una temporada a la cárcel.

—Si lo explicas...

—¡¿Qué cojones quieres que explique, Óscar?! ¿Que me dedicaba a utilizar mi pistola reglamentaria en mis juegos sexuales, que limpié el cadáver y eliminé pruebas de la escena del crimen o que entorpecí la investigación manipulando la web de la página de citas? En el fondo da igual que fuese un accidente o que se suicidara: yo estoy jodida.

—¿Qué piensas hacer?

—Hasta ahora había optado por callarme.

—Tienes que entregarte.

—No soportaría pasar un solo día en la cárcel, allí no lograría sobrevivir. Ahora la cuestión es qué piensas hacer tú.

—Lo siento, pero no puedo mirar hacia otro lado.

—¿Ahora vas de íntegro?

—Intento hacer las cosas bien. Te ayudaré en todo lo que pueda, te doy mi palabra, pero soy policía y tengo que decir lo que ha pasado.

—¿No lo sabe ya todo el mundo?

—Yo soy el único que te ha reconocido por las fotos del ordenador de Héctor Ríos —responde negando con la cabeza.

—¿El tatuaje?

—El tatuaje —confirma el oficial Jimeno.

Lucía sonríe para sí. Cuando decidió hacerse ese tatuaje, su mejor amiga del instituto —después de Indira Ramos, la persona más responsable que había conocido en su vida— le dijo que debía pensárselo bien, que un tatuaje era para toda la vida y que algún día podría arrepentirse. Ella le quitó importancia, ya que al fin y al cabo se trataba de una minúscula media luna en un lugar que solo verían unas pocas personas. Pero resulta que esa menudencia es lo que ahora la va a condenar, puesto que uno de los que han tenido el honor de conocer su existencia es el propio Jimeno.

—Quédate esta noche conmigo y mañana volvemos juntos a Madrid, ¿vale? —dice Lucía.

—Vale...

—¿Coges mi coche y vas al pueblo a comprar un par de botellas de vino?

95

Antonio Anglés ha dormido mal y lleva todo el día nervioso: no hacen más que anunciar en televisión la entrevista exclusiva que Valeria dará esta misma tarde y no logra imaginarse qué querrá decir. Corre una hora en la cinta, hace unas flexiones y se ducha. Curiosea lo que comentan de él en los periódicos digitales y se prepara pasta para comer. Después intenta echarse la siesta, pero entre la ansiedad que sufre y el ruido que hacen en una fábrica cercana, apenas pega ojo. Le dan ganas de presentarse allí y disparar a la decena de chinos que tendrán explotados. Quizá así lograse sacudirse la tensión. Se obliga a no ver la tele y a no bucear en internet hasta la hora de la entrevista y pasa la tarde leyendo la última novela del noruego Jo Nesbø. La descripción de los paisajes y el carácter de sus personajes le hace recordar la etapa que pasó en la granja de renos, una de las más enriquecedoras de su vida. Le da pena que Haakon muriese justo el año en que Nesbø publicó su primera novela. De haberlo conocido, se habría convertido en su escritor favorito.

Cuando llega la hora, deja el libro a un lado y enciende el televisor. Tras más de quince minutos de anuncios, entre los que intercalan avances de programas en directo y documentales relacionados con el que ellos denominan «el monstruo de Alcàsser», Valeria aparece sentada frente a una periodista con suficiente experiencia en el medio como para saber que está ante uno de los momentos más importantes de su carrera. Después de la presentación, le hace algunas preguntas de cortesía que sirven para comprender lo mal que lo pasa Valeria, a la que la policía ha decidido llevar a un sitio seguro junto a sus hijos por si su padre intentara hacerles algo.

«—¿Cree que podría atacarles? —pregunta la presentadora.

»—Mi marido es un enfermo capaz de cualquier cosa. A mis hijos prefiero que jamás vuelva a tocarlos, ni siquiera verlos».

—Puta —masculla Anglés.

«—Todos conocemos algunas de las atrocidades que ha cometido Antonio Anglés a lo largo de su vida, pero ahora nos gustaría conocerlo como hombre. ¿Cómo es como marido y como padre?

»—Es un hombre violento, tanto conmigo como con mis hijos.

»—¿Les maltrató?

»—Muchas veces se le iba la mano, pero eso no era lo peor. Mis hijos y yo sufrimos malos tratos psicológicos. Sus gritos, sus amenazas y sus miradas nos tenían amedrentados a los tres...».

Anglés aprieta los dientes, sin salir de su asombro. Si algo ha hecho bien a lo largo de los últimos quince años ha sido cuidar de su familia. Jamás les ha levantado la mano y muy pocas veces la voz.

—¿Qué cojones estás haciendo, Valeria? —pregunta irritado al televisor.

«—Solo hay indicios que le incriminan en cuatro asesinatos —continúa la presentadora—, pero la policía cree que hay muchas más víctimas. ¿De verdad que nunca sospechó que pudiera dedicarse a ir matando niñas?

»—¿Cómo podría pensar que el hombre con el que dormía a diario era un monstruo? Mi papá al conocerle me dijo que no le daba buena vibra, pero yo estaba enamorada y no lo quise escuchar. Ahora sé que tenía razón».

—¡¿Tu padre, Valeria?! —Anglés se levanta del asiento, furioso—. ¡Tu padre me quería más a mí que a la vaga de su hija, puta mentirosa!

«—Háblenos de su sexualidad, porque se han escrito ríos de tinta sobre eso. ¿Alguna vez descubrió en él tendencias homosexuales?

»—Eso no es algo que se le pueda ocultar a una esposa.

»—¿A qué se refiere?

»—Desde que iniciamos la relación vi cómo miraba a los hombres, aunque al principio yo no quise darle importancia. Pensé que eran boludeces mías y lo olvidé, pero desde que tuvimos a mi hija mayor apenas me tocaba.

»—Eso sucede en muchas parejas.

»—La diferencia es que él parecía estar satisfecho sexualmente. Durante mucho tiempo pensé que tenía una amante, pero un día miré el historial de su computadora y vi que visitaba páginas gais».

—¡¿De qué mierda hablas, Valeria?! —Anglés se desquicia.

«—¿Y no le dejó? —pregunta la presentadora.

»—Pensé en hacerlo, pero le tenía tanto miedo que no me atreví.

»—No me extraña. ¿Qué me dice de sus hijos? ¿Cómo se han tomado todo esto?

»—Mal, ya se puede imaginar. No quieren saber nada de él, pero yo procuro aislarlos de todo lo que pasa, sobre todo al pequeño.

»—Ahora mismo estará viendo esta entrevista.

»—Tiene prohibido ver la televisión. Solo le dejo usar la computadora para despedirse de sus amigos.

»—¿Volverán a Buenos Aires?

»—En cuanto el juez nos dé permiso, nos marcharemos. Mi abogado ha solicitado que sea mañana mismo».

Antonio Anglés apaga el televisor e intenta tranquilizarse y ordenar sus ideas. Su intención era permanecer oculto al menos seis meses para después abandonar el país con destino a algún lugar sin acuerdo de extradición con España. Pero después de haber visto en televisión a Valeria arrastrándole por el suelo, siente que le hierve la sangre y que no va a poder dejarla marchar sin hacérselo pagar. Y tiene que ser esta misma noche o regresará a Argentina y no volverá a tener una oportunidad. El problema es averiguar dónde se esconde.

96

Toni nunca ha sido un niño muy popular, y aunque eso cambió cuando en el colegio supieron de quién era hijo, habría preferido seguir siendo anónimo. De los pocos amigos que tenía, solo ha conservado uno. Todos los demás se han pasado al bando de los que antes se metían con él por tener sobrepeso y ahora le llaman asesino. Tal vez, cuando regrese a Argentina, su vida vuelva a ser la que era antes de esta pesadilla y pueda limitarse a bregar con los acosadores escolares.

—¿Tú te acuerdas de Argentina? —le pregunta su amigo Marcos a través de la pantalla del ordenador, la única manera de la que les han dejado despedirse.

—Cuando nos marchamos de Buenos Aires, yo era muy pequeño —responde Toni negando con la cabeza.

—Y allí... ¿saben quién es tu padre?

—Mi madre me ha dicho que sí, pero que no nos preocupemos, porque la policía nos va a dar otros nombres para que nadie nos conozca.

—Ostras, cómo mola... —dice Marcos con cierta envidia—. Pues si puedes elegir tu nuevo nombre, ponte Goku.

De repente, aparece en la pantalla el aviso de un mensaje nuevo. Toni se tensa al ver que quien le escribe es Messi12.

—Marcos, tengo que cortar —se despide apresurado—. En cuanto llegue a Buenos Aires te escribo y jugamos *online*, ¿vale?

Toni abre el mensaje y ve que el cursor parpadea después de dos simples palabras:

Hola, Toni...

Antonio Anglés está sentado delante del ordenador, mirando las mismas dos palabras que hay escritas en la pantalla, esperando a que su hijo se decida a responder. Tras unos segundos, sucede:

Papa?

Estás solo?

Si... mama sta en la tele y Claudia en su cuarto.

Dicen q has hecho muchas cosas malas, papa.

No te creas nada, Toni. Yo nunca le he hecho daño a nadie.

Estás con la policía?

Hay un poli en el salon. Quieres q le avise?

No, no puedes contarle a nadie que has hablado conmigo, vale?

Ok...

Dónde os han llevado, Toni?

A un piso, xro no se la calle.

Hay una ventana en tu habitación?

Si...

Asómate y dime todo lo que ves.

Mientras Antonio aguarda a que su hijo regrese, comprueba que la VPN a través de la que se ha conectado para evitar que le localicen sigue ocultando su IP. A los pocos segundos, Toni vuelve a escribir:

Hay edificios y tiendas. Y justo en la esquina hay un bar q se llama Leones...

A Anglés le basta con escribir en Google el nombre del bar para descubrir que está en la calle Guzmán el Bueno.

El lugar donde la policía oculta a Valeria y a sus hijos es un edificio de viviendas construido a mediados del siglo pasado que ha sido rehabilitado recientemente para convertirlo en apartamentos para estudiantes que no serán ocupados hasta el curso siguiente. El coche en el que trasladan a Valeria desde los estudios de televisión para en doble fila frente al portal y el conductor aguarda mientras los dos agentes de protección llevan a la mujer al interior. Ninguno de ellos se da cuenta de que hay un motorista observándolo todo desde la esquina.

Antonio Anglés mira hacia arriba y ve a Claudia a través de una de las ventanas del tercer piso. Su madre entra en el apartamento y Toni corre a abrazarla. Enseguida se les une la chica, y el asesino rabia por verse excluido de aquella piña que hasta hace poco siempre se formaba alrededor de él. Uno de los agentes vuelve a salir a la calle y entra en el coche, que va a aparcar a unos metros del portal para poder vigilar el acceso con garantías. Anglés deja la moto en la calle de al lado y se oculta detrás de la valla de un solar cercano, desde donde puede ver con claridad cómo un repartidor le entrega un pedido en el portal al tercer agente y este sube a dárselo a Valeria. Entre Claudia y Toni ponen la mesa y los tres cenan junto a la ventana del salón. Antonio distingue cómo su mujer les cuenta algo a sus hijos y la chica, tras mostrar su desacuerdo, se levanta de la mesa y se pierde hacia el interior llorando. A pesar de lo lejos que está y de que es imposible que sepa cuál es el motivo de la discusión, está seguro de que acaba de decirles que parten mañana hacia Argentina y Claudia tendrá que dejar de ver a sus amigas y a ese compañero de clase del que lleva enamorada desde hace varios cursos. Antonio Anglés ha acertado, pero lo que él no sabe es que su hija no se resiste a marcharse –de hecho, es lo bastante inteligente para saber que en España no podrá llevar una vida normal desde que ha salido en televisión–, solo le parece injusto que le prohíban ir a despedirse en persona.

Anglés sabe que esa será una noche muy larga y coloca un mueble desvencijado junto a la valla para sentarse y poder seguir vigilando.

97

Hace rato que no hay movimiento en el apartamento donde se ocultan Valeria y sus hijos. Antonio Anglés lleva varias horas vigilando las azoteas de los edificios y cada una de las ventanas de la calle, pero no ha visto nada extraño. La luz del portal se enciende y sale el policía que se había quedado de guardia en el interior. Se dirige al coche en el que están sus compañeros con pasos apresurados, intentando escapar del frío intenso de las cuatro de la mañana. Una vez en el interior, se enciende un cigarrillo y las caras de los tres policías se iluminan con un fogonazo. Aunque el paso de las horas ha aplacado la indignación que el asesino sintió al ver a su mujer mintiendo en televisión, sigue convencido de querer matarla con sus propias manos. Y ha llegado su oportunidad.

Abandona el solar en el que permanecía escondido para acercarse a la parte trasera del edificio, ocultándose entre los coches. El momento más delicado es cuando tiene que cruzar la calle y se expone a ser visto, pero los tres policías no pueden imaginar que Anglés ha conseguido localizar a su esposa y continúan en el interior del vehículo ajenos a todo, fumando, quejándose del frío y de las guardias que les tocan. Trepa por la fachada trasera hasta la terraza de la cocina del primer piso y aguarda agazapado, en alerta.

La inspectora Ramos permanece sentada en el sillón, a oscuras, en silencio, a pesar de todas las cosas que tiene que decirle al inspector Moreno, que está a solo un par de metros de distancia.

—¿Por qué Alba no tiene una bici?

—¿A ti te parece que es momento de hablar de eso, Iván?

—Es un momento tan bueno como cualquier otro. Hoy me ha dicho por teléfono que le gustaría tener una bici rosa.

—Madrid no es un buen lugar para montar en bici.

—Hay parques.

—Iván, por favor. Ya hablaremos, ¿vale? Pero deberías darte cuenta de que la niña cada vez te va a pedir más y más, y cuando quieras cortarlo será tarde. Hazme caso y párale los pies antes de que se acostumbre a tenerlo todo con solo pedirlo.

—¿A ti nunca te dieron caprichos de niña?

—Pocos.

—Ahora entiendo muchas cosas.

Por suerte para Iván, no puede ver la mirada que le dedica la madre de su hija. La completa oscuridad la rompe la tenue luz que emite la pantalla del móvil de Indira.

—¿Ha venido? —pregunta contestando la llamada, conteniendo la respiración.

—Está en la terraza del primer piso —responde uno de los más de veinte policías apostados en los alrededores del edificio de apartamentos para estudiantes de la calle Guzmán el Bueno.

Indira sonríe. Sabía que Antonio Anglés caería en la trampa desde el mismo momento en que se lo propuso a Valeria:

«Debe esforzarse un poco más, Valeria» Indira presionó a la mujer de Antonio Anglés. «Seguro que hay algo de lo que le hablase. ¿Nunca le mencionó algún lugar en el que quisiera jubilarse llegado el momento?»

«No...»

«Aunque no le parezca importante. Díganos lo que sea».

392

«¡No me dijo nada, joder!» Valeria explotó. «¿Se cree que si supiera algo no se lo diría, cuando llevo semanas sin dormir porque temo por mi vida y por la de mis hijos?»

Valeria se derrumbó y lloró angustiada.

Indira e Iván se miraron y el policía asintió, animándola a seguir adelante. Aunque la inspectora Ramos continuaba tan indecisa como cuando, de camino hacia el apartamento, le había contado a su compañero lo que se proponía hacer, al fin se decidió.

—¿Qué estaría dispuesta a hacer para ayudarnos a detenerle, Valeria?

—Lo que sea —respondió ella sin vacilar.

—Entonces queremos que le provoque para que venga a matarla.

—¿De qué demonios habla, inspectora?

—De dar una entrevista en televisión en la que afirme que era un maltratador, un fracasado y un mal padre.

—Y gay, que le joderá que se confirme lo que siempre se ha comentado —añadió Moreno.

—Lo que sea con tal de sacarle de quicio —continuó la inspectora—. Nosotros le pasaremos al programa las preguntas que queremos que le hagan y usted solo deberá responderlas.

—¿Creen que se arriesgará a intentar algo contra mí?

—Usted le conoce mejor que nadie, pero yo tengo la impresión de que Antonio Anglés es de esos hombres que no dejan pasar un agravio. Y, si le hacemos ver que usted y sus hijos se marcharán y que nunca los podrá encontrar, caerá en la trampa.

Valeria dudó unos segundos, pero terminó asintiendo.

—El problema es que no sabe dónde estoy.

—Debemos encontrar la manera de decírselo sutilmente durante la entrevista. Habíamos pensado en que usted comentase que su hijo pequeño pasa la tarde en casa de su mejor amigo para que él le siguiera hasta aquí, pero no queremos poner en riesgo a Toni, ni tampoco creemos que alguien como Anglés pique con algo así.

—Podría decir que debo ir a recoger algo a casa y que lo intente allí.

—Es una opción —contesta Indira—, aunque dudo mucho que se arriesgue a aparecer por su barrio. Necesitamos atraerle hasta aquí. Seguro que hay una manera de decírselo, Valeria. Quizá tenga alguna forma de comunicarse con sus hijos.

—A través de la computadora —responde chasqueando los dedos—. Mi marido se creó un perfil falso para controlar con quién chateaban Toni y Claudia.

Durante la entrevista, Valeria lanzó el anzuelo diciendo que Toni se despediría de sus amigos a través de un chat, y la inspectora Ramos relevó al chico frente al ordenador cuando al fin Messi12 se puso en contacto con él.

—Tenemos que cortarle todas las posibles huidas —dice la inspectora Ramos al teléfono—. No se nos puede volver a escapar.

—No se nos escapará —responde el policía—. El problema es que está en la parte de atrás y ahí disponemos de menos efectivos. Esperaremos a que suba al segundo piso y procederemos a su detención.

Indira cuelga el teléfono y mira satisfecha a Iván.

—Debemos avisar a Valeria.

Ambos se dirigen a la habitación donde Valeria duerme con sus hijos. Frente a la puerta está un sargento del Grupo Especial de Operaciones haciendo guardia junto a un oficial.

—¿Ha picado? —pregunta el mando.

—Le dije que funcionaría, sargento. No la pierdan de vista mientras nosotros vamos a por ese hijo de puta.

—Tengan cuidado, inspectores.

Indira asiente y los dos policías salen del apartamento.

Antonio Anglés sigue oculto en la terraza del primer piso. Si eso fuera una trampa —algo que lleva planteándose toda la noche—, todavía estaría a tiempo de escapar, tiene estudiado cómo hacerlo. Solo necesita esperar a que los policías se pongan nerviosos y cometan algún error, y esto sucede a los quince minutos, cuando escucha el crujido de unas botas varios pisos más arriba. Es apenas perceptible, pero lo suficiente para saber que Valeria y sus hijos no están tan solos como parecía. Salta desde la terraza y se pierde a toda prisa por el pasadizo que separa ese bloque del contiguo. En el mismo momento en que sus pies tocan el suelo, los policías desvelan su posición.

—¡Nos ha descubierto! —Uno de los agentes da la voz de alarma—. ¡Está huyendo por la parte trasera!

Se encienden media docena de focos en las azoteas y, en un segundo, se hace de día. La inspectora Ramos y el inspector Moreno salen a la calle y se reúnen con el mando del Grupo Especial de Operaciones.

—¿Qué ha pasado? —pregunta Indira, desconcertada.

—Que nos ha descubierto. Ha huido por la parte trasera.

—¡Joder! ¡Avisad al helicóptero! ¡No se nos puede escapar!

El mando de los geos se aleja de ellos y reparte órdenes entre sus hombres.

—La única vía de escape sería por la calle paralela —dice Moreno—. Hay que pedir que la corten.

—No hay tiempo para eso.

Indira corre hacia el final de la calle e Iván la sigue.

98

Mientras el resto de los operativos buscan por los alrededores del edificio de apartamentos, Indira e Iván llegan a una calle de casas bajas, desierta a esas horas de la noche, a varias manzanas de donde se ha instalado el control policial. Pero tampoco allí hay rastro de Antonio Anglés.

—Debemos volver con los demás, Indira —dice Moreno a su compañera—. No tiene sentido que haya escapado por esta zona. Lo más probable es que haya tirado hacia San Bernardo.

—Si yo fuera él, procuraría escapar por donde la policía menos se lo espera...

El ruido de las sirenas y de las aspas del helicóptero que peina la zona hace que varios vecinos se asomen a las ventanas de sus casas, adormilados.

—¿Qué pasa? —pregunta un hombre en calzoncillos y camiseta de tirantes desde un balcón.

—¡Entren en sus casas y cierren las persianas, por favor! —les pide Indira.

—¿Y eso por qué? —Una señora en bata que se ha asomado entre las rejas de un bajo los mira desconfiada.

—¡Porque ha volcado un camión cargado de productos químicos —dice el inspector Moreno— y los gases son tóxicos! ¡Si no se meten en sus casas y cierran ventanas y persianas, podrían quedarse en el sitio!

Al momento, se escuchan a lo largo de toda la calle los golpes de decenas de ventanas al cerrarse y de persianas al caer. Indira mira a Iván con reproche, pero no puede evitar dedicarle una sonrisa. En ese momento, una moto entra por el otro extremo de la calle y se detiene a una veintena de metros de ellos. La luz del faro los deslumbra y los policías se cubren los ojos con el dorso de una mano.

—¡Policía! —grita Moreno apuntando al motorista con su pistola—. ¡Apague la moto y túmbese boca abajo con las manos en la nuca!

La respuesta del motorista son cuatro disparos. Los dos primeros pasan rozando al inspector Moreno y hacen estallar la luna y el faro de un Kia aparcado a su espalda. El tercero le hiere en la cadera y el cuarto le revienta la rodilla. Los gritos de dolor quedan ahogados por el intercambio de disparos que se produce entre el asesino y los policías. No logran alcanzarle, pero varios impactos van a parar a la moto, cuyo motor se apaga de golpe y empieza a echar humo. El motorista la deja caer hacia un lado y huye calle abajo. Indira se agacha junto a su compañero.

—Tranquilo, Iván. Ya llega la ambulancia.

—Estoy bien, Indira —dice sujetándose la rodilla, intentando aguantar el dolor—. Espera a los refuerzos.

—Se escapará...

—No puedes ir sola. Ese tío es muy peligroso.

Indira le besa en los labios y corre tras el asesino, sin escuchar cómo Moreno intenta detenerla.

—¡Espera a los refuerzos, joder!

Al doblar la esquina, ve el casco del motorista tirado en el suelo, todavía balanceándose. Una señal que indica que la calle está cortada le hace recobrar la esperanza de atraparlo. El retrovisor del coche tras el que la inspectora se cubre salta en mil pedazos, pero ella no logra ver de dónde procede el disparo. Un sonido metálico, de algo que se arrastra por el asfalto, hace que se estremezca. Al asomarse por detrás de unos cubos de basura, sus peores temores se hacen realidad: la tapa de una alcantarilla está tirada en mitad de la calzada, junto a un agujero negro que para ella simboliza el infierno.

—Mierda...

Indira recuerda que esa misma situación ya la vivió hace ocho años y no ha pasado un día en el que no se haya arrepentido de la decisión que tomó. Si no llega a bajar por aquella alcantarilla, no hubiera caído en la fosa séptica y su vida no se habría convertido en una auténtica pesadilla. Mira hacia atrás esperando ver aparecer a la caballería, pero está sola. Escucha, lejano, el sonido de las sirenas y del helicóptero despertando a los vecinos de muchas calles más allá. Debería esperar a que lleguen los refuerzos, como le ha pedido Iván, pero aún se retrasarán unos minutos y sabe que, si tarda en decidirse, Antonio Anglés podría desaparecer otros treinta años, y quizá encuentre la manera de vengarse de Valeria. Y eso ella no se lo perdonaría.

Aunque la mascarilla atenúa el olor intenso del subsuelo, Indira siente cómo el aire viciado inunda sus pulmones. Durante más de un minuto se queda paralizada, con sus cinco sentidos afinándose al máximo: su vista intenta adaptarse a la oscuridad, y ve frente a ella un largo túnel donde antes solo había negrura; su olfato capta el ácido sulfhídrico que produce la materia en descomposición y que estuvo a punto de matarla; sus papilas gustativas saborean el hierro oxidado de las hemorragias microscópicas causadas por la rigidez de su mandíbula; las yemas de sus dedos acarician cada hendidura de la culata de su pistola. Pero lo que hace que se ponga en marcha es el oído. Se esfuerza por anular todos los demás sentidos durante unos segundos y es capaz de escuchar con total claridad el flujo de agua que corre bajo sus pies, las ratas que se detienen a observarla y que enseguida continúan su búsqueda incesante de comida... y unos pasos que se alejan chapoteando.

Indira corre titubeante hacia el final del túnel, pero nota que Antonio Anglés está cada vez más lejos. Sus ojos ya se han acostumbrado a la falta de luz, así que acelera sin pararse a pensar dónde está ni lo que pisa. Al llegar a una bifurcación ha dejado de escuchar los movimientos del asesino. Podría haberse detenido para esperarla y ejecutarla, pero también haber encontrado una salida y estar lejos de allí. La posibilidad de volver al exterior y respirar aire puro la reconforta, aunque eso supusiera que el fugitivo haya vuelto a escapar. Decide ir por el túnel de la derecha, el que menos anegado parece de los dos. Es el que hubiera elegido ella si alguien la estuviese persiguiendo, y su intuición en este tipo de cosas casi nunca le falla. Al cabo de treinta metros comprende que ha acertado cuando un disparo impacta en una tubería a pocos centímetros de su cabeza. Se asusta por lo cerca que ha estado, pero la precipitación de Anglés le hace comprender que este ya no tiene el control de la situación.

—¡Entrégate, Antonio! —Indira proyecta su voz hacia la oscuridad—. ¡Todas las salidas están vigiladas!

—Estás tan sola como yo, Indira. —A la policía le estremece escuchar la voz de Anglés tan cerca de ella, envolviéndola—. Lo que me sorprende es que hayas tenido tantos huevos de seguirme hasta aquí después de lo que te pasó.

—¿Cómo sabes tú lo que me pasó?

—Si he conseguido pasar treinta años escapando es porque soy observador y me ocupo de buscar los puntos débiles de mis enemigos.

Una rata pasa corriendo cerca de los pies de la policía y ella dispara contra ella tres veces. Los chillidos del animal se acallan al instante.

—¿Tres tiros para matar una simple rata, Indira? —pregunta Antonio Anglés divertido—. Estás perdiendo un poco los papeles, ¿no?

La inspectora Ramos vuelve a sentir que el criminal se aleja de ella y avanza por la galería, en cuyas paredes decenas de ratas han excavado sus madrigueras. Al llegar a una especie de sala, nota cómo la corriente de agua aumenta. Se asoma detrás de una pequeña valla oxidada por la humedad y descubre una fosa séptica de varios metros de profundidad. Revivir el peor recuerdo del mundo hace que Indira deje de prestar atención a lo que sucede a su alrededor, incluso que deje de apretar la culata de su pistola, que se desprende de su mano y desaparece en el río de desechos. Ni siquiera consigue reaccionar cuando Antonio Anglés sale de las sombras apuntándole a la cabeza.

—No pensé que me lo fueses a poner tan fácil, Indira.

Ella intenta mirarle, pero la rigidez de su cuello le impide girar la cabeza y le sigue con el rabillo del ojo mientras el asesino la rodea. Le clava el cañón de la pistola en las costillas y se sitúa a su espalda para hablarle al oído:

—¿Te apetece darte un chapuzón?

—No..., por favor... —suplica.

—Lo que no sé es si meterte un balazo en el hígado antes de empujarte —dice Anglés saboreando su superioridad— o en la pierna para que disfrutes un rato más de tu baño. ¿Te imaginas la cantidad de bacterias que van a entrarte en el cuerpo?

La inspectora intenta moverse, pero está bloqueada. La corriente de agua empuja algo contra sus pies. Consigue bajar la mirada y ve el brillo de su pistola. Inspira profundamente y logra darle un cabezazo. El golpe es tan fuerte que le rompe la nariz y le hace retroceder un par de pasos.

—¡Hija de puta! —grita tapándose la hemorragia con la mano—. ¡Me has roto la nariz!

Indira se deja caer al suelo e intenta alcanzar su pistola, pero Antonio se percata y se lanza sobre ella. Le golpea en la cabeza y en los costados y le sumerge la cara en un río de agua que arrastra todo tipo de desperdicios.

—¡Vas a morir habiéndote comido la mierda de todo un barrio, zorra!

Mientras lucha por coger bocanadas de aire, la inspectora busca a tientas su pistola. Cuando al fin la localiza, se prepara

para atacar, solo tiene una oportunidad. Recuerda las clases de defensa personal en la Academia de Ávila. Quedan ya muy lejanas, pero no es la primera vez que se encuentra en esa situación. Deja de hacer fuerza y Anglés le da el margen de maniobra que necesitaba. Se balancea hacia un lado y le golpea con el codo, con todas sus fuerzas, en plena nariz. El dolor hace que el asesino chille y que se lleve las manos a la cara, lo que le da tiempo a Indira a girarse y apuntarle con su pistola.

—¡Suelta la pistola y pon las manos en la nuca!

Antonio Anglés contrae el gesto, consciente de que ha perdido. Por un momento piensa en morir matando, pero él es cobarde hasta para eso y suelta su pistola.

—Está bien, Indira. Has ganado una batalla, pero no la guerra.

—¡Pon las putas manos en la nuca!

—Está por ver que puedas demostrar que yo tuve algo que ver con la muerte de la niña de Cuenca —dice cruzando poco a poco las manos por detrás de la nuca—. Pero aunque así fuera, saldré a la calle en menos de veinte años. Tu hija Alba ya habrá crecido demasiado para mi gusto, pero estoy seguro de que todavía me hará disfrutar.

Indira cree en la justicia, y el día en que juró respetarla hasta las últimas consecuencias lo hizo convencida. Nada ha habido más importante para ella que vivir con honestidad, cumpliendo las leyes, cayese quien cayese. Pero el día en que nació Alba, ella pasó a encabezar todas sus prioridades. Y pensar que ese malnacido podría ponerle las manos encima no es algo a lo que pueda arriesgarse. Siempre se ha preguntado qué estaría dispuesta a hacer por proteger a su hija, y en este momento conoce la respuesta.

—Deberías haber dejado a mi hija al margen, Antonio.

Los dos disparos van directos al centro del pecho y Anglés comprende de inmediato que ya nunca podrá cumplir sus amenazas. Se arranca la camisa e intenta sacarse las balas con sus propias manos, pero su corazón ya ha dejado de bombear sangre al cerebro y cae de espaldas.

99

Cuando el oficial Jimeno baja a la cocina, ya es media mañana y la agente Navarro está esperándole con su maleta a un lado, con una taza de café en las manos y con la mirada ausente. Parece haber digerido mucho mejor que él las dos botellas de vino que se bebieron anoche. Siente verdadero aprecio por su compañero, pero no entiende que no sepa ponerse en su lugar. Con la primera botella, ella trató de buscar una alternativa a entregarse, pero él no cedió. Después intentó hacerle ver lo que supondría para la mujer y la hija de Héctor Ríos que se supiese que se había suicidado, pero él dijo que estaban cometiendo un fraude al seguro y había que denunciarlo. Con la segunda botella, quiso seducirle, y, aunque la esperanza de volver a ver en persona el tatuaje de la media luna le hizo titubear, tampoco surtió efecto. Finalmente, Lucía se derrumbó y le suplicó que la ayudase a escapar, pero Jimeno aseguró que, por más que le doliese, cumpliría con su obligación. Dicen que un amigo es de verdad cuando le llamas para decirle que has matado a alguien y se presenta en tu casa con una pala, pero Jimeno ha aparecido con unas esposas.

—Buenos días —dice Jimeno con la boca pastosa.

—Tengo una duda —responde ella mirándole a los ojos—. ¿Por qué anoche viniste tú solo?

—No entiendo la pregunta.

—Quiero decir que, si tenías tan claro que no me ibas a dar una oportunidad, y prueba de ello es que no has cambiado de opinión ni aun sabiendo que Héctor Ríos se suicidó, ¿por qué no le dijiste a María e incluso a Indira y a Iván que te acompañasen? ¿No querías que nadie empañase tu éxito?

—Si estás insinuando algo, te equivocas, Lucía. Siento mucho lo que te está pasando, pero no fui yo quien le metió la pistola reglamentaria a su amante en la boca, ni quien ha estado manipulando pruebas desde entonces. Ojalá las cosas fuesen distintas, pero la verdad es que mataste a un hombre y debe ser un juez quien dictamine las circunstancias. Somos policías y hemos de hacer que se cumpla la ley. Si no, esto sería una puta jungla.

—Me alucina que me vengas dando lecciones de moral.

—No tendría por qué si tú hubieses hecho las cosas bien. Si te sirve de consuelo, yo te creo y, si tu abogado me cita, declararé en tu favor.

A pesar de que la carretera desde Sepúlveda hasta la A-1 es de doble sentido e incómoda de transitar, Jimeno está adormilado en el asiento del copiloto. La agente Navarro le mira con resquemor por la falta de empatía que ha demostrado sentir hacia su compañera desde hace un lustro. Si fuese él quien estuviera metido en ese problema, ella es de las que hubiera llevado la pala. Y lo que más le fastidia es que, aunque le conoce y sabe que nunca ha sido así, sigue sin descartar que lo haga solo para recibir una palmada en la espalda y dejar de ser un cero a la izquierda en la comisaría. Si se tratase de Indira, no tendría motivo para odiarla; ella siempre ha llevado la integridad por bandera y le ha dado igual a quién se haya tenido que llevar por delante, pero Jimeno es distinto. Incluso le escuchó criticar a la inspectora por delatar al amigo de Moreno que después apareció muerto. Todavía recuerda sus palabras cuando se unía a todos los que la ponían a parir: «Una cosa es ser honesta y otra una chivata».

Jimeno apoya la cabeza en el cristal y cierra los ojos. Su tranquilidad irrita a Lucía. Quizá solo sea un efecto de la resaca, pero no puede evitar imaginarse que se recrea en el momento en que llegue a la comisaría diciendo que ha resuelto solito un caso que tenía desconcertados a todos. Si de verdad la quisiera, estaría sufriendo por tener que cumplir con su obligación, pero en su cara no hay rastro de sufrimiento.

La agente Navarro piensa en ese momento, cuando todos se enteren y juzguen lo que hacía en la cama con Héctor Ríos, incluidos sus compañeros, sus padres, su hermano, sus sobrinos, los vecinos del pueblo, y hasta su mejor amiga en el instituto. «Humillación» es la única palabra que le viene a la cabeza, y ella no quiere volver a ser humillada. Recuerda que, a los dieciséis años, se enrolló con un compañero de clase y cuando él le metió mano, la sacó manchada de sangre. Le vino la regla a destiempo y, aunque se disculpó sin tener por qué y le rogó que no dijese nada, él se lo contó a todo el instituto y Lucía pasó el peor año de su vida viendo cómo todos se reían y hacían gestos de repulsa a su paso. Y sabe que aquella humillación será una menudencia en comparación con la que sufrirá ahora. También piensa en su carrera como policía. No es que tuviese vocación desde niña, pero le gusta lo que hace, y además es muy buena. En las últimas semanas, antes de que pasase lo que pasó, había decidido preparar las oposiciones para ascender a inspectora. «Ascender por liebre», lo llamaban sus compañeros, pero ella cumplía con todos los requisitos y estaba dispuesta a intentarlo. Indira era a la primera a la que quería contárselo, pero desde que volvió de su retiro ambas habían estado muy ocupadas y no tuvo ocasión. Ahora ya jamás la tendría y para lo único que hablaría con ella sería para explicarle por qué metió su pistola en la boca de un hombre. Y, por último, piensa en el futuro que le espera a partir de esa misma mañana: interrogatorios, abogados, incredulidad, versiones, periodistas, juicio y cárcel. Y ese no es un lugar para alguien como ella, no solo porque no soportará estar encerrada en una celda de cinco metros cuadrados, sino porque estará rodeada de presas que intentarán hacerle daño en cuanto se enteren de quién es. No, ella no quiere eso, antes comete una locura.

Y entonces decide cometerla y seguir huyendo hacia delante.

Mira a Jimeno, que continúa durmiendo a su lado. No siente pena, las leonas no la sienten cuando atrapan a una gacela. Es una cuestión de supervivencia. Retira despacio su mano del volante y la lleva hacia el anclaje del cinturón de seguridad de su compañero. Cuando aprieta el botón rojo y la hebilla de cierre se suelta, Jimeno abre los ojos.

—¿Qué haces?

—Lo siento, Óscar. Lo siento de corazón.

Nada más terminar de decirlo, la agente Lucía Navarro da un volantazo y el coche se dirige a toda velocidad hacia el pilar de un puente que atraviesa la carretera. Jimeno se da cuenta de lo que pretende y grita aterrorizado. Intenta enderezar el volante, pero ya es demasiado tarde y el impacto es brutal. La agente Navarro se rompe las dos piernas y la muñeca derecha antes de que el airbag le erosione la cara. El oficial Jimeno sale disparado por el cristal del parabrisas a ciento veinte kilómetros por hora y su cabeza deja una mancha roja al reventar contra el hormigón.

100

El funeral del oficial Óscar Jimeno es algo que nadie quería ni se esperaba vivir. A pesar de las gravísimas heridas sufridas —las dos piernas rotas, una muñeca, varias costillas, una clavícula y un pómulo—, la agente Lucía Navarro se ha negado a quedarse ingresada en el hospital y ha ido a despedir a su mejor amigo. La congoja y la tristeza que siente son verdaderas y, aunque todos han intentado convencerla de que no ha sido culpa más que de la mala suerte y del propio Jimeno por no llevar puesto el cinturón de seguridad, ella sabe que nunca superará lo ocurrido. Cuando el responso ha terminado y la familia del agente ha abandonado el cementerio, la inspectora Ramos se acerca a la silla de ruedas de Navarro y le aprieta la mano sana con cariño.

—¿Cómo estás, Lucía?

—Me duele todo el cuerpo.

—Físicamente ya sé que estás jodida, pero te recuperarás. Yo lo que quiero saber es cómo te sientes.

—Hecha una mierda, Indira. —Se le humedecen los ojos sin tener que forzarlo—. Todo pasó en un segundo.

—Fue un accidente sin más. No diste positivo ni por alcohol ni por drogas, así que no hay que darle más vueltas, ¿vale?

Lucía se limita a asentir.

—¿Qué hacíais Jimeno y tú en Sepúlveda?

—Yo me había ido a descansar unos días y él vino a visitarme.

—Me extraña que dejaseis a María sola al frente de la investigación del asesinato de Héctor Ríos.

La agente Navarro mira a su jefa intentando averiguar si lo dice con alguna intención, pero en ese tipo de cosas Indira no es de las que se andan con rodeos.

—La investigación estaba atascada y necesitábamos poner algo de distancia. ¿Habéis averiguado algo nuevo?

—Moreno y yo hemos repasado a fondo el informe —responde negando con la cabeza— y solo podemos felicitaros por vuestro trabajo. Habéis hecho lo que teníais que hacer.

—Pero el asesino quedará libre.

—Son cosas que pasan. No pienses más en ello y recupérate pronto, ¿de acuerdo?

Lucía asiente e Indira, tras despedirse de ella con un beso, va directa a la consulta de su psicólogo.

—Me dejas alucinado, Indira —dice el psicólogo mirándola desconcertado—. Has tragado mierda en las cloacas y estás como si nada.

—Se ve que las terapias de choque funcionan.

—¿Pasó algo más allí abajo que no me hayas contado?

Indira confía en Adolfo, que además de su psicólogo y de tener que guardar el secreto profesional, puede considerarlo su amigo. Pero, a pesar de no estar arrepentida, tampoco se siente orgullosa de lo que hizo, incluso se ha planteado dejar para siempre la policía al considerarse indigna de llevar la placa, pero es innegable que el mundo es mucho mejor sin alguien como Antonio Anglés en él.

—Nada —responde al fin—. Solo que he cerrado uno de los casos más difíciles de toda mi vida.

—¿No te atormenta haber matado a un hombre?

—No era un hombre, sino un demonio.

—Entonces te felicito. ¿Y el chocho que tienes en la cabeza con el abogado y el policía?

Indira suspira. Sigue atrapada en ese triángulo amoroso y sabe que ha llegado el momento de salir de él. Continúa sin poder dormir por las noches pensando en si le conviene seguir sola, decidirse por el padre de su hija o volver a intentarlo con el que considera el gran amor de su vida. Ambos esperan que dé un paso al frente, y sería muy injusto tenerlos esperando más tiempo.

—Creo que ya he tomado una decisión.

—El señor Rivero está reunido —dice la secretaria del bufete.

—¿Es una reunión muy importante? —pregunta Indira.

—Todas lo son. Pasará la mañana con los socios del despacho.

—No le importará que le interrumpa un momento.

Sin que la secretaria pueda evitarlo, Indira se dirige por el pasillo hacia un despacho acristalado en cuyo interior Alejandro Rivero explica un gráfico proyectado en una pantalla junto a otros hombres y mujeres trajeados.

—Perdón por la interrupción —dice Indira abriendo la puerta.

—Indira. —Alejandro se sorprende al verla allí—. ¿Qué ha pasado?

—Nada grave, no te preocupes. ¿Podemos hablar un momento?

Alejandro mira apurado a sus socios, que le devuelven un gesto de censura que no pasa desapercibido para Indira.

—En realidad, no necesito más que diez segundos, y tampoco me importa que lo escuchen estos señores. Quería preguntarte si... quieres casarte conmigo.

La secretaria, que en ese momento iba a interrumpirla para pedirle que se marchase, se queda tan alucinada como los socios y como el propio Alejandro.

—Ya sé que es precipitado —continúa Indira algo cortada al ser consciente de la expectación que ha suscitado—. Aunque, si lo piensas, tampoco lo es tanto. Solo hay que retomar los planes que suspendimos hace ocho años. ¿Qué me dices, Alejandro?

Todas las miradas se dirigen al abogado.

101

El inspector Moreno ha tardado más de un mes en recuperarse del balazo en la rodilla. Todavía le queda por delante mucha rehabilitación, aunque empieza a ver la luz al final del túnel. El médico le ha prohibido conducir hasta que le quiten la férula, pero esta mañana necesitaba salir de casa. Abre la botella de whisky que ha comprado en el supermercado de su barrio y le da un trago mientras observa la fachada de la iglesia frente a la que ha aparcado su coche. A su lado, Gremlin bosteza y apoya la cabeza en el regazo de su amo, intuyendo que no pasa por su mejor momento.

Los pocos invitados que todavía fuman hacen corrillos en la escalinata de entrada. Entre ellos está la agente Lucía Navarro, en su silla de ruedas, recuperándose de unas lesiones mucho más graves y numerosas que las de Moreno. La muerte del oficial Jimeno le ha dejado secuelas psicológicas reconocibles a simple vista; aparte de que sus facciones se han endurecido a pesar de que ya le ha bajado por completo la hinchazón de la cara, se le ha quedado la mirada perdida de quien revive una y otra vez un hecho traumático. El leve aunque perceptible temblor en la mano se le acentúa al llevarse el cigarrillo a la boca. La hermana de Alejandro Rivero sale del interior de la iglesia, le dice algo a los fumadores y todos entran.

Cuando el inspector Moreno ya se ha bebido media botella, el coche en el que viajan la novia, su madre y la pequeña Alba pasa por su lado y se detiene al pie de las escaleras. Las tres ocupantes se bajan y Gremlin levanta la cabeza al oler a su joven ama. Ladra.

—Calla... —le dice Moreno acariciándolo.

Indira está convencida de que hace lo mejor para ella y para su hija, pero Iván nota en su gesto la duda y piensa que tal vez se arrepienta y dé media vuelta. Aunque eso no sucede; Adolfo, el psicólogo, sale a buscarla y la lleva del brazo al altar.

Durante la ceremonia, el psicólogo intenta llamar la atención de Indira para que deje de mirar las gotas de cera que han desbordado la base de un candelabro y que empiezan a caer al suelo y a solidificarse.

En el momento en que el cura pregunta si alguien tiene algo que objetar a que la ceremonia se celebre, las puertas de la iglesia se abren de par en par.

AGRADECIMIENTOS

Escribir una novela es un trabajo solitario, pero que llegue a manos de los lectores se consigue gracias al esfuerzo de un enorme grupo de profesionales. Gracias a todos los que habéis colaborado de una u otra manera:

A Patricia y a mi hermano, Jorge, porque son los primeros que me leen, me sufren y me ayudan.

A mis editores (María Fasce, Ilaria Martinelli y Jaume Bonfill) por apoyarme desde el primer momento, por animarme y por sus buenos consejos. A María, aparte, por un título tan certero, que se le ocurrió el mismo día en que le conté mi idea. También quiero acordarme del resto de componentes de Penguin Random House: Laia Collet, Eva Cuenca, Julia Ruiz, Pepa Benavent y Silvia Coma, así como de la gente de marketing, diseño, comerciales, contabilidad, redacción, distribución, jurídico... Gracias por vuestro esfuerzo y dedicación.

A mi agente, Justyna Rzewuska, por velar por mis intereses.

A Juan Ramón Lucas y Sandra Ibarra, por sus buenos consejos y su amistad.

A Enrique Montiel de Arnáiz, escritor, abogado y buen amigo, que ha intentado poner orden y aclarar mis incontables dudas legales.

A Mónica León, farmacéutica, por explicarme cómo funciona ese mundo tan complejo, y al doctor Oliveros por resolver mis dudas médicas.

Al inspector Daniel López, por conseguir ayudarme siempre con los procedimientos policiales.

A todos mis amigos, algunos de ellos mis primeros lectores: Pollo, Dani Corpas, Trufa, Willy, Antonio...

Y, en especial, quiero agradeceros a vosotros, mis lectores, vuestra confianza. De nuevo quiero pediros que, si os ha gustado, recomendéis *Las otras niñas* entre vuestro círculo más íntimo y en vuestras redes sociales. Sigue siendo el mayor favor que podríais hacerme.

Santiago Díaz
Instagram: @santiagodiazcortes
Twitter: @sdiazcortes

·CONVERSATION·

How Talk Is

Organized

Margaret L.
McLAUGHLIN

Sage Series in Interpersonal Communication
Volume 3

SAGE PUBLICATIONS Beverly Hills London New Delhi

For information address:

SAGE Publications, Inc.
275 South Beverly Drive
Beverly Hills, California 90212

SAGE Publications India Pvt. Ltd.      SAGE Publications Ltd
C-236 Defence Colony   28 Banner Street
New Delhi 110 024, India   London EC1Y 8QE, England

Printed in the United States of America

Library of Congress Cataloging in Publication Data

McLaughlin, Margaret L.
   Conversation: how talk is organized.

   (Sage series in interpersonal communication; vol. 3)
   Bibliography: p.
   Includes index.
   1. Conversation. 2. Speech acts (Linguistics)
I. Title. II. Series: Sage series in interpersonal communication; v. 3.
P95.45.M37   1984   401'.41   83-24596
ISBN 0-8039-2263-9
ISBN 0-8039-2264-7 (pbk.)

FIRST PRINTING

Contents

In memory of
James Edwin Savage

Series Editor's
Foreword

One of the goals of a book's foreword is to interest the reader in the book's content. For some books, this can be a formidable task; for this book, it should be sufficient to merely ask the reader to consider some of the topics discussed:

- The use of disclaimers to set the stage for offensive jokes;
- How the demands of politeness in conversation sometimes supercede the demands for clarity;
- How we go about the job of making conversational "repairs" following a faux pas or "failure" and how people will sometimes help us repair these conversational mistakes;
- When simultaneous talking occurs and how we respond to it;
- The variety of ways people request things of others (directly and indirectly) and how people reply to these requests (directly and indirectly);
- How the compliments we give seem to show very little variety in their syntactic and semantic structure;
- Ways we signal that a change of topic is imminent;
- How we label sections of talk ("That's really funny.") and forecast actions ("I have a question for you . . .");
- How we signal the exchange of speaking turns and how we tell others we're passing up the opportunity to take a turn;
- The rules we use in conversation and when we do and do not follow them;
- The extent to which our individual utterances are related to larger sequences and the overall structure of the conversation;
- The nature and role of stories in conversation;
- The sequences of acts followed in opening and closing a conversation; and
- Why people who are conversing for the first time will usually go to great lengths to overlook content which may lead to disruptions and arguments.

While there is something inherently fascinating about discovering the anatomy of behaviors we habitually (and sometimes unthinkingly) perform, the real significance of understanding the structure of conversations is its centrality for understanding human interaction in general. As McLaughlin goes about her task of reviewing what we know about how talk is organized, she is also forced to raise questions about the role of context, cognitive processes associated with intent and interpretation, the influence of co-occurring nonverbal signals, and issues associated with the meaning of communication competence. Thus, while the book is often concerned with what may seem to be microscopic elements in the stream of conversation, it is equally concerned with those processes which combine these elements into a coherent conversational whole.

Scholars from a wide variety of academic disciplines have been exploring the nature of conversations in recent years. The speed with which this body of literature has developed and the diversity of the sources of information have made it difficult for many interested professionals to keep abreast of the knowledge in this area. McLaughlin's integrative summary of the literature should serve those who seek updating on the study of conversations extremely well—regardless of one's field of study. As one of my colleagues who teaches a seminar in discourse analysis said when I gave him a prepublication copy of the McLaughlin manuscript, "It's head and shoulders above anything else currently on the market." Although the book was originally designed for professionals and graduate seminars, the style with which it is written may also make it suitable for some undergraduate classes. It is clearly a scholarly work, but it is organized and written to be read by a wide audience. The segments of actual conversations used as examples, the glossary of terms, and the summaries contribute much to the clarity of the volume.

In my opinion, *Conversation: How Talk is Organized* is a useful, timely, and important book. It brings together a wide variety of scientific materials, provides an assessment of what we know and don't know, and suggests guidelines for future research. While we have all been practitioners of conversation, this book should go far toward making us all students of conversation.

—Mark L. Knapp

Acknowledgments

My father, to whom this book is dedicated, was a prolific scholar and student of Elizabethan and Jacobean drama, who nonetheless did not write his first book until he was well into his sixties. When I asked him why he had waited so long to write a book, his reply was that up until then, he hadn't known enough to fill up that many pages. I would have been quite content to follow his example and postpone writing this book for quite a few more years, until I felt that I knew something; however, the editor of this series, Mark L. Knapp, and my husband and colleague, Michael Cody, convinced me that the time for a book on conversational organization was now. Now that the book is finished, I am glad that I listened to their advice. I will leave it up to the reader to judge, however, whether or not I should have waited for a while longer.

I would first like to acknowledge the contribution of a number of scholars, most of whom I have never met, who have had a profound influence on the ideas presented in this book. The structure of the chapter on conversational coherence was shaped in large part by ideas presented in a series of papers by Sue Foster and her colleague Sharon Sabsay. I am also heavily indebted to Jerry Hobbs for the treatments of conversational planning and local coherence relations presented in Chapter 2. The section on the functional organization of discourse was significantly influenced by the several works of W. J. Edmondson. I am indebted to Teun van Dijk for my understanding of global structures in conversational organization. Finally, no one who treads the terrain of "rules" can fail to be influenced by Susan Shimanoff's excellent survey and synthesis of that diffuse body of literature; Shimanoff's ideas feature prominently in Chapters 1 and 7.

A number of people have been so kind as to supply me with unpublished materials or to refer me to sources that I might have overlooked; they include Joan Cashion, Walter Fisher, Sue Foster, Sally Jackson, Mark Knapp, Allan Louden, Patricia Riley, Nancy Rosenstein, Michael Schneider, and Christopher Zahn. I am also indebted to Dayle Smith and Laree Kiely for their assistance with the library work. Special thanks are due to Keith Erickson, who has taught me everything there is to know about obtaining permissions, and to Robert Hopper for his encouraging comments. Al Goodyear of Sage Publications has been most helpful in steering me through some of the mechanics of the actual production of the book.

I am deeply indebted to Mark Knapp, who is as supportive an editor as one could hope to find, and whose suggestions were unfailingly helpful in alerting me to issues that I might have overlooked in early drafts of the manuscript.

My greatest debt is to Michael Cody, without whose help and encouragement I could not have written this book. His contributions were too numerous to mention them all, but they range from digging up copies of convention papers that I had given up for lost, to seeing to it that pets and children were fed, to dissuading me from writing overly vigorous rejoinders to positions with which I did not agree. The reader will also note the influence of his work on compliance-gaining strategies throughout the book. I would also like to thank the other members of my family for putting up with me through all of this, particularly my mother, Mary Savage, for always being there with a kind word when I needed it, and my son, Tommy McLaughlin, for all the uncomplaining hours he put in watching his sister Julia when he would rather have been watching football.

1
What Conversationalists Know: Rules, Maxims, and Other Lore

◆ Suppose that a social scientist had observed ◆
a pair of friends sitting on a park bench having a conversation; that is, our scientist had noted that the two seemed to be engaged in a relatively informal form of interaction in which the role of speaker shifted from one to the other at irregular intervals. Suppose further that the scientist approached the pair with the following: "Pardon me. I noticed that the two of you were having a conversation. As a scientist and a student of conversation, what I want to know is this: *How did you do that?*" Clearly the initial response to such a question would be utter befuddlement; the second would probably be "Do what?" Most of us regard conversation as *effortless*, as something anyone can do. To suggest to its unreflecting practitioners that it might be appropriately regarded as an *accomplishment* would be to create doubt as to the number of oars, so to speak, that one had in the water.

Despite the fact that most people take the ability to carry on a conversation for granted, closer inspection reveals that this informal and ubiquitous variety of social intercourse is a highly complex activity that requires of those who would engage in it the ability to apply a staggering amount of knowledge: not only what we might call *world knowledge* (that groceries cost money, that parents love their children, that dogs bite, etc.), but also more specific knowledge bases, such as the rules of grammar, syntax, etiquette, and so on, as well as specifically conversational rules such as "When someone has replied to your summons, disclose the reason for the summons," and "Before saying good-bye to a telephone caller, reach agreement that all topical talk is completed." What is fascinating about conversation is that the ordinary person rarely reflects upon the vastness of the knowledge store that is required to carry it on. He can retrieve rules and cite them when necessary, as he might do if he were interrupted, or if the relevance of a partner's utterance were in question. For the most part, the kinds of rules and maxims by which a person abides in carrying on a conversation, and that govern the way in which two parties coordinate their actions to achieve a conversation, lie below the surface of awareness and are "dredged up" only in their breach; their honoring is unremarkable. It is to be dredging up of these conversational rules and maxims that the energies of the present effort are directed.

Students of conversation in the field of communication and its related disciplines have given increased attention in recent years to the notion that conversation is a highly organized activity whose structure may best be understood by recourse to the notion of *rule* (Ervin-Tripp, 1972; Labov, 1972; Toulmin, 1974; Nofsinger, 1975; Pearce, 1976; Labov & Fanshel, 1977; Vucinich, 1977; Cronen & Davis, 1978; Sacks, Schegloff, & Jefferson, 1978; Jacobs & Jackson, 1979; Planalp & Tracy, 1980; Shimanoff, 1980; Sigman, 1980; McLaughlin & Cody, 1982). The current status of rule as a scientific construct for the study of conversation is due in part to a growing disenchantment with the ability of causal explanations, in the Humean sense, to account for regularities in social interaction, in part to the excesses of logical positivism, and to the notable failure of social science generally to discover incontrovertible laws of human behavior (Waismann, 1951; Taylor, 1964; Aune, 1967; O'Keefe, 1975; Phillips, 1981).

Although it is not our purpose here to revive debate between the proponents of action theory and those of the covering-law approach (Berger, 1977; Felia, 1977; Hawes, 1977; Miller & Berger, 1978), it might be useful to at least lay out some of the underpinnings of the rule-theoretic point of view. Harré and Secord (1972, p. 168) argue that law-like accounts of social interaction are in order only in those contexts in which the individual as a behaver can be shown to be merely a "passive recipient" of some effect, such that no intermediate construct need be invoked to account for the behavioral display. While Harré and Secord give lip service to the notion of causal explanations as useful in some situations, and reason-giving accounts in others, it is clearly their conviction that any observed deviation from a social-behavioral law is an argument in favor of human choice, and that the correct paradigm for the study of human social behavior is the view of man as a self-aware actor, who uses rules as criteria for the production of appropriate situated action (1973, pp. 150-151).

Harré and Secord assert that the simple cataloging of antecedents to behavior does not constitute explanation; that it is more proper to say that for social interaction, an observed antecedent provides a *reason* for the behavior, in the sense that the particular antecedent is covered by some rule of broad application which prescribes what is appropriate to do, or how things are done, given the general class of circumstances of which the antecedent is a member. Alternatively, one might explain the temporal priority of an antecedent A to a consequent C by finding that there is a rule such that in order for A to be achieved, C must be done (1972, p. 130).

Whille Harré and Secord and others have made persuasive arguments in favor of adopting a rule-following paradigm, the action theory approach is subject to criticism on a number of grounds. First, rules theorists have, for the most part, contented themselves with simple descriptions of communicative phenomena, neglecting the larger scientific aims of explanation and prediction. Few rules scholars have addressed themselves to the issues of how rules are adopted, why they have force, and how choices are made among competing rules (Berger, 1977). Even fewer advocates of the rules approach have attempted to account for deviation from rule-prescriptions in the same spirit that more traditional empiricists have tried to deal with unexplained variation. Finally, little attention has been directed to examining the relationship of rules to potential law-governed generative mechanisms. (For example, turn-taking behavior has been widely treated as rule-governed, yet speakers' behaviors with respect to floor switches are probably constrained by their information-processing capabilities.) Such inquiries are beyond the scope of this volume, which takes as its purpose the cataloging and evaluation of the accomplishments of the rules perspective with respect to the study of conversation, and those accomplishments have not for the most part advanced much beyond the level of surface descriptions. Despite the relative infancy of the field, the impenetrable and often imitative prose of some of its proponents, and the "caricatures," as Green and Cappella have put it (1982), of logical empiricism with which conversational analysts have fended off the opposition, the achievements of the rules perspective are real, and its vitality abundant.

CONVERSATIONAL RULES

Definitions of Rule

What does it mean to say that conversational activity is governed by rules? What is a rule? Let us first sample some definitions. Harré proposes that a rule is "what one does" to maintain face in civil society (1979, p. 53), and that sets of rules are the source of the unfolding structure of social episodes (1979, p. 273). (By "what one does" is meant what one ought to do, not necessarily that which is statistically normative.) Rules are, according to Harré, "performed, mandatory templates of the structure of action-sequences" (1979, pp. 131-132). Other rules theorists have proposed that rules constitute prescriptions for correct or appropriate action. Ganz defines rules as "utterances or inscriptions of the nature of critiques which specify the necessary procedures for satisfactorily carrying out an activity" (1971, p. 97). Similarly, Shimanoff (1980, p. 57) proposes that a rule is a "followable prescription" that states what sort of activity is "obligated, preferred, or prohibited" in particular contexts. While most theorists seem to agree that rules prescribe the behavior necessary to constitute a social act or to carry out an action sequence, none implies that rules prescribe *particular* behaviors, or reference idiosyncratic situations. Rules refer, of necessity, to areas of application more general than any specific context in which an actor might find herself, and consequently are best viewed as "guidance devices" or criteria for choice (Gottleib, 1968, p. 34); as "propositions" that "guide action" (Harré & Secord, 1972, p. 181). That is, actors know rules (and believe that others also know the same rules; Bach & Harnish, 1979, p. 94), and are able to recognize the appropriate contexts for their application.

While it is clearly the consensus that rules guide behavior, and in one way or another prescribe correct and appropriate contexted action, not all theorists agree on the extent to which rules are explicit in awareness. Ganz tells us that rules are "linguistic entities;" that they are "utterances" or "inscriptions" (1971, p. 47); evidently, that which has not been articulated cannot be a rule. Shimanoff, on the other hand, argues that much social behavior is generated by "implicit" rules (1980, p. 54), which is simply a way of saying that rules may be inferred from observation as well as explicitly taught— Toulmin's (1974) notion that rules are transmitted by a kind of "behavioral infection" (p. 209). The latter position, that rules need not be explicitly articulated, appears to have the greater merit; clearly, many behavioral routines that can be recovered analytically by the appropriate rule-set have been acquired through simple modeling processes. Rules are probably best conceived as propositions that model, at varying levels of awareness, our understandings of the situated evaluation of social behavior, and the ways in which social interaction should be constituted and carried out.

Form of Rule Statements

Rules theorists have also disagreed as to the form that rule-prescriptions take. Ganz claims that rules have no particular syntactic features (1971, p. 18). Von Wright proposes that rules "linguistically, are a very varied bunch" (1963, p. 102). Gottleib (1968, p. 40) points out that whatever the form in which they are inscribed or stored in memory, rules must be capable of being reformulated as statements that link situations to appropriate behavior in the following way: "in circumstances X, Y is required-permitted." Although some would take issue with the "permitted," arguing that rules circumscribe behavior much more narrowly, most theorists would agree that the canonical form of a rule-statement includes an "if-clause" referring to the circumstances in which the rule applies (the *protasis*), the behavior that the rule constrains (the *apodosis*), and an indication as to whether the behavior is required or prohibited (Gottleib, 1968, p. 43). Here are some rule formulations from, respectively, Harré and Secord (1972), Pearce (1976), and Shimanoff (1980), each of which conforms to this general format:

In order to achieve A (the act) do a_1 .... a_n (the actions) when S (the occasion or situation) occurs (Harré & Secord, 1972, pp. 182-183).

If we are enacting Episode3 A, and he does Act B, then I am expected to or legitimately may do Act C (Pearce, 1976, p. 27).

If X, then Y is obligated (preferred or prohibited; Shimanoff, 1980, p. 76).

Further Characteristics of Rules

We have already dealt with the notion that rules are prescriptive of correct behavior and that they may be implicit or explicit. Further characteristics of rules include the following:

(1) Rules can be followed; therefore, they can be broken. The now-classic distinction between a rule and a law is that the former can be broken and the latter cannot. This property of rule is referred to by Collett as the *condition of breach* (1977, p. 4). We cannot willfully choose, for example, to occupy two different points in space simultaneously, nor can we willfully choose to tumble from the earth (Ganz, 1971). Our motions are constrained by a set of laws in which the antecedent-consequent relationships are characterized by logical necessity. However, we can, and do, violate rules. We may, for example, interrupt another, neglect to return a greeting, refuse to answer a question, or fail to respond when summoned. While we may feel considerable pressure to follow a rule, a function of the extent to which the relation between context and prescribed behavior is strongly normative, nonetheless we may choose not to do so. Consequently, rules are about activities over which we have *control* (Shimanoff, 1980, p. 90). As a corollary, rules have less predictive power than laws (Ganz, 1971, p. 79), since we are not compelled or obliged to follow rules in the sense of necessity.

(2) Rules have no truth-value (Ganz, 1971, p. 24). Ganz contrasts rules, which are operative before they are obeyed, and regardless of whether or not they are obeyed, to descriptions, which are operative only if the behavior they characterize conforms to the

description (1971, p. 24). Consider the following example: it is a rule of polite usage that in informal dining the butter pat be removed to the butter plate with a fork. To use the knife for such an operation constitutes a gaffe. Stated formally as a rule, we have something like the following:

> When one wishes to present himself as a member of polite society, he should remove butter pats to the butter plate with his fork.

As a prescription of what ought to occur, the rule cannot be characterized as either true or false. Were we to rephrase the rule as a description, of, if you will, a normative statement, the issue of truth-value would pertain:

> People who wish to be regarded as members of polite society remove their butter pats to the butter plate with their forks.

Now we have a proposition that is susceptible of verification, and that, when put to the test, would probably be found to be wanting; similarly with such rules as "*Tuesday* should be pronounced [ˈtjuzde] as opposed to [ˈtuzde]," and "*harass* should be pronounced [ˈhærəs], as opposed to [həˈræs]," both of which are staples of etiquette books, yet neither of which is likely to constitute a statistical regularity when formulated as a description of what people actually do. Of course there are many rules that can be rewritten as descriptions and shown to be normative; for example, "When being introduced, one should extend one's hand in greeting." The point is that rules prescribe what (some people think) one ought to do, and consequently represent in the last analysis a value judgment, whereas descriptions or normative statements are propositions whose truth or falsity can be determined.

(3) Rules are conditional, but more general than the circumstances they cover. Given that individuals daily find themselves in a wide range of circumstances, some of which are novel, it is unlikely that the "fit" between the if-clause of a social rule and the current

circumstances in which guidance is required will ever be exact. The rules to which we subscribe are consensual social products, encapsulations of the prevailing wisdom about the proprieties of behavior in the recurring episodes of social life. Gottleib (1968) has argued that rules are necessarily generalizations, which "attempt to marshall the variety and richness of experience into manageable categories for the purpose of guiding decision" (p. 46). In this sense, rules are devised to have broad application—to be used over and over (Harré & Secord, 1972, p. 183). The central task for the rule user is to discover the nature of the relationship between the context in which guidance is required and the scope conditions of the many rules that might appear to apply (Gottleib, 1968, p. 44). Then too, since potentially applicable rules may prescribe complicated sequences of actions (Harré & Secord, 1972, p. 183), the rule user may have considerable work to do to carry out appropriately the *apodosis* of the rule. Furthermore, the context, as such, is not properly construed as a fixed tableau that serves as a backdrop for action; rather, the context is an emergent product of the developing interaction and is just as much *defined* by the interactants' rule use as it is a guide to them. Consequently, the rules that apply may well change over the course of the episode as further characteristics of the situation become apparent (Harré & Secord, 1972, p. 151). Turner has suggested that what interactants really expect of one another is behavior that can at least be *interpreted* as constrained by the rules pertinent to the occasion (Turner, 1962, p. 33). To balance all of these considerations requires what Cicourel (1973) has called an "interpretive competence," which we will have more to say later.

(4) Rules are "indeterminate and negotiable" (Wootton, 1975, p. 55). Collett has characterized rules as having the property of "alteration": rules can be canceled, changed, or replaced (1977, p. 4). Rules must be properly adopted; that is, persons must agree that a rule correctly specifies what constitutes a practice or appropriately contexted carrying-out of an action (Ganz, 1971, p. 99). However, rules remain in force only so long as they continue to serve the purposes of those whom they govern; that is, rules may be "unadopted" (Ganz, 1971, p. 104). Brittan has suggested that rules are always subject to "local" (interactionally managed) revising, so long as the revisions do not interfere with participants' sense of the structure of the episode (Brittan, 1973, p. 129). Morris and Hopper have dealt

with such local revisionism under the rubric of "remedial legislation," in which parties to a misunderstanding negotiate, on-the-spot,
new rules that, if followed, will structure subsequent interactions so
as to obviate the need for repair (Morris & Hopper, 1980).

To summarize, rules have been described as propositions, which
may or may not be explicitly available to consciousness, which model
our understandings of what behaviors are prescribed or prohibited in
certain contexts. Rules may be stored and retrieved in a variety of
linguistic forms, but the canonical rule-statement is of the form, "If
situation X occurs, do (do not do) Y." Rules may be followed or not,
as the actor chooses; they are value-expressions whose truth cannot
be determined. The behavior they prescribe is situation-bound. Rules
are subject to alteration by consent of those whom they govern.

The Function of Rules:
Prediction, Interpretation, Evaluation

We have chosen to do without here a lengthy treatment of the
functions of rules, since such an account may be found in Shimanoff
(1980). It should be clear, however, that since rules serve to prescribe
behavior, they also provide the basis for the prediction, interpretation, and evaluation of behavior. We bring to social situations certain
expectations about the rules that apply, and we ordinarily assume
that those expectations are shared by others (Bach & Harnish, 1979,
p. 105). Moreover, we locate ourselves in social episodes by
comparing the action as it develops to the constitutive rules of social
practice; and we coordinate our actions with those of others by
presuming that their behaviors will conform to prescribed sequences.
Thus, for example, when we initiate a summons sequence, we can
anticipate that the person summoned will answer, and that she will
anticipate that our next utterance will divulge the reason for the
summons (Nofsinger, 1975). Similarly, we can anticipate that our
telephone calls will terminate in a paired sequence of summarizations,
well-wishings, and good-byes (Albert & Kessler, 1978).

We also employ rules to interpret *behavior*; that is, we make
inferences along these lines: A is performing this-and-such a
sequence of activities, in thus-and-such a context. Therefore, he must
be doing this-and-so. We think in this context, for example, of how it
is that persons recognize an indirect request, such as "Can you pass

me the salt?" as a request as opposed to an inquiry about the hearer's capacity for salt passing (Labov & Fanshel, 1977). While some scholars have refused to acknowledge so-called interpretive rules (Shimanoff, 1980), or rules for hearing propositional utterances as particular speech acts, we find that interpretive rules may be easily transformed to behavioral prescriptions:

> If a speaker inquires about our ability to pass the salt, and it is patently obvious that we are able to do so, then treat the inquiry as a request for the salt.

In addition to facilitating the prediction and interpretation of behavior, rules are invoked to account for, explain, comment upon, and in general *evaluate* behavior. Ganz has described rules as "critiques" for behavior (1971, p. 54); rule-fulfilling behavior produces favorable evaluations, or at least provokes no notice, while behavior that fails to fulfill rules may result in unwanted notice, unfavorable regard, or even punishment. Rules are fitted by their propositional character to figure prominently in persons' versions of their own and others' behavior (Harré & Secord, 1972, p. 182); that is, rules make claims about what sorts of actions constitute an act or practice, or what sorts of actions are required to achieve some particular end, and may be invoked as *reasons* why the behaviors in question were undertaken (Harré & Secord, 1972, pp. 182-183). Rules may be used to condone omissions, as in the case of the customer who failed to tip her hairdresser because she took him, by his demeanor, to be the owner of the shop, and wished not to insult him. Rules may also be used to justify untoward acts, as in the recent case of the visit of the Queen of England to California, when the Deputy Mayor of a small city, operating under assumptions about the obligations of a gentleman, committed a minor act of *lèse majesté* by placing his hand on the small of Her Majesty's back to escort her in to lunch.

The Force of Rules

How is it that rules acquire force? Why do people follow rules if, as we have claimed before, rules can be broken? Rules theorists have offered several possibilities. First, Harré has suggested that following rules "falls in with a person's project" of presenting an acceptable social self and sustaining the face of others (Harré, 1979, p. 53). This has two implications. First, "seeing to it" (Ganz, 1971, p. 28) that one's behavior fulfills rules is a way of demonstrating one's commitment to the values and cumulative wisdom of the community; of making manifest that one may be relied upon not to disrupt the "social fabric" (Scott & Lyman, 1968). The underlying assumption one makes, of course, is that other people also know and value the rule (Collett, 1977), and can recognize that one's behavior is not only rule-fulfilling, or in conformity with the rule, but also that one is *making an effort* to abide by the rules. The second implication of Harré's proposal is that people assume that rules are critiques for behavior (Ganz, 1971); that they provide the basis for the evaluation of a person's activities. Bach and Harnish (1979, p. 105) assert that behavior that fails to fulfill rules attracts notice, and invites others to make attributions about its genesis; further, that most people regard compliance with or violation of rules as willful (1979, p. 95). Although many violations will go unremarked, or be charitably inter-preted, the force of public opinion (Harré & Secord, 1972) combined with the fear of negative sanctions will often be sufficient to ensure compliance.

For certain kinds of rules, which some writers have referred to as "constitutive," force has to do with how social practices are recognized. According to Bach and Harnish (1979, p. 7), in making inferences about what others mean we operate under a presumption that whenever a speaker utters something, her intention is to *do* some-thing in the utterance: to argue, complain, flatter, protest, and so forth. A speaker must adhere to certain rules that link utterances to the kinds of acts they perform (Harré & Secord, 1972). A speaker must also be aware of the way in which the meaning of a proposition shifts with context, or how it is contextualized by the episode in which it occurs. Furthermore, a speaker must be the "right" person to carry out the act if it is to have the intended force (Austin, 1962). A solicitous inquiry to a person of much higher status may be taken as an impertinence; similarly, only certain classes of persons are authorized to grant absolutions or admit one to manhood. In order to be taken seriously, and to be understood as we intend, it is necessary that we observe the conventions for performing particular kinds of acts through words, and that we demonstrate that we know how our utterances will count.

Typologies of Rule and Rule-Related Behaviors

Schemes for classifying *rules* seem to fall into two basic types: (1) those that distinguish rules that constitute an act from those which regulate a sequence of actions in a given context; and (2) those which classify rules according to their level of generality. Systems for classifying *rule-related behavior* (Shimanoff, 1980, pp. 177ff.) seem largely to be based upon the extent of the actor's knowledge of a rule, the degree of his conformity to it, and the extent to which the conformity is intentional. Let us first consider classifications of rules.

Constitutive versus regulative rules. Several theorists have distinguished between *constitutive* rules, those which prescribe the behaviors that are to count as particular acts, and *regulative* rules, which specify acts or sequences of acts that should be carried out in a specific situation. Pearce (1976) and Collett (1977) both make specific references to the terms constitutive and regulative. Pearce sees constitutive rules as "establishing acts/meanings which are required for the episode to be enacted," while regulative rules specify the set of permissible acts from which an actor may select (1976, p. 27). To Collett, constitutive rules are "essentially definitional," in that they indicate "what counts as what," while regulative rules tell us "what ought to be done" (1977, p. 6). Many theorists in trying to distinguish constitutive from regulative rules have fallen back on game analogies. Ganz, for example, distinguishes between rules which "determine whether or not players are playing" and those which specify correct procedures for action (1971, pp. 49-50). Gottleib proposes a similar distinction between *what it takes* for a ball to be "out," and *what happens given that* a ball is out (1968, p. 37). Satisfaction of the conditions for the former is the *operative fact*; the consequences of "outness" are the "resultant facts" (Gottleib, 1968, p. 37). Gottleib equates the operative fact with the protasis of a rule, and the resultant fact with the apodosis (1968, p. 37). Collett suggests that regulative rules depend on constitutive rules, in that we have to invoke constitutive rules to recognize the presence of the antecedent conditions and to perform the prescribed act correctly (1977), p. 6). For example, if we want to follow the regulative rule that questions should be followed by answers, we have to be able to recognize a question and we have to know how an answer is constituted. While some authors have dismissed the constitutive-regulative dichotomy (Shimanoff, 1980, pp. 84-85), it appears to have a limited amount of utility.

Rules and level of generality. Some who have written about rules have tried to classify them hierarchically on the basis of the extent of their coverage, or the degree to which they are subsumed by higher-order rules. Cicourel has distinguished between *surface rules*, or norms, and *interpretive procedures*, which are similar to deep structural grammatical rules in that they function as a "base structure" for "generating and comprehending behavioral displays" (Cicourel, 1973, p. 27). Ganz makes a not particularly compelling distinction between *rules*, which specify action, and *principles*, which supply the ideology or motivation for action (1971, p. 96). Harré categorizes rules as "etiquettes" or *first-order rules, principles* (the constitutive and strategic rules of rituals and games), which are described as "very weak universals," and *maxims*, which "control the style of action" generated by rules at the lowest levels (Harré 1974, pp. 161-165). Maxims are "dramaturgical" rules involved in self-presentation and image maintenance: for example, that one should not praise herself, but rather allow others to do it for her. Finally, Pearce and Conklin propose a rule hierarchy in which lower-level rules are embedded in or nested within higher-order ones (Pearce & Conklin, 1979). Identified are rules at four levels of generality: *information processing rules*, which tell us how to punctuate the stream of behavior into propositions; *rules of communication*, which relate propositions to the acts that they perform; *rules of sociation*, which contextualize the meaning of speech acts by the episode in which they occur, or lend internal structure to the sequences of acts that occur; and *rules of symbolic identification*, which relate episodes to archetypes, fundamental occurrences of social life such as courtship, barroom brawls, and the like (Pearce & Conklin, 1979, pp. 80-81).

Curiously, although each of the authors presents a rule hierarchy in which level of generality is the apparent criterion for ordering, none of the hierarchies seems to correspond to the others. Pearce and Conklin's taxonomy, unlike the rest, seems primarily to be concerned with constitutive rules. Ganz's "principles" seem to have less to do with the notion of *rule* than with alternative concepts such as *beliefs* or *motives*. Cicourel's deep structure rules are better construed as a set of procedures and assumptions, or an interpretive competency, for articulating surface rules with situated behavior displays so that the norms that pertain in a given context can be recognized (Wootton, 1975, p. 56). Harré fails to make clear how it is that the rules of etiquette are at a lower order of generality that the rules of rituals and games. Most attempts at classifying rules hierarchically have been either limited in scope, unconvincing, or injudicious in attributing varying levels of generality to rules and to things that-are-not-rules.

There are a number of real problems with trying to develop rule hierarchies. First, there does not appear as yet to be any real "theory" of situations to which such efforts can be linked, although there have been a number of attempts to uncover the underlying structure of the perception of situations (Frederiksen, 1972; Magnusson & Ekehammar, 1973; Price, 1974; Forgas, 1976; Wish, Deutsch and Kaplan, 1976; Cody & McLaughlin, 1980; Cantor, Mischel & Schwartz, 1982). If we do not have a reliable scheme for classifying contexts with respect to their generality, or archetypical quality, then we will encounter difficulty in trying to order classes of rules with respect to their breadth of application. Second, even if we could arrange rule-types into some sort of hierarchy, we would be faced with the problem that context is provided "bottom-up" as well as "top-down" (Hayes-Roth & Hayes-Roth, 1979; Hobbs & Evans, 1980); it is not just that we refer to the episode in which we find ourselves to make sense of and label propositional utterances, but also that the utterances define the episode as it unfolds. Thus, such an utterance as, "How about a cup of coffee?" we may choose to hear variously as an offer, a request, an invitation to sexual activity, or a hint to go home, depending upon whether we are in our own kitchen, a friend's kitchen, on our date's doorstep, or are lingering after a dinner party. More to the point, our choice of a "hearing" will also constitute a proffered definition of the episode to which the other party must respond, and that will contextualize subsequent acts. One further difficulty with existing hierarchies is that at the highest levels we may no longer be dealing with rules. So-called maxims, such as "be relevant," are not, strictly speaking, rules, in that they are not conditional but are assumed to apply unilaterally. In the final analysis, it seems that it might be more fruitful to try to center rules on the person, as opposed to the situation, particularly as we are operating not from a deterministic orientation in which the context compels, but rather from a choice perspective in which the actor uses his knowledge of context as a guide to appropriate behavior.

Classification of Rule-Related Behavior

Taxonomies of rule-realted behavior, notably those of Ganz (1971), Toulmin (1974), Collett (1977), and Shimanoff (1980), seem to be concerned with three dimensions: (1) whether or not the actor has knowledge of a rule; (2) whether or not the actor's behavior conforms to a rule; (3) whether or not the actor "sees to it" that his behavior conforms to a rule. In Figure 1.1, we have presented six kinds of rule-related behavior, generated from all possible triadic combinations of these three dimensions. Two of the combinations are "empty" in that one can't see to it that one's behavior conforms (or does not conform) to a rule that one does not know. We have used as an example the rule, "When addressing a superior, do not address him by his first name unless invited to do so" (Shimanoff, 1980, pp. 127-128). The categories are (1) *rule-following* behavior (Ganz, 1971; Shimanoff, 1980; called "Type D" by Collett, 1977, and "rule-applying" by Toulmin, 1974); (2) *rule-according* behavior (Ganz, 1971; called "Type D" by Collett, "rule-conforming" by Shimanoff, and "rule-following" by Toulmin; (3) *rule-fulfilling* behavior (Ganz; Shimanoff; called "Type B" by Collett and "rule-conforming" by Toulmin); (4) *rule-breaking* behavior (called "rule-violation" by Shimanoff and "Type C" by Collett); (5) *rule-violating* behavior (called "Type C" by Collett and "rule-error" behavior by Shimanoff); and (6) *rule-ignorant* behavior (called "Type A" by Collett). When an actor knows not to take the liberty of a first name with her superior, does not do it, and in fact makes a point of not doing it, we describe her behavior as *rule-following*. When the actor knows not to call his superior "Rudolph," does not do so, but this behavior is more or less automatic, we describe it as *rule-according*, in much the same sense as we would describe a speaker's not saying "ain't." When the actor uses the superior's title-plus-last-name, but doesn't know that he ought to by virtue of the other's superior status, we say that the actor's behavior is merely *rule-fulfilling*. Perhaps in such an instance the actor just has a preference for the more formal terms of address. When the actor makes a deliberate point of addressing her superior as "Harriet," knowing all the while that it just isn't done, we refer to her behavior as *rule-breaking*. When the actor knows that he ought to use title-plus-last-name, but unthinkingly blurts out the undue familiarity, we

| | Knows the Rule | | Does Not Know the Rule |
	Intentional	Unintentional	Intention Irrelevant
Behavior Conforms to the Rule	Rule-Following	Rule-According	Rule-Fulfilling
Behavior Does Not Conform to the Rule	Rule-Breaking	Rule-Violating	Rule-Ignorant

Figure 1.1 Taxonomy of Rule-Related Behavior

describe his behavior as *rule-violating*. Finally, when the actor addresses her superior by his first name, blithely unaware that it is inappropriate to do so, we refer to her behavior as *rule-ignorant*. Not included in the taxonomy are Toulmin's (1974) category of *rule-checking* behavior (called "positive rule-reflective" behavior by Shimanoff, 1980), and Shimanoff's category of *rule-absent* behavior. In rule-checking, we evaluate the rule, making it an object of study. We monitor the effects of the rule as we follow it (Toulmin, 1974, p. 195). This category has been excluded from the taxonomy presented above because whether or not an actor observes the effects of her following a rule has no bearing on the actor's rule-knowledge, her intentions, or her conformity to the rule, nor does the monitoring affect the way in which her situated behavior is evaluated. One may call his superior "Mildred" in order to observe the result: however, the consequences of doing so are not going to be appreciably different as a result of the monitoring process, although they may be felt less severely by the offending actor. Following the rule may provide little information of interest to the actor-as-observer, anyhow, since most rule-fulfilling behavior will simply go unremarked.

We have also omitted Shimanoff's *rule-absent* behavior (1980, pp. 126-127), behavior that is neither controllable, situated, nor subject to evaluation, because it has no bearing on the underlying dimensions of our taxonomy.

MUTUAL BELIEFS, INTERPRETIVE PROCEDURES, AND MAXIMS

How is it that actors orient themselves to situations so that they know when a particular rule is operative? How are they able to recognize what Cicourel has called the "institutionalized features" of interaction? Are so-called surface rules a sufficient guide to the practices of conversation? Most scholars would argue that we *take for granted* (Hopper, 1980), and assume that others take for granted, many things.

Mutual Beliefs

Bach and Harnish (1979) have proposed the notion of *mutual contextual beliefs:* sets of propositions about the rules that apply to classes of persons and contexts that are mutually recognized by parties to an interaction to guide behavior and provide the basis for its evaluation. In addition to the mutual contextual beliefs that pertain to particular classes of events, there are also two more general beliefs, to which all subscribe, which serve as a guide for inference. The first, the *linguistic presumption*, is that when any member of a language community utters something in that language to another member, his hearer will be able to identify what was said, given an adequate vocabulary and background information (Bach & Harnish, 1979, p. 7). The *communicative presumption* is simply that whenever a speaker *says* (utters) something, she is doing so with the intent to *do* something: to agree, reassure, belittle, and so forth (Bach & Harnish, 1979, p. 7).

Interpretive Procedures

Several scholars have addressed themselves to the competencies and necessary background understandings we require in order to be guided by rules; in other words, what actors need to know, or must assume, in order to make sense of their experiences and behave in an appropriate manner.

Cicourel (1973) has treated at length a class of mechanisms for identifying the correspondences between features of settings and surface rules that he calls *interpretive procedures*. Interpretive procedures, which as Wootton (1975, p. 56) points out are general methods for determining the application of rules in particular settings, provide a sense of social structure of broad utility that allows us to generate and understand novel behavior. These interpretive procedures are such as to sustain us through a lifetime of social interaction; they enable the actor to identify contexts, which then leads to the invocation of the appropriate surface rules. For example, in producing an appropriate response to the utterance "Don't you think it's cold in here?" the hearer has available to her a surface "rule for indirect requests" (Labov & Fanshel, 1977, p. 78c.), under which if a speaker inquires about the hearer's opinion of the need for an action (one of the *preconditions* of the successful performance of an action), the utterance may be interpreted as an indirect request for the action to be performed by the hearer, in this case closing the window. Wootton has suggested that these preconditions to which rules refer simply "model our competence" to recognize an utterance as doing something; they index the pertinent areas of knowledge we must consult in order to make sense of what we hear (1975, pp. 50-54). Not only would we have to consult our background knowledge about the need for the action (closing the window), but we would also have to make certain inquiries, implicit or otherwise, as to our own and the other's capability to perform the act, our own and the other's willingness to do so, and so on.

Cicourel has set forth the features of what he calls a "common scheme of reference" (1973, p. 34), a set of interpretive procedures and assumptions whose existence is presupposed by all parties. These include (1) an *assumed reciprocity of perspectives*, a taken-for-granted mutual orientation to the episode at hand (Cicourel, 1973, p. 34); (2) the assumption of *indexicality*, the mutual belief that words index larger systems of meaning, and that much is unstated and must be supplied by the hearer (1973, p. 35); (3) the *et cetera* procedure, which allows the hearer to suspend judgment on a lexical item whose meaning is unclear until such time as subsequent information arises to clarify it (p. 35); (4) the idea of *normal form typification*, which instructs the actor to categorize the particulars of an episode as to the normal forms of social life which they typify— Pearce has also talked about episodes as simply a repertoire of action patterns that parties to an encounter assume are common to both (1976, p. 21); and finally (5) the assumption that the other is *as we have always known him* (Schutz, 1964, p. 39)—that he has a set of "constitutive traits" (Schutz, 1964, p. 39), which remain the same from one encounter to the next.

Maxims

Related to Cicourel's notion of interpretive procedures are Grice's *cooperative principle* and *conversational maxims* (Grice, 1975, p. 45) that, although they appear to be rules or meta-rules as a function of their prescriptive form, are, given their nonconditional nature, best characterized as a set of assumptions, to which all subscribe, about the features of concerted social interaction. Grice has proposed that persons assume that these maxims are operative, and that any appearance to the contrary gives rise to inference (1975, p. 49). The *cooperative principle*, the ultimate maxim, is that one ought to make his contribution to conversation "such as is required, at the stage at which it occurs, by the accepted purpose or direction of the talk exchange" in which one is engaged (Grice, 1975, p. 45). Grice also proposes a set of maxims, which if adopted will result in a cooperative contribution. The first is the *Quantity* maxim, which in effect states that one's contribution ought to be neither more nor less informative than is required (Grice, 1975, pp. 45-46). The *Quality* maxim (1975, p. 46) requires that one state only that which one believes to be true, and for which there is sufficient evidence. The *Relevancy* maxim (Grice, 1975, p. 46) requires that a contribution be pertinent in context. Finally, the *Manner* maxim states that one ought to avoid obscure expressions, ambiguity, excessive verbosity, and disorganization (1975, pp. 46-47). Conversational behavior that appears to violate or blatantly flout the maxims ordinarily gives rise to speculation as to why the cooperative principle does not appear to be in force, and this state of affairs invites *conversational implicature*, broadly construed the engagement of a set of interpretive procedures designed to figure out just what the speaker is up to. For example, suppose that A and B are dining out and, as they linger over their coffee, A inquires of B: "How much are they paying you over there at Exxon?" to which B replies, "I believe I *will* order the chocolate mousse." In order to interpret B's utterance, A must go through a series of inferences based on assumptions about the principles and maxims to which B subscribes. For example: "B's remark violated the maxim of Relevance, yet I assume he's being coopera- tive. I'm sure that he heard me, and I'm sure that he knows how much he makes, and I'm sure that he knows that I don't know, and I doubt that he has to keep it a secret. Rather than lie about it, and violate the Quality maxim, he has chosen to flout the Relevance maxim and thereby deliberately refuse to advance the topic. Therefore, he must not want to talk about it. Therefore, what he is *doing* is telling me in a nice way that it's none of my business." Of course, much conver- sational implicature, as in the case of indirect requests ("Can you hand my my glasses?") is quite conventionalized, so that an inferred meaning is for all practical purposes a literal one. We will have more to say about conversational implicature in a subsequent chapter.

Bach and Harnish have proposed two additional presumptions that are components of the reciprocal perspective of communicators, and that give rise to inference if violated; they are the "politeness maxim" and the "morality maxim" (Bach & Harnish, 1979, p. 64). The politeness maxim holds that the speaker must not be offensive, vulgar, rude, and so on, while the morality maxim presupposes that the speaker does not repeat that which she sought not to, ask for privileged information, require the hearer to say or do something that she ought not, or do things for the hearer that the hearer has no interest in having done (1979, p. 64). Bach and Harnish also propose a "principle of charity" (1979, p. 68): "Other things being equal, construe the speaker's remarks so as to violate as few maxims as possible."

Finally, Edmondson (1981a) has proposed that conversation, at least in English, is further characterized by "hearer-supportive" maxims, such as "Support your hearer's costs and beliefs," and "Suppress your own costs and beliefs." Edmondson arrived at this conclusion after a dimensional analysis of English illocutionary verbs, lexical items that correspond to distinct speech actions such as promising, advising, acknowledging, and so forth.

Edmondson used a five-dimensional scheme to generate a matrix of illocutionary verbs: (1) whether or not an event or state of affairs *is/was*, or *will be* the case; (2) whether the actor involved in the event is speaker (S) or hearer (H); (3) whether *S (H)* is *responsible* or *not responsible* for the event; (4) whether the event in question had *desirable* or *undesirable* outcomes; and (5) whether the consequences of the event affected *S* or *H*. Edmondson found that the distribution of illocutionary verbs lends credence to the notion of H-supportive and S-suppresive maxims. Consider, for example, the case in which an event occurs that has undesirable consequences for H. There are illocutionary verbs (*sympathize, commiserate*) that denote that S does not hold H *responsible* for the unhappy event. There is an illocutionary verb (*apologize*) that means that S holds *herself* responsible for the event that had undesirable consequences for H. There does not, however, appear to be an illocutionary verb to fill the slot "S does not hold S responsible for an action which had negative outcomes for S," and the appropriate nouns ("self-pity" and so forth) have an unattractive connotation. Similarly, while there is an ample number of illocutionary verbs denoting that "S holds H responsible for an event that had desirable consequences for H" (*praise, congratulate*), the verbs that denote that "S holds himself responsible for an act which had positive outcomes for S" have rather an ad hoc quality ("self-congratulate," "self-praise,"; Edmondson, 1981, p. 495). On the basis of these and other evidences, Edmondson concludes that hearer-support, but not speaker-support, is lexicalized in English.

SUMMARY

Conversational behavior is seen to be governed by rules: propositions about the propriety of action in context. Conversational rules, which constrain but do not compel behavior, are best viewed as critiques or criteria for decision making in social situations. The force of rules derives from their use as the basis for the evaluation of behavior. Rule statements, which usually take the form "If in situation S, Y is required (prohibited)," are not to be taken as descriptions, but rather as prescriptions for what the social community regards as appropriate situated action. Further, rules are subject to revision both at the level of community and by local (interactionally managed) negotiating. Rules may be classified as constitutive or regulative. Rule-related behavior seems to vary along three dimensions: (1) the actor's knowledge of the rule; (2) the actor's conformity to the rule; and (3) the extent to which that conformity (or lack thereof) is intentional.

Surface rules, however, are an inadequate guide to social practice. (Should the reader be in doubt, she might do well to consult de Beaugrande, 1980, pp. 243-244, who lists among those things persumed to be known by parties to conversation (1) "typical and determinate concepts and relations in world knowledge," (2) "cultural and social attitudes," (3) "conventional scripts and goals," (4) traits of the current context, and (5) episodic knowledge of shared experiences.) To use rules effectively as guides for action, actors orient themselves to conversational situations through assumed mutual beliefs about the contexts in which they find themselves. Certain interpretive competencies are required to identify areas of correspondence between the features of contexts and the scope conditions of surface rules. Not only must the actor have a considerable store of background knowledge, but he must also be privy to and honor certain assumptions: that S and H have reciprocal perspectives; that the other's personhood is consistent; that both are cooperating; that one's own and the other's politeness and veracity may be taken for granted; and so forth. In subsequent chapters, we will examine in detail the operations of surface rules, interpretive competencies, and assumptions.

2

Conversational Coherence

◆ In this chapter, we will explore the manifes- ◆
tations and ramifications of the injunction to be relevant, at several
different levels of of conversational structure. Specifically, we will
examine coherence and cohension relations as they are displayed in
the conversational *text*, in *propositional* organization, and in
functional or *speech act* organization (Foster & Sabsay, 1982;
Sabsay & Foster, 1982). We will touch only lightly on cohesion
relations at they appear in text, as these relations are probably of
greater interest to text grammarians than to students of conversation.
In looking at propositional and functional structure, we will be
concerned with how *utterance-by-utterance* and *global* coherence
requirements both respond to and constrain the plans and goals of
actors. (By utterance-by-utterance level we refer to the organization
of conversation at the level of thought or propositional units
(independent or dependent clauses and their substitutes) rather than
turns or sentences. By global coherence we refer to the apparent unity
of discourse as a whole.

RELEVANCE, COHERENCE, AND COHESION

Foster and Sabsay (1982) have emphasized the importance to cooperative social interaction of the maxim of Relevance: in order to proceed in conversation, each party must assume that the other is trying to make relevant contributions. Just what is meant by a *relevant* contribution? Grice's original maxim of Relation ("be relevant") was, as the author put it, rather terse (1975, p. 46); he elaborated only to say that one's contributions ought to be "appropriate to immediate needs at each stage of the transaction" (1975, p. 47) Foster (1982) has proposed that there are two kinds of relevance relationships: (1) a strict contingency on the immediately preceding utterance; (2) a dependency of the utterances on the "global concern" of the discourse topic. Most scholars who have considered the question have treated relevance as a property of an utterance with respect to the discourse that precedes it. Werth (1981, p. 153), for examaple, defines relevance as "the appropriateness of an utterance meaning to the meaning of the previous utterance, together with the context in which they occur." Wilson and Sperber (1981) treat relevance as a relationship between the propositional content of an utterance and the immediately relevant set of propositions (uttered or implicit) to which the hearer has access in memory. Similarly, Keenan and Schieffelin (1976) see a large part of the work of achieving relevance as the formulation of conversational topics out of prior propositions in (or implicated by) the conversation-so-far.

While some authors (Tracy, 1982) have treated local (utterance-by-utterance) and global relevance as an either-or proposition, it seems that the class of pairs of adjacent utterances in conversations with purely local relevance of the second member of the pair to the first is rather limited—for example, the exchange might be restricted to a few utterances, as in a passing greeting, or it might constitute a cooperatively authorized "detour" from the conversational topic mandated by some environmental exigency:

B: So I told her that I wouldn't let her borrow it again because the last time she

A: (Oh, hi, Tony!

B: He's SO:OO good looking!

A: Yeah, but he's going with Lisa Bradley. Anyhow, so you told her . . .

It seems that the relevance of an utterance is largely a matter of its fitting in with the whole of some discourse context, such that its pertinence both to an immediately prior utterance and to the conversation-to-date is apparent. Thus, if A is recounting an incident in which her birthday gift to her mother was mailed out from the gift shop with the price tag still on it, and as a "unit" of the narrative refers to the clerk who took the order, a question by B—"Was she new?"— would be relevant locally by virtue of the coinciding entities "clerk" and "she" and globally relevant by reference to the overriding issue that "a mistake was made."

There does appear to be evidence (Vucinich, 1977; Tracy, 1982) that utterances may vary in *degree* of relevance. If, for instance, one's partner is telling a story that she hopes will illustrate the point that people take advantage of tourists in Mexico, and tells of an event in which she was overcharged for a taxi ride, a response by the hearer about taxi drivers' recklessness may appear to be a locally relevant utterance, what McLaughlin, Cody, Kane, and Robey (1981) term "tangential talk," but will probably be regarded as less relevant and competent than, say, a story about being overcharged at a hotel in Acapulco.

Keenan and Scheiffelin (1976) have pointed out that underlying the notion of relevance is the requirement that the speaker make his topic known. Making a (transparently) relevant utterance is one way to make the topic known; the speaker may, however, be required to resort to a number of devices to do so, including the provision of information adequate to identify discourse entities and form appropriate representations of the semantic and functional relationships between her utterances and previous ones. Providing the necessary information requires that the speaker make a proper estimate of the hearer's knowledge, so as to avoid condescension on the one hand and mystification on the other (Keenan & Schieffelin, 1976, p. 361).

One factor that clearly emerges from an examination of relevance is that having a notion of the topic of a conversation is critical to making a pertinent contribution. We shall explore the idea of topic in greater detail in a subsequent section.

What is the relationship between relevance and conversation *coherence*? Are these terms synonymous with each other? with the notion of conversational *cohesion*? It appears that the three terms are used somewhat differently. Generally, it would seem that relevance refers to the relationship of a single utterance to the preceding utterances (Hobbs, 1978), while coherence is a characteristic of a sequence of utterances taken as a unit or whole. While Werth (1981, p. 153) equates relevance and coherence in that the two terms have "coinciding implications," it would seem that coherence is a more global property of "relatedness" between sequentially produced utterances (Sabsay & Foster, 1982). Most scholars invoke the idea of an overriding proposition, *macroproposition* (van Dijk, 1980, 1981), or *primary presupposition* (Keenan & Schieffelin, 1976) to account for coherence. For instance, Ellis et al., (1983, p. 268) define coherence as "a correspondence or a congruity arising from some principle common to a sequence." Similarly, Sabsay and Foster (1982, p. 4) argue that an entire proposition must be presupposed if a discourse is to have coherence; that is, it is not sufficient that a sequence of utterances be "about" some entity, but must rather be about a *predication* of that entity. Hobbs (1978) proposes that discourse is coherent if it exhibits certain structural relationships among the utterances: that there is a finite set of coherence relations that "corresponds to coherent continuation moves" (Hobbs, 1979, p. 68) a speaker can undertake. These coherence relations (Elaboration, Specification, Generalization, and so forth; Hobbs, 1978) are about propositions expressed by adjacent utterances as they pertain to the theme of the discourse as a whole. Hobbs (1978, pp. 9-10) has pointed out that some authors treat coherence as the trace of an actor's plan, in which each utterance can be seen to be directed toward the attainment of some particular end. Hobbs rejects this view for the most part as being "too strong," for conversants often seem to talk past one another, and to be unaware of or oblivious to each other's goals.

Coherence differs from cohesion in that the latter seems to be used to describe the ways in which the different utterances in a sequence can appear to be about the same referents or objects. Cohesion generally refers to the presence of a set of devices that we can see explicitly in a text (anaphora, repetition and so on); as Edmondson put it, "those devices by means of which TEXTURE is evidenced" (1981b, p. 5). Coherence is equated with the *interpretability* of a discourse (Edmondson, 1981b, p. 5). Hobbs (1978) proposes that a coherent text necessarily has cohesion, but that a text with cohesion may not be coherent. That is, a string of utterances may each be related in a chain-like fashion, where cohesion (identity of referents) is present at the local level, but the coherence of the sequence as a unit is absent:

A: I saw a duck at the lake yesterday.
B: I like to swim in lakes.
A: I swam in a race last summer.

COHESION AT THE LEVEL OF THE TEXT

Edmondson (1981b, p. 4) has defined text as "a structured sequence of linguistic expressions forming a unitary whole." When we examine cohesion at the level of text we are not interested in going beyond the sentence-level units of meaning that are literally present (Foster & Sabsay, 1982, p. 7); hypothetical macropropositions, primary presuppositions, bridging propositions, or any other elements of the discourse implied but not present will not be invoked to account for connectedness. According to Halliday and Hasan (1976, p. 4), cohesion takes place when in order to interpret some entity in the text one has to refer to another, such that the former presupposes the latter. Thus in the following "she" presupposes "Judy," and the discourse is easy to process:

A: I like Judy.
B: Yeah, she's always friendly.

It will be noted that what is being presupposed is not a proposition but rather an isolated semantic element (Sabsay & Foster, 1982, p. 4). McLaughlin et al. (1981) noted that in the sequencing of stories, participants sometimes demonstrated the relevance of their stories to a partner's previous narrative by referring to some implicit or explicit proposition or "significance statement" (Ryave, 1978) that seemed to inform both stories, but often a subsequent story was made to appear relevant in sequence by text-level cohesion markers such as *embedded repetitions* or *marked repeats* ("speaking of hockey").

It is probably fair to say that the extent to which a person's utterance in respect to prior text is marked by cohesion devices reflects the state of the speaker's cognitive processes (or at least reflects the way his cognitive processes are judged). For example, Fine and Bartolucci (1981) proposed that the following basic categories of cohesion relations distinguish between thought-disordered and nonthought-disordered schizophrenics:

(1) *substitution:* "I love the little kittens in the pet shop. I wish I could have *one*."
(2) *ellipsis:* "I love the little kittens in the pet shop. I wish I could have the *brown*."
(3) *reference:* "I love the little kittens in the pet shop. *They* look so cute.
(4) *lexical:* "I love the little kittens in the pet shop. They're *Siamese*.

Similarly, Rochester and Martin (1977) hypothesized and found that the explicitness of reference (for example, exophoric versus endophoric) differentiated between thought-disordered and normal subjects. Cohesion devices may also be said to affect the ease with with utterances are processed. For example, the cohesion device with which most readers will be familiar is *anaphoric reference*, in which the interpretation of a pronoun is dependent upon some other element in the text (Frederiksen, 1981). Frederiksen has shown, at least for written materials, that processing time is slowed when a lexical element is pronomialized in a subsequent utterance, as opposed to simply being repeated. Further, when there is a greater number of potential referents that coincide in number and gender with the pronoun, processing time is slowed. However, the speed of processing is not affected by introducing additional utterances between the one containing the entity referred to and the subsequent one containing the pronoun (Frederiksen, 1981, p. 340).

The reader who wishes to pursue further the issue of cohesion markers in text is urged to consult Halliday and Hasan (1976). We concur with Sabsay and Foster (1982), who conclude that while the textual markers of discourse both evidence and contribute to structure in discourse, they are not the most important sources of connectedness.

CONVERSATIONAL GOALS AND PLANS

Winograd (1977) has proposed that any utterance may be viewed as the culmination of a "design process," in which the actor uses whatever linguistic and conversational resources are available to her to produce a message aimed at realizing some *goal*; that is, some state of affairs in the hearer or in herself that the speaker hopes to achieve (Hobbs & Evans, 1980). Cohen and Perrault (1979, p. 184) see the planning process as searching for a sequence of actions such that the first is applicable in the actor's "current world model" and the last gives rise to a new world model "in which the goal is true." Similarly, Jackson and Jacobs (in press) argue that the organization of a sequence of utterances depends on how the utterances coincide with a "goal-oriented plan." Much of the work in making a relevant contribution has to do with deducing the goals of the speaker, responding to those which one is intended to recognize (Hobbs, 1979), and integrating those responses with one's own current plans and goals.

Competence in a hearer requires that one be aware of common goals in conversation. Winograd (1977, p. 69) suggests that these may include: (1) inducing the hearer to perform some action; (2) manipulating the hearer's inference processes; (3) conveying information about a known entity; (4) creating a new conceptual element to correspond to an entity already in H's knowledge store; and (5) directing the hearer's attention. In general, one might construct the goal of the speaker as increasing the correspondence between what S knows, wants, and believes, and what H knows, wants, and believes (Hobbs, 1978, p. 12). In order to do so, S is required to have a model of the hearer. That is, S must know what it is that H currently knows, wants, or believes, and what is in H's active memory (Winograd, 1977, p. 76). In this context, speech acts may be seen to be operating on S's model of the hearer (Cohen & Perrault, 1979). Hobbs and Agar (1981) argue that any list of a speaker's goals must include that of *maintaining local coherence*. Ordinarily the demands of local coherence will act as a constraint on speakers' goal-attainment, as evidenced by such common complaints (or excuses) as "I just couldn't find the right moment to bring it up," or "I just couldn't get it in." Then, too, speakers recognize the importance of strategic timing with respect to the achievement of *covert* goals: if one is to bring off successfully an action of dubious social standing, for example a *boast*, it is best that the act appear to be occasioned effortlessly by the preceding discourse; thus, the speaker must bide his time until an opportune moment arises. Hobbs and Agar (1981, p. 12) suggest that the requirements of local coherence pose not just an obstacle to goal-attainment, but may be also regarded as a conversational resource: "since local coherence typically reflects memory structure, it serves as a means for finding a next thing to say." One consequence of local coherence goals is that memory may be jogged, prompting a return or reprise of a topic previously closed.

In addition to local coherence goals, a speaker may have a larger goal of conversational maintenance. McLaughlin and Cody (1982, p. 299) found that lapses in conversation were sufficiently embarrassing that members of dyads so afflicted would often resort to "masking behaviors" such as coughing, whistling, and singing to cover the gap. A number of studies (Arkowitz, Lichtenstein,

McGovern, & Hines, 1975; Weimann, 1977; Biglan, Glaser, & Dow, 1980; Dow, Glaser, & Biglan, 1980) have demonstrated either that being credited with responsibility for a conversation lapse is associated with lowered competency ratings, or that those with poor social skills generally tend to have longer response latencies. In light of these gloomy findings, one can understand that the desire to sustain conversation may take precedence over any exogenous goals such as persuading H to grant a request. Thus, one might thrash about for something (anything!) to say in order to ward off an awkward silence, and the propositional content of whatever happens to "pop out" may well dictate, an an opportunistic fashion, what goals S will be able to meet in subsequent utterances.

In order to achieve a goal, one often constructs a *plan*. Hayes-Roth and Hayes-Roth (1979, p. 275) define planning as "the predetermination of a course of action aimed at achieving some goal." Similarly, Hobbs and Evans (1980) treat a plan as "some consciously constructed conceptualization of one or more sequences of actions aimed at achieving a goal." Ferrara (1980a) claims that the only way in which a sequence of speech acts can be understood is through a grasp of the connection among the goals that give rise to them. While Ferrara's claim may seem extreme, he is clearly correct in his argument that the status of a speech act in a plan is proportionate to its importance with respect to goal-attainment. Consequently, we can distinguish between *main* and *subordinate* acts on the basis of their prominence in the plan: "given a pair of goals and a contexts, I will take the one which can conceivably be aimed at, without presupposing any other, as the main goal; and those which are also intended . . . as subordinate goals" (Ferrara, 1980a, p. 247). Thus, a speaker may make a simple plan for a dinner date that involves a subordinate goal of determinining H's availability, which, if successfully met, and in the affirmative, will enable the main goal of requesting a date. The plan might be realized in a sequence like the following:

A: Are you free Friday night?
B: I think so.
A: How about dinner?
B: O.K.

In the event that the subordinate goal of checking out a precondition is met, but not in the affirmative, the plan may call for the main act to be jettisoned:

A: Are you free Friday night?
B: No, I'm afraid I'm tied up.
A: Oh. O.K.

Alternatively, the actor may indulge in a bit of opportunistic planning:

A: Are you free Friday night?
B: Well, I have a class until ten.
A: Good, we'll have a late supper.

Thus, while the plan may be "top-down" as originally conceived, it ordinarily will be sufficiently flexible to allow the exploitation of alternative opportunities should they arise (Hobbs & Agar, 1981, p. 5).

How may a "conversational plan" be characterized? Hobbs and Agar (1981, p. 4) treat a conversational plan as a cognitive representation of an actor's goals and the actions which she intends to undertake to achieve them: "it is in general a tree-like structure whose nonterminal nodes are goals and subgoals, i.e., logical representations of states to be brought about, and whose terminal nodes are actions" that the actor can perform to facilitate the attainment of those goals. It is appropriate to think of goals and subgoals as coincident with "topic" and "subtopic" (Hobbs & Agar, 1981, p. 4) when referring to the propositional structure of conversation and with "global action" and "subordinate action" in the context of its functional structure.

While one may have a global plan for a conventional exchange, say, to ask Dad for the use of the car in pursuit of the goal of obtaining the use of the car, the plan will probably not be complete beyond one or two of the nonterminal nodes. That is to say, goals may be achieved in increments, and planning itself may be incremental (Hobbs & Agar, 1981, p. 5; Hayes-Roth & Hayes-Roth, 1979, p. 305). It is unlikely than an actor would construct specific contingency plans in the event that, at the level of a subgoal (for example, determining if Dad is planning to use the car himself) the plan is thwarted. Cohen and Perrault (1979, p. 178) propose that we expect and desire others to recognize our plans, and to help us to meet our goals. Consequently, we depend to some extent on a conviction that a "way" or path to the goal will emerge from the interaction, given the cooperation of H, whom we expect to honor the spirit, if not the letter, of our plans.

Hobbs and Agar propose that in the midst of interaction, we conduct a "bidirectional search"; that is, we check locally to determine which of currently possible paths might suffice to reach our goals, as well as constructing possible action sequences top-down from the goal. Planning is only lightly constrained, and in fact, opportunistic planning is the exception rather than the rule (1981, p. 12). Hobbs and Agar provide an example of an "associative slide," when an actor's attention to an overriding plan wanders and he rambles in a merely locally coherent way through "adjacent chunks" in memory. Global goals may through the process of interaction lose their power to constrain, and ultimately be replaced by new goals.

Cohen and Perrault (1979) have proposed a set of "heuristic principles" that actors use in constructing plans. They are, at the time the plan is constructed, that (1) S should include in the plan only those actions whose effects are not yet applicable in the desired model of the world; (2) S may insert in the plan an action that achieves E if E is a goal; (3) S may add to the plan all the preconditions to achieving E that are not already true (the need for the action, the willingness or availability of H to perform the action, and so on)—in other words, determine which subordinate goals have to be met in order that the main or "top-level" goals may be met (Winograd, 1977, p. 69); (4) S may create a goal that she know the truth-value of some proposition; or (5) the value of some description, if such knowledge is needed in order to complete planning (in other words, the actor is not required to construct a whole plan prior to carrying it out); and (6) each party assumes that the other will plan in this way.

Ochs (1979, p. 55) has examined some of the characteristics of planned as opposed to unplanned discourse. A *planned discourse* is one that has been designed and given thought before it is expressed; an *unplanned discourse* "lacks forethought and preparation" (Ochs, 1979, p. 55). Ochs has discovered a number of features that characterize what she terms *relatively unplanned discourse*. First, speakers depend more upon the immediate context to supply connections between referents and predicates. For example, referents may be *deleted*, as in

A: Still tryin' to graduate?
B: Better believe it!

where the referent "you" is omitted in both utterances. There is also greater use of the *referent plus proposition* construction, in which the semantic relation between a referent and what is predicated of it is omitted:

A: Richard- he's in our lit class, he got an A.

Ochs (p. 75) noted that this construction was especially likely to occur when a speaker had competition for the floor. The noun phrase (NP) holds the floor until the S has had time to encode the appropriate predication.

Parties to relatively unplanned discourse are also more likely to leave it up to the hearer to puzzle out the nature of the relationship between propositions. Words like *because, therefore,* and so on are less likely to appear. Thus, in a discourse like

A: I really feel down today. Roger brought home a bad
     report card again.

it is up to H to infer the nature of the link between A's state of mind and Roger's report card: to supply the missing semantic connective *because* (or possibly *and*, if the context suggests that Roger's bad report card only *contributed* to a feeling that was already present). Planned conversations seem to have more subordinate or dependent clauses, indicating that the speaker put more effort into the task of encoding (Ochs, 1979, p. 67).

A third feature of relatively unplanned discourse reported by Ochs is a greater dependence on morphosyntactic structures characteristic of the early states of language acquisition. These features included (1) less frequent use of definite articles ("Mr. Jones, the neighbor across the street," as opposed to "this guy I know"); (2) greater use of the active as opposed to the passive voice; (3) more frequent use of the present ("so he says to her") as opposed to the past or future tenses ("so he said to her").

Finally, relatively unplanned discourse is frequently amended or improved upon as a function of afterthought; consequently, there tends to be a larger number of repetitions and substitutions of lexical items. One consequence of such on-the-spot revising is that utterances tend to be longer than they might be in planned discourse (Ochs, 1979, p. 72).

TOPICAL ORGANIZATION

Referent Approaches

One of the fundamental ways in which a conversation shows signs of structure is that it appears to be "about" something. There seem to be at least two relatively distinct views of what a topic is, of what it means for a discourse to be about something (Reinhart, 1981). The first we shall characterize as the *referent* approach, the second as the *propositional* approach. The referent approach is exemplified by the work of Schank (1977) and Clark and Haviland (1977). Schank argues for the notion that the topic of an utterance (called the "New Topic") is inferred from the intersection of two sets of elements: the "Reduced Old Topic," a subset of elements contained in the immediately previous turn, and the set of new elements introduced in the current turn. For example, suppose that A had said

A: I went to the Newport Harbor Museum yesterday to see the Munch exhibit.

and B had replied

B: I heard the museum was exhibiting Kokoschka next spring.

The Reduced Old Topic would be X = (museum, exhibit), the set of elements appearing in both utterances. (The elements [Munch, yesterday] are not contained in B's utterance. The New Topic equals the intersection of X = (museum, exhibit) and the set of new elements introduced by B (Kokoschka, spring). A Potential Topic for a subsequent utterance by A may be composed from the elements in the intersection of the sets Reduced Old Topic and New Topic. Thus, in this utterance-by-utterance view of topic, B may exploit pathways from any of the elements (museum, exhibit, Kokoschka, spring) as a Potential Topic for a subsequent turn.

As is apparent from Schank's work, the referent approach is characterized by a concern for determining the entity or entities to which an utterance *refers*. Strawson (1979) has suggested two criteria for such a determination: (1) the principle of *presumption of knowledge*—what knowledge does S presume that H already possesses? and (2) the *principle of relevance*—what operations is S trying to perform on H's presumed knowledge; that is, what is the entity about which S hopes to expand H's knowledge (Reinhart, 1981)? Reinhart characterizes the referent approach as the "topic-as-old information view": topic is a "property of the referents denoted by linguistic expressions in a given context" (1981, p. 61).

The most widely read proponents of the referent approach are Clark and Haviland (1977). Their work is particularly noteworthy for two concepts: the *maxim of antecedence* and the *given-new contract*. The latter is conceived as a tacit contract between S and H as to how old and new information should be ordered in sentences

(Clark & Haviland, 1977, p. 3). The maxim of antecedence, which is subsumed by Grice's maxim of manner, requires that the speaker minimize processing for the hearer by seeing to it that the given or old information in any utterance has a unique antecedent (Clark & Haviland, 1977, p. 4). Should A say "I saw Henry and Jayne at the Bistro last night" and should B have no unique antecedent in memory for Henry and Jayne, A has violated the maxim of antecedence, albeit perhaps inadvertently if he has simply overestimated H's knowledge.

Both S and H are presumed to share a knowledge base or information structure pertinent to the conversation, which consists of a set of hierarchically ordered propositions and equivalence relations, both explicit and implicit in the discourse. An H ordinarily relates an utterance to the relevant information structure by (1) distinguishing old from new information; (2) retrieving from memory the intended, unique antecedent for the old information; and (3) incorporating the new information into the knowledge base after it has been "attached" to the retrieved antecedent (Clark & Haviland, 1977). Hobbs (1979) has been critical of this three-step approach as being overly simplistic. Hobbs argues that the process by which given and new information are distinguished is left unspecified; further, that it is usually very difficult to specify a unique antecedent. Perhaps it is fair to say that one makes a good *guess* as to the antecedent of the given information, and trusts that subsequent developments in the conversation will affirm that the choice made was correct.

Clark and Haviland suggest that violations of the given-new contract may be the result of negligence, may result from a conscious intent to deceive, or may be the result of an explicit attempt to induce implicature. In the case of a negligent violation of the given-new contract, S either misjudges what H knows or doesn't know, or does not trouble to take H's knowledge into account. In a covert violation, H is a victim of the fact that S has deliberately induced him to construct in memory an antecedent for a given that in fact does not exist. Explicit violations are designed to manipulate or confuse H's inference processes. For example, in a joke, or pun, humor may arise from the fact that there are two equally plausible antecedents for the same "old" informaton, as in the joke, "Did you hear about the hockey match between the two leper colonies? There was a face-off in the corner."

When S violates the antecedence maxim, for whatever reason, H has recourse to several procedures (Clark & Haviland, 1977). For example, for explicit violations, H may make sense or get the point of an utterance by supplying a *bridging proposition*; that is, "form an *indirect* antecedent by building an inferential bridge from something he already knows" (Clark & Haviland, 1977, p. 6). For some utterances, the listener must *add* to memory, if only tentatively, a "new node" to stand as the unique antecedent. Given an utterance like "The man from Mars told me that . . ." H can adopt the *et cetera* position and hope that subsequent events will supply the missing antecedent: "The man from Mars told me that candy bars are going to go up to 50¢."

Propositional Approaches

Clark and Haviland and Schank are exemplars of the "local" approach to conversational coherence; a sort of chaining notion in which the topic changes with each successive utterance (Tracy, 1982). In contrast, advocates of the *propositional* approach view topic as being "about" a proposition, specifically a *macroproposition* or *global topic* (van Dijk, 1980, 1981; Foster & Subsay, 1982; Sabsay & Foster, 1982) that is the most parsimonious summary of the topic (Foster & Sabsay, 1982, p. 10). Conversational coherence is not just a matter of semantic links at the level of individual utterances; rather, coherence derives from an over-arching proposition, in light of which successive utterances are interpreted and constructed (van Dijk, 1981, p. 84). From the propositional perspective, a "topic" is about the relationship between "an argument and a proposition relevant to a context" (Reinhart, 1981, p. 61). Let us sample some definitions. Hobbs (1978, p. 8) defines topic as "the proposition about which some claim is being made or elicited." Keenan and Schieffelin (1976, p. 344), treat topic as the "primary presupposition" of an utterance; "the PROPOSITION (or propositions) about which the speaker is either providing or requesting new information" (p. 338). The point is that topic is not just about some entity, but rather that topic has to do with some *predication* with respect to one or more entities. Sabsay and Foster (1982) argue that this notion is supported by much research on recall of discourse.

The notion of a topical *macrostructure* (van Dijk, 1980, 1981) is that topic is a tree-like nexus of hierarchically ordered propositions, some of which correspond to actual utterances and some of which are implicit, having been furnished by the participants in the form of bridging propositions, presuppositions, additions, and the like. Each proposition in the macrostructure has a demonstrable relation not only to the macroproposition, but also to the immediately higher node (Foster & Sabsay, 1982, p. 17). A macrostructure is understood as a "global" representation of a conversation, with its "psychological correlate" a "cognitive schema which determines the planning, execution, understanding, storage, and reproduction of the discourse" (van Dijk, 1981, p. 188). The hypothesis of a macrostructure accounts for the ability of persons to provide summaries of and answer questions about a conversational event long after individual utterances have departed from memory (van Dijk, 1981, p. 210). In describing macrostructure, one might say that they are "built up" from individual utterances. Operating on utterances are a variety of *macrorules*, of which we will have more to say later, which "map sequences of propositions onto sequences of (macro)propositions" (van Dijk, 1981, p. 188).

Before we proceed further with the notion of how discourses are mapped onto macrostructures, we need to introduce the notion of a *context set* (Foster & Sabsay, 1982), to which we have in a fashion made reference before with the Clark and Haviland concept of an *information structure*. Karttunen and Peters (1979) also dealt with the notion of a context set under the rubric *common ground*. A context set is a stored tree of propositions (Foster & Sabsay, 1982, pp. 27-28) against which each new utterance is interpreted; a pool (Reinhart, 1981, p. 78) of the textual propositions and presuppositions "which we accept as true at this point." What is in the context set, of course, will probably not be the same for S and H, although they will behave as it were. Karttunen (1977, p. 150) treats context as a "set of logical forms" descriptive of the body of presuppositions to which the speaker assumes that he or she and other conversationalists jointly describe.

It is appropriate to view the context set as changing and evolving incrementally with each successive utterance: "when a participant says something, thereby advancing the conversation to a new point, the new set of common presumptions reflects the change from the preceding set in terms of adjunction, replacement, or excision of propositions" (Karttunen & Peters, 1979, pp. 13-14). Several authors have examined the notion of local incrementation of the context set. Werth (1981) asserts that it is a matter of negotiation between speaker and hearer. Both Gazdar (1979) and McCawly (1979) speak to the notion that the context set is subject to *temporary incrementation*; that is, that it is composed of *potential presuppositions* and propositions that are subject to excision should conversational developments render them inapplicable. As Werth put it, the incrementation process is rarely smooth, and the idea of a "pending file" is quite attractive (1981, p. 149).

Let us look more closely for a moment at the notion of presupposition. In addition to explicit propositions as they are contained in utterances, the context set also contains some subset of the propositional inferences supplied by the parties to facilitate the comprehension of each others' locutions. Crothers (1978) has suggested a few of the kinds of inferences (inferred propositions) that might be part of the context set for making sense of a discourse. We will mention two of them. First, *a priori presuppositions* are those that are temporally prior to a particular text, or the discourse it records; a priori presuppositions cannot be derived from any other presupposition internal to the actual body of utterances. In the following dialogue, a fragment of a conversation between a dyad in a laboratory setting where an audio recorder was plainly visible, an a priori presupposition of the explicit text is that "we are here for a research project;" further, that "two strangers are being forced to converse." (In subsequent text, examples from this laboratory-generated corpus will be marked with an asterisk.)

> **B:**   No-we not-we need to talk now.
>   It's not relaxed in here.
> **A:**   (I know. Well . . .
> **B:**   Just tension. It's this thing runnin' here.

A priori presuppositions serve to provide a sense of episodic unity and mutual orientation.

Also pertinent to the context set are *a posteriori presuppositions* (Crothers, 1978, p. 60), which can be derived as consequents of propositions explicit in the text. These propositional inferences, also called *consequent presuppositions*, have the function of linking earlier parts of the explicit text to later parts (Crothers, 1978, p. 61). In the following excerpt, also from the laboratory study cited above, one of the consequent presuppositions of B's explicit utterances is "B doesn't have to go and do something," which leads A to tap into his world knowledge about options for women and propose a plausible alternative to "doing;"

> **B:**   Well but I mean there's no-this may sound real bad but*
>   there's not as much pressure on- I mean like for guys you
>   have to go and you know do somethin' you know, I mean . . .
> **A:**   Oh, so you're lookin' for a M.R.S. degree.

The presence of consequent presuppositions in the context set serves to facilitate the coherence of a conversation by virtue of exhibiting the connections among its several parts.

Ordering of propositions. The organization of propositions in a context set is hierarchically structured, such that an overriding proposition is at the uppermost node (Foster & Sabsay, 1982, p. 17). Cues as to the appropriate ordering of propositions, explicit and otherwise, in the set may be present in such features of the conversation as clause order, stress, intonation pattern, and so on. Clark and Haviland (1977, p. 11) propose that focal stress is associated with the new as opposed to the given information in a sentence. Werth (1981, p. 153) describes what he calls the "machinery of *emphasis-placement*," whereby "non-anaphoric items are focused, positively anaphoric items are reduced, and negatively anaphoric items are contrastive." Wilson and Sperber (1979) also emphasize the utility of focal stress in ordering the implications of a proposition.

Clause order also provides information as to the relative importance of an utterance within the context set. Van Dijk (1981, pp. 139-143) provides a set of principles governing the ordering of presupposed and new information: (1) if one fact causes another, then normally the causal fact is stated first (thus, "The sink is clogged. I'm calling the plumber." is more common than "I'm calling the plumber. The sink is clogged"); (2) if we observe that some fact p is temporally prior to some other fact q, we might conclude that the linear ordering implies that q is a consequence of p; (3) what the hearer already knows normally comes first; "the sequence of assertions must respect the structure of presupposition and information distribution" (van Dijk, 1981, p. 142); (4) all the needed "premises, backings, and warrants" must be supplied for each assertion (1981, p. 142).

Macrorules. Van Dijk (1980, 1981) has also provided a set of macrorules that may be understood as possible operations on the context set that result in a global structure: the rules "derive macro-structures from microstructures" (1980, p. 46). Macrorules reduce, abstract, and organize: they generally model which information in the discourse is important. Macrorules are described by van Dijk as inference procedures that link propositions in a text to propositions used to define its global concern (1980, p. 46). The most basic such procedure is that of *deletion-selection.* All propositions that are not presupposed by other propositions are excised; to turn it around, all propositions that are necessary for the interpretation of other propositions are retained. Thus, for example, one might delete trivial details of a description.

A second macrorule is *generalization* (van Dijk, 1980, p. 47): the procedure is to construct from several micropropositions a more general proposition, grouping the thematic participants and subsuming the predicates of the respective micropropositions in such a manner as to disregard the "variation between participants and their properties." This all of course assumes that there is a higher-order concept or concepts that organize the encounter. If not, such a rule cannot apply (van Dijk, 1980, p. 50). The procedure is constrained by the stipulation that the *least possible* generalization be made: that is, that we take only the immediately higher superset. Thus, for example, if propositions had been expressed about the clerical behaviors of Judy, Gail, and Maria, we might have "secretaries" as a thematic participant in the more general proposition, but not "women." There will usually be some "upper bound" to the generalization process (van Dijk, 1980, p. 49).

The *construction* macrorule stipulates that a proposition be formed that subsumes what the micropropositions denote as the *"normal components, conditions, or consequences"* of some global fact (van Dijk, 1980, p. 48). The macroproposition denotes a sequence of actions or subissues that, considered jointly, constitute the global act or issue denoted by the macroproposition. For example, a narrative in which such disparate actions as approaching a salesclerk, complaining that a purchase was defective, and receiving a refund are all represented in single propositional utterances (or even several sequences of utterances), can be constructed as a new proposition, with a new predicate, *returning* a purchase, which denotes the complex events of which the other propositions each represent a part. Van Dijk notes that only sequences that fit in with conventional schemas or scripts can be handled by such a rule; thus, if the narrative were to include a digressive microproposition about complimenting the sales clerk on her earrings, either a new macroproposition would have to be constructed or the microproposition deleted.

Local propositional coherence relations. What are some of the ways in which propositions as expressed in conversation can be seen to cohere on an utterance-by-utterance basis? That is, in terms of topic or the propositional structure of conversation, what are some of the demonstrably "relevant" ways in which S can continue speaking, or H can respond to an immediately prior utterance?

A: I saw Ted at the beach and
B: (Ted who?

Hobbs (1978, p. 10) has characterized local or utterance-by-utterance coherence relations as being like "conventionalized ways of being reminded of things." Hobbs proposes four classes of coherence relations: (1) *Strong Temporal Relations;* (2) *Evaluation;* (3) *Linkage Relations;* (4) *Expansion Relations.* Under the heading Strong Temporal Relations, Hobbs first examines the *occasion* relation. An occasion relation is said to hold between two utterances if the second proposes that there is a change the final outcome of which is implicit in the first utterance; for example:

A: My VCR is broken again.
B: Are you gonna have it repaired?

Similarly, an occasion relation pertains when implicit in the first utterance is a state which is the beginning state of the change asserted in the second (Hobbs, 1978, p. 14):

A: I think I'd like to get my hair cut.
B: Yeah, real short would be nice for the summer.

In an *enablement* relation (see also de Beaugrande, 1980) the state implied in the first proposition can be inferred to enable the state or event asserted in the second:

A: Dina said she'd watch Julia Sunday afternoon.
B: Good, then I can work on my book.

In a *causal* relation (called a "joining relation" by Reichman, 1978), a causal chain is asserted or may be inferred from a state implied in the first proposition to one implied in the second:

A: I drank too much last night.
B: No wonder you have a headache.

Hobbs's second category, *evaluation*, refers primarily to feedback utterances, in which there appears to be a relationship between the second utterance and some goal of the speaker implicit in the first utterance:

A: Could you loan me ten dollars?
B: Are you crazy? You still owe me twenty-five!

Linkage relations occur when it is necessary to ground or provide context for a first utterance: they grow out of a need to link new information to that which is old knowledge to the hearer (Hobbs, 1978, p. 18). Two types of linkage relations are identified: (1) *Background* linkage occurs when the second utterance provides information which is functional in the succeeding conversation:

(2) *Explanation* linkage occurs when that which is bizarre, rare, or different in the first utterance is connected in the second to the hearer's background knowledge:

A: Joanne walked right past me today in the gym
        and didn't speak.
B: She probably wasn't wearing her glasses.

Finally, Hobbs proposes that utterance-by-utterance linkage is often a matter of *expansion* (1978, p. 21). Two propositions may display a *parallel* linkage, by which some predication may be inferred of entities in both propositions, both entities belonging to some "independently definable subclass:"

A: I've go a reaction paper due for Jones
        next Thursday.
B: Mine's due on Tuesday.

Generalization linkages (see also Reichman, 1978) occur when the second proposition allows one to infer some predication of a superset (A), and the first the same predication of some member (a) of (A):

A: John left his underwear on the bathroom floor again
        this morning.
B: All men are slobs.

Exemplification (called an "Illustrative Relation" by Reichman, 1978) linkages occur when the second proposition is a specific instance of the first:

A: The Dean never gives you an answer right away.
B: Yeah, he said he'd mull it over and get back to me.

Contrast is the negation of a *parallel* linkage, in that although thematic participants in two propositions belong to the same superset, the predication to be inferred from the first proposition cannot be inferred from the second (Hobbs, 1978, p. 24):

A: The people in my apartment building aren't very friendly.
B: Gee, my neighbors are really friendly.

Elaboration linkage occurs when the same proposition may be inferred from two adjacent utterances, but one of the "arguments" of the proposition is specified more completely in the second:

A: I feel so good since I started jogging.
B: Really feel like you're getting in shape?

De Beaugrande (1980) uses the expression "class inclusion links" for Expansion relations.

De Beaugrande (1980) has collected a set of so-called LINK-types for follow-up questions, which would appear to have implications for studying the relevance of continuations in general. Using the example of possible responses to a narrative, these include "Why did you do that? (*reason-of*); What happened then? (*proximity-in-time-to*)"; "What was your purpose in doing that? (*purpose-of*); When did that happen? (*time-of*); Where did that happen? (*location-of*)"; "How did you find out? (*apperception-of*)"; and so on (italics mine; de Beaugrande, 1980, p. 248). De Beaugrande suggested a "maxim" of sorts, though it appears to be more on the order of a continuation strategy: *"Select an active node of the discourse world and pursue from it a pathway whose linkage or goal node is problematic or variable"* (italics mine; 1980, p. 248). For example, one might inquire as to the reason for an unusual action.

Coherence relations among context spaces. Reichman (1978) has directed her attention to the coherence relations among structured units she calls "context spaces." A context space is a sequence of utterances that taken together constitute a unit or whole. Local utterance-by-utterance relationships depend upon whether or not the pair occupy the same context space, or if not upon the nature of the connections between the spaces to which they respectively belong. There appear to be two fundamental types of context spaces, according to Reichman. An *Issue* context space is concerned with some issue, the actors involved in it, when and for how long it was (is) an issue, and so on. An *Event* context space is concerned with some particular episode and the sequence of events that constituted it, along with actors, a time and place, a "point-of-view" expressed by the space, and so on. In the following fragment, for example, the Issue context space is from lines 5-6, and the Event space from lines 1-5:

1 **A:** Gosh!*
2 **B:** I thought he'd shoot himself. Sit down
3 and sort them.
4 **A:** Were they numbered?
5 **B:** Naa. In BA we have T.V. screens. No
6 cards to worry about.

The Issue space here corresponds to Ryave's (1978) notion of a "significance statement."

While much of conversational activity is not so easily parceled into Events and Issues, Reichman's categories of context space relationships are worth mentioning, because from them she develops some interesting rules for making appropriate continuations, which we shall explore shortly. Reichman's *Illustrative Relation* occurs between an Event context space and a prior Issue context space that the event exemplifies. A *Generalization Relation* occurs when an Event context space is followed by an Issue space in which the issue is a generalization of the Event. These two relations are like Hobbs' Expansions except that they apply to relationships between (potentially) longer stretches of discourse than single utterances. Similarly, Reichman's *Joining Relation* treats the Issue of a first context space as the cause of a second.

While illustration, generalization, and joining refer to kinds of semantic coherence, having to do with the nature of the propositions being expressed, others of Reichman's context space relationships have to do with the structural links between context spaces. In a *Restatement Relation*, the connection between Issue and Event is restated in order to close off the topic. In a *Return Relation*, S or H goes back to a former Issue or Event space following a digression. In an *Interruption Relation*, the connection between context spaces is that one is a digression from the other. In a *Total Shift Relation*, a succeeding context space introduces a topic completely unrelated to a former context space that has been exhausted (Reichman, 1978, p. 297). If S can be said in some sense to "know" some of these relations, she will know how to behave appropriately in the matter of topic management. In the next section, we discuss a set of rules that Reichman and other scholars have proposed for the proper interpretation, exploitation, and handling of issues related to topic.

Rules for Topic Management

To be guided by rules about topic management presupposes that an actor has an intuitive notion of topic and that he is sensitive to topic boundaries. What evidence is there that language users are competent at identifying topics and topic boundaries? Planalp and Tracy (1980) had 40 subjects view videotapes and read transcripts, and 20 subjects read transcripts only, of two 30-minute conversations. Subjects were asked to segment the transcripts into topics, using brackets to indicate where topic shifts occurred. Reliabilities for topic shifts were quite high: .926 for the first conversation and .919 for the second. Having viewed the videotape did not appear particularly to facilitate the placement of topic boundaries on the transcript. Verbal cues alone appeared to be sufficient to locate changes in topic. Along the same lines, Schwarz (1982) had native English speakers mark topic boundaries on a transcript of a doctor-patient interview. Subjects generally concurred as to the location of topic shifts, although naive language users were somewhat less adept at the task than linguists. In general, the evidence seems to indicate that language users recognize topic boundaries without difficulty.

Of particular interest to scholars are those cues that are available to the ordinary language user to detect topic shifts. Reichman (1978) has identified a number of linguistic features which correspond to context space transitions. First, there are certain *clue words* that mark that a shift is forthcoming. "Like" suggests that there is about to be a transition from an Issue context space to an Event space. "Incidentally" signals that a digression (the Interruption Relation) is about to occur. "So" suggests that a topic is being closed. "Anyway" signals that a digression is concluded and a former Issue or Event space will be subject to a Return (Reichman, 1978, pp. 307-309). Clue words may (1) signal that S is moving from one context space into another; (2) comment on the state of the immediately previous context space; or (3) hint at the context space that is to come.

A second class of topic shift cues consists of labeled markers such as "speaking of X" (called *marked repeats* by Jefferson, 1978). The category *disjunct* marker includes, "Oh, I forgot to tell you that X," "not to change the topic but . . .", "which reminds me," and so forth. These devices display S's sensitivity to conversational rules and concerns for easing H's processing task; given such a marker, H will not have to flounder about searching for an implicit proposition that will bridge the apparently unrelated context spaces. The "aboutness" of a topic may also be marked by the extent of pronominal reference to thematic participants (Reichman, 1978; van Dijk, 1981, p. 185). The *focus* or overall priority accorded to an entity in the discourse as a unit determines the way in which that element is referred to; those entities that are high priority or in high focus are usually pronominalized after the first reference, while names or descriptions are characteristically used to refer to entities of lesser importance (Reichman, 1978):

1 **A:** What do you think about Khomeini?*
2 **B:** He's pretty bad, but I guess
3 **A:**   (Why do you say
4   he's bad?

```
 5   B:   Cause, well, he has a lot of influence on his
 6        people you know and he just
 7   A:   Well don't you think his interests and his
 8        uh objective to reach what he's tryin' to
 9        do are justified?
10   B:   What is he tryin' to do? What do you
11        think he's tryin' to do?
12   A:   He's tryin' to bring attention to what
13        went on in Iran.
14   B:   With the Shah and everything?
15   A:   Yeah, see the Shah—he left the country
16        because of the Shah.
```

Note that subsequent to the first reference to Khomeini in line 1, the pronouns *he* and *his* are consistently used. The Shah is a lesser character in the Issue space, and consequently is named, while Khomeini, who is still in high focus (that is, the passage is about some property of Khomeini), continues to be referred to as *he*.

Reichman also proposes that repetitions may be used to mark the return to an Issue or Event space following a digression. Such devices have been called "embedded repeats" by Jefferson (1978), and have been found by McLaughlin et al., (1981) to discriminate between males and females in terms of their frequency of use in marking relationships between stories in conversation.

Finally, Reichman notes that a tense shift may coincide with a transition from one context space to another. For example, a tense shift at line 9 is coincident with a transition from an Issue to an Event space:

```
 1   A:   You know those cabbies, those cabbies*
 2        over there- the cab drivers?
 3   B:   OO:h?
 4   A:   I don't know, they're just crazy. They're
 5        always out hustling to take you. They'll
 6        take you anywhere you want to go for a
 7        dollar, you know=
              (     )
 8   B:        Yeah.
 9   A:   =and once we said, well, we want to go
10        to the bar to this one- to this one cabby . . .
          (McLaughlin et al., 1981, p. 100)
```

(A tense shift is certainly not an infallible transition marker, however, since many storytellers, including A in the remainder of the episode above, move easily and unself-consciously back and forth between the past and present tenses even during narrative.)

Foster and Sabsay (1982), reporting on data collected by Schwarz (1982), list a number of markers of change in the direction of the conversation that readers of an interview transcript appeared to use to determine topic boundaries. All of the subjects commented on the presence of such *frames* (Sinclair & Coulthard, 1975) as "now," "alright," "well," and "right." (Experience suggests that frames like these are primarily encountered in situations in which one of the parties is given more or less exclusive control of the floor, as is the case for teachers in Sinclair and Coulthard's classroom situations or the questioner in an interview setting.) Foster and Sabsay (1982) go on to suggest that topic boundaries often appear to coincide with the boundaries of speech act sequences. For example, in the following dialogue a topic shift at line 11 takes up simultaneously with the first pair part of a question/answer sequence; working backward, it occurs immediately following B's partial "confession" in a protracted accusation-grant/denial sequence:

1	**A:**	Oh, so you're looking for an M.R.S.* degree.
2	**B:**	No, no, no, I'm not really.
3	**A:**	Yes you are.
4	**B:**	No I'm not.
5	**A:**	Ha ha. Yes you are.
6	**B:**	No, I'm not. But I'm gonna have more
7		time to-there's not as much pressure-
8		put it that way.
9	**A:**	That's uh- female chauvinism right there.
10	**B:**	I know. But too bad. I don't care.
11	**A:**	(Well, how
12		do you feel about ERA?

Finally, topic shift may be signaled by a cessation of reference to "thematic participants and their anaphors" (Foster & Sabsay, 1982, p. 11).

Assuming that there is a sufficiency of material available in an explicit sequence of utterances for ordinary language users to recognize topics and their boundaries, what rules for the management of topic can we propose? Interesting work along these lines has been done by Planalp and Tracy (1980) on topic shifts, and by Tracy (1982) and Reichman (1978) on topic continuation. Planalp and Tracy were concerned with the perceived competence of a speaker's choice of topic shift mechanism. They proposed a typology of change strategies based on three dimensions: (1) *contextual focus*—whether or not the topic to which S shifts can be understood by reference to the conversation itself, or whether it depends for its interpretation on information external to the conversation; (2) *accessibility of context*— whether information needed for processing is immediately accessible in memory, or must be retrieved; (3) *designation of context*— whether or not the source of context is explicitly cited by S. From 30-minute taped conversations, Planalp and Tracy drew samples of the eight types of topic shift generated from all possible combinations of the three dimensions, and had subjects rate each of 24 topic-change excerpts (three examples of each of the eight categories) against scales measuring speaker competence, ease of information integration, and speaker involvement and attentiveness. When all such judgments were combined into a single competence scale, it appeared that the most competent topic-switch type was an *immediate* shift, essentially without regard for whether the source of context was marked or not. That is, subjects preferred topic changes in which the new topic is relevant to the immediately prior topic.

Generally, Planalp and Tracy found that explicit marking of a topic change was judged about equally competent to implicit marking. Rated least competent were environmentally contexted shifts, in which the speaker grounded a new topic not in the conversation but in something going on external to the conversation—for example, a passing acquaintance or some aspect of the speaker's physiological state upon which he feels obliged to comment (Planalp & Tracy, 1980, p. 245). Planalp and Tracy concluded that the rule to be derived from their observations of judgments of topic change devices is that the *speaker should manage topics so as to meet the information-processing needs of the listener.* That is, it is important that the context for a topic change be *accessible* to the hearer; she should not have to undertake an exhaustive search, nor struggle to supply a bridging proposition as coherence is strained to its limits. The burden of relevancy is, in effect, on the shoulders of the speaker. One other rule suggested by the Planalp and Tracy study is that in switching topics, *conversation-centered topics should be selected as opposed to those suggested by the extra-conversational environment.* This preference for a conversationally contexted topic may have to do with hearer's processing capacities; just as likely, it derives from hearers' vanity and the "support-your-hearer" maxim.

Both Tracy (1982) and Reichman (1978) have been concerned with the notion of what types of topic continuations are most appropriate. Tracy hypothesized that given a fragment of conversation that contained both an Issue and an Event, most people would choose the

Issue as the topic of the passage. (This is consistent with the hypothesis of macrostructures.) Looking at the rated appropriateness of different continuation types, Tracy found that Issue-oriented continuations were rated as more appropriate than Event-oriented continuations when a preceding topic contained both an Issue and an Event. Consider the following discourse, which contains both kinds of context spaces, and the relative propriety of each of two possible continuations of the discourse:

1	A:	Everybody out here is so impressed
2		by money. Like this girl in my class
3		she said her roommate won't go out with
4		a guy unless she's checked out his
5		watch and his shoes.
6	B_1:	Did she say what kind of shoes they
7		have to have?
8	B_2:	I know. They always seem to be
9		competing with each other to see who
10		can wear the most designer labels
11		at the same time.

Although both B_1 and B_2 are locally coherent, B_1, by being an event-oriented continuation, seems somehow less responsive to the gist of A's utterance than B_2, which addresses itself to the issue raised in lines 1 and 2. Tracy found that when the conversational segments judged did *not* appear to be informed by an issue, event-oriented continuations were regarded as more appropriate. Tracy concluded (1982, p. 297) that "the rule is this: *A conversant should respond to the issue of his or her partner's talk*" (italics mine). This rule, which we could sum up as a ban on "tangential talk" (McLaughlin et al., 1981) requires that *in the presence of a context space in which an Event is exemplifying an Issue, to comment upon an element in the Event that is not a further instance of the Issue is inappropriate* (Reichman, 1978). Further, *any element in the Event space in an Illustrative Relation should be assigned a low focus level* (Reichman, 1978).

Reichman proposed a number of additional rules for managing topic and making appropriate continuations. For example, *if a context space has been interrupted by a digression, it is inappropriate to digress from the digression to introduce a new context space* (Reichman, 1978, p. 324). Thus, in the following segment, A and B

have an obligation to return to the topic from which they detoured at
line 6:

1	**B:**	When are you leaving for Dallas?
2	**A:**	I don't know. I wonder should I take
3		that flight that leaves from LAX Friday
4		at 8:15. That's the one John always
5		takes and he said
6	**B:**	(Who's John?
7	**A:**	My brother.
8	**B:**	Oh, yeah. How often does he go there?
9	**A:**	Three or four times a year when they
10		have the big shows.
11	**B:**	Uh huh.
12	**A:**	So anyhow that's the one I'll probably
		take.

FUNCTIONAL ORGANIZATION

In examining the functional organization of conversation, we are
interested in how *action* is organized in talk. Specifically, we're
concerned with the structure of the pragmatic aspects of language-in-
use; that is, with the appropriateness of language action in context.
Functional structure may be distinguished from propositional or
topical structure in that the former relates to the organization of
action as it is manifested in sequences of utterances, while the latter
refers to the organization of ideas. This boils down to a simple
distinction between what we are saying in an utterance (its propositional or locutionary aspect) and what we are doing in it—its status as
an *illocutionary* act. According to Austin (1962), to perform a
locutionary act is to utter "certain noises" (a "phonetic" act); to utter
certain "vocables or words" (a "phatic" act); and to use sentences
with an essentially specific sense and reference, or meaning (a
"rhetic" act; pp. 92-93). An illocutionary act, if successfully
performed, produces a particular effect on the hearer; to wit, it
produces *uptake* in the hearer of the speaker's *intention* in saying that
thus-and-so. Van Dijk (1980, p. 178) proposes that the salient
distinction between locution and illocution is that the former may be
accomplished when one is alone, while the latter requires an audience
and at least some rudimentary goal to alter the world model of the
hearer.

The Illocutionary Act

The same act may of course have both a locutionary and an illocutionary force. Illocutionary force goes beyond the notion that H recognizes an utterance as a sentence in a particular language with a definite sense and reference; the illocutionary force of an utterance lies in its recognizable intent. That is, illocutionary force is satisfied if H recognizes what S had in mind or intended to do in saying that X (Bach & Harnish, 1979). This does not necessarily mean, according to the classic notion of an illocutionary act, that some alteration of the hearer's world model is effected: "in the case of illocutionary acts we succeed in doing what we are trying to do by getting our audience to recognize what we are trying to do. But the effect on the hearer is not a belief or a response, it consists simply in the hearer understanding the utterance of the speaker" (Searle, 1969, p. 47). Thus, the illocutionary force of an act consists in the recognition of the speaker's purpose in uttering that X, and not in the effect that the utterance might have had on the hearer. The latter is called the "perlocutionary effect." An intended perlocutionary effect is equivalent to the goal the illocutionary act is designed to realize (Jackson & Jacobs, in press; Ferrara, 1980a).

Bach and Harnish (1979) have proposed a taxonomy of so-called *communicative illocutionary acts*. These are acts in which S not only expresses her intended-to-be-recognized attitude toward the propositional content of the utterance, but also her intent to have some effect on the hearer. For example, to apologize is not only to convey that one regrets doing an action, but also to induce the hearer to recognize that the speaker wants H to regard her as contrite. Whether or not H accepts the apology is another matter; what is important is that H treat it as an apology. Bach and Harnish have proposed that there are four basic categories of communicative illocutionary acts: *constatives*, *directives*, *commissives*, and *acknowledgments*. Constatives are acts that express the speaker's beliefs together with his intent that H adopt a similar belief (Bach & Harnish, 1979, p. 41). The constative class includes such acts as predicting, informing, suggesting, asserting, and describing. Directives express the stance of the speaker with respect to a potential action by H together with S's desire that his wish for the action be taken as a sufficient motive for H to perform it; directives include requests, questions, advice, prohibitions, and so forth. Commissives express S's willingness to perform some future action and his desire that H recognize that a commitment is being made. The commissive class includes such acts as promising and offering. Finally, acknowledgments is a diffuse category of acts expressing feelings toward the hearer or acts of the hearer, including such actions as apologizing, congratulating, thanking, accepting, and rejecting.

Speakers have the knowledge needed to perform illocutionary acts by virtue of constitutive rules that lay out what it is that makes up the act of requesting, apologizing, advising, and so on. Such definitions usually consist of a set of preconditions that must be met in order for the act to be performed successfully. For example, Searle (1969) has formulated a set of conditions under which an utterance by S can be said to count as a particular act; that is, for its performance to be "happy" or "felicitous" (Austin, 1962). Cohen and Perrault (1979) give an example of the happy performance of a request, using Searle's conditions. First, the input-output conditions have to be normal. S should be capable of speaking and H should be capable of hearing. Second, the propositional content of the utterance must predicate some future action of the hearer ("S will pass the salt). Third, certain preparatory conditions must be met, such as that H be capable of performing the action, and that the speaker believes that this is the case; further, that it is not obvious to the speaker that H will eventually perform the action without benefit of a request. Fourth, a request can only be performed happily if the speaker is *sincere*; if it is true that she wants H to perform the action. Finally, the *force condition* (Cohen & Perrault, 1979, p. 188) requires that the speaker not undertake the speech act unless he intends to communicate that he is indeed making a request. S must want H to recognize that S wants her to perform some action.

In classical speech act theory (Austin, 1962; Searle, 1969), much interest centered on explicit *performatives*: verbs in English that when uttered are said to count as the performance of some act, such as "I advise you to do A" or "I warn you not to do A." Searle's claim has been that for any speech act, there is some English sentence whose utterance is a realization of the act. Gazdar (1981, pp. 78-79) argues that there are numerous contexts in which "asserting, requesting, questioning and so on are possible acts" and "utterances of the corresponding performative sentences are not possible ways of achieving those acts." Edmondson (1981a, 1981b) rejects the performative analysis that one is actually *doing* in saying that X. He prefers what he calls a *descriptivist* position: that there are certain English verbs that describe what it is that S claims to be doing in an utterance. According to Edmondson conventional treatments of illocutionary force are defective because, for example, they overlook such cases as "I'll be there, and that's a promise," in which the illocutionary verb is being used as a description (1981b, p. 23) or "I won't get killed, darling, I promise," in which a problem is posed by the nonliteral usage of the illocutionary verb (1981b, p. 24). Edmondson's position is basically that the illocutionary force of a speech act is a function of its treatment by H in the discourse, not in terms of whether or not H does what S wants, but in terms of whether H recognizes the utterance as a request or promise, and so on. Further, there are some acts that have to be achieved cooperatively between S and H; it is not sufficient for their achievement that S just do them unilaterally.

Edmondson poses a number of serious challenges to the traditional speech act approach. First, Edmondson (1981b) argues that Searle's characterization of illocutionary acts is inadequate. To continue with our example of the performance of requests, the beliefs of S with respect to H's capacity for performing an action are not always transparent given only the discourse as a resource. What is or is not "obvious" to S about the intentions of H with respect to doing the action is usually not open for inspection either (Edmondson, 1981b, p. 21). Second, the sincerity condition is not particularly useful, since under the Gricean cooperative principle sincerity is taken for granted. Edmondson concludes that Searle's characterization refers not to conversational units but rather to "concepts evoked by a set of lexical items in English-illocutionary verbs" (1981b, p. 23).

Gazdar (1981) has been concerned with the relationship between utterances and the actions they are said to achieve; that is, with the problem of *speech act assignment*. How is it that we know what S is doing in saying that X? If there is some function that maps utterances onto acts, what are the properties of such a function? One thing that seems clear is that different speech acts can manifest the same illocutionary force; thus "I'll be home by six-thirty," "I'll have it to you first thing Monday morning," and "I'll never leave you" all have the illocutionary force of a promise even though they are distinct acts. Gazdar (1981, p. 69) concludes that any function that assigns speech acts to utterances is at best a partial function, since there will be some contexts for which the function will be undefined (for example, one cannot "happily" promise to do something yesterday).

A second problem with finding an assignment function is that while Heringer (1972) and Sadock (1979) argue that for each utterance (or sentence) there is only one associated illocutionary force, Gazdar finds such a claim to be false. Searle (1975) and others have claimed of so-called double-duty utterances that one of their meanings is literal, not that they have two associated illocutionary forces. Consider the utterance "Do you mind if I borrow your pencil?"; inasmuch as either a response of "No" or "Sure" could be heard as meaning that the pencil may be borrowed, it would appear that there are two distinct illocutions at work, one constituting a request, the other constituting an inquiry into one of the preconditions for carrying out the requested action.

A final problem with an assignment function, Gazdar concludes, is that very often the actual utterance "may not of itself determine the illocutionary force component of any of the speech acts assigned to it" (1981, p. 76).

Levinson's assessment of the utility of speech act theory in modeling conversational behaviors is equally unenthusiastic. His basic claim is that speech act theory yields neither a finite set of analytical categories nor a "small but powerful" set of interpretive procedures, but rather "a huge and *ad hoc* set of conventional rules" (1981, p. 106). Levinson, as well as Gazdar, rejects the notion that there is a "specifiable conventional procedure" for speech act assignment (1981, p. 98). Like Gazdar, Levinson argues that some utterances seem to realize more than one act at the same time. His example is "Would you like another drink?" which is simultaneously a question and an offer, as indicated by the most probable reply, "Yes, I would," part of which acknowledges the offer and part of which responds to the question. Of course, it could be argued that the way in which an offer is made in polite company is indirect, by inquiring about the preconditions of acceptance; consequently, such an utterance is heard as having the single illocutionary force of offering. However, not all such double-duty utterances work in this way, and the problem thus posed for the notion of an assignment function is a real one. Levinson argues that, at least in theory, the set of act-interpretations for some utterances is indefinitely large (1981, p. 100); he complains further that often the interpretation of what act has taken place must be inferred from the "slot" it occupies in a sequence.

A second problem with the idea of a speech act assignment function is that the motives of speakers in uttering something are often complex and unavailable to the observer (Levinson, 1981). Trying to specify an assignment function means grappling with the fact that for any utterance there is a limitless variety of projected intents that

Hearer might reasonably attribute to S. With respect to this problem, Edmondson argues for an ad hoc assignment procedure in which to determine what an utterance counts as, we examine how it is treated in the conversation; that is, examine the behavior to which it leads.

Levinson further argues that speech act models seem to be linked to the notion of "sentence," and that this is not always the appropriate unit at which to assign action or intention. Here Levinson seems to be attacking a straw man; his claim is that utterance units and act units are not independently identifiable. While this may be the case in the classical speech act framework, there are schemes available (for example, Stiles, 1978; Auld & White, 1956) for segmenting discourse into propositional units, without regard for the kinds of acts they might perform. Of course there are the troublesome questions of silences, which can't be unitized at the semantic level and yet clearly function as speech acts on some occasions, and the case of utterances such as "Yeah" and "Uh huh," whose status as a unit of the discourse (back-channel versus thought unit) seems to depend upon the function they fulfill (Levinson, 1981, pp. 102-103).

Levinson concludes that an assignment function whose domain and range are poorly specified will be difficult to determine; he concurs with Gazdar's (1978) assessment that the mapping onto speech acts must be from sentence-context pairs and not sentences (1981, p. 104). Similarly, Ferrara (1980b) argues that an illocutionary act cannot "count" or be performed happily if it does not display the proper relationship to other acts in the sequence. Van Dijk (1981, p. 218) proposes that all of the following are taken into account by a hearer in determining the illocutionary force of an utterance: the grammatical mood of the utterance, nonverbal correlates of the utterance, perceptions of the present situation; knowledge of the speaker, knowledge about the superstructure or form of the episode, the relevant propositions and presuppositions, rules and norms, and other knowledge of the world. If indeed all of the foregoing is brought to bear, the search for a fully specified speech act assignment function is probably fruitless. For the conversational analyst, the most reasonable approach to the problem of assigning function to utterances, at least for the time being, has been provided by Edmondson (1981b, p. 50): "with regard to the identification of interactional moves, I propose a 'hearer-knows-best' principle, such that H's interpretation of S's behavior may be said to determine what S's behavior counts as at that point in time in the conversation." Such a principle must be applied with sufficient flexibility to allow for H's "updating" of her interpretation as subsequent conversational developments warrant.

Conditional Relevance

The most important source of functional organization at the local or utterance-by-utterance level is the notion of *conditional relevance* (Schegloff, 1972, p. 76):

> When one utterance (A) is conditionally relevant on another (S), then the occurrence of S provides for the relevance of the occurrence of A. If A occurs, it occurs (i.e., is produced and heard) as "responsive" to S, i.e., in a serial or sequenced relation to it; and, if it does not occur, its non-occurrence is an event, i.e., it is not only non-occurring (as is each member of an indefinitely extendable list of possible occurrences), it is absent, or "officially" or "notably" absent.

Schegloff and Sacks (1973, p. 296) propose that utterances circumscribe for subsequent turns a pertinent, finite range of actions that they may perform. As Firth (1964, p. 94) puts it, "the moment a conversation is started whatever is said is a determining condition for what in any reasonable expectation may follow." This aspect of local organization is termed "sequential implicativeness" by Jefferson (1978); each utterance may be seen to have an *occasioning* aspect as well. The idea of local occasioning and sequential implicativeness may be seen to coincide on a functional level with Schank's (1977) notions of Potential Topic and Reduced Old Topic at a semantic level. Goffman (1971) proposes that the demand for conditional relevance is so great that virtually any proposition can be interpreted as an appropriate reply if it occurs at the relevant point.

Adjacency pair organization. The prototypical instance of the requirement for conditional relevance in conversation is the *adjacency pair* (Schegloff, 1977, pp. 84-85). Adjacency pairs consist of sequences that properly have the following features:

(1) Two utterance length,
(2) Adjacent positioning of component utterances,
(3) Different speakers producing each utterance,
(4) Relative ordering of parts (i.e., first pair parts precede second pair parts), and
(5) Discrimination relations (i.e., the pair type of which a first pair part is a member is relevant to the selection among second pair parts.

Owen (1981) describes adjacency pairs as the smallest functional unit; unlike Schegloff, Owen puts the conditional linkage at the level of action rather than utterance. Goffman (1976, p. 257) refers to the pairs as "couplets" or "minimal dialogue units" tied to interactional moves, moves being defined so broadly that a silence following a first pair part will be regarded as a "rejoiner in its own right." Van Dijk (1981, p. 276) speaks of a principle of conditional connection by virtue of which an antecedent act alters the pragmatic features of context so that appropriateness conditions are laid down for the performance of a subsequent act; such pairs of acts are called "action-reaction pairs."

The first pair part of an adjacency pair, as an illocutionary act, establishes an expectation that in a second pair part H will comply with the "conventional perlocutionary effect" of the previous utterance (Jacobs & Jackson, 1979) by providing an answer to a question, complying with a request, and so on. A number of different adjacency pairs have been identified, including *question-answer*; *summons-answer*; *greeting-greeting*; *compliment-accept/reject*; *closing-closing*; *request-grant/deny*; *apology-accept/refuse*; *threat-response*; *insult-response*; *challenge-response*; *accuse-deny/confess*; *assertion-assent/dissent*; and *boast-appreciate/deride* (Jacobs & Jackson, 1979; Benoit, 1980). While we will consider these pairs in some detail in a subsequent chapter, we present a few examples here. We leave behind us for the moment the issue of speech act assignment, hoping that in the examples below the function assignments are relatively unambiguous.

(1)   **A:** Too many Mexicans in there.*
      accuse **B:** Oh. You're prejudiced
      deny   **A:** No. Well, you know, they just kinda take over.

(2)	request	**A:**	Just tell me about yourself.*	
	deny	**B:**	Well, that's not fair.	
	offer	**A:**	You want me to tell you about myself?	
	accept	**B:**	Yeah, if you want to.	

(3)	question	**B:**	Oo- you don't go into surgery, do you?*	
	answer	**A:**	Yeah. No. I don't do it every day.	
	question	**B:**	But you do stuff in there- like hand 'em the stuff?	
	answer	**A:**	Hand 'em stuff or fold stuff out of the way.	
	question	**B:**	Skin? Ha ha ha.	
	answer	**A:**	Organs, skin.	

(4)	insult	**A:**	You can't raise a kid in a small town* and expect him to be intelligent.	
	response	**B:**	Oh, now, wait a minute, that's an insult to me!	*accuse*
		A:	No, no, no, that's not an insult to you.	*deny*

B's utterance in (4) is a good example of a double-duty utterance in that in its retrospective aspect it functions as a response to A's insult (B is a small-town girl, as A knows), and in its prospective aspects it functions as an accusation to which A responds with a denial.

Goffman (1976, p. 263) has proposed that the generative mechanism for adjacency pairs lies in the fundamental requirement of the communication system for the provision of feedback. Speakers need to know if they have been heard, and if the hearing has been correct. They have to fill in the gaps in their knowledge, and count on the cooperation of others to supply the needed information. Similarly, no individual is totally self-sufficient, and requests must be granted or at least acknowledged. When an apology or explanation is offered, S needs to receive feedback in order to know when to cease accounting, whether to make restitution, and so on (Goffman, 1976).

Critique of the adjacency pair concept. While much has been made of the adjacency pair as the sin qua non of the local organization of talk (Jackson and Jacobs, in press, refer to the adjacency pair as the "centerpiece" of the sequencing-rules approach), the concept is not without its detractors. Edmondson (1981b) argues that the original definition by Schegloff is faulty, in that the conditional links are between acts or *moves* rather than utterances. Further, it is not necessary for the first and second pair parts to be immediately adjacent; the definition ought to allow for expansion through insertion sequences, contingent queries (Garvey, 1977), and the like, as illustrated in the example below, in which the conditional relevance of B's second pair part to A's first is undiminished by the question-answer pair separating them:

question₁	**A:**	Are you going to Brenda's party?
question₂	**B:**	What time does it start?
answer₂	**A:**	Not 'til nine.
answer₁	**B:**	Yeah, I guess so.

Edmondson also complains that the definitional criteria are not sufficiently specific to determine if adjacent utterances do indeed constitute a pair (Edmondson, 1981b, p. 47). He further argues that for some types of adjacency pairs providing a second pair part that is not the conventional perlocutionary effect would evoke more negative comment than others; for example, it is more socially acceptable to refuse an offer than it is to refuse a greeting (Edmondson, 1981b, p. 47). Wells, MacLure and Montogmery (1981) propose that some utterances, like questions, are highly implicative, while others, like assertions, are only weakly so. Edmondson's final criticism of the adjacency pair framework is to chastise the ethnomethodologists who are its proponents for their "selective" approach to data; he argues that their data is chosen because it is highly analyzable in terms of their constructs.

Wells et al. (1981) find the utility of the adjacency pair to be doubtful for two reasons: (1) there are many structurally related utterance sequences that are not accounted for by the notion, and so the adjacency pair framework is not adequate to account for a complete text; (2) the description of adjacency pairs fails to discriminate between those acts that fall within the framework and those that do not. Like Edmondson, Wells et al. regard the units and relationships of the adjacency pair notion to be poorly defined. The issue of completeness has also been raised by Jackson and Jacobs (in press): they point out that the adjacency pair model cannot account for the absence of second pair parts unless it can be claimed that the "non-SPP" is actually in service of conditional relevance, as, for example, in checking out a precondition for the satisfaction of a second pair part.

A further point raised by Jackson and Jacobs is that the adjacency-pair framework is hard pressed to account for why some utterances get to initiate pairs, and others do not. Many illocutionary acts that are initiated seem to have very weak implications for subsequent acts. Goffman (1976, p. 290) suggests that the adjacency pair may not be a natural unit of conversation. Goffman proposes that a three-part unit on the order of *mentionable event, mention, comment on mention* might be more fundamental (1976, p. 290). It is certainly more flexible, but suffers even more severely than the adjacency pair notion from ill-definedness.

Levinson makes the case that the adjacency pair concept has been overemphasized; he claims that "the bulk of conversation is not constructed from adjacency pairs" (1981, p. 107). Levinson offers no data to support his claim, which appears to be at odds with Benoit's (1980) findings on adjacency pair production in children's discourse in a laboratory setting. Benoit reported that 53.72% of the inter-actional moves recorded contained complete or incomplete adjacency pairs. While work by Foster (1982) suggests that the ability to maintain coherence in speech act organization at the utterance-by-utterance level is a very early acquisition for children, and will later be supplemented by topic management skills, nonetheless, it would be wise to look further before accepting Levinson's claim.

Levinson further supports his judgment that adjacency pair organization is overemphasized by pointing out that constraints on response to first pair parts are often topical; that is, an answer must be *about* the proposition expressed in a question, a denial must be of the proposition expressed in an accusation and not some other proposition, and so on. Models of discourse structure based on speech act theory are therefore inadequate, in Levinson's view, because they ignore topical constraints.

While the argument that adjacency pairs constitute the primary source of structural coherence at the local level has been criticized from a number of angles, there nonetheless does appear to be support for the notion in studies of actual and reconstructed conversations. Benoit (1980) found that in naturalistic observations of interaction between pairs of children and between children and adults at a child development center, 57.05% of the interactional exchanges could be classified as adjacency pairs, with the most frequently occurring pairs being the *direct request for action-response* and the *direct request for information-response* pairs. Similar findings on the importance of adjacency pair organization in child discourse have been reported by Garvey and Hogan (1973; they call them "exchanges") and Foster (1982). McLaughlin and Cody (1982) hypothesized that if structural coherence were disrupted, as it would be given the presence of a long conversational lapse under conditions in which the silence would be experienced by interactants as awkward, that the parties would be most likely to resort to the initiation of a first pair part to reestablish structure. McLaughlin and Cody found that many of the behavior sequences following a conversational lapse contained an adjacency pair, usually a *question-answer* couplet.

Mixed evidence for adjacency-pair organization has been found in studies of subjects' abilities to reconstruct conversation. Clarke (1975) found that subjects were able to resequence a "scrambled" dialogue with greater than chance accuracy. The following pairs were resequenced with significant accuracy (Clarke, 1975, p. 377):

(1) **A:** What are you doing on Saturday night?
     B: Going to dinner, which is at seven o'clock
             and then doing a . . . singing in a
             concert.

(2) **A:** Going to dinner, which is at seven o'clock
             and then doing a . . . singing in a
             concert.
     B: (Oh, well . . .) Ah, and what time do you
             finish that, because there's a party which
             you're invited to!

(3) **A:** Ah, another party, I'm invited to Bill's
             party as well. Bill Taylor.
     B: (Mmm) Oh he didn't invite me.

(4) **A:** It's near the station.
     B: Oh Golly, Cherry Lane or something?

Analysis of these paired turns from Clarke's hypothetical conversation (1975, p. 336) suggests that adjacency pair organization was not particularly important in reconstructing the conversation. First, only one of the four sets of turn pairs is obviously an adjacency pair: the question-answer sequence (1). Inasmuch as the conversation of twenty lines contained three other question-answer pairs and a summons-answer sequence, significant recognition of only one adjacency pair is not very impressive. Second, the nature of the links between the three remaining pairs of turns that were significantly likely to be resequenced adjacently seem to be largely propositional in nature; specifically an occasion relation in (2), a contrast relation in (3), and an elaboration relation in (4). Clarke does not provide a confusions matrix, so it is not possible to determine if subjects' sequencing errors support the adjacency-pair framework.

Ellis, Hamilton, and Aho (1983) had 81 subjects attempt to resequence the following 20-turn conversation, for which the turns had each been written on an index card and the deck shuffled before presentation:

1	A:	Ah, I know what I wanted to tell you.
2	B:	What?
3	A:	What are you doing Saturday night?
4	B:	Going to dinner and then a show.
5	A:	Well, what time to you get done because there is a party which you are invited to?
6	B:	Another party, I got invited to Bill's party too.
7	A:	Really, he didn't invite me.
8	B:	I guess I shouldn't have said anything.
9	A:	I talked to Bill the other day.
10	B:	Well, I was going to after the show.
11	A:	Maybe I wasn't invited because he knows I was already going to a party.
12	B:	Mmm. I believe . . .
13	A:	It's Sara's party and it should be fun.
14	B:	Yea, where's it at?
15	A:	Somewhere over on MAC.
16	B:	This side of Saginaw?
17	A:	I am not sure. Pete's going to find out this afternoon.
18	B:	Yea, well the thing is the show gets out pretty late and . . .
19	A:	I'll see Peter this afternoon and then let you know exactly where it is.
20	B:	Well, we'll see. (Ellis, Hamilton, & Aho, 1983, p. 272)

Ellis et al. reported that subjects were significantly likely to pair turns 1 and 2, 3 and 4, 4 and 5, 6 and 7, and 7 and 8. Subjects were highly likely to recognize the initiation of a so-called demand ticket sequence (Nofsinger, 1975) in the first two turns (aborted because rather than "tell B what," A asked B a question); and to notice the question-answer adjacency pair in turns 3 and 4, which appears to have been initiated so that A could determine if the preconditions existed for the *offer* in line 5. However, we would be hard pressed to classify the significant pairings of turns 6 and 7 and 7 and 8 as adjacency pairs; here local coherence seems to be achieved more by virtue of propositional than functional links, such as the contrast relation between 6 and 7. The confusions data seem to provide a certain amount of clarification of the mixed findings. For example, the pair (14, 15) was not paired with sufficient frequency to reach significance, but the transition matrix indicates that a number of respondents paired turn 14, the question, "Yea, where's it at?," not with its proper answer "Somewhere over on MAC," but rather with another plausible answer, "I'm not sure. Pete's going to find out this afternoon." Similarly with the pair (16, 17): a number of respondents proposed turn 19 as the appropriate second pair part to the question "This side of Saginaw?" Ellis et al. suggest that these confusions resulted from the absence of lexical cohesion devices that would have made the adjacency of turns more obvious.

Stech (1975) was interested in determining the extent of sequential structure in interaction in such diverse settings as discussion groups, the classroom, and police inquiry desks. Stech found that in discussion groups, a not uncommon pattern was *question* or ask for information, *answer* or give information, followed by positive or negative *reactions*. This sequence would then lead to the initiation of a new question or problem statement. In classroom interaction, a common pattern was a *question* or *request*, an *answer* or *response*, followed by *acceptance* or *rejection*. Civilian calls to police complaint clerks were primarily sequenced in two ways: (1) the caller would make a *request* for assistance, the police clerk would ask pertinent *questions*, the caller would *answer* the questions, and the assistance would be *granted* or *denied*; (2) the caller would ask a *question*, the police clerk would provide an *answer*, and the caller would evaluate the answer. Although Stech did not specifically couch his analysis in the adjacency-pair framework, there is little doubt but that the sequences he uncovered provide support for the notion of pair-wise conditional relevance.

Alternatives and improvements to the adjacency-pair framework. Wells et al., (1981), as mentioned earlier, find the adjacency-pair framework unsatisfactory because of its lack of completeness and the inadequacy of its definitions. They propose instead that local coherence is achieved through the collaborative construction of *exchanges*, minimal units of conversation that consist in an *initiating move* and a *responding move*. Two basic exchange types are proposed: *solicit-give* and *give-acknowledge* (Wells et al., 1981, p. 74). Solicit-give encompasses such diverse exchanges as question-answer, request-grant/deny, offer-accept/decline, and so forth. Give-acknowledge covers exchanges like assert-agree/disagree, compliment-accept/reject, and the like. Exchanges are characterized by different degrees of *prospectiveness*: solicit utterances are highly prospective or implicative for subsequent turns while other moves, like gives, are less so. Exchanges may be *sequenced* so that the second pair part of a preceding exchange may serve to initiate a subsequent exchange; a turn that provides such a link is called a *continue*:

> **A:**   Where do you want to go for dinner tonight?
> **B:**   Let's go to the Panda Inn, O.K.?
> **A:**   Fine.

Here, according to Wells et al., B's turn serves simultaneously to "give" to A's "solicit," and to "solicit" a "give" from A. Unfortunately, Wells et al. appear to confuse turns and interactional moves or acts; since B's turn contains two distinct utterance units, each of which has a different illocutionary function, the whole sequence can just as well be described as two question-answer adjacency pairs linked functionally by a precondition relation.

Another type of exchange proposed by Wells et al. revolves around an "acknowledge" utterance that simultaneously functions as a second pair part to a solicit-give exchange and the first pair part to a give-acknowledge exchange:

> **A:**   What do we man by dyadic?
> **B:**   Two-person.
> **C:**   That's right.

Such exchanges, of course, are especially troubling to those scholars like Gazdar and Levinson who have to grapple with the issue of speech act assignment, and who are reluctant to develop formalisms that allow of both retrospective and prospective meanings. These three-utterance interchanges are staples of classroom and other unilaterally controlled types of discourse.

In general, the Wells et al. framework, while noteworthy for the notion of degrees of prospectiveness, offers little that has not been provided elsewhere, and the basic elements and units of their scheme are as ill defined as those of their competitors.

A second approach to local functional coherence is provided by Edmondson (1981b), who also relies on the functional exchange as the basic unit of conversation. Edmondson, as reported earlier, subscribes to a hearer-knows-best principle in which the function of an utterance in conversation is determined by the way in which it is treated. Like Wells et al., Edmondson also proposes that turns have retrospective and prospective, as well as "here-and-now" functions: he calls these aspects, respectively, the UPTAKER, the APPEALER, and the HEAD. The UPTAKER satisfies the preceding move of the prior speaker, the APPEALER "solicits uptake from the hearer," and what the HEAD does is not altogether clear: "the interactional function of the head derives from the type of move of which it is the head exponent" (Edmondson, 1981b, p. 84). What appears to be the case is that moves are assigned to turns rather than utterances or thought units such as independent clauses (Edmondson claims that turn-taking operates at the level of move); thus, an uptake move might correspond to a disclaimer, and an appealer move to a tag question, while the head move is sandwiched in between:

A: I understand what you're saying, but the
      El Salvador situation does have some similarities
      to Vietnam, don't you think?

This is a somewhat different view from the idea of simultaneous retrospective-prospective function, exemplified by the utterance "two-person," which in an earlier example served both as a second pair part to a solicit and as a first part to an acknowledge.

Edmondson proposes a single basic exchange as a minimal interactional unit, consisting of a PROFFER that initiates the exchange, and a SATISFY that provides an outcome in the sense of a conventional perlocutionary effect:

PROFFER   A: Why don't we take up a collection for
                     Evelyn so we can buy a place setting of
                     her silver for a wedding present?
SATISFY   B: Here's five dollars to start with.

Alternatively, a PROFFER may be met with a CONTRA or a COUNTER. The main distinction between a contra and a counter is hearer determined. Both contras and counters can themselves be "satisfied"; satisfaction of a contra terminates or resolves the exchange:

PROFFER   A: Why don't we take up a collection for
                     Evelyn so we can buy a place setting of
                     her silver for a wedding present?
CONTRA   B: I'm tired of chipping in for people I
                     scarcely know.
SATISFY   A: Yeah, me too.

The contra-satisfy pair in effect cancels the proffer. If the outcome fails to provide, at least locally, for the resolution of the exchange, the move is to be treated as a counter:

	A:	Why don't we take up a collection for Evelyn so we can buy a place setting of her silver for a wedding present?
COUNTER	A:	I'm tired of chipping in for people I scarcely know.
SATISFY	A:	O.K./
(RE-)PROFFER	A:	So how about if we buy her some nice tea towels?

The counter-satisfy pair does not cancel the proceeding proffer in this case but rather leads to a new proffer. Note that there is nothing different in the propositional content of the counter and the contra. They are assigned different functions solely on the basis of their disposition in subsequent discourse. If the satisfaction of a nonsatisfying reply to an initiating proffer resolves an exchange, then the nonsatisfying move is a contra; otherwise, it is a counter.

Other functional categories proposed by Edmondson include a PRIME and a REJECT. A PRIME is a "pre-proffer," a means of inducing one's hearer to make a proffer (1981, p. 81):

| PRIME | A: | I wish I had a cup of coffee. |
| PROFFER | B: | I'll fix one for you. |

A REJECT move denies that the preceding conversational move was legitimate; it constitutes an objection to the fact or the manner of a move's having been made:

| PROFFER | A: | Yes, hello, this is Mrs. Brown, and I'm with the Olan Mills studio and this week we |
| REJECT | B: | We don't want any. (Slam down phone) |

Edmondson proposes a number of rules, most of which turn out to be definitional, such as that the "satisfaction of a Prime" constitutes a proffer, and so on. Of particular interest is the rule that *"following a Satisfy either speaker may produce the next move"* (Edmondson, 1981b, p. 99). Although generally in two-party conversation, the sequence of alternating turns *abab* is the rule (Schegloff, 1968), the abab rule provides no resources for the allocation of turns when the issue of "who goes first" is problematic. Above the level of the exchange, turn-taking, Edmondson maintains, is a matter for negotiation and is not controlled by conversational structure. The fact that conversations have lapses from time to time may stem in part from the lack of a clear rule to guide behavior subsequent to closed exchanges.

Two types of local linkage between exchanges have been proposed by Edmondson. "Chained exchanges" are those in which the initiations seem to have the same perlocutionary intent, and the pairs of moves the same upshot or outcome. The individual proffers may be subsumed under a single global proffer; all have the same force. Similarly, each individual satisfy may be subsumed under a "macro-satisfy." Bleiberg and Churchill's *confrontation* sequence (1975, p. 274) exemplifies the notion of a chained exchange very well:

1	PT.	I don't want them (my parents) to have
2		anything to do with my life, except
3		(pause)// security
4	DR.	You live at home?
5	PT.	Yes.
6	DR.	They pay your bills?
7	PT.	Yeah.
8	DR.	How could they not have anything to do
9		with your life?

The confrontation sequence works by virtue of the fact that the chained exchanges at (4, 5) and (6, 7) have the same force as the "punchline" (Bleiberg & Churchill, 1975, p. 275), the global or macro-proffer at line 9, and especially because the implicit satisfy of the proffer in line six must have the same force as the satisfy in line 5 and 7.

Reciprocal exchanges are those in which the upshot of a subsequent exchange reverses the "speaker-hearer benefits and costs" of a prior exchange (Edmondson, 1981b, p. 111). Either party can initiate the second pair of a reciprocal exchange. For example, if B satisfies A's proffer, then either (a) B may make a similar proffer to A, or (b) A may make it for her:

A: Will you do the baby bottles?
B: O.K.
A: And I'll go and pick her up.
G: O.K.
     or
A: Will you do the baby bottles?
B: O.K. Will you go pick her up?
A: O.K.

Other examples of reciprocal exchanges would include trading of names, astrological signs, and hometowns; the exchange of compliments; greetings; and closings.

Pragmatic connectives. Before leaving the issue of local functional coherence relations, we need to take a look at pragmatic connectives and disjunctives. Van Dijk (1980, p. 166) has proposed that certain connectives (if, and, but, or, unless, and so on), which we ordinarily regard as expressing only semantic relations between propositions, have functional significance as well; that is, to express the relationships between speech acts. For example, pragmatic "but" serves to herald an objection to the preceding speech act or some one of its preconditions, or to the fact or manner of its having been made:

A: So you're not sure? (about future plans)*
B: Huh uh.
A: That's bad. That's real bad.
B: Well, *but* I mean there's no- this may sound real bad
but there's not as much pressure on- I mean like
for guys you have to go and you know do
somethin'

Pragmatic "or" reflects the unwillingness of the speaker to err by "establishing commitments for the hearer which may be undesired" (van Dijk, 1980, p. 171). Pragmatic "or" usually leads into an inquiry about the preconditions of a proposed action:

A: So, we're going to the movies tonight- *or*, are you
still worried about your exam tomorrow?

Should B answer in the affirmative ("Yes, I'm afraid I am"), the pragmatic implication is to alter or even cancel the status of A's main speech act.

Pragmatic "so" connects two acts, the latter of which is a conclusion drawn from the former:

A: I have a headache.
B: *So*, not tonight, huh?

"So" may also be used pragmatically to solicit preconditions or consequences of an explicitly stated act:

A: I finally asked for that raise.
B: *So*, when do we go out for dinner?

Pragmatic "if" details the circumstances under which a main action will count; or, it inquires as to the appropriate performance of the main act:

A: I'll make you lunch, *if* you haven't eaten.
        or
A: *If* I may make a suggestion, I think we should
meet again tomorrow.

Owen (1981) has dealt extensively with the use of "well" as a pragmatic disjunctive; she emphasizes the essentially polite nature of "well" in that it not only signals that a threat to the face of the prior speaker is about to occur, but it also delays the performance of the face-threatening utterance. "Well" may be used to preface qualified acceptance, or rejection; or to cancel a presupposition of the action in question (Owen, 1981, p. 109):

A: You don't like poly science, do ya?*
B: *Well* . . . yeah.
A: You do?
B: Yeah, I do.

Functional Coherence Hierarchies

We have already introduced in earlier sections the notion of a macrostructure (van Dijk, 1980, 1981), although to date only propositional hierarchies have been discussed. It is also appropriate to speak of *pragmatic* macrostructures in conversation, which are organized with respect to the representation of a *global speech act* or *macroact* (van Dijk, 1981, p. 15). Van Dijk (1980, p. 11) argues that functional macrostructures not only are needed to account for coherence and persons' abilities to summarize conversations, but are also required because it is primarily to the level of global as opposed to local action that rules, norms, and conventions are linked. Pragmatic macrostructures function to organize conversation and provide for its convenient retrieval; they serve to reduce complex input; and they facilitate comprehension.

A pragmatic macrostructure may be said to organize and abstract a functional context set or common ground (Karttunen & Peters, 1979) consisting of a set of *pragmatic presuppositions* that inform a particular interchange (Werth, 1981, p. 131), together with the explicit microacts that have accumulated up to that point. The *pragmatic topic*, if you will, is the equivalent of the conventional perlocutionary effect of the global act that S has undertaken; it corresponds to the speaker's goal (Jackson & Jacobs, in press). The microacts in a pragmatic context set will vary in terms of their importance in S's overall plan; that is, some acts will be main acts and others will be subordinate:

> [T]he peculiarity of plans, which should be emphasized, is that of
> having their component goals structured in a hierarchical way, such
> that one or more dominate the others. There may be different kinds of
> *dominance*, but the crucial feature seems to be the self-standing
> character of the main goal [Ferrara, 1980a, p. 247].

Some sequences will not appear to have an explicit main act; their
constituent microacts will be found to cumulatively "count" as a
main or global act (Sabsay & Foster, 1982, p. 28; van Dijk, 1980).
Sometimes entire sequences will be subordinate, as in contingent
queries (Garvey, 1977; Sabsay & Foster, 1982):

A: Can you lend me twenty dollars?
B: 'Till when?
A: Friday.
B: Sure.

One's understanding of actions in a sequence and their relative
importance will be reflected in the extent to which in the macrostructure the acts are under *pragmatic focus* (van Dijk, 191, p. 156).
Like Reichman's notion of the focus levels of thematic participants,
pragmatic focus refers to whether or not the function of an utterance is
to establish the preconditions for successful performance of an
action. When speakers' goals are met, or when those goals change,
pragmatic focus will reflect those changes through the process of
incrementation and/or deletion and generalization of elements in the
context set. Acts directed to setting the stage for other acts will be in
comparatively low focus in the macrostructure, and will be deleted
altogether once satisfied, so that only the global act will be retained.

Sequences of action in conversation must cohere both locally and
globally, that is, linearly or utterance-by-utterance, and as a whole.
Further, linear coherence or *connectedness* is achieved if for every
action there is some other action for which it is either a precondition
or a result (van Dijk, 1980, p. 139). For example, a classic condition
for linear coherence of an action sequence is that the "final state" of
an antecedent action coincide with the "initial state" of a subsequent
one (van Dijk, 1980, p. 163). Global coherence is achieved when an
action sequence can be shown to have an episodic character in which
the individual actions share a unity in terms of time, place, and
participants (van Dijk, 1980, p. 139). Hierarchical structuring is also

a source of global coherence. Actions may be ranked in importance by virtue of whether or not they are *necessary* (as opposed to merely probable or possible) ways of obtaining the global goal (van Dijk, 1980, p. 142). Further, the importance of a move varies as a function of the *relative consequences of its failure to be satisfied*. The ranking of an action might also correspond to how greatly its satisfaction is desired, or to whether or not it is accomplished in order to facilitate some other action.

Macrorules. Macrorules operate on the context set to produce a macrostructure that serves to abstract and organize the pragmatic presuppositions and microacts that constitute it. Van Dijk (1980) proposes that the identical operations performed on propositional context sets apply to pragmatic context sets: the operations of *deletion*, *construction*, and *generalization*. Actions that are merely auxiliary (for example, greetings and closings) may be deleted. Those actions that constitute the usual subunits of a compound action will be seen to construct a single global action; similarly, those actions that normally count as conditions or consequences of another action will be subject to the construction operation. In the following example, modeled after van Dijk (1980), the greeting sequences at lines (1-4) and the appreciation-minimization pair at lines (11-12) will be subject to deletion. The establishment of preconditions for the requested action (lines 5-6 and 9) will be constructed as part of the global speech act *request* that finds explicit expression in line 7 and satisfaction in line 10:

1	**A:**	How ya doin'?
2	**B:**	Great, and you?
3	**A:**	Never better.
4	**B:**	Great.
5	**A:**	Listen, man, did you go to French today?
6	**B:**	Yeah.
7	**A:**	Great. Listen, I need to borrow your notes.
8	**B:**	Well. . . .
9	**A:**	Just to Xerox. I'll bring 'em right back.
10	**B:**	Well, O.K. I guess it's alright.
11	**A:**	Thanks. I really appreciate it.
12	**B:**	Sure. No problem.

Van Dijk's generalization rule is ill defined, and we will forego a treatment of it here.

Pragmatic plans and macrostructures. The following interchange, reported by McLaughlin, Cody, and Rosenstein (1983), resulted from A's having complained that he was turned off by Christianity because one of his teachers in parochial school had taught that "Christianity was the only way to get to God." B can clearly been seen to implement a plan to reproach A for his position, using a confrontation-style strategy to induce B to indict himself for falsely generalizing from one experience:

> B: Well, you know, if uh, there was one guy that was from* Baltimore (A's home town) that I knew before? and he was real uh let's say sloppy?
> A: Uh huh.
> B: It'd be kind of wrong for me to say that you were real sloppy.
> A: Uh huh.
> B: Right?
> A: Yeah.
> B: Just because you were from Baltimore.

In this example, the global goal that organizes B's utterances is never explicitly realized in talk. B has a subordinate goal (to get A to accept the premise that "B would be wrong to claim A was X because another member of the set to which A belongs happens to be X") and by analogy to accept the premise that A's reasoning in the matter of the doctrinaire nun also suffers from hasty generalization. Simply put, the structure of the sequence may be characterized by having a *global goal*: cause B to believe that q, and two *belief preconditions*: (1) B believe that p; (2) B believe that if p, then q. The former precondition is the only one to which action is explicitly directed. B trusts to A's inference processes to make the analogic leap. The sequence may be diagrammed in terms of a plan, the partial traces of which are reflected in the text (see Cohen & Perrault, 1979; also, Sabsay & Foster, 1982):

In the following dialogue, both main and subordinate actions are explicitly manifested in utterances:

> A: Are you using that pencil?
> B: How long will you need it?
> A: About ten minutes.
> B: O.K.

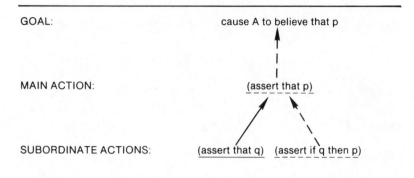

Figure   2.1

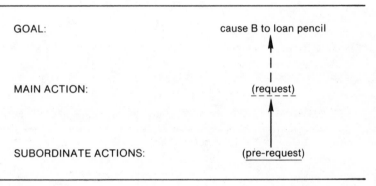

Figure   2.2

This interchange can be modeled starting with A's initial, partial plan: to inquire about a precondition of the loan, and expect that the prerequest will have the illocutionary force of a request; further, to expect that B's recognition that a request is being made will be sufficient reason for B to grant the request:

B's plan to determine if the preconditions for granting the request are favorable then intercedes. B assumes that A's recognition of her desire to know will be regarded as sufficient cause to provide an answer.

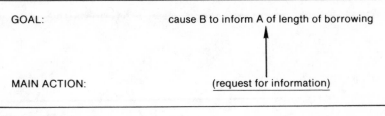

GOAL: cause B to inform A of length of borrowing

MAIN ACTION: (request for information)

Figure   2.3

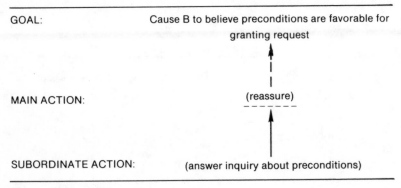

GOAL: Cause B to believe preconditions are favorable for
                               granting request

MAIN ACTION: (reassure)

SUBORDINATE ACTION: (answer inquiry about preconditions)

Figure   2.4

A's initial plan then requires amending; it is only a partial plan in that B cannot be sure that his response to A's request for information will meet the preconditions for A to grant B's request:

Finally, B provides the "grant," and the macrostructure of the whole interchange should look like this:

Of course the macrostructure at any point in a conversation is only temporary, altered over the course of interaction by the processes of incrementation, deletion, and generalization of the context set. One

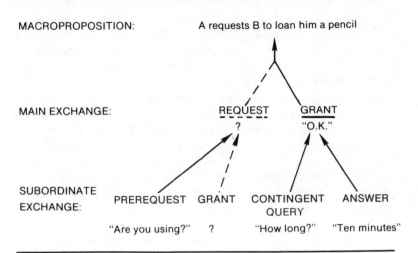

MACROPROPOSITION: A requests B to loan him a pencil

MAIN EXCHANGE: REQUEST   GRANT
                         ?   "O.K."

SUBORDINATE
EXCHANGE: PREREQUEST   GRANT   CONTINGENT   ANSWER
                                    QUERY

         "Are you using?"   ?   "How long?"   "Ten minutes"

Figure   2.5

would expect that in memory the subordinate exchanges would
not be retained.

The Relationship of Functional
to Propositional Coherence

Very little explicit work has been done on the relationship between
functional and semantic coherence. There are obviously circumstances under which the propositional content of an utterance or even
the permissible range of topics is subject to functional constraints.
For example, we might be in the midst of a heated argument, and have
a particularly satisfying line of complaint going when our partner asks
us a question, such as "So why is it O.K. for *you* to do S, but not *me*?"
The demands of conditional relevance may be so great that we are

forced to digress from a potentially successful conflict strategy to meet the requirements of local coherence. On the other hand, there are times when the kinds of speech acts one can perform are limited due to the constraints of the topic at hand. One may have to "work" the topic for a considerable length of time, for example, to be able unobstrusively to insert a "boast" or a "snipe." Another topical constraint on speech act organization has to do with the preconditions for performing certain kinds of actions. For example, a speaker's utterance cannot count as an *excuse* if she fails to provide a reason that absolves her of responsibility for an untoward act. An answer to a "why?" question fails as an act if it does not provide "what is culturally recognizable as a reason," even if it appears in the appropriate slot in a sequence (Foster & Sabsay, 1982). A speaker cannot *inform* a hearer of something H already knows (van Dijk, 1981, p. 185), nor can *advice* be given about actions of the speaker, about events in the past, nor without the use of action predicates (van Dijk, 1981, p. 42).

Foster and Sabsay (1982), in an extensive analysis of the propositional and functional structures in a doctor-patient interview, conclude that shifts in the structures often seem to coincide, but that the two are not, in the final analysis, identical. Van Dijk (1981, p. 199) concurs that the correlation between functional boundaries and clause-sentence boundaries is "non-trivial," but for the most part treats pragmatic and propositional structures separately.

Hobbs (1978) makes a beginning effort to tie semantic coherence relations to the functional organization of discourse. An elaboration relation may be used to fend off negative evaluations expressed by a prior utterance; a contrast relation may serve to inhibit generalization by the listener, or to express a retort; causal relations may be invoked to justify actions; and occasion relations may be exploited to sustain interaction. We shall consider these problems more fully in Chapter 4. Finally, we should note that the pragmatic connectives and disjunctives introduced in an earlier section represent at least one instance of the coincidence of semantic and functional organization.

SUMMARY

Conversational coherence, the extent to which a sequence of utterances produced by alternating speakers may be said to show relatedness, is evidenced in conversational text, in the organization of its implied and expressed propositional content, and in the structure of actions: what speakers *do* in saying.

Coherence at the level of text is usually called "cohesion." Cohesion refers to the ways in which different utterances in a discourse can be "about" the same elements or "thematic participants." Cohesion is furthered by such devices as anaphoric reference, and by conversational participants' adherence to the antecedence maxim and the given-new contract.

Propositional and functional coherence may best be understood in terms of the goals and plans of the actors, although conversation may be more or less planned. Both semantic and pragmatic coherence may be linear, or utterance-by-utterance, and global, in which each utterance is interpretable in light of its relation to a macroproposition that organizes the way the conversation is comprehended, stored, and retrieved from memory. Local propositional coherence is achieved through relating the current proposition to the immediately preceding discourse: such relations include evaluation, linkage, and expansion. Relations between conversational Issues and Events are governed by rules. Global propositional coherence results from the application of macrorules of deletion-selection, construction, and generalization to map a context set of presuppositions and explicit propositional utterances onto a semantic macrostructure. The context set is incremented locally with each new utterance, and is abstracted and organized into the macrostructure, which guides production and comprehension.

Functional coherence refers to the local and global relatedness of speech acts or illocutionary acts: acts that are produced with the desire that H recognize our intent in uttering that thus-and-so. Illocutionary acts have associated conventional perlocutionary effects that correspond to the speaker's goal in constructing an utterance or sequence of utterances. The successful performance of speech acts is associated with a set of preconditions that must be met in order for the act to take place. It is often preconditions to which explicit utterances are addressed. Speech act theory has been subject to criticism on the grounds that there is no assignment function for mapping utterances or utterance-context pairs onto actions; that is, that the rules for doing so are ad hoc.

Functional coherence at the local level springs from the conditional relevance of utterances. The idea of conditional relevance is that one speech act may establish a "slot" for a subsequent act, whose performance in the preferred form satisfies the conventional perlocutionary effect of the former act. Pairs of acts that display conditional relevance are called adjacency pairs; examples include question-answer, request-grant/deny, and greet-greet. The adjacency-pair framework has been criticized on the grounds that it lacks completeness, and its units are ill defined. There is, however, some empirical support for the importance of adjacency pairs to local functional organization. Alternatives to the adjacency-pair framework are offered by Edmondson and by Wells et al.

Functional coherence occurs as a result of the organization of pragmatic context sets into pragmatic macrostructures. Actions in the macrostructure are in greater or lesser degrees of focus, depending upon their importance (status as main or subordinate acts) in the context set. Pragmatic macrorules of deletion and construction operate on the context set to produce the global structures organized around a global speech act. Goals and plans of actors determine the global acts undertaken.

Functional and propositional hierarchies often coincide, but are not always the same. Some semantic coherence relations may be seen to have pragmatic implications.

3

Turn-Taking, Gaps, and Overlaps in Conversational Interaction

♦ One of the characteristics that distinguishes ♦ conversation from other forms of discourse, for example narrative, is that during the course of interaction the roles of speaker and hearer are frequently exchanged (Edmondson, 1981b); further, that this exchange of turns-at-talk is nonautomatic (Garvey & Berninger, 1981). This "nearly the most obvious aspect of conversation" (Yngve, 1970, p. 568) has been accorded the status of a linguistic universal (Miller, 1963). Conversation may be further distinguished from other types of discourse in which speaker-hearer roles alternate— for example, interviews—by virtue of the fact that all parties at least theoretically are equally charged with the allocation of turns (Edmondson, 1981b, p. 38). Conversation, unlike, for example, debate, is further characterized by the fact that neither the size nor the order of turns is predetermined (Sacks et al., 1978).

TOWARD A DEFINITION OF "TURN"

Technical Definitions

Talk is accomplished through a series of turns. Just what is a turn? According to Sacks et al. (1978), the existence of turns implies that conversation is an economic system, and that turns are goods, possession of which entails certain costs and rewards or rights and obligations. Implicit also is a mechanism by which the scarce resource (only one to a customer) is allocated. Most scholars have been inclined to provide technical definitions for the notion of a turn. Feldstein and Welkowitz (1978, p. 335) propose that a turn "begins the instant one participant in a conversation starts talking alone and ends immediately prior to the instant another participant starts talking alone." Jaffe and Feldstein (1970, p. 19) offer a similar characterization: "the speaker who utters the first unilateral sound both initiates the conversation and gains possession of the floor. Having gained possession, a speaker maintains it until the first unilateral sound by another speaker, at which time the latter gains possession of the floor." Cherry and Lewis (1976) propose a similar definition to that of Feldstein and Welkowitz, and of Jaffe and Feldstein: a turn consists of all of the speaker's utterances up to the point when another person takes over the speaking role. All of these definitions have in common that any utterance by another speaker, including so-called back-channel acknowledgments such as "Uh huh," terminates the turn of a prior speaker and itself constitutes a claim to the floor.

Nontechnical Definitions

Other scholars offer less technical definitions of turn. Edelsky (1981, p. 403) defines a turn as "*an on-record speaking* (which may include nonverbal activities) *behind which lies an intention to convey a message that is both referential and functional.*" *Side comments,* which are "off the record," and back-channel utterances or *encouragers* such as "Mm hmm" do not count as turns, the former due to their unofficial status, the latter due to their nonreferential character. Owen (1981, p. 100) similarly insists that turns must have a functional aspect: "a turn must contain at least one *move.*" Owen describes the turn as a "structural unit into which *functional* units are slotted." Owen follows Goffman's (1976, p. 272) definition of a move, which we recognize from Chapter 2 as corresponding to a speech act: "any full stretch of talk or its substitutes which has a distinctive unitary bearing on some set or other of the circumstances in which the participants find themselves ." Turns may, in Owen's view, contain more than one speech act: a single turn, for example, may include a disclaimer, main act, and tag question, or a second pair part to a prior move by H along with a first pair part that has implications for H's subsequent turn. Owen, unlike Edelsky, does not distinguish between off- and on-record speaking. Edelsky's definition of turn derives from a particular notion of the "floor": "*the acknowledged 'what's-going-on' within a psychological time space*" (1981, p. 406).

As we shall describe in some detail later, floors may be singly or jointly held. When the floor is singly held, as, for example, in a committee meeting when the chair is reading announcements, side utterances between members such as "Do you have a Kleenex?" cannot be considered as attempts to contribute to the floor, Edelsky argues, even though they have both referential and functional content. (In support of this claim, it might be noted that should the author of a side-comment be asked to repeat her remark for the benefit of the group at large, she would quickly assert its off-record status with such remarks as "Oh, nothing," "Never mind," or "I was just asking for a Kleenex.") Edelsky proposes that technical definitions of turn fail to account both for the participant's sense of having taken a turn and for the turn-takers intentions: "a participant's sense of what counts as a turn is not necessarily the same as a research definition of a turn" (1981, p. 390).

Problems in Defining the Turn

Goodwin (1981) offers some insight into why defining the turn-at-talk has engaged the attention of so many scholars, without resulting in a consensus. First, while the "technical" group has been primarily concerned with the determination of turn boundaries, in actual talk some such boundaries are quite fluid; for example, an apparent gap may become a pause should the speaker role be taken up again by the same individual (Sacks et al., 1978). Second, the location of turn boundaries is a problem for participants as well as analysts; consequently, it may be more appropriate to regard the turn not as an "analytic tool," but rather as a conversational parameter whose negotiated status is of interest in its own right. Finally, Goodwin argues that it is inappropriate to "first define the turn and then work out how it is exchanged" (1981, p. 20); part of the process of definition involves specification of the exchange process.

For those of us whose disciplinary traditions give primacy to the message as the fundamental good of communicative exchanges, technical notions of the turn based on sound and silence patterns are not particularly appealing. Inasmuch as such definitions render equivocal the status of such interesting conversational events as gaps and overlaps, they are far from satisfactory. On the other hand, definitions like Edelsky's place enormous demands on analysts to reconstruct the underlying intent of a speaker in saying that thus-and-so, not only to determine *how* he wants his act to count, but even *if* he wants it to count. Edelsky provides little guidance in these matters. We have dealt at considerable length in a previous chapter with the difficulties of speech act assignment, and the problems attendent upon a failure to disentangle propositional and functional units. While Edelsky and others offer very compelling claims that participant sense and technical notions of the turn do not always coincide, intuitive approaches to the turn aren't particularly practical. Continuous inquiry into a participant's sense of the turn is not feasible. The analyst's own ad hoc intuitions about what a participant intends, while interesting in their own right, are not likely to contribute much to the orderly, systematic, and replicable examination of structures in talk. What the participant intends as a "non-turn" may not be treated as such in subsequent utterances; we have argued before that the best test of the function of an utterance lies in its disposition in the talk as a whole, even though the function assigned to it may appear to shift with developments in the conversation.

Clearly consensus could not be reached among the adherents of technical and intuitive approaches to the turn. It seems, however, that a proper account of the turn has to do several things: (1) specify the minimum number and kinds of *units* of which a turn may be composed; (2) clarify the status of the back-channel utterance; and (3) provide for the systematic assignment of silences and overlaps, all

turn-by-turn basis; by the latter, that both speakers and hearers work collaboratively to determine the length of turns and the location of transfer:

> A speaker can talk in such a way as to permit projection of possible completion to be made from his talk (from its start), and to allow others to use its transition places to start talk, to pass up talk, to affect directions of talk, and so on, and that their starting to talk, if properly placed, can determine where he ought to stop talk [1978, p. 42].

THE ADEQUACY OF THE TURN-TAKING MODEL: SOME ISSUES

Defining the Turn-Construction Component

A number of serious questions have been raised about the Sacks et al. model. Edmondson (1981b) points out that the grounds for recognition of a turn-constructional unit are not clearly spelled out, nor is it clear how hearers and speakers recognize a transition-relevance place. What one may infer from Sacks et al. is that the turn-constructional unit is a syntactic unit, much like the idea of utterance that we have developed earlier. Yet, as Owen (1981) pointed out, the system seems to be functionally motivated; that is, the links between neighboring turns derive from the conditional relevance of acts. Under the Sacks et al. system, Owen argues, speaker change could follow immediately upon a question, but less automatically following an assertion, which has a lesser degree of sequential implicativeness. Indeed, Sacks and his colleagues further the impression of functional motivation by their assertion that all turns have a retrospective, a here-and-now, and a prospective aspect, and further by their recourse to the adjacency pair as a device for implementing speaker selection under rule 1 (a). It is certainly far from clear in the model how it is that hearers predict when a TCU might be terminated, other than than there are syntactic and intonational cues, and that turns must get their three "jobs" done (past, present, and future reference) before they can be considered complete. Fortunately, other scholars have provided some answers in this regard.

Duncan (1972, 1973) and his colleagues (Duncan & Niedereche, 1974; Duncan & Fiske, 1977) have given extensive attention to the signaling behaviors that occur at or near points of speaker exchange. Cues that indicate that a current speaker is willing to yield to a next speaker (the turn-yielding signal) include some or all of the following: (1) the presence of either a rising or falling intonation at the end of a phonemic clause; (2) paralinguistic "drawl" on the final or stressed syllable of the clause; (3) the cessation of hand gesturing, or the relaxation of a hand position that had been tense during the speaking turn; (4) the uttering of such expressions as "You know," "So," "But uh," and "Anyway" which Bernstein (1962) has called "sociocentric sequences"; (5) an increase in volume and/or a drop in pitch in combination with a sociocentric sequence; and (6) the completion of a grammatical clause (Duncan, 1972, 1973). Signs that the speaker intends to continue speaking subsequent to a transition-relevance place seem to include: (1) terminal filled pauses, and (2) grammatical incompleteness (Ball, 1975). When a speaker self-selects, under option 1 (b), some of the following behaviors ought to be present: (1) a change in direction of the head, (2) an audible intake of breath, (3) the initiation of gesturing, and (4) an increase in volume (Duncan & Niedereche, 1974). The combination of gesticulation and shift of head direction is usually adequate to account for the relative absence of simultaneous talk. Attempts to suppress the efforts of a current nonspeaker to take a turn have been claimed to consist primarily in the overt display of gesturing (Duncan, 1973) and gaze aversion (Kendon, 1967).

Kendon (1967) has reported that during the turn, the speaker can be expected to look away during the first few moments, and then return to gazing at the hearer as she approaches the conclusion of her utterance. This finding of a floor-apportionment function for gaze has received mixed support. While Argyle, Lalljee, and Cook (1968) found that restriction of signaling in the visual channel increased the likelihood that interruptions (i.e., non-smooth transfer of the turn) would occur, numerous other studies have failed to support the notion that gaze is used to facilitate turn transfer. For example, both Jaffe and Feldstein (1970) and Cook and Lalljee (1972) found that there were fewer interruptions under conditions of restricted gaze.

Beattie (1978) argues that Kendon's findings were based on a restricted data set of only two dyads, and that Kendon's inadequate operationalization of the turn resulted in his treating interrupted utterances and those whose termination the speaker herself controlled as the same for analytical purposes, thus increasing the likelihood that a relationship would be obtained between speaker gaze and a subsequent switch of the floor. Beattie found that gazes of greater than 1.0 seconds at the end of a complete utterance did not work to produce significantly briefer switching pauses, as the Kendon hypothesis of a floor-apportionment function for gaze would predict.

Beattie (1979) found that while gaze by the speaker at the conclusion of an utterance did not always facilitate speaker-switching, there was a trend in *hesitant* phases of speech for the longest switching pauses to occur after a complete utterance terminating with speaker gaze aversion, while the shortest switching pauses were found following complete utterances which terminated with speaker gaze. Beattie concluded that gaze played a useful role in turn-apportionment under conditions "reflecting a high level of cognitive processing" (1979, p. 392), as one might expect in conversations between strangers or partners with highly discrepant statuses.

Keller (1981) has suggested that there are conventional verbalizations associated with claim-suppression, such as "Wait a second," "Well, let's see," and "What I would say is;" the following contains a more explicit version.

> A: I had a dream about taking these pictures of groups, O. K., you* know=
> B: =Like with sorority group pictures or something?
> A: Yeah, I'm gonna tell—don't stop me.
> B: O. K.
> A: O. K.

Keller (1981, p. 101) further proposes conventional "gambits" associated with turn-claiming ("May I interrupt you for a moment"); turn-yielding or abandoning ("That's about all I have to say on that," or "That's about it"), which we identify later on as *absolutist formulations;* and turn-avoiding (I'll pass on that").

Distinguishing Turns from "Non-Turns": Status of the "Back Channel"

A further complaint against the Sacks et al. model is that the authors fail to distinguish turns from non-turns (Edelsky, 1981). Edelsky's thesis that what goes on in conversation consists variously in turns, side comments, and encouragers has been mentioned before.

While Edelsky's characterization of the side comment as an off-record non-turn unit seems too strict, much argument has been made to the effect than back-channel utterances ought not to count as turns. Sacks et al., however, do not seem to address themselves to this issue. What is the appropriate stance?

Yngve (1970) took the position that utterance like "Mm hmm" and/or its nonverbal equivalents such as nods do not count as attempts to take a turn. Edelsky rejects such utterances as turns not on the ground that they do not constitute a claim for the floor, but rather because they allegedly have no referential content, and are merely responsive to within-turn segmentation signals.

Duncan (1973) expanded the notion of the back channel to include not only expressions like "Yeah" and "Right," but also completions by the auditor of the speaker's sentences, requests for clarification, and restatements. Although Duncan and Fiske (1977) reported that speakers do not shift their heads away while encoding back channel utterances, as they do in "regular" turns, Duncan and his colleagues have not provided a satisfactory account of the cues that distinguish "within-turn" signals from "speaker-state" signals; if anything, the former seem to be an abbreviated version or subset of the latter. Then, too, the hypothesis of the back channel derives from an analysis of psychiatric intake interviews (Duncan, 1972), in which the role and behavioral repertoire of the neutral listener is all but institutionalized.

While admittedly the kinds of behaviors Duncan and others describe as back-channel utterances may do little to advance the topic, they all can be construed as utterance-types, and they all have functional import, the nature of which may vary depending on the circumstances under which they occur. Utterances such "Uh huh," (called "minimal responses" by Fishman, 1978), amount as locutions to saying that "S has been heard"; but more importantly as *acts* have been implicated in conversational *avoidance* (Fishman, 1978) and topic *discouragement* (McLaughlin & Cody, 1982) as well as their more obvious force, as *acknowledgments* (Stiles, 1978). Furthermore, the force of an "Uh huh" or a "Yeah" varies considerably depending upon its location. A "Yeah" acknowledging a story detail is considerably different in function from the "Yeah" that follows an assertion or a question. Similarly, some sentence repetitions and sentence completions serve not an acknowledgment, but rather a confirming function, as in the following example from Bennett (1981, p. 174):

B: and y'know, it's surprising to see how much of it is more
       interrelated than people around here are willing to admit. I
       means there's a big denial from d- . . . y'know where
       they're separated and they do different things, and we're doing
       this and there's a y'know we operate in a vacuum
C: (Mhm, yeah you choose the part you want.
B: And you choose what you want.

Finally, requests for clarification can have obvious functional implications: that the other hasn't made herself clear; that the other's thinking is fuzzy; that the idea expressed by the other is unacceptable, and so forth. Certainly if a locution can be seen to have illocutionary force, we can allow it to count as a turn.

In sum, it seems the wiser course to err in the direction of conservatism and treat all utterances, with the possible exception of within-turn acknowledgments during a narrative, as being turn-constructional units. And even in the case of acknowledgments, "Uh huh" can be seen to count as a turn. If we are to accept the Sacks et al. view that turns at talk are allocated one turn-constructional unit at a time, the function of "Right" or "Uh huh" in the midst of an extended series of TCUs from a single speaker may be to reaffirm that indeed the speaker role does alternate and that S and H really are having a conversation, and to provide sanction for the speaker's numerous renewals of the TCU. That is, a back-channel utterance in this sense is a sort of *symbolic* claim to the turn.

Specifying the Cultures to Which the Model Applies

Philips (1976) has criticized Sacks et al. for failing to make an effort to delimit the cultures or situations in which the rules have force. Philips's study of the talk patterns of Indians on the Warm Springs reservation led her to conclude that the Sacks et al. model is inappropriate for the Indian culture. Philips found (1) that persons frequently spoke regardless of whether or not their doing so was ratified or legitimated by other persons (1975, p. 87); (2) that silence was easily tolerated; (3) that interruption and simultaneous speaker-starts were rare; (4) that a current-speaker-selects-next technique was rarely used to control interaction; and (5) that replies were often "widely separated" from the utterance to which they were a response.

The Importance of the Hearer's Role

Philips (1976) has further criticized the Sacks et al. article for the authors' comparative neglect of the hearer's role in the regulation of conversation. She attributes this failing in part to the fact that the data base was transcribed from audio-recordings of conversations; Philips' position is that audio tapes do not permit the analyst full access to the listener's contribution to the management of the turn-taking system. Goodwin's (1981) account of the construction of turns relies heavily on the analysis of listener (and speaker) gaze patterns gleaned from videotape recordings of interaction. Goodwin's observations have primarily to do with the implications of the following rule: *A Speaker should obtain the gaze of his recipient during the turn at talk* (1981, p. 57). One of the most interesting of such implications is that the number of turn-constructional units, or partial TCUs, and consequently the size of the speaker's turn-at-talk, is a partial function of her success in securing the gaze of the hearer.

Goodwin observed that such phenomena as pauses and restarts "provide some demonstration of the orientation of speakers to producing sentences that are attended to appropriately by their recipients" (1981, p. 59); specifically, such devices as restarts may act as a request for the hearer's attention, in the form of gaze. Evidence for this assertion is provided by the tendency of speakers to place restarts precisely at the point at which their own gaze "reaches a non-gazing recipient" (Goodwin, 1981, p. 72). Restarts may also occur when the tardy gaze of the hearer finally arrives, or when the movement-to-gaze of the hearer is observably delayed. Restarts under the first and last of these three circumstances may be interpreted as requests for the hearer's gaze.

Goodwin also presents an alternative to the Sacks et al. view that conversations lapse when first one party and then the other fails to exercise the options to speak. Goodwin emphasizes the role of the hearer in the disengagement process. The hearer may, for example, manifest signs of his intention to begin some new activity (for example, preparing to wipe his eyeglasses). This is initially accompanied by a withdrawal of gaze and a series of slow nods, resulting finally in a complete absence of engagement. Another possible role of the hearer vis-à-vis the disengagement from conversation is to maintain a posture of availability by turning slightly aside and withdrawing gaze. This display communicates to the speaker that the hearer is "on the fence": S may continue to talk, or not; H will listen if need be, but will not take on the speaker role herself. Goodwin claims that the hearer may also initiate disengagement by displaying an *eyebrow flash* at the next convenient transition-relevance place while still appearing to be attentive.

A final and very interesting point that Goodwin raises about the hearer's contribution is that the hearer's failure to meet the needs of the speaker for coordination of eye gaze may result in the speaker's lengthening of words or sounds, particularly at the ends of turn-constructional units; this phenomenon may provide a further systematic basis for the presence of simulataneous speech (1981, p. 128).

Specifying the Options in the
Current-Speaker-Selects-Next Technique

Edmondson (1981b) has criticized the Sacks et al. model for failure to be explicit in detailing the techniques by which one party "selects" another to have a turn at talk. Actually, Sacks et al. present quite a few methods by which a current speaker selects the next. Obviously, a current speaker may address a question to a selected next speaker through the use of an address term, or the nonverbal equivalent of such a nomination. An unaddressed question may be seen to select a recipient if the to-be-learned matter of the question coincides with matters mentioned by a prior speaker:

A: We're paying over eight hundred a year for car insurance.
B: Girl, you can't mean it!
C: You oughta try my agent. They're a lot cheaper than any of the others I looked at.
A: Which one do you use?

Clearly, in the interchange, A's question is addressed to C, even though B is also a ratified participant. For B to be the recipient, the term "you" would have to have to be heavily inflected and accompanied by a directed gaze.

Another type of current-speaker-selects-next technique is the production of the first pair part of an adjacency pair, which will usually distinguish among possible recipients on the basis of their commonly held knowledge as to who has the resources to satisfy the move. Sometimes, however, a first pair part does not distinguish among recipients:

A: What time is it?
B: Eight-thirty.
C: (Eight thirty-three.
D: (A little after eight-thirty.

Such phenomena are more likely to characterize what Edelsky (1981) has called F2 episodes, when the floor is jointly, rather than singly, held.

The most notable gap in the Sacks et al. account is not in the arsenal of current-speaker-selects-next techniques, but rather in their failure to note characteristics of the hearer that influence the speaker-nomination process. Eder (1982) has noted in the context of classroom interaction that the often overlooked consequence of the teacher's use of eye gaze in turn allocation and student management "might be the inadvertent allocation of turns to higher status people because of greater concern about their reactions and thus more eye gaze in their direction" (p. 158). Hearers may be the recipients of more communication simply by virtue of their having initiated more. Hearers may use eye gaze to solicit or actively avoid being selected for a turn at talk. Hearers may "set up" turns for themselves by challenging or reproaching a prior speaker, so that down the line there will be a "slot" for them to evaluate the reply. Given the sensitivity of Sacks et al. to the collaborative and interactionally managed nature of conversation, their frequent neglect of the hearer's contribution is somewhat surprising.

Sensitivity to Different Types of "Floor"

Edelsky's (1981) work provides an implicit critique of the Sacks et al. model, in that she argues for two distinct varieties of conversational floor, to only one of which their view of turn-taking applies. The first type of floor, the one to which the model is relevant, is called an F1: it is the "orderly, one-at-a-time type" (Edelsky, 1981, p. 384). Edelsky claims that this view of conversational turn-taking has been the product of scholars' tendencies to construct speaker-exchange rules from what goes on in dyadic, relatively formal encounters such as client-therapist interactions or stranger pairings in a laboratory setting.

Edelsky proposes that analysis of other kinds of conversation, for example two or more than two acquaintances in comparatively informal settings, will reveal the presence of a different kind of floor, an F2, characterized by "an apparent free-for-all" or the collaborative building of a single idea (1981, p. 384).

From her study of the transcripts of a faculty committee's meetings, Edelsky concluded that F1s, which were more frequent than F2s, were characterized by the following: people took fewer, but longer, turns; there was more frequent use of the past tense; there was a greater use of the reporting function; and there were more side comments and encouragers. Generally, F1s were concerned with agenda-managing activities. F2s, on the other hand, were characterized by more turns that shared the same meaning; more laughing, joking, and teasing; more "deep" overlapping; little apparent concern for interruption; and more topics on which more than one participant was informed.

While Edelsky's notion of two kinds of floor is potentially quite useful in accounting for deviations from turn-taking rules, particularly in the matter of gaps and overlaps, one is left with the feeling that the "floors" concept lacks definition independent of the kinds of behaviors that occur within each floor, so that one is in the position of being unable to falsify any hypothesis about, say, what goes in in an F2. It would be most useful to know more about the structure and boundaries of these "free-for-all" episodes.

Violation of Turn-Allocation Rules

Garvey and Berninger (1981) have raised an interesting issue about the Sacks et al. turn-allocational rules: what happens if a speaker selected under the current-speaker-selects-next technique fails to take her designated turn? Ought there not to be another rule to cover such a contingency? Garvey and Berninger looked at children's behavior in response to just such circumstances; in general they characterized children's discourse as showing "a high degree of adaptation to the addressee, including immediate repair of breakdowns in comprehension by means of questions about prior speech" (1981, p. 31). Children who failed to receive an expected response after using a current-speaker-selects-next technique used a variety of devices to "replay" the soliciting utterance, including repetition, paraphrase, message modification, change in grammatical mood, and explicit mention of the missing response, the most common of which were repetition and change in grammatical mood. These two tactics were also the most successful, although in only about half of the sequences did the children succeed in eliciting the missing responses. Garvey and Berninger's results are such that we should posit an additional rule: *if a party selected by a current-speaker-selects-next technique fails to take his turn, and turn transfer is not effected, the rule set 1 (a)-(c) reapplies, and the first right and obligation of the current speaker is to reinstate the speaker-solicitation.* Failure to reinstate the solicitation not only means that one's extra-conversational goals will not be met, but it also has the effect that one might look rather silly to have a soliciting utterance hanging, as it were, in midair. While it is highly likely that the additional rule proposed here will be normative in dyadic interaction, it is unclear as to what extent behavior in larger groups would be subject to it. It seems probable that the right and/or obligation to replay a solicitation is distributed more generally among all ratified hearers; thus, a sequence like the following is not unlikely:

Mother:	Tommy, why don't you pick up your room before Grandmother gets here.
	(5.0)
Father:	Tommy, your mother asked you to pick up your room.
Tommy:	Oh. O. K.

That parties ordinarily do not object to such interventions is testimony to their probable interpretation of the addressed speaker's unresponsiveness as being unrelated to their own competence as a speaker; that either the nonresponse constituted a *non-hearing* (Grimshaw, 1981) or that it was a deliberate *misunderstanding*. In other circumstances, when the nonresponse can be attributed to the ineffectiveness of the solicitation strategy, such efforts on one's behalf to secure the desired second pair part might be met with resentment.

Determining What Rule Is Being Followed

Edmondson (1981b) argues that Sacks et al. have not provided adequately clear criteria for determining whether a sequence of turns as they appear in a transcript results from the fact that the turn-taking rules have been followed or whether in fact the sequence gives evidence of their violation (p. 39). Specifically, it is not always obvious whether an utterance results from self-selection under rule 1 (b) or other-nomination under rule 1 (a):

B: Andy just paid me back my fifty bucks.
A: Great. You guys wanta go out for pizza?
C: Hey B, Can you loan me ten dollars?

In this example, it cannot be entirely clear to A whether or not his solicit for dinner companions has been granted by C conditional upon B's providing the pecuniary wherewithal, or whether in fact C's request for a loan has nothing whatsoever to do with going out for pizza, and represents instead a self-selecting response prompted by B's announcement that he is flush. While subsequent conversational developments will doubtless resolve A's confusion, at the time it occurs A will be unable to determine what rule C is following, if indeed he is following a rule at all.

The Projectability of Turn-Constructional Units

A final critism that might be launched against the Sacks et al. model is that the concept of the projectability of a turn-constructional unit, and the attendent issue of prediction of transition-relevance places, is inadequately specified. We have already discussed some of the intonational and other cues associated with the exchange of speaker-hearer roles; however, not a great deal has been said by Sacks et al. on the syntactic cues to the impending completion of an utterance, or, just as important, the potential number of TCUs with which the turn will be built. One of the most obvious facts about conversation is that we are constantly signaling our intentions to our partners. Thus, there are numerous devices, documented under a variety of labels, which allow a speaker to make manifest that she wishes to claim the right to an entire *sequence* of turn-constructional units: these include *story-prefacing* statements (Sacks, 1972), *joke prefaces* (Cody, Erickson, Schmidt, 1983), and story significance statements (Ryave, 1978). Such devices indicate that the speaker wishes to reserve a "block" of TCUs of indeterminate length. Some blocks may only consist of a single additional turn-constructional unit, and some will be considerably longer. Certain of the devices can be very constraining; Creider (1981) reports that in Luo, interruptions are most likely to occur at the point at which the speaker's utterance diverges from his proposed theme, as promised in a thematization statement. Other TCU-reserving devices include *major semantic field indicators* ("I have a bone to pick with you about that"), *subject-expansions* ("And furthermore," "In a case like this,"), *subject evaluations* ("Yet on the other hand," and "But then again,"), and *action strategy* announcements ("Here's what you can do"), (Keller, 1981). One clear implication of the availability of such devices is that the Sacks et al. model is incorrect in the claim that the point at which option 1 (c) is exercised is the transition-relevance place: it is usually exercised much earlier than that.

Within turn-constructional units hearers must rely on their knowledge of syntax, semantic connectives, normal forms, and the like in order to project when an individual utterance might be complete. For instance, hearers will ordinarily presume that a subject will come first and that a predicate will follow. Although Sacks et al. underestimate the utility of semantic connectives (1978, p. 32), it is clear that a "But" at the start of an utterance will influence hearers to predict that the utterance will be over when the contrast to a prior utterance has been made. Similarly, an "If" at the beginning of a TCU will lead hearers to predict that it will conclude when a condition has been stated, and an "And" at the beginning of a TCU will lead to the expectation that the utterance will be complete when an additional element has been specified. The presence of words like "Why" or "Who" in initial positions in TCUs sensitizes listeners to the possibility of being nominated for a next turn, and increases their motivation to listen (Sacks, 1972). Key words like "including" or "only" will allow the hearer to predict the potential number of thematic participants. The issue of how the discourse cues hearers to the location of transition-relevance places is a complex one, and deserves more attention than it can be given here.

CONVERSATIONAL GAPS

Distinctions Among Hesitation Pauses, Switching Pauses, and Initiative Time Latencies

Sacks et al. have claimed that while the turn-taking system minimizes gaps between turns, nonetheless, there is systematic provision for the probability of interturn silence by virtue of the fact that taking or continuing the turn under rules 1 (b) and 1 (c) is optional. Indeed, there is evidence that in the stream of talk the presence of brief periods of silence is commonplace. One of the objections raised earlier to so-called technical definitions of the turn is that they fail to distinguish among the various kinds and characterizations of silence with which conversational parties have to cope. The usual distinction from a structural point of view is between the within-turn silence or *hesitation pause,* and the post- (or pre-) turn silence known as a *switching pause.* In most of the technical definitions, which have the indescribable advantage for the researcher that a machine can understand them, both hesitation and switching pauses are assigned as part of the current speaker's turn. The primary way of distinguishing between a hesitation pause and a switching pause is that the former is bounded on either side by current-speaker talk, while the latter is bounded by different speakers on either side. The duration of the pause is usually insufficient to distinguish between hesitation pauses and switching pauses. For instance, Garvey and Berninger (1981) found hesitation pauses in child discourse typically to be around .5 second. However, switching pauses also are typically short. Jaffe and Feldstein (1970) found that for pairs of females engaging in a 30 minute conversation, switching pauses averaged .664 seconds with a standard deviation of .165 seconds. Norain and Murphy (1938) reported a mean of .41 seconds for telephonic switching pauses. Now if we can only distinguish between hesitation pauses and switching pauses on the basis of the former's having same-speaker boundaries and the latter's having different-speaker boundaries, what are we to make of so-called *initiative time latencies?* Initiative time latencies (Matarazzo & Weins, 1967) refer to the length of time it takes A to *retake* the floor after she realizes that her partner is not going to respond.

Matarazzo and Weins found that initiative time latency is clearly different from hesitation pause duration, yet both have the characteristic that the pause is bounded on both sides by the same speaker. Are we to treat the following as one or two turns for A? (See Goodwin, 1981.)

> **A:** When do we have our test in history?
> (4.0)
> **A:** Alan. When do we have our history test?
> **B:** Friday.

The turn-assignment problem posed by initiative time latencies points up the fact that too-rigid definitions of the turn may serve to obscure rather than clarify conversational events.

Variation in Switching Pause Duration

Switching pause duration, that is, how quickly B takes up the turn upon A's completion of his own, varies from one situation and subject population to the next. Children typically have longer switching pauses than adults. Telephone switching pauses are usually shorter than those in face-to-face interaction, suggesting that some of the so-called turn transfer signals other than intonation contour and syntactic completeness confuse more than they clarify; however, the additional cues may simply take more time to monitor.

Considering children alone, Garvey and Berninger (1981) found that variations in the complexity and predictability of second pair parts had a substantial effect on the length of switching pauses. For exchanges with simple, predictable second pair parts, such as

> **A:** Hey, Mary!
> **B:** What?

the mean switching pause for children 2-5 was .9 seconds. For exchanges with complex but predictable second pair part types, such as

> **A:** I got a doggy.
> **B:** What kind?
> **A:** Brown.

the mean switching pause was 1.2 seconds. As the second pair part in the exchange became both complex and unpredictable, such as

> **A:** What's that?

B: I think it's maybe a zebra.

the mean switching pause duration was 1.63 seconds. Thus, switching pause is clearly a function of encoding difficulty, or the extent to which a response is readily available. It is also clear that following questions, at least, switching pauses ought to be attributed to the turn of the second speaker rather than the first, as in the technical definitions, if in fact it is appropriate to assign switching pauses to either of the speakers.

When Switching Pauses Proves Awkward

One of the most interesting aspects of conversational gaps is that, under a particular set of circumstances, switching pauses of a certain length may be experienced by parties as "awkward," in the sense that the absence of talk is perceived as a negative commentary on their respective competencies as communicators and/or the extent to which they are comfortable together. In an earlier section, several studies were reported that suggested that long latencies of response are both stereotypically and in fact associated with a lesser degree of social skill. This is not to suggest that communicative silences are perceived as awkward under all circumstances. Newman (1978) has reported that interactive silences are not troublesome provided that they are covered with some activity. Certainly, the discontinuous nature of household talk, lapses in conversation during task-related activity, and the casual engagement characteristic of stranger interactions in transitional settings such as airplanes will not pose challenges to parties' feelings of competence and relational comfort.

There are also cross-cultural differences in attitudes toward silence. Philips (1976, p. 88) reported that among the Warm Springs Indians, silences that Anglos "rush into and fill" are tolerated by the Indians. Similarly, Reisman (1974) reports that Danes, and Lapps in northern Sweden, are comfortable with silence, and in the case of Danes, are made nervous by American insistence on filling conversational gaps.

It does, however, appear that at least in American society, in social encounters where the primary focus of activity is on conversational exchange, for example the dinner date, there is considerable pressure upon the parties to sustain interaction and avoid potential gaps.

Switching Pauses as Dyadic Phenomena

In much of the more technical work on turn-taking, switching pauses have been treated as part of the turn of the current speaker (Jaffe and Feldstein, 1970; Feldstein and Welkowitz, 1978). Most of the scholars pursuing the "social skills" line of research (Arkowitz et al., 1975, Biglan et al., 1980; Dow et al., 1980) attribute the switching pause to the noncurrent speaker and describe it as a "response latency." It does not, however, appear entirely clear that switching pauses that are unusually long are to be "blamed" on an individual speaker; rather, it seems more appropriate to treat switching pauses as a dyadic phenomenon, for a variety of reasons (McLaughlin & Cody, 1982). First, switching pause duration appears to be susceptible to interactional synchrony or response matching effects (Cappella & Planalp, 1982), such that the mean response latency of an individual over the course of conversation will vary as a function of the length of her partner's response latency. Second, while it may make sense to attribute some switching pauses only to the "next" speaker, as opposed to the "prior" speaker, for example, when the next speaker is contemplating the answer to a question, given what has already been reported concerning the effects of the complexity and predictability of response requirements, we could just as easily lay the long latency at the feet of the prior speaker for making heavy encoding demands upon his partner. Third, one of the basic requirements for the smooth exchange of speaker turns is that utterances be *implicative* for subsequent turns (Jefferson, 1978); that is, that they provide the next speaker with instruction on how to proceed. If the next speaker cannot think of anything to say, it is just as likely that the prior speaker didn't give her much guidance as it is that the speaker lacked competence. Some kinds of utterances, like questions, are highly prospective and pose few problems for a next speaker making a subsequent turn; others, for example, assertions or acknowledgements, are much less implicative, and consequently make it more difficult for the subsequent speaker in constructing a next turn. Finally, conversations appear to go through natural cycles in which sections of talk are opened, developed, and closed. On the local or utterance-by-utterance level, exchanges are closed when the acts or moves that initiate them are satisfied (Edmondson, 1981b); following a closed exchange, for example, assert-agree, the question of who takes the next turn may be problematic, and similarly with question-answer pairs (Sacks et al., 1978). The same cycle of development and decay occurs with respect to the propositional structure of interaction; topics are prefaced or introduced by significance statements, worked until they are exhausted, and closed. An obvious next topic may not be at hand following closure of an old topic, nor may it be clear whose responsibility it is to find one.

The Conversational Lapse Defined

Having presented the case that the conversational lapse is a dyadic phenomenon, let us proceed to an operational definition of the lapse, and a more careful examination of the circumstances under which it occurs. McLaughlin & Cody (1982, p. 301) define a lapse as *"an extended silence (3 seconds or more) at a transition-relevance place, in a dyadic encounter the focus of which is conversation"*: specifically excluded are (1) silence following an interrogative or imperative TCU; (2) silence subsequent to turn-holding cues such as grammatical incompleteness, sustaining intonation contours, or filled pauses; (3) silence that co-occurs with activity by one or both of the parties, such as lighting a cigarette or searching for one's wallet; (4) "silence representing discretion in the presence of a third party" (McLaughlin & Cody, 1982, p. 301).

McLaughlin & Cody selected the 3-second silence criterion as an "awkwardness limen" for a number of reasons: (1) initiative time latencies (the length of time it takes for the reinstitution of talk by A following a failure by B to take a turn) are typically just over 3.0 seconds (Matarazzo & Weins, 1967); (2) the social skills researchers suggest that latencies as brief as 3.0 or 4.0 seconds significantly affect competency ratings (Weimann, 1977; Biglan, Glaser, & Dow, 1980); (3) ordinarily, mean switching pause duration appears to be less than one second (Jaffe and Feldstein, 1970); (4) Goldman-Eisler (1968) did not report any cases of persons whose hesitation pauses in spontaneous speech were longer than 3.0 seconds. While it is clear that not all interaction silences of 3.0 or more seconds will be lapses in the "participant" sense, nonetheless the researcher is not likely to have continuous access to participants' "senses" and so must resort to reasonable inferences. McLaughlin & Cody found that dyads with three or more lapses of longer than 3.0 seconds in the course of a 30-minute conversation rated their partners as significantly less competent than dyads whose conversations had fewer lapses.

Relation of Minimal Responses to Conversational Lapses

McLaughlin & Cody, looking at lapses in some of the conversations of the corpus used to illustrate this text, found that many of the pre-lapse sections of talk were characterized by patterns of *minimal response* (acknowledgements, mirror responses, and laughter) by one of the participants. They argued, using Schank's (1977) notion of how it is that utterance topics are formulated, that minimal responses do not contribute to topic advancement in that they neither reduce the old topic nor contribute new elements (Edelsky's nonreferential aspect) to the potential topic.

Support for the view that minimal responses tend to close off topics and discourage initiative comes from other quarters. Fishman (1978) found that minimal responses were used by husbands to discourage conversational initiatives by their wives. Zimmerman and West (1975) found that in 11 of their 13 observed instances of a delayed (> 1.0 second) minimal response by one conversational partner, the outcome was a "perceptible" silence on the part of the other partner. Derber (1979) describes the use of minimal responses as a way of being "civilly egocentric." According to Derber, strategies for shifting the focus of a topic from the other to one's self are either active or passive. Active strategies involve the use of carefully planned local propositional links, which appear to legitimate the shift of focus from one speaker to another:

A: You're from El Paso?*
B: Uh huh.
A: Huh! Well, what's in El Paso?
B: Lots of things! Juarez, mainly, Ha ha.
A: Oh really. Do you know Lee Trevino?
B: No.
A: He-he used to have a golf course up there.
B: Yeah, we used to ride up there. Yeah, *I* did.
A: And the he-he did some golf stuff.
B: You knew him?!!
A: Um hmm.

On the other hand, a much simpler, *passive* method for accomplishing a topic shift is to simply provide background acknowledgements as opposed to the supportive questions and assertions that normally characterize the behavior of the truly interested recipient (Derber, 1979, p. 31):

A: My dad taught me all the different things about farmin', as*
far as workin'.

B: Um hmm.

A: I never did get a chance to learn any of the business part of it. I think that's one reason I was kinda interested in it, plus I figured if there was any occupation I get a degree in and still be able to farm part of the time that'd be bankin' or somethin'.

B: Um hmm.

A: Keep regular hours.

B: Um hmm.

(3.0)

Relation of Formulations to the Conversational Lapse

A subsequent pass through the same data set used in McLaughlin & Cody suggests that global as well as local coherency issues were involved in the occurrence of lapses. Many of the conversational lapses upon reexamination appear to follow immediately upon, or very shortly thereafter, a *formulation* (Garfinkel & Sacks, 1970; Heritage & Watson, 1979). Garfinkel and Sacks (1970, p. 351) characterize formulating as "saying-in-so-many-words-what-we-are-doing:"

> A member may treat some part of the conversation as an occasion to describe that conversation, to explain it, or characterize it, or explicate, or translate, or summarize, or furnish the gist of it, or take note of its accordance with rules, or remark on its departure from rules. That is to say, a member may use some part of the conversation as an occasion to *formulate* the conversation [Garfinkel & Sacks, 1970, p. 350].

Formulations might be regarded as textual embodiments of macropropositions. Heritage and Watson (1979) argue that they result from and evidence the macrorule-like operations of preservation, deletion, and transformation of a whole section of talk. Formulations serve as comments on talk, providing proposed interpretations of the sense of the conversation-so-far. As proposals, they are subject to confirmation or disconfirmation; that is, *decision* by the hearer (Heritage & Watson, 1979, p. 142).

Formulations in dyadic conversations may be about B-Issues or B-Events in which case one speaker formulates his understanding of the "gist" or "upshot" (Heritage & Watson, 1979, p. 130) of the other's line of talk; they may be about A-Issues or A-Events, in which case the speaker characterizes, describes, or sums up a topic he himself has initiated and developed; less frequently, formulations may be about AB-Events or Issues, in which case either speaker proposes a "candidate reading" for some issues or event jointly known to the parties. The first two cases are described by Heritage & Watson as, respectively, "news-recipient" and "news-deliverer" formulations (1979, pp. 124-125).

Heritage & Watson propose that one use of formulations is to terminate topical talk prefatory to the launching of some new topic, or to the termination of a topic as a whole. In reexaming the McLaughlin & Cody data, formulations prior to lapses seem to have been employed either by topic initiators to acknowledge that a topic had been exhausted, or by their partners to bring the section of talk to a swift conclusion. Many of the pre-lapse conversational segments seem to contain both minimal responses and formulations. The provision and confirmation of formulations seemed to be a way in which partners signaled their mutual recognition that the topic could no longer sustain a line of talk; of formalizing at a topical level what the minimal responses had hinted at locally.

B-Issue and B-Event formulations were almost invariably likely to receive a second pair in the form of a confirmation; consequently, a lapse did not always follow immediately, but usually occurred within a few turns of the formulation:

> **B:** That wasn't the school I wanted to be goin' to, anyway.*
> I just went to that one cause it was close to home and
> I wasn't ready to leave.
> (1) **A:** *Didn't want to go away from home, huh?*
> **B:** Uh huh.
> **A:** Ha ha. I couldn't wait, when I got out of high school.
> **B:** Well by the time I came out here I was ready to get away.
> I was goin' up the wall.
>
> (3.8)
>
> **B:** He'd been here a semester longer than I had=*
> ( )
> (2) **A:** Uh huh.
> **B:** =So I

A: *(So you thought he knew everything.*
B: Yeah. Well, I was pretty much from the sticks=
                                               ( )
A: Yeah.
B: =and I-it took me a long time to figure things out.

$$(7.2)$$

In both examples (1) and (2), none of the post-formulation talk introduces a proposition that has not already been implicit in the conversation-to-date.

Following some of the B-Event formulations, there was no apparent effort to squeeze out a few more turns; the formulation-confirmation pair led to an immediate lapse:

(3)   B: And of course I have three aunts and two uncles and a*
          great-aunt and a great-uncle and all my cousins are in
          teaching.
     A: *Whole family's in it, huh?*
     B: Just about.

$$(3.0)$$

(4)   A: I had a lot of tire problems. I had those Firestone 500's=*
                                         (   )
     B: Um hmm.
     A: =I had about three or four blowouts over about a four-year
          period=
                                            (   )
     B: Oh Goll-lee!.
     A: =I was
     B: *(Think I'd be changin' em!*
     A: I did. I got away from them.

$$(3.0)$$

When the topic that failed had been introduced by A, the person doing the formulating, there was a strong tendency for formulations to go unconfirmed, and to lead immediately to a lapse:

(5)   A: And you can forget 'em. Anyway, now you know*
          what other people think about me.
     B: No, uh
     A: (I'm not independent at all. I rely a whole lot on my parents
          and on my friends, and on my boyfriend, you know. I have
          to— to have to have a lot of people around me, I have
          to have a lot of people tell me what to do. I can't
          make decisions. *I'm just a real baby, I guess.*

$$(3.8)$$

(6)   **A:**   So I was just sweatin' it out, you know. I had to get*
            like 20-21 right on this final to make a—to pass the course.
            I think I got 25, 26 of 'em right. And I was guessin'.
            I did not know one single answer, you know. I just guessed
            it.
      B: Ha ha.
      A: *It was pathetic.*

                                    (3.2)

Those A-Event or A-Issue formulations that were confirmed tended
to result in much shorter lapses, probably because it was more
apparent to both parties that a new topic had to be found.

The most deadly of all formulations, which for want of a better term
we might call "absolutist" formulations, were only ambiguously
related to the notion of consensus on topic failure. In cases in which
absolutist formulations were produced, it was not always clear from
the discourse itself that the conversation was floundering; rather, it
appeared that the formulator unilaterally closed off the topic with an
utterance so final that virutally no coherent proposition could be
found to link to it as a next utterance. These absolutist formulations
had no "variables," no classes of thematic participants from which a
next turn could be constructed. Terms like "anything," "nothing,"
"everybody," "never," and "always" were typical of such formulations:

      B: Man, I've seen some of those guys up close, you know.*
            They were so filthy, I don't see how they could stand to
            live that way.
(7)   **A:**   I'on't know either.
      B: I wonder, you know, if they- they have a place to
            live- ride around all the time.
      A: *I'on't know. There's no tellin'.*

                                    (4.0)

(8)   **B:**   O. K. It's in the class.*
      A: It's where I'm supposed to be right now.
      B: Yeah.
      A: It's pretty fun, I guess.
      B: Hmmm!
      A: You don't know what to teach lot of times. *I mean, I
            couldn't teach anything in business. It'd be kind of
            boring, I think, to everybody else.*

                                    (4.2)

(9) **A:** I think after a while they-their country's=*

                              (   )

     B: They're

     A: =gonna go under.

     B: Really.

     A: You know, when it does it'll be—then *it'll be complete chaos, and nobody'll be safe,* especially Americans.

     B: Um hmm.

     A: So-oh.

     B: Hmm.

                             (3.3)

Although there are three minimal responses by B before the lapse, note that two of them appear *after* A's formulation.

Relation of Closed Exchanges to the Conversational Lapse

One final point that ought to be made with respect to the appearance of lapses in focused dyadic encounters is that they do not, at least in this corpus, appear to have been related systematically to closed exchanges, as Edmondson's (1981b) work would suggest. While as we have just shown lapses were likely to follow formulation-decision pairs, they were just as likely to follow formulations that were neither confirmed nor disconfirmed. The most obvious kind of conversational closed exchange, question-answer (we exclude assert-agree for the dubious implicativeness of its first pair part), was found to lead to a lapse in only four of ninety cases of lapse examined, two of those lapses coming from the same dyad. Although assumption of the role of next speaker may not be automatic following closed exchanges, there did not appear to be any evidence in the McLaughlin & Cody data that closed exchanges generally were likely to result in gaps in the conversation.

Concluding Remarks about Silence in Conversation

To say that lapses in conversation tend to be preceded by minimal responses, or formulation-decision pairs, is not to provide an *explanation* for conversational discontinuities. Minimal responses and formulations do not as a rule *account* for topic failures; rather they mark the fact that the topic can no longer sustain interaction. The roots of interactive silence in conversation must for the most part be found in extraconversational sources, such as the knowledge and interests of the parties to talk. Considerable attention to the matter on the part of a number of scholars suggests that, so far, discourse itself has provided few cues as to why conversational lapses occur.

In terms of the appropriate assignment of conversational silences, it seems fair to say that silence bounded on either side by different speakers, that is, the switching pause, should not be assigned to the turn of either speaker. Silence bounded on either side by talk from the same speaker should be treated as a hesitation pause and included in the turn of that speaker, unless an utterance immediately prior to the silence is characterized by turn-yielding signals, such as a falling intonation contour or grammatical completeness; then, the silence should be treated as separating two turns.

SIMULTANEOUS TALK IN CONVERSATION

Sacks et al. argue that the turn-taking system as they have modeled it operates to minimize simultaneous talk. Indeed, Garvey and Berninger (1981) reported that only 5% of the utterances of the children in their studies were accompanied by another's simultaneous talk. Some simultaneous talk appears to be provided for systematically by certain features of the conversational system (Sacks et al., 1978): these features include the possibility of competing self-selectors, and the fact that turn-constructional units may extend beyond their apparent first possible completion point, and the need for precision timing to avoid irrelevancy.

Systematic Bases for Simultaneous Talk

Jefferson (1973) argues that satisfaction of the "intrinsic motivation for listening" (Sacks et al., 1978), being able to predict the next possible transition-relevance place, is a systematic source of simultaneous talk in conversation. When a listener can project not only when an utterance will be completed, but especially *how* it will be completed, the loss of the motive for listening provides a reason to begin talking immediately. That is, in order for a hearer to make a credible demonstration that she already possesses information that the speaker is attempting to provide her with, or that she has in fact already assimilated the significance of the speaker's report, the hearer may be required to begin her utterance appreciably prior to a transition-relevance place, since to delay might render her contribution irrelevant and not credible.

Competently produced interruption, in Jefferson's view, demonstrates the sensitivity of the speaker to the "no sooner" and the "no later" constraints. Consider the following example (Rosenstein, 1982; Rosenstein & McLaughlin, 1983):

A: I'll pick you up at the
B: (at the gate. I know.

B's utterance is precisely placed: a fraction of a second later and B's claim to have been "told already" would be less credible; thus, we have B showing sensitivity to the "no later" constraint. If, on the other hand, B places the utterance much earlier, she takes a chance on making an incorrect projection of the remainder of A's utterance: hence, the "no sooner" constraint.

A: I'll pick you up at the
B: (at five-thirty. I know
A: I was gonna say I'd pick you up at the gate.

Goodwin (1981) suggests that a further systematic basis for simultaneous talk lies in the need of speakers to secure the gaze of their hearers. Thus, for example, a speaker might lengthen words or sounds at the end of a turn-constructional unit to coincide with receipt of the speaker's gaze. Similarly, a speaker might repeat herself in order to provide time for the hearer to bring his gaze around to a position of full engagement (Goodwin, 1981, p. 131).

Technical Approaches to Simultaneous Talk

Simultaneous talk has been approached in a variety of different ways. In the very technical definitions, for example Jaffe and Feldstein's (1970), an overlap, regardless of where in the current speaker's utterance it might intrude, is treated as part of, and in fact the initiation of, the turn of the subsequent speaker, while the overlapped portion of the prior speaker's utterance is not treated as part of anyone's turn. Schegloff's (1973) case for distinguishing between overlap and interruptions also smacks of a technical mentality:

> By overlap we tend to mean talk by more than one speaker at a time which has involved that a second one to speak given that a first was already speaking, the second one has projected his talk to begin at a possible completion point of the prior speaker's talk. If that's apparently the case, if for example, his start is in the environoment of what could have been a completion point of the prior speaker's turn, then we speak of it as an *overlap*. If it's projected to begin in the middle of a point that is in no way a possible completion point for the turn, then we speak of it as an *interruption* [italics mine].

Nontechnical Approaches to Simultaneous Talk

At the other extreme, we have the approach of Bennett (1981), who does not acknowledgement the very technical definitions, and who rejects Schegloff's approach on the grounds that the major elements in his operationalization are not the "physical manifestations" in the discourse that he seems to imply. Bennett's approach to simultaneous talk and particularly interruption is "participant-sense" in the way in which Edelsky (1981) has used the term. Overlap is dismissed as a "descriptive term" about the structure of the discourse, while interruption is treated as an "interpretive category" that parties employ as a resource for sorting out their feelings and beliefs about their comparative privileges and obligations in the conversation-so-far (Bennett, 1981, p. 176). The diagnosis (or accusation) that an interruption has occurred, according to Bennett, requires that one believe (1) that the author of the intruding utterance was doing something she ought not to have been doing, and (2) that there were opportunities available to her to do something else other than interrupt (1981, p. 177). For example, in Bennett's view, if A had just related a crucial detail in a narrative and then B produced a turn about some tangential detail, for example, the address at which the central action of the narrative took place, or irrelevant characteristics of the central actor, B's comment could be classified as an interruption, at least in the participant-sense view of the term, even though no actual simultaneous talk had taken place. While it is clear that B in this case was being a bad fellow, or at least an insensitive one, Bennett's view seems to require too much inference on the part of the analyst, and a virtually continuous inquiry into the attribution processes of the affected participant. It seems that a definition of interruption that is not explicitly tied to simultaneous talk renders the task of the analyst virtually unmanageable.

What Simultaneous Talk Signifies

While Bennett's characterizations of interruptions and overlaps lack adequate definition, she is entirely correct in her assertion that how one *feels* about having one's turn intruded upon varies considerably as a function of the accounts one constructs for the other's behavior. Certainly, many persons, not the least of whom are scholars, regard interruption as an index of speaker dominance. Much of early research in which simultaneous talk featured as a variable treated interruption as a correlate of speaker dominance or power (Mishler & Waxler, 1968; Meltzer, Morris, & Hayes, 1971; Leighton, Stollock, & Ferguson, 1971; Hadley & Jacob, 1971; Rogers & Jones, 1975; Willis & Williams, 1976; Ferguson, 1977).

However, there does not seem to be evidence that not only are interruptions commonplace, but that most speakers do not regard them as significant, and take them in stride. Spelke, Hirst, and Nesser (1976) demonstrated that people can carry out several information processing tasks at a time. Garvey and Berninger (1981) found that simultaneous talk did not pose a threat to coherence: the resumption of speech and turn-transfer did not take appreciably longer than the usual speaker-pause length. While in the prevailing culture in the United States interruptions may seem to be a conversational matter of some consequence, Reisman (1974) reports that in the Antiguan village he examined not only were there no norms against interruption, but there also seemed to be a prevailing pattern of "counternoise," such that another's talking seemed to be a good enough reason for one to begin talking himself, at the same time. Philips (1976), on the other hand, reports that interruptions among the Warm Springs Indians are extremely rare.

Temporal Parameters and Continuity
in the Classification of Simultaneous Talk

What is proposed for the remainder of this section is development of a two-pronged thesis: first, that ordinary English language users are able to distinguish between overlaps and/or interruptions that are *disruptive* in that they produce discontinuity in the current speaker's talk, and those intrusions in which the continuity of the first speaker's turn is not affected; second, that ordinary users of English are at least modestly sensitive to the issue of the precision timing of interruptions. Thus, an argument will be made on behalf of an approach to interruption that emphasizes the importance of temporal placement and speaker continuity.

A first question: How may simultaneous turns be categorized with respect to the amount of discontinuity they produce? Rosenstein and McLaughlin (Rosenstein, 1982; Rosenstein & McLaughlin, 1983) presented subjects with representative interruptions from three categories: *overlaps, forced interruptions,* and *attempted interruptions.* Overlaps referred to exchanges in which both parties talk simultaneously with neither party yielding the turn. Interruptions and attempted interruptions referred to exchanges in which one of the two parties claiming the turn yields the floor.

Samples of exchanges with simultaneous talk were selected from an interruption pool of 100 items, garnered from ten of the 30-minute conversations between strangers from which we have been drawing examples in previous sections. Prior to the presentation of the examples to subjects, trained coders had been asked to sort the examples into the three categories, with the result that intercoder reliability ranged from .55 for forced interruptions to .82 for overlaps.

Overlaps were characterized as simultaneous talk that began in the environment of a transition-relevance place, which did not interfere with the current speaker's completion of his turn. The dimension of turn-taking *outcome* (whether the current speaker keeps or yields the floor) was also used in Hoffman's (1980) taxonomy of interruptions. Below are two examples of the overlaps presented to subjects:

(1) **A:** I haven't seen a movie in (1.0) *Amityville Horror House**
was the last, or, the *Amityville Horror* was the last movie I
saw and it stunk.

     B: (I didn't see that.

(2) **A:**   How long have you known him. I mean where did*
              y'all meet?
     B: (I met him in El Paso.

Some of the overlaps in the sample presented to subjects were like (2), in that they represent a case in which B's reason for starting to talk is that she has grasped the significance of A's utterance already; others, like (1), were simply "near" a transition-relevance place and probably represented a turn-taking error.

Forced interruptions were cases of simultaneous talk in which the intruding utterance resulted in the "legitimate" speaker's giving up his turn:

(3) **A:**   They said they were on Joe Ely's guest list. Ha ha*
              ha. The owner
     B: (Under what?
              Motorcycle gang?

(4) **A:**   Well, I'm not from Levelland. I just- my husband*
              was transferred there and so, I'm stuck here, but I'm from
              Snyder which is
     B: (I
              heard of Synder, yeah.

Again, some of the forced interruptions were of the "precision timing" variety, like (5), while others, like (3), simply occurred near a transition-relevance place.

The third category, attempted interruptions, contained items in which the attempt to secure the turn was successful:

(5) **A:**   I mean*
     B: (No, I
     A: I mean, if you don't dance, you can't talk.

(6) **A:**   Every semester something new comes up=*
     B: (I
     A: =like you need this or you needed that.

None of the attempted interruptions in the original pool was of the precision timing kind; most seemed to occur near a transition-relevance place. In these interruptions, discontinuity marked the turn of the author of the intrusion rather than that of the speaker who originally claimed the floor.

Subjects in the Rosenstein and McLaughlin study were given 18 index cards, on each of which was typed a sample simultaneous talk exchange (six items for each of the three categories). Subjects were asked to sort the items into categories on the basis of similarity. The similarities data were clustered, and the resulting cluster solution was compared with the hypothesized three categories, using the trained coder classifications of the items as a criterion. The Rand agreement statistic was .88 (Rosenstein & McLaughlin, 1983). Subjects sorted the interruption examples into two of the original categories—overlaps and attempted interruptions—and two categories of forced interruptions, one of which did and one of which did not contain the precision timing items.

Analysis of the competency ratings of "Speaker B," the perpetrator of the intruding utterance, indicated that there was a significant but very modest tendency for overlaps to be rated as more competent than attempted and forced interruptions, presumably because they neither disrupted the continuity of the current speaker's utterance, nor represented the mild loss of face involved in the unsuccessful attempted interruption. Ratings of the domineeringness of Speaker B as a function of the type of simultaneous talk (Rosenstein, 1982) indicated strongly that the outcome of the intrusion in terms of its effect on continuity was a major factor. Forced interruptions were rated as most domineering, and attempted interruptions as least domineering, with virtually no distinction in terms of domineeringness for overlaps and the precision timing forced interruptions. In other words, the speaker who succeeded in taking the turn away from her partner was rated as being less domineering if there was a readily apparent reason for her having interrupted at the point she did. Overlaps seemed to produce the judgment the neither speaker was particularly domineering.

While the Rosenstein and McLaughlin findings were based on an analysis of patterns of simultaneous talk found in conversations between strangers—and as a result might not be replicated with samples from encounters between friends or acquantances—nevertheless, it seemed to be the case that only a very few of the instances of simultaneous talk involved interruption as Schegloff defined it: an intrusion "noticeably far" from a transition-relevance place. Doubtless, this can be attributed to the presence of politeness rules that are more constraining on the behavior of strangers.

Simultaneous Talk as a Way of Honoring Conversational Maxims

Before we leave the issue of simultaneous talk altogether it might be interesting to speculate for a moment about other circumstances, in addition to the presence of "no sooner, no later" constraints, under which simultaneous talk can be seen to be orderly or even rule-preserving in the sense that the author of the intrusion is responding to the demands of a higher-order rule or maxim than the ban on interruption. For example, one might intervene precipitously to make sure that an incorrect statement by another would not be incorporated into a plan of action by a third party, thus showing sensitivity to the Quality maxim (Grice, 1975):

A: How do I get to El Cholo?
B: Well, you go North on Western and you make a left on Olympic and then you take
C: (No, he can't take Olympic because you can't make a left turn there this time of day.

In the preceding example, for C to have waited until the projectable completion of B's utterance would have resulted in extensive reprocessing for B.

An individual might also interrupt another in order to prevent her from violating the Morality maxim (Bach & Harnish, 1979), for example, violating a confidence:

A: Esther told me not to tell this to anybody, but she said that she and
B: (I don't want to hear about it if you promised her you wouldn't tell.

If B were to wait until the end of A's utterance, her intervention at that point would be meaningless.

Turn Boundaries When Simultaneous Speech Is Present

Issues of turn outcome or continuity appear to be important in how simultaneous speech is perceived and categorized. Consequently, the location of turn boundaries in research definitions of the turn ought to reflect a sensitivity to continuity issues. Thus, in the case of overlaps, when there is no apparent yielding prior to a transition-relevance place by the speaker with the prior claim to the floor, the overlapped portions of each speaker's turn should be treated as a part of his turn. Thus, in the example below, A's turn ends with the word "Monday," and B's turn begins with the word "When":

A: I signed up for the TSO course, starting next Monday.
B: (When does it start?

Given the sensitivity of the Rosenstein and McLaughlin subjects to the precision timing phenomenon, and the numerous instances one can think of in which interruption occurs because there is no further "reason" to listen, it would be tempting to take a "hearer-knows-best" approach to the turn and say that A's turn ends when B has heard enough. To do so, however, would place a considerable burden of inference on the shoulders of the conversational analyst, since there are many cases of simultaneous speech in which the interruptor's "reasons" are simply not apparent. In taking a hearer-knows-best approach to speech act assignment, we at least have the considerable body of knowledge about conventional perlocutionary effects to guide us.

In the case of forced interruptions, the end of the prior speaker's turn must be seen to coincide with the onset of the speaker's silence. Attempted interruptions may be treated similarly, assuming that the attempt lasted sufficiently long to count as an utterance, unlike the examples on pp. 126-127.

DEFINITION OF TURN

A turn is a structural slot, within which a speaker claims one (renewable) utterance-unit. Silence bounded on either side by talk from the same speaker should be treated as a hesitation pause in the absence of turn-yielding signals in the pre-silence utterance. Silence bounded on either side by the talk of different speakers is assigned to the turn of neither speaker.

SUMMARY

Talk is achieved through a series of turns in which there is a nonautomatic exchange of the speaker and hearer roles. Turns are opportunities-at-talk into which utterances are slotted. Turns are allocated locally and managed interactionally, one turn-constructional unit at a time, with option for renewal.

The turn-taking model of Sacks et al., which introduces the basic components of the turn-constructional unit and the transition-relevance place, proposes rules for the allocation of turns through the successive exercise of options available to current and other speakers. A number of issues have been raised with respect to the adequacy of the Sacks et al. model: (1) the lack of full specification of the components "turn-constructional unit" and "transition-relevance place"; (2) the inattention to the distinction between turns and non-turns; (3) failure to specify the cultures in which the model applies; (4) neglect of the hearer's role in the management of turn-taking; (5) inadequate specification of the range of options covered under the term "current-speaker-selects-next technique"; (6) insensitivity to different floor types; (7) insufficient attention to specifying the evidence for rule-conformity and rule-breaking; and (8) inadequate specification of the nature of "projectability."

Periods of silence in conversation may be variously classified as hesitation pauses, switching pauses, and initiative time latencies. The duration of switching pauses varies as a function of context; on some occasions, switching pauses are perceived as awkward if they are long enough. Switching pauses seem to be under the control of both members of a dyad, and therefore are not rightly considered as part of either speaker's turn. Long (more than 3.0 seconds) pauses are termed lapses. Recent research on lapses suggests that they represent topic failure, and that they are marked in conversation at the local level by minimal responses and globally by formulations. Closed exchanges do not appear routinely to result in lapses.

Simultaneous talk in interaction may be said to be systematically based in such requirements of the conversational system as the need to make utterances relevant and the need to secure the gaze of the hearer. Both technical and intuitive accounts of simultaneous talk have been reported. The significance of simultaneous talk may vary considerably depending upon the context and the biases of researchers. Data on simultaneous talk generated from laboratory conversations between pairs of strangers suggest that ordinary language users are most sensitive to two dimensions; temporal placement of the intrusion and utterance continuity or interruption outcome. Little evidence was found to support the notion that interruptions are a distinct class of simultaneous talk that occur "noticeably far" from a transition-relevance place, although this apparent finding may very well be limited to conversations between strangers. Turn boundaries in research definitions must reflect the issue of the continuity of utterances.

4

Acts

♦ In Chapter 2, the idea of a speech act or ♦ *illocutionary* act was introduced. An illocutionary act was defined as one which, if "felicitously" performed, would produce "uptake" in the hearer in the sense that she would recognize the speaker's *intention* in saying that X. The illocutionary force of an utterance, as was shown earlier, consists in the recognition of the speaker's purpose in making it, not in the effect that it has on the hearer in terms of the speaker's goal. This latter is known as the *perlocutionary* effect.

CLASSIFICATION OF SPEECH ACTS

A number of scholars have approached the task of classifying illocutionary acts with respect to the conventional "recognizable intent" of the actor who utters them. One such taxonomy (Bach & Harnish, 1979) was presented in Chapter 2. In the present chapter, two further taxonomies, one from the framework of speech act theory (Fraser, 1975), and the other from a social psychological perspective (Wish, 1980), will be explored with an eye to examining the underlying features of speech acts that appear to emerge from different perspectives.

Fraser (1975) argues that speech acts are differentiated primarily by the intent of the speaker in performing the act, where the speakers's intent generally is for the hearer to recognize his orientation with respect to the propositional content of the utterance. That is, the speaker "instructs" the listener as to how his message should be categorized (Wish et al., 1980). Fraser's taxonomy thus categorizes "positions a speaker might hold toward a proposition" (1975, p. 189). Performative verbs are assigned to eight categories. The first is *acts of asserting,* which includes such verbs as claim, accuse, inform, observe, remark, state, and grant. Acts of asserting reflect both the speaker's evaluation of how the expressed proposition relates to the context and how strongly she is convinced that the proposition is true. Fraser divide assertions into two classes, the first of which contains verbs like comment, notify, reply, and tell, the second of which is characterized by such verbs as accuse, allege, concede, confess, and predict. The former category is composed of verbs that describe actions for which the preconditions for successful performance are very few. For example, in order to accomplishing informing, it is not necessary that the propositional content be anything other than new to the hearer. However, among the preconditions for successful accusation is that the proposition be pejorative, that it reference an act of someone other than the speaker, and so on (Fraser, 1975, p. 191).

A second class of illocutionary acts proposed by Fraser consists of *acts of evaluating;* some verbs included in the second category are appraise, formulate, interpret, speculate, and characterize, which reflect the speaker's basis for the assessment of the truth-value of the expressed proposition. Fraser's first two categories of assertions and evaluations are treated jointly under the label "constatives" by Bach and Harnish (1979).

A third category, *acts of reflecting speaker attitude,* contains verbs that reflect how the speaker assesses the propriety of some prior act referenced by the proposition, such as accept, agree, commend, denounce, disagree, and oppose. The reader will recognize here the Bach and Harnish "acknowledgments" category.

A fourth Fraser category is *acts of stipulating,* including verbs like identify, define, specify, and classify, which reflect the speaker's desire that the hearer recognize her favorable attitude toward the "naming convention" expressed by the proposition. Stipulations are treated as constatives by Bach and Harnish. A fifth category, *acts of requesting,* includes verbs such as beg, implore, invite, prohibit, and request, which express S's desire that H undertake, or not undertake, some action referenced in the proposition. Bach and Harnish treat these verbs as "directives."

The three final categories of the Fraser taxonomy are *acts of suggesting* (advise, suggest, warn), *acts of exercising of authority* (appoint, approve, exempt, nullify), and *acts of committing* (promise, swear, volunteer). The latter category, committing, is duplicated in the Bach and Harnish category of "commissives," but the categories of suggesting and exercising authority have no direct correlates in the Bach and Harnish scheme.

It is most instructive to compare a classification of illocutionary verbs from the point of view of a speech act theorist to the treatment of speech acts by social psychologists. Wish et al. (1980) developed a speech act classification scheme that trained coders applied to the analysis of videotaped scenes from the television series *American Family* and to other taped segments of dyadic interaction. The superordinate categories of the coding system were (1) *assertions,* (2) *evaluations,* (3) *reactions,* (4) *questions,* and (5) *requests.* These superordinate categories, with the exception of *questions,* overlap considerably with taxonomies by Fraser and by Bach and Harnish. Superordinate categories were further specified: (1) assertions were coded as to their type, from "simple event report" to "complex judgment," and to the extent of their force, from "hedge" to "strong push to convince"; (2) evaluations were coded for referent (self, hearer, others) and level (positive, negative, or neutral); (3) reactions were coded for the type of attention given to the hearer; (4) questions were coded as to form (tag, rhetorical, wh-); and (5) requests were coded for type (information, direct action, etc.) and degree of pressure. Data were also coded using Bales's Interaction Process Analysis (Bales, 1950).

The coded data were factor analyzed and five factors emerged. The first, *asking versus informing,* represented a contrast between questions and information requests, and simple assertions and reactions; that is, one pole contained elements from the *requests* and *questions* categories, the other elements from the *assertions* and *reactions* categories. The second factor, *initiatory versus reactive,* contrasted a nonreactive *assertion* to all *reactions* and to *agreeing reactions.* The third factor, *dissension versus approval,* contrasted *negative reactions* and *self-approval evaluations to other-approval evaluations.* The forth factor, *forceful versus forceless,* was unmindful of categories: forceful utterances of several varieties (assertions, evaluations, requests) contrasted with forceless assertions and self-evaluation. Finally, on the fifth factor, *judgmental versus nonjudgmental,* judgmental assertions and all evaluations were positively loaded, while significant negative loadings were obtained for all questions, forceless requests, all requests, positive reactions, and requests for agreement or action.

Although we cannot expect a dimensional analysis to give us the "clusters" that would allow for a direct comparison of the Wish et al. results with the categories of speech acts proposed by Fraser and by Bach and Harnish, it is interesting to note that even though the Wish group began with superordinate categories based on types of performative verbs, representatives of the categories did not load together on the obtained factors. Items appeared to be grouped together on the basis of relational or interactional factors, rather than semantic ones. Requests, assertions, and evaluations, which are treated as distinct and self-contained categories in Fraser, were found by Wish et al to "slide around" considerably as a function of their relational or interactional implications. What the traditional speech act categories seem to be lacking is any sense of a hearer-orientation, which is interesting given Edmondson's (1981a) demonstration that hearer-support and not speaker-support is lexicalized in English. It makes less difference to the hearer whether what is "done" to him is an assertion or an evaluation than it does whether what was done was responsive to what he has said, as opposed to being unaffected by his own action; whether it is approving or disapproving; whether it is judgmental or nonjudgmental. While the suggestion here is that the relational aspects of speech acts are completely missed by the linguists, the term "relational" is being used rather loosely in adducing the Wish et al. study as evidence, since the issue of relational control is reflected only indirectly in their coding scheme, in the negative evaluations and judgmental assertions subclasses. In any event, the speech act theorists clearly overlook the fact that so-called directives, for example, can be achieved through other verb forms; that assertions can carry evaluation; that the type of evaluation is an important grouping criterion; and that "acts of exercising authority" extend beyond those granted legitimacy in the lexicon. In sum, categories of illocutionary verbs may not be the most promising source for the classification of speech acts as they are realized in conversation.

While speech act theory has not been shown to provide much guidance in the matter of the classification of communicative actions, there have certainly been some successes in specifying the conditions for the successful performance of illocutionary acts (Searle, 1969, 1975). In the remainder of this chapter, we shall consider a number of such accounts of speech acts in detail.

Weiner and Goodenough (1977) have proposed that acts or moves in conversation are of two varieties, *substantive* and "housekeeping," or *management*. Substantive moves make up, if you will, the "subject matter of conversation" (Weiner & Goodenough, 1977, p. 216), or the "pragmatic topics" that will be recalled subsequent to disengaging, such as that requests were made and granted, that compliments were given and accepted, and so forth. Management moves, on the other hand, do not contribute new elements either to the pragmatic topic or to the incrementation of the propositional context set. Rather, they serve as a means by which parties provide one another with "benchmarks" so that they know where they have been, conversationally, and also where they are going. Management acts are a significant way in which conversational partners instruct one another in how to treat what has gone before, and how to proceed in subsequent talk. Weiner and Goodenough (1977, p. 216) note that management acts are most likely to occur at beginnings and endings of encounters, and/or at topic boundaries within a particular conversation.

SUBSTANTIVE SPEECH ACTS

First, let us examine some substantive speech acts. Substantive acts may be direct or indirect; by the former is meant that their literal interpretation is their intended interpretation; and by the latter, that both their literal interpretation and "something more" is intended (Searle, 1975; Clark & Lucy, 1975). We will focus first on direct speech acts.

Direct Speech Acts

Interpretations from the perspective of speech act theory have informed accounts of any number of different acts, but the *requests* seem to have aroused the most interest (although most scholars have been more intrigued by indirect requests).

Requests. Labov and Fanshel (1977, p. 78) have formulated a *rule of requests: If speaker asks hearer to perform behavior A at time T, and hearer believes that speaker believes that (1) A ought to be performed; (2) hearer would not do A unless requested to; (3) hearer is capable of performing A; (4) hearer is either obliged to or willing to do A; and (5) speaker is entitled to tell hearer to perform A, then speaker's utterance counts as a valid request for action.* The third condition (hearer can do A) is called a *preparatory* condition (Searle, 1975, p. 71). To Labov and Fanshel's rule, several other conditions must be appended: *both* speaker and hearer must believe points 1-5 (Jacobs & Jackson, 1980); both speaker and hearer must believe that speaker wants hearer to do A (the *sincerity* condition); both must believe that the speaker is predicating some future behavior A of the hearer (the *propositional* content condition; Searle, 1975, p. 71).

Requests may vary considerably in grammatical mood, in degree of mitigation, in directness, and so forth. Recent evidence indicates that the form in which a request or any directive is presented is reflective of how the speaker sums up his relationship to the target of the request (Kemper & Thissen, 1981, p. 552): "The selection of a directive form allows the speaker to mark or neutralize differences in rank, age, or territoriality, and to indicate how serious the request is and whether or not compliance is assumed or expected."

There is some support for the proposition that making a direct request occurs infrequently, and that when it does, it signifies that politeness constraints are weak. Gibb (1981), using a scenario method, found thirteen different devices for making requests; only two of the devices could be considered as direct. Despite the fact that direct requests ("Give me the salt" as opposed to "I need the salt" or "Can you pass me the salt?") are not the most popular means of meeting one's needs, directness is nontheless one of the most salient dimensions against which requests are judged (Kemper & Thissen, 1981). Kemper and Thissen had subjects make pairwise ratings of ten different request forms for two requested actions, raking the leaves and loaning money. The authors took an imperative (for example, "rake") and an associated need-assertion (leaves need raking) and combined them with affirmative or negative interrogatives ("Do/Don't you think you should"), the use of please, and other features to arrive at the different request forms. The similarities data were scaled, and the two dimensions of *politeness* and *directness* were found to underlie the judgments of request similarity. On the directness factor imperatives had high positive loadings, and were contrasted with the less direct interrogative constructions and need-assertions.

Kemper and Thissen hypothesized that direct requests would be normative whenever compliance could be assumed; for example, when a superior makes a request of a subordinate. They reasoned, therefore, that when a direct form of request was attributed to a low-status speaker, the form of the request would be recalled more accurately than if it were attributed to a high-status speaker. Their findings indicated that those requests that were most accurately remembered were those that violated conversational rules.

Replies to requests. Not a great deal of work has been done on how replies to requests are formulated—other than in the compliance-resisting literature (McLaughlin et al., 1980) that focuses on the more macroscopic *strategies* of response. Labov and Fanshel (1977, p. 86) propose that there is a *rule for putting off requests: If the speaker has made a valid request that the hearer do some action A, and the hearer addresses to the speaker (1) a positive assertion or a question about the current status of A* ("I already picked up your suit at the cleaners"); *(2) a question or a negative assertion about the time frame of A* ("I can't get around to it today"); *(3) a question or negative assertion about one of the felicity conditions associated with making a request* (such as need, ability, obligation, or rights), *then the hearer's utterance should be heard as putting off the request.* Putting off could also be accomplished by invoking the *sincerity* condition: "Wouldn't you really rather get it yourself, so you can make sure they did it the way you wanted?"

Another way of putting off requests, according to Labov and Fanshel, is by responding with a request for information:

A: Can you pick up my suit at the cleaners today?
B: Are they open 'til 6:00?

This response is usually heard as asserting that the speaker needs the information in order to deal with the request, the so-called *rule of embedded request* (Labov & Fanshel, 1977, p. 91).

Labov and Fanshel provide an interesting example of how rules, specifically the rule of embedded requests, may be exploited for strategic gain. They examine a frustrating conversation between

Rhoda, a young patient suffering from anorexia nervosa, and her mother. The conversation is reported by Rhoda to her therapist. Rhoda's mother has been staying with Rhoda's married sister, Phyllis, for a few days in order to help out with a family crisis. Rhoda feels overwhelmed by the joint burden of the household duties and her schoolwork, and desperately wants her mother to return home. However, Rhoda fears making a direct request, as to do so would be tantamount to an admission that she can't look after herself. So, she makes an indirect request, by inquiring about the time frame for performance of the desired action (Labov & Fanshel, 1977, p. 168):

Rhoda: Well, when do you plan to come home?

Her mother then expolits the rule of embedded requests:

Mother: Oh, why-y?

Although it is clear to Rhoda that the question is not a legitimate request for information, but rather a rhetorical question with the clear implication "Can't get along without me, eh?" Rhoda, being no match for her mother, behaves conventionally and treats the utterance as a legitimate question (Labov & Fanshel, 1977, p. 168):

Rhoda: Well, things are getting just a little too *much!* This
                    is- i's jis getting too hard, and . . . I-

Since Rhoda's original request is still in force, having only been put off, Mother again exploits a rule by asserting her *inability* to return home; that is, her other daughter needs her:

Mother: Why don't you tell Phyllis that?"

Rhoda is once again led to treat her mother's utterance as a legitimate request for information, and responds with a weak, "Well, I haven't talked to her lately," when she should have challenged her mother's implications. Rhoda's inability to deal with rule-exploitation substantially limited her capacity for confronting significant challenges to her autonomy and status as an adult.

There will be much more to say on the topic of requests in the section on indirect speech acts. A further example of a direct speech act whose forms have received considerable attention is the compliment (Pomerantz, 1978; Manes & Wolfson, 1981; Knapp, Hopper, & Bell, 1983).

Compliments. To date, no one has tried to formulate a "rule" for compliments in the same spirit as they have laid out preconditions for the performance of requests. As a start, one might propose that an utterance will be taken as a compliment if both speaker and hearer believe that the speaker predicates of the hearer some positively valued attribute or property; further, in the usual sense in which compliment is used, that the positive evaluation is conveyed verbally to the hearer, and is intended to be heard; further, that the prediction is of some attribute or property of the hearer as opposed to some *good luck* that has befallen him or *success* that he has visibly achieved. Thus we may *congratulate* the groom for his marriage, and *compliment* him on his choice of bride; we may not, however, do the reverse. Finally, in order for the compliment to be performed felicitously, the speaker must believe the prediction; otherwise, the action counts as *flattering.*

Manes and Wolfson (1981) have made an intensive examination of a large corpus of compliments collected in urban areas in Virginia and Pennsylvania. The basic contention of Manes and Wolfson with respect to compliments is that they are formulaic. For example, in 546 of the 686 compliments collected, the "work" of the compliment was carried by a positive adjective. In 22.9% of these cases, the adjective was *nice;* in another 19.6%, the adjective was *good.* In all, Manes and Wolfson found that two-thirds of the adjectival compliments were carried by only five adjectives: nice, good, pretty, beautiful, and great.

Manes and Wolfson (1981, p. 120) found that compliments followed a limited number of syntactic patterns. One pattern accounted for more than half of the compliments (elements in parentheses are optional):

$$\text{NOUN PHRASE} \quad \begin{matrix} \text{is} \\ \text{looks} \end{matrix} \quad \text{(really) ADJECTIVE}$$

A typical realization of this pattern is "Your paper is really well written." A second pattern accounted for slightly over 16% of the compliments:

$$\text{I (really)} \quad \begin{matrix} \text{like} \\ \text{love} \end{matrix} \quad \text{NOUN PHRASE}$$

A typical compliment in this vein might be "I really like your shirt." A third important pattern, realized in compliments like "You are really a terrific daddy," characterized almost 15% of the sample items:

PRONOUN are (really) (a) ADJECTIVE NOUN PHRASE

The finding that they could account for 85% of the compliments in their sample with only three patterns led manes and Wolfson to the characterization of compliments as formulaic.

Knapp et al., (1983) conducted a partial replication of an earlier study by Wolfson and Manes (1980) in which they looked at the frequency with which the three compliment formulas occurred. Knapp et al. also added a fourth pattern (1983, p. 15) in which the noun phrase, linking verb, and intensifier are all optional:

(NOUN PHRASE) (linking verb) (intensifier) (ADJECTIVE) (NOUN PHRASE)

Examples of this pattern given by Knapp et al. were "The Chinese dinner you cooked was really great, Joy," and "Great shot!" The authors concluded that 75% of the compliments in their sample fit the first four cases, and that although they had found less evidence of "formulaic rigidity" than Wolfson and Manes, nontheless the evidence for the use of compliment formulas was undeniable.

Manes and Wolfson made several interesting points about the relationship of compliments to conversation generally. The first is that the Relevance maxim can usually be suspended if the irrelevant item is a compliment. The fact that compliments are in fact often independent of the context in which they occur suggests that they may be formulaic because the formulas aid in their recognition. Further, while one would be hard pressed to construe compliments as a second pair part under most circumstances, it is clearly the case that when one's self-presentation is in some way altered, for example, by a hair cut, those viewing it for the first time, and who are in a position to recognize that a change or addition has taken place, must remark upon the change favorably; the absence of comment otherwise will be taken as a negative evaluation (Manes & Wolfson, 1981, p. 130).

Pomerantz (1978) has done extensive work on the analysis of responses to compliments. Her basic contention is that there are multiple constraints that operate to fix the character of compliment replies. Pomerantz treats compliments and their responses within the adjacency pair framework. According to Pomerantz, certain kinds of responses, in particular *acceptance* and *agreement,* are "preferred" by the conversational system, while others, such as *disagreement,* are "dispreferred," and "rejection" is more or less undefined. Assuming that the hearer has recognized the illocutionary intent of the speaker, and that the hearer is being cooperative, then she ought to respond to a compliment either with: (1) an acceptance ("Thanks," "Thank you very much") that recognizes the force of the prior utterance but does not focus on the referential aspects of its expressed proposition; and/or (2) an agreement ("It is nice, isn't it") in which the hearer concurs with the assessment which is expressed in S's compliment; or (3) a disagreement ("It's not really very pretty") in which case the hearer reassesses the propositional content of the compliment and comes to a conclusion opposite to that expressed by the speaker.

Pomerantz implies that the notion of "rejecting" a compliment does not appear to be realized in actual utterances; one does not hear, for example, "No, thank you" in response to a compliment. However, "Don't try to butter me up" may come close. There is one obvious way in which a hearer may deny that a compliment has been issued, and that is to assert that the sincerity condition has not been met.

Pomerantz proposes that compliment responses take the particular forms that they do because the systematic preference for agreements and acceptances is in conflict with another constraint: the requirement that speakers *avoid self-praise.* Agreeing that one does indeed have beautiful eyes meets the demands of the preference-for-agreement constraint while violating the requirement of avoiding self-praise. Compliment responses seem to display sensitivity to these conflicting structures; Pomerantz views them as "solutions" to the problems posed by contradictory injunctions.

Communicators use a number of tactics to deal with the multiple constraints on compliment responses. One is to "scale down" their agreement with the assessment expressed in the propositional content of the compliment (Pomerantz, 1978, p. 96):

A: What a gorgeous blouse!
B: It is attractive, isn't it?

A second strategy is to distantiate oneself from the valued object or attribute; to assign credit vaguely (Pomerantz, 1978, p. 97):

A: I heard you got a paper accepted without revisions!
B: Yeah, isn't it great?

Both of the foregoing are ways of responding by diluting agreement. Disagreements may also be seen to be responsive to the conflicting demands for modesty and agreement. Recipients may downgrade the terms of compliments ("Not *that* great") or add qualifications ("Yeah, but it wrinkles a lot").

So-called *referent shifts* are a final strategy that Pomerantz proposes. Examples of referent shifts include reassigning praise ("My mother made it") or returning the compliment ("I like yours, too").

Knapp et al., (1983) were not inclined to grant that compliment responses are as problematic as Pomerantz would have us believe. They found that well over half of the responses to compliments reported by their respondents were unamended acceptances and agreements; further, that only 6%-7% of the responses were actual disagreements.

Indirect Speech Acts

Sometimes communicators choose to perform speech acts indirectly rather than directly. Kemper and Thissen (1981) suggest that in addition to the politeness constraints on the form in which requests are encoded that are imposed by the status of the speaker relative to the hearer, there is also the issue of comprehension. Indirect speech acts may be found whenever securing uptake poses a risk. Sometimes we speak indirectly so that we can retract or amend what was "conveyed" in the event that it does not meet with hearer acceptance. Direct speech acts seem to be used primarily when comprehension cannot be taken for granted, and/or when the hearer's provision of a preferred response can be taken for granted (Kemper & Thissen, 1981).

Politeness. Lakoff has observed that the demands of politeness often outweigh the requirements to make oneself clear (1975, p. 74):

> [I]t seems to be true . . . that when the crunch comes, the rules of politeness will supersede the rules of conversation: better to be unclear than rude.

House and Kasper (1981, p. 157) have defined politeness as "a specifically urbane form of emotional control serving as a means of preserving face." Searle (1975, p. 64) proposes that politeness is the chief motivation for indirectness:

> [O]rdinary conversational requirements of politeness normally make it awkward to issue a flat imperative sentence . . . or explicit performatives . . . and we therefore seek to find indirect means to our illocutionary ends.

Politeness appears to be not only a nearly universal phenomenon (Ferguson, 1976), but instruction in the use of politeness formulas clearly begins at a very early age, and parents are vigilant in monitoring their children's learning and implementation of politeness routines. Grief and Gleason (1980) videotaped interactions among children, a parent, and an experimenter during the course of which the child was presented with a gift. Children's and parents' verbal behaviors during greeting and departing sequences were also observed. Grief and Gleason found that in only one of 22 cases in their sample did a child fail to produce a politeness routine ("Hi," "Thank you," or "Goodbye") without parental prompting ensuing. Furthermore, fully 50% of parents were insistent on the routine when the child failed to respond to initial urgings.

Issues of politeness are invoked whenever a speaker must perform a *face-threatening act* (Brown & Levinson, 1978). Brown and Levinson define face as "the public self-image that every member [of a society] wants to claim for himself" (1978, p. 66). Face takes two forms: *positive face* has to do with the projection of one's personality as worthy or deserving of approval, and a need for self-esteem; *negative face* refers to the claim of the individual to be autonomous and unrestricted in her actions. The demands of politeness require that communicators' mutual self-interest lies in preserving and maintaining the other's face as well as one's own. Indirect speech as well as other politeness features come into play whenever a speaker must perform an act that constitutes a threat to face—her own or the other's.

Potential threats to the negative face (claim to autonomy) of the hearer include orders, suggestions, and requests. Potential threats to the positive face of the hearer are contradictions, interruptions, disapproval, accusations, and so on. The speaker's own positive face may be threatened by such acts as confessing or apologizing; the speaker's negative face may be subjected to threat when he asks for help, accepts an offer, accepts a compliment, and so on. Speakers must balance off considerations of their own and the other's face. Generally, face-threatening acts (henceforth FTAs) ought to be performed in such a way as to minimize loss of face unless instrumental goals or a need for absolute clarity are more important.

Shimanoff (1977) found that the absence of politeness tended to have a negative affect on conversation. Her observations indicated that in routine daily encounters involving requests and other ordinary office business the most popular ways of approaching others were with positive politeness strategies directed to the hearer's positive face (seeking agreement of taking notice of the hearer), and the negatively polite strategies of hedging and indirectness.

The strategy a speaker employs to perform an FTA will reflect her estimate of the risk involved in its implementation (Brown & Levinson, 1978), risk being a function of the "social distance" between S and H, their comparative power or status, and the extent to which the act in question constitutes an imposition on H. Ferguson (1976) suggests that formulaic politeness varies along at least three other dimensions, all of which are unrelated to risk: (1) how long it has been since the communicators have seen one another; (2) how far apart they are; and (3) how many others are present.

When there is a considerable amount of risk involved in performing a face-threatening action, the speaker may elect not to do the FTA at all (Brown & Levinson, 1978, p. 65). When the estimate of the risk of loss of face is slight, or when instrumental goals have priority, the act may be performed "baldly, without redressive action." When there is a moderate amount of risk, the speaker can be expected to perform the FTA, but to take redressive action in the form of positive and negative politeness displays. Positive politeness strategies include emphasizing similarities, noticing the hearer's interests and activities, utilizing in-group membership markers, and using proximal (this, these) rather than distal (that, those) demonstratives (Brown & Levinson, 1978). Negative politeness strategies, geared to acknowledge H's need for unimpeded action and a sense of automony, include such devices as hedges, depersonalization ("It is necessary that I inform you ... "), distantiation ("I had wanted to tell you myself that ... "), and such conventional phrases as "Sorry to bother you, but" and "I hate to impose, but."

Many negatively polite strategies for performing face-threatening acts consist of *conventionally indirect speech acts* (Brown & Levinson, 1978), for example, asking a question about one of the felicity conditions for the performance of the face-threatening act:

S: Can you spare a dime?

In addition to conventionally indirect speech acts, which we shall shortly examine in some detail in the case of *indirect requests,* face-threatening acts may be performed *off-record* (Brown & Levinson, 1978). When there is perceived to be a high level of risk, the speaker may elect to invite implicature by violating one of the Gricean maxims, so that H's inference processes will have to take up the burden of producing the FTA. The speaker may use hints ("Boy, am I starving") that violate the Quality maxim, or violate the Antecedence maxim by invoking presuppositions, making the hearer search for an antecedent implied in the utterance:

S: How much longer will you be in the bathroom?

In this case, the hearer must search his memory to retrieve the probable span of time indexed by "longer," with the resultant inference that A is saying that "there has been a span of time," and that the upshot of it all is that the hearer ought to hurry up. We shall consider conversational implicatures in greater detail in a subsequent section.

Conventional indirectness and indirect requests. Searle has characterized indirect speech acts as those in which "one illocutionary act is performed indirectly by way of performing another" (1975, p. 60). Searle argues that most indirect speech acts could be accounted for by saying that their "essential condition" as the direct acts for which they substitute is satisfied in the reference that they make to the preconditions for the happy performance of the act—the *preparatory, propositional content,* and *sincerity* conditions (1975, p. 60). Searle (1975, pp. 65-66) lists a number of sentences that address such preconditions, which are conventional ways of performing indirect directives:

Can you pass the salt?
I wish you wouldn't do that.
Aren't you going to eat your cereal?
Would you mind not making so much noise?

The first sentence is addressed to a preparatory condition, the second to a speaker sincerity condition, the third to a propositional content condition, and the fourth to a hearer sincerity condition. Searle notes that none of the sentences contains an imperative, none is ambiguous, none is idiomatic, each has a distinct literal meaning that is *not* that H should do A, and yet all *count* as requests that H do A.

How is it that the speaker can say one thing and mean something else? Searle argues that what one needs to account for indirect speech acts are speech act theory, conversational maxims, and the presupposition of mutual contextual beliefs on the part of S and H. When H hears S utter, "Can you pass the salt?" H immediately recognizes that S has violated the Quality maxim, for S must know that H is capable of performing the action. However, given the assumption that S is cooperating, H deduces that the utterance must have some other point. H consults her knowledge of the felicity conditions for the performance of requests, and comes up with the rule that a condition for the valid performance of a directive is that the hearer can actually carry out the desired action. H further recognizes that to answer S's question affirmatively is to confirm that a preparatory condition for doing A has been met. H consults her background knowledge about salt and concludes that passing it to and fro at meals is one of the things that people do with it. Finally, H infers that the likely illocutionary upshot of S's utterance is a request to pass the salt (Searle, 1975).

Although Searle claims that constitutive rules for the performance of indirect requests are unnecessary to account for their being understood, it is not altogether clear how it is that the hearer described in Searle's series of steps above makes the inferential leaps that she does. Gordon and Lakoff (1975) bridge that gap neatly by proposing that when confronted with a literal utterance in a context that suggests that the utterance means "what it says and more," the hearer has recourse to *conversational postulates* to shortcut the process of comprehension. Conversational postulates are of the following form (Gordon & Lakoff, 1975, p. 86):

$$SAY\ (a, b, WANT\ (a, Q)) \longrightarrow REQUEST\ (a, b, Q)$$
$$ASK\ (a, b, CAN\ (b, Q)) \longrightarrow REQUEST\ (a, b, Q)$$

The first postulate says that stating a "speaker-based sincerity condition," that a wants b to do Q (for example, take out the trash) has the material implication of a request for b to take out the trash. The second postulate is that an inquiry by a as to whether b can do Q materially implicates a request for b to do Q (Gordon & Lakoff, 1975, p. 86).

Searle (1975, p. 72) does admit that there are some "generalizations" about how indirect requests may be performed, which look remarkably like conversational postulates (by asking if or stating that a preparatory condition obtains), but he does not go so far as to claim these generalizations are invoked by hearers to comprehend indirect requests.

Clark and Lucy (1975) point out that many kinds of indirect acts may be understood by invoking conversational postulates about references to preconditions, such as promises ("I can meet you at seven") and permissions ("I'm going to be able to give you the day off").

As Clark and Lucy interpret conversational postulates, what one needs to understand an indirect speech act are the literal meaning of the utterance, a context against which to evaluate it, and a set of constitutive rules. Thus, when "Can you pass the salt?" is uttered, the hearer first constructs its literal meaning, then compares that interpretation to the perceived context, which suggests that S can hardly help but be aware that H is indeed capable of passing the salt. The literal meaning must then be examined in the light of a relevant conversational postulate or rule: "if the speaker inquires about the hearer's ability to perform an action, when it is clearly evident that the speaker believes that the hearer can do so, then treat the inquiry as a request for the hearer to perform the action." Searle points out that the performance of a conventionally indirect act does not depend upon the "defectiveness" of the secondary illocution, or literal point. "Do you have change for fifty cents?" is also an indirect request, but the hearer knows that the speaker does not necessarily believe that the answer to the literal question is "Yes" (Searle, 1975, pp. 70-71). The existence of such examples suggests (a) that there must indeed be conversational postulates that are invoked to understand conveyed speech acts; and (b) that it is not essential to the invocation of such postulates that the literal meaning of an utterance conflict with its context.

Clark and Lucy (1975) were interested in establishing whether hearers do indeed respond to indirect or conveyed requests by first constructing the literal meaning of the utterance, or whether the usage of indirect requests is in fact so conventionalized that their conveyed meaning has become their literal meaning. Clark and Lucy summarized work that indicated that true-false judgments of utterances whose surface structures were negative ("I'll be sad unless you open the door") took longer than judgments of literal utterances whose surface structures were positive ("I'll be sad if you open the door"). In their own study Clark and Lucy presented subjects with displays consisting of a sentence such as, "Please color the circle blue," or "Why color the circle blue?" and a circle colored either blue or pink. The subjects' task was to determine if the color with which the circle had been filled in was the one called for in the request (1975, pp. 60-61).

Clark and Lucy found evidence that subjects did indeed construct the literal meaning of the sentences first: the sentences with negative surface polarities took much longer to process. Consider, for example, the following pairs of sentences:

(1) I'll be very happy if you make the circle blue.
(2) I'll be very sad unless you make the circle blue.

Results indicated that (2) took considerably longer than (1) to process, even though both have the same implication as a request: Color the circle blue. However, in addition to this evidence that the literal meaning was constructed first, there was also evidence that the final judgments of true and false were based upon conveyed meanings. For conveyed positive requests like (2), judgments of true were made faster than judgments of false, and for conveyed negatives like "I'll be very happy unless you make the circle blue," judgments of false were made faster than judgments of true. Clark and Lucy concluded that their evidence supported the basic account of indirect requests proposed by Gordon and Lakoff.

House and Kaspar (1981) conducted an interesting comparative study of politeness markers among native speakers of English and German, focusing upon requests, among other speech acts. Subjects were asked to act out verbally their probable behaviors in response to hypothetical scenarios; their responses were transcribed and coded into eight levels of request politeness: (1) *mild hint* ("My hamburger tastes bland"); (2) *strong hint* ("My hamburger needs salt"); (3) *query-preparatory* ("Can you reach the salt?"); (4) *state-preparatory* ("You can reach the salt"); (5) *scope-stating* ("I wish you would pass the salt"); (6) *locution-derivable* ("You should pass the salt"); (7a) *hedged performative* ("I must ask you to pass the salt"), or (7b) *explicit performative* ("I ask you to pass the salt"); and (8) *mood-derivable* ("Pass the salt"). House and Kasper found that both English and German speakers used all of the levels. For English speakers, level three, inquiring about a preparatory condition, was most typical (40.9%). German subjects were comparatively more inclined to utilize the more direct, or less polite, forms of request.

Tannen (1981) has also made an interesting cross-cultural comparison of the uses of indirectness. Tannen's thesis generally was that Greeks and Greek-Americans differ from Americans of non-Greek background in the interpretations which they assign to indirect speech. Tannen presented subjects with examples like the following (1981, pp. 227-229):

(1) **Wife:**   John's having a party. Wanna go?
    Husband: O.K.

(2) **Wife:**   Are you sure you want to go to the party?
    Husband: O.K. Let's not go. I'm tired anyway.

Subjects were presented with a choice of two paraphrases for the husband's turn in both examples. Tannen found that more Greeks than Americans or Greek-Americans selected an indirect interpretation of the speakers' utterances. In the case of example (1), Greeks were more likely than the other groups to see the husband's "O.K." as meaning that he is going along with his wife to "make her happy," as opposed to meaning that he really "feels like going" (Tannen, 1981, p. 229). That is, Greek respondents felt that the wife's bringing up the issue was tantamount to a statement that she wished to go. Similarly, more Greeks than members of the other groups were likely to see the husband's claim to be tired in (2) as reflecting his intuition that his wife doesn't want to go to the party, and that he is providing her with the excuse she is indirectly requesting.

Conversational implicature. We have dealt with conventional indirectness at some length. Another form of indirectness is that which is achieved by a violation of conversational maxims (Grice, 1975). Grice refers to the class of nonconventional devices associated with violations of the Quality, Quantity, Relevance, and Manner maxims as *conversational implicatures* (Grice, 1975, pp. 49-50):

A man who, by (in, when) saying (or making as if to say) that p has implicated that q, may be said to have conversationally implicated that q, PROVIDED THAT (1) he is to be presumed to be observing the conversational maxims, or at least the cooperative principle; (2) the supposition that he is aware that, or thinks that, *q* is required in order to make his saying or making as if to say *p* (or doing so in THOSE terms) consistent with his presumption; and (3) the speaker thinks (and would expect the hearer to think that the speaker thinks) that it is within the competence of the hearer to work out, or grasp intuitively, that the supposition mentioned in (2) IS required.

In short, the hearer, assuming that her partner in general can be expected to honor the cooperative principle and the conversational maxims, must find an implicit proposition that *does* appear to be orderly and make sense in the face of an explicit irrelevance, untruth, barbarism, and so on.

Violations of the Quality maxim are quite commonplace, as for example in *metaphors* ("Your teeth are pearls, and your lips are cherries") and *hyperbole* ("I can't wait until Christmas"). Clearly, lips cannot be cherries, nor can one "not wait" until Christmas, as it will come when it comes and not before. Most hearers, however, will have little trouble in working out what is implicated by such utterances. Violations of the Relevance maxim may be used to implicate mild rebukes, or to put off unwanted inquiries:

A: Who ya goin' out with tonight?
B: Have you seen where I put my raincoat?

Similarly, the proverbial reply to "What's my blind date like?"—"Well, she's a nice girl and is kind to animals" is more or less conventionally understood to imply that the date is not especially attractive, by virtue of the fact that it is taken as an *irrelevant* response to the implicit main concern expressed in the question: namely, what does my date *look* like?

When the speaker violates the Manner maxim, the hearer must determine why the speaker's utterance is characterized by ambiguity, obscurity, excessive verbosity, and so on. For example, deliberate ambiguities in the following implicate the proposition that the professional capabilities of Dr. X are somewhat less than spectacular:

S: This article by Dr. X fills a needed gap in the literature.
S: I cannot fail to praise Dr. X too highly.

A speaker might also violate the Manner maxim by a deliberate display of excessive verbosity; to implicate the proposition that she feels distant towards her addressee:

S: What is it that you wish to say to me?

Similarly, verbosity may be used to convey that one's request of a hearer is of considerable magnitude:

S: What would you think if I were to ask you if I might possibly borrow your car tonight?

Wilson and Sperber (1981) argue that Grice fails to see all the "implications" of implicature. Their point is that conversational maxims are used not only to work out the conveyed meaning of an utterance, but are sometimes required to construct literal meanings. Wilson and Sperber use for an example, "Refuse to admit them." The propositional content of such an utterance, it is argued, cannot be determined without recourse to the Relevance maxim, which requires that an utterance be "appropriate to immediate needs at each state of the transaction" (Grice, 1975, p. 47). Thus, in order to know what "Refuse to admit them" means, we must look at the immediately prior utterance. If it is "What should I do when I make mistakes?" then we have one interpretation; if it is "What should I do with the people whose tickets have expired?" we have another (Sperber & Wilson, 1981, p. 157). Sperber and Wilson conclude that a hearer will not only miss the conveyed implications of an utterance, but may also miss its literal meaning should he fail to use the conversational maxims as an aid to understanding.

Indirect answers. One of the most entertaining devices for provoking conversational implicature is the *indirect answer* (Nofsinger, 1976), also known as the *indirect response* (Pearce & Conklin, 1979) or the *transparent question* (Bowers, 1982). An indirect answer is ordinarily used to implicate an answer to a closed question. The implicated answer is therefore either "Yes" or "No:"

(1)   A: Glad it's Friday?
       B: Does a dog have fleas?

(2)   A: Ready for the test yet?
       B: Did I stay up all night to watch the sun come up?

Sometimes, however, an indirect answer can implicate an answer other than "Yes" or "No," for example, "Never:"

(3)   A: When are you and Sally gonna make up?
       B: On a cold day in Hell.

Nofsinger (1976, p. 177) proposes some rules that appear to account for the way in which utterances like (1)-(3) are understood. The first indirect response, (1) B, is interpreted in accordance with a *shared existential value rule: if A asks a closed question, and B responds with a question that is irrelevant both to A's question and to the preconditions for B to provide an answer, and it is not plausible to treat the questions as referencing mutually exclusive events, then B's answer should be treated as asserting that the existential value of the answer to his own question is also the existential value of the answer to A's question.*

The indirect answer in the second example can be accounted for under a *contrasting existential value rule* (Nofsinger, 1976, p. 178): *if A poses a closed question, and B responds with a question that is irrelevant both to the speaker's question and to the preconditions for B to provide an answer, and if A can regard the events referenced in the separate questions as mutually exclusive, then B's utterance should be treated as asserting that the existential value of the answer to his own question is opposite to the existential value of the answer to A's question.*

The indirect answer type exemplified by (3) is covered by the *implausible antecedent rule* (Nofsinger, 1976, p. 177): *if, in replying to a question by A, B responds with a proposition of the form "If X, then Y," and it is implausible that X will occur, then B's utterance should be treated as asserting that in order for Y to be true, X must occur, and from this it is inferred that since X cannot occur, Y will not occur.*

Pearce and Conklin (1979) asked subjects to evaluate the appropriateness of indirect responses of the three types described above. Pearce and Conklin first were interested in whether or not such lines as "Does the Pope have a mother-in-law?" and "If the sun still rises in the East" could be heard, respectively, as the answers "No" and "Yes." They also looked at a variation represented by the response, "I always sweat like this when I'm cold," to the question, "Hot enough for you today?" (Pearce & Conklin, 1979, p. 83). Pearce and Conklin found that subjects considered the first two lines to be answers to their respective questions, but that the "I always sweat . . . " response was not regarded by the subjects as recognizable as an answer, perhaps because some of them seemed to regard it as abrasive or showing contempt for the interlocutor. There also seemed to be evidence that all of the indirect responses were regarded as more unusual and humorous, and less appropriate, friendly, and respectful than the corresponding direct approaches. As indirect answer described by the implausible antecedent rule was generally regarded as less respectful, friendly, and appropriate than those indirect answers covered under the shared existential value rules. Indirect answers generally were regarded as particularly inappropriate for use with strangers and superiors, which is an interesting exception to the general rule that one is more indirect with superiors than with peers or subordinates. Perhaps it is fair to say that the hallmark of conventional indirectness forms is their negative politeness: indirect requests, for example, are often framed in terms of inquiries about the extent of the imposition which they entail. In this sense, indirect answers are not at all polite.

Bowers (1982) conducted an empirical test of the adequacy of competing explanations of how it is that indirect responses are heard as "Yes" and "No" answers to questions. In the pragmatic view, exemplified by Nofsinger's rules, the questioner treats as an answer to his own question the answer that is clearly attributable to the "existentially unrelated" one (Bowers, 1982, p. 63). The situational explanation (Nofsinger, 1974) is that the hearer constructs her interpretation after reflection upon the context and her knowledge of the speaker, which leads her to conclude that the answer to the question is obvious and the question itself superfluous. Bowers also speculated that the interpretation of indirect answers might be a function of their syntactic-semantic form or the topic of the indirect answer. Bowers's study looked at how four independent factors—the situation, pragmatic form, syntactic-semantic form, and topic—influenced three dependent variables: (1) subjects' confidence in their judgments of the implication of the response; (2) the attitude attributed to the author of the indirect response; and (3) judgments of the respondent's competence. Bowers concluded that none of the independent variables other than the pragmatic effect (conveyed meaning under the shared existential value rules) was able to produce significant variation in attributions of the force of "Yes" or "No" to an indirect answer. Attributions of interpersonal incompetence were more likely to be made to communicators who provided a pragmatic no in a form with positive surface polarity: "Does a duck have antlers?"

MANAGEMENT ACTS

We now turn from substantive moves to a class of speech acts that serve to bracket or organize sections of talk. Some of these management acts have been presented in earlier chapters, for example, topic shift devices and strategems for alerting the hearer to the fact that a block of turn-constructional units is being claimed.

Formulations

The first type of management act to be taken up here is the *formulation,* which has been introduced earlier in the context of conversational lapses. To say that formulations are management acts may not be entirely correct; to be sure, formulations may themselves become "mentionables" (Goffman, 1976) or "conversational objects" (Heritage & Watson, 1979) and be taken up in talk as topics. However, it is their status in negotiating the *disposition* of sections of talk that is of interest here.

Heritage and Watson (1979, p. 126) have been particularly interested in formulations that "characterize states of affairs already described or negotiated (in whole or in part) in the preceding talk." Formulations operate on talk, they argue, to maintain or preserve it, to delete it, and to transform it. Consider the following example:

```
 1   B:   Uh huh. Did you feel like you had*
 2        to because of your brothers and sisters?
 3   A:   Yeah, sometimes I did.
 4   B:   Uh huh.
 5   A:   Mostly about halfway through the
 6        season I'd just kinda get a feeling
 7        that I didn't want to run but I still
 8        keep on running=
                   (        )
 9   B:                 Uh huh.
10   A:   =because I'd say well what will they
11        think of me.
12   B:   Oh, yeah. Oh.
13   A:   I just kept on.
                      (2.1)
14   B:   Well, at least you didn't give up,
15        you know, right in the middle of it.
                      (2.7)
```

At line 13, there is an A-Issue formulation ("I just kept on") that serves the function of preserving the central and most significant aspect of the preceding section, while *deleting* subordinate contributing elements such as the brothers and sisters. The formulation by partner at lines 14-15 serves to *transform* the account given by A from a simple unmotivated precis to a testament to A's character and endurance. The fact that formulations may serve to terminate topical talk is again evident in the silences that follow lines 13 and 15.

Heritage and Watson propose that there are two types of formulation: formulations of *gist* and formulations of *upshot*. The former have to do with "readings" of the central issues or events that have informed an immediately prior stretch of talk. A formulation may be proposed as a tentative reading of gist, which implicates a *decision* on the part of the hearer. Some formulations of gist, as in lines 7-8 below, meet with acceptance (line 9), while others, like the one in line 10, may not be received as enthusiastically, as in lines 11-12:

1	**B:**	You know, you probably know more'n*
2		you think you know.
3	**A:**	Well, I mean I just- I don't know.
4		Well, I know about it but it's just
5		that I mean I think everybody has about
6		the same opinion about it.
7	**B:**	*You're just the kind of person that*
8		*doesn't want to make a point.*
9	**A:**	Yeah.
10	**B:**	*You'd rather just listen, right?*
11	**A:**	Well, I don't think . . . see I don't
12		think people should get real radical
		about it right now . . .

While A is willing to accept B's first formulation of her position, the second is clearly less flattering and is disconfirmed obliquely by being in effect ignored with the semantic disjunctive "Well" serving to signal the incipient rejection.

Some formulations of gist have to be amended before they can be accepted. In the example below, B tried out a formulation at line 14, to which A immediately objects. When B proposes a new formulation at lines 17-19, which is more to A's liking, the formulation receives a confirmation and the topic is closed:

1	**A:**	I wouldn't join a social fraternity.*
		( )
2	**B:**	Yeah.
3	**A:**	Those are a waste of time.
4	**B:**	Well, not really. Like it helps a lot
5		when you're a freshman because you don't
6		know many people, and you get into a

```
 7        sorority or fraternity and it helps you to
 8        meet everybody, you know.
 9   A:   I know too many guys who are goin' six years=
                                              (    )
10   B:                                       Yeah.
11   A:   =took 'em six years to get out of college
12        simply because they went to a fraternity
13        their freshman year.
14   B:   Yeah, but they're a lot of fun.
15   A:   Yeah, they're a lot of fun but, like I said
16   I
17   B:   (They spend more time playin' than they do=
                                              (    )
18   A:                                       Uh huh.)
19   B:   =on their studies.
20   A:   And the reason we're here is to study.
21   B:   Right.
```
                    (B switches topic to sports)

Upshot formulations seem to be much less common than gist formulations, at least in the corpus of conversations between strangers that has been presented here. In part, this may be a function of the fact that strangers are not as prone as friends to deal with the "unexplicated versions of gist" that upshot formulations presuppose (Heritage & Watson, 1979, p. 34). Many upshot formulations in the corpus were likely to be disconfirmed, which set in motion a chain of argument:

A: They probably just say that 'cause it's the most*
     expensive dorm.
B: I heard it was supposed to be the higher class ladies over
     there, so you must be pretty high class.
A: Ha ha ha.
B: Classy little woman here. Uh- what's your dad do?
A: He's a chiropracter.
B: Really.
A: Uh huh.
B: He's settin' you up!
A: Ha ha. Shut up!

A: Oh, so you're lookin' for an M.R.S. degree.*
B: No, no, no, not really.
A: Yes you are.
B: No I'm not.
A: Ha ha ha. Yes you are.
B: No I'm not. . . .

At the very least, upshot formulations in conversation put the formulator at risk of being corrected:

A: Do you think you and your girlfriend'll get back*
      together?
B: No. There's no chance of that.
A: Hmm. Not a chance at all?!
B: No. We're still friends. We're friends but she was
      too old for me.
A: Ha ha.
B: It's- you know.
A: There's no chance.
B: No.
A: Oh, golly.
B: Ha ha ha.
A: *To break up with someone and say, "That's it."*
B: Well, *I* didn't break up, *she* broke up. . . .

Heritage and Waston argue that formulations are first pair parts of adjacency pairs; that they implicate a decision on a subsequent turn. The data from the stranger conversations seem to indicate that many formulations simply stand on their own; that is, that the first pair part is often sufficient to do the "work" of a pair. However, it is clearly the case that disconfirmations recycle topical talk, and that in extreme cases repeated formulation-disconfirmation sequences trigger a search for a topic on which some semblance of consensus can be reached.

Scott (1983) looked at formulations in conversations between married couples engaged in routine household talk. She concluded that formulations were techniques by which couples attempted to reach consensus on relational issues. Her observations indicated (1) that formulations were usually followed, at some point, by a confirmation; (2) that formulation sequences often took an extended form, as opposed to the simple formulation-decision pair; (3) that marital partners sometimes competed with each other to be the one whose formulation was the "last word"; (4) that formulation-decision pairs did not always work to close off a topic, some topics being formulated over and over again in the same conversation; and (5) that like other adjacency pairs, formulation-decision pairs may be expanded by pre-formulation and post-formulation sequences.

Discourse Brackets

Schiffrin (1980) has proposed that there are certain kinds of utterances that have the function of *bracketing* units of discourse with coherent internal structures, such as narratives or explanations. These metalinguistic brackets may serve to indicate the boundaries of a discourse unit; for example, to open and close an argument, or to mark the beginning of an extended answer. Discourse brackets might be thought of as "parentheses," except for the fact that there may not always be a pair (Schiffrin, 1980, p. 207). Formulations can serve as brackets, but not all brackets are formulations.

Schiffrin finds that brackets that precede a discourse unit are often prefaced by "Well" or "Now," or the so-called pseudo-imperatives "Look," "See," and "Listen" (1980, pp. 207-208). Initial discourse brackets often contain a cataphoric reference to the upcoming material, while terminal brackets often refer anaphorically to elements introduced in the immediately prior section of talk. Schiffrin proposes that initial brackets have more "work" to do, in that they establish a slot or reserve a block of conversational time, as well as influence expectations about what is to follow. On the other hand, terminal brackets may be more difficult for the speaker to negotiate because they constitute a "proposal" that the foregoing section of discourse has now terminated, and hearer may not be prepared to accept that proposal at the time it is made.

While the global function of a discourse bracket is to organize talk into manageable chunks, the brackets may be observed to fulfill such specific subfunctions as *labeling* a section of talk (as a funny story, reason, or example) as in (1) and (2) below; *separating* one discourse unit from another, as in (3) below; or *instructing* the hearer as to the illocutionary point of a forthcoming act, as in (4) and (5) below:

(1)   **B:**   *This is kinda funny.* I heard on the news they're*
              talkin' about lettin' girls into the band, you know?
      A: You gonna get in the band?
      B: No, ha ha. This guy got on there and he said he didn't
              think they could stand up to the practicin'. That's a bunch
              of bull. 'Cause bands all over the country have girls in
              it standin' up to practice.
      A: (I know it.

(2)   **A:**   Oh! *
      B: Everybody puts weird things on the back in letters.
      A: That's neat! Yeah!
                                    (2.0)

(3)   **B:**   So. *
      A: That's really impressive.

B: *So that's why- that's why I did it- I wanted to work.*
It makes good money.

A: Yeah. *That's another thing I don't like.* I could- I could*.
do it. I could run anything as long as I djidn't know
somebody was down there timing me- that's just because
I don't like running against something.

(4) **A:** What? Let me think. *I want to ask you somethin'.**
How far from Ft. Worth is Springton?

B: Twenty-five miles, thereabouts.

(5) **A:** *What I want to know is* do you remember any of*
it? Ha ha.

B: Yes, I do. I remember saying something, but I don't
know who it was to. You know, you're just kinda goin',
well, yeah, I'm here.

Although there did not appear to be any cases of *double bracketing*
(both initial and terminal brackets around the same discourse unit) in
the conversations from which the examples above were drawn, there
was an occasional instance of *back-to-back brackets,* as exemplified
in (6):

(6) **B:** Yeah, uh. Yeah. I think all Christians kinda believe*
that their way is the right way or else they wouldn't
believe in it, right?

A: Um hmm. Yeah.

B: But uh, but if- if there were some that uh were
derogatory=

( )

A: Uh huh.

B: =of other people or somethin' like that then they're
not being very Christian.

A: Christian, yeah. *That's what got me- that's what
got me,* and- *and a few other things,* you know, like
the Crusades, you know. . . .

Schiffrin (1980, pp. 218-223) also proposes that there are
evaluative brackets, which can be used to mark sections of talk in
need of repair, cancel prior formulations ("That's not the point"),
substitute new formulations ("The point is"), or comment on
collaboratively produced stretches of talk ("I'm not arguing with
you.")

Activities of Partitioning

Closely related to discourse brackets are what Rehbein (1981) has described as *activities of partitioning*. Activities of partitioning are generally formulaic utterances by means of which parties steer one another in conversation (Rehbein, 1981, p. 236). Rehbein first focuses on a group of devices that are similar to announcements, in that they preview upcoming events, so to speak. This class of partitioning activities is devoted to alerting the hearer to the functional properties of subsequent utterances. *Pre-fixed announcements* utilize speech act designating expressions such as "Let me make a suggestion," or "I have a question for you." Some examples of pre-fixed announcements were given in the immediately preceding discussion of discourse brackets: examples (4) and (5).

Rehbein's second category of activities of partitioning contains both *pre-fixations* (pseudo-imperatives like "See" and "Listen") and *announcements of paraphrase* ("In other words," "That means"). Schiffrin (1980) has dealt with both phenomena, the latter as an evaluative bracketing in which a subsequent formulation is proposed as superior to a prior formulation. Pre-fixations and announcements of paraphrase often appear to be used when an interlocutor is being a little obtuse, or impatient, or when her question contains an element of reproach. Presumably the pre-fixation signals that an account is forthcoming:

B: I mean you work twelve hours a day- whatever- you're not*
       just in the office.
A: TWELVE HOURS A DAY?!!
B: Yeah. Some days we- unless it rains
A: (SEVEN DAYS A WEEK?!!
B: Yeah. *See*- you work like that, you work two weeks and
       then you get ten days off. . . .

Connectors are defined by Rehbeim as semantic items that operate to alert the hearer that the speaker has switched to another line of action, such as "So" and "By the way." Such devices were introduced earlier (Chapter 2) in discussions of pragmatic connectives and topic shift or "disjunctive" markers. Another partitioning activity that Rehbeim reports is the *pre*—"an illocution of an announcement lacking propositional content" (1981, p. 240). Pre's include not only such nonverbal announcements as frowning for noncomprehension and clearing the throat to request the turn, but also such interjections as, "Now hold on a minute," and "Not so fast." Pre's are often associated with objections, replies, and counter-arguments:

B: Well, it could be because I'm a small town person and*
A: (You can't
    raise a kid in a small community and expect him to be
    intelligent.
B: *Oh, now, wait a minute,* that's an insult to me!

Another variety of partitioning device is the *pre-announcement,* which secures the attention of the hearer and characterizes subsequent sections of talk as being of interest. Pre-announcements include the "demand ticket" in a summons-answer sequence (Nofsinger, 1975), for example "Guess what?" as well as such formulaic constructions as "I'm sorry to have to tell you this, but," or "I have a confession to make." Pre-announcements are similar to Schiffrin's discourse brackets in that they both can perform a labeling function. The pre-announcement, however, "contains a demand for the hearer to give an explicit and positive point of view about the planned action and, in this way, to *enable the speaker* to make his resolution of execution" (Rehbeim, 1981, p. 243). The hearer may of course forestall the execution of a planned action by such a remark as "I don't want to hear about it."

Rehbeim also describes forms of partitioning activity that speak to the propositional character of a subsequent section of talk. In a *preceeding summary,* the speaker previews the thematic elements of an upcoming stretch of talk while simultaneously marking their anticipated order of presentation. A good example of a preceding summary would be an overview of a lecture. A *comment* reflects the speaker's attitude toward or assessment of the propositional content of the discourse unit, but does not summarize it in its entirety. The *comments* label refers to the kinds of acts characterized elsewhere as *story significance statements* (Ryave, 1978) or *joke prefaces* (Cody et al., 1983) or Issue-continuations (Reichman, 1978; Tracy, 1982). The example below is an instance of a comment that informs a discourse unit:

S: *Fanatics.* That's the word I'm lookin for. Yeah, I met a whole*
    bunch of fanatics since I been down here. Always tryin' to get
    you to go to this church, go to that church, you know. You
    say, well, I don't know. I don't know if my past church was
    right, so therefore how do I know if their churches are right,
    you know.

Rehbeim's final class of partitioning activity that deals with the propositional content of subsequent discourse is the *introduction*. Introductions have the following properties: (1) they are related to an impending action by the speaker; (2) the hearer is confronted with the action as it is in the process of beginning. Introductions are usually in the form of formulaic expressions like "What I was going to say was" or "There is. ..." or "Once ... "; they mark the fact that a caesura between prior and subsequent discourse has already occurred (Rehbeim, 1981). In the following example, the introduction *there were* serves to mark a new discourse unit dealing with a class of thematic participants who are contrasted by a semantic connective *(but)* with a class of participants identified in a prior unit:

A: He told us about people who would come in his office and*
     interview with him, and even though they were very educated
     and they were very intelligent they couldn't speak well=
                                                     (   )
B: Really.
A: =and couldn't express their thoughts. And he would just- it was
     just the big ax for them. But *there were* other people that
     weren't quite as educated- or qualified I guess you'd say-
     but they were all really able to express themselves a lot better
     so you know they'd be likely to get the job.

Passes

O.K. passes, repetition passes, and framing moves. Weiner and Goodenough (1977) considered a class of conversational phenomena whose status as speech acts or as turn-constructional units have always been debated—utterances like "Yeah," "Uh huh," "O.K.," and "So you think that X?" Weiner and Goodenough present a characterization of such utterances that provides a more formal account and a partial resolution of some of the competing claims that have been made about the function of such utterances. The authors propose first that there is a *topical continuation rule* that in effect says that *a party who has already contributed substantively to the topic may make an additional contribution on her next turn* (Weiner & Goodenough, 1977, p. 217). One way in which a conversational participant may manage a topic shift all by himself, as was pointed out by Derber (1979), Fishman (1978), and others, is to *pass up the opportunity* to make a substantive contribution. Weiner and Goodenough (1977, p. 217) describe such a *passing move* as a being a case in which under the topical continuation rule a speaker opts not to exercise her right to contribute.

Passing moves come in two varieties, the *O.K. pass* ("Yeah," "Uh huh," "O.K.") and the *repetition pass* ("You think that thus-and-so"). When a passing move takes up an entire turn slot, it is labeled a *passing turn* (lines 4, 6, and 9, below); otherwise, it is called a *framing move* (line 14):

```
 1  A:  Where if I was really tryin', where*
 2      I ran track I thought well, I can only
 3      be as good as much as I want to be=
                              (      )
 4  B:                           Right.
 5  A:  =good and it was up to me so=
                          (      )
 6  B:                       Uh huh.
 7  A:  =by doin' that you know I was able to
 8      you know satisfy you know=
                          (      )
 9  B:                       Yeah.
10  A:  =the winning instinct and all I had to
11      do was go out and try it- didn't have to
12      worry about anybody else. Just me
13      against the clock.
14  B:  Yeah. That's another thing I don't like . . .
```

With respect to the role of passing and framing moves in the management of topic, Weiner and Goodenough make the following observations: (1) if A makes a passing move and it is matched by B, it is unlikely that there will be any further substantive contributions to the current topic; (2) if the second speaker makes a framing move, it is probable that it will serve to introduce a new topic; (3) it is not necessary for a passing move to be matched for topic closure to take place.

In order for a "mirror" or reflective utterance to be classified as a *repetition pass,* it has to have a falling rather than a rising or sustaining intonation (Weiner & Goodenough, 1977). Repetition passes are more likely to be followed by additional talk on the same topic than O.K. passes. Repetitions are not as a rule followed in the same turn by a move to frame a new topic. According to Weiner and Goodenough, the implications of repetition passes in terms of interest in the topic are less straightforward than those of the O.K. pass; the latter may be regarded as an unambiguous offer to switch to a new topic. If a repetition pass is followed by an O.K. pass, it is possible that topical talk will flounder, as it is not clear from what materials a new turn should be constructed:

A: Well, what do you see as your religion?*
B: Christianity.
A: Christianity.
B: Uh huh.

(2.5)

Processing passes and conference passes. Jefferson and Schenkein (1978) have identified two other classes of passing moves in conversation that they have described, respectively, as "Processing Passes" and "Conference Passes." Consider the following conversation excerpt from Jefferson and Schenkein (1978, p. 156):

Salesboy: G'n aftuhnoon sur, W'dje be innerested in subscribing
to the Progress Bulletin t'help m'win a trip tuh
Cape Kennedy to see the astronauts on the moon shot.
You won'haftuh pay til nex'month en you get ev'ry
single day en I guarantee you ril good service.
Jus' fer a few short weeks, sir, tuh help me win
my trip.
Richard: Well I *live* in Los Angeles. I don'live around here
but *these* fellas live here, you might- ask them, I
don'know.

Richard can be seen in this turn as putting off or postponing acceptance or rejection of the salesboy's request by virtue of a Processing Pass. His appeal is based upon the presumption that a mutual contextual belief exists to the effect that out-of-towners are not proper candidates for subscription to local newspapers. His pass places the burden of acceptance or rejection of the appeal onto others whom he designates as more suitable candidates. The exchange continues (Jefferson & Schenkein, 1978, p. 156):

Salesboy: (W'd eejer- any of you gen'tuhmen be innerested in
subscribing to it,
Ted: Whaddi*you* think uh Beany.
(
Steven: Na::aw
Steven: Naw. I don't *go* faw it.

Ted's action is classified by Jefferson and Schenkein as a "Conference Pass." The Conference Pass is a version of the Processing Pass in which responsibility for responding to an appeal is transferred to another using the pretext of a *consultation*. It differs from the

Process Pass in that the burden of response is transferred immediately to another party without intervention from the author of the first pair part in the form of a reinstatement.

The two kinds of passing moves that have been described differ in at least two important respects: (1) the passing moves described by Weiner and Goodenough represent the speaker's unwillingness to make a substantive contribution to *topic,* while the Process Pass and the Conference Pass are responses to demands for a *functional* contribution; (2) the passing move implies that this author is *not willing* to make a substantive contribution, while the Process and Conference passes signify that their authors are *not qualified* to do so. Note that both types of pass, however, constitute denials that preconditions for the performance of an action obtain.

SUMMARY

A taxonomy of illocutionary acts from the perspective of a speech act theorist was compared to a dimensional analysis of speech acts obtained by factor analytic methods. Results of the dimensional analysis suggested that a taxonomy of acts based on semantic similarities in English performatives is not sensitive to such important issues as the relational or command aspects of messages, or the extent to which an act is initiating as opposed to reacting.

Speech acts may be classified as either substantive or management acts. Substantive acts may be direct or indirect. Two examples of direct substantive speech acts, requests and compliments, were examined in detail. Requests appear to vary along two dimensions: politeness and directness. Requests may be put off by statements or questions about one or another of their felicity conditions. A second type of direct speech act, compliments, has been found to be formulaic, to the extent that between 75% and 85% of compliments can be seen to follow one of three patterns. Compliments are first pair parts of adjacency pairs. Preferred seconds are either agreements or appreciations. The constraint on self-praise operates systematically on replies to compliments, and conflicts with the preference for agreement.

Indirect speech acts seem to result from demands for politeness operating in situations in which face-threatening acts must be performed. Speech acts may threaten either the positive or negative face of the hearer, or of the speaker herself. When the performance of a face-threatening act poses a risk to the speaker, he may avail himself of techniques of positive and negative politeness. One way of being negatively polite is through conventional indirectness. Indirect speech acts are formed out of the preconditions for the felicitous performance of their corresponding direct forms. Evidence indicates that in understanding indirect speech acts such as indirect requests, the hearer first constructs the literal meaning of the utterance, then checks it against the context, and finally invokes a conversational postulate such as "An inquiry about H's willingness to do A counts as a request to do A" to arrive at the final representation in the form of a "conveyed" meaning. While all Western cultures seem to use indirect speech, speakers of English seem to be less direct than speakers of German, but more direct than Greeks.

Another form of indirectness results when the speaker violates conversational maxims to invite implicature: metaphor, hyperbole, understatement, and other nonliteral usages may be accounted for by this process. It has been proposed that conversational maxims are also needed to account for the understanding of the literal meanings of utterances. Indirect answers are an example of the class of conversational implicatures in which the Relevance maxim is violated. While these "transparent questions" are usually heard as answers, they may be regarded as less appropriate and less polite than more usual forms of response to questions.

Management acts serve to organize and set off units of discourse. Formulations are proposed by participants as "candidate" readings for a preceding stretch of talk, subject to confirmation or disconfirmation by partners. Discourse brackets serve to mark the boundaries of units of conversation. Partitioning activities are formulaic utterances by means of which participants "announce" to one another what is to be expected propositionally and functionally from subsequent utterances. Speakers may sometimes choose to pass when it is their turn to talk, either by declining to make a substantive topical contribution or by shifting the burden of response to a first pair part to another party than either the speaker or the hearer.

5

Sequences

◆ In Chapter 4, the rule-goverened and formulaic ◆
aspects of the production of speech acts, and some of the constraints
upon their replies, were examined. Now, it is appropriate to turn to a
consideration of larger units in conversion that have the character of
sequences; that is, a series of three or more speech acts that taken
together may be seen to constitute a self-contained unit of discourse
with a coherent internal structure. Some sequences, like *arguments,*
may be seen to involve expansions of a basic adjacency pair unit.
Others, such as openings, closings, and storytellings, may be said to
consist of subsequences within which certain "work" needs to get
done, but in the implementation of which the specific form of speech
action may be variable. We will take up first what Goffman (1971)
has called *"access rituals":* openings and closings.

RITUALS OF ACCESS:
OPENING AND CLOSINGS

Access rituals are sequences of speech acts in which parties display to one another whether and to what extent they are available for subsequent interaction; further, access rituals serve the function of indexing the state of the relationship between the parties (Laver, 1981, p. 292):

> In the marginal phases of conversation, where the use of such linguistic routines is most dense, participants conduct their social negotiations about respective status and role partly by means of the choice of formulaic phrase, address-term, and type of phatic communication.

Openings and closings can be seen to mirror one another in significant ways. First, openings involve negotiations about the prospects for increased access, while in closings, parties work out the problems attendant upon decreased access (Knapp, Hart, Friedrich, & Shulman, 1973; Krivonos & Knapp, 1975). Second, opening sequences such as greetings may function to provide comment on changes in the relationship since a previous encounter, if indeed there have been any changes; likewise, closings may serve to reaffirm that the status of the relationship will be unaffected by the absence of interaction. Finally, both opening and closing will ordinarily contain topic-bracketing moves, respectively, a topic entry and a topic exit. We shall review openings and closings in greater detail.

Openings

Schiffrin (1977) has proposed that opening sequences consist of three phases: (1) *cognitive recognition,* which can involve either recognition of the other as a member of a class or category, or biographical recognition, in which a specific individual is differentiated from other category incumbents; (2) *identification displays,* in which cognitive recognition is acknowledged by such behaviors as a smile or an eyebrow flash; and (3) *social recognition displays,* what in ordinary usage we call greetings, in which the "heightened expectations and obligations inherent in the increase in mutual access" are acknowledged (Schiffrin, 1977, p. 679).

Schiffrin proposes that the basic opening sequence consists of three steps: (1) A and B cognitively recognize each other; (2) A and B exchange identification displays; and (3) A and B greet or indicate access. Schiffrin's claim, which is not altogether uncontroversial, is that openings are begun by both parties simultaneously, and that it is the apparent prospect for increased access, rather than a unilateral "first greeting," which generates the opening sequence. This point of view seems in conflict with the no doubt commonplace intuition that mutual recognition does not always result in greetings. We are probably more likely to have had the experience of wondering if another will "speak" than to have wondered if we were recognized.

Krivonos and Knapp (1975) have provided an account of the elements of a typical opening sequence, and the order in which those elements can be expected to occur. Krivonos and Knapp observed, in a laboratory setting, verbal and nonverbal greeting behaviors of sixteen acquainted and sixteen unacquainted pairs of males. It was found (Krivonos & Knapp, 1975, p. 193) that the verbal behaviors most common to an opening sequence were (1) *topic initiations;* (2) *verbal salutes* ("Hi," "Hello"); and (3) *references to the other* by virtue of a name, nickname, or endearment. The most frequently occurring nonverbal greeting behaviors were (1) a *head gesture* such as nodding or sideways tilt; (2) *mutual glances,* and (3) a *smile.* The typical greeting sequence (Krivonos & Knapp, 1975, p. 194) for acquainted pairs was: *mutual glance, head gesture, smile, verbal salute, reference to other, personal inquiry ("How ya doin'?"), external reference, topic initiation.* The sequence for unacquainted pairs was a truncated version of the above: *mutual glance, head gesture, verbal salute, personal inquiry.* For both groups, sequences seemed to contain Schiffrin's elements of identification display (mutual glance, head gesture) and social recognition display (salute, personal inquiry).

Schiffrin describes a class of misidentification-relevant openings that she calls "recyclings," in which the joint tasks of recategorizing of identities and readjustment of recognition displays have to be achieved (1977, p. 684). In *double-takes,* only the issue of cognitive recognition needs attending to; sometimes, however, the opening sequence has progressed sufficiently far so that when the misidentification is discovered a *take-back* has to be performed: that is, the recognition display has to be canceled:

A: Hi, Stella!
B: (smiles and shakes head)
A: Oh, I'm sorry, I thought you were someone else.
B: That's O.K.

Opening sequences may be subject to alternations when one or both of the potential interactants is otherwise engaged and a full commitment to access is not possible. One such alteration (Schiffrin, 1977, p. 684) involves the *compression* of an opening sequence, in which the identification and access displays are performed simultaneously, for example with a wink or kiss blown across a crowded room. Portions of opening sequences may also be subject to deliberate *deletion.* Since opening rituals are sequential in nature, an individual can perpetrate a *snub* by being careful not to "see" an acquaintance. One cannot be criticized for failing to greet (step 3) if one has failed to recognize (step 1). A *cut,* on the other hand, involves a deliberate violation of conversation principles: one overtly refutes the other's identification display.

The nature and duration of opening sequences may vary as a function of situational constraints. Krivonos and Knapp (1975), for example, suggest that greetings become more perfunctory and less effusive after shorter absences or when the parties have an established relationship. Greetings may become problematic for persons who must routinely "reencounter" one another in the course of daily activities; greetings in such circumstances may be seen to become increasingly truncated over the course of the day, from "Good morning!" to a smile to a nod, but be reinstated in full upon the first encounter of a new day.

Laver (1981) has examined formulaic greetings in British English and concluded that the selection of a linguistic routine is determined by the formality of the setting and the nature of the relationship between the participants. Laver (1981, p. 299) has presented a decision chart for determining the choice of greeting and departing formulas. The speaker must first decide if her addressee is or is not an *adult.* If not, then "Hello" (as opposed to more formal phrases like "Good morning") is appropriate. If the addressee is an adult, then the speaker has next to consider whether or not the setting is *marked;* that is, whether special conventions such as might be found in a court of law apply; if so, then the more formal greetings such as "Good day" are appropriate. If the setting is unmarked, then at the next decision point the determination is made that an addressee is, or is not, *kin.* If so, then the less formal "Hello" is proper. If the addressee is not kin, then a speaker must determine if as a pair they could be considered well acquainted. If not, then the more formal greetings would be in order. If the pair are well acquainted, then if the addressee has higher rank, or an age advantage of 15 years, the formal greetings are used unless there has been a "dispensation." Acquaintances of approximately the same age are greeted by the less formal terms.

In addition to looking at opening sequences that revolve around greetings, a number of scholars (Schegloff, 1968; Nofsinger, 1975; Crawford, 1977) have been interested in openings that we might, for lack of a better term, call *topic-initiating.* Topic-initiating openings, for example summons-answer sequences or inquiry openers, are designed to short-circuit the social access process and provide immediately for recipient attention to matters of substance that the speaker intends to introduce. Schegloff (1968) examined a corpus of telephone calls to a police dispatcher. The first rule that Schegloff formulated to cover such calls was the so-called *distribution rule: if one answers (as opposed to places) a call, he must speak first* (1968, p. 1076). The second rule governing openings in telephone calls is that *if one places the call, then she must provide the first conversational topic* (Schegloff, 1968, p. 1078).

Schegloff treats telephone openings as a special case of the summons-answer sequence. The ringing of the telephone, like an address-term, wave, or "Excuse me," constitutes a *summons,* a first pair-part of a two-part sequence. (Actually the sequence has a least three parts, as we shall see later.) Answering "Hello" or "Police Department" upon picking up the telephone may be seen to be a special case of *answering* a summons; that is, of supplying the second pair part to the first. This is the source of the distribution rule. The second rule follows from the need for the summoner to demonstrate a *reason* for having initiated the summons in the first place. This condition is described by Schegloff (1968, p. 1081) as the property of *terminality:* "a completed SA exchange cannot properly stand as the final exchange of a conversation." Thus, exchanges like (1) a and b below are well formed, while (2) a and b are not:

(1)	a	John? Yeah? Have you seen my cuff links?	(1)	b	(Ring-Ring-Ring) Chez Henri. Yes, I'd like to make reservations for 8:00.

	John?			(Ring-Ring-Ring)
(2) a	Yeah?	(2)	b	Chez Henri.
	(silence)			(silence)

Schegloff reported only one instance in 500 in which the distribution rule was violated. In that case, the caller spoke first because there was a pause after the telephone was picked up. In this case the appropriate thing to do was to reinstate the "summons," this time in the form of "Hello" rather than a ring. However, when the summons has been answered, it is inappropriate to reinstate it (the *nonrepeatability* property; Schegloff, 1968, p. 1082), even though we may do so inadvertently when we have a "set" that both a general and a specific summons will be necessary to reach our party, and only the latter is necessary:

A: Lawrence Jones here.
B: Professor Jones?
A: Yes.
B: I'm calling about our assignment in 365.

Summonses that are reinstated may be treated as excessively demanding if the addressee has heard both, but for one reason or another could not or would not reply to the first:

Mother: Tommy?
Tommy: (silence)
Mother: Tommy! Where are you?!!
Tommy: I'm coming, I'm coming!

According to Schegloff's *terminating rule, if a summons is not answered, there ought not to be more than three to five repetitions at most.* Note that replies in the case of reinstated summonses not uncharacteristically respond to both a first *and* a subsequent summons in the same turn.

Schegloff argues that summons-answer sequences are further characterized by the property of *immediate juxtaposition* (1968, p. 1084); that is, a summons needs to be answered on the very next turn, or else the addressee must notify the speaker that his answer will be delayed.

Nofsinger (1975, p. 2) has looked at summonses under the rubric *demand ticket:* devices that constitute "an appropriate way to begin talking to someone," which are coercive in returning the floor to their author. Nofsinger argues that demand tickets are so constraining that a person who *thinks* she might have been summoned may openly inquire, even though a negative reply may make her look foolish, if "anyone was calling me." Not only are the demands for answering a summons very strong, but the absence of a third term that discloses the reasons for the summons is treated as a source of trouble.

Nofsinger has proposed a number of constitutive rules for the well-formed demand ticket, which amount to the felicity conditions for performing one: (1) *the speaker (A) must want to have the floor to say Z, and further wants to be obligated to say it;* (2) *the speaker does not provide any apparent reason for his having uttered X;* (3) *the speaker must intend to utter Z when the hearer gives him the floor;* (4) *the speaker intends that in saying X he will obligate B to say Y, which will then obligate him (A) to say Z and require B to listen;* and (5) *the speaker intends that the hearer recognize his intent to obligate him to hear Z.* Conditions (1) and (3) are sincerity conditions, (4) an essential condition, and (5) a force condition. Condition (2) is most important, and to underscore it Nofsinger adduces (1975, p. 7) a *Pertinence maxim:* "Do not say that which is pointless or spurious." Thus, a simple address term, "Mike?", becomes a demand ticket by virtue of the fact that nothing in the context suggests a reason for its having been uttered, and yet under the cooperative principle it is assumed that the speaker's apparent violation of the Pertinence maxim implicates something other than mere address.

Crawford (1977) has looked at topic-initiating openings, specifically inquiry openings at public and semi-public inquiry stations—in a railway office and a student council office. Crawford arrived at a number of rules about how such openings are handled: (1) *if there is no line, the inquiry officer speaks first.* (Crawford found that when this rule was violated, it was predominantly by males who were dealing with a female behind the inquiry desk. The usual norm is to display politeness by waiting for the inquiry agent to acknowledge you.) A second rule was (2) *if there is a line, the person making the inquiry speaks first;* (3) *if the inquiry agent issues a greeting, it is reciprocated,* unless (4) *the inquirer has been standing in line, in which case the problem is stated without a return greeting from the inquirer;* (5) *if the inquiry agent opens with a greeting, and gets back only a greeting without the inquiry, in order to get it the agent must reinstate with another greeting;* (6) *if the inquiry agent opens with "Yes, sir?" and gets a greeting back, then the greeting must be returned before he can get the inquiry.*

These rules suggest the following with respect to summons-answer sequences: (1) that one's presence in front of an inquiry desk constitutes a summons; (2) that the presence of a line in front of an inquiry desk is testimony to the mutual orientation of agent and client to one another's presence, and thus obviates the need for either summons or answer; that is, the attention of the inquiry agent has already been obtained and thus the reason for the speaker's summons may be disclosed immediately; (3) with respect to opening sequences generally, a greeting-greeting pair is optional, or "detachable," but ordinarily reciprocation of a first greeting is mandatory, unless the greeting can be construed as superfluous, as in rule (4); and (4) finally, the rules suggest that greeting-greeting units do no other work than signaling social recognition.

Closings

Knapp et al. (1973) suggest that in taking leave of someone, there are three general functions that our behaviors fulfill: (1) signaling that there is movement towards a state of decreased access; (2) expressing appreciation for the encounter and a desire for future contact; and (3) summarizing what the encounter has amounted to. Knapp et al. were interested in specifying the elements of a terminating sequence and their ordering, and further in determining how closing sequences might vary as a function of the degree of acquaintance and comparative status of the parties to a leave-taking.

Verbal behaviors that had the highest frequency of occurrence during closing sequences were found by Knapp et al. to be (1) *reinforcement* (short agreements such as "O.K." and "Right"); (2) *professional inquiry* (questions about a partner's task role); (3) *buffing* (short sociocentric sequences like "Uh" and "Well"); and (4) *appreciation* (statement of enjoyment of the preceding conversation). Nonverbal behaviors characteristic of closing sequences were (1) *breaking eye contact;* (2) *left-positioning* (orientation toward the exit); (3) *leaning forward;* and (4) *nodding.* Interestingly enough, actually saying "Good-by" or "So long" was among the least likely of the fourteen verbal behaviors examined to occur, and similarly with the terminal handshake, although these noticeable absences might be attributed in part to the casualness and insularity of the campus environment.

A typical closing sequence in the more formal conditions (unacquainted and/or different-status partners) was as follows (Knapp et al., 1973): *reinforcement, buffing, appreciation, internal well-wishing.* This sequence is quite similar to those proposed by Knapp et al., although Knapp and his colleagues did not have a category for coding summary statements, and found that the second and third elements (justification and positive statements) occurred primarily in more formal leave-takings.

Albert and Kessler reported that there was considerable evidence that summarizations, continuity statements, and well-wishings are ordinarily reciprocated, but that justifications, for example, are not. Justifications were most apt to be followed by continuity statements. Positive statements were most likely to be followed by statements expressing hopes for continuity and expressions of good wishes.

Clark and French (1981) suggest that telephone closing sequences have three distinct subsections: a *topic termination section,* which would include the usual negotiations as to whether all topical talk has been completed, a *leave-taking section,* which includes summarizations, justifications, positive statements, continuity statements, well-wishings, and good-byes, and a *contact termination subsection,* which consists of both parties hanging up. Clark and French (1981, p. 4) argue that the whole of the leave-taking section is optional, and should *affirmation* behaviors be unnecessary, then "good-bye/good-bye" exchanges will be unlikely to occur. That is, if there is no need for parties to reaffirm their relationship with well-wishings or continuity statements, then there will be no need for good-byes either, and conversation can end with a pre-closing topic termination section (lines 4-7) that simply consists of mutual acknowledgments that the goal of the conversation has been met:

1	**Operator:**	Information
2	**Caller:**	Yes, for Jane Wilson in Pasadena.
3	**Operator:**	That number is 555-1973.
4	**Caller:**	555-1973?
5	**Operator:**	Yes.
6	**Caller:**	Thank you.
7	**Operator:**	You're welcome.

Clark and French tested their notion that "good-bye" exchanges were part of an optional leave-taking subsection by monitoring calls to a university switchboard. The support they obtained for this view was fairly strong. Callers for whom the contact with the operator was more "personal," or involving, when either the caller's requests were unusually imposing or the operator made an error, were much more likely to initiate a good-bye sequence than callers whose request for directory assistance were more routine. However, good-byes are also *legitimizer or external legitimizer.* (Legitimizers varied according whether they invoked an internal ("I think we've finished all the que tions") or an external ("I've got to go to gym") motive f termination. In less formal circumstances, a typical sequence w; *reinforcement, buffing, welfare concern* ("Take care of yourself") *continuation* ("See you tomorrow"). Knapp et al. found tl acquaintances tended to do more reinforcing than strangers, and tl in status-discrepant dyads it was characteristic of the lower-sta partner to do more buffing.

Closings in telephone conversations have proven to be of interes several investigators (Schegloff & Sacks, 1973; Albert & Kess 1978; Clark & French, 1981). One of the first things that mus done prior to any closing is for the parties to reach agreement there is no further topical talk to be had. We have already descri the role played by minimal responses and formulations in clo down topical talk. Schegloff and Sacks (1973) suggest further sociocentric sequences such as "So:oo" and "Well" serve a so bracketing function in this regard, and can be expected to appear a final topic has been formulated. If these brackets are "confirm then the closing sequence proper may begin.

Albert and Kessler (1978) looked at telephone conversa between twenty pairs of friends, and twenty pairs who unacquainted. Half of the pairs were asked to engage in a struc discussion; that is, they were asked to talk about an assigned The remainder of the conversations were not structured as to Albert and Kessler reported that *summary* statements su formulatons were more likely to occur early in the closing seq (the ninth as opposed to the tenth decile of the conversation), an they did not occur at all in the unstructured interactions. Fu summary statements were used twice as often by friends strangers, perhaps because friends would be more prone to forr B-Issues or B-Events than strangers. The frequency of *justific* for terminating (like Knapp et al.'s external and internal legitin increased dramatically in the tenth decile. Justifications wer more often in unstructured conversations, no doubt due in par absence of obvious sources of internal (task-specific) motivat terminating. The frequency of *continuity* statements (what K al. called continuations) increased during the tenth decile, as frequency of *positive* statements. Albert and Kessler propo following sequence as typical of closing sections: *summar; ment, justification, positive statements, continuity state* influenced by sequential constraints. If the operator said "Good-bye" in the slot filled by line (7) above, over 50% of the callers also said "Good-bye." If the operator said "You're welcome-Good-bye" in that same slot, over 60% of the callers provided a matching "Good-bye," which suggests that in the former case the operator's "Good-bye" was more likely to be heard as a stand-in for "You're welcome" (i.e., a second pair part), while in the latter case it was more likely to be heard as a first pair part.

If we look at the opening sequences proposed by Krivonos and Knapp (1975) for acquainted pairs (excluding the nonverbal behaviors), and at the closing sequences proposed by Albert and Kessler (1978), the idea with which we initially begin, that openings and closings mirror one another, may become self-evident:

Opening	*Closing*
Salute	Summary
Reference to Other	Justification
Personal Inquiry	Positive Statement
External Reference	Continuity Statement
Topic Initiation	Well-wishing
	(Good-bye)

Note that the last act in the opening sequence and the first act in the closing sequence both have to do with bracketing *topic*. Similarly, the next-to-last opening act and the next-to-first closing act both have to do with the *reason* or occasion for the impending increase or decrease in access. A further parallel is that the next act in the opening sequence, inquiry about the *other's welfare,* is mirrored in the closing sequence by corresponding other-orientations represented by positive statements, continuity statements, and well-wishing. Finally, the first act of the opening sequence, the salutation, has a corresponding "slot" in the optional good-bye at the end of the closing sequence.

ARGUMENTS

We now turn our attention from the "brackets" of conversation to its substance. One of the most illuminating ways of looking at the organization of speech acts in conversation is to study discourse units built around the treatment of a "troublesome" conversational event, for example, *arguments* (Jacobs & Jackson, 1979; Jackson & Jacobs, 1980; Jacobs & Jackson, in press) or *accounts* (McLaughlin, Cody, & O'Hair, 1983; McLaughlin, Cody, & Rosenstain, 1983). Looking at the management of troubles in conversation is very revealing because it provides us with some solid evidence as to what conversationalists think the rules are.

One factor that seems to have emerged very clearly from studies of talk is that the conversational system demonstrates a noticeable *preference for agreement* (Sacks, 1973; Pomerantz, 1978; Brown & Levinson, 1978; Jackson & Jacobs, 1980). It seems apparent that for many kinds of speech acts that fall within the adjacency pair framework there are preferred and dispreferred ways of providing a second pair part. We have seen, for example, in Chapter 4, how preferred responses to *compliments* are constructed. Sacks (1973) has shown that if one has to provide a dispreferred second pair part, it is typical that it be displaced as far as possible from the soliciting utterance so as to provide at least the appearance of agreement. Brown and Levinson provide an excellent example (1978, p. 119):

A: What is she, small?
B: Yes, yes, she's smallish, um, not really small but certainly not very big.

McLaughlin, Cody, and Rosenstein (1983, p. 105) proposed that interactants, particularly people who have never met, will go to great lengths to insure that "even the most outrageous and patently unappealing propositions can be confirmed, or at the very least be kept from unduly disrupting the conversation beyond the purely local level of management." The following examples are cases in point:

A: All I ever do is study. We get a hundred pages a week to read* in Political Science class and I- nobody else reads it. But I figure they assigned it, they want you to read it. But I like it.
B: Huh huh. *You- you'll learn to cheat.*
A: Yeah, well true, but-
B: Not to cheat on tests but to cheat through your reading.

A: They want you to invest more money, which will provide more* jobs for people and the business in essence everything will rise, but income will rise also, in essence everything will drop- that's my theory. *I just think we need more poor people in the world.*

B: I don't.
A: Huh?
B: I don't.
A: Well, that's what it is, is we give so much money to people on welfare.
B: Well, that's true. I don't believe in welfare. I don't see it. But what makes me mad are these illegal aliens.

It is not easy to dismiss the claim of the conversational analysts that there is a structural preference for agreement built into the conversational system, particularly in light of the abundant laboratory support for strong response matching effects, on a number of content and noncontent variables, variously labeled "accommodation" (Giles et al., 1973; Larsen et al., 1977; Giles, 1980), "convergence" (Giles & Powesland, 1975), "interspeaker influence" (Cappella & Planalp, 1981; Cappella, 1981), and "reciprocity" (Gouldner, 1960; Blau, 1964; Worthy et al., 1969; Cozby, 1972; Chaikin & Derlega, 1974; Rubin, 1975; Davis, 1976; Bradac et al., 1978). There is overwhelming evidence that conversational partners, particularly persons meeting for the first time, present themselves as similar to each other. Further, they seem to overestimate the extent of their similarity (Duck, 1976).

In light of the pervasiveness of the preference for agreement, there are any number of communicative events that can be seen to be directed to the management of disagreement (Jackson & Jacobs, 1979), some of which we will take up in the next chapter under the heading of "repairs." Since our interest in the present chapter is in sequences, it is appropriate at this point to consider the case of *arguments,* which are disagreement-relevant sequences built around the expansion of an adjacency pair, for example request-grant/refuse or offer-accept/refuse.

Jacobs and Jackson (1979) propose that arguments in conversation revolve around the occurrence, or impending occurrence, of dispreferred second pair parts. Jacobs and Jackson define structural preference for agreement by reference to the fact that some second pair parts conform to the conventional perlocutionary effect of the speech act that was done by the first pair part, and some do not (1979, p. 3). This structural preference seems to constrain SPPs to be grants, acceptances, and so on, and similarly, it constrains FPPs to be formulated in such a way that they will get grants, acceptances, and so forth.

Having an argument (as opposed to making one) is an outcome of the failure to provide a preferred second or to alter or cancel an arguable first pair part. Arguments are *made,* according to Jacobs and Jackson (1979, p. 3) from the preconditions for the performance of the act at issue. The prototypical case of having an argument involves the linear expansion of an overriding adjacency pair (Jacobs & Jackson, 1979, p. 4):

[O]ne party issues a proposal or other FPP . . . which is then rejected, objected to, or countered by the other party . . . and then resupported by the first party and so on. The turn and sequence expansions elicit or supply objections or support for some aspect of either the disagreeable FPP or the dispreferred SPP, or for some aspect of already supplied objections and support.

How is it that an utterance may be disagreeable or *arguable?* An utterance may be arguable at the *propositional* level, in which case the argument turns on its truth or falsity, on its sense and reference as a proposition (Jackson & Jacobs, 1980). In the corpus of stranger interactions from which we have been drawing examples, virtually all arguments were of this variety—a hearer did not accept a speaker's assertion as correct. In the following fragment, for example, the hearer takes issue with one of the assumptions underlying the speaker's claim. She is not challenging the propriety of what he is *doing,* but rather the correctness of what he is *saying:*

A: And uh that's just a law of economics. They're gonna go*
      up and then they're gonna come down. The price of gas will go
      up but when people stop buying
B: (Yeah, but people won't stop
      buying. I'm not.
A: If the price gets high enough they will.
B: Yeah, but if I had the money I'm going to spend it on it
      regardless.
A: Yeah, but the supply will drop off.
B: Yeah, but then it's just like the people who don't
A: (and once- when
      they find more the price- then they will lower the prices but the
      prices will come down. Europe is paying two dollars a gallon as
      of right now. We're getting it cheap and so-
B: Uh huh.

The example above is interesting not just in that it exemplifies a propositionally based argument so purely, but also because of the continuous operation of the preference-for-agreement constraint, which works to produce the four displaced disagreements ("Yeah, but").

The other way in which an utterance can be arguable is at the *functional* level (Jackson & Jacobs, 1980), when it appears to the hearer that one or more of the preconditions for the successful performance of the act have not been met. The hearer might, for example, attack preparatory conditions, as in (1), or sincerity conditions, as in (2):

(1)   **A:** I want to get a new suit for my interview, O.K.?
        B: We can't afford it this month.

(2)   **A:** I promise I'll pay you back tomorrow.
        B: You know very well I'll be out of town 'til next week.

The basic way in which arguables and responses to arguables are expanded into sequences is through *within-turn* justifications and excuses, *pre-sequences, insertion sequences,* and *post-sequences* (Jacobs & Jackson, 1979; Jackson & Jacobs, 1980). In a within-turn expansion, arguments in favor of an FPP (as in 2-4), or arguments against doing a preferred SPP (as in 5) are made in the same turn as the pair part itself:

1 **Tommy:**   There's a play at school I want
2   to go go tonight, can I go, 'cause
3   we get extra credit in drama if we
4   go.
5 **Mother:**   No, 'cause we're having Chuck for dinner.

Jacobs and Jackson (1979) suggest that the additional supporting information that the speakers provide may be construed as a violation of the Quantity maxim, and invoke the implication that the speaker is unsure of the reception his or her act will receive.

Another way in which disagreement-relevant pairs can be expanded is through pre-sequences (Jacobs & Jackson, 1979; Jackson & Jacobs, 1980). Edmondson (1981b) has suggested that pre-sequences are used for a number of reasons, including the fact that they represent a potential way of making the *hearer* articulate the illocutionary point of the speaker. Should it appear that the illocutionary act to which the pre-sequence is preliminary will not receive a preferred response, the intent behind the pre-sequence is still deniable:

    A: Whatcha doin' tonight?
    B: Goin' out with Jim. Why?
    A: Oh, nothin'. Just wondered.

The basic function of a presequence in conversation, then, is to check out whether or not the preconditions exist under which a first pair part such as a request, offer, suggestion, and so on can be satisfied. Of course, as was discussed in an earlier section on conventional indirectness, some pre's are so conventionalized in their inter- pretations that they count as a main act, and get an SPP immediately (Edmondson, 1981b).

Insertion sequences (Jacobs & Jackson, 1979) or *embedded sequences* (Jacobs & Jackson, in press) are sandwiched between first and second pair parts. According to Jacobs and Jackson (1979, p. 8), insertion sequences serve three functions: (1) they provide "objec- tions" that will be heard as dispreferred seconds unless countered, a clear instance of the "hearer-knows-best" principle; (2) they suggest that under certain conditions, a preferred SPP might be forthcoming; and (3) as in a confrontation sequence, insertions may be used to build a structure of arguments to support an impending challenge. Most typical of an insertion sequence is the so-called *contingent query,* in which the first pair part implies that there are certain conditions that must be satisfied before a preferred second to the initial proffer can be provided. We have also discussed this strategy in the section dealing with the *rule of embedded requests,* in which one of the ways of putting off a request is to ask for further information about its entailments:

A: Yeah. We wanted to know if you'll serve as an advisor for our chapter.
B: What all would that involve? I mean what sorts of things would I have to do?
A: Well, you'd have to come to chapter meetings about once a month and then help out with rush, and
B: (We always go on vacation the week before school starts.

A further function of the insertion sequence is to encourage the issuer of the arguable FPP to modify it in some way such that the proffer can be accepted.

Finally, *post-sequences* (the placement of a subordinate adjacency pair following a second pair part of a dominant adjacency pair) may serve a number of functions: (1) reinstate the original FPP in the hope that a more satisfactory response will be forthcoming on a second trial; (2) check out the sincerity of a prior agreement; and (3) soften the effects of a prior FPP which may have been reluctantly accepted

(Jacobs & Jackson, 1979, pp. 9-10). The usual implication of the first pair part of a post-sequence is that the sincerity conditions for performing the preferred second are in doubt:

A: Would you mind dropping this off for me on your way to work?
B: Yeah, I guess so.
A: 'Cause I'm gonna be late getting off because I have to iron something to wear.
B: Well, I will if it's not too crowded.
A: O.K.

Siebold, McPhee, Poole, Tanita, and Canary (1981) developed a coding scheme for argument based on the Jacobs and Jackson model, which they applied to multiparty conversation. Their observations provided support for the notion that a preference for agreement was the underlying motive for the expansion of disagreement-relevant adjacency pairs. Siebold et al. had anticipated that the presence of multiple participants might make it difficult to sort out first and second pair parts, but actually reported that the presence of multiple interactants can increase conditional relevance constraints through the collaborative production of sequences.

In a second look at the same data set, however, Tanita, Canary, and Seibold (1982) concluded that it was frequently difficult in multiparty conversation to determine which utterances were FPPs. Furthermore, the same instance could be coded as an FPP or an SPP, depending upon its intended recipient. Finally, it was not always possible to determine upon which speech acts authors of SPPs felt their turns to be contingent. Further work needs to be done to implement the application of Jacobs and Jackson's approach to argument in other than dyadic settings.

STORIES

In this section we will examine how it is that "stories" can be recognized as internally coherent discourse units whose elements and their sequencing evidence a canonical form. There are at present at least two distinct approaches to this task, one of which emerges from the conversational analysis literature, the other of which grows out of the interest of cognitive psychologists in story grammars. We will take up the conversational analytic view of stories first.

Stories from the Perspective of Conversational Analysis

Jefferson (1978) describes the elements which constitute the collaborative activity which she terms a conversational "storytelling":

> A series of utterances which can be extracted from a conversation and identified as parts of "a story" can be sequentially analyzed as parts of "a storytelling," with recognizable story components deployed as story-entry and -exit devices, providing transition from a state of turn-by-turn talk among conversational co-participants into a story told by a storyteller to story recipient(s), and a return from the latter to the former state of talk [p. 237].

Rather than being "detachable" conversational units, stories are triggered by turn-by-turn talk, that is, they are *locally occasioned* (Jefferson, 1978, p. 220) and they are *sequentially implicative* for subsequent talk (Jefferson, 1978, p. 228). While we ordinarily think of the function of stories in conversation as illustrative, stories can clearly serve many functions. Beach and Japp (1983) suggest that stories can serve to reconstruct, justify, or evaluate events in the past; they can be used to reference or acknowledge current happenings both internal and external to the conversation; further, stories may be useful in collaborative fantasizing, to project or to pretend. Beach and Japp see stories as a way of "time-traveling," a vehicle for shifting context as conversational needs arise. Goodwin (1982) proposes that stories can be strategies embedded in the global plans of actors to manipulate the actions of others. Her case in point is what she calls "instigating," in which the storyteller reports on the behavior of a third party who is alleged to have performed actions directed against the story recipient. Goodwin argues that stories are often part of more global speech acts "embedded in social processes extending beyond the immediate social encounter" (1982, p. 799).

Sacks (1974) proposes that stories have three linearly ordered subsections that he calls the "preface sequence," the "telling sequence," and the closing or "response sequence." These labels will serve as a convenient point of departure for the next several sections.

The preface sequence. The preface sequence minimally consists of two turns, one by the potential storyteller and one by her intended recipient. The first turn by the intending teller may be seen to establish the proper conditions for the telling of a subsequent narrative. This initiating turn could contain a number of different speech acts, including offers, characterizations, stage-settings, admonitions, and so forth. In the following example, at line 1, the teller, B, makes an initial probe to determine if his hearer is familiar with the event he is about to recount. In point of fact, the preface sequence is unusually long (lines 1-9) because A and particularly B seem determined to establish A's ignorance of the event before B proceeds with his story. The preface sequence is expanded by both a contingent query initiated by A at lines (2-6) and a post-sequence initiated by B at lines (8-9):

1	**B:**	Did you see the speech that Reagan made?*
2	**A:**	Which one? I seen one of 'em- I'd
3		never seen one of 'em. Which one are you
4		talkin' about now?
5	**B:**	No. I didn't see it myself, but somebody told
6		me about- the one where he prayed, at the end.
7	**A:**	No, I didn't see that one.
8	**B:**	You didn't see it?
9	**A:**	(apparent nonverbal "No.") Guess it was
10		pretty movin'.
11	**B:**	Yeah, you know, cause
12	**A:**	(Cause you rarely see it.
13	**B:**	It was different or somethin'. He said-
14		I don't know the exact words he said,
15		"This is something I think I'd better do"
16		or somethin' like that and then he prayed.
17	**A:**	Hmm.
18	**B:**	"I'd be better off doin' than not doin'."
19	**A:**	Mm-yeah. Hmm.

In addition to securing permission for a storytelling by making sure that the event to be recounted is unfamiliar to the listener, the preface section often proposes some initial characterization of the event (Sacks, 1974). Such characterizations can range from brief "plugs" to full-fledged "significance statements" (Ryave, 1978). According to Ryave, storytellers are ordinarily sensitive to providing for their hearers an account of the import or upshot of a forthcoming narrative, in particular to stating how it is that "some assertion(s) can be appreciated and evidenced in and through the recounting of some event" (1978, p. 125). Stories are not limited to single significance statements (Ryave, 1978, p. 126); they may be formulated in different ways by the teller, or may have ascribed to them by the recipient a significance overlooked by the teller herself. In the story below, the significance statement which informs it can be found at line 4:

```
 1   A:   What do you want to teach?*
 2        Have you decided yet?
 3   B:   Fifth or sixth grade.
 4   A:   Why?!! They're terrible kids at that age!
 5   B:   No, they're not! Well, I think I can have
 6        more control over older ones like that than
 7        the little bitty ones. I don't know.
 8   A:   Why not? I remember when I was in the
 9        fifth grade I got caught for cussing.
10   B:   Uh oh!
11   A:   The teacher brought my mother in there and
12        tried to make me feel real bad 'cause I
13        was cussing on the playground.
14   B:   Ha ha ha.
15   A:   (falsetto) "Why were you cussing?" "Why
16        were you cussing?"
17   B:   Ha ha ha.
```

A third function of the preface sequence is to make some reference to the time or occasion when the event to be recounted took place (Sacks, 1974). As was pointed out in the previous chapter, in the section on introductions, the action maybe more or less "upon" the recipient before she has had a chance to prepare for it. If the preface introduces information pertinent to the *setting*, then there is ordinarily no second turn, or only a brief acknowledgment by the recipient, the teller simply forging ahead:

```
A:   One time when I was younger-see I can't even ride a motor*
     cycle-
B:   Yeah. You couldn't-
A:   One time a friend of mine had this little minibike, you know.
B:   Uh huh.
A:   Anyway, I got on it and it kept goin' around the house,
     and all these little kids were chasin' me= (    )
B:                                          Yeah.
A:   =and I couldn't stop.
B:   Really?
A:   Yeah. I was kinda
```

B: (You're supposed to stop it with that brake
on there, you know.

A: I KNOW! but I didn't now they kept doin' like that.

B: God! Ha ha.

A: (Ha ha. And I'd go, you know, all those kids were
chasin' me. But anyway-

The devices for the type of story-entry that have been characterized as providing a setting for a recounting are usually fairly conventionalized—for example, "Once," "One time," "There was," and so forth.

Less often than not, the bulk of the work in the preface will be carried by the story recipient. For example, she might ask for an example, an accounting, evidence, or an explanation, which the teller then supplies in the form of a story:

B: Nice shoes.*

A: Oh. Ha ha. Thanks. How'd you hurt your leg?

B: Football practice, I got hit. I'll be all right.

A: Who hit you?

B: Billy Jones.

A: Ha ha ha.

Other functions of the preface sequence include attributing a forthcoming narrative or joke to a third party (Sacks, 1974), and admonishing the recipient not to repeat the story (Goodwin, 1982). In the latter case securing a preferred second to the admonishment is necessary to conclude the preface section and move into the recounting proper. Obviously, any time that a first pair part in the preface receives a dispreferred second ("I've heard that one"), whether or not the recounting takes place becomes a matter for negotiation between the parties, and provides systematically for expansion of the entire preface sequence (Sacks, 1974).

The recounting sequence. The telling or recounting sequence has been described by Ryave (1978, p. 125) as "the delineation of some event, usually requiring a number of utterances tied together by some developing course of action." Actually, the recounting aspect of conversational storytelling is the one about which conversational analysts have the least to say; to find out much about story action elements and how they are sequenced, we must turn to the story grammarians, which we will do presently.

When the conversational analysts have turned their attention to the properties of recountings, they are as apt as not to be wrong. Sacks

(1974, p. 344), for instance, claims that the only systematic basis for recipient talk during the recounting section lies in the repair organization; questions addresssed to problems of recipient "unhearings" (Grimshaw, 1982) and misunderstandings. Sacks claims that if recipients want to say anything during a recounting sequence, they may be required to do it "interruptively." There are a number of sources of counter-evidence to this claim. First of all, some stories may be *collaboratively developed* beyond just the usual recipient acquiescing in story entrances and exits. Consider the following example.

A: How'd you feel-you came in one night and I don't think*
    you said hello.
B: Oh. Ha ha ha.
A: (Ha ha ha.
B: We'd been out in the car that night and we'd=
A: Ha ha ha.
B: =I'd mixed bourbon and (?)- we had a good time.
    Ha ha ha ha.
A: (Ha ha ha. What I want to know is do you remember
    any of it? Ha ha.
B: Yes, I do. I remember saying something, but I don't know
    who it was to. You know, you're just kinda goin', well,
    yeah, I'm here.
A: Ha ha ha.
B: (I went up straight to bed, crashed down-
A: From what I understood, you were poured into bed.
    Ha ha ha.
B: (Well, they made it sound like that, but when Liz left
    me- the person I roomed with that semester- I was coherent
    enough where I could brush my teeth, take off my make-up,
    and get under the covers, and go to bed.
A: O.K.

Although the recounting proper in the example above is concerned with what happened to A, B, the ostensible recipient, is not only involved in the preface sequence by soliciting the story and providing a setting, he also issues further solicitations, on two other occasion, in order to extract more of the details of the event from his partner; further, he supplies a formulation: "From what I understood, you were poured into bed." Thus, the conversational system can be seen to make provision for recipient talk during a recounting when the telling has been solicited by the recipient, because the "focus" of the conversation is on filling in gaps in the recipient's knowledge (see Stiles, 1978), and only the recipient can determine if and when that objective has been satisfied.

Another example of the systematic provision for recipient talk has been provided by Goodwin (1982) in her treatment of *instigating*. The main feature of an instigation is that a nonpresent party is alleged to have directed certain actions, which are recounted, against a party who is the current recipient of talk (Goodwin, 1982, p. 804). The recipient's being a character in the story provides for her sustained involvement as the storytelling unfolds and develops. Since the purpose of the instigation is to incite the recipient to action against the offending third party, recipient talk of the following variety is systematically encouraged and even solicited: (1) counters to the statements about her attributed to the offending third party; (2) pejorative statements about the third party; (3) comments on the loyalty and friendship of the teller; (4) vows that redress will be sought; and (5) rehearsals of possible confrontations with the offender, that is, *embedded stories* told by the recipient (Goodwin, 1982, p. 804).

McLaughlin et al. (1981) were interested in how recipient talk during storytelling varied as a function of the sex of the receiver. They found that, far from being interruptive, recipient talk during recounting was commonplace and varied; further, rules about such talk were sufficiently normative that males and females could be shown to differ in story reception behaviors in ways consistent with traditional sex-role stereotypes. Males and females were found by McLaughlin et al. to differ significantly on a linear combination of five recipient behaviors, three of which were recounting sequence variables: displaying *interest tokens* ("Really?" "Is that so?"), (Jefferson, 1978); *giving appreciations* ("Wow!" "How terrible!"), (Jefferson, 1978); and *adding or predicting details*. Men were more likely to display interest tokens (emphasis *tokens*) and add or predict details, while the more supportive appreciation behaviors were characteristically female. Post-conversational ratings of partner's competency indicated that males who used fewer "Um-hms" and "Yeahs" were rated as more competent.

Closing sequence. The beginning of the *response sequence* (Sacks, 1974) or more properly the *closing sequence* may be signaled in a variety of ways, including gist or upshot formulations as well as other *story-exit* devices (Jefferson, 1979). The closing of the drinking story in the previous section is marked with a "home-again" device (Jefferson, 1978):

> **B:** I was coherent enough where I could brush my teeth, take
> off my make-up, and get under the covers, and go to bed.

Formulations, as was brought out in an earlier chapter, often serve to terminate topical talk generally, and they do the same work in the case of stories; furthermore, although significance statements usually appear in the story preface, a formulation in a story closing sequence may very well serve the additional function of displaying the point of the story from the teller's perspective:

A: Well, once she told us we're gonna debate it- that's why-*
I didn't like it, you know.

B: Yeah.

A: I was never that good in P.E. and I, you know, I knew how I felt. I didn't like it and we didn't even have compet- competitive athletics but even in gymnastics and stuff I- I always felt inadequate- didn't feel accepted because I couldn't perform like the other people. And so that's what I- I didn't like it. And then she told us, "Well, go over to the against side," and then she changed it up and told us we were gonna be for, and told us it was better to debate something we didn't believe in. Ha ha, so- we had to do a lot of research. *It hasn't changed my mind, but uh, you know, I still don't like the idea.*

In addition to closing down the story, a further function of closing sequence formulations is to demonstrate for the recipient the implication of the story for subsequent talk (Jefferson, 1978; McLaughlin et al., 1981). The recipient is then expected to demonstrate how the story will inform her own succeeding remarks. Constraints to do so are strong enough, for some individuals, to survive a lengthy pause:

A: I went this weekend to the pet store. That's my favorite*
store in the whole mall.

B: Yeah, I like to go in there too.

A: So I went in- I went in there. We were lookin' to see if we could find- you know- just they probably wouldn't have. We were lookin' to see if we could find one. 'Cause I just think- my dad has one and I just think they're really neat dogs.

(5.2)

B: They're real neat. But we don't have any pets, you know, we live in an apartment so it's kinda like . . .

On other occasions a demonstration of sequential implicativeness may seem to be purely perfunctory, but nonetheless, it is still done:

A: Did you go to the T.C.U. game?*

B: Umm hmm.

A: Kind of cold, huh?

B: No, it wasn't too bad. We got a little bit down wind- there wasn't any wind at all.

A: Well, we were freezing, basically. I remember we had about four blankets=

( )

B: Ahh!

A: =and we had coffee=

( )

B: Yeah.

A: =we didn't have any sugar or anything=

( )

B: Oh.

A: =we had to drink it black and it tasted like water with a little bit of coffee in there. It was terrible.

B: *We took some hot tea, I think.* What sorority are you in?

Story sequencing devices. A number of scholars (Jefferson, 1978; Ryave, 1978; McLaughlin et al., 1981) have directed attention to the devices by which the relevance of a story to the preceding talk can be demonstrated. Of particular interest are the techniques by which stories themselves may be sequenced. There are a number of ways in which a series of stories can evidence relatedness without resort to display devices; for example, they may be "about" the same topic. Frequently, however, in order to provide a simultaneous demonstration that one's partner's story was implicative for subsequent talk, and that one's own story is relevant to and occasioned by what went before, storytellers may avail themselves of *story sequencing devices.* McLaughlin et al. (1981, p. 103) list eight such devices: (1) *explicit repeat of a significance-statement,* which informs both stories; (2) *implicit repeat of a significance statement,* which connects one's story to a prior teller's; (3) *supportive story pre-fixed phrases* (Jefferson, 1978) such as "Yeah, that's true, one time I . . ."; (4) *topping* ("You think that's bad, wait'll you hear this one!"); (5) *reinterpretation* (Ryave, 1978), in which the subsequent teller's significance statement is alleged to be a more appropriate formulaton of the prior story than the one originally provided for it; (6) *disjunct markers* ("Not to change the topic, but . . . "); (7) *embedded repetitions,* in which a triggering element in a prior recounting is repeated but not marked; and (8) *marked repeats,* which explicitly cite the element that is a participant in both recountings. The last three devices were noted by Jefferson (1978). The disjunct marker actually behaves in a manner opposite to the other devices; while it is addressed to the issue of demonstrating what the relationship is between subsequent stories, what it demonstrates is that there is no relationship. As an illustration of a story sequence, an example from McLaughlin et al. (1981, pp. 106-107) is provided in which the two stories are linked by a *topping* device:

A: I just saw *Jaws* for the first time about- well, it was on*
TV about three, four weeks ago.

(1.3)

A: That was terrible!
B: *(Well, you ought see the second one!*
A: Oh, Lord!
B: (I'll tell you, its, it's great.
A: I don't go in for those-horror movies=
B: (It's, it's great)
A: =like that.
B   I liked the heck out of it. Starts comin' up out of the water and this guy's tryin' to get in the boat?
A: Uh huh.
B: I guess he got knocked unconscious and these people were tryin' to pull him in.

McLaughlin et al. found that female storytellers were more likely than male storytellers to use the sequencing devices, particularly marked and embedded repeats; evidently they felt under a greater constraint to display the relationship of their own talk to what had gone before.

Contributions of the Story Grammar Perspective

Before examining the work of the story grammarians, a caveat ought to be issued: most of this work is within the framework of studies of reading comprehension, and most of the stories examined seem to be on the order of Aesop's Fables. The scholars who work in the area are for the most part cognitive scientists who are interested in modeling the knowledge required to interpret and produce texts. With this in mind, let us examine what this body of research has to offer the student of conversational storytelling.

Rumelhart (1975, p. 213) proposed a story grammar whose components are a set of *syntactical rules* that generate the structure of stories, and a set of *semantic interpretation rules* that correspond to them. While it is not possible to present all of Rumelhart's rules here, a few examples may suffice to capture the flavor of this work. The syntactic rules are constitutive; they specify how the major elements in the story grammar are defined. For example (Rumelhart, 1975, p. 214), Rule 1 is that *a Story consists of a Setting and an Episode;* Rule 2 is that *a Setting consists of one or more stative propositions;* Rule 3 is that *an Episode consists of an Event and a Reaction.* The semantic rules specify the nature of the relationship between elements. For example, *the relationship between Setting and Episode is ALLOW;* the setting enables but does not cause the episode (Rumelhart, 1975, p. 220). *The relationship among the states described in the Setting is AND*—simple conjunction. *The relationship between the constituent elements of Episode—Event and Reaction—is that the former INITIATES the latter.* Syntactic rules are also provided for Events, Reactions, Internal Responses, Overt Responses, Attempts, Applications, Preactions, and Consequences; their relationships are specified by semantic rules.

The overriding grammatical categories that emerge from Rumelhart's analysis are Setting and Episode, under the latter of which are embedded an Event and a Reaction to it. Embedded under Reactions are Internal Responses (Emotions or Desires) and External Responses, under the latter of which are either Actions or multiple Attempts, goal-directed actions consisting of a Plan and its Application. Embedded under the Application of the Plan are Preactions (Subgoals and their respective Attempts) and a Main Action and its Consequences. Nested under Consequences are the basic Episode constituents of Reaction and Event (Rumelhart, 1975, pp. 213-220). Rumelhart's story grammar is hierarchically organized under a global Episode; it is an argument for a representation of speech actions in terms of superordinate goals, plans, acts, and outcomes. Stein (1982) suggests that underlying Rumelhart's work (1975, 1977) is the assumption that stories are comprehended in terms of hearer's interpretations of the plans and goals of the protagonist. All of this is very familiar and typical of the global or macrostructural approach to coherence that was presented in Chapter 2.

Schemes like Rumelhart's are advocated by story grammarians as approximations to the way stories are represented in memory. The basic argument of Rumelhart, Mandler, and Johnson (1977), Stein and Glenn (1979) and others in this tradition is that stories are comprehended, recalled, and constructed with recourse to story schemata. Schemata consist of organized knowledge bases, some part of which may be described by the story grammar categories (Stein, 1982):

> A story grammar is a description of structrual regularities in a particular kind of text, best exemplified by folk tales and fables from the oral tradition. In itself a story grammar is not a story schema; the latter is a mental data structure which is used in various kinds of processing . . . At the simplest level, the rules describing the regularities in the texts can be assumed to be reflected in the story schema and its workings, but a literal translation of those rules into the head need not be, and is not, assumed [Mandler, 1982, p. 306].

A basic premise of the work on story grammars is that comprehension of stories demands knowledge in a number of different areas, one of which is the underlying grammatical structure of stories (Goldman, 1982). Like conventional rules theorists, story grammarians expect to find support for grammatical rules by looking at reactions to rule-violating stories. A typical expectations is that when texts fail to follow the canonical form, for example, when a story is opened with something other than a setting, recall of the material would be negatively affected (Stein, 1982), resequencing would be more difficult (McClure, Mason, & Barnitz, 1979), and so forth.

Sequencing of story grammar categories. Mandler and Johnson (1977) and Stein and Glenn (1979) both present a canonical sequence of story units that are trunications of the version originating with Rumelhart. Both begin with a Setting (Stein and Glenn have a Major Setting in which the characters are introduced and a Minor setting in which the conflict is described). In the Mandler and Johnson scheme, Episodes 1 through n follow, each of which may contain a Beginning (like Stein and Glenn's Initiating Event), and a Complex Reaction to the Beginning (corresponding to Stein and Glenn's Internal Response, the plans and goals of the protagonist). Both schemes feature in next position one or more Attempts by the protagonist to reach his goal, an Outcome or Direct Consequence of the Attempt, and an Ending or Reaction to the consequences of goal-oriented action (Mandler, 1982).

McClure et al. (1979) were interested in studying the effects on children's ability to resequence stories of varying the opening of the story from the canonical sequence. Three different versions of a series of stories were prepared. In one, the *setting* version, the normal placement of a setting statement as the first sentence of the story was used. In the *question* version, the first sentence was an interrogative construction whose expressed proposition was a summary of the gist of the story. In the *conclusion* version, a headline-like sentence summarizing the story was in first position. McClure et al. found that the setting version was generally the easiest for the children to resequence, and the question version was the most difficult. A developmental improvement was noted in the ability to resequence the nonstandard story forms. The McClure et al. study provided considerable support for the notion that children possess schemata for canonical story form. They ordered their sentences to fit in with an event sequence; they put setting sentences in first position even when principles of pronomialization were violated in doing so; they sequenced conclusion statements last even when they were in the present tense.

Relative importance of story grammar categories. McCartney and Nelson (1981) had children read stories about a child's typical evening at home (dinner, T.V., bath, bedtime, etc.). Their findings were that children seem to rely on schemata to recall stories, although recall was more influenced by the *importance* of a story element rather than its sequential position. The relative importance of story elements has attracted the interest of a number of researchers. Weaver and Dickenson (1982) found that the relative importance of story grammar categories in recall was very similar for both normal and disordered readers, and that the order for normal readers was as follows: (1) Major Setting; (2) Direct Consequences; (3) Attempt; (4) Reaction; (5) Initiating Event; (6) Minor Setting; and (7) Internal Response.

Omanson (1982) has also been interested in the centrality of story grammar categories. He proposes that story units can be categorized as Central, Supportive, or Distracting. Central content is "part of the purposeful-causal sequence of events" (Omanson, 1982, p. 209). Central story units include major settings in which the main characters are introduced, global actions and the states that give rise to them, outcomes, and any units that cause, enable, or disrupt a unit that has already been identified as Central by the former criteria. Excluded are subordinate actions and external responses. Motives and goals do not figure prominently in Omanson's scheme.

Supportive content includes units depicting thought and talk, including internal responses that result from events (as opposed to causing or enabling them), characterizing units, and so on. *Distracting* units include descriptions of minor characters (minor settings), interrupting events and that which enables them, and units featuring the actions of minor characters. Omanson found that (1) story units coded as Central by his scheme were independently rated as significantly more important than non-Central units; (2) the percentage of Central units recalled is about three times as great as the percentage of non-Central units recalled; (3) Distracting story units hinder rather than facilitate recall (Omanson & Malamut, 1980). Omanson claims that his approach to the processing of stories is "data-driven" rather than "schema-driven" (1982, p. 215). By data-driven Omanson means that readers account for apparently unmotivated actions in narrative, not by recourse to schema-based knowledge of conventional plans behind conventional actions, but rather that they wait for unfolding events in the story proper to supply a cause or purpose for the action. Be that as it may, be elevating global acts and major settings to Central status and regulating minor characters and their actions to Distracting status, Omanson implicitly builds in a hierarchical, top-down, schema-like framework, even though his analysis is couched more in terms of outcomes than subordinate and superordinate goals and actions (Stein, 1982). Further, Omanson's view that unfolding conversational actions will reveal the motives and purposes of apparently opaque actions presupposes the kind of social knowledge usually accociated with schemata.

Knowledge bases for story schemata. A new wrinkle in the story comprehension literature is the interest in the kinds of knowledge bases other than grammatical rule-sets that are required to process stories. Bizanz (1982) suggests that one type of knowledge involves conventional understandings about which kinds of actions result from which goals, and in what situations. Bizanz seems to assume that story recipients regard the actions of the story protagoinst as analogous to the "real-life" efforts of persons to overcome obstacles and reach the goals that they have set for themselves. Bizanz speculated that there are significant developmental differences (between college students and elementary students) in knowledge of conventional relationships among situations, plans, and actions. The knowledge bases of younger children were often insufficiently differentiated and elaborated to allow them to recognize "cues important to the application of schemata already acquired" (Bizanz, 1982, p. 272).

Goldman (1982) proposes that both content (i.e., story category) and functional (role of category in the action) knowledge are necessary for story processing. Goldman also subscribes to the view that knowledge of real-life goal behavior is brought to bear in understanding stories. Goldman proposed that there are three "plausible knowledge categories" about realistic problem solving (1982, p. 286): (1) knowledge of the *states and actions of the protagonist;* (2) knowledge of the *role of others;* (3) knowledge of the *role of the environment.* Goldman (1982, p. 295) proposed that there are three functional roles variously associated with these knowledge categories; protagonsits, others, and the environment might serve to provide *motives, means,* or *obstacles* to goal-attainment. Goldman correctly predicted that there would be developmental differences in the organization of these knowledge bases, with older subjects showing increased differentiation; that is, more situation-specific expectations about narrative content with increasing age (Goldman, 1982, p. 294). Generally, however, children seemed to have a basic core of knowledge about the kinds of function associated with different knowledge categories: the motive function was assigned most frequently to the category of the protagonist's states and actions, and least frequently to the environment; obstacles were most often connected with the role of other people, and means were primarily associated with the category role of the environment. Goldman's findings lend support to Rumelhart's original formulation of the semantic relations among story event categories.

SUMMARY

A sequence is a series of speech acts that considered together constitute a self-contained conversatonal unit with a coherent internal structure. Four kinds of sequences were examined: openings, closings, arguments, and stories.

Opening sequences that serve to bracket conversatons at their beginnings can be seen to mirror the closing sequences that serve as terminal brackets. Openings typically follow a sequence of cognitive recognition, identification display (mutual glance, head gesture), and social recognition (verbal salute, reference to other, personal inquiry, external reference), followed by topic initiation. A typical closing sequence in effect reverses the process, with a topic termination, followed by a leave-taking subsection (summarization, justification, positive statements, continuity statements, and well-wishings, followed by an optional good-bye). Both openings and closings vary in form as a function of the relative status of the parties, their degree of acquaintanceship, and situational constraints. A special case of opening sequences, the summons-answer sequence, is shown to be governed by strong demands for conditional relevance, such that its three steps of summons, answer, and topic initiation are virtually invariant, and deviations are a source of trouble in the conversation.

Arguments are disagreement-relevant sequences built around the expansion of a dominant adjacency pair such as offer-grant/refuse. Expansions are accomplished within turns or by pre-sequences, or post-sequences. Arguments may be directed to either the propositional or the functional content of an arguable. Arguments result from the appearance of dispreferred second pair parts or the refusal to alter or cancel disagreeable firsts.

Stories are sequences consisting of three major subsections. The preface sequence can be accomplished with a minimum of two turns. Its function is to assure a proper orientation of the recipient through significance statements, attributions, admonitions, characterizations, and inquiries. The recounting sequence consists of a Setting and one or more Episodes that revolve around the goals, plans, actions, and outcomes of a central actor or protagonist. In conversational storytelling, recipient talk during the recounting sequence is commonplace, and may even by systematically provided for in certain story genre. The closing sequence of a storytelling follows upon a signal that the story has concluded, such as a home-again device or a formulation. The principle task of parties in the closing sequence is to demonstrate the sequential implicativeness of the story.

6

Preventatives and Repairs

◆ In Chapter 6, the focus of interest will be the ◆ techniques and strategies that conversational participants employ to prevent or reverse negative typifications of themselves (Hewitt & Stokes, 1975) resulting from potential or existing violations of conversational and more general societal rules. We will first turn our attention to preventatives as the realization of conversationalists' plans to circumvent the identity problems associated with the performance of own-face-threatening acts, such as making assertions whose acceptance is in doubt. Later, we will examine the repair organization of conversation, and the remedial work individuals undertake to reweave the "social fabric" following the commission of an untoward act or the omission of an obligated one.

PREVENTATIVES

Disclaimers

Hewitt and Stokes (1975) were interested in the ways in which people deal *prospectively*, as opposed to retrospectively, with possible violations of conversational and societal rules and the attendant problems of maintaining positive face. Their argument is that meaning in social encounters is organized around the *identities* of the interacting parties; further, that breaches of social understandings may produce undesired alterations in the perceived identity of the party regarded as the author of the breach (Hewitt & Stokes, 1975, p. 2):

> The thematic organization of meaning by interactants usually depends upon their ability to interpret each other's actions as manifestations of particular identities. It follows that when events fail to fit themes in interaction, identities may come into focus as problematic: if the acts of another fail to appear sensible in light of his identity in the situation, perhaps he is not who he appears to be.

Hewitt and Stokes propose that anticipation of a problematic event may result in activity by the individual who will be charged with responsibility for the problem to in effect "inoculate" other parties against the construction of negative typifications of him. One device for doing so is the *disclaimer*, which defines an upcoming action as irrelevant to the sort of typification that under most circumstances it might appear to imply (Hewitt & Stokes, 1975, p. 3). The specific function of a disclaimer is to mark an upcoming utterance as a candidate basis for negative typification, and ask for the hearer's indulgence.

Types of disclaimers. Five kinds of disclaimers are identified by Hewitt and Stokes. In *hedging*, the author of the impending speech act simultaneously (a) signals her limited commitment to it; (b) suggests her hesitancy as to how it will be received; and (c) expresses her concern that the effects of the act on how she is perceived may be substantial. Hedges include phrases like "I'm no expert, but" and "I haven't thought this through very well, but" (Hewitt & Stokes, 1975, p. 4), and the italicized items in the following examples:

A: *I don't- I've never think about these things- these* kind of things 'cause I'm not a girl, but-* guess it could be- I guess I wouldn't go back there.

B: Well, uh, no necessarily. I know that, um, *from what I* understand- I may be mistaken but,* like- like in Dallas aren't you just limited to like one thing- activity- within your high school?

Credentialling is a variety of disclaimer in which the author of an impending source of trouble suggests that dispensations are in order by virtue of his particular qualifications or credentials (Hewitt & Stokes, 1975). Implicit in a credentialling disclaimer is the speaker's conviction that the impending action would ordinarily result in a negative retypification; thus, the purpose of such a disclaimer is to show that he is not "an unknowing representative of a particular negative type" (Hewitt & Stokes, 1975, p. 5) such as a racist or sexist. Typical credentialling disclaimers are phrases like "Some of my best friends are Jewish, but."

In a *sin license*, the actor overtly asserts her sensitivity to the rule she is about to break, to avoid being typified as an "irresponsible member" of the encounter (Hewitt & Stokes, 1975, p. 5). Such phrases as "I know I'm not supposed to mix business with pleasure, but" or "I'm sorry to have to cut you off, but" are typical of sin licenses. In a *cognitive disclaimer*, the author of a potentially discrediting utterance addresses himself to issues of his own sensitivity, sanity, and rationality, to assure others "that there is no loss of cognitive capacity" (Hewitt & Stokes, 1975, p. 5). Representative cognitive disclaimers are "I know it sounds as if I'm out of touch, but" and "This may sound weird, but."

A final disclaimer category is the *appeal for a suspension of judgment*, in which the actor tries to provide a "frame" for her upcoming utterance, since it would be offensive or disagreeable if not heard in the proper context (Hewitt & Stokes, 1975, p. 6). A typical example of such a disclaimer is "Now hear me out before you get upset, O.K.?" The following fragment is an interesting case in which the user of an appeal for the suspension of judgment has his right to make the potentially discrediting utterance usurped by his partner:

A: *Don't take me wrong, I do party, but**
B: (Yeah, but I mean it's- to a point, you know, when they overdo it.

Responses to disclaimers. Very little work has been done that establishes that the use of disclaimers has a positive effect on the reception of potentially discrediting messages. One exception is the work by Cody, Erickson, and Schmidt (1983) on the use of disclaimers as prefaces to offensive jokes. Cody et al. had subjects recall recent cases in which they had been told a joke that might be considered offensive, and that could result in undesired retypification of the teller. Subjects were asked to recall both the jokes and the statements, if any, with which they were prefaced. Content analysis of prefacing statements indicated that there were four general ways in which jokes were introduced: (1) by *face-maintenance* devices, which included requests for permission to tell the joke as well as prototypical disclaimers such as "My mom told me this one, so," "I'm not anti-black, but" and "I'm Chicano, so I can tell this one"; (2) by *theme prefaces*, in which the joke appeared to arise naturally out of ongoing talk, perhaps as part of a series of jokes; (3) *disjunctively*, that is, with no preface at all, and no apparent relation to ongoing talk; and (4) by a *forewarning preface,* in which the joke-teller explicitly stated his intent to violate the hearer's negative face, typically with such utterances as "Here's a sick joke for you" or "Carol's going to hate this one."

Cody et al. (1983) examined the relation of joke prefaces to joke types, and the effects of the way in which a joke was introduced upon the nature of its reception. Cody et al. found that the jokes rated the most offensive were prefaced by forewarning tactics, while the least offensive jokes were either told disjunctively, prefaced by theme, or disclaimed. Persons who used disclaimers or who asked for permission to tell the joke were perceived as less insensitive than those who forewarned or told their joke disjunctively. Ratings of joke "amusing-ness" were positively correlated with the use of disclaimers and seeking permission for the joke's telling. Cody et al. concluded that disclaimers are an effective device for preventing the negative retypification associated with telling offensive jokes, although not appreciably more so than theme prefaces.

Authors other than Cody et al. who have looked at the effects of disclaimers (Lakoff, 1975; McMillan, Clifton, McGrath, & Gale, 1977; Crosby & Nyquist, 1978; Bradley, 1981) have concluded that their use results in the perception that the speaker is uncertain, hesitant, lacking in dynamism and lacking in power, and even less intelligent than others who do not use disclaimers. Such results have been regarded with considerable concern by feminist scholars, for much of the research, although not all of it, has found that women are more likely than men to use disclaimers, along with such other characteristics of the "female register" (Crosby & Nyquist, 1978) as tag questions, rising terminal intonation with declaratives, and so on. Further, there appears to be evidence that the extent to which the use of disclaimers is detrimental to the image one presents is a function of sex; Bradley (1981) found that the use of disclaimers and tag questions led to negative characterizations of female speakers, but not as a rule of male speakers.

Bell, Zahn, and Hopper (1983) point out quite rightly that most of the research in the tradition described above has looked at disclaimers in combination with one or more other deferential language variables such as tag questions, intensifiers, and so on. It was the proposal of Bell et al. to examine disclaimers independently of these other linguistic forms. In their initial investigation, a basic "transcript" was constructed, in which there were four variations on the way in which a potentially offensive utterance was presented: with no disclaimer, with a hedge, with a cognitive disclaimer, and with both a hedge and a cognitive disclaimer. There was no significant effect of disclaimer condition on the rated *competence*, certainty, or *character* of the speaker. Bell et al. concluded that the reason why their findings were inconsistent with earlier work was that the previous studies had included more than one, and usually numerous, disclaimers in each manipulation. In a second study, Bell et al. altered the Disclaimer treatment from the first investigation, so that the four conditions were: no disclaimers, two disclaimers, four disclaimers, and six disclaimers. This time, strong effects were obtained for the Disclaimer level factor. Increased use of disclaimers was strongly related to a decline in ratings of the speaker's competency and certainty, but had no effect on ratings of character. Bell et al. concluded that early studies confused the issue of the effects of disclaiming by either (1) studying disclaimer use in tandem with other deferential language features, or (2) using unrealistically strong manipulations. The latter seems a reasonable conclusion, particularly in light of the fact that at least in the corpus of conversations to which we have had recourse in this text, disclaimers are quite rare as a conversational event. The likelihood that anyone would use four or six disclaimers in a single brief interchange is extremely remote.

Licenses

Mura (1983) and Brown and Levinson (1978) have identified another variety of preventive that, unlike the disclaimer, is addressed less to the broader issues of right thinking and proper social conduct than to the specifically *conversational* issues of rules, maxims, and their observance. Mura has looked at these preventatives under the label "license," which we shall adopt; Brown and Levinson call them "hedges."

A "license," according to Mura (1983, p. 3), is a device for putting one's hearer on notice that while an impending utterance, or one whose problematic aspects are not yet clear, may appear to be in violation of one of the conversational maxims of Quality, Quantity, Relevance, or Manner, *in fact* the speaker's ultimate intent is to honor the Cooperative Principle. In a license, the speaker marks the violation and re-frames it in the light of her efforts to fulfill the requirements of cooperative interaction.

In licensing an apparent violation of the *Quality* maxim, one may mark the fact that her utterance is not literally true, but that she has no wish to misrepresent herself, by the use of paralinguistic features such as emphasis, or by reformulations signaled by phrases like "In fact," "Actually," or "Well, really" (Mura, 1983):

> **A:** I like Texas. I've just not been to that much of Texas.*
> Just El Paso and here and I've been to Dallas once or twice,
> not very much. No, I've been there once *to tell the truth.*

Licenses of violations of the Quantity maxim may also be directed to the fact that the speaker's evidence for what she is saying is second hand or limited:

> **A:** No, I won't be a teacher. I feel like that- I'm sure that*
> if a poll was taken that the majority of people don't follow
> their majors.
> **B:** Really?
> **A:** Outside, I bet they don't- *Now that's just a guess.*
>
> **A:** *I don't know if they change-* see, they change laws anyway- but*
> they don't want the all-out ERA that would just let you
> walk into places that were always male- things like that.

Quality licenses are very similar to the hedge variety of disclaimer, but may appear *after* the occurrence of an item that the speaker thinks might be troublesome were the hearer to treat it as literal truth or as fully grounded in fact and supported by evidence.

According to Brown and Levinson (1978), a license for a violation of the *Quantity* maxim might be addressed to the issue of why an utterance is less informative than one might hope. Any of the following might serve as a license for a violation of the Quantity maxim:

S: *So, in a nutshell, that's why I'm asking.*
S: *I'm not at liberty to say.* (Mura, 1983, p. 15)
S: *I can't really go into it now, but . . .*

Licenses related to the Quantity maxim may also address the fact that the speaker will be long-winded: "This will take a while, but." We have already examined licenses for violating the Quantity maxim with respect to brevity in Chapter 3, in the discussion of devices for claiming a block of turn-constructional units. Mura (1983, p. 16) suggests that a further device for licensing a Quantity violation is to shift responsibility for it to the hearer by making a statement to the effect that thus-and-such is a "long story," in the hope of inducing the hearer to reply that he wants to hear all about it anyway.

Relevance licenses can exploit the same strategy mentioned above for shifting responsibility for a Quantity violation to the hearer: the speaker who wishes to recount something that is not pertinent to the talk-so-far can refer to it obliquely, but describe it as "neither here nor there" or dismiss it by saying "but that's another story," in the hope that the hearer will request that it be told (Mura, 1983). Lack of relevance may also be licensed by the devices which have been labeled *disjunct markers* in the context of topical talk and story sequencing. For example:

S: *While I'm thinking of it*, do you remember where we
        put the instructions for Biggy's medicine?

Violations of the maxim of *Manner*, for example, obscurity or ambiguity, may be licensed by statements that mark them as necessary as a function of the subject matter ("Now this stuff is complicated"). Futhermore, obscurity and ambiguity may be justified by attributing the utterance to another source ("Those are his words, not mine"), limitations of the language ("I can't find words to describe it"), and so on (Mura, 1983).

Preventatives, then are disclaimers and licenses aimed at protecting the author of a potentially troublesome speech act from negative characterization of him as an unthinking, irrational, or irresponsible member of society and/or as an incompetent communicator who either doesn't know the rules or doesn't care about them. Available data on the use of preventatives provides mixed evidence that they accomplish the ends for which they are designed.

SELF-INITIATED REPAIRS

Repairs fall into the category of actions that constitute "detours" or "time-outs" from ongoing talk. Like disclaimers, repairs are one class of a set of techniques called "aligning actions" (Stokes & Hewitt, 1976) that conversational parties use in dealing with problems or "troubles" that arise in conversation. Unlike disclaimers or licenses, however, repairs are aligning actions that are always applied *after the fact*, that is, after the problematic item has been embarked upon and is "noticeable." Preventatives are devices used to obviate the *need* for remedial action, specifically other-repair, while repairs address themselves to the fact that one or both of the parties believe that remedial work is required. Furthermore, under ordinary circumstances disclaimers and licenses are the result of "single authorship"; they are produced by the originator of the source of trouble. Repairs, however, can be the result of other-initiations, or the result of a truly collaborative effort by both parties to restore coherence and order. Some preventatives are produced "collaboratively" in the sense that the speaker induces the hearer to supply the license. However, impetus for their instigation always comes from the speaker.

Schegloff, Jefferson, and Sacks (1977) argue that what gets *repaired* in conversation is not always error; that repair is often found when to the objective eye there appears to be nothing wrong. Repair then addresses itself to felt or *perceived* violations of grammatical, syntactic, conversational, and societal rules. An item which to the hearer was perfectly acceptable may be selected by the speaker as a candidate for repair. Similarly, an utterance that the speaker produced in all innocence may lead to a situation that the hearer sees as cause for the application of remedial action.

Preference for Self-Repair

Despite the fact that repair of a problematic item potentially can be initiated or accomplished by either party to a conversation, it appears that there is a systematic preference in the conversational system for *self-repair* over *other-repair* (Schegloff et al., 1977). By preference again is meant structural primacy: dispreferred repairs are "structurally delayed in turns and sequences" (Schegloff et al., 1977, p. 362).

By preference for self-repair is meant that the person who accomplishes the repair is usually the one who produces the problematic item in the first place. This is not to say, however, that the person who accomplishes the repair is necessarily the one who initiated it. Repair may, for example, be initiated by the hearer of the "repairable," and fulfilled by its author (Schegloff et al., 1977, p. 364). The conversational system, however, seems to show a preference for both self-initiation and self-accomplishment of repair.

Schegloff et al. (1977, pp. 366-367) note that self-repairs usually occur in one of three "slots": within the problematic utterance, within a next turn-constructional unit, or in a subsequent turn, after the interlocutor has taken her turn. Other-initiations regularly occur in one slot only—immediately subsequent to the turn in which the problematic item appeared. Note that the positions for self-initiation structurally precede those for other-initiation, obviously so in the case of within-turn placements, less obviously but in fact so under the terms of the turn-taking rules (see Chapter 3) that give the current speaker the right to exercise her option to continue speaking at the end of a turn-constructional unit.

Schegloff et al. continue to build their case for the structural preference for self-repair by demonstrating that the presence of other-repairs indicates that opportunities for self-repair were not taken. First, it is argued that the vast majority of other-initiated repairs come in the next turn following the problematic one, and *not before* (Schegloff et al., 1977, p 373). Furthermore, they often come a bit past that point (that is, they may follow upon a pause,) which indicates that the hearer is supplying the author of the troublesome item with an additional chance to redeem himself. Additional evidence comes from three sources: (1) the strong likelihood that the other-initiation will amount to a simple marking of the repairable, so that the actual remedy can be supplied by the author of the troublesome item in a subsequent turn; (2) the tendency of other-accomplished repair to be "modulated"; that is, to be simply "proffered for acceptance or rejection"; (3) the fact that if the hearer is in a position to do a repair (for example supply the missing word in speaker's word search), she has enough information to produce a sequentially implicated next turn instead, and repair would be superfluous (Schegloff et al., 1977, p. 380).

Schegloff (1979) argues that not only is repair ordinarily accomplished by the author of a troublesome item within the same turn in which it was produced, but that there are structural reasons why it should be done within the same turn-constructional unit. Repair is likely to be achieved within the same turn because when the next turn is used for that purpose, "the sequential implicativeness of current turn is displaced from its primary home" (Schegloff, 1979, p. 267), and may in fact get lost altogether. Repair is likely to be attempted within the turn-constructional unit in which the problematic item is located because the projectable completion of that unit gives rise to the possibility of speaker-switch, and thus the likelihood that the repair won't get done at all.

Self-Repairs Within Turn-Constructional Units

Schegloff (1979, pp. 264-265) has described a number of different kinds of repairs that speakers can accomplish within the same turn-constructional unit as a problematic item. For example, a speaker can elaborate upon a noun phrase by inserting a descriptive clause or clauses between the NP and its planned predicate:

A: There were two of 'em that uh- one was an ag econ major and*
      one was a business major- and they never did- neither one of 'em
      ever what they're, you know, 'til the last day they graduated.

Repair accomplished within the same turn-constructional unit can also convert an open-ended question to a closed-ended (yes, no) question, and vice versa:

A: What do you plan to do- go back, goin' back to number six?*
      What- what do you plan to do- with your life? *Are you a- what
      type major were you again?*

A same-TCU repair can accomplish the insertion of a preventative, in the following case a license for violation of the Quality maxim:

A: Of course they-re- *I heard him say* there's one senior on their*
      team, and four freshman.

Another possible use of a self-initiated repair within the TCU is to correct projectable syntactical infelicities:

A: "Your attitude on politics and religion." Well, how do you*
      think-*what do you think about the-* Iran?
B: Keep 'em out of Texas, that's all I can say.

Schegloff (1979) claims that repairs are very common in talk occurring at topic boundaries, particularly in topic preface or topic shift sections, and that within utterances, repairs are usually initiated just after or just before completion of the turn-constructional unit. Ongoing talk is stopped and repair initiated, as a rule, either by cut-offs or pauses, with the former attending to prior items and the latter to upcoming items (Schegloff, 1979, p. 273). *Successive* repairs seem to have an order of their own, an "orientation to progressivity"

(Schegloff, 1979, pp. 278-279) such that each repair in the series is a step further in the direction of an ultimate solution. Schegloff claims that each "try" alters some element of a previous try, as in the example below:

A: I got- think I got- I got a- Fleetwood Mac play this weekend=*

( )

B: Yeah.

A: =in Dallas.

Of particular interest are *regressive tries,* in which the last attempt in a series of attempted repairs is the same as a much earlier one. Schegloff proposes that "regressive tries are last tries" (1979, p. 279), as the following example illustrates:

B: Do you like Campus Advance?*

A: Yeah, I like it a bunch.

B: Good.

A: Bunchy, bunchy, I'm just- huhn? - it's just- we're not, Oh, I don't know. It's just like a church group, really.

While there are no counter examples to Schegloff's claims in the corpus we have been using here (presuming we define successive repairs as three or more tries), it seems probable that counter-examples could be found.

We turn from self-initiated repair and the remedy sequences generated when the author of the item that a hearer defines as problematic has failed to initiate repair herself. We will look first at other-initiated repairs directed to the violation of specifically *conversational* rules and assumptions, and then turn our attention to repair sequences addressed to other, predominately extra-conversational violations. First, however, we need to present the notion of the repair sequence.

THE "OTHER-INITIATED" REPAIR SEQUENCE

Remler (1978, p. 398) has identified a series of steps that she regards as basic to the accomplishment of a repair initiated by other, and we shall see in subsequent sections that most other-initiated repairs conform to this canonical sequence. The steps include a *request for repair* or an utterance that indicates that something is amiss; a *remedy*; and an *acknowledgment*. The basic sequence can be and almost always is expanded by the kinds of within-turn justifications and excuses, pre-sequences, insertion sequences, and post-sequences that were discussed in Chapter 5 in the context of conversational argument.

A repair sequence can be seen to be a special case of a *side sequence* (Jefferson, 1972), in which parties detour from ongoing talk to deal with some side issue raised by that talk. The variety of side sequence which is relevant to the problem of repair Jefferson calls a *"Misapprehension Sequence,"* whose elements are a problematic statement; a demonstration or an assertion that the statement was misunderstood or not fully understood (like a *request for repair*); a clarification (like the *remedy*); and a statement of "satisfactory termination" (like the *acknowledgment*). In the conversational excerpt below, which is addressed to a violation of the maxim of Quantity (A doesn't say enough for B to establish a unique antecedent), the repairable is at line 5, the request for repair at line 6, the remedy at lines 7-9, and the acknowledgment at line 10.

1	**B:**	How can you say that?*
2	**A:**	Because it's a proven fact. I mean like
3		I read it.
4	**B:**	Well, what do you base this on?
5	**A:**	On this magazine.
6	**B:**	What magazine?
7	**A:**	Uh, *D*.
8	**B:**	*Big D*, the Dallas magazine?
9	**A:**	Yeah, *D* magazine.
10	**B:**	Yeah, yeah, Huh.
11	**A:**	They said not now, but a few-many years ago-
12		five years ago.
13	**B:**	Yeah, maybe. Yeah.

Jefferson (1972, p. 305) formulates the following rule to cover the way in which the remedy of such repairables is regulated: *"if a statement is made and is followed by a demonstration/assertion that a hearer did not understand, then the one who made the statement may/must provide a clarification."* Side sequences involve the "must" form of this rule; the request for repair serves as a first pair part to the remedy, and the remedy serves as a second pair to the request and a first pair part to the acknowledgment.

Side sequences generally and repair sequences particularly have the property that the author of the problematic item probably did not intend to set up a reason for the remedial activity; nor can she be the one to determine that the sequence is in fact concluded and that the prior topical talk may be resumed (Jefferson, 1972). The rule is that *opening and closing moves in a side sequence are the responsibility of the party who "calls" the violation.*

Repair Addressed to the Violation of Conversational Rules and Assumptions

A convenient way of looking at other-initiated repair is to inquire as to the rules or assumptions that the repair seeks to reinstate. While not much work seems to have been done on repairs addressed to the conversational maxims of Quantity or Manner, studies of the remedy of violations of the Quality, Relevance, and Antecedence maxim are available.

Unfortunately, most of the work on violation of conversational rules and assumptions has been limited to studying either solicitations for repair or the repairs themselves, but not the full repair-relevant sequence. The exception has been in the work by Jefferson and Schenkein (1978) on "Correction Sequences," which may be seen to be specifically addressed to violations of the Quality maxim.

Violations of the Quality maxim. Jefferson and Schenkein (1978) describe and present an example of what they call a Correction Sequence, in which the request for repair is directed to some aspect of an interlocutor's utterance that is regarded as false, lacking in support, or based upon very limited experience. In Jefferson and Schenkein's representative case, an adolescent boy takes violent issue with what he regards as his mother's overestimate of his weight. However, virtually any "energetically controversial matter" (Jefferson and Schenkein, 1978, p. 165) could provide the impetus for a Correction Sequence. The basic steps in a Correction Sequence, according to Jefferson and Schenkein, are a Correction Solicitor, a Correction, and an Acknowledgment. In its expanded version, a second Correction Solicitor initiated by the author of the problematic item may be inserted between the first Solicitor and the Correction, much like a contingent query or embedded request:

A: Why did you tell Kevin I was coming in on Thursday?
B: Well, aren't you?
A: No, on Wednesday.
B: Oh, O. K.

In this case, the author of the troublesome item does get to terminate the sequence, but only by virtue of the fact that she initiated a new Correction or side sequence of her own; in this regard, the example is quite rule-conforming.

Repairs directed to violations of the Quality maxim need not involve a Correction in the "request-for-repair" slot; any indication that the prior speaker's utterance is problematic with respect to its claims or warrants will qualify as initiating a repair sequence of this type. In the following example, the initiator requests repair by virtue of a series of demonstrations of his skepticism:

```
1    A:   Well, we didn't have T.V. where I was*
2         until last year.
3    B:   Really?
4    A:   Yeah.
5    B:   You kidding?
6    A:   Huh uh.
7    B:   Golly. Did you live in a log cabin or some-
8         thing?
9    A:   No. It was because the mountains blocked us
10        from getting reception to our house.
11   B:   Oh. Yeah.
```

The repair sequence above conforms to the canonical form, with requests for repair at line 3, 5, and 7-8, a remedy at lines 9-10, and an acknowledgment at line 11.

Violation of the Relevance maxim. Violations of the Relevance maxim fall under the heading of what Remler (1978, p. 396) calls "information link repairs," which "occur when the listener shares the identities of referents with the speaker but does not completely understand how certain bits of information in the utterance are related to other information on various levels of the topic structure." Remler suggests that there are three types of repairs directed to the issue of relevance. In a *frame* repair sequence, the initiator is concerned with an apparent lack of relation between an utterance and the topical macrostructure. A typical request for repair would be "What's that got to do with anything?" (Remler, 1978). In a *figure* repair sequence, the initiator of the sequence is perplexed as to how some element or character in the utterance fits into the larger picture. The repair request might be, "Where does *she* come into it?" In a *focus level* repair (Remler, 1978), it is not clear as to which referent some predication attaches. In the following example, it is not clear whether B's "Why?" and its implicit proposition "There is a reason for X," attaches to A's alleged mental state or to B's attribution to A of that mental state:

B: I think you came to work in a bad mood today.
A: Why?
B: Why? I don't know. Probably because you had another fight with your wife.
A: No, I mean why did you decide that I must be in a bad mood?

Vucinich (1977) was interested in examining the kinds of Relevance-related remedy sequences that followed the production of totally noncohesive and partially noncohesive turns. A totally noncohesive turn was one which exhibited no relationship whatsoever to the ongoing conversational topic; for example, having a confederate introduce the utterance "Monopoly is a really fun game" into a discussion of the hardships of final examinations (Vucinich, 1977, p. 235). Partially noncohesive turns were created by manipulating the local proposition links between utterances. Confederates supplied an utterance with an improper cause, effect or identity relationship to the immediately prior turn. For example, the B turn in the following asserts an improper *identity* relationship:

A: My children never give me a minute's peace.
B: Yeah, it's like with nuclear weapons.

While a reply could be formed that might integrate the B turn into the current topic (for example, "Yeah, they should both be banned"), it would require considerably more than the usual amount of cognitive effort.

Vucinich examined the effects of fully and partially noncohesive turns on subsequent responses, using the following as indices: the presence of requests for repairs; the latency of response; and significant internal responses (i.e., recall; Vucinich, 1977, pp. 236-238). Vucinich also coded post-irrelevancy responses into one of four topic reference categories: (1) *focus*, in which the noncohesive turn informed subsequent talk, and all talk about the pre-irrelevancy topic was abandoned; (2) *die*, in which a new topic unrelated to either prior talk or the noncohesive turn was taken up; (3) *ride*, in which the noncohesive turn was ignored, and talk resumed on the former topic; and (4) *contribute*, in which the hearer found a way to incorporate the topic of the irrelevancy into the former topic.

Vucinich found that for fully noncohesive turns, post-irrelevancy latencies were significantly longer than were latencies following cohesive turns; more requests for a remedy were initiated; talk about the pre-irrelevancy topic was significantly more likely to be abandoned; and fully noncohesive turns were significantly more likely to be recalled (Vucinich, 1977, pp. 240-242). For the partially cohesive turns (turns with an improper unit relationship to a prior), results were quite similar, although the old topic was not as likely to be abandoned as it was following a wholly noncohesive turn. there was no significant difference among effects of the improper-unit-relationship types of post-irrelevancy responses.

Violation of the Antecedence maxim. Remler (1978, p. 395) has described a class of discourse level repairs that she calls "information structure repairs": "misnegotiations of the given-new contract," in which the request for a remedy is directed to the fact that what the speaker has presented as "old," or "given," is in fact without a unique antecedent in the hearer's awareness. Remler proposes that there are three varieties of repair sequences addressed to violations of the antecedence maxim. In the first, the speaker fails to supply the identity of a specific referent:

A: I saw Roseanna at the conference and she said
B: (Who's Roseanna?

In the second category, not only does the hearer have no unique antecedent for the referent, she has no idea to what class of phenomena it might belong:

A: How could you do that to me!
B: What did *I* do?

Finally, in the third variety, what is missing is a bridging proposition to link the new information to the hearer's prior knowledge:

A: Congratulations!
B: You mean I got it?

Repairs Addressed to Violations of the Turn-Taking System

Repairs may be addressed not only to violations of conversational maxims, but also to failures related to the turn-taking system. The presence of gaps and overlaps is a possible source for the generation of repair sequences, as is failure to obey the requirements of conditional relevance and take a turn when summoned.

There does not appear to have been much work done on repair sequences subsequent to *interruptions,* perhaps because such repairs occur so infrequently as to be of little interest. As was demonstrated in Chapter 3, ordinary language users are quite sensitive to the issues of timing of interruptions and the extent to which interruptions produce discontinuities in the talk of the speaker with a legitimate claim to the floor. Reardon (1982) reported that even very young children seemed to be sensitive to turn-taking rules, and that their ability to account for hypothetical others' violations, such as interruptions, increased with age and with greater complexity. What was of most interest in Reardon's findings is that many of the children, even the more complex ones, predicted uncooperative outcomes and additional interruptive behavior for subsequent interaction between the hypothetical partners. Given the comparative absence of indications that violations of the "one-party-talks-at-a-time" rule are routinely impaired, the children's response suggests they are insufficiently mature to realize that even in cooperative environments interruptions are commonplace and generally provide little threat to coherence.

McLaughlin and Cody (1982) were interested in the effects of conversational *lapses*, of which we spoke at length in Chapter 3, on subsequent strategies for restoring connected talk. McLaughlin and Cody hypthesized that the most obvious way to reinstate talk subsequent to a lapse was for one of the parties to pose a *question,* since a question would be implicative for at least one additional turn. While it was not suggested by McLaughlin and Cody that this was a good strategy, since it guaranteed only a minimum of two turns, and guaranteed almost exactly that if the question were of the closed-ended variety, nonetheless it was hypthesized that this would be the device of choice.

McLaughlin and Cody found that many of the post-lapse sequences in their sample contained a *question-answer* adjacency pair. Generally speaking, the person who first took a turn *after* a lapse, whom we shall call "B," was not the last person who spoke, so that the "burden" of the lapse, in effect, was laid at the feet of B, and the lapse treated as his latency. Considering only those cases in which a question was the first post-lapse utterance, the last speaker before the lapse was more likely to be the first speaker after it, although not significantly so. The most common question-answer sequences subsequent to a lapse were (1) lapse, A questions, B acknowledges; (2) lapse, A questions, B edifies; (3) lapse, A questions, B questions; (4) lapse, B questions, A discloses; and (5) lapse, B questions, A edifies. Below are presented examples of sequences (4) and (5):

> **B:** I had a good time. They thought I spoke Spanish well. I'd*
> like to get down there and put it to good use, maybe
> some kind of business related stuff.

(   )
A: Uh huh.

(4)

(13.3)

B: Do you li- do you enjoy sports or anything?
A: Yeah, I love to play sports.

A: Yeah. I think that's what it was.*
B: Boy, that's a young team, too. Sure is.

(5)

(4.5)

B: Who do you think'll take the title in college basketball?
A: Probably DePaul.

It is worth noting that in both of these examples, another lapse occurred within a few seconds of the previous one, suggesting that the closed-ended question strategy could not be counted on to sustain talk for any length of time.

Merritt (1982) has addressed herself to another violation of turn-taking rules: *the absence of a response to a summons.* We have described in the previous chapter the strong demands for a response that the summons places upon its addressed recipient. Merritt, however, has described an environment in which the usual requirements of conditional relevance apply very weakly—the elementary classroom. Merritt was interested in looking at how elementary students gain the attention of their teachers; specifically, she examined *replays* of the original summons which occurred after a child had failed to gain the teacher's attention on a first try. The problem was described by Merritt as one of conflicting activity domains: "the teacher has a special interactional role which is reflected in the control she exercises over the vector of activity that she is engaged in, and the extent to which students seek to engage her in their individual vectors of activity" (Merritt, 1982, p. 142). Merritt found that, in contrast to Schegloff's rule that an unanswered summons is repeated no more than three to five times (see Chapter 5), children who failed to engage their teachers in their own activities could be extremely persistent in replaying the solicitations (a fact that Schegloff, 1968, noted to be very annoying to adults). In one of Merritt's examples, a child replayed the same summons fourteen times before he was able to engage his teacher's attention. What Merritt's work suggests is that not only do children not observe the terminating rule, but adults operate on the assumption that a child's initial summons can safely be ignored if need be, as she will be sure to continue reinstating it until her solicitation receives a reply. On the other hand, Merritt's data could be read as suggesting that adults regard children as nonpersons whose utterances are implicative for their own only when it is convenient for them to be. Clearly, only a person who was mad, bad, or deaf would ignore fourteen summonses in a row from another adult in the same room with him. In fact, the teacher's behavior in ignoring a child's repeated solicitations can be seen to be part of the socialization process, in which a child is taught that the "demands" of conditional relevance, which she learns very early (Foster, 1982), are superseded by the requirements of cooperative action: the need to wait one's turn, not interrupt, and so forth. Merritt's work is a good example of the case in which one party's efforts at repair are rebuffed by virtue of the other's concern for higher-order rules.

Illocutionary repairs. Before we leave the topic of repairs addressed to violations of conversational rules and assumptions, we might consider a class of repairs directed to violations of constitutive rules, which Remler (1978) has called "illocutionary repairs." In a request for an illocutionary repair, either hearer or speaker can be understood to be making the claim that each of them may have a different understanding of the force of some particular prior utterance. Illocutionary repairs may be addressed to force conditions, sincerity conditions, propositional content conditions, and so on. In a *force* repair request, the speaker asserts that the purpose behind her utterance was misunderstood (Remler, 1978, p. 397):

A: When is the dinner for Alfred?
B: Is it at seven-thirty?
A: No, I'M asking YOU.
B: Oh. I don't know.

In a *sincerity* repair request, the speaker questions whether or not the author of the repairable believes in the truth of what he has said:

A: I think this is one of the best papers you've ever written.
B: Do you mean that, or are you just being nice?

In a *propositional content* repair, the speaker can be understood as claiming that the proposition expressed was inappropriate for the kind of speech act its author intended it to be:

A: You think just like a man.
B: Is that supposed to be a compliment?

Repairs Addressed to Extra-Conversational Violations

In this section, we will examine repair sequences in which the request for repair is addressed to something other than violation of a conversational maxim; for example to some idea or belief that an actor has stated, to which the hearer takes exception; some untoward act or *offense* (Blumstein, 1974) that the actor has committed; or some obligation that the actor has failed to fulfill. These exceptionable behaviors (real and imagined) may all be lumped together under the rubric *failure events* (Schonbach, 1980; McLaughlin, Cody, & O'Hair, 1983).

The management of failure events: account sequences. Schonbach (1980) has presented a taxonomic scheme for the stages of failure events, in which he has drawn upon earlier work by Scott and Lyman (1968), Sykes and Matza (1957), Harré (1977), and others. According to Schonbach, each episode related to a failure event may be said to consist of four stages: the *failure event* itself, the *reproach*, the *account*, and the *evaluation*. What Schonbach describes here is clearly in conformity with the canonical form of the repair sequence presented earlier, where the reproach corresponds to a request for repair, the account corresponds to the remedy, and the evaluation corresponds to the acknowledgment.

McLaughlin and Cody and their colleagues have done a series of studies (McLaughlin, Cody, & O'Hair, 1983; McLaughlin, Cody, & Rosenstein, 1983; McLaughlin & Cody, in press) on the management of failure events, specifically looking at the effects of different forms of reproach on the choice of strategies for accounting, and the effects of the accounting strategy on the ultimate disposition of the failure event. The first study in this series was based on subjects' recollections of how they and some other individual, usually a close friend, parent, or employer, had collaboratively managed a failure event episode. Subjects in the McLaughlin, Cody, and O'Hair study were asked to describe the circumstances surrounding the episode, including how they were reproached, how they dealt with the reproach, and how they evaluated each of the following: (1) the intimacy of their relationship with the reproacher; (2) the relational consequences of the accounting strategy they chose; (3) the extent to which the reproacher was the dominant one in their relationship; (4)

the importance of getting their account accepted; (5) the importance of maintaining positive face; (6) the importance of maintaining the relationship; and (7) the severity of the failure event (McLaughlin, Cody, & O'Hair, 1983, pp. 216-217). Subjects' protocols were also coded for the degree of guilt expressed by the actor with respect to the failure event.

In coding the data on how people were reproached for failure events, McLaughlin et al. found that these requests for repair were of six varieties: (1) *silence*—for example, a policeman pulling a speeder over, asking for his license, but saying nothing further; (2) *behavior cues*—for example, frowning or looking disgusted; (3) *projected concession*—for instance, speaking as if an admission of guilt or an apology were forthcoming; (4) *projected excuse*—for instance, indicating that the actor was probably going to deny responsibility for the failure event; (5) *projected justification*—for example, indicating that the actor would probably try to defend the failure event or minimize its severity; and (6) *projected refusal*—for example, implying that the actor would refuse to admit guilt. Using Labov and Fanshel's (1977) notion of the "aggravating" and "mitigating" forms of the performance of speech acts, McLaughlin, Cody, and O'Hair speculated that implying that the other owed an apology, or was likely to try to minimize severity or deny guilt were highly aggravating forms of reproach, and that they might be expected to be met with more aggravating forms of reply during the accounting stages of the failure event episode.

McLaughlin, Cody, and O'Hair (1983) proposed that possible responses to reproaches were of five varieties, the first four of which are from Schonbach (1980): *concessions*, which may include acknowledgments of guilt, apologies, or offers of redress; *excuses,* in which the actor admits that the failure event occurred, and that it was harmful, but denies personal responsibility for it (Scott & Lyman, 1968); *justifications*, in which the actor accepts responsibility for the failure event, but denies that it was serious, or unwarranted; *refusals*, in which the actor denies guilt, denies the existence of the offense, or challenges the reproacher's right to request repair; and *silence*, by which the reproached individual avoids referring to the failure event in any manner whatsoever (McLaughlin, Cody, & O'Hair, 1983, pp. 209-210). Examples of concession, excuse, justification, and refusal and presented below, in that order. They are from a data set collected by McLaughlin, Cody, and O'Hair:

I said it wasn't that I didn't think about writing or calling- I did- but I had so much on my mind- I was just doing the things I had to absolutely get done. Contacting you was very important to me. *I'm sorry you got the wrong impression.*

I came into work 20 min. late and my boss looked at me as if she expected me to say something. I felt that 20 min. late was a lot of time, therefore, I should have already been at work. I said, *"The dryer broke down so I had to go somewhere to dry my uniform."*

I related to him the incident that had caused me to be up very late the night before my absence. He agreed that it was justifiable and excused me. *The reason I was out so late is that a friend of mine left a suicide note and some of us went to find her.*

In accounting for the acquisitions [sic] made against me, I simply told the warehouse man to check the inventory and note that I had listed the crib as being broken. He then just blew off the fact that I had listed the crib as being broken and made a comment suggesting that I was lying. *I then told him to check the inventory and not to accuse me of doing something I had nothing to do with.* The conversation ended there.

Account strategies were viewed by McLaughlin, Cody, and O'Hair as falling along a continuum with concessions being most mitigating, followed by excuses, justifications, and refusals, which were regarded as defining the aggravating end of the continuum (1983, p. 212).

McLaughlin, Cody, and O'Hair found that the way in which a reproach was done was an excellent predictor of the actor's choice of repair strategy: "mitigating reproaches led to mitigating account behavior, and aggravating reproaches evoked aggravating strategies in response" (1983, p. 222). This could be explained in part by reciprocity effects, and in part by the presence of interlocking preconditions (Searle, 1975) for the performance of the respective acts. The examples below are instances of the effects of aggravating reproaches in eliciting aggravating accounting behaviors. The examples are from the data set collected by McLaughlin, Cody, and O'Hair.

They both said, "Why haven't you come by to see us?" "Couldn't you have called?" "You have gone by to see everyone else!" I told them that they could have come to see me. I was the one who had come home for a visit. Why didn't they make an attempt to call or come by to see me?

She said, "What the heck are you doing with my boyfriend at 1:30 in the morning when you said you'd be up 2 hours ago?" I answered: "We're only talking and it happens to be about you. Charlie (her b-friend) just needed someone to talk to and so here I am. You really ought to know me better by now.

Tupperware!?!? He said it rather loudly, as if "what a dumb thing to buy." My response: "Your best friend's wife had a Tupperware party and I had to buy something."

Another variable that predicted to the choice of repair strategy was the degree of guilt expressed in the protocol, with the "more guilty" being more likely to concede. Severity of the event was a good predictor of the use of mitigating strategies. A low orientation to instrumental goals was associated with the use of justifications or silence. Relational variables such as intimacy and desire to maintain the relationship were poor predictors of the choice of strategy to manage a failure event.

In the second study in the series on the repair of failure events, McLaughlin, Cody, and Rosenstein (1983) looked at repair sequences in conversations between strangers. It became immediately apparent that while these episodes conformed to the canonical form of the repair sequence, the specific characteristics of the early portions of the sequence, involving the perceptions and claims of the reproacher, were different from the failure events reported in the first study. In the McLaughlin, Cody, and O'Hair study, virtually all of the failure event episodes took place in the context of relationships such as parent-child or employer-employee in which there was a well-established network of corresponding sets of rights and obligations (McLaughlin, Cody, & O'Hair, p. 103). The kinds of repair sequences found in conversations between strangers dealt not with violations of rights and failure to fulfill obligations, but with issues of similarity and dissimilarity, agreement and disagreement. Most of the "offenses" were relatively nonserious. What in the case of stranger interactions the reproacher seemed to be doing was either (a) dealing with an apparent dissimilarity or disagreement as a potential threat to mutual liking and current relational comfort; or (b) exploiting the dissimilarities as an interactional resource, in the sense that disagreements may serve as a basis for conversational expansion (McLaughlin, Cody, & Rosenstein, 1983, p. 103).

McLaughlin, Cody, and Rosenstein (1983, p. 103) proposed that account sequences in conversations between strangers consisted of a minimum series of three turns: a reproach, an account, and an evaluation. While they found that the accounting strategies used in the stranger interactions fell into virtually the same categories as those found in the recall data from the earlier study, the strategies for reproaching were different, primarily in that they were less inclined to *project* the form of the account that was to follow. This no doubt was a function of the fact that, being strangers, there was not much of a knowledge base from which the parties could make predictions. Furthermore, strangers were less inclined to attempt overt guilt manipulations, as in a projected concession, presumably because there were no feelings of relational indebtedness to exploit (McLaughlin, Cody, & Rosenstein, 1983, p. 109).

Four categories of *reproach* or request for repair emerged from the data. In the first, an expression of *surprise or disgust*, such as "You're kidding!" or "What??" or a mirror question, the reproacher performs what Remler (1978) has called a "pseudo-repair": her utterance does not reflect a sincere misapprehension of the putatively repairable utterance, but is used rather to express disagreement, disbelief, or negative evaluation:

A: Well, I'll probably work Christmas Day.*
      I-
B: *(CHRISTMAS DAY?!!*
A: I worked Thanksgiving Day, see.
B: Oo-o. Ha ha.
A: See, we're open- it's cotton season=
                              (   )
B: Yeah.
A: =shipments are right now- we're open
      twenty-four hours a day, you know, so=
B: =you have to be there.
A: Yeah.

A more subtle form of reproach involves an implicit comparison between the moral or intellectual character of the reproacher and the target of her reproach. The reproacher "suggests that someting about the other's taste, lifestyle, work habits, or current mode of interacting is not quite up to his or her own high standards" (McLaughlin, Cody, & Rosenstein, 1983, p. 109). This reproach form was labeled "moral-intellectual superiority"; some examples of it are presented below.

B: No- its' too much of an individual effort.*
    I get more joy out of teamwork than individually.
A: I always liked the individual. *I never liked
    to depend on other people for my success.*
B: Well, I don't DEPEND on them, but it just
    helps to have other people helpin' you'n
    everything.

A: I'm not into money.*
B: *Why don't you want to be something else
    besides a teacher?*
A: Well, see, my major was business=
                                ( )
B: Oh!
A: .=but I didn't know what I wanted to be.
B: *What's it like when you feel that gettin'
    married'd be the best thing?*
                    (1.0)
A: I don't know.
B: *I mean what is it like?*
A: I don't know.

A third form of reproach that was common to interactions between
strangers was a *direct request for an account*, in which the reproacher
explicitly asks for an explanation or justification for the repairable:

B: What are you gonna be doin' once you*
    graduate?
A: I have no idea.
B: *What's this gonna get ya?* I mean,
    you know, hundreds of good courses here-
    *I mean good majors. But what'll speech comm
    do?*

Finally, reproaches in conversations between strangers appeared
as *direct rebukes*, in which the reproacher provides an explicit,
negative characterization of some aspect of the other revealed in
his talk:

B: I work four to twelve on Fridays and eight*
    to six on Saturday mornings, eight to six
    on Sundays=
            (   )
A: Hmm.
B: =and Mondays to six in the evening.
A: *You don't want too much social life, do
    you?*
B: I do all right.

A: I don't like it. Too many Mexicans in there.*
B: Oh. *You're prejudiced.* (McLaughlin, Cody, &
      Rosenstein, 1983, p. 110)

The way in which an account was *evaluated* seemed to fall into one of four categories. In the most favorable form, *honor*, the author of the reproach acknowledges her acceptance of the account, with agreement, endorsements, laughter, and so on. In the short sequence below, we have a *surprise-digust* reproach at line 6, a *justification* at line 7, and an *honor* at line 8:

1   A: What's your major?*
2   B: Ag education.
3   A: Oh, really? Are you gonna be a teacher
4   or
5   B: (I don't know.
6   A: Ha ha. You don't KNOW?!! Ha ha.
7   B: Ha ha. Who knows?
8   A: Yeah, really.

In a slightly less favorable form of evaluation, but one that nonetheless is equally suited to closing off the repair sequence, the reproacher *retreats* from her original position after an account has been provided. In the following example (McLaughlin, Cody, & Rosenstein, 1983, p. 112), B withdraws from his implicit earlier suggestion that A is responsible for the tension they are experiencing, and blames it on the fact that their conversation is being recorded:

B: No- we not- we need to talk now.*
      It's not relaxed in here.
A: (I know. Well.
B: *Just tension. It's this thing* (recorder)
      runnin' here. (McLaughlin, Cody, & Rosenstein, 1983, p. 112)

Retreating may also be accomplished by the reproacher's "agreeing to agree" with some side issue or entailment of the original repairable.

In the third evaluation form, the reproacher does not provide even partial honoring; rather, he *rejects* or *takes issue* with the other's account, or he *reinstates the reproach* as if to cancel or erase the account. In the example below, A has just reproached B for watching soap operas, to which B has replied for the second time that "It's just like readin' a book," a claim wich A *rejects* at line 1. An elaboration on the book theme is immmediately *rejected* at line 3, and an example developed whose ultimate formulation is an *reinstatement* of the moral-intellectual superiority reproach with which A originally began: "I have enough problems of my own without gettin' all involved in some little fictional problem" (McLaughlin, Cody, & Rosenstein, 1983, p. 110):

```
 1  A:  No-o. Ha ha. Not for me.*
 2. B:  I mean they got stories, you know.
 3. A:  Oh, they just drag and drag, Well, we were
 4      at the lake with his parents- and his mother
 5      and little sister- we would be out (swimmin')
 6      or Dan and I would be out in the boat, you
 7      know, skiin' and everything, you know- his
 8      mom and little sister were in the cabin
 9      watchin' the soap operas.
10  A:  Oh. Ha ha.
11  B:  I couldn't hardly believe it. People can
12      get so hung up on those.
```

Finally, the evaluation was sometimes omitted entirely, as the parties simply *dropped* the subject or *switched topics* immediately after the account. This happened in about a quarter of the cases. In the example below, A rebukes B at line 4 for finding her dull, B rejects her reproach at line 5 and the issue is then dropped.

```
 1. B:  'Scuse me- I'm yawnin'.*
 2  A:  Ha ha- gonna fall asleep.
 3  B:  No-o. Ha ha.
 4  A:        (Ha ha, I'm not exciting to talk to.
 5  B:  Oh man, Yeah you are.
 6  A:  Hmm. How many more minutes?
```

McLaughlin, Cody, and Rosenstein found that the selection of a strategy for accounting was determined both by the nature of the offense and the type of reproach used. For example, excuses were apt to be offered for "offenses" having to do with personal tastes:

```
A:  I like soap operas! Oh! I just=*
A:              (You do?!!!
A:  =watch them all too often.
B:                  (Ha ha ha.
A:  Ha ha. I like, uh, Days of our Lives, things like that.
B:  (nonverbal display of disagreement)
A:  You don't? That's about the only- we don't watch it at night-
    we're just so busy, 'n we just- you know- are studyin' or
    something.
```

Failure to account was associated with moral-intellectual superiority reproaches and direct rebukes. Refusals were associated with offenses of taste, attitude, belief, and with rebukes or imputations of superiority to the reproacher.

Reproachers were likely to honor excuses overtly, but did not necessarily do so for concessions, probably because apologies or admissions have to be "accepted" in such a way as to preserve the other's face; to accept them directly is to appear smug. Accepting a concession or admission is usually done by minimizing the offense or making excuses for the offender. Concessions and justifications were likely to be followed by retreats. Justifications, refusals, and failures to account were significantly likely to be followed by rejection statements or reinstitution of the reproach, as the example below illustrates. A opens with a surprise-disgust reproach at line 3, reformulated at lines 5 and 7. B fails to provide any substantive account for her offense, and so at line 11, A escalates to a moral-intellectual superiority reproach, albeit a camouflaged one, in which A implies that B is incautious. B then initiaties a defense with a justification, at line 12, which still fails to convince A, as we see at line 21, where she challenges one of the underpinnings of B's line of argument. Finally, A addresses herself to this subpoint, and B performs a retreat, accepting the subpoint but not the entirety of A's whole line of talk.

1	**A:**	You all plannin' on gettin' married?*
2	**B:**	Yeah, in about a year.
3	**A:**	Really??
4	**B:**	Uh huh.
5	**A:**	A year after high school?!!
6	**B:**	Uh huh.
7	**A:**	Wow!
8	**B:**	Yeah, and a semester after high school
9		(?) and he's only got a semester left.
10		He's a junior.
11	**A:**	I think I- I don't know- I'm pretty chicken.
12	**B:**	It depends- it depends upon who you met. Like
13		you met somebody, like we've been dating over
14		a year and you know, we thought about waiting
15		until after we graduated but he may have to leave
16		here for five or six months to go off to New
17		York or somewhere, that's it. It doesn't make
18		any difference if we were married. It would

19		be the same- it wouldn't change that much the
20		way we lived (?).
21	**A:**	Really?
22	**B:**	Well, not all the time. I go over there and
23		study all the time and we're always together.
24	**A:**	Yeah, I see. That's good.

A final determination with respect to the antecedents of the reproacher's evaluation was that if no account whatsovever was provided, that is, if the reproached individual failed to demonstrate uptake of the reproach, in addition to reproach reinstatement, there was a significant likelihood that the issue would simply be dropped.

Apologies and Dismissals

Apologies and dismissals represent elements of the repair organization of social interaction that have not received the extensive scholarly attention that has been directed toward "accounts" in the narrow sense, that is, toward excuses and justifications. Yet, work by McLaughlin and Cody and their colleagues clearly indicates that conceding and refusing are commonplace strategies in dealing with charges that one's statements or behaviors are in some manner exceptionable. Let us look first at apologies.

Apologies

Fraser (1981) has laid out the preconditions for the felicitous performance of an apology, in terms of a set of sincerity conditions. In order to believe that a speaker is apologizing, a hearer must believe that the speaker believes (1) that some act was performed in the past; (2) that the act was personally offensive to the hearer; (3) that he (the speaker) was responsible for the offense, at least in part; and (4) that the (the speaker) sincerely experiences regret for his actions (Fraser, 1981, p. 261).

Edmondson (1981c) proposes that apologizing is an example of a speech act that must be performed directly; to support his point, Edmondson compared COMPLAIN and APOLOGIZE, both of which involve for the same offense, the same actors, and a set of interlocking preconditions. An APOLOGY "counts as an attempt on the part of the speaker to cause the hearer to withdraw a preceding COMPLAIN" (Edmondson, 1981c, p. 280). For COMPLAIN, however, directness is not lexicalized, but for APOLOGIZE it is; "I APOLOGIZE that I did X" (Edmondson, 1981c, pp. 278-279). Edmondson attributes this property of apologies to the hearer-supportive, speaker-suppressive maxims examined in earlier chapters.

Schlenker and Darby (1981) propose that an apology is a way of splitting off the "bad self" that was responsible for an offense, from the "real self," which would not have undertaken such an action had it not been for thus-and-so. Schlenker and Darby (1981, p. 272) have identified five components of an apology: (1) a statement of apologetic intent (that is, the kind of act described above by Fraser and Edmondson): (2) an expression of "remorse, sorrow, and embarrassment"; (3) an offer of redress; (4) pejorative statements about the self; and (5) requests for forgiveness.

Schlenker and Darby hyphtesized that the greater one's respon-sibility for an event and the more serious its consequences for the "victim," the more likely it is that multiple apology components will be deployed. Schlenker and Darby had subjects read scenarios about a "bumping" incident in which the actor had either very little or a great deal of responsibility for the event, and in which the conse-quences of the event appeared to be either minor, moderate, or serious for the victim. Schlenker and Darby found that both severity and degree of actor responsibility had an impact on the apologies selected, in that as responsibility and severity increased, more apology components were added. Schlenker and Darby obtained "completeness" ratings for apology elements, and found that apologies could be ordered from least complete (a perfunctory statement of apologetic intent, such as "Pardon me"), through a perfunctory statement of regret ("I'm sorry"), a self-castigation ("I'm sorry, I feel foolish"), an expression of remorse ("I'm sorry, I feel badly [sic]"), an offer of help ("I'm sorry, can I help"), to the most complete form, a request for forgiveness ("I'm sorry, please forgive me"), (1981, p. 277).

Fraser (1981) found that when infractions were more serious, apologies were likely to be accompanied by excuses and justifications. In the most serious cases, offers of redress were common. When apologies were made in formal situations, the performatives (I apologize for X") or pseudo-performatives ("I must offer you an apology for X") were the norm, while in intimate relationships performatives were less common than utterances like "Oops" or

"I'm an idiot," which are more on the order of omissions than anything else (Fraser, 1981, p. 268).

Dismissals

Whereas apologies represent the most mitigating class of stategies that can fill the "remedy" slot in a repair sequence, dismissals are representative of the most aggravating form of remedy—the dispreferred form, if you will. Wagner (1980) has suggested that there are a number of ways in which persons may respond to attacks upon their character, intellect, and human worth. *Dismissing,* as Wagner describes it, involves a collection of techniques for refusing such an attack, that is, for canceling it or causing it to be withdrawn. A number of Wagner's techniques can be seen to have parallels in disclaimers, and are addressed to the same sources of discredit. For example, attacks may be dismissed by claiming that the attacker is misinformed, or ignorant. Similarly, attacks may be forestalled by a hedging disclaimer, by admitting that one might be misinformed or ignorant. An attack may be dismissed be referring to the other's "dark side" and "potential for ill will"; that is, one can claim that the other is just the "sort of person who attacks" (Wagner, 1981, p. 615). Similarly, credentialling disclaimers can be seen to be addressed to forestalling attacks on these grounds: for example, "I'm not a prude, but" or "I'm no racist, but."

Dismissals may also be constructed by claiming that the attacker is crazy, just as "cognitive disclaimers" are used to ward off charges that the author of a dubious utterance may be crazy. Other of Wagner's dismissals strategies can be seen to have parallels in apology components. An attack may be dismissed by claiming that the attacker has unfairly attributed to the "true " self what in fact was properly attributed to some "diminutive or foreign part of it" (Wagner, 1981, p. 610). Similarly, an apology can be fashioned by proposing that the blame for an untoward act is properly placed with the "bad" part of the self, and that the true self is untarnished.

SUMMARY

Preventatives and repairs are, broadly construed, responses to the presence, or potential presence, of negative typification arising from violation of conversational and societal rules. Preventatives include devices like disclaimers and licenses. In a disclaimer, the author of a potentially discrediting utterance hedges or prefaces the utterance with statements designed to establish her as a thoughtful, responsible, rational member of society, despite the probability that the impending utterance will give evidence to the contrary. Disclaimers are regarded by some scholars as facilitative in the prevention of discrediting, and by others as having a detrimental effect on perceptions of the communicator's competence. Licenses are speaker-initiated devices used to elicit approval and understanding, and prevent other-initiated repairs, or violations of the maxims of Quality, Quantity, Relevance, and Manner.

Repairs are addressed after the fact to violations of grammatical, syntactical, conversational, and societal rules. Repairs may be either self-accomplished, other-accomplished, or collaboratively achieved. The conversational system seems to demonstrate a preference for self-initiated over other-initiated repair, as the slots for self-initiated repairs are structurally prior to the slots for other-initiated repair. There is also a systematic preference for self-repair to be accomplished within the same turn-constructional unit as the problematic item.

Other-initiated repair may be directed to violation of conversational rules and maxims or to extra-conversational offenses. The canonical form of a repair sequence for an other-initiated repair consists of a three-turn series: the request for repair, the remedy, and the acknowledgment. Repair sequences constitute a special case of the side sequence, in which parties detour from ongoing talk to deal with some side issue raised by the talk. Repairs addressed to violations of the Quality maxim (for example, information structure repairs), have been documented. Repairs may also be directed to turn-taking violations such as lapses and failure to answer a summons.

Repair sequences may also be addressed to extra-conversational violations. The canonical form of such sequences is identical with conversation-internal repair sequences, but the labels reproach, account, and evaluation are usually employed in the case of extra-conversational repairs. Considerable evidence exists that the form in which a reproach (request for repair) is formulated has a strong influence on the type of account that will be provided: aggravating reproaches such as direct rebukes tend to elicit like responses, that is, aggravating account forms such as justifications and refusals. Apologies and dismissals are the extreme and opposite forms of the kinds of acts that can be placed in the remedy slot. Apologies are remedies whose complexity (number of components such as remorse, redress, etc.) increases as offense severity and actor responsibility increase. Dismissals are shown to be addressed to the same sources of discredit as apologies and disclaimers.

7

Significant Issues in Research on Conversation

◆ The search for a set of rules that can account ◆
for structure in conversational interaction has engaged the energy and
imagination of scholars in a number of disciplines. The diverse
methodological commitments that these scholars have brought to the
pursuit of the conversational rule preclude our presenting in this final
chapter issues particular to any specific methodological stance;
consequently, there will be no treatment of such problems as
transcriber reliability, coding scheme validity, static versus sequential analysis of data, and so forth. However, there do seem to be a
number of issues related to the actual doing of research on conversation that pertain regardless of discipline or perspective, to wit,
issues of *observational and explanatory adequacy* (Chomsky, 1965;
Grimshaw, 1974). In making a claim that there is a rule that accounts
for structure, the researcher regardless of his or her theoretical and
methodological predispositions must be prepared to demonstrate not
only that all the pertinent data have been collected, but that the
proposed rule or rule-set is consistent with an empirical generalization
about significant patterns or regularities in the data set, and that the
proposed rule is a better explanation of the observed regularities than

an alternative plausible rule or perhaps some law-like governing mechanism. Let us first consider the issue of *observational adequacy*.

ISSUES RELATED TO
THE ADEQUACY OF OBSERVATION

The first responsibility of those who would make a claim to have discovered a significant aspect of conversational structure is to demonstrate that all of the perinent facts have been assembled:

> Observational adequacy implies that all relevant data needed for adequate structural description and for the discovery of rules are collected, whether those data be speech utterances, kinesic accompaniment to speech, knowledge of social relationships, intended ends of speech events, or whatever [Grimshaw, 1974, p. 420].

The Conversation as a Data Base: Standards of Adequacy

The most fundamental data base will of course consist of a corpus of conversations or conversation excerpts held to be representative of the domain of interest. Grimshaw (1974, p. 421) has noted four data types that appear to be used with some frequency in ethnographic studies of speaking: (1) "naturalistic" conversation in everyday, ordinary settings; (2) "natural" speech obtained in laboratory or other controlled environments; (3) samples of specific speech behaviors that are elicited as the result of a direct request from the researcher; (4) samples of "spoken" discourse taken from literary and/or historical sources. To this list we might add a fifth source, (5) examples of spoken interaction "constructed" by the researcher herself.

There seems to be little consensus as to the types of data most suitable for conversational analysis. While Sacks and his colleagues Schegloff and Jefferson have been criticized for what Edmondson (1981b) describes as their "highly selective" approach to data, that is, their use of conversation excerpts particularly well suited to showcasing their constructs, the same data sets have generated admiration because of the diversity of the topics and participants and the apparent naturalness of the settings in which they were recorded. Nor does there seem to be much agreement as to how many examples are required to demonstrate a regularity, much less a rule. While traditional empiricists strive to record and examine as many examples as possible, conversational analysts following the "method of analytic induction" (Jackson, 1982) may apparently make their case for a particular rule with only a few examples, provided that they can make credible the claim that no counterexamples could be found, or that the examples themselves are counterexamples to the only plausible or logical alternative to the proposed rule.

Examples of conversation from literary materials. Just what are the relative advantages and disadvantages of each of the five types of data noted above? It is probably fair to say that recourse to literary materials, while exceedingly convenient for the researcher, is nonetheless the least advisable way to proceed. While the application of analytical tools developed for the study of conversation may lead to new insights about literary structure or substance, it seems unlikely that the contrived discourses of a play or novel will offer up many useful leads to the organization of everyday conversational interaction. For example, take the case of the speech act *request*. It is extremely common to the dramatic form that characters use the imperative or explicit performative in trying to gain compliance from others. Yet work by Searle (1975) and by House and Kasper (1981) and others suggest that in routine daily encounters imperatives and performatives are rare and that speakers ordinarily use more circuitous routes to their goals. In plays and novels, dialogues are developed in furtherance of specific issues of plot and subplot; they are more likely than our routine daily conversations to be characterized by conflict; both propositional and functional structures of literary discourse are likely to be "compressed" to facilitate an economical development of character, setting, and action. Literary dialogues generally are suspect as sources on the grounds that they differ significantly in form and content from actual conversational interaction.

Hypothetical examples of conversation. Jackson (1982, p. 3) has argued that examples that are recalled or contrived by the researcher serve "as well as or better than natural talk," pointing to the successes achieved by Grice (1975) and Searle (1975) from a hypothetical data base. Jackson argues that (1) restricting usable data to naturally occurring conversation imposes "restrictions on the kinds of discoveries that will be made"; (2) conversation from natural settings is needed only to describe how language is used; (3) the contrived example, like natural discourse, "presents us with facts to be explained"; and (4) hypothetical talk is not noisy with "speaker idiosyncrasies or contextual peculiarities" (Jackson, 1982, p. 3).

While indeed, as Jackson argues the works of Grice on conversational maxims and Searle on indirect speech acts have been enormously successful, those successes have been due not to the fact that either author provided a rigorous demonstration of his claim using hypothetical examples, for certainly neither did, but rather to the simplicity and broad applicability of their central constructs, together with the absence of any clear indication as to how their claims might be falsified. How, for example, might one *disprove* that indirect speech acts are built out of the preconditions for the felicitous performance of an action, when the construct is not defined independently of the properties claimed for it? Falsifiability aside, the conversational maxims and the notion of action preconditions have been invoked by their authors to account for *interpretive* procedures; both Searle and Grice were proposing not surface rules, but rather a set of underlying dimensions of *some* of the processes that hearers go through in understanding the utterances of others. The widespread popularity of the Gricean maxims and Searle's preconditions must be said to be due in part to the fact that the basic constructs are sufficiently broad and undefined that they may be applied in a multitude of situations, and seem to be capable of the virtually effortless generation of new "discoveries." The credibility of the claims of Searle and Grice have nothing whatsoever to do with their use of hypothetical examples, and in fact are successful in spite of their lack of a solid data base because of the simplicity and intuitive appeal of the ideas they propose.

Jackson's argument that restricting the data set to naturally-occurring samples of talk restricts the sorts of things we can learn is true in part, particularly if we operate under the usual requirements of traditional empiricism and the object of interest is a relatively rare conversational phenomenon. For example, as was brought out in the previous chapter, naturally occurring talk might not provide as many examples of disclaimers as we might need to be able to make a compelling claim, and similarly with such interesting but relatively scarce phcnomena as "transparent questions" ("Is the Pope a Catholic?"). Granted that such problems do occur, still the researcher need not rely solely on his own contrivances; techniques such as asking subjects to role-play a situation in which the phenomenon of interest would be likely to occur, or asking for subject's recollections of pertinent examples could help to supplement the researcher's own hypothetical ones.

Jackson further argues for the acceptability of hypothetical examples as evidence by proposing that naturally occurring conversation is needed for the data base only when our goal is *description* (1982, p. 3), and that hypothetical talk is quite suitable for the purpose of theorizing. On this point, one can only note that a theory growing out of an observationally inadequate data base would not be acceptable in many branches of the social sciences. The further claim that hypothetical examples propose a set of "facts" to be explained (Jackson, 1982, p. 3) is correct only if the researcher is unconcerned with whether or not the "facts" of his own imaginings happen to coincide with the "facts" of the experience of others. If such a coincidence exists, then we have something that it is worth our while to examine.

The final argument is favor of the researcher-contrived example as evidence that Jackson makes is that these examples don't bother us with anomalies attributable to a particular speaker or context. Yet, elsewhere in the same paper (1982, p. 10), Jackson argues that "deviations from a rule are an important source of the evidence for the existence of a rule," and that demands of completeness require that every example available to the researcher be consistent with the rule at some level.

Ultimately, the success of an account of conversational structure based upon researcher-contrived examples will depend upon the breadth and yet the ordinariness of the researcher's experience. Some people make themselves open to certain kinds of communicative phenomena; for example, they may hear a lot of indirect answers because they ask a lot of obvious questions. Similarly, they may close themselves off to the reception of other kinds of speech acts, such as jokes or threats to negative face. In the final analysis, the researcher himself as the only source of evidence is simply not an adequate source. Consider, for example, the case of research on compliance-gaining messages. Early "arm-chair" taxonomies of influence tactics developed by French and Raven (1960) and Marwell and Schmitt (1967) have been found by subsequent researchers (McLaughlin, Cody, & Robey, 1980; Cody, McLaughlin, & Schneider, 1981) not only to contain strategies that virtually no one uses, but also to omit strategies that are very common.

To summarize, it seems that the arguments in favor of the use of hypothetical examples as evidence (as opposed to illustration) are not sufficiently compelling to regard them as a substitute data base for naturally occurring talk.

"Elicited" examples of conversation. Sometimes researchers will elect to collect samples of a conversational phenomenon by making a direct request for the subject to produce it. Under this general heading we can include a variety of techniques that range from asking subjects to recall a particular type of interaction, as McLaughlin, Cody, and O'Hair (1983) did when they had subjects recall what they said and what others said relative to a failure event, to having a pair of subjects work collaboratively with the researchers to arrive at a verbatim reconstruction of a specific interchange, as Jackson and Jacobs (1981) did with recollected examples of arguments, to asking subjects to role-play certain speech acts under a variety of hypothetical conditions, as House and Kasper (1981) did in their study on requests. Most of the research on compliance-gaining messages has used pencil-and-paper elicitation techniques in which the subjects are presented with a scenario and asked to construct a compliance-gaining message. Gibbs (1981) used this strategy in his study of indirect requests. A refinement of this technique is to present subjects with a hypothetical message to which they are to produce an appropriate response.

Elicited samples of conversation are free from at least two of the drawbacks attributed earlier to literary and hypothetical materials. First, they are more realistic by virtue of the fact that they are not in service of a plot, nor are they particularly required to be interesting, dramatic, economical, or significant in any way. Second, elicited samples relieve the researcher of the burden of having to rely solely on her own creativity and experience, which may be limited or biased in some of the ways suggested earlier. However, elicited data may be flawed in a number of important ways. First, recall in those studies that call for it is unlikely to be entirely accurate, although the Jackson and Jacobs method of collaborative recollection by both participants is a significant advance in that regard. Meichenbaum and Cameron (1981), in overviewing significant issues in cognitive assessment, suggest that in obtaining self-report data of any kind, accuracy of recall and reconstruction is facilitated if the reports are obtained as soon as possible after the events of interest, in a nondirective manner so as to avoid setting up any demand characteristics, with an instructional set that maximizes the importance of a complete and an accurate recounting.

Even under optimum conditions, however, if pencil-and-paper techniques are used to obtain recollections, as they usually are in furtherance of increasing the sample size, they can be expected to evidence considerable signs of editing simply by virtue of the transition from the oral to the written medium. Written messages will probably be briefer, will have few if any false starts, repetitions, hesitation pauses, lapses, overlaps, and so on, and will probably have fewer infelicities of syntax than the oral messages that they purport to represent. Oral recall may of course be similarly affected.

Finally, the accuracy both of recall and role-play may be affected by a tendency of subjects to paint themselves in a flattering light; the extent to which this occurs may depend upon how recall is prompted. For instance, Sudman and Bradburn (1974) found that, when compared against retail sales figures for their geographical area, persons' self-reports of alcohol consumption tended to be underestimates. Open-ended questions that probed the issue of alcohol consumption indirectly tended to pose less question "threat" than items that asked for a direct report, say, of the number of beers consumed per week. Similarly, Cody (1982) and Cody, O'Hair, and Scheider (1982) found that having subjects write essays about what they might say in a hypothetical scenario yielded better results than asking them to rate the likelihood that they would select a particular message among a set of messages, for, in response to the latter strategy, subjects tended to over-report their preferences for prosocial messages and underreport their preferences for negative or self-oriented messages.

"Natural" conversation in controlled environments. One of the most common strategies for obtaining conversational data has been to record interaction in a laboratory setting. Subjects may be told openly that their conversation is to be recorded; that is, they may be made explicitly aware that the object of the experimenter's interest is their interaction itself (McLaughlin et al., 1981; McLaughlin & Cody, 1982; McLaughlin, Cody, & Rosenstein, 1983), or their interaction may be recorded while they are ostensibly "waiting" to begin what they have been led to believe is an experiment on some other topic unrelated to their current conversation (Krivonos &

Knapp, 1975). While a data base collected by either strategem has the obvious advantages over the previously reviewed sources of being independent of the artistic purposes of an author, the insularity of the analyst, and the inaccuracy of the recaller, there are certain problems associated with the laboratory setting itself that are worth noting. The subject in the controlled research environment cannot help but be alert to the fact that some aspect of her person, character, or performance will at some point be subject to scrutiny. Not only will she be likely to have developed hypotheses about what will be expected of her, but she may also have developed suspicions that things are not what they appear to be. Under such circumstances, subject behavior can be expected to be more than usually prudent and cautious. What this increase in circumspection entails is the probability that conforming behaviors will be more than usually apparent; thus, we might expect that the indices of pattern or behavioral regularity that we obtain represent an upper bound on the strength of the context-behavior relationship covered by the rule in question. Additionally, we can expect that normative constraints will be even more compelling if the interacting parties are unacquainted with one another.

A further problem that might arise in both laboratory study and in research on conversation in more natural environments is that of the potential for reactivity of the recording procedures. Weimann (1981) examined the effects of four levels of videotaping obtrusiveness, from "obvious" to "covert," on a set of nonverbal behaviors that are ordinarily thought not to be under the conscious control of the subject, such as forward lean, object manipulation, reclining posture, and number of turns, variables usually associated with the dimensions of *anxiety* and *responsiveness*. Weimann found that knowledge of being videotaped did not produce speech act differences in conversational behaviors that were out-of-awareness, nor did the obtrusiveness of the procedure make a difference. In fact, subjects for whom it was made quite apparent that they were being videotaped were more responsive and relaxed than those who were unaware that they were being taped. Anticipation of being videotaped did not appear to increase anxiety or suppress responsiveness. A decline in anxiety means over the course of interaction suggested that the effects of videotaping could be expected to dissipate over time. Weimann concluded that at least for the out-of-awareness behaviors that he observed, there was little need to resort to covert recording to avoid reactivity problems, although he suggested that less obtrusive measures might be in order, since the increased responsiveness of subjects in the "obvious" condition, in which a camera and microphone were clearly visible, indicated that they put on a bit of a "show" for the experimenter compared to subjects in the other conditions. Weimann accounted for his finding that the covertly taped subjects displayed more anxiety by proposing that they had not had the benefit of the reduction in situational ambiguity that the overt presence and/or knowledge of recording equipment could provide. One limitation of the Weimann study in dealing with the issue of reactivity is that we don't really know how far we may generalize from the out-of-awareness behaviors that served as dependent variables. It seems probable that such variables as topic, speaker-switches, politeness, and so on would not be unaffected by the presence of recording equipment, although whether those effects would persist over time is anyone's guess. For most of us, however, the advantages of covert recording are offset by the ethical problems it presents.

"Natural" conversation in uncontrolled environments. In general it can be said that the most desirable data base is a corpus of conversations collected in a wide variety of natural, noncontrived settings, such as in a restaurant, at the beach, at the kitchen table, and so forth. Provided that the researcher follows some sort of replicable procedure for collecting his materials, so that the conversations represent more than just a sample of convenience or a collection of "interesting" excerpts, then the acquisition of data in noncontrolled settings may be the most appropriate way to proceed. Inasmuch as it is desirable in the interests of rigor to make every effort to find counterexamples to a proposed rule, the search for conversation materials should be as wide as possible, and sample as many settings as is consistent with the aims and purposes of the researcher. Sampling from a wide variety of situations also contributes to the ability to narrow the range of circumstances in which the rule applies, or to make definitive exclusions of those classes of context in which it does not seem to apply.

The issue of reactivity that we examined in the context of laboratory observation is of course relevant in naturalistic settings as well, and perhaps even more so. Weimann (1981) speculated that one of the reasons that he found so few differences in the out-of-awareness nonverbal behaviors as a function of recording obtrusiveness had to do with the already considerable potential for reactivity present in the laboratory setting itself; that is, the obvious presence of a recorder may not have produced a significant increase in arousal given that the situation itself was already adequate to produce high arousal. In more natural settings, however, the differences between obviously recorded and unrecorded conversational behaviors may be more dramatic. There is, to this writers' knowledge, no convincing evidence on this point one way or another.

The Importance of Nonverbal Behavior to the Data Base

The best argument for the use of "naturalistic" samples of conversation, regardless of where they are obtained, is that examples of any other kind (recalled, literary, constructed) will not be accompanied by appropriate nonverbal behaviors. Our treatment of the nonverbal aspects of conversation has been quite sketchy in the text so far, and this is not less than an accurate reflection of the attitude that most contemporary adherents of a "rules" approach to conversation have taken. There are some notable exceptions, as for example in the work of Goodwin (1981) on the effect of hearer gaze on the processes of turn construction and exchange. Although some of the conversational analysts make an effort to measure hesitation pauses and switching pauses and to indicate intonation contour and emphasis on their transcripts, for the most part nonverbal behavior is not regarded as being worthy of note unless it in some way conflicts with what's going on at the verbal level. There have been a number of recent studies, however, that suggest that the linkages between verbal and nonverbal behavior in conversation are too complex to justify the continued neglect of the latter.

Heeschen, Schiefenhovel, and Eibl-Eibesfeldt (1980) found that among the Eipo of West New Guinea, the acts *requesting, giving,* and *accepting* tended to be accomplished nonverbally. The Eipo appear to operate under a rule according to which a comment on another's possession is tantamount to a demand for a share of it, and thus such comments are to avoided. Heeschen et al. found that direct verbal requests rarely resulted in compliance; rather, the usual response of the target to a verbal request was to turn away, change the topic, or make a formal statement of rejection such as "begging forbidden" (1981, pp. 154-155). Had the authors examined only the transcripts of verbal interactions, they would have missed altogether how acts of requesting are accomplished. Among children, requesting a share of another's portion of sweet potatoe, a prized commodity, was achieved through such movements as "repeated proxemic shifts into body contact" (Heeschen et al., 1981, p. 151), or head-tilting solicitation gestures. *Offering* was accomplished by a movement in which the arm of the potential giver is held in a rather hesitant position (bent at the elbow), as if to express uncertainty as to whether the offer would be accepted. *Refusing* to give was accomplished by physical withdrawal from bodily contact and/or gaze aversion. Among adults, strategies that increased the likelihood of compliance with a request included adopting submissive paralinguistic features like nasality or a whining tone while stroking the beard or chin of the target of the request, or, while in close proximity to the target, establishing eye contact and audibly breathing in air in a sound that might convey anticipation. Heeschen et al. noted that there appeared to be no apparent demand in the communicative system for an immediate response to a request—an apparent failure of the notion of conditional relevance to apply cross-culturally.

A study by Rosenfeld and Hancks (1980) was similarly devoted to uncovering the nature of the linkages between spoken and unspoken aspects of conversation. Rosenfeld and Hancks were interested in the class of verbal behaviors that some scholars have described as back-channel utterances, and that they called "listener responses," "brief verbal commentaries" that were "preceded and followed by at least five seconds of undisputed floorholding by the speaker" (1980, p. 196), such as "Mhm," "Yeah," or "Right, right." Rosenfeld and Hancks scored listener responses in conversations for *complexity, audibility,* and the extent to which they implied *attention, agreement,* and *understanding.* It was found that the more complex the listener response, the more audible it was, and the more likely it was to be characterized by nonverbal *acknowledgments* (head nods) and expressions of *interest* (forward lean, evidence of visual attention, and eye flash); further, it was found that the audibility of the listener response was a function of active efforts by the speaker to obtain a reaction from the listener without yielding the floor; and, finally, it was shown that judgments of listener attentiveness, understanding, and agreement were significantly correlated with the listener's use of head nods, forward lean, and visual attentiveness behaviors. Rosenfeld and Hancks also found that the behaviors they had earmarked as listener responses were indeed relatively lacking in "indicators of complex speech encoding."

Listener responses were found to be characterized by eye movement away from the partner in only 9% of the cases, while the speaker-state turns (the longer floor-holdings) were accompanied by such gaze aversion in 42% of the cases. Rosenfeld and Hancks concluded that the distinction between listener and speaker roles could be made on nonverbal as well as verbal grounds. While the Rosenfeld and Hancks findings suggest that utterances may differ in certain nonverbal features from other utterances, and that the two classes of utterances differ by virtue of whether the person who made them is in the "speaker mode" or the "hearer mode," their findings are not strong enough to warrant a wholesale rejection of our earlier contention that so-called back-channel utterances ought to be treated as turns. However, the Rosenfeld and Hancks study is important in that it indicates some ways in which a single lexical item, for example, "Yeah," could be used to convey several different speech acts such as agreement, encouragement, or discouragement, as a function of variation in its audibility and a multitude of other nonverbal characteristics. Information of this nature is vital in resolving issues of speech act assignment.

Other recent work on the relationship between verbal and nonverbal communication suggests that nonverbal behaviors may provide important cues to conversation structure. Kendon (1980, p. 222) has made some convincing arguments that patterns of gesticulation may, "in various ways, make visible the organization of the discourse." For example, if a speaker were to plan a discourse whose structure might be said to be that of a list of features, or members, of some superordinate class, a not uncommon accompaniment might be a "ticking off" of the members of the class one at a time, with the left hand palm up in a sustained position while the fingers of the right hand strike it successively with the onset of mention of each new member of the class. The sustained position of the left hand could be seen to represent on an analogic level the macroproposition of the discourse segment—that "there is a class of persons who . . . ," while the successive "tickings off" represent the subordinate propositions 1 through n that "X is a member of the class of persons who . . . " (Kendon, 1980, p. 222).

Kendon regards gesticulation as a "second output of the process of utterance," which is usually organized and displayed *prior* to its verbal counterpart (1980, p. 221). Indeed, upon reflection it is clear that gestures that occur after their corresponding verbal referents are extremely rare, and, when they do occur, have the effect of making the speaker appear comical. Kendon attributes the temporal priority of gesticulation to the fact that the same idea may be expressed more quickly and economically in gesture than in words, although this point is debatable. In any event, if Kendon is correct in his conclusion that gestures are temporally prior outputs of the same system that produces utterance, then clearly gesticulation is an important source of *guidance* for the listener, and may be of considerable utility in his task of projecting the nature and duration of his partners' utterances.

Since there is evidence that nonverbal behaviors may play a critical role in such features of conversational interaction as the communication of illocutionary point, the management of the turn-exchange system, and the overt symbolization of the propositional macrostructure, it is important that nonverbal aspects of a recorded interaction at least be available for inspection, and for this reason, videotaping is recommended, even though for most conversation researchers it has not to date been the technique of choice.

Sources of Evidence for Inferring
the Presence of a Conversational Rule

Assuming that the researcher has gathered a sufficiently large corpus of conversations such that claims for thoroughness can be made credible, what evidence should he or she put forward in support of a contention that a particular conversational rule is operative? It appears that there are a number of sources of evidence, both within and external to the conversation itself, which may be exploited in defense of a proposed rule. The first and most obvious is *behavioral conformity:* is there a regularly occurring relationship between some particular communicative behavior and a context for which it is claimed to be the appropriate action?

Behavioral conformity to the proposed rule. We have noted in earlier chapters that there are rules that virutally no one honors, and that norm and rule are not identical constructs. Indeed, Ganz (1971, p. 78) has argued that a rule can still be a rule even if it is unfulfilled; that it needn't be "regular, frequent, consistent, or anything of the like." Further, Ganz argues that any given behavioral event could be made out to conform to a variety of different rules, even though the actor was in fact unfamiliar with any of them. Nevertheless, if our ultimate interest is in accounting for *structure* in conversation, then we will wish to confine our attention to those context-behavior relationships that occur with sufficient frequency that they can be claimed to constitute an organizing feature of conversational interaction. Thus, the first source of evidence for the presence of a regulative rule is that, in the conversational corpus that constitutes our data base, there is a significant co-occurrence between the presence of some antecedent context and the subsequent enactment of the behavior of interest. In the case of constitutive rules, what is required is a demonstration that a speech act satisfying some particular set of preconditions is routinely treated as a request, an offer, an apology,, and so on by its hearers. While the presence of behavioral conformity is the most basic source of evidence which the researcher can adduce in support of the proposition that a proposed rule is accounting for structure, to be able to make the claim that thus-and-such a behavior is "treated" as an apology, or that this-and-so always occurs given context C, requires us to meet certain standards of descriptive accuracy first, for example, that our coding and classification procedures are valid and reliable. Furthermore, the demonstration must be made at some point that there is a behavioral regularity *in the absence of logical necessity* (Pearce, 1976). We will consider issues related to how such a demonstration might be made when we take up the question of explanatory adequacy along with such issues as accounting for regular deviations from the rules.

While the following position clearly reflects the author's bias in favor of traditional empiricism, it seems fair to say that no one espousing a method other than the use of statistical tests of significance has provided a rigorous *procedure* for the demonstration of the presence of a behavioral regularity, although there have been some successful demonstrations in isolated cases for particular rules (Schegloff, 1968). Every known method of research on conversation relies on the (more or less) implicit proposition that the proposed rule-conforming behavior occurs regularly in the "slots" in which it is supposed to occur, and that it does so in a fashion that is unlikely to have resulted by chance. For example, Schegloff's (1968) claims in his study of telephone opening sequences were made credible in part because of his finding that only one of his 500-odd cases failed to conform to the rule, and he was able to account for that failure by reference to the absence of a normal input condition. Similarly, most conversational analysts working outside traditional social scientific empiricism who have had any success have done so by virtue of an implicit comparison process in which the reader aligns his own experience with that of the author and finds that, indeed, he can think of few if any counterexamples to the proposed rule. While the ultimate value of any demonstration that X-Y is a behaviorly regular co-occurrence depends on the exhaustiveness of the data base itself, there seems to be no compelling reason why the researcher ought not go the whole mile and provide the most rigorous and scientifically acceptable demonstration possible that the alleged regularity does in fact constitute a significant, nonrandom phenomenon.

In support of the argument that a rigorous, data-based defense of one's claims is desirable, let us consider a case in point. Schegloff, Jefferson, and Sacks (1977) asserted that in cases where repair seemed to be in order, repairs *initiated* by others "overwhelmingly" resulted in self-repair, although no frequency data were reported. However, Zahn (1983), in an analysis of eighty cases of "successful repair," found a significant interaction between source of *initiation* of repair (Self, Other) and source of *accomplishment* of repair (Self, Other) such that other-initiations were significantly more likely to lead to self-repair *only* for conversants for whom there was a previous history of acquaintance; for initial interactions, other-initiations usually resulted in other-repair. Zahn's findings suggest that claims that are not backed up with a rigorous demonstration of their validity must be considered tentative at best.

The actor's knowledge of the proposed rule. An additional source of evidence for the operation of a proposed rule is that actors *know* it in some fashion (Ganz, 1971; Collett, 1977; Adler, 1978). This is not to say that absence of explicit rule-knowledge implies the absence of a rule; rather, the presence of rule-knowledge in some form is supportive evidence given that the presence of a behavioral regularity has already been established. The rule-knowledge issue really involves two questions: (1) Is the rule "known" in some sense to an actor whose behavior appears to conform to it? (2) Is knowledge of the rule widely held in the population of which the actor is a member?

To answer the first question, we might attempt to determine if the actor can *articulate* the rule which governed her behavior in a particular context; if not the exact rule, then perhaps a sentence which is "co-extensive" with it (Ganz, 1971). For example, we might ask a person why she said "Pass the salt" to her eight-year-old son, but "May I have the salt, please?" to her employer. Lindsay (1977, pp. 166-167) has argued against the articulation criterion on two grounds. First, Lindsay suggests that an actor's ability to articulate a rule which seems to fit a given instance of behavior does not justify our attribution of the rule as the generative mechanism underlying the behavior. Indeed, work by Nisbett and Wilson (1977) and Nisbett and Ross (1980) indicates that people's ability to provide accurate explanations for their own behavior is not particularly good: "the accuracy of subjective reports is so poor as to suggest that any introspective access that may exist is not sufficient to produce generally correct or reliable reports" (Nisbett & Wilson, 1977, p. 233). While other scholars have regarded the claims of Nisbett and associates as exaggerated (White, 1980; Genest & Turk, 1981), nonetheless it is apparent to even the most charitable observer of human inference processes that our ability to reconstruct why we behave as we do should be viewed with some skepticism.

Lindsay also argues that most actors simply cannot articulate a rule that will fit their behavior. Lindsay proposes two very stringent tests for inferring that a rule generated a particular behavior: (1) that there ought to be *no* cases in which the actor was unable to articulate a rule which fit the behavior; (2) that there ought to be data establishing that variation in how the rule is articulated (i.e., the "version" of the rule proposed) corresponds to differences in the behavior called for by the rule. While the former test seems much too rigid—it is doubtful, for example, that many ordinary language users could articulate Crawford's (1977) rules governing the complex effects of the presence or absence of a line on who speaks first at an inquiry desk—the latter criterion, that behavioral variability ought to correspond to variation in rule version, seems quite reasonable. Along these same lines, Adler (1978, p. 436) has proposed that regularly occurring context-behavior relationships ought to be demonstrably higher for those who can articulate the rule than for those who cannot.

It appears to be a rather commonly held view among rules theorists that an actor who is unable to articulate a rule may nonetheless be said to "know" it in the sense that he will in some fashion demonstrate an awareness of it when it is broken. There are a number of strategies open to the researcher to tap this dormant knowledge. For example, an actor who has been observed to engage in rule-fulfilling behavior but who has not been forthcoming with the proposed rule as the mechanism generating the behavior might be presented with deviant or abnormal sequences and asked if she can recognize "what's wrong with the picture." A rule-statement might be elicited more easily when the prompt is its breach, as opposed to its honoring. Similarly, the actor who was incapable of articulating the rule from a simple inspection of her own behavior might be able to formulate it if she were first required to generate some inappropriate responses to the eliciting context.

A demonstration that an actor whose behavior conforms to the proposed rule does in fact know the rule, in some sense, is strong circumstantial evidence that the rule was the mechanism generating the behavior in question, although to be sure the behavior may be required by other rules that the actor knows, but neglected to mention. An alternative way in which rule-knowledge may be used as evidence in support of a claim is by a demonstration that knowledge of the rule is widely held in the subject population from which the examples have been collected.

There appear to be several possible indices of social knowledge of a rule. Among these are (1) the ability of actors as observers to recognize an infringement of the rule (Pearce, 1976; Collett, 1977); (2) the disruption of conversational coherence in the event that a rule is broken or violated; (3) the presence of comment or repair in the event of a breach; (4) the negotiation of new rules in the event of an infringement (Morris & Hopper, 1980); (5) the application of sanctions following a violation of the rule (Collett, 1977); (6) the use of the rule in accounts and explanations (Harré & Secord, 1972); and (7) the presence of rules in projections of future behavior.

To demonstrate that actors as observers recognize an infringement of the rule, subjects from the population from which the conversation samples were drawn could be asked to classify sequences, some of which are deviant, as to the appropriateness or competence of the speaker's behavior. A variation of this strategy was used by Planalp and Tracy (1980) to tap social rule knowledge in their study of topic shift devices. Another strategy for demonstrating wide social knowledge of a rule is to establish that its violation produces a disruption of conversation coherence. Vucinich (1977) used this method in his study of violations of the Relevance maxim, in which he observed that the unilateral topic shifts in which he had his confederates engage often resulted in topical and even conversation discontinuities. The researcher could also look for the presence of efforts at repair, the application of sanctions, or even simple comment as indicators that a rule had been broken, which of course presupposes that the rule indeed exists. For example, the conditional relevance of an answer upon a question might be demonstrated by the presence of any of all of the following in response to a confederate's failure to provide anything interpretable as an answer to a naive subject's question: (1) reinstatement of the question, with either an explicit repeat or a paraphrase (Garvey & Berninger, 1981; Merritt, 1982); (2) expressions of annoyance or irritation; (3) attempts to uncover the reason for the failure to respond.

Another way to test for widespread rule-knowledge is to elicit *accounts* or explanation of behavior that is described as having taken place in a context where the rule is expected to be operative. For example, suppose that a researcher were interested in establishing that rules could be hierarchically organized such that conditional relevance constraints were at a lower order of priority than, say, the so-called Morality maxim (Bach & Harnish, 1979). Evidence in support of such a claim could be obtained in the following manner: present subjects with a scenario like the following, in which A inquires, "Did Victor tell you how much his merit increase was?" and B replies "Do you remember where I left my sunglasses?" Next, ask the subjects to explain or account for why B behaved as she did. If in fact the rule that a question be answered with a relevant response is superseded by the maxim that one not ask others to disclose that which they ought not to, then the accounts of B's behavior which the subjects provide ought to say something like "B didn't think it was proper to repeat what Victor told her, so instead of answering she changed the topic." Similarly, one could present subjects with an excerpt from Merritt's (1982) elementary classroom transcripts and ask subjects to describe the teacher's behavior with respect to the child's repeated summonses, and to account for why the teacher did what she did. Subject protocols should reflect the priority of turn-taking rules over local demands for conditional relevance. Tannen (1981) used a variation on the method of accounts to buttress her argument that Greeks, Greek-Americans, and Americans of non-Greek descent have different constitutive rules for certain indirect speech acts.

Consensual knowledge of particular rules may also be evidenced by a demonstration that the rules figure in projections or *predictions* of behavior. For example, one might test for knowledge of the Reichman rule that it is inappropriate to digress from a digression to introduce a new topic (1978, p. 374) by having subjects predict what B would say in a scenario like the following:

A: My daughter called me yesterday and said she'd gotten a promotion and she'd be transferred next month to the office in Santa Barbara. She'll be the only woman in the office, she said

B: Santa Barbara, is that south or north of Los Angeles? My cousin used to live there.

A: It's about eighty miles north.

B: Is that on the coast?

A: Uh huh.

B: I see. *(What will B say now?)*

Responses could be examined for whether or not they introduced a new topic unrelated either to the digression or to the prior topical talk about Mrs. A's daughter's job transfer.

Actor's intention to conform to the rule. Another source of support for the proposition that a particular behavior is rule-governed would be evidence that the actor *intended* to conform to it, although again it is not *necessary* that such a demonstration should be made. However, it is necessary that data be adduced to the effect that the behavior was under the control of the actor—that he chose to do it rather than that he had to do it. Shimanoff (1980) suggests that the primary way in which one makes such a demonstration is by showing that it is physically possible for the actor to exercise control over her behavior. What this amounts to is having the actor demonstrate that there were other kinds of responses that conceivably could have been made given the particular set of circumstances in which the alleged rule-governed behavior was emitted. For most conversational behaviors, demonstrating the actor's capacity for choice constitutes an exercise in the obvious; clearly, we can choose not to answer questions, we can make abrupt changes of topic, and we can ignore attempts to claim the floor. In some areas, however, the line between rule-governed behavior and law-governed behavior seems to be fuzzy, and care should be taken to see to it that possible generative mechanisms other than rules are taken into account. For example, Jefferson's (1973) assertion that the apparent "precision timing" of a certain class of interruptions is a function of the interrupting speaker's goal of making a credible demonstration that the current speaker's topic is already known could not survive the finding that there is physical incapacity or at least "dispreferredness" to listen simultaneously for the nearest transition-relevance place *and* cope with the processing demands which the speaker's utterance-so-far has already set in motion. For many conversational phenomena it may turn out that what we think are rule-governed behaviors are in fact related in some systematic, law-like way to the limitations of our cognitive processes.

If it can be shown that a behavior was intentionally performed in order to achieve a goal in some particular context, then such a demonstration can be counted as strong evidence that the actor, at least, thinks that there is a rule. What is required is a demonstration that the actor had a *plan*, however rudimentary it might have been; that is, that the action undertaken was what is normatively "done" in such situations, and that the actor consciously undertook it because she believed it would result in the realization of some goal (von Wright, 1971). Von Wright (1971) argues that the actor herself, who by all appearances is the only possible source of verification on this latter point, is nevertheless an unreliable source because she might respond either untruthfully of inaccurately. While the work of Nisbett and Ross (1980) has provided a certain amount of support for the inaccuracy of self-reports, Hewes and Planalp (1982) argue that subjects are aware of their biases to some extent, and try to compensate for them. Louden (1983) has reviewed the literature on conditions affecting the veridicality of self-reports of cognitive processes, and has reported several factors that appear to influence how accurately subjects can reconstruct not only what they did, but how and why they did it. Work by Langer (Langer, 1978; Langer & Weinman, 1981) indicates that much social behavior is carried out "mindlessly," according to scripts or cognitive representations of the usual sequence of events in a recurring social episode. For example, some years ago, the author had to undergo a tonsillectomy (something of an ordeal for an adult), and was not at all pleased with the bedside manner (not to speak of the bill) presented to her by the physician who performed the surgery. As a reflection of this displeasure, I pointedly neglected to thank him upon my departure from the last post-surgical interview. However, our leave-taking ended like this:

Patient: Good-bye.
Doctor: You're welcome.

The doctor's mindless responding protected him from this tiny parting shot. The mindlessness characteristic of many conversational routines such as greeeting, parting, thanking, and excusing oneself is counterproductive of accurate recall and antithetical to the notion of conversational planning.

Louden (1983) also reports that such factors as the *objective self-awareness* (Duval & Wicklund, 1972) and *private self-consciousness* (Fenigstein, Scheier, & Buss, 1975) of the actor have been found to influence his ability to reflect on his own cognitive processes. Generally, there seems to be support for the notion that accuracy and insight increase as the actor becomes more focused on self. The body of literature on objective self-awareness suggests that actors might be more effective at recalling their plans and intentions with respect to conversational issues if they were first presented with something to increase awareness of their own interaction behavior, such as a videotape or transcript of the conversation about which recall is desired.

Evidence that the behavior varies with context. Shimanoff (1980) suggests that one of the main tests for identifying whether or not a behavior is rule-governed is to check for changes in the emitted behavior as a function of changes in the context. This suggests that the researcher ought to have data establishing that a particular behavior is not an invariant output of a given actor, but rather a unique response to a particular situation or class of situations. The extent to which it is actually possible for the researcher to make a convincing demonstration on this point is debatable; clearly there is a limit to the number of situations through which one can "run" a subject, even using pencil-and-paper methods, and it is not practical to assign research assistants to follow subjects around and record changes in their behaviors as they move from one context to the next. It is, however, possible to narrow the range of contexts in which the behavior of interest can be observed, and to exclude some of the situations in which the rule is not operative, and then generalize to the larger classes that those situations seem to represent.

Erickson and Schultz (1977, p. 6) find that social contexts "consist of mutually shared and ratified definitions of situation *and* in the social actions persons take on the basis of those definitions." Because of the interactional constitution of context, it is extremely difficult to try and recreate it using only broad situational dimensions such as relationship intimacy, degree of formality, distribution of power, and so on. Not only are there rules whose if-conditions correspond to these broader aspects of context, but more global rules are often supplemented or even supplanted by specifically conversational regulative rules that govern such phenomena as replies to requests, responses to compliments, and so forth. No analysis of context could be complete without incorporating the highly specific but essentially provisional characteristics of the pool of propositions, acts, and presuppositions that constitute the conversation as it has unfolded. Any conversational behavior that one would hope to link to a broader context, such as formality, must first be examined in light of how it fits "locally" with the immediately prior talk, as well as more globally with the functional and propositional macrostructures that organize the discourse.

Erickson and Schultz (1977, p. 9) have proposed a procedure for detecting changes in conversational context that they believe to be "congruent with the ways participants in interaction must be construing interaction as it happens, attending first to longer segments as gestalts and then to shorter ones embedded within the larger frames." Their procedure involves the reconstruction of context junctures from verbal and nonverbal cues emerging from repeated viewings (by the researchers and the participants) of the videotaped interaction. The underlying thesis is that at principal junctures between contexts or occasions, "major reorientations of postural configurations (positions) occur among participants, and that across the duration of a principal part, these positions are sustained collectively" (Erickson & Schultz, 1977, p. 6). Other features such as changes in rate, inflection, speech style, topic, direction of gaze, and so forth can also serve as contextualization cues (Gumperz, 1976).

Erickson and Schultz list several types of evidence for a shift in context: (1) at those points that have been identified by the researcher's theoretic perspective as transitional from one context to another, objectively definable changes in contextualization cues are taking place; (2) after a point that has been independently identified as transitional, there are major changes either in the relative frequency and/or the sequential position of significant verbal or nonverbal behaviors from that which characterized them prior to the transition. (For example, there might be a significant decrease in group laughter or joking following a period in which there was a transition from "group orientation" to "task activity." The shift in context might be co-extensive with and heralded by shifts in group members' nonverbal behaviors such as greater forward lean, more erect posture, more direct body orientation, and so forth); (3) after the juncture, participants act as if the rules about what is or what is not proper have changed; for example, behaviors resulting in repair or sanction prior to the transition no longer seem to be treated the same way after the juncture. Thus, joking that might be frowned upon during "task activity" would once again be well received during the "back-patting" or reinforcement stage of the group session. Erickson and Schultz also regard it as important that participants who view film of the transition point and the activities on either side of it can confirm the kinds of analyses made in the three earlier steps.

When the presence of rules is inferred from less direct sources of evidence than audiotapes or videotapes of conversational interaction (for example, when evidence is elicited by asking subjects "what they might say" in such-and-such a situation), the researcher will probably want to use some version of a "scenario" method (Gibbs, 1981). For example, in studying the formulation of requests, Gibbs used scenarios like the following (1981, p. 433):

Psychology Dep't Office

You are taking a course in the Psychology department which you think is terrible. So, you decide to drop the class during the drop-add period. You need to have your drop-add card stamped by one of the people at the Psychology department office. You walk into the office and say to one of the people working behind the counter . . .

The strategy of presenting subjects with a description of a hypothetical situation that varies along some significant set of contextual dimensions has been used extensively in research on compliance-gaining and compliance-resisting messages (Miller, Boster, Roloff, & Seibold, 1977; McLaughlin et al., 1980; Cody et al., 1981). The researcher using this method is urged to pretest the scenarios extensively prior to her main study to determine that the hypothetical situations do indeed differ on the dimensions along which they are claimed to vary, and that they do not differ in other significant ways that are not accounted for in the researcher's model. Scales for the reliable and valid measurement of the situational variables *apprehension, intimacy,* and *dominance,* which can be used for validating any type of scenario, are presented in Cody, Woelfel, and Jordan (1983). Scales for measuring the situation variables of *personal benefits, resistance to persuasion, rights to make a request,* and the *relational consequences* of trying to gain compliance are also presented in Cody et al., and can be used to study the contextual determinants of requesting behavior and those of replies to requests.

Evidence that the rule has force. We have already dealt with the use of such manifestations of force as repair or sanction in our discussion of ways in which knowledge of a rule can be demonstrated. Clearly, one does not initiate repair if she is unaware that a rule has been broken, and similarly with the application of sanctions. However, it doesn't work the other way around; that is, knowledge of a rule is not sufficient to guarantee that its breach will be regarded as a cause for concern. The presence of repair or sanction is testimony to the fact that a rule has force. There are a number of ways in which a researcher could provide a convincing demonstration that a proposed rule has force, many of which have already been mentioned in other contexts. Searching conversational records for evidence of discontinuities or repair in the event of breach is one such method. An alternative would be to determine whether or not a significant proportion of the members of a particular language community would endorse propositions like "In context C, the action a is frequently prohibited," or "If I didn't do a in context C, people would think ill of me," or "In context C, a is just not done." Working from the other direction, one could inquire "In what contexts would people regard you as odd or ignorant if you did a?" (Adler, 1978). Another method, used by Planalp and Tracy (1980), Pearce and Conklin (1979), and Rosenstein and McLaughlin (1983), is to present subjects with examples of the phenomenon of interest showing conformity (or nonconformity, or partial conformity) to the rule and have them rate the author of the action as to competence, social skill, the appropriateness of his actions, and so on. Generally, it seems that the researcher will not uncover much evidence that rule-conforming behavior is *rewarded*, unless one is willing to regard the absence of notice or the lack of sanctions as rewarding. Asking subjects to recall occasions on which they broke some conversational rule, and the reaction of their listeners, if there had been any reaction, would result in a disproportionate number of recollections of instances in which the breach was treated as a serious error, and is not a recommended technique for establishing the force of a rule, although it is a fruitful method for collecting examples of repair.

The force of a constitutive rule lies in the fact that if it is not followed the speaker may fail to be understood. Jackson (1982, p. 14) has suggested that a claim to have discovered a constitutive rule can be tested by showing "what happens if each clause of the rule is subtracted." A demonstration of force in this sense could be accomplished by showing that an alternative formulation of an act to that called for by the rule would result in a breakdown in coherence; that is, that the act would be treated by its hearers as something other than what it was intended to be. Suppose we were interested in studying indirect requests, and we wanted to show that some rule for "how-to-do-an-indirect-request," such as Labov and Fanshel's (1977), had force. We could systematically alter each of the proposed preconditions and ask subjects to form an appropriate response to the resulting version. For example, we could manipulate the sincerity condition, or we could alter one of the postulates about the significance of a *question* regarding the hearer's ability to perform the action to one which states that an *assertion* about the hearer's ability to perform the action is heard as a request. We could then present the amended version (from "Can you loan me your pencil" to "You can loan me your pencil") and see if it makes a significant difference in response to the question, "What would you (the subject) say next?" That is, does the amendment result in a significant decline in the likelihood that the utterance will be treated as a request? If so, and this can be established for all the preconditions, then the amended rule clearly has force.

ISSUES RELATED TO EXPLANATORY ADEQUACY

Arguments Against Rules as Explanatory Constructs

Lindsay (1977, p. 162) has taken the position that rules are not very useful as explanatory constructs, for three reasons: (1) it is not always clear *whose* rules constitute the standard; (2) behavioral regularities in communication can be explained without recourse to rules; (3) "it is unclear what sanctions are applied when people use language irregularly." Lindsay's first point seems to speak to the fact that there may be innumerable rules, each subscribed to by a different set of persons, which cover the same behaviors in the identical contexts, yet rules theorists have not provided us with any coherent accounts as to why persons choose to follow one rule rather than another. For example, the college seniors today who must face the rigors of job interviewing with campus recruiters report that they have been advised by acquaintances in the business world to "dress for the positions you aspire to"; consequently, many of them come to feel they must attire themselves for the recruitment interview in custom-tailored suits and exorbitantly expensive watches and shoes, even though their last "position" may have been a summer stint at the car wash, and their business dress a pair of shorts. On the other hand, they are advised by their parents to "be themselves." What are the dimensions along which such decisions are made? And is it the task of the student of interaction to answer such questions? While Lindsay's point is a sore one for many rules theorists, it may be addressed to issues which are beyond the scope of the conversational analyst, for it invokes questions of reference group identification, source credibility, and other more "macro" factors than the analyst of talk is ordinarily interested in. What often happens in conversation, however, is that persons respond to contradictory injunctions in an integrative fashion, as for example in their replies to compliments, in which they try to honor simultaneously the systematic preference for agreement and the requirement that self-praise be avoided (Pomerantz, 1978). The conversational analyst is at least obligated to deal with the *methods* by which such competing injunctions can be seen to be resolved in the discourse, and to point out the characteristics of the population from which samples were drawn, at least in some rudimentary way, so that the factors that might influence members to favor one rule over another will be laid bare.

Lindsay's point that "irregular" language use does not lead in a straightforward manner to the consistent application of sanctions is a point that is very well taken. As was mentioned in the first chapter, people often adopt the *et cetera* perspective (Cicourel, 1973) and rather than mark, repair, or punish a breach, wait to see if subsequent developments in the conversation will resolve the matter. Indeed, if the consistent presence of sanctions following a violation were the only source of evidence available for inferring the operation of a rule, then we would be unlikely to make very much progress in that direction. For example, Mura's (1983) data suggest that many impending violations may be "licensed" before they occur.

Shimanoff (1980, pp. 97-99) has suggested a number of other reasons why sanctions might not be imposed: (1) the rule may not be very "intense," that is, very salient in the particular situation in which a breach occurred; (2) there may not be a great deal of consensus about the rule; (3) the deviation may be within the tolerance limits of the violator's interlocutors; (4) the imposition of the sanctions may be uncomfortable or face-threatening for the one who imposes them; (5) interlocutors may have overlooked the breach either inadvertently or deliberately; and (6) the violation may be recognized as a case of rule-exploitation, that is, a case of conversational implicature. Although Lindsay is correct in his assertaion that the violation-sanction relationship is ambiguous, there appears to be no serious obstacle to the analyst's offering orderly and systematic accounts of why sanctions were or were not imposed in particular cases.

Lindsay's claim that rules are "redundant," that is, that what they explain can be accounted for by other mechanisms (1977, p. 162), is his most serious charge. As has been brought up in other sections of the text, to be completely thorough the researcher needs to consider if there are any alternative plausible explanations for the regularities she has observed. Butterworth (1978, p. 318) argues that investigators must take into account alternative theories which focus on the same conversational behaviors. For example, a pause could derive from two distinct production mechanisms, one neurophysiological, having to do with the difficulty of decision, and the other communicative, as one might pause for dramatic effect (Butterworth, 1978, p. 318).

Butterworth's basic concern is that the complexity of conversational interaction not be underestimated:

It should go without saying a conversation is an intricate phenomenon in which cognitive and neuromuscular skills are put at the disposal of a range of personal and social purposes, and the whole embedded in interlocking systems of social and linguistic conventions [1978, p. 318].

As an example, suppose one were to try and account for the determinants, in multiparty conversation, of floor-yielding in instances of simultaneous starts. What factors can be invoked to account for why one person continues to talk while the other one stops, even though both claimed the turn at the same time? The answer might lie in some sort of rule that relates the right to this particular slot to turn-incumbency, such that the person who had the floor prior to the last transition-relevance place is allowed to continue to hold the floor subsequent to it, unless neither had the floor prior to the immediately previous TRP, in which case no rule would apply, but rather such factors as which of the two had secured the gaze of the hearers, or which of the two had the greater vocal intensity, or both, would determine who would continue talking and who would desist.

There are many conversational phenomena that may be susceptible of explanation at multiple levels. Before committing himself wholeheartedly to a rule or convention as the mechanism responsible for producing the phenomenon in which he is interested, the researcher should ask himself the following question: Is this conversational behavior "preferred" in this context because its alternatives place greater demands on the information processing capacities of its recipients? It is possible that in the case of such conversational phenomena as the dispreferred status of interruption, the systemic preference for acceptances in replies to first pair parts, the greater ascribed "competence" of unambiguous topic shift devices, and the myriad instances in which conversationalists erect "signposts" for one another so that they will know how to proceed, all may be fundamentally explainable in terms of cognitive processes. In any event, several plausible explanations for a given bit of conversational behavior should be examined for "fit"; to do so can only serve to strengthen the credibility of any ultimate claim that a rule is the operative underlying mechanism.

The Superiority of Theories to "Stories"

Grimshaw (1974) has outlined the steps in analysis that lead to the ultimate recovery of structure in discourse and the reconstruction of rule-sets that account for that structure. At the first stage, which he terms "fine-grained anecdotal description," the conversational phenomena of interest are identified, and "once pattern and variation begin to emerge, taxonomies seem naturally to follow" (Grimshaw, 1974, p. 422). In subsequent steps, coding systems are developed, a grammar is written, and the grammar is taken back to the natural world of conversation to see if it can account for what is found there. Unfortunately, most research on conversation structure seems to be firmly rooted in the first stage, that of anecdotal description. The field is littered with taxonomies of every conceivable kind of device, many of which overlap so considerably that it is clear that few of us are reading each other's material. A perfect case in point has to do with the simple utterance "Uh huh" and its equivalents, which have been treated as *passing moves* by Clark and Haviland (1977), *minimal responses* by Fishman (1978) and by Zimmerman and West (1975), and as *passive strategies for being civilly egocentric* by Derber (1979), as well as *back-channel* or *listener responses* by Duncan (1972) and Rosenfeld and Hancks (1980) and others. The most notable thing about this body of literature, outside of the fact that few if any of the authors seem to reference each other, is that the phenomenon keeps being "rediscovered," but little has accumulated in the way of a body of solid, non-anecdotal evidence that the simple "Uh huh" is actively and intentionally used to discourage interaction or at least to avoid taking a turn, although both of these claims have been made for it. The only really replicated finding about "Uh huh" has been that, at least some of the time, there are fewer so-called speaker state signals emitted during its utterance than during longer utterances (although the reduction in speaker-state cues has also been found for mirror responses, repetitions, and so on). It has also been found that "Uh huh" tends to precede lapses or topic shifts, particularly when men say it to women, but it appears that "Uh huh" is less a cause of topic failure than it is a symptom of it.

The point is that there is a limit to the amount of descriptive work that a discipline can absorb, and the field of conversational research is already top-heavy with taxonomies, or, as Butterworth puts its, with "stories" (1978, p. 321):

> An investigator may refrain from rigorous quantification of the data, from the construction of formal models, from strict testing of theories against facts. Instead, he will adopt a research strategy in which he contents himself with telling a 'story', arguing perhaps that a more 'scientific' version will follow in due course, and that in any case stories are necessary precursors of formal models and rigorous quantification.

Butterworth argues that stories are less responsible scientifically than theories, that they are less replicable, less specific, less coherent, and have less coverage; that is, they fail to "exhaust the domain" in the way that a good theory does (1978, p. 376). Furthermore, theories are subject to revision in the event of a disconfirming case, while it is not clear what happens to stories. Theories also make clear which if any of their principles are presuppositions, and which classes of phenomena are not covered. For any description or taxonomic work, Butterworth suggest that there are two critical questions to ask before accepting its claims: (1) what were the methods and procedures used to arrive at the conclusions reached by the author(s)?; and (2) how can the author's claims be verified (more to the point, how can they be falsified—how can we recognize a counterexample?.

Jackson (1982) has proposed a defense for a method called "analytic induction," which some might regard as a method of stories, although Jackson and others regard it as rigorous. Analytic induction is characteristic of the approach to conversation of Schegloff et al., and others, in which examples are collected, the examples are used to construct a claim, the claim is tested to see if it can account for all the examples, and counterexamples are then sought (Jackson, 1982, p. 1). Under this method a claim can qualify as such only if it is possible to falsify it. Here is one point of departure from the Butterworth notion of a story. Take for example Schiffrin's (1980) work on "meta-talk" in conversation. The bulk of what Schiffrin reported could be summarized by saying that "there is a set of devices which parties to talk use to bracket discourse." According to Jackson, qualifying as a claim requires that the statement "commit the speaker to defending the existence of some state of affairs" (1982, p. 9), and that that commitment demands that the statement be falsifiable. Clearly, a thesis like Schiffrin's cannot be falsified, and so even though the research seems to fit the analytic induction mode, in fact, it does not because it fails to make a commitment to a claim.

Where the method of analytic induction does appear to conform more to the "story" than the "theory" model is that its methods are not ordinarily explicit, and consequently they are not replicable. There is usually not an adequate basis for accepting a claim, because not only are we usually not apprised of the dimensions of the search for examples and counterexamples, and not only are we frequently asked to accept made-up examples as evidence, but only rarely are we provided with an actual breakdown of the number of conforming and nonconforming cases in the corpus of conversations that serve as the data base. This latter problem could be dealt with were adherents of the method to follow the injunction to be *complete*, which we shall address shortly, but we still may be left with the problem of a complete account of data set whose parameters are unknown and which we could not hope to replicate were we to want to conduct our own investigation of the item of interest.

Again, it cannot be overemphasized that the credibility of any claim to have a model of a significant aspect of conversational structure lies first with the adequacy of the data base, and the ability of the researcher to provide both an explicit account of her methods of collecting evidence and a convincing argument that the examples in the data base are as representative as possible of the domain of contexts to which she wishes to generalize.

When Rules Fail:
Accounting for Nonconformity

One of the most interesting features of Jackson's (1982) account of the method of analytic induction is its insistence on *completeness:* "a proposed rule which allows for coherent, unremarkable deviations is a failure, and a single genuine counterexample is enough to require its revision" (p. 11). Given what we noted earlier about the numerous and varied reasons why a rule-violation might go unremarked or unsanctioned, the first assertion, that an unmarked breach means the rule is a failure, seems a little strict. Few of us, for example, correct our friends and acquaintances when they say things like "Hopefully, I can be there," "Between you and I," or "That one has less calories," but our failure to do so doesn't require us to toss our grammars and dictionaries out the window. Suppose that we have found strong empirical evidence of a regular pattern of co-occurence of some context and the behavior called for in that context by a proposed rule. Suppose further, however, that in about 10% of the cases the behavior required by the rule is not present. Do we have to discard the rule?

Let us consider the case in which we undertake a serious attempt to determine if there is a rule prohibiting interruption. Suppose that in a large corpus of dyadic conversations we looked at each "interact," that is, each pair of adjacent turns, to see if the B turn interrupted the A turn, using a definition in which forced discontinuity of the A turn was used to distinguish interruption from simple overlap. Suppose further that in our corpus of 1000 examples we found only 10 instances of interruption. How may we account for these deviations in a manner consistent with our claim that a rule prohibiting interruption is operative in the population from which the examples were drawn? Fuller (1969) has suggested a number of circumstances under which behavior may fail to conform to a rule. First, some individuals may not have knowledge of the rule. For example, the author of one of the interruptions might be from Antigua, where the norm of "contrapuntal noise" (Reisman, 1974) makes it not only acceptable, but even a good idea to start talking once someone else does. It may also be that the rule is not very specific. For example, some people may think that it is acceptable to interrupt as long as what you say seems to be supportive of the other person, or if there's something that just can't wait. Interruptions may occur because the rule prohibiting them is superseded by other rules. As was brought out in Chapter 3, a person might interrupt to keep a partner from telling things he oughtn't (violating the Morality maxim); to repair a violation of the Quality maxim (for example, one's interlocutor may be exaggerating); or to repair an apparent breach of the Relevance maxim before total confusion sets in. One might violate the injunction against interruption because she believes that it doesn't apply in this particular case; for example, that whenever one is talking with a friend or relative, interruptions will be tolerated. If the rule is regarded as tentative, one might violate it just to see what happens; thus, for example, an interruption might be undertaken as a test of power—to see whether or not one could override the other and get away with it. Finally, the rule would be more likely to be violated if the perpetrator believed that there would be no penalty imposed in the event of a breach. Interruptions often go unmarked since to comment upon them is usually interpreted as a sign that one is being overly defensive, resulting in the violator's feeling that he can interrupt with impunity, and even increase his advantage should the victim protest. If the investigator is alert to these possibilities *before* data is collected, then procedures for assessing each plausible source of breach can be built into her research design.

DIRECTIONS FOR FUTURE RESEARCH

Perhaps at some point in the six previous chapters the reader has been struck by the fact that the bulk of the work on conversational organization derives from one of just three theoretical postures: the claim of Austin (1962) and later Searle (1975) that the happy performance of a speech act results from the satisfaction of a set of preconditions, such as that the speaker is sincere, that she wants the hearer to recognize her intent in speaking, and so on; the proposal by Grice (1975) and later Bach and Harnish (1979), Edmondson (1981a) and others of a set of *maxims* or assumptions about conversational organization that hearers know that speakers may exploit for various communicative purposes; and the proposal by Schegloff (1972) that the principle of *conditional relevance* underlies the local or turn-by-turn organization of speech acts. What is remarkable is not that these theoretical positions have found so many adherents, but rather that they have found so few skeptics; that is to say, the majority of the work stimulated by these landmark studies has been of the "spin-off" variety. Thus, for example, we have Quality, Quantity, Relevance, and Manner hedges (Brown & Levinson, 1978), and Quality, Quantity, Relevance, and Manner "licenses" (Mura, 1983), and so on. While speech act theory is being put to interesting uses by cognitive scientists interested in computer modeling of conversation, in terms of its applications to problems in conversations between real people, speech act theory seems to have become stuck in a rut, with researchers showing lots of interest in indirect requests, and very little interest in anything else.

Little if any of the work deriving from speech act theory or from the Gricean maxims framework has been of the nature of a test of the original claims. It would seem to be an obvious thing to do, for example, to see if indeed there are any real differences in the way *conventionally indirect speech* and *conversational implicatures* are encoded, understood, and treated in conversation. Similarly, few investigators have shown any interest in finding out if breaches of conversational maxims are indeed literally processed as "error" before giving rise in implicature. If, indeed, the use of such devices as the Quality hedge, or the Quantity license, or the Cognitive disclaimer, constitutes a significant conversational event, why is there no evidence to indicate that they occur with any frequency, or that they do the job that their discoverers claim that they do?

Similar problems arise when we examine the literature on adjacency pairs and other realizations of the "conditional relevance" notion. Not only have there been no serious efforts to account for *why* some acts set up expectations that other particular acts will follow, but hard evidence that adjacency-pair organization is pervasive is simply not there. The extensive attention devoted to the adjacency pair notion has tended to restrict analyses of conversational coherence to local, utterance-to-utterance relationships to the exclusion of more global relations between utterances and the context sets in which they are embedded. Further, the emphasis on adjacency-pair organization has tended to focus researchers' attentions only on the functional organization of conversational interaction, such that study of propositional macrostructures and topic have been relatively neglected.

It is hoped that future research on conversational organization will reflect one or more of the following priorities: (1) greater attention to the role of propositional macrostructures in accounting for conversational coherence. For example, can we find evidence for the collaborative organization of macrorules such as construction, deletion, and generalization? Can such evidence be found in the discourse itself? How well do story grammars model conversational storytelling? (2) greater effort should be directed to uncovering the devices by which locutions are made relevant to one another at the utterance-by-utterance level. For example, what are the dimensions that underlie textual sources of cohesion such as anaphora, ellipsis, and so on? What are the factors accounting for variation in propositional linkages such as Contrast, Parallel, Elaboration, and so forth? (3) increased emphasis on how constraints imposed by demands for functional relevance affect topic development, and vice versa. For example, how does the "propositional content condition" for the happy performance of a speech act constrain the kinds of replies one can make to offers, requests, assertions, and so on? How does topical organization at the global level restrict our freedom to perform certain kinds of "underground" speech acts, such as a "brag," a "cut" or a "pry"? (4) greater attention to the goal-directed efforts of actors to achieve their aims through talk. For example, in what ways can speakers compress or maneuver topical structures to accomplish their purposes, and under what circumstances do local requirements for relevance, as well as other higher-order rules and assumptions, function as obstacles to goal-attainment? (5) reconsideration of the notion of "preferredness" in terms of cognitive factors, especially information processing time or decision difficulty. For example, are agreements "preferred" because they are reinforcing to the speaker, or because they don't create a need for new decisions to be made that might require the speaker to alter her plans? Is there some other reason why agreements are preferred? These five priorities collectively reflect a desire for increased emphasis on the role of cognitive processes, particularly planning, in the application and exploitation of conversational rules.

Glossary

Absolutist formulation: A statement summing up the speaker's assessment of the sense and implication of the conversation-so-far, expressed in all-or-nothing terms, which forecloses the possibility of further topical talk.

Access rituals: Sequences serving to open or close conversations.

Account sequence: A sequence, precipitated by the response to some failure event, consisting of a reproach, an account, and an evaluation of the account.

Activities of partitioning: Formulaic phrases used as guidance devices in conversation.

Adjacency pairs: Expandable pairs of adjacently placed speech acts in which the first establishes a "slot" for the performance of the second, and the second "satisfies" the demand expressed in the first.

Antecedence maxim: A maxim that the speaker is required to see to it that the "old" or given information in any utterance has a unique antecedent.

Apodosis: The "then-clause" of a rule, which indicates what behaviors are required or prohibited given the particular circumstances which the rule covers.

A posteriori presuppositions: Implicit propositions that can be derived from propositions explicit in the discourse itself.

A priori presuppositions: Implicit propositions that are believed to pertain prior to the conversation.

Argument: A discourse unit built around the expansion of an initiating speech act or proffer, and its dispreferred reply.

Back-channel utterances: Brief arguments, repetitions, or mirror responses by a listener that are believed to occur primarily during pauses in the turn of the speaker who has the floor; usually characterized by a reduced set of the normal speaker-state signals.

Bridging proposition: A supplied proposition that helps a hearer to locate an element or entity that has been ambiguously referenced.

Chained exchange: One in which all of the proffers appear to have the same ultimate goals, and whose pairs of subordinate exchanges all have the same upshot.

Closed exchange: One whose initiating move is satisfied by its reply.

Coherence: The sense in which a discourse may be said to "hang together"; the relevance of its successive utterances both to those that precede them and to the global concerns of the discourse as a whole.

Cohesion: The property of a conversation that its successive utterances can be seen to be about the same set of elements, usually evidenced through such devices as anaphora that are visible in the conversational text.

Common scheme of reference: A set of interpretive procedures or assumptions, such as that communicators have reciprocal perspectives, that language indexes larger meaning systems, that persons are consistent, that social episodes have normal forms, and so on.

Communicative illocutionary act: One in which the speaker not only intends for the hearer to recognize his attitude toward the proposition expressed in his utterance, but also to recognize that he hopes to have some effect on the hearer.

Communicative presumption: That in *saying* something, the speaker is trying to *do* something.

Condition of breach: The property of a rule, as distinct from a law, that it can be broken; that one can choose not to follow a rule.

Conditional relevance: A property of the functional organization of interaction that some speech acts appear to establish "slots" for the subsequent performance of other speech acts, such that the failure to provide the called-for speech act may be marked, repaired, or sanctioned.

Conference pass: A speech act in which the speaker shifts the burden of responding to a proffer to some third party, using the pretext of requiring another opinion.

Constitutive rules: Rules that define how social practices are constituted, or which behaviors are to "count" as particular acts.

Context set: Also described as a common ground or information structure. A stored tree of explicit propositions and presuppositions against which each successive utterance is evaluated.

Context space: A series of utterances that taken together constitute a unit or whole, such as the event-recounting portion of a narrative.

Conventional indirectness: Reference to the preconditions for the successful performance of actions to accomplish acts that might threaten face if performed more directly.

Conversation: Relatively informal social interaction in which the roles of speaker and hearer are exchanged in a nonautomatic fashion under the collaborative management of all parties.

Conversational implicature: An interpretive process that is invoked by an apparently deliberate violation of one of the conversational maxims, by a speaker who appears on all other counts to be cooperating; working out that the speaker means more than what he has literally said.

Conversational plan: A cognitive representation of a goal and a series of speech acts that can be undertaken to realize the goal.

Conversational postulates: Constitutive rules about the conventional ways of performing certain indirect speech acts.

Cooperative principle: The mutual belief of communicators that a contribution to conversation will be that which appears to be appropriate and necessary according to the common understandings of the purpose and destination of the particular exchange.

Current-speaker-selects-next technique: A name for a collection of devices for designating which party is to take the next turn in conversation.

Demand ticket: The first speech act in a summons-answer sequence.

Disclaimers: Devices to alert hearers that a forthcoming utterance by the speaker should not be regarded as grounds for viewing him as irrational, ill-informed, prejudiced, and so on.

Discourse bracket: A management speech act whose function is to set off discourse chunks that have coherent internal structures, such as stories or accounts.

Disjunct marker: A device for demonstrating that upcoming talk will appear to violate the injunction to be relevant.

Dismissal: A technique for "erasing" an attack or reproach, and/or for causing it to be withdrawn.

Et cetera procedure: An interpretive procedure that permits a listener to reserve judgment on the meaning of a problematic utterance until subsequent conversational developments have had a chance to provide clarification.

Event context space: A series of successive utterances having to do with a sequence of actions that constituted some episode.

Exchange: A minimal conversational unit consisting of an initiating move and a responding move.

Face-threatening act: A speech act that threatens the positive face of the speaker or hearer, that is, their desire to be regarded as worthy of approval; or the negative face of either party, that is their desire for autonomy and freedom from imposition.

Focus: The priority given to a discourse element; that is, the extent to which the element is of major or minor importance in a discourse segment.

Force: The property of a rule that people choose to follow it, and that failure to follow it may result in unwanted notice, repair, or sanction.

Formulation: A statement by either speaker summarizing his sense of the conversation-so-far.

Functional organization: The action structure of conversation, that is, the organization of speech acts in terms of such factors as the principle of conditional relevance.

Global topic: The overriding idea or macroproposition of a discourse.

Hesitation pause: A brief pause within the turn of a single speaker, usually associated with encoding.

Illocutionary act: What we are *doing*, as opposed to *saying*, in an utterance, particularly that which we intend for the hearer to recognize as our purpose in saying that thus-and-so.

Initiative time latency: A longer pause bounded on both sides by talk by the same speaker; regarded as the time elapsing between the intended yielding of the floor by a speaker, and her resumption of it given the failure of her partner to take the floor

Instigating: Using narrative to create conflict between one's hearers and a third party, by recounting an episode in which the third party is shown to have acted in ways inimical to the hearer's interests.

Intended perlocutionary effect: The goal an illocutionary act is designed to achieve.

Interpretive procedures: Organized knowledge bases about how to interpret contexts so that rules may be applied appropriately.

Interruption: A case of simultaneous talk in which the turn of the speaker with the prior claim to the floor is cut short of its projectable point of completion.

Issue context space: A coherent, internally consistent set of utterances devoted to setting forth the issue or point of some larger segment of discourse.

Lapse: A silence of 3.0 or more seconds occurring at a transition-relevance place, in a focused, dyadic conversation.

Licenses: Preventatives addressed to forthcoming violations of the maxims of Quantity, Quality, Relevance, or Manner.

Linguistic presumption: That persons within the same language communities can make out the sense and reference of each other's utterances, given a sufficient vocabulary and background knowledge.

Local coherence relations: Ways in which appropriate continuations of an immediately prior utterance can be made.

Local relevance: The property of an utterance that it is pertinent to, or appears occasioned by, that which immediately preceded it in the conversation, regardless of its pertinence to the global topic or purpose of the interaction.

Locution: What one *says* in an utterance, as opposed to what one does in or by it; the literal sense of an utterance.

Macroact: The global speech act that organized a conversation, possibly consisting of a main act under which are nested one or more subordinate acts, or, a series of co-equal acts whose combined impact constitutes the implicit point of the discourse.

Macroproposition: An overriding proposition that organizes conversation and accounts for its coherence.

Macrorules: Operations such as deletion and generalization which are performed on cognitive representations of the conversational structure as it develops and changes over the course of an interaction.

Macrostructure: A cognitive representation of the topical and/or functional structure of discourse, usually hierarchical in nature, containing both explicit and implied propositions and their attendant meanings as speech acts.

Management acts: Speech acts that parties use to instruct one another in where they have been, conversationally, and where they are going.

Manner maxim: A maxim that one ought to refrain from being excessively obscure, ambiguous, verbose, or unorganized in her speech.

Marked repeat: A explicit device for marking the relevance of an upcoming topic to the previous talk.

Maxims: Widely held assumptions that it is the expected behavior of conversationalists to provide accurate, economical, clear, polite, ethical, and supportive contributions to spoken interaction.

Morality maxim: A maxim that one ought not to say that which she was told in confidence, nor should she ask for privileged information to be divulged; further, that one ought not to do for the hearer what he is uninterested in having done for him.

"No later" constraint: The requirement that an interruption be placed at a point at which it is still possible to demonstrate that the interrupting speaker already knows or has grasped the upshot of the interrupted speaker's utterance.

"No Sooner" constraint: The requirement that an interruption not be initiated until the interrupting speaker has heard enough to be able to make her contribution relevant.

O.K. pass: Brief listener response thought to signal that one is declining to take a turn, also called a minimal response.

Opportunistic planning: Taking advantage of current developments in an action sequence to adjust or restructure plans for achieving some particular goal; being reminded of a possible way to proceed by current conversational events.

Overlap: An instance of simultaneous talk occurring near a transition-relevance place, in which there is no externally prompted discontinuity in the turn of the speaker with the prior claim to the floor.

Performatives: Verbs that when uttered are claimed to constitute the performance of some act.

Perlocutionary effect: The effect that a speech has on the hearer.

Phonemic clause: A unit of speech with only one primary stress, which terminates in either a rising or falling intonation contour.

Politeness maxim: A maxim that one ought not to say that which is offensive, vulgar, or rude.

Pragmatic connectives: Words like or, but, and, if, and so on which signal the illocutionary force of an impending utterance.

Pragmatic topic: The speaker's ultimate goal; the conventional perlocutionary effect of the speaker's global act.

Preconditions: One of the clauses of a constitutive rule: a requirement for the successful performance of a speech act.

Preference for agreement: A systematic tendency for disagreeable or potentially troublesome replies to initiating moves to be structurally delayed in conversation.

Preference for self-repair: The systematic tendency for other-initiated and other-accomplished corrections of violations of grammatical, syntactic, and/or conversational rules to be structurally delayed in conversation relative to self-initiated and/or self-accomplished repair.

Presupposition: A proposition that is not expressed but which by virtue of its being understood and accepted by conversational parties supplies cohesion to the successive turns at talk.

Preventatives: Devices used to obtain permission for the speaker to violate conversational rules.

Principle of charity: A principle that the behavior of the speaker should be construed so as to credit her with as few violations as possible of conversational maxims.

Processing pass: A speech act in which one speaker transfers the burden of responding to some sort of proffer to a third party.

Proffer: The initiating move in an exchange.

Property of alteration: The property of rules that they can be canceled, changed, or replaced.

Propositional approach: An approach to conversational coherence whose adherents regard conversation as being about an overriding idea or macroproposition.

Propositional organization: The topical structure of conversation; the organization of expressed ideas and presuppositions.

Prospectiveness: Degree of sequential implicativeness of a speech act; the extent to which a preceding act narrows the range of acts that could be performed as a coherent next turn.

Protasis: The "if-clause" of a rule, which specifies the circumstances under which the rule applies.

Quality maxim: A maxim that one only say that which he knows to be true, and/or for which he possesses sufficient evidence.

Quantity maxim: The maxim that one's contribution to conversation be neither too brief nor too lengthy, but rather what is required.

Reciprocal exchange: One in which the outcome of a second exchange reverses the benefits and costs to speaker and hearer of an immediately prior exchange.

Recycling: Opening sequences that have been done over because of mistaken identities or failures of recognition.

Referent approach: An approach to conversational cohesion based upon the examination of devices by which successive utterances in a discourse can be seen to be about the same referents or entities.

Regulative rules: Rules that prescribe what should or should not be done given a particular set of circumstances or sequence of acts.

Relevance maxim: A maxim that a conversational contribution appear to pertain to the current context in terms of topical and/or functional structure.

Remedial legislation: Activity undertaken to establish new rules or new understandings about rules that will govern subsequent interactions, given that the old ones have failed.

Repetition pass: A mirror response thought to signify that the opportunity to take the floor is being declined.

Rule: A proposition that models our understandings of the situated evaluation of social behavior, and the ways in which social interaction should be constituted and carried out.

Rule-according behavior: Behavior that results from an actor's automatic conformity to a rule that she knows, but makes no particular point of following.

Rule-breaking behavior: Behavior in which the actor deliberately fails to conform to the rule.

Rule-following behavior: Behavior that results from the conscious design of an actor to conform to the rule.

Rule-fulfilling behavior: Behavior that happens to conform to the rule, even though the actor is unaware that there is a rule.

Rule-ignorant behavior: Behavior that fails to conform to the rule because the actor is unaware of the rule.

Rule-violating behavior: Behavior in which the actor inadvertently or accidentally fails to conform to the rule.

Satisfy: The responding move in an exchange, which fulfills the purpose for which the exchange was initiated; the second move in a closed exchange.

Sequence: A series of three or more speech acts, which constitutes a self-contained discourse unit with a coherent internal structure. In some sequences, each act in the sequence may be functionally dependent or conditionally relevant upon the act that precedes it.

Sequential implicativeness: The property of reducing the number of possible strategies for making a coherent next contribution.

Side sequence: A sequence, consisting minimally of three acts—a request for repair, a remedy, and an acknowledgement—in which parties detour from topical talk to rectify or clarify some tangential issue raised by that talk.

Significance statement: A proposition that establishes the point of a narrative for the hearer, especially in terms of the implications of the narrative for subsequent talk.

Sociocentric sequence: A brief nonreferential expression occurring just slightly after a transition-relevance place, usually interpreted as a turn-yielding signal.

Speech act: What one *does* in saying that thus and so.

Story grammar: A set of rules for describing the structural regularities of texts corresponding to a particular kind of canonical structure, involving minimally an episode and the setting in which it occurs.

Story sequencing device: A device for displaying the relevance of one's own story to a previous recounting.

Storytelling: A coherent conversational unit consisting of a preface sequence, a telling sequence in which some event is recounted, minimally an episode and its setting, and a listener response sequence.

Substantive speech acts: The functional or pragmatic content of conversation; the assertions and agreements, the questions and answers that make up its substance.

Summons-answer sequence: A three-party sequence in which A summons B, B answers the summons, and A discloses the reason(s) for having issued the summons in the first place.

Switching pause: A silence bounded on either side by talk by different speakers.

Tangential talk: Talk that is directed not to the underlying issue or point of some narrative or stretch of talk, but that appears to be locally relevant because it exploits a topical pathway from some minor element or character in the narrative.

TCU-reserving devices: Devices for claiming a block of speaking time, that is, more than one turn-constructional unit at a time.

Top-down planning: Mapping out a strategy or action sequence that when carried out will lead to the realization of a particular goal or goals; for instance, making a list of questions before telephoning the doctor.

Topic-initiating sequences: Sequences that serve to open sections of topical talk.

Transitional-relevance place: A possible place for an exchange of the speaker-hearer role, usually coinciding with a point of grammatical completeness, in the presence of turn-yielding cues such as falling or rising intonation and cessation of gesture.

Transparent question: Also known as an indirect answer or indirect response. An obvious closed-ended question used to implicate the answer to another obvious, closed-ended question.

Turn: A structural slot, within which a speaker has the right to one turn-constructional unit, renewable with the consent of the other parties.

Turn-constructional unit: A basic unit of conversation, such as an independent clause, which is allotted to speakers one at a time, with option for renewal.

Utterance: A spoken proposition: a unit of speech corresponding to a single sentence or independent clause.

References

ADLER, K. On the falsification of rules theories. *The Quarterly Journal of Speech,* 1978, 64, 427-438.

ALBERT, S., & KESSLER, S. Ending social encounters. *Journal of Experimental Social Psychology,* 1978, 14, 541-553.

ARGYLE, M., LALLJEE, M., & COOK, M. The effects of visibility on interaction in a dyad. *Human Relations,* 1968, 21, 3-17.

ARKOWITZ, H., LICHENSTEIN, E., McGOVERN, K., & HINES, P. The behavioral assessment of social competence in males. *Behavior Therapy,* 1975, 6, 3-13.

AULD, F., Jr., & WHITE, A. M. Rules for dividing interviews into sentences. *The Journal of Psychology,* 1956, 42, 273-281.

AUNE, B. *Knowledge, mind, and nature.* New York: Random House, 1967.

AUSTIN, J. L. *How to do things with words.* Oxford: Oxford University Press, 1962.

BACH, K., & HARNISH, R. M. *Linguistic communication and speech acts.* Cambridge, MA: The MIT Press, 1979.

BALL, P. Listeners' responses to filled pauses in relation to floor apportionment. *British Journal of Social and Clinical Psychology,* 1975, 14, 423-424.

BEACH, W. A., & JAPP, P. Storifying as time-traveling: The knowledgeable use of temporally structured discourse. In R. Bostrom (Ed.), *Communication Yearbook 7.* New Brunswick, NJ: Transaction, 1983.

BEATTIE, G. W. Floor apportionment and gaze in conversational dyads. *British Journal of Clinical Psychology,* 1978, 17, 7-15.

BEATTIE, G. W. Contextual constraints on the floor apportionment function of gaze in dyadic conversation. *British Journal of Clinical and Social Psychology,* 1979, 18, 391-392.

BEAUGRANDE, R. de. Text, discourse, and process: Towards a multidisciplinary science of texts. In R. O. Freedle (Ed.), *Advances in discourse processes,* Vol. IV. Norwood, NJ: Ablex Publishing, 1980.

BELL, R. A., ZAHN, C. J., & HOPPER, R. Disclaiming: A test of two competing views. *Communication Quarterly,* in press.

BENOIT, P. *Structural coherence production in the conversations of preschool children.* Paper presented at the meeting of the Speech Communication Association, New York, November, 1980.

BERGER, C. R. The covering law perspective as a theoretical basis for the study of human communication. *Communication Quarterly,* 1977, 25, 7-18.

BERNSTEIN, B. Social class, linguistic codes, and grammatical elements. *Language and Speech*, 1962, 5, 221-240.

BENNETT, A. Interruptions and the interpretation of conversation. *Discourse Processes*, 1981, 4, 171-188.

BIGLAN, A., GLASER, S. R., & DOW, M. G. Conversational skills training for social anxiety: An evaluation of its validity. Unpublished manuscript, University of Oregon, 1980. Cited in M. G. Dow, S. R. Glaser, & A. Biglan, *The relevance of specific conversational behaviors to ratings of social skills: A review of experimental analysis.* Paper presented at the meeting of the Speech Communication Association, New York, November 1980.

BIZANZ, G. L. Knowledge of persuasion and story comprehension: Developmental changes in expectations. *Discourse Processes*, 1982, 5, 245-277.

BLAU, P. M. *Exchange and power in social life.* New York: John Wiley, 1964.

BLEIBERG, S., & CHURCHILL, L. Notes on confrontation in conversation. *Journal of Psycholinguistic Research*, 1975, 4, 273-279.

BLUMSTEIN, P. The honoring of accounts. *American Sociological Review*, 1974, 39, 551-566.

BOOMER, D. S. Hesitation and grammatical encoding. *Language and Speech*, 1965, 8, 148-158.

BOWERS, J. W. Dows a duck have antlers? Some pragmatics of "transparent questions." *Communication Monographs*, 1982, 42, 63-69.

BOWERS, J. W., ELLIOT, N. D., & DESMOND, R. J. Exploiting pragmatic rules: devious messages. *Human Communication Research*, 1977, 3, 235-242.

BRADAC, J. J., HOSMAN, L. A., & TARDY, C. H. Reciprocal disclosures and language intensity: Attributional consequences. *Communication Monographs*, 1978, 45, 1-17.

BRADLEY, P. H. The folk-linguistics of women's speech: An empirical examination. *Communication Monographs*, 1981, 48, 73-90.

BROWN, P., & LEVINSON, S. Universals in language usage: Politeness phenomena. In E. Goody (Ed.), *Questions and politeness: Strategies in social interaction.* Cambridge: Cambridge University Press, 1978.

BRITTAN, A. *Meanings and situations.* London: Routledge & Kegan Paul, 1973.

BUTTERWORTH, B. Maxims for studying conversation. *Semiotica*, 1978, 24, 317-339.

CANARY, D. J., RATLEDGE, N. T., & SIEBOLD, D. R. *Argument and group decision-making: Development of a coding scheme.* Paper presented at the meeting of the Speech Communication Association, Louisville, November, 1982.

CANTOR, N., MISCHEL, W., & SCHWARTZ, J. C. A prototype analysis of psychological situations. *Cognitive Psychology*, 1982, 14, 45-77.

CAPPELLA, J. N. Mutual influence in expressive behavior: Adult-adult and infant-adult dyadic interaction. *Psychological Bulletin*, 1981, 89, 101-132.

CAPPELLA, J., & GREENE, J. R. There ought to be a law against rules: Shimnoff's approach to then. *The Quarterly Journal of Speech*, 1982, 68, 431-434.

CAPPELLA, J., & PLANALP, S. Talk and silence sequences in informal conversations III: Interspeaker influence. *Human Communication Research*, 1981, 7, 117-132.

CHAIKIN, A. L., & DERLEGA, V. J. *Self-disclosure.* Morristown, NJ: General Learning Press, 1974.

CHERRY, L., & LEWIS, M. Mothers and two year olds: A study of sex differentiated aspects of verbal interaction. *Development Psychology,* 1976, 12, 278-282.

CHOMSKY, N. *Aspects of the theory of syntax.* Cambridge: MA: MIT Press, 1965.

CICOUREL, A. V. *Cognitive sociology: Language and meaning in social interaction.* London: Cox and Wyman, 1973.

CLARK, H. H., & FRENCH, J. W. Telephone goodbyes. *Language in Society,* 1981, 10, 1-19.

CLARK, H. H., & LUCY, P. Understanding what is meant from what is said: A study in conversationally conveyed requests. *Journal of Verbal Learning and Verbal Behavior,* 1975, 14, 56-72.

CLARK, H. H., & HAVILAND, S. E. Comprehension and the given-new contract. In R. O. Freedle (Ed.), *Discourse production and comprehension.* Norwood, NJ: Ablex Publishing, 1977.

CODY, M. J. A typology of disengagement strategies and an examination of the role intimacy, reactions to inequity and relational problems play in strategy selection. *Communication Monographs,* 1982, 49, 148-170.

CODY, M. J., ERICKSON, K. V., & SCHMIDT, W. *Conversation and humor: A look into the utility of some joke prefacing devices.* Paper presented at the meeting of the Speech Communication Association, Washington, November, 1983.

CODY, M. J., & McLAUGHLIN, M. L. Perceptions of compliance-gaining situations: A dimensional analysis. *Communication Monographs,* 1980, 47, 132-148.

CODY, M. J., McLAUGHLIN, M. L., & SCHNEIDER, M. J. The impact of relational consequences and intimacy on the selection of interpersonal persuasion tactics: A reanalysis. *Communication Quarterly,* 1981, 29, 91-106.

CODY, M. J., O'HAIR, H. D., & SCHNEIDER, M. J. *The impact of intimacy, rights to resist, Machiavellianism, and psychological gender on compliance-resisting strategies: How pervasive are response effects in communication surveys?* Paper presented at the meeting of the International Communication Association, Boston, May, 1982.

CODY, M. J., WOELFEL, M. L., & JORDAN, W. J. Dimensions of compliance-gaining stiuations. *Human Communication Research,* 1983, 9, 99-113.

COHEN, P. R., & PERRAULT, C. R. A plan-based theory of speech acts. *Cognitive Science,* 1979, 3, 213-230.

COLLETT, P. The rules of conduct. In P. Collett (Ed.), *Social rules and social behavior.* Totowa, NJ: Rowman and Littlefield, 1977.

COOK, M., & LALLJEE, M. G. Verbal substitutes for vocal signals in interaction. *Semiotica,* 1972, 6, 212-221.

COZBY, P. G. Self-disclosure, reciprocity, and liking. *Sociometry,* 1972, 35, 151-160.

CRAWFORD, J. R. Utterance rules, turn-taking, and attitudes in enquiry openers. *IRAL,* 1977, 15, 279-298.

CREIDER, C. A. Thematisation in Luo. In P. Werth (Ed.), *Conversation and discourse: Structure and interpretation.* New York: St. Martin's, 1981.

CRONEN, V. E., & DAVIS, L. K. Alternative approaches for the communication theorist: Problems in the laws-rules-systems trichotomy. *Human Communication Research,* 1978, 4, 120-128.

CROSBY, F., & NYQUIST, L. The female register: An empirical study of Lakoff's hypothesis. *Language in Society,* 1978, 6, 313-322.

CROTHERS, E. J. Inference and coherence. *Discourse Processes,* 1978, 1, 51-71.

DAVIS, J. D. Self-disclosure in an acquaintance exercise: Responsibility for level of intimacy. *Journal of Personality and Social Psychology,* 1976, 33, 787-792.

DELIA, J. G. Alternative perspectives for the study of human communication: Critique and response. *Communication Quarterly,* 1977, 25, 46-62.

DERBER, C. *The pursuit of attention: Power and individualism in everyday life.* Boston: G. K. Hall, 1979.

DIJK, T. A. van. *Macrostructures: An interdisciplinary study of global structures in discourse, interaction, and cognition.* Hillsdale, NJ: Lawrence Erlbaum Associates, 1980.

DIJK, T. A. van. *Studies in the pragmatics of discourse.* The Hague: Mouton, 1981.

DITTMAN, A. T., & LLEWELLYN, L. G. The phonemic clause as a unit of speech decoding. *Journal of Personality and Social Psychology,* 1967, 6, 341-349.

DITTMAN, A. T., & LLEWELLYN, L. G. Relationship between vocalization and head nods as listener responses. *Journal of Personality and Social Psychology,* 1968, 9, 78-84.

DONOHUE, W. A. Development of a model of rule use in negotiation interaction. *Communication Monographs,* 1981, 48, 106-120.

DOW, M. G., GLASER, S. R., & BIGLAN, A. *The relevance of specific conversational behaviors to ratings of social skill: A review and experimental analysis.* Paper presented at the meeting of the Speech Communication Association, New York, November, 1980.

DUCK, S. Interpersonal communication in developing acquaintance. In G. R. Miller (Ed.), *Explorations in interpersonal communication.* Beverly Hills, CA: Sage, 1976.

DUNCAN, S., Jr. Some signals and rules for taking speaking turns in conversations. *Journal of Personality and Social Psychology,* 1972, 23, 283-292.

DUNCAN, S., Jr. Toward a grammar for dyadic conversation. *Semiotica,* 1973, 9, 29-46.

DUNCAN, S., Jr., & FISKE, D. W. *Face-to-face interaction: Research, methods, and theory.* New York: John Wiley, 1977.

DUNCAN, S., & NIEDEREHE, G. On signalling that it's your turn to speak. *Journal of Experimental Social Psychology,* 1974, 10, 234-247.

DUVAL, S., & WICKLUND, R. *A theory of objective self-awareness.* New York: Academic Press, 1972.

EDELSKY, C. Who's got the floor? *Language in Society,* 1981, 10, 383-421.

EDER, D. The impact of management and turn-allocation activities on student performance. *Discourse Processes,* 1982, 5, 147-160.

EDMONDSON, W. J. Illocutionary verbs, illocutionary acts, and conversational behavior. In H. Eikmeyer & H. Reiser (Eds.), *Words, worlds, and contexts.* Berlin and New York: Walter de Gruyter, 1981. (a)

EDMONDSON, W. J. *Spoken discourse: A model for analysis.* London: Longman, 1981. (b)

EDMONDSON, W. J. On saying you're sorry. In F. Coulmas (Ed.), *Conversational routine: Explorations in standardized communication situations and prepatterned speech.* New York: The Hague, 1981. (c)

ELLIS, D. G., HAMILTON, M., & AHO, L. Some issues in conversation coherence. *Human Communication Research,* 1983, 9, 267-282.

ERICKSON, F., & SCHULTZ, J. When is a context? Some issues and methods in the analysis of social competence. *Institute for Comparative Human Development,* 1977, 1, 5-10.

ERVIN-TRIPP, S. On sociolinguistic rules: Alternation and co-occurrence. In J. J. Gumperz & D. Hymes (Eds.), *Directions in sociolinguistics: The ethnography of communication.* New York: Holt, Rinehart & Winston, 1972.

FELDSTEIN, S., & WELKOWITZ, J. A chronography of conversation: In defense of an objective approach. In A. W. Siegman & S. Feldstein (Eds.), *Nonverbal behavior and communication.* Hillsdale, NJ: Erlbaum, 1978.

FENIGSTEIN, A., SCHEIER, M. F., & BUSS, A. H. Public and private self consciousness: Assessment and theory. *Journal of Consulting and Clinical Psychology,* 1975, 43, 522-527.

FERGUSON, C. A. The structure and use of politeness formulas. *Language in Society,* 1976, 5, 137-151.

FERGUSON, N. H. Simultaneous speech, interruptions, and dominance. *British Journal of Social and Clinical Psychology,* 1977, 16, 295-302.

FERRARA, A. An extended theory of speech acts: Appropriateness conditions for subordinate acts in sequences. *Journal of Pragmatics,* 1980, 4, 233-252. (a)

FERRARA, A. Appropriateness conditions for entire sequences of speech acts. *Journal of Pragmatics,* 1980, 4, 321-340. (b)

FINE, J., & BARTOLUCCI, G. Cohesion and retrieval categories in normal and disturbed communication: A methodological note. *Discourse Processes,* 1981, 4, 267-270.

FIRTH, J. R. *The tongues of men and speech.* London: Oxford University Press, 1964.

FISHMAN, P. M. Interaction: The work women do. *Social Problems,* 1978, 25, 397-406.

FORGAS, J. P. The perception of social episodes: Categorical and dimensional representations of two different social milieus. *Journal of Personality and Social Psychology,* 1976, 34, 199-209.

FOSTER, S. Learning to develop a topic. *Papers and Reports on Child Language Development,* 1982, 21, 63-70.

FOSTER, S., & SABSAY, S. *What's a topic?* Unpublished manuscript, University of Southern California, 1982.

FRASER, B. Hedged performatives. In P. Cole & J. L. Morgan (Eds.), *Syntax and semantics, Vol. 3: Speech acts.* New York: Academic Press, 1975.

FRASER, B. On apologizing. In F. Coulmas (Ed.), *Conversational routine: Explorations in standardized communication situations and prepatterned speech.* The Hague: Mouton, 1981.

FREDERIKSEN, J. R. Understanding anaphora: Rules used by readers in assigning pronominal referents. *Discourse Processes,* 1981, 4, 323-347.

FREDERIKSEN, N. Toward a taxonomy of situations. *American Psychologist,* 1972, 27, 114-123.

FRENCH, J.R.P., & RAVEN, B. The bases of social power. In D. Cartwright & A. Zander (Eds.), *Group dynamics* (2nd ed.). New York: Harper & Row, 1960.

FRENTZ, T. S. & FARRELL, T. B. Language-action: A paradigm for communication. *The Quarterly Journal of Speech,* 1976, 62, 333-349.

FULLER, L. L. *The morality of law* (Rev. ed.). New Haven: Yale University Press, 1969.

GAINES, R. N. Doing by saying: Toward a theory of perlocution. *The Quarterly Journal of Speech,* 1979, 65, 121-136.

GANZ, J. S. *Rules: A systematic study.* The Hague: Mouton, 1971.

GARFINKEL, H., & SACKS, H. On formal structures of practical actions. In J. C. McKinney & E. A. Tirayakian (Eds.), *Theoretical sociology.* New York: Appleton-Century-Crofts, 1970.

GARVEY, C. The contingent query: A dependent action in conversation. In M. Lewis & L. A. Rosenblum (Eds.), *Interaction, conversation, and the development of language.* New York: John Wiley, 1977.

GARVEY, C., & BERNINGER, G. Timing and turn taking in children's conversation. *Discourse Processes,* 1981, 4, 27-57.

GARVEY, C., & HOGAN, R. Social speech and social interaction: Egocentrism revisited. *Child Development,* 1973, 44, 562-568.

GAZDAR, G. *Pragmatics: Implicature, presupposition, and logical form.* New York: Academic Press, 1979.

GAZDAR, G. Speech act assignment. In A. K. Joshi, B. L. Webber, & I. A. Sag (Eds.), *Elements of discourse understanding.* Cambridge: Cambridge University Press, 1981.

GENEST, M., & TURK, D. C. Think-aloud approaches to cognitive assessment. In T. V. Merluzzi, C. R. Glass, & M. Genest (Eds.), *Cognitive Assessment.* New York: Guilford Press, 1981.

GIBBS, R. W. Your wish is my command: Convention and context in interpreting indirect requests. *Journal of Verbal Learning and Verbal Behavior,* 1981, 20, 431-444.

GILES, H. New directions in accommodation theory. *York Papers in Linguistics,* 1980, 9, 105-136.

GILES, H., & POWESLAND, P. F. *Speech style and social evaluation.* London: Academic Press, 1975.

GILES, H., TAYLOR, D. M., & BOURHIS, R. V. Towards a theory of interpersonal accommodation through language: Some Canadian data. *Language in Society,* 1973, 2, 161-179.

GOFFMAN, E. *Relations in public.* Harmondsworth: Penguin, 1971.

GOFFMAN, E. Replies and responses. *Language in Society,* 1976, 5, 257-313.

GOLDMAN, S. R. Knowledge systems for realistic goals. *Disclosure Processes,* 1982, 5, 279-303.

GOLDMAN-EISLER, F. *Psychologinguistics: Experiments in spontaneous speech.* New York: Academic Press, 1968.

GOODWIN, C. *Conversational organization: Interaction between speakers and hearers.* New York: Academic Press, 1981.

GOODWIN, M. H. "Instigating": Storytelling as social process. *American Ethnologist,* 1982, 9, 799-819.

GORDON, D., & LAKOFF, G. Conversational postulates. In P. Cole & J. L. Morgan (Eds.), *Syntax and semantics, Vol. 3: Speech Acts.* New York: Academic Press, 1975.

GOTTLEIB, G. *The logic of choice: An investigation of the concepts of rule and rationality.* New York: MacMillan, 1968.

GOTTMAN, J. H., MARKMAN, H., & NOTARIUS, C. The topography of marital conflict: A sequential analysis of verbal and nonverbal behavior. *Journal of Marriage and the Family,* 1977, 39, 461-477.

GOULDNER, A. W. The norm of reciprocity: A preliminary statement. *American Sociological Review,* 1960, 25, 161-179.

GRICE, H. P. Logic and conversation. In P. Cole & J. Morgan (Eds.), *Syntax and Semantics, Vol. 3: Speech Acts.* New York: Academic Press, 1975.

GRIEF, E. G., & GLEASON, J. B. Hi, thanks, and goodbye: More routine information. *Language in Society,* 1980, 9, 159-166.

GRIMSHAW, A. D. Data and data use in an analysis of communicative events. In R. Bauman & J. Sherzer (Eds.), *Explorations in the ethnography of speaking.* London: Cambridge University Press, 1974.

GRIMSHAW, A. D. Instrumentality selection in naturally-occurring conversation: A research agenda. In P. Werth (Ed.), *Conversation and discourse: Structure and interpretation.* New York: St. Martin's Press, 1981.

GUMPERZ, J. Language, communication, and public negotiation. In P. R. Sanday (Ed.), *Anthropology and the public interest.* New York: Academic Press, 1976.

HADLEY, T. R., & JACOB, T. Relationships among measures of family power. *Journal of Personality and Social Psychology,* 1973, 27, 6-12.

HALLIDAY, M.A.K., & HASAN, R. *Cohesion in English.* London: Longman, 1976.

HARRÉ, R. The ethogenic approach: Theory and practice. In L. Berkowitz (Ed.), *Advances in experimental social psychology, X.* New York: Academic Press, 1977.

HARRÉ, R. Some remarks on 'rule' as a scientific concept. In T. Mischel (Ed.), *Understanding other persons.* Totowa, NJ: Rowman & Littlefield, 1974.

HARRÉ, R. *Social being: A theory for social psychology.* Totowa, NJ: Rowman & Littlefield, 1979.

HARRÉ, R., & SECORD, P. F. *The explanation of social behaviour.* Oxford: Basil Blackwell, 1972.

HAWES, L. C. Alternative theoretical bases: Toward a presuppositional critique. *Communication Quarterly,* 1977, 25, 63-68.

HAYES-ROTH, B., & HAYES-ROTH, F. A cognitive model of planning. *Cognitive Science,* 1979, 3, 275-310.

HEESCHEN, V., SCHIEFENHOVEL, W., & EIBL-EIBESFELDT, I. Requesting, giving, and taking. The relationship between verbal and nonverbal behavior in the speech community of the Eipo, Irian Jaya (West New Guinea). In M. R. Key (Ed.), *The relationship of verbal and nonverbal communication.* The Hague, Mouton, 1980.

HERINGER, J. T. Some grammatical correlates of felicity conditions and presuppositions. *Ohio State University Working Papers in Linguistics,* 1972, 11, 1-110. Cited in S. Sabsay and S. Foster, *Cohesion in discourse.* Unpublished manuscript, University of California, Los Angeles, 1982.

HERITAGE, J. C., & WATSON, D. R. Formulations as conversational objectives. In G. Psathas (Ed.), *Everyday language: Studies in ethnomethodology.* New York: Irvington, 1979.

HEWES, D., & PLANALP, S. There is nothing as useful as a good theory. . .The influence of social knowledge on interpersonal communication. In M. E. Roloff &

C. R. Berger (Eds.), *Social cognition and communication.* Beverly Hills, CA: Sage, 1982.

HEWITT, J. P., & STOKES, R. Disclaimers. *American Sociological Review,* 1975, 40, 1-11.

HOBBS, J. R. *Why is discourse coherent?* Technical note 176. Menlo Park, CA: SRI International, Nov. 30, 1978.

HOBBS, J. R. Coherence and coreference. *Cognitive Science,* 1979, 3, 67-90.

HOBBS, J. R., & AGAR, M. H. *Planning and local coherence in the formal analysis of ethnographic interviews.* Unpublished manuscript, SRI International, Menlo Park, Ca., 1981.

HOBBS, J. R., & EVANS, D. A. Conversation as planned behavior. *Cognitive Science,* 1980, 4, 349-377.

HOBBS, J. R., & ROBINSON, J. R. Why ask? *Discourse Processes,* 1979, 2, 311-318.

HOFFMAN, S. F. *Interruptions: Structure and tactics in dyadic conversations.* Paper presented at the meeting of the International Communication Association, Acapulco, May, 1980.

HOPPER, R. The taken-for-granted. *Human Communication Research,* 1981, 7, 195-211.

HOUSE, J., & KASPER, G. Politeness markers in English and German. In F. Coulmas (Ed.), *Conversational routine: Explorations in standardized communication situations and prepatterned speech.* The Hague: Mouton, 1981.

JACKSON, S. *Building a case for claims about discourse structure.* Paper presented at the Michigan State University Summer Conference on Language and Discourse Processes, East Lansing, MI, August, 1982.

JACKSON, S., & JACOBS, S. Speech act structure in conversation: Rational aspects of conversational coherence. In R. T. Craig & K. Tracy (Eds.), *Conversational coherence: Studies in form and strategy.* Beverly Hills, CA: Sage, 1983.

JACKSON, S., & JACOBS, S. Structure of conversational argument: Pragmatic bases for the enthymeme. *The Quarterly Journal of Speech,* 1980, 66, 251-265.

JACKSON, S., & JACOBS, S. The collective production of proposals in conversational argument and persuasion: A study of disagreement regulation. *Journal of the American Forensic Association,* 1981, 18, 77-90.

JACOBS, S., & JACKSON, S. *Collaborative aspects of argument production.* Paper presented at the meeting of the Speech Communication Association, San Antonio, November, 1979.

JACOBS, S., & JACKSON, S. *Strategy and structure in conversational influence.* Paper presented at the meeting of the Speech Communication Association, New York, November, 1980.

JACOBS, S., & JACKSON, S. Conversational argument: A discourse analytic approach. In J. R. Cox & C. A. Willard (Eds.), *Recent advances in argumentation theory and research.* Carbondale and Edwardsville, IL: Southern Illinois University Press, forthcoming.

JAFFE, J., & FELDSTEIN, S. *Rhythms of dialogue.* New York: Academic Press, 1970.

JEFFERSON, G. Side sequences. In D. Sudnow (Ed.), *Studies in social interaction.* New York: Free Press, 1972.

JEFFERSON, G. A case of precision timing in ordinary conversation: Overlapped tag-positioned address terms in closing sequences. *Semiotica,* 1973, 9, 47-96.

JEFFERSON, G. Sequential aspects of storytelling in conversation. In J. Schenkein (Ed.), *Studies in the organization of conversational interaction.* New York: Academic Press, 1978.

JEFFERSON, G., & SCHENKEIN, J. Some sequential negotiations in conversation: Unexpanded and expanded versions of projected action sequences. In J. Schenkein (Ed.), *Studies in the organization of conversational interaction.* New York: Academic Press, 1978.

KARTTUNEN, L. Presupposition and linguistic context. In A. Rogers, B. Wall, & J. P. Murphy (Eds.), *Proceedings of the Texas conference on performatives, presuppositions, and implicatures.* Center for Applied Linguistics: Arlington, VA, 1977.

KARTTUNEN, L., & PETERS, S. Conversational implicature. In C-K Oh & D. A. Dineen (Eds.), *Syntax and semantics, 3: Presupposition.* New York: Academic Press, 1979.

KEENAN, E. O., & SCHIEFFELIN, B. B. Topic as a discourse notion: A study of topic in the conversation of children and adults. In C. N. Li (Ed.), *Subject and topic.* New York: Academic Press, 1976.

KELLER, E. Gambits: conversational strategy signals. In F. Coulmas (Ed.), *Conversational routine: Explorations in standardized communication situations and prepatterned speech.* The Hague: Mouton, 1981.

KEMPER, S., & THISSEN, D. Memory for the dimensions of requests. *Journal of Verbal Learning and Verbal Behavior,* 1981, 20, 552-563.

KENDON, A. Some functions of gaze-direction in social conversation. *Acta Psychologica,* 1967, 26, 22-63.

KENDON, A. Gesticulation and speech: Two aspects of the process of utterance. In M. R. Key (Ed.), *The relationship of verbal and nonverbal communication.* The Hague: Mouton, 1980.

KNAPP, M. L., HART, R. P., FRIEDERICH, G. W., & SHULMAN, G. M. The rhetoric of goodbye: Verbal and nonverbal correlates of human leave-taking. *Speech Monographs,* 1973, 40, 182-198. Reprinted in B. W. Morse & L. A. Phelps (Eds.), *Interpersonal communication: A relational perspective.* Minneapolis: Burgess, 1980.

KNAPP, M. L., HOPPER, R., & BELL, R. A. *Compliments.* Paper presented at the meeting of the International Communication Association, Dallas, May, 1983.

KRIVONOS, P. D., & KNAPP, M. L. Initiating communication: What do you say when you say hello? *Central States Speech Journal,* 1975, 26, 115-125.

LABOV, W. Rules for ritual insults. In D. Sudnow (Ed.), *Studies in social interaction.* New York: Free Press, 1972.

LABOV, W., & FANSHEL, D. *Therapeutic discourse: Psychotherapy as conversation.* New York: Academic Press, 1977.

LAKOFF, R. *Language and woman's place.* New York: Harper & Row, 1975.

LANGER, E. J. Rethinking the role of thought in social interaction. In J. H. Harvey, W. Ickes, & R. F. Kidd (Eds.), *New directions in attribution research,* Vol. 2. Hillsdale, NJ: Erlbaum, 1978.

LANGER, E. J., & WEINMAN, C. When thinking disrupts intellectual performance: Mindfulness on an overlearned task. *Personality and Social Psychology Bulletin,* 1981, 7, 240-243.

LARSEN, R. S., MARTIN, H. J., & GILES, H. Anticipated social cost and interpersonal accommodation. *Human Communication Research,* 1977, 4, 303-308.

LAVER, J.D.M.H. Linguistic routines and politeness in greeting and parting. In F. Coulmas (Ed.), *Conversational routine: Explorations in standardized communication situations and prepatterned speech.* The Hague: Mouton, 1981.

LEIGHTON, L. L., STOLLACK, C. E., & FERGUSSON, L. R. Patterns of communication in normal and clinic families. *Journal of Consulting and Clinical Psychology,* 1971, 17, 252-256.

LEVINSON, S. C. Some pre-observations on the modelling of dialogue. *Discourse Processes,* 1981, 4, 93-116.

LIEBERMAN, P. *Intonation, perception, and language.* Cambridge: MIT Press, 1967.

LINDSAY, R. Rules as a bridge between speech and action. In P. Collett (Ed.), *Social rules and social behavior.* Totowa, NJ: Rowman & Littlefield, 1977.

LOUDEN, A. *"Telling more than we can know": What do we know? Verbal reports in communication research.* Unpublished manuscript, University of Southern California, 1983.

MAGNUSSON, D., & EKEHAMMAR, B. An analysis of situational dimensions: A replication. *Multivariate Behavioral Research,* 1973, 8, 331-339.

MANDLER, J. M. Some uses and abuses of a story grammar. *Discourse Processes,* 1982, 5, 305-318.

MANDLER, J. M., & JOHNSON, N. S. Remembrance of things parsed: Story structure and recall. *Cognitive Psychology,* 1977, 9, 111-151.

MANES, J., & WOLFSON, N. The compliment formula. In F. Coulmas (Ed.), *Conversational routine: Explorations in standardized communication situations and prepatterned speech.* The Hague: Mouton, 1981.

MARWELL, G., & SCHMIDT, D. R. Dimensions of compliance-gaining behavior: An empirical analysis. *Sociometry,* 1967, 30, 350-364.

MATARAZZO, J. D., & WEINS, A. N. Interviewer influence on the duration of interviewee silence. *Journal of Experimental Research in Personality,* 1967, 2, 56-69.

McCARTNEY, K. A., & NELSON, K. Children's use of scripts in story recall. *Discourse Processes,* 1981, 4, 59-70.

McCAWLEY, J. D. Presupposition and discourse structure. In C-K Oh and D. A. Dineen (Eds.), *Syntax and semantics, 2: Presupposition.* New York: Academic Press, 1979.

McCLURE, C., MASON, J., & BARNITZ, J. An exploratory study of story structure and age effects on children's ability to sequence stories. *Discourse Processes,* 1979, 2, 213-249.

McLAUGHLIN, M. L., & CODY, M. J. Awkward silences: Behavioral antecedents and consequences of the conversational lapse. *Human Communication Research,* 1982, 8, 299-316.

McLAUGHLIN, M. L., & CODY, M. J. Account sequences. In J. Coppella & R. Street (Eds.), *Sequential social interaction: A functional approach.* London: Edward Arnold, forthcoming.

McLAUGHLIN, M. L., CODY, M. J., & O'HAIR, H. D. The management of failure events: Some contextual determinants of accounting behavior. *Human Communication Research,* 1983, 9, 208-224.

McLAUGHLIN, M. L., CODY, M. J., & ROBEY, C. S. Situational influences on the selection of strategies to resist compliance-gaining attempts. *Human Communication Research*, 1980, 7, 14-36.

McLAUGHLIN, M. L., CODY, M. J., & ROSENSTEIN, N. E. Account sequences in conversation between strangers. *Communication Monographs*, 1983, 50, 102-125.

McLAUGHLIN, M. L., CODY, M. J., KANE, M. L., & ROBEY, C. S. Sex differences in story receipt and story sequencing behaviors in dyadic conversations. *Human Communication Research*, 1981, 7, 99-116.

McMILLAN, J. R., CLIFTON, A. K., MCGRATH, D., & GALE, W. S. Women's language: Uncertainty or interpersonal sensitivity and emotionality? *Sex Roles*, 1977, 3, 545-559.

MEICHENBAUM, D., & CAMERON, R. Issues in cognitive assessment: An overview. In R. M. Merluzzi, C. R. Glass, & M. Genest (Eds.), *Cognitive Assessment*. New York: Guilford Press, 1981.

MELTZER, L., MORRIS, W., & HAYES, D. Interruption outcomes and vocal amplitude: Explorations in social psychophysics. *Journal of Personality and Social Psychology*, 1971, 18, 392-402.

MERRITT, M. Repeats and reformulations in primary classrooms as windows of the nature of talk engagement. *Discourse Processes*, 1982, 5, 127-145.

MILLER, G. A. Review of J. H. Greenberg (Ed.), *Universals of Language. Contemporary Psychology*, 1963, 8, 417-418.

MILLER, G. R., BOSTER, F., ROLOFF, M. E., & SEIBOLD, D. R. Compliance-gaining message strategies; A typology and some findings concerning effects of situational differences. *Communication Monographs*, 1977, 44, 37-51.

MILLER, G. R., & BERGER, C. R. On keeping the faith in matters scientific. *Western Journal of Speech Communication*, 1978, 42, 44-57.

MISHLER, E. G., & WAXLER, N. E. *Interaction in families: An experimental study of family process and schizophrenia.* New York: John Wiley, 1968.

MORRIS, G. H., & HOPPER, R. Remediation and legislation in everyday talk: How communicators achieve consensus. *The Quarterly Journal of Speech*, 1980, 66, 266-274.

MURA, S. S. Licensing violations: An investigation of legitimate violations of Grice's conversational maxims. In R. T. Craig & K. Tracy (Eds.), *Conversational coherence: Studies of form and strategy.* Beverly Hills, CA: Sage, 1983.

NEWMAN, H. Perceptions of silence in conversation. Doctoral dissertation, City University of New York, 1978. *Dissertation Abstracts International*, 1978, 39, 3-B, 1,546.

NISBETT, R., & ROSS, L. *Human inference: Strategies and shortcomings of social judgment.* Englewood Cliffs, NJ: Prentice-Hall, 1980.

NISBETT, R., & WILSON, T. Telling more than we can know: Verbal reports on mental processes. *Psychological Review*, 1977, 84, 231-259.

NOFSINGER, R. E. The demand ticket: A conversational device for getting the floor. *Speech Monographs*, 1975, 42, 1-9.

NOFSINGER, R. E. Answering questions indirectly. *Human Communication Research*, 1976, 2, 171-181.

NORWINE, A. C., & MURPHY, O. J. Characteristic time intervals in telephone conversation. *Bell System Technical Journal,* 1938, 17, 281-291. Cited in C. Garvey and G. Berninger, Timing and turn-taking in children's conversation. *Discourse Processes,* 1981, 4, 27-57.

OCHS, E. Planned and unplanned discourse. In T. Givon (Ed.), *Syntax and semantics, 12: Discourse and syntax.* New York: Academic Press, 1979.

O'KEEFE, D. J. Logical empiricism and the study of human communication. *Speech Monographs,* 1975, 42, 169-183.

OMANSON, R. C. An analysis of narratives: Identifying central, supportive, and distracting content. *Discourse Processes,* 1982, 5, 195-224.

OMANSON, R. C., & MALAMUT, S. R. *The effects of supportive and distracting content on the recall of central content.* Paper presented at the meeting of the Psychonomic Society, St. Louis, 1980. Cited in R. C. Omanson, An analysis of narratives: Identifying central, supportive, and distracting content. *Discourse Processes,* 1982, 5, 195-224.

OWEN, M. Conversational units and the use of 'well . . . .' In P. Werth (Ed.), *Conversation and discourse: Structure and interpretation.* New York: St. Martin's, 1981.

PEARCE, W. B. The coordinated management of meaning: A rules:based theory of interpersonal communication. In G. R. Miller (Ed.), *Explorations in interpersonal communication.* Beverly Hills, CA: Sage, 1976.

PEARCE, W. B., & CONKLIN, F. A model of hierarchical meaning in coherent conversation and a study of 'indirect responses.' *Communication Monographs,* 1979, 46, 75-87.

PHILIPS, S. U. Warm Springs 'Indian time:' How the regulation of participation affects of the progression of events. In R. Bauman & J. Sherzer (Eds.), *Explorations in the ethnography of speaking.* Cambridge: Cambridge University Press, 1974.

PHILIPS, S. Some sources of cultural variability in the regulation of talk. *Language in Society,* 1976, 5, 81-95.

PHILIPS, G. M. Science and the study of human communication: An inquiry from the other side of the two cultures. *Human Communication Research,* 1981, 7, 361-370.

PIKE, K. L. *The intonation of American English.* Ann Arbor: University of Michigan Press, 1945.

PLANALP, S., & TRACY, K. Not to change the topic but . . . : A cognitive approach to the study of conversation. In D. Nimmo (Ed.), *Communication Yearbook 4.* New Brunswick, NJ: Transaction, 1980.

POMERANTZ, A. Compliment responses: Notes on the co-operations of multiple constraints. In J. Schenkein (Ed.), *Studies in the organization of conversational interaction.* New York: Academic Press, 1978.

PRICE, R. H. The taxonomic classification of behavior and situations and the problem of behavior-environment congruence. *Human Relations,* 1974, 27, 567-585.

REARDON, K. K. Conversational deviance: A structural model. *Human Communication Research,,* 1982, 9, 59-74.

REHBEIN, J. Announcing—on formulating plans. In F. Coulmas (Ed.), *Conversational routine: Explorations in standardized communication situations and prepatterned speech.* The Hague: Mouton, 1981.

REICHMAN, R. Conversational coherency. *Cognitive Science,* 1978, 2, 283-327.

REINHART, T. Pragmatics and linguistics: An analysis of sentence topics. *Philosophica*, 1981, 27, 53-94.

REISMAN, K. Contrapuntal conversations in an Antiguan village. In R. Bauman & J. Sherzer (Eds.), *Explorations in the ethnography of speaking*. Cambridge: Cambridge University Press, 1974.

REMLER, J. E. *Some repairs on the notion of repairs in the interests of relevance*. Papers from the Regional Meetings, Chicago Linguistic Society, 1978, 14, 391-402.

ROCHESTER, S. R., & MARTIN, J. R. The art of referring: The speaker's use of noun phrases to instruct the listener. In R. O. Freedle (Ed.), *Discourse production and comprehension*. Norwood, NJ: Ablex Publishing, 1977.

ROGERS, W. T., & JONES, S. E. Effects of dominance tendencies on floor holding and interruption behavior in dyadic interaction. *Human Communication Research*, 1975, 1, 123-132.

ROSENFELD, H. M., & HANCKS, M. The nonverbal context of listener responses. In M. R. Key (Ed.), *The relationship of verbal and nonverbal communication*. The Hague: Mouton, 1980.

ROSENSTEIN, N. E. *Perceptions of interruption appropriateness as a function of temporal placement*. Unpublished Master's thesis, Texas Tech University, 1982.

ROSENSTEIN, N. E., & McLAUGHLIN, M. L. *Characterization of interruption as a function of temporal placement*. Paper presented at the meeting of the Speech Communication Association, Washington, November, 1983.

RUBIN, Z. Disclosing oneself to a stranger: Reciprocity and its limits. *Journal of Experimental Social Psychology*, 1975, 11, 233-260.

RUMELHART, D. E. Notes on a schema for stories. In D. G. Bobrow & A. Collins (Eds.), *Representation and understanding: Studies in cognitive science*. New York: Academic Press, 1975.

RUMELHART, D. E. Understanding and summarizing brief stories. In D. LaBerge & J. Samuels (Eds.), *Basic processes in reading: Perception and comprehension*. Hillsdale, NJ: Erlbaum, 1977.

RYAVE, A. L. On the achievement of a series of stories. In J. Schenkein (Ed.), *Studies in the organization of conversational interaction*. New York: Academic Press, 1978.

SABSAY, S., & FOSTER, S. *Cohesion in discourse*. Unpublished manuscript, University of California, Los Angeles, 1982.

SACKS, H. On the analyzability of stories by children. In J. Gumprez & D. Hymes (Eds.), *Directions in sociolinguistics: The ethnography of communication*. New York: Holt, Rinehart & Winston, 1972.

SACKS, H. *Lecture notes*. Summer Institute of Linguistics, Ann Arbor, Michigan, 1973. Cited in P. Brown and S. Levinson, Universals in language usage: Politeness phenomena. In E. Goody (Ed.), *Questions and politeness: Strategies in social interaction*. Cambridge: Cambridge University Press, 1978.

SACKS, H. An analysis of the course of a joke's telling in conversation. In R. Bauman & J. Sherzer (Eds.), *Explorations in the ethnography of speaking*. Cambridge: Cambridge University Press, 1974.

SACKS, H., SCHEGLOFF, E. A., & JEFFERSON, G. A simplest systematics for the organization of turn taking for conversation. In J. Schenkein (Ed.), *Studies in the organization of conversational interaction*. New York: Academic Press, 1978.

SADOCK, J. M. *Towards a linguistic theory of speech acts.* New York: Academic Press, 1974.

SCHANK, R. G. Rules and topics in conversation. *Cognitive Science,* 1977, 1, 421-444.

SCHEGLOFF, E. Sequencing in conversational openings. *American Anthropologist,* 1968, 70, 1075-1095.

SCHEGLOFF, E. A. Notes on a conversational practice: Formulating place. In D. Sudnow (Ed.), *Studies in social interaction.* New York: Free Press, 1972.

SCHEGLOFF, E. A. On some questions and ambiguities in conversation. In W. Dressler (Ed.), *Current trends in textlinguistics.* Berlin: de Gruyter, 1977. Cited in W. J. Edmondson, *Spoken discourses: A model for analysis.* London: Longman, 1981.

SCHEGLOFF, E. A. The relevance of repair to syntax-for-conversation. In T. Givón (Ed.), *Syntax and semantics, 12: Discourse and syntax.* New York: Academic Press, 1979.

SCHLEGLOFF, E. A. *Recycled turn beginnings.* Public lecture, Summer Linguistics Institute, LSA, Ann Arbor, Michigan, 1973. Cited in A. Bennett, Interruptions and the interpretation of conversation. *Discourse Processes,* 1981, 4, 171-188.

SCHEGLOFF, E. A., JEFFERSON, G., & SACKS, H. The preference for self-correction in the organization of repair in conversation. *Language,* 1977, 53, 361-382.

SCHEGLOFF, E. A., & SACKS, H. Opening up closings. *Semiotica,* 1973, 8, 289-327.

SCHIFFRIN, D. Opening encounters. *American Sociological Review,* 1977, 42, 679-691.

SCHIFFRIN, D. Meta-talk: Organizational and evaluative brackets in discourse. *Sociological Inquiry,* 1980, 50, 199-236.

SCHLENKER, B. R., & DARBY, B. W. The use of apologies in social predicaments. *Social Psychology Quarterly,* 1981, 44, 271-278.

SCHONBACH, P. A category system for account phases. *European Journal of Social Psychology,* 1980, 10, 195-200.

SCHUTZ, A. *Collected papers II: Studies in social theory.* (A. Broderson, Ed.). The Hague: Nijhoff, 1964. Cited in A. V. Cicourel, *Cognitive sociology: Language and meaning in social interaction.* London: Cox and Wyman, 1973.

SCHWARTZ, B. *An investigation into topic change in unplanned discourse.* Unpublished manuscript, University of Southern California, 1982. Cited in S. Foster and S. Sabsay, *What's a topic?* Unpublished manuscript, University of Southern California, 1982.

SCOTT, L. M. *Formulation sequences in marital conversation: Strategies for interactive interpretive alignment.* Paper presented at the meeting of the International Communication Association, Dallas, May 1983.

SCOTT, M. B., & LYMAN, S. M. Accounts. *American Sociological Review,* 1968, 33, 46-62.

SEARLE, J. *Speech acts.* Cambridge: Cambridge University Press, 1969.

SEARLE, J. Indirect speech acts. In P. Cole & J. L. Morgan (Eds.), *Syntax and semantics, 3: Speech acts.* New York: Academic Press, 1975.

SEIBOLD, D. R., McPHEE, R. D., POOLE, M. S., TANITA, N. E., CANARY, D. J. Arguments, group influence, and decision outcomes. In G. Ziegelmueller & J. Rhodes (Eds.), *Dimensions of arguments: Proceedings of the second summer conference on argumentation.* Annandale, VA: Speech Communication Association, 1981.

SHIMANOFF, S. Investigating politeness. In E. O. Keenan & T. Bennett (Eds.), *Discourse across time and space.* Los Angeles: University of Southern California, 1977.

SHIMANOFF, S. *Communication rules: Theory and research.* Beverly Hills, CA: Sage, 1980.

SIGMAN, S. J. On communication rules from a social perspective. *Human Communication Research,* 1980, 7, 37-51.

SINCLAIR, J. MCH., & COULTHARD, R. M. *Towards an analysis of discourse.* London: Oxford University Press, 1975.

SPELKE, E., HIRST, W., & NESSER, U. Skills of divided attention. *Cognition,* 1976, 4, 215-230.

STEIN, N. L. What's in a story: Interpreting the interpretations of story grammar. *Discourse Processes,* 1982, 5, 319-335.

STEIN, N. L., & GLENN, C. G. An analysis of story comprehension in elementary school children. In R. O. Freedle (Ed.), *New directions in discourse processing,* Vol. 2. Norwood, NJ: Ablex Publishing, 1979.

STILES, W. B. *Manual for a taxonomy of verbal response modes.* Chapel Hill: University of North Carolina Press, 1978.

STOKES, R., & HEWITT, J. P. Aligning actions. *American Sociological Review,* 1976, 41, 838-849.

STRAWSON, P. F. Identifying reference and truth values. In D. Steinberg & L. Jakobovits (Eds.), *Semantics.* London: Cambridge University Press, 1979.

SUDMAN, S., & BRADBURN, N. M. *Response effects in surveys: A review and synthesis.* Chicago: Aldine, 1974.

SYKES, G. M., & MATZA, D. Techniques of neutralization. *American Sociological Review,* 1957, 26, 664-670.

TANNEN, D. Indirectness in discourse: Ethnicity as conversation style. *Discourse Processes,* 1981, 4, 221-238.

TAYLOR, C. *The explanation of behavior.* London: Routledge & Kegan Paul, 1964.

TOULMIN, S. E. Rules and their relevance for understanding human behavior. In T. Mischel (Ed.), *Understanding other persons.* Totowa, NJ: Rowman & Littlefield, 1974.

TRACY, K. On getting the point: Distinguishing "issues" from "events," an aspect of conversational coherence. In M. Burgoon (Ed.), *Communication Yearbook 5.* New Brunswick, NJ: Transaction, 1982.

TRAGER, G. L., & SMITH, H. L., Jr. *An outline of English structure.* (Studies in Linguistics: Occasional papers, 3). Norman, OK: Battenburg Press, 1951.

TURNER, R. H. Role taking: Process versus conformity. In A. Rose (Ed.), *Human behavior and social processes.* Boston: Houghton Mifflin, 1962.

VUCINICH, S. Elements of cohesion between turns in ordinary conversation. *Semiotica,* 1977, 20, 229-257.

WAGNER, J. Strategies of dismissal: Ways and means of avoiding personal abuse. *Human Relations,* 1980, 33, 603-622.

WAISMANN, F. Verifiability. In A. Flew (Ed.), *Essays on logic and language.* New York: Philosophical Library, 1951.

WEAVER, P. A., & DICKINSON, D. K. Scratching below the surface structure: Exploring the usefulness of story grammars. *Discourse Processes,* 1982, 5, 225-243.

WEIMANN, J. M. Explication and test of a model of communicative competence. *Human Communication Research,* 1977, 3, 195-213.

WEIMANN, J. M. Effects of laboratory videotaping procedures on selected conversation behaviors. *Human Communication Research,* 1981, 7, 302-311.

WEINER, S. L., & GOODENOUGH, D. R. A move toward a psychology of conversation. In R. O. Freedle (Ed.), *Discourse production and comprehension.* Norwood, NJ: Ablex Publishing, 1977.

WELLS, G., MACLURE, M., & MONTGOMERY, M. Some strategies for sustaining conversation. In P. Werth (Ed.), *Conversation and discourse: Structure and interpretation.* New York: St. Martin's, 1981.

WERTH, P. The concept of 'relevance' in conversational analysis. In P. Werth (Ed.), *Conversation and discourse: Structure and interpretation.* New York: St. Martin's, 1981.

WHITE, P. Theoretic note: Limitations on verbal reports of internal events: A refutation of Nisbett and Wilson and Bem. *Psychological Review,* 1980, 87, 105-112.

WILLIS, F. N., & WILLIAMS, S. J. Simultaneous talking in conversation and sex of speakers. *Perceptual and Motor Skills,* 1976, 43, 1067-1070.

WILSON, D. & SPERBER, D. On Grice's theory of conversation. In P. Werth (Ed.), *Conversation and discourse: Structure and interpretation.* New York: St. Martin's, 1981.

WINOGRAD, T. A framework for understanding discourse. In M. A. Just & P. A. Carpenter (Eds.), *Cognitive processes in comprehension.* Hillsdale, NJ: Erlbaum, 1977.

WISH, M., D'ANDRADE, R. G. & GOODNOW, J. E., II. Dimensions of interpersonal communication: Correspondences between structures for speech acts and bipolar scales. *Journal of Personality and Social Psychology,* 1980, 39, 848-860.

WISH, M., DEUTSCH, M., & KAPLAN, S. Perceived dimensions of interpersonal relations. *Journal of Personality and Social Psychology,* 1976, 33, 409-420.

WOOTTON, A. *Dilemmas of discourse: Controversies about the sociological interpretation of language.* London: George Allen & Unwin, 1975.

WORTHY, M. GARY, A. L., & KAHN, G. M. Self-disclosure as an exchange process. *Journal of Personality and Social Psychology,* 1969, 13, 59-63.

WRIGHT, G. H. von. *Norm and action.* London: Routledge & Kegan Paul, 1963.

WRIGHT, G. H. von. *Explanation and understanding.* Ithaca: Cornell University Press, 1971.

YNGVE, V. H. On getting a word in edgewise. In M. A. Campbell et al. (Eds.), *Papers from the sixth regional meeting, Chicago Linguistics Society.* Chicago: University of Chicago Linguistics Department, 1970.

ZAHN, C. J. *A reexamination of conversational repair.* Paper presented at the meeting of the Speech communication Association, Washington, November, 1983.

ZIMMERMAN, D. H., & WEST. C. Sex roles, interruptions, and silences in conversation. In B. Thorne & N. Henley (Eds.), *Language and sex: Difference and dominance.* Rowley, MA: Newbury House, 1975.

About the Author

Margaret L. McLaughlin is Associate Professor in the Department of Communication Arts and Sciences at the University of Southern California. She received her Ph.D. in speech (minors in communication and psychology) from the University of Illinois in 1972. Recent publications have appeared in *Human Communication Research* and *Communication Monographs;* in addition, Professor McLaughlin will be the editor of *Communication Yearbooks 9* and *10*. She was recognized for outstanding papers in the Interpersonal and Small Group Division of the Speech Communication Association in 1977, 1980, 1981, and 1982. Her research interests include interpersonal communication, conversational analysis, and communication and the sexes.